내게 빌어봐 1

내게 빌어봐 1   리베냐

마카롱

❖ 차례 ❖

내게 빌어봐 1

서장	7
샐리 브리스톨이라는 이름의 함정	9
윈스턴이라는 이름의 괴물	217
데이지라는 이름의 악몽	283
그레이스 리들이라는 이름의 재앙	337
그레이스 리들이라는 이름의 늪 I	473

내게 빌어봐 2

그레이스 리들이라는 이름의 늪 II	7
래온 윈스턴답지 않은 길	63
적을 무너뜨리는 가장 잔인한 방법	169
지옥행 특급 열차	245
내게 빌어 봐	337
이름 없는 아이	451
어느 하루	581

내게 빌어봐 3

어느 지독한 침정국	7
어린아이와 어른아이	61
성장통 I	233
성장통 II	321
최후의 승자	483
종장	599

· · ❖ · · ❖ · · ❖ · · ❖ · · 내게 빌어봐 4 · · ❖ · · ❖ · · ❖ · · ❖ · ·

초콜릿의 맛 외전1
  의미 없는 편지   ❖ ❖   9
  초콜릿의 맛   ❖ ❖   19

손안의 신 외전2
  든든한 적군   ❖ ❖   79
  그래도 사랑   ❖ ❖   189

내 아이를 유괴하라 외전3
  내가 없는 지옥   ❖ ❖   291
  에버하트가의 비밀   ❖ ❖   343
  후일담   ❖ ❖   403

리베냐의 작업 일기   ❖ ❖   421

일러두기

◆ 이 책은 웹소설 『내게 빌어봐』를 바탕으로 편집, 제작되었습니다.
◆ 지금은 사용하지 않거나 순화 대상인 차별적인 표현은 극 중 시대상을 보여 주고자 그대로 두었습니다.

서장

착한 하녀.
교활한 첩자.
가슴 아픈 첫사랑.
죽이고 싶은 원수의 딸.
그리고 그의 아이를 밴 채 사라진 도망자.
그 여자에겐 수많은 이름이 있었다.

샐리 브리스톨이라는
이름의 함정

VENGEANCE
NAMED
LOVE

주방 문을 여는 순간 갖은 식재료의 냄새와 뜨거운 김이 훅 끼쳐 왔다. 하녀들은 문을 연 이가 누구인지 돌아볼 여유도 없이 점심 준비로 분주했다.

돌아볼 필요도 없었다.

칼질 소리와 지글지글 기름 끓는 소리가 시끄러운 주방으로 발을 들인 사람은 평범한 하녀였으니까.

무릎 끝을 스치는 검은 하녀복과 얼룩 하나 없는 흰 앞치마, 거기에다 수수한 다갈색 머리까지. 윈스턴가의 저택에서는 크리스털 샹들리에만큼이나 흔한 용모였다.

하녀는 식기장에서 나무 쟁반과 수프 접시 하나, 스푼 하나를 집었다. 색색의 병조림이 일렬로 진열된 찬장으로 가 바구니에서 흰 빵 하나와 삶은 달걀 두 개를 집는데 그제야 누가 말을 걸어 왔다.

"그 별채 손님은 아직도 있니?"

주방장을 맡고 있는 애플비 부인이 갓 구운 고기 파이를 오븐에서 꺼내며 혀를 쯧쯧 찼다. 젊은 하녀는 늘 그렇듯 시무룩한 척 아랫입술을 살짝 내밀었다.

"그러게 말이죠. 그래도 오늘은 나가지 않을까 싶어요."

"쯧쯧, 샐리 네가 정말 고생이다."

애플비 부인이 고기 파이를 주방 한가운데의 큰 테이블에 놓자마자 빈손을 샐리라고 불리는 하녀에게 내밀었다.

"이리 주렴."

빈 수프 그릇을 받아 간 부인이 스토브 옆에 놓인 커다란 솥을 열더니 다 식고 멀건 수프를 가득 채워 샐리의 쟁반에 올려 주었다. 그릇에 떠다니는 것이라곤 다 바스러진 자투리 재료뿐이었다.

"에델도 없이 그 험한 일을 혼자서 군말 없이 하다니."

에델은 한 달 전까지만 해도 샐리와 함께 별채 지하의 '별실'을 담당하던 중년의 하녀였다. 지금은 노름꾼 남편과 일확천금의 꿈을 꾸며 신대륙으로 향하는 배에 몸을 싣고 있을 사람이었다.

윈스턴가 저택의 고용인들 모두 역겹고 꺼림직한 일을 홀로 맡게 된 샐리를 안타까워했다. 하지만 도와주겠다는 말은 절대로 하지 않는다. 샐리는 그래서 도리어 한시름 놓았다.

"벨모어 부인께 잘 이야기해 보렴. 사람을 하나 더 구해 주든지 주급을 더 올려 주든지."

"그래 봐야겠네요."

하지만 샐리가 하녀장에게 그런 부탁을 하러 갈 일은 없을 것이다.

샐리는 쟁반을 들고 저택 서쪽으로 난 쪽문을 나왔다. 반듯하게 깎인 푸른 잔디 사이로 자갈길이 이어졌다.

머지않아 작게만 보이던 별채가 담장 위의 날카로운 철조망이 또렷이 보일 정도로 가까워졌다.

벚꽃 잎이 흩날리는 완연한 봄 속에서 별채 홀로 겨울의 음산한 기운을 풍겼다. 그럴 만도. 비명이 끊임없이 지하를 울리는 저곳은 유령의 집이나 마찬가지였다.

별채 정문에서 경비를 서는 군인들이 보이자 샐리는 마른 입술을 적시며 입꼬리를 바짝 끌어 올렸다.

"안녕, 마틴."

"안녕, 샐리."

매일같이 보는 병사는 아무것도 묻지 않고 곧장 철문을 열어 주었다. 그러니 그가 입술이 바짝 마르도록 긴장하게 만든 사람은 아니었다.

샐리는 별채 입구로 천천히 걸어가며 앞뜰을 구석구석 곁눈질했다. 이 저택의 주인인 윈스턴 대위의 차는 없었다. 아직 부대에서 돌아오지 않았단 뜻이었다.

잘됐다.

곧장 서늘한 건물 안으로 들어가 지하로 내려가서 몸에 익은 대로 왼쪽 복도를 따라 걸었다. 복도 중간의 철문을 지키고 선 병사가 샐리를 보자마자 문을 열어 주었다.

삼엄한 경비는 3중이었다. 따돌려야 할 무리가 하나 더 남았다는 뜻이다.

오른쪽으로 꺾어진 모퉁이를 돌자 군인 둘이 의자에 앉아 잡담을 나누고 있었다.

"안녕하세요."

"안녕, 샐리."

군인의 맞은편에는 새카맣고 투박한 철문이 굳게 잠겨 있었다. 호화로운 저택 별채와 동떨어진 기운을 풍기는 곳이었다.

"두 분, 식사는 하셨어요?"

샐리는 군인들에게 다가가며 눈꼬리를 한껏 휘어 웃었다.

"아뇨, 아직 배식이…."

가슴팍에 '프레드 스미스'라는 명찰을 단 이등병이 옆에 앉은 상병을 조심스레 곁눈질하며 대답했다.

"본관에서 곧 가져올 거예요."

한창 배가 고플 시각, 식사 이야기에 수프 냄새까지 풍기니 미끼를 덥석 물지 않을 사람은 없었다.

"오늘 메뉴는 뭐야, 샐리?"

"고기 파이예요. 주방 문을 열자마자 고소한 냄새가 어찌나 진동하던지. 침이 꼴깍 넘어가던걸요."

상병의 흐리멍덩하던 눈빛이 일순 번뜩였다.

"아…. 이번에도 늦게 가면 없는 거 아닌가요?"

아직 소년티를 벗지 못한 이등병이 상병의 눈치를 보며 한마디를 넌지시 던졌다. 그러곤 곧바로 샐리에게 의뭉스러운 시선을 보냈다. 그 눈빛이 칭찬을 요구하는 강아지 같았지만 그녀는 못 본 척, 상병의 얼굴만 바라보았다.

"젠장할…. 콩소메 수프는 지겨운데…."

모르는 이는 고급 요리를 지겨워하는 남자가 분수도, 고마움도 모른다고 할 것이다.

하지만 건장한 젊은 남자에게 닭고기 완자와 채소 몇 조각뿐인 수프를 점심이라고 주면 불평이 나올 수밖에.

장교도 아닌 일반 병사들에게 값비싼 식사를 아낌없이 베푸는 관행은 사실 윈스턴 부인의 허영과 냉대에서 비롯됐으니 고마워할 이유도 없었다.

"몇 개 안 구운 것 같던데…. 늦기 전에 얼른 식당으로 가셔야 할 거예요. 문은 제가 잠글게요."

샐리가 쟁반을 한 손에 옮겨 들고 주머니에서 검은 열쇠를 꺼내 들자 상병이 곤란한 얼굴을 했다.

"대위님께서 샐리 혼자 들여보내면 안 된다고 하셨는데…."

흐려지는 말끝에서 톡 치기만 해도 한쪽으로 휙 기울어질 것 같은 조짐이 느껴졌다. 샐리는 대수롭지 않다는 듯 눈썹을 쫑긋거리며 웃었다.

"괜찮아요. 저 손님 난폭하진 않은 것 같던데요? 쟁반만 놓고 빨랫감만 챙겨서 바로 나올 거예요. 밖에 그렉도 있잖아요."

모퉁이 너머 철문을 지키고 있을 병사 쪽을 눈짓했다. 그제야 상병이 마지못한 척 몸을 일으켰다.

"스미스, 가자."

두 사내가 모퉁이를 돌아 사라지자 샐리는 열쇠로 육중한 철문을 땄다. 끼익, 문이 날카로운 비명을 지르며 안쪽으로 물러났다. 두 뼘만큼 벌어진 틈으로 비릿한 피 냄새가 흘러나왔다.

샐리는 어느새 다시 마른 입술을 적시고 어두컴컴한 방 안으로 손을 넣었다. 곧바로 스위치가 손에 잡혔다.

딸깍 소리와 함께 벽 등 네 개가 동시에 켜졌지만 방은 그다지 밝아지지 않았다. 벽은 물론 바닥과 천장까지도 검은색인 탓이었다.

불이 켜지자 한쪽 벽의 좁은 침대에 몸을 웅크리고 있던 중년의 사내가 움찔 떨었다. 샐리는 재빨리 '별실' 안으로 들어와 문을 닫았다.

"아저씨, 저예요."

온몸을 딱딱하게 굳히고 있던 '별실의 손님'이 긴 한숨을 내쉬며 긴장을 풀었다. 아직 눈이 부셔 샐리의 얼굴은 보지 못했지만 목소리만은 똑똑히 들은 것이다.

사내의 몰골은 말이 아니었다. 생기 넘치던 얼굴이 이 방에 발을 들이는 순간 시체처럼 말라비틀어지는 일은 여태 수도 없이 봐 왔다.

하지만 그 얼굴이 어릴 적부터 알고 지내던 마을 아저씨라면 마음이 더욱 아렸다.

"식사 가져왔어요."

샐리는 침대 발치의 작은 테이블로 걸어갔다. 그사이 사내가 몸을 일으키려 했지만 반도 일어나지 못하고 끄응, 고통에 찬 신음을 냈다.

그녀는 쟁반을 테이블에 놓고 재빨리 사내에게 다가갔다. 그를 부축해 테이블 앞 의자에 앉히는 동안 괜찮냐는 형식적인 말 따위는 하지 않았다.

여러 번 겪어 본 탓에 이제는 안다.

온갖 끔찍한 고문을 실낱같은 정신과 체력으로 버티고 있는 사람에게 괜찮냐는 값싼 위로는 기폭제가 될 수도 있다는 걸.

말없이 스푼을 쥐어 주고 삶은 달걀의 껍데기를 까기 시작했다. 사내는 손톱이 모조리 뽑힌 터라 달걀 껍데기를 까는 간단한 일조차 할 수 없었다.

"간밤엔 별일 없었어요? 어젯밤에는 본관에서 파티가 있어서 불려 가는 바람에…."

"없었, 쿨럭, 쿨럭."

사내가 기침을 시작하자 샐리는 테이블에 놓인 주전자에서 컵에 물을 따라 내밀었다.

그래도 운이 좋은 편이었다. 그는 하루 한 끼 식사와 물은 허락받았으니까. 가끔 식사는커녕 물조차 주지 않는 때가 있었다.

마른 목을 축이니 기침이 잠잠해졌다. 샐리는 그가 다시 스푼을 들기 전에 주머니에서 작은 약병 하나를 꺼냈다.

"이거부터 드세요."

모르핀이 든 진통 물약이었다. 사내가 기다렸다는 듯이 입을 벌리자 샐리는 그의 입 속으로 진통제를 한 스포이트 흘려 넣어 주었다.

약병을 다시 주머니 속에 숨기고 달걀을 마저 까 주었다. 그사이 수프를 허겁지겁 먹어 치우느라 바쁜 사내에게 계속 말을 걸었다. 누가 오기 전에 빨리 대화를 끝내고 나가야 하니 식사를 다 마칠 때까지 기다릴 여유 따위 없다.

"조금이라도 얘기한 건 없죠?"

"…"

사내가 스푼을 멈추더니 고개를 들었다. 눈빛에 지독한 경멸이 서려 있었다.

이 또한 매번 있는 일이었다.

며칠째 고문에 시달린 동료에게 샐리의 질문이 기꺼울 리 없었다. 추궁하는 건가? 감시하는 건가? 그런 착각마저 들 수 있었다.

하지만 그녀도 어쩔 수 없었다. 새어 나간 정보가 있다면 최대한 신속히 알아야 대처를 할 테니까. 자칫하다가는 아저씨만이 아닌 다른 이들의 목숨도 위험할 수 있었다.

"솔직히 말해 주셔야 하는 거 알죠?"

"…없어."

사내는 샐리를 오래도록 노려보더니 수프 그릇으로 고개를 숙이며 답을 내뱉었다. 침이라도 뱉는 듯한 말투였다.

"오늘 중으로 이동할 것 같아요. 어딘지 알아내는 대로 사람을 보낼게요. 그러니까 절대로 입 열지 말고 조금만 더 참아 주세요. 아시죠? 구조대 사람들 실패 따위 모르는….”

마지막 당부를 쏟아 내던 때였다.

고문실 문 뒤에서 둔탁한 발소리가 들려왔다. 두 병사가 식사를 마치고 왔다기에는 지나치게 이른 때였다.

샐리는 말을 멈추고 잽싸게 침대로 갔다. 피로 물든 이불보의 한쪽을 벗겨 내는 찰나 문이 벌컥 열렸다.

“…샐리 브리스톨, 여기서 뭐 하는 거지?”

깃털이 떨어지는 것처럼 느릿하고 부드러운 목소리가 등골에 날카롭게 꽂혔다. 어째서 지금, 그것도 하필이면 윈스턴 대위가 돌아온 걸까.

샐리는 대충 벗긴 이불보를 품에 안고 천천히 뒤돌아보았다. 어린 이등병 하나가 딱딱하게 굳은 자세로 활짝 열린 문을 붙잡고 있었다.

그 사이로 연회색 트렌치코트를 어깨에 걸친 남자가 주저 없이 걸어 들어왔다. 펄럭이는 코트 아래의 검은 장교복에는 색색의 훈장이 자로 잰 듯 반듯하게 매달려 있었다.

저 자리에 훈장이 하나씩 늘 때마다 샐리는 구역질이 났다. 훈장에서 피의 악취가 진동하는 것만 같았으니까.

“안녕하세요, 대위님. 손님께 점심을 드리고 빨랫감을 챙기고 있었어요.”

아무것도 모른다는 순진한 얼굴에, 늘 하는 일인데 왜 새삼 물으시냐는 의아한 기색을 조금 섞었다.

“너 혼자.”

“네. 에델 아주머니는 한 달 전에 관두셨….”

“하….”

윈스턴이 입술을 부드럽게 휘어 올리더니 낮게 웃음을 터트렸다. 하지만 얼음장처럼 시린 눈은 전혀 웃고 있지 않았다.

또 바싹 말라 버린 입술을 축이고 싶은 충동이 일었지만 샐리는 참았다. 긴장하고 있다는 티를 내면 저자가 눈치챌지도 몰랐다.

'설마 벌써 눈치챈 건 아니겠지? 무슨 대화를 했냐고 물으면 댈 핑계는 많은데….'

속으로 다급하게 온갖 작전을 세우면서 겉으로는 그저 의아한 척 눈을 깜빡이며 고개를 갸웃했다.

윈스턴은 테이블에 앉은 사내와 샐리의 사이에 섰다. 큰 키와 몸집 탓에 장벽을 마주한 것만 같은 위압감이 느껴졌다.

벌써 손을 떨기 시작하는 사내를 잠시 싸늘한 눈으로 내려다본 그가 각진 정모를 벗었다. 눈빛만큼이나 차가운 금발을 날렵하게 뻗은 손가락이 가지런히 쓸어 넘겼다.

"그건 나도 알아, 샐리. 내 말은 그게 아닌 거 잘 알잖아."

연인이라도 타이르는 듯한 말투로 샐리를 가볍게 다그친 그가 돌연 뒤돌았다. 검은 가죽 장갑을 낀 손에 들린 승마용 채찍의 끝이 그의 부관이나 마찬가지인 소위를 가리켰다.

"캠벨, 당장 문 앞을 지키고 있던 놈들을 데려와."

섬뜩하리만치 낮은 목소리. 그 순간 샐리의 머릿속에서는 저 채찍이 공기를 휙 가르다 살을 찢는 환청이 울렸다.

샐리는 침대보를 품에 안은 채 한쪽 벽에 죄지은 사람처럼 서 있었다.

윈스턴은 병사들을 기다리는 동안 고문실을 처음 보기라도 하는 양 찬찬히 둘러보았다. 샐리의 옆에 매달린 쇠사슬을 들어 그녀의 목 앞에 장난스레 대어 볼 때는 등골이 오싹했다.

어서 데려왔으면. 하지만 데려오지 않았으면.

"대위님, 데려왔습니다."

샐리는 속으로 한숨을 쉬었다. 안도인지 좌절인지 알 수 없었다.

한창 식사를 하다 끌려왔는지 두 병사의 입술에는 기름기가 번들거렸다. 상병이 잔뜩 긴장한 얼굴로 경례 자세를 취했다. 이마에 댄 손날이 미세하게 떨리고 있었다.

"대위님, 부르셨습니까?"

"맞아, 내가 왜 불렀을까? 한번 맞혀 봐."

친구라도 대하듯 가벼운 말투였으나 이 상황을 가볍게 여기는 자는 아무도 없었다.

상병이 초조한 눈으로 고문실 안을 둘러보았다. 제가 뭘 잘못한 건지, 그 해답은 이 방 안에 있는 게 틀림없으므로.

대위와 한 발짝 떨어져 벽에 붙어 서 있는 하녀에게 시선이 닿는 순간 그는 답을 찾았다.

'저 녀석은 잽싸게 들어왔다가 나간다더니 왜 아직 여기 있는 거야?'

그는 속으로 욕지거리를 짓씹곤 상관에게 겁에 질린 목소리로 대답했다.

"하, 하녀를 혼자 들여보내지 말라고 하셨습니다."

"정답."

윈스턴의 눈꼬리가 느슨하게 휘었지만 고문실 안을 감도는 긴장감은 더욱 팽팽해질 따름이었다.

획. 획.

그의 오른손에 들린 채찍이 차디찬 공기를 날카롭게 가르고 왼 손바닥을 가볍게 내려쳤다. 그럴 때마다 두 병사가 제가 맞은 양 움찔 떨었다.

"귀가 있어서 내 지시를 듣긴 했는데, 뇌가 없어서 이해는 못 했나 봐?"

"아, 아닙니다."

"그럼 왜 나의 샐리 브리스톨 양을 홀로 들여보내지 말라고 했는지 말해 볼까."

샐리의 속이 울렁거렸다. '나의 샐리 브리스톨 양'이라니. 그 지나치게 신사적이면서도 지나치게 무례한 호칭 탓만은 아니었다.

윈스턴이 그녀의 곁으로 바짝 다가와 어깨를 끌어안기까지 했다. 그의 손이 닿은 곳부터 등허리까지 솜털이 바짝 곤두섰다.

다른 하녀라면 이럴 때 어떻게 행동할까? 재빨리 머리를 굴린 샐리는 아랫입술을 살짝 깨물며 한쪽 뺨에 차가운 손등을 얹었다.

'수줍은 척이 제발 통하길.'

프레드 스미스 이등병의 동요하는 눈동자는 못 본 척했다.

"저 쥐새끼 같은 녀석이…."

상병이 방 반대편 테이블 앞에 나무토막처럼 굳어 있는 사내를 한번 흘끔대고는 다시 대위에게 공손히 눈을 맞췄다.

"발정이 나서 샐리를 덮칠 수도 있다고 하셨습니다."

샐리에게 발정이 난다고? 스푼을 들 힘도 없어 보이는 자가 물건을 세울 힘이 있을 리가.

게다가 샐리는 예쁘장하게는 생겼으나 사내의 음탕한 호기심을 동하게 하는 구석은 없는, 심심한 여자였다.

고로 그로서는 이유가 와 닿지 않았지만 상관이 그렇다 하면 그런 것이니 별수 없었다.

"샐리, 잘 들었지?"

윈스턴이 샐리의 어깨에 감은 손을 드디어 거뒀다. 하지만 긴장을 풀려는 찰나, 그 손끝이 그녀의 턱 끝을 들어 올렸다.

"이곳은 연약한 숙녀에게는 위험해."

"네, 주의하겠습니다."

곧바로 원하는 대답을 들려주었지만 그는 턱을 놓아주지 않았다. 키스라도 할 듯 고개를 비스듬히 기울인 채 샐리를 내려다볼 뿐이었다.

'내겐 당신이 더 위험해.'

이번에는 바짝 마른 입술을 적시지 않을 수 없었다. 혀끝이 아랫입술을 스치는 순간 윈스턴이 미간을 미세하게 구기더니 턱 끝에서 손을 거뒀다.

"너희들도 잘 들었나?"

그가 규정을 어긴 병사들에게 다가갔다.

"이곳은. 연약한. 샐리에게는. 위험하다고."

말을 멈출 때마다 가늘고 유연한 승마용 채찍 끝의 세모난 가죽이 병사들의 명치를 쿡, 쿡 찔렀다. 목소리는 점차 성난 사자의 포효처럼 사나워졌다.

식은땀이 샐리의 등줄기를 타고 흘렀다. 프레드의 셋째 누나와는 세상에 둘도 없는 친구 사이였다. 게다가 아기 때부터 봐 와서 친동생 같은 프레드가 혹독한 벌을 받을까 봐 조마조마해졌다.

샐리는 고개를 푹 숙였다. 이내 겁먹은 토끼처럼 웅크린 어깨가 바들바들 떨리고 커다란 눈망울에서 눈물이 방울방울 떨어졌다.

"흐흑, 죄송합니다. 제가 멋대로 들어온 탓이에요. 그러니 벌은, 끅, 제가 받을게요, 대위님."

끅끅거리며 그의 트렌치코트 자락을 슬며시 잡고 흔들었다.

"남자는 여자가 우는 순간 바보가 되지."

그런 말을 어머니가 하셨다. 다만 너무 자주 쓰면 통하지 않으니 적당히 하라고도 하셨지.

이자도 어쩔 수 없는 남자인가. 윈스턴이 프레드의 가슴팍을 찌르던 채찍을 멈추더니 샐리에게 다가왔다.

"샐리, 다시는 이런 짓 하지 않으면 돼. 응? 알겠지?"

"흑, 네…."

소매로 거짓된 눈물을 닦아 내려는데 그가 막았다. 윈스턴의 손이 그녀의 턱을 감싸 들었다. 곧 반듯하게 접힌 손수건이 눈물 자국을 하나하나 가볍게 눌러 훔쳤다.

냉혈한답지 않은 행동에 모두의 눈이 커졌다. 그가 하녀의 눈물로 젖은 손수건을 잠시 내려다보다 재킷 안주머니에 넣었을 때는 모두의 눈이 튀어나올 기세로 커졌다.

한 번 쓴 손수건은 곧바로 바닥에 버리는 그였다. 그런데 다른 것도 아닌, 미천한 하녀 따위의 체액이 묻은 손수건을 챙긴 것이다.

"앞으로 식사는 밖에 두고 가."

"네, 그렇게 하겠습니다."

어린아이를 타이르듯 다정한 목소리에 경계를 풀던 순간이었다.

턱을 놓던 윈스턴의 손이 허공에서 멈추더니 샐리의 왼손 엄지를 집어 올렸다. 부드럽던 눈빛이 순식간에 날을 세웠다.

그의 시선을 따라가던 샐리의 피가 싸늘하게 식었다. 손톱 밑에 작은 달걀 껍데기 조각이 붙어 있었다.

윈스턴이 첩자의 앞에 가지런히 놓인 달걀 껍데기 무더기를 보고 피식 웃었다. 눈은 전혀 웃고 있지 않았다.

바짝 깎은 윈스턴의 손톱이 샐리의 손톱 아래로 파고들었다. 살을 후벼 파낼 것처럼 깊이 들어온 손톱이 잔인하게 비틀렸다.

연약한 살을 짓이기는 통증에 신음이 나오려는 걸 샐리는 꾹 참았다. 고문의 고통을 견디는 훈련이 몸에 배어 버려 굳이 참을 필요 없을 때마저 참게 되는 건, 나쁜 습관이었다.

윈스턴은 제 손톱 끝에 들러붙은 흰 조각을 잠자코 내려다보다 툭 튕겨 냈다. 싸늘한 한마디가 껍데기와 함께 샐리의 머리로 날아왔다.

"샐리, 넌 너무 착해서 거슬려."

별채 집무실을 청소하는 내내 집요한 시선이 샐리의 몸을 훑었다. 싸구려 나일론 브러시가 몸을 살살 훑어 내리는 느낌이었다.

시선은 이따금 간지러운가 싶으면 한순간 따끔해졌다. 저도 모르게 움찔 몸서리쳐졌다.

"대위님, 혹시 제가 방해가 된다면 청소는 나중에 하도록 할까요?"

뒤로 돌아 공손히 물었다. 윈스턴은 그새 책상 위의 서류로 시선을 돌린 후였다.

손가락 사이에 끼워진 시가의 끝이 잘근잘근 씹혀 있었다. 불을 붙이려다 잊었는지 다른 손에는 금빛 라이터가 들려 있었다.

"아니, 계속해. 난 내 일을 하고, 넌 네 일을 하고."

그는 서류를 향해 눈을 내리깐 채로 샐리 머릿속의 대본에 있는 대답을 뱉었다. 어차피 나가선 안 되는 그녀는 다시 등을 돌리고 걸레를 놀렸다. 짓씹힌 시가 끝이 자꾸 머릿속을 맴돌았다.

'나를 보며 무얼 씹는 상상을 한 걸까.'

돌연 얇은 브래지어 속에 숨겨진 가슴 끝이 따끔, 아렸다.

더러운 왕정의 돼지 새끼.

당장 나가고 싶지만 그럴 수 없었다. 중요한 임무가 남았으니까. 그나마 안심이 되는 건 문 앞에 군인 둘이 동상처럼 우두커니 서 있다는 사실이었다.

낮은 의자 위에 올라서서 책장을 천천히 닦았다. 그의 눈높이에 더욱 가까워진 종아리가 자꾸만 간질거렸다.

'차라리 소파 뒤에 엎드려 있지도 않은 카펫 얼룩이나 지울까?'

고민하던 차에 누군가가 문을 두드렸다. 윈스턴의 허락에 문이 열리자 캠벨 소위가 걸어 들어와 경례를 했다.

"대위님, 거번으로 가는 호송차는 3시에 온다고 합니다."

수용소로 가는 호송차가 온다는 소리에 샐리는 한시름 놓았다. 아저씨가 변절하지 않았구나. 이중 첩자를 미리 판별해 내는 일도 샐리의 임무였다.

"아직 시간이 있군. 손님을 심심하게 해선 안 되겠지."

피에 미친 악마. 어서 네게 걸맞은 지옥으로 떨어지길.

또 한 차례 신문이 있을 거란 말에 샐리는 속으로 저주를 퍼부었다.

"네, 당장 준비하겠습니다."

캠벨이 나가자 샐리는 윈스턴의 책상으로 다가갔다. 재떨이를 비운다는 핑계였지만 저 망할 개자식은 아직도 시가에 불을 붙이지 않았다.

그가 고개를 서류에 향한 채로 시선만 들어 올렸다. 샐리는 생긋 웃으며 빈 탄산수 병이 놓인 쟁반을 집어 들었다. 청소 도구가 든 양동이와 쟁반을 들고 태연하게 문으로 향하는 길, 가슴 끝이 또 한 번 따끔했다.

❖ · ❖

고문실 문틈으로 새어 나오던 비명이 멎었다.

이윽고 프레드가 새파랗게 질린 얼굴로 나왔다. 구역질을 참는지 이를 악물고 있었다. 그는 샐리의 손에 들린 죄수복을 받아 안으로 들어갔다.

샐리는 귀에 꽂아 두었던 솜을 뽑아 주머니에 넣었다. 주머니 안에 든 편지가 바스락거렸다.

문이 다시 열리는 순간, 청소 도구가 가득 든 양동이를 보란 듯 두 손에 들었다. 한 무리의 군인들이 쏟아져 나오며 샐리에게 목례를 했다.

그 한가운데, 점심때보다 수척해진 아저씨가 있었다. 죄수복을 입은 그는 축 늘어진 손발에 족쇄를 찬 채 가축처럼 끌려가고 있었다.

그의 떨리는 눈에서 공포를 읽은 샐리는 웃음기 없는 얼굴로 단호한 눈빛을 보냈다.

'구조대가 반드시 갈 거예요.'

회색 코트 자락이 보이자 곧바로 시선을 거뒀다. 고문실 밖으로 나오는 윈스턴은 매음굴이나 카바레 밖으로 나온 사내의 기운을 풍겼다.

쌓인 욕구를 푼, 산뜻한 낯이었다.

"그럼 오늘도 잘 부탁해."

그가 샐리의 어깨를 가볍게 두드리고 복도 저편으로 사라지자 그녀는 곧바로 고문실 청소를 시작했다.

매트리스는 '손님'이 나갈 때마다 갈 수밖에 없었다. 피와 오물로 엉망이 된 매트리스를 복도에 내어놓고 창고에서 새 매트리스를 끙끙대며 꺼내 와 침대에 놓았다.

고문실 관리는 이 저택에서 가장 고되고도 역한 일이었다. 그 탓에 모두가 꺼리지만 그만큼 주급이 높기도 했다.

그런 까닭에 원래는 노름꾼 남편을 둔 중년의 하녀, 에델이 몇 년째 맡고 있었다.

샐리가 처음 이 저택에 하녀로 잠입했을 때는 윈스턴 부인의 시중을 드는 일을 맡았다. 드레스 쇼핑, 귀부인들의 다과, 그리고 윈스턴 부인의 변덕과 험담 등. 정말이지 첩보원으로서 영양가는 조금도 없는 일이었다.

그래서 고용인들 사이에서 일 잘하는 아이로 신용을 쌓았을 즈음 아픈 어머니 탓에 돈이 궁한 척했다.

아니나 다를까. 하녀장 벨모어 부인이 부리나케 그녀를 별채에 배정했다. 일 잘하는 하녀는 귀하지만 돈이 궁한 하녀는 위험하다. 윈스턴 부인의 드레스 룸에는 값비싼 물건이 가득하니까.

그렇게 에델과 사이좋게 고문실을 맡았지만 샐리가 이쪽을 자주 기웃대는 걸 에델이 수상히 여기기 시작했다.

"혹시 그런 식으로 대위님의 환심을 사려는 거면 그만둬. 여태 대위님 앞을 알짱대다 쫓겨난 아이만 몇 명인 줄 아니?"

다행히 본래의 의도는 까맣게 모르고 있었지만 임무에 거슬렸다. 그래서 머리를 좀 써서 쫓아냈다.

"제 먼 친척 아저씨가 그걸로 벼락부자가 됐거든요. 어찌나 부러운지. 가끔 고향에 놀러 올 때 저희 엄마 병원비를 두둑이 챙겨 주는데 예전의 그 수전노는 어디 갔나 싶더라니까요. 머리부터 발끝까지 아주 휘황찬란해서…."

노름꾼 남편 탓에 끝이 보이지 않는 빚더미에 깔려 사는 에델은 신대륙의 금광 이야기를 듣고 눈이 휘둥그레졌다.

아주 지어낸 소리는 아니었던 게, 정말로 샐리의 이모네가 신대륙 금광 개발로 벼락부자가 됐다. 지금은 대양 너머의 대도시에 마천루를 가지고 떵떵거리며 살았다.

이모가 이따금 샐리에게 편지를 보내 같이 살자고 하지만 그녀는 매번 거절했다.

약한 이를 밟고 높이, 더욱 높이 올라간다. 그렇게 피로 물든 부를 쌓아 번드르르하게 입고 기름지게 먹는다. 돈이 만든 계급 속의 그들은 왕정의 돼지 새끼들과 다를 바 없어 보였다.

샐리의 돌아가신 부모님, 그리고 더 나아가 가족처럼 여기는 동지들이 꿈꾸는 세상은 그런 게 아니었다.

'그 이상향은 혁명군의 피를 먹고 자라나 열매를 맺을 것이다.'

샐리는 어릴 적부터 자주 외쳤던 구호를 되새겼다.

말 그대로 혁명군의 피가 검은 돌바닥 사이에 엉겨 붙어 있었다. 솔로 긁어내는데 주머니의 편지가 바스락댔다.

"샐리가 내 딸이었으면 좋겠어."

매일 오후 5시를 기다리는 샐리에게 애플비 부인이 한탄하곤 했다.

"우리 딸은 부활절과 성탄절에만 편지를 보낸단 말이지."

샐리는 윈스턴 저택에 우편 마차가 오면 어김없이 달려가 편지 한 장을 내밀었다. 다들 병원에 있는 어머니에게 보내는 편지인 줄 안다. 그 상냥하고 심상한 글 속에 실은 동지에게 보내는 암호가 숨어 있다는 건 오로지 그녀와 우편배달부 피터만이 알았다.

오늘 편지에는 아저씨가 거번 수용소로 이동한다는 메시지가 숨겨져 있었다.

호송차는 이미 떠났다. 당장 지부에 전화를 걸어야 할 것 같지만 저택의 전화는 도청당할 수도 있었다. 전화는 피터가 시내로 돌아가는 즉시 걸어 줄 것이다.

이곳에서 거번 수용소까지는 차로 다섯 시간 거리. 그사이 거번 근처의 구조대가 구출 작전을 세우고 대기할 시간은 충분했다. 아마 아저씨는 거번 시내에 도착하기도 전에 동지의 품으로 돌아올 것이다.

샐리는 소독약과 표백제 냄새가 진동하는 고문실 밖으로 나왔다. 복도 안쪽으로 들어가 모퉁이를 돌면 별채 꼭대기 층까지 이어진 세탁물 투입구가 있었다.

그녀는 투입구를 열고 바구니에 피로 젖은 빨랫감을 채웠다. 가득 찬 바구니를 본관의 세탁실로 들고 가려던 차였다.

"브리스톨 양."

머리 위로 갑작스레 쏟아진 목소리에 샐리는 바구니를 놓쳤다. 버드나무 바구니가 바닥으로 철퍼덕 떨어졌다.

"…대위님?"

언제 왔지? 발소리를 전혀 듣지 못했다.

머리를 틀어 올려 휑하게 드러난 뒷덜미에 뜨거운 숨결이 닿았다. 샐리의 팔뚝에 소름이 오싹 돋아 올랐다.

듬성듬성한 잔머리 아래로 코끝이 파고들어 왔다. 윈스턴이 살갗에 코를 묻은 채 숨을 들이켜자 다리가 후들거렸다. 피하고 싶었지만 사방이 차가운 벽, 그리고 피와 살로 된 뜨거운 벽으로 막혀 있었다.

"샐리, 네게서 좋은 냄새가 나."

그녀에게서 나는 건 피와 소독약 냄새뿐이다.

그가 한 발짝 더 다가왔다. 투입구 속의 벽과 윈스턴의 가슴팍 사이에 갇힌 샐리의 심장이 쿵쿵 발작적으로 날뛰었다.

'위험해. 이건 위험해.'

두 손으로 벽을 밀어내자 딱딱한 물건이 엉덩이 사이를 찔렀다. 그게 권총이 아니라는 건 쉽사리 알 수 있었다. 여러 겹의 천으로도 막지 못한 열기가 샐리의 여린 살갗을 멋대로 달궜다.

'제발, 이쪽으로.'

모퉁이 너머에서 군홧발 소리가 들렸다. 제발 이쪽으로 와. 보는 눈이 있으면 윈스턴도 더는 더러운 짓을 하지 못할 거다.

하지만 발소리는 모퉁이 직전에 멈췄다.

이제 어떤 핑계로 빠져나가야 할까. 샐리는 다급히 머리를 굴렸다.

치마 아래에 권총을 숨겨 두었지만 윈스턴을 쏘아서는 안 된다. 1년여 간의 임무가 물거품이 될 테니까.

그리고 총을 숨긴 게 들키는 순간, 자칫하다가 편지마저 빼앗길까 두려웠다.

이를 악물고 참는 사이 목덜미에 묻혀 있던 코끝이 머리칼을 훑고 올라와 귓바퀴를 덧그렸다. 귓불과 뺨 사이를 문지르며 뜨거운 숨을 내쉬던 그가 나른하게 속삭였다.

"왜 그렇게 떨어?"

이 색마, 몰라서 물어?

눈물을 머금고 머리를 굴리는데 그가 돌연 검은 장갑을 벗었다. 길게 뻗은 손가락이 옆구리의 솔기를 더듬으며 올라오자 샐리는 숨을 멈췄다.

손가락이 앞으로 자리를 옮겨 봉긋 솟은 가슴에 달린 단추를 만지작거렸다. 가슴에는 털끝 하나 닿지 않았지만 샐리의 얼굴이 화끈 달아올랐다. 손끝을 굴리는 모양새가 여자의 젖꼭지를 굴리는 꼴과 다르지 않았던 탓이었다.

더러운 변태 새끼.

"…대위님?"

"으응?"

뜨거운 숨이 다시 귓가를 간질였다. 샐리는 들으란 듯 코를 훌쩍였다.

"저 돈이 필요해요. 엄마 병원비를 곧 내야 하거든요. 대위님께서 원하신다면 뭐든 해 드릴 수 있어요."

윈스턴이 찬물 세례라도 맞은 양 삽시간에 떨어져 나갔다.

결벽증이 심한 남자다. 성에 있어서는 더하다. 한탕 크게 하려고 제게 다리를 벌리며 달려드는 여자를 윈스턴은 누구보다도 혐오했다.

샐리는 안도의 미소를 지우고 울먹이는 얼굴을 뒤집어썼다. 뒤로 돌았더니 윈스턴이 맞은편 벽에 비스듬히 기대어 지갑을 열고 있었다. 얼굴에는 언짢은 기색이 역력했다.

"샐리, 넌 착한 아이야. 그런 더러운 말, 어느 사내 앞에서도 입에 담지 마."

"…착해서 거슬린다고 하지 않으셨나요?"

샐리는 그가 내미는 지폐 뭉치를 주섬주섬 받아 쥐며 눈을 글썽댔다. 윈스턴이 허를 찔린 얼굴을 했다. 할 말이 있는지 입을 뗐으나 옅은 한숨만 나왔다.

"감사합니다, 대위님."

굶주린 포식자가 허점을 보이는 사이 도망쳐야 한다. 예의 바르게 인사를 하고 도망가려는데 팔이 턱 잡혔다.

"거슬린다는 말, 오해하지 마. 난 네가 마음에 들어."

이거 고백인가?

샐리는 그 자리에 얼어붙었다.

"피를 봐도 눈 하나 깜짝하지 않는 그 담력이 마음에 들어."

아니구나. 그제야 긴장을 풀고 윈스턴을 마주 보았다. 그의 반듯한 입꼬리가 너그러운 미소를 머금고 있었다.

"다른 여자라면 벌써 기절했겠지. 물론 사내 녀석들도. 구역질이나 해 대는 애송이 신병 녀석들보다 네가 더 믿음직스러워."

그가 말하는 애송이 신병은 프레드인 게 분명했다.

"오늘 널 다그친 건 다른 뜻이 있는 게 아니야. 그 쥐새끼들에게 친절을 베풀지 마. 교활한 놈들이야."

그거 알아? 나도 그 교활한 쥐새끼야.

샐리는 입가로 스미는 미소를 감추지 않았다. 어차피 저 왕정의 탐욕스러운 돼지 새끼는 미소의 진의를 모를 것이다.

"나는 네가 오래 남아…."

윈스턴이 팔을 놓았다. 손끝이 어깨를 훑어 오르더니 가지런히 도드라진 손마디가 그녀의 뺨을 어루만졌다.

"고문실의 일부가 되면 좋겠어."

섬찟한 말에 바짝 곤두선 솜털 끝으로 모든 신경이 쏠렸다.

고문실 담당 하녀로 오래 남아 달라는 말이다. 그래야만 한다. 그러나 저 잔혹한 자는 상냥할 수도 있는 말을 섬찟하게 꾸며 뱉었다.

사람의 생기를 빨아먹는 괴물 속에서 하나의 장기가 되라는 말로 들렸다.

그도 아니라면?

나를 저 고문실에 처넣고 쇠사슬을 목에 감고 손톱을 뽑고 싶다는 뜻인가. 고문당하는 자가 없으면 고문실은 그저 평범한 방, 그 이상도 이하도 아니니까.

샐리의 동요를 모르는 걸 보니 하녀로 오래 일해 달라는 단순한 뜻일 게 분명했다. 하지만 섬찟한 상상은 쉽게 떨쳐지지 않았다.

"네가 다쳐서 피 한 방울이라도 흘린다면…."

윈스턴이 문득 말을 멈췄다. 뺨을 부드럽게 쓰다듬던 손마디도 멈췄다.

제가 한 말에 허를 찔리기라도 한 듯 또렷하던 눈빛이 멍해졌다. 늘 차갑기만 하던 눈이 뜨거운 열기를 고요히 이글거리는 것도 같았다.

멈췄던 손이 다시 움직였다. 그녀의 입술이 차갑게 식은 탓에 그의 손끝이 유난히 뜨겁게 느껴졌다.

윈스턴은 말랑한 살점을 꾹 짓누른 채 한쪽 끝에서 다른 쪽 끝까지 훑었다. 그러는 사이 그는 상기된 제 입술을 새하얀 이로 깨물었다. 피가 배어 나올 것만 같았다.

캠든의 흡혈귀.

레온 윈스턴 대위를 코트 자락처럼 따라다니는 별명을 다시금 떠올린 샐리의 낯이 창백해졌다. 피에 굶주린 이자가 지금 나를 두고 무슨 상상을 하고 있는 걸까. 그녀의 입술을 깨물어 피를 빨아 먹고 싶은 건지도 모른다.

위험해. 이건 치명적으로 위험해.

샐리는 해맑게 웃으며 두 손을 기도하듯 모아 쥐었다. 손에 들린 지폐가 아주 똑똑히 보이도록.

잘 봐. 내 피에도 다른 여자들과 다를 바 없이 더러운 속물의 근성이 흘러.

"걱정해 주셔서 감사합니다. 대위님은 정말 너그럽고 친절하세요. 저도 대위님 밑에서 오래오래 일하고 싶어요."

그에게 마음에도 없는 찬사를 퍼붓는 순간, 윈스턴의 눈빛이 다시 돌아왔다. 샐리는 칼날처럼 싸늘하고 날카로운 시선 아래에서 도리어 안도했다.

곧바로 등을 돌려 그에게서 벗어났다. 모퉁이에 이를 때까지도 그는 샐리를 다시 붙잡지 않았다.

다소 빠른 걸음으로 모퉁이를 돈 그녀는 고문실 문 앞을 지키고 선 병사들을 지나치며 안도의 한숨을 내쉬었다. 하지만 이내 윈스턴이 그랬듯 제 입술을 짓씹게 됐다.

썩어 빠진 세상. 하녀가 주인집 사내의 더러운 손에 유린당하는 일은 슬프게도 꽤 자주 벌어진다.

하지만 윈스턴가에서 그런 일이 있었다는 말은 전혀 듣지 못했다. 윈스턴가의 형제는 여성에게 눈길을 주지 않기로 유명했다.

장남인 레온 윈스턴 대위는 그를 신뢰하는 왕가에서조차도 질려 할 만큼 가학적인 인물이지만 여성들에게만은 정중하고 부드러운 태도로 유명했다. 심지어는 혁명군이라도 여자는 절대 고문실로 끌고 오지 않았다.

차남인 제롬은 군인인 형과는 달리 얌전한 학자에 가까웠다. 이 집안 내력인지 오만한 성정만은 다를 바 없었지만.

그는 여자들이 사적인 호기심을 내비치면 현학적인 토론에 엮어서 쫓아내곤 했다. 머리가 텅 빈 도자기 인형 같은 여자를 누구보다도 혐오했다.

그러니 이 저택에 하녀로 잠입했을 때 상상이나 했을까. 형제 중 하나가 제게 몸이 달아 추근댈 거라고.

첩자란 표적의 눈에 거슬려도, 들어서도 안 된다. 여느 하녀들처럼 가구 취급을 받으려 애를 쓰건만, 이자는 늘 그녀를 과하게 좋아하고, 또 과하게 싫어했다.

나는 어디서부터 길을 잘못 든 걸까.

그 답은 놀랍게도 곧바로 알게 됐다.

'늦었다.'

빌어먹을 색정광 때문에 우편 마차가 오는 시각에 맞추지 못했다. 샐리는 저택의 정문으로 부리나케 뛰었다.

숨이 턱까지 차오를 즈음 정문이 보였다. 저택의 문지기와 한담을 나누며 그녀를 기다리던 우편배달부 피터가 가느다란 창살 사이를 기웃대며 웃었다.

"오늘은 좀 늦으셨네요, 브리스톨 양."

언뜻 보면 너그러워 보이는 눈웃음이었지만 실은 초조함이 잔뜩 어린 질책이라는 걸 모르지 않았다. 한시가 급한 때이니까.

"네, 하, 대위님께서, 저를, 찾으셔서…."

놀다 온 거 아니야, 이 자식아.

'대위님'을 언급하자 피터의 눈빛이 눈에 띄게 얼어붙었다. 샐리는 별일 없었단 뜻으로 웃으며 쥐고 있던 편지를 내밀었다.

"오늘도 잘 부탁…."

"샐리."

갑작스레 들려온 목소리에 샐리도 얼어붙었다. 등 뒤에서 고급 세단의 부드러운 엔진음이 나직이 으르렁거렸다.

"그럼 저는 이만."

피터가 샐리의 손에서 편지를 휙 낚아채 마차로 뛰어갔다. 그가 내빼는 사이 샐리의 뒤에서 작은 자갈을 밟는 소리가 점점 가까워졌다. 그녀는 아무렇지 않게 뒤돌아 그린 듯한 미소를 지었다.

"대위님, 나가는 길이신가요? 곧 저녁 식사 시간인데요."

"선약이 있어."

그는 여전히 장교복을 입은 채였다.

'사적인 선약은 아닌가?'

또 무슨 흉악한 짓을 하러 가는 걸까. 똑똑한데 부지런하기까지 한 적만큼 경계해야 할 대상도 없었다.

"그러시군요. 윈스턴 부인께서 적적해하시겠네요. 그럼 부디 즐거운⋯."

"알맹이 없는 사탕발림은 관두고."

그가 성큼 다가왔다. 또다시 위험할 정도로 거리가 좁혀졌다.

"샐리, 널 볼 때마다 묻고 싶었던 게 있어."

"⋯네?"

고용인을 저택의 톱니바퀴 정도로 여기는 그다. 기계의 부속품을 볼 때마다 무언가 묻고자 하는 인간은 없다.

도대체 무엇이 궁금한 걸까. 샐리 브리스톨이라는 하녀의 출신과 가족? 그런 거라면 이미 촘촘히 짜 놓은 신상명세대로 읊으면 그만이었다.

그러나 조금 전의 행동을 떠올려 보자면 매우 상스럽고 사적인 호기심일지도 모른다.

속에서 욕지기와 욕지거리가 한꺼번에 튀어나오려 했다. 샐리는 입을 꾹 다물었다.

"혹시⋯."

무슨 까닭인지 그녀의 눈을 집요하게 응시하던 윈스턴이 나긋한 투로 말문을 열었다. 물음은 상스럽지도 지나치게 사적이지도 않았으나 샐리는 차라리 상스러운 호기심을 바라게 되었다.

"어릴 적에 애빙턴 비치에 간 적이 있나?"

애빙턴 비치. 그 말을 듣는 순간 심장이 철렁 내려앉았다.

"*더러운 돼지 새끼!*"

미숙하기 짝이 없었던 어린 시절의 실수가 빛바랜 영화처럼 머릿속에서 되풀이됐다. 그 여름의 단 하루가 십여 년 후 그녀의 모든 시간을 앗아 가려 했다.

'아니야. 굳이 묻는 걸 보면 심증뿐이지, 확증은 없는 거야.'

그나마 유도 신문하듯 교묘히 떠보지 않아 다행이었다.

최대한 침착하게. 살길은 그것뿐이다.

"네?"

샐리는 터무니없는 소리란 듯 고개를 갸웃 기울였다.

"아뇨… 저희 부모님은 가난하셔서 그런 고급 휴양지에 갈 형편은 되지 않았어요…."

이번에는 말끝을 처량하게 늘어뜨렸다. 시골 빈농의 딸이자 가족이라고는 결핵을 앓는 어머니뿐인 가난뱅이 샐리 브리스톨의 비애를 무게 추로 삼아 눈꼬리와 입꼬리도 축 늘어뜨렸다.

"…."

윈스턴은 다시 말문을 닫았다. 질문을 빙자한 폭탄을 던지기 전처럼 그녀의 눈을 집요하게 응시했다. 애빙턴 비치의 청록빛 바다를 담은 눈동자 속에서 거짓의 증거를 찾으려는 걸까, 아니면 진실의 증거를 찾으려는 걸까.

눈을 감아 버리고 싶다. 하지만 이제 와서 감는다 한들 달라질 건 없었다.

샐리의 하녀복 블라우스가 땀으로 젖어 살갗에 달라붙기 시작하고서야 윈스턴이 시선을 거뒀다.

"하긴, 그렇지."

그는 저 스스로도 가당치 않은 억측을 했다고 믿는지 픽, 조소를 흘리고 차로 돌아갔다.

곧 철문이 열리고 사나운 엔진 소리와 함께 윈스턴은 샐리를 스쳐 지나갔다. 그녀는 점점 작아지는 차를 바라보며 조용히 중얼거렸다.

'빌어먹을 내 눈.'

네모반듯한 벽돌이 촘촘히 깔린 진입로를 구르던 바퀴가 점점 속도를 잃더니 멈춰 섰다. 길 끝의 철문은 굳게 닫혀 있었다.

집사를 통해 도착하는 시간을 미리 일러두었건만.

룸미러로 레온의 표정을 슬쩍 살핀 운전수가 곧바로 경적을 크게 울렸다. 두 번을 울리고 나서야 창살 너머에서 중년의 사내가 허겁지겁 뛰어나와 문을 열어 주었다.

차가 다시 움직이기 시작하고, 스쳐 지나는 순간 문지기가 그에게 뜬금없는 경례를 했으나 레온은 픽, 웃으며 시선을 정면으로 돌렸다.

새삼스러울 것 없었다. 앨드리치 대공가의 은근한 홀대는 하루 이틀 일이 아니니.

그럴 만도.

약혼이라는 거래에서 당장에 확실한 이득을 얻는 쪽은 윈스턴가였다. 대공가는 미래를 보고 투자를 하는 것뿐. 그러니 저울이 한쪽으로 기울

수밖에 없는 것 아닌가.

레온은 홀대가 그저 우스울 따름이었다. 궁지를 상할 정도가 되려면 이 거래에 기대, 아니 적어도 일말의 관심이라도 있어야 하는 것 아닐까.

아, 어머니라면 격분하실지도.

비스듬히 올라가던 입꼬리가 곧 다시 내려왔다.

끝이 없을 것만 같던 진입로가 드디어 끝을 보이고 있었다. 그 끝에 선 웅장한 저택은 대공가의 수많은 별장 중 하나일 뿐이었다.

별장조차도 대공가의 위세에 걸맞게 발을 들이는 자를 압도하도록 설계되었다. 하지만 그것도 대공가에게 바라는 것이나 빚이 있는 자에게나 통한다. 레온은 그저 이 모든 게 성가실 따름이었다.

저택 앞에 차가 멈춰 서자 별장의 집사가 느릿하게 걸어왔다. 조수석에 앉은 레온의 개인 수행원이 잽싸게 나가 뒷좌석의 문을 여는 사이 집사는 포마드를 발라 반질반질한 제 머리를 다듬었다.

"윈스턴 대위님, 응접실로 안내해 드리지요."

집사 주제에 제가 대공이라도 되는 양 젠체하는 인사말마저 느릿했다.

레온은 무릎 위에 얹어 두었던 서류철을 덮고 옆 좌석에 둔 검은 서류가방을 열었다. 그의 수행원인 피어스가 하겠다고 다가왔으나 손을 들어 거절했다.

오는 길에 보던 서류철과 만년필을 제자리에 넣고 검은 정모를 집었다. 단정하게 넘긴 머리에 정모를 부드럽게 눌러쓰고 모양새를 다듬기까지 했다.

"대위님, 조금만 더 서둘러 주시면…."

그는 오만한 집사가 허리를 숙이고서야 차에서 나와 집사를 따라 별장에 들어섰다. 뒤따라오겠다는 피어스는 물렀다. 어차피 여자만 데리고 나올 테니.

"대공 저하께서 기다리고 계십니다."

하지만 앨드리치 대공이 캠든의 별장에 와 있다는 소식은 뜻밖이었다. 응접실로 들어서자 대공이 편안한 차림으로 소파에 비스듬히 앉아 신문을 보다 일어섰다.

"오, 윈스턴 대위."

곧 가족이 될 사람을 부르기에는 딱딱한 호칭이었다.

"저하, 오랜만에 뵙습니다."

"그래, 로잘린을 데리러 왔나?"

"그렇습니다."

"흠…."

대공은 옆으로 길게 뻗은 콧수염을 만지작거렸다. 시선은 레온의 목 아래를 노골적으로 훑었다.

"전투에 임하듯 데이트에 임하는 진지한 태도가 보기 좋군."

대공의 말은 순진한 이에게는 칭찬으로 들릴 것이다. 하지만 레온은 순진과 거리가 멀었다.

어른들이 주선한 데이트 자리에 고급 정장이 아닌 장교복을 입고 온 것이 못마땅해 비아냥대는 걸 모를 리 없었다.

"일이 늦어져 부득이하게 이렇게 되었습니다."

겸연쩍다는 척 설핏 웃었으나 대공도 모를 리 없었다. 레온이 이 데이트, 더 나아가 이 거래에 흥미가 없다는 것을.

"그래, 일이 많이 바쁜 모양이군."

실은 일이 아니라 그 거슬리는 하녀에게 한눈을 두 번씩이나 파느라 출발이 늦어졌다.

"약속을 칼같이 지키는 대위가 오늘은 늦은 걸 보면."

뜻밖의 소리였다. 대공녀와의 약속 시각을 대공이 알고 있었다니. 정말 기다린 건가. 무슨 용건이 있어서?

귀찮은 이야기일 거란 예감이 강하게 들었다.

"한잔하겠나?"

대답할 필요는 없었다. 질문도 권유도 아니었으니까.

대공은 응접실 구석의 바로 걸어가 크리스털 잔을 집었다. 잔 속으로 호박색 액체가 쏟아져 들어가던 찰나였다. 누군가 응접실 문을 두드렸다.

"대공 저하, 로잘린 아가씨께서 오셨습니다."

"어, 들어와."

문이 열리자 나갈 채비를 마친 레온의 약혼 예정자가 걸어 들어왔다.

"윈스턴 대위."

"앨드리치 대공녀 저하."

두 사람 모두 약혼을 앞둔 남녀라기에는 딱딱한 호칭으로 서로를 불렀다.

인사를 나누다 보니 대공녀의 옷차림이 눈에 들어오지 않을 수가 없었다. 치마가 나날이 짧아지는 요즘의 유행과는 거리가 멀었다. 발목만 겨우 보이는 긴 드레스가 고상하다기보다는 갑갑해 보였다.

막대한 부를 자랑하는 대공녀답게 값비싼 것만을 둘렀으나 그 모든 것이 수수해 보이게 만드는 지루한 여자. 로잘린 앨드리치는 그런 여자였다.

지루해도 임무는 임무다. 설령 가문의 어른들이 각자의 욕심을 채우고자 그에게 내던진 임무라 해도 말이다.

레온은 대공녀에게 다가가 절도 있게 팔을 내밀었다. 팔 안쪽에 얹힌 손이 느껴지지도 않을 정도로 가벼웠다. 접촉을 꺼리는 걸 보니 이 여자도 딱히 좋아서 데이트에 임하는 건 아니었다.

"대공 저하, 술은 다음에 마시도록 하겠습니다. 유람선의 출발 시각이 얼마 남지 않았군요."

"그래, 뜻깊은 시간 보내도록."

이 거래를 뜻깊게 생각하는 자는 가문의 어른들뿐.

시가지를 가로질러 강가를 달리는 차 안, 나란히 앉은 두 사람 사이에는 어떤 대화도 오가지 않았다.

어색한 분위기를 견디지 못한 피어스가 떠들어 댔다. 그는 유람선의 고급 레스토랑과 바의 메뉴를 가볍게 추천해 주며 부디 좋은 시간 보내시길 바란다는 말까지 덧붙였다.

"저는 술을 좋아하지 않습니다."

말문을 먼저 연 건 대공녀였다. 이 뜬금없는 말은 아마도 별장에서 제 아비가 레온에게 술을 권하던 것 때문이거나 피어스가 바의 칵테일 메뉴를 읊었기 때문일 것이다.

대공은 술꾼으로 유명했다. 술꾼을 아비로 둔 여자가 술을 싫어하는 건 흔한 일이었다.

"저도 그다지 즐기지는 않습니다."

"술은 사람의 판단력을 흐트리죠. 삶의 고통을 잊게 해 준다고들 하지만 더 큰 골칫거리만 만드는 것 같더군요. 특히, 사람과 어울리는 자리에서는 쉽게 자제력을 잃고 인사불성이 되게 마련이죠."

그가 술을 먹여 어찌해 보려는 거라고 혼자 크나큰 착각이라도 하는 건가. 원체 말수가 없던 대공녀가 부탁하지도 않은 설교를 늘어놓자 레온은 점점 언짢아졌다.

데이트라는 이름의 시간 낭비 따위, 하고 싶지 않은 건 그도 만만치 않았다. 그런데 그가 이 거래에서 열등한 위치에 있으니 저 여자는 저를 덮쳐 임신이라도 시켜 거래를 무르지 못하게 할 줄 아는 모양이었다.

어처구니가 없군.

그가 진정으로 이 거래를 마무리 짓기 원했다면 진작에 그렇게 됐을 거다. 임신 같은 역겨운 짓이 아니더라도 카드는 넘치니까. 비열하다는 소리를 듣는다고 해도 말이다.

애초에 그는 여자의 나신을 보아도 심드렁할 정도로 성에는 흥미가 없었다. 장교들과 어울리다 보면 진한 향수 냄새를 풀풀 풍기는 고급 매춘부들이 술자리에 동석하는 일이 꽤나 자주 있었다. 하지만 누구에게도 몸이 동한 적 없었다.

그런데 왜 피 냄새를 풍기는 그 하녀에게는 발정하는 걸까.

분가루 냄새가 나는 대공녀의 얼굴을 응시하며 레온은 굳게 다문 입속에서 같은 이름을 되뇌었다.

'샐리 브리스톨. 샐리, 넌 대체 뭐지?'

하지만 대공녀의 연설이 끝없이 이어지는데 하녀나 계속 떠올리고 있을 순 없었다.

"오늘은 술 냄새를 맡으실 일 없을 겁니다. 안심하시죠, 대공녀 저하."

여자가 그를 빤히 쳐다보았다. 할 말이 더 있는 건가. 자그마한 크리스털과 태슬이 잔뜩 박힌 이브닝 백을 쥔 손을 초조하게 꼼지락거리더니 레온이 고개를 비스듬히 기울여 재촉하고서야 말문을 어렵사리 열었다.

"…로잘린으로 불러 주세요."

조금도 예상치 못한 청에 레온은 잠시 말문이 막혔다. 조금 전만 해도 겁을 잔뜩 집어먹은 걸 들키지 않으려 왈왈 짖어 대는 치와와처럼 굴던 여자가 느닷없이 거리를 좁히려 하다니.

그러나 어찌 되었든 부부로 살아야 할 사이였다. 언젠가는 좁혀야 할 거리. 상대가 먼저 내민 손을 잡아 주지 않으면 큰 결례였다.

"…."

그러나 이름을 부르려 입술을 떼고도 레온의 입에서는 그 단순한 세 음절이 나오지 않았다.

로잘린 앨드리치. 로잘린. 로잘린. 이름이 입에 잘 붙지 않는다.

고리타분한 이름만큼이나 고리타분한 여자.

가르치는 듯한 말투와 수도자 같은 분위기는 고급스러운 이브닝드레스를 수녀복으로 만들었다.

그리고 보니 윈스턴가에도 똑같은 말투와 분위기를 풍겨 고급 정장을 수사복으로 만드는 인물이 있었다.

'나보다는 제롬과 더 잘 어울리지 않나?'

하지만 언젠가 작위를 받을지도 모르는 이는 제롬이 아니었다. 그러니 대공가의 혼담에서 그의 동생은 처음부터 고려 대상이 아니었다.

"저를 윈스턴 대위가 아니라 레온으로 불러 주신다면 기꺼이 그러죠."

레온은 여자에게 저속한 수작이라도 부리듯 능글맞은 미소를 지었다. 물론 그런 부류의 수작일 리 없었다.

소심한 구석이 있는 여자다. 그러니 먼저 그를 이름으로 부를 리 없는 걸 알고 내민 카드였다. 고지식하기까지 하니 사내의 가벼운 수작을 기꺼워하지도 않을 거다.

예상대로.

대공녀는 잠시 망설이더니 멋쩍은 미소만 지었다. 시선은 다시 창밖으로 향하고, 차 안에는 다시 적막이 감돌았다.

레온은 무례를 범하지 않으면서 여자가 먼저 내민 손을 스스로 거둬 가게 하는 데 성공했다.

붉은 노을로 물든 선착장에 차가 멈춰 섰다. 강물은 황금빛으로 넘실대고, 고급 유람선은 주황빛 등을 휘황찬란하게 밝혔다.
레온은 차 반대편으로 건너가 문을 열어 주었다. 대공녀를 유람선으로 이끄는 길, 그는 피어스가 건네준 티켓을 꺼냈다.
유람선의 하선 시각은 네 시간 후. 자리에서 일찍 일어나지 말라는 어머니의 메시지가 티켓에 쓰여 있는 것이나 마찬가지다.
'지루한 밤이 되겠군.'
검은 제복을 빼입은 사환을 따라 유람선의 최상층으로 향하는 승강기에 몸을 실었다. 운전수가 레버를 내리고, 미끄러지듯 올라가던 승강기가 다시 레버를 올리는 순간 거칠게 멈춰 서며 덜커덩 흔들렸다.
"아…."
레온의 팔에 유령처럼 얹혀 있던 손이 그를 움켜쥐었다. 대공녀가 적잖이 당황한 얼굴을 하더니 곧바로 손에서 힘을 뺐다.
그녀의 뒤에 선 운전수가 레온에게 한쪽 눈을 찡긋하며 웃었다. 데이트를 하는 남녀를 위해 일부러 벌이는 깜짝 쇼인 모양이었다.
'쓸데없는 짓을….'
팁이라도 원하는 눈치였지만 그는 차갑게 시선을 돌렸다.
승강기의 격자문이 열리고, 사환을 따라 부드러운 카펫이 깔린 복도를 걸었다. 복도 끝의 거대한 문이 양쪽으로 열리는 순간, 흘러나온 음악 소리에 레온은 가벼운 조소를 머금었다.
레스토랑 홀의 구석에 놓인 그랜드 피아노에서 턱시도를 빼입은 남자가 건반 위로 손가락을 미끄러트렸다. 어머니가 상스럽다며 치를 떠는 재즈가 아닌 클래식 음악이었다.

어두운 색의 마호가니에 꽃무늬 천을 덧댄 의자. 조가비와 깃털 무늬 석고 장식이 덕지덕지 붙은 기둥과 프레스코화가 그려진 천장. 고전적인 내부가 완벽히 어머니의 취향이었다.

코르셋이 구시대의 유물이 되어 가는 때에 아직도 고래수염으로 만든 코르셋을 고집하는 보수적인 사람이다. 그리고 보면 약혼 예정자조차 고지식한 어머니 취향대로였다.

창가의 테이블에 마주 앉은 두 사람은 웨이터가 가져온 메뉴를 받아 들었다. 와인 메뉴는 곧바로 돌려보내고 요리를 골랐다.

"어떤 걸 좋아하시죠?"

"추천해 주시는 걸로 할게요."

제 의사를 드러내지 말고 얌전히 굴라는 구시대적인 교육을 받고 자랐나. 대공녀는 저녁 메뉴를 고르는 데 별 도움이 되지 않았다.

조금 전 당당히 술이 싫다고 할 때와는 딴판이었다. 알 수 없는 여자다. 알고 싶지도 않지만.

대충 제일 값나가는 것으로 시키고 시답잖은 잡담을 시작했다. 오늘 날씨, 창밖의 경치, 대공의 건강…. 대화는 뚝뚝 끊기고 겉돌기 일쑤였다.

벌써 지루했다.

"요즘 일은 어떤가요?"

대공녀의 물음은 뜻밖이었다. 그의 별명이며 하는 일을 모를 리 없으면서도 묻다니.

'저 여잔 정말 듣고 싶은 걸까?'

서부 사령관의 운전수로 잠입한 지 3년이나 지나서야 잡힌 블랜차드 반군의 쥐새끼 때문에 서부 사령부가 얼마나 큰 곤욕을 치렀는지.

그래서 그간 어떤 정보가 새어 나간 건지 파악하느라 며칠이나 밤낮없이 매달렸는지.

그리고 어떤 식으로 그 교활한 놈이 공포에 벌벌 떨게 해 주었는지.

오른손의 새끼손톱을 뽑을 때 게거품을 무는 꼴이 얼마나 우스웠는지.

'말해 주면 저 여자는 새파랗게 질리겠지.'

아, 하나 더. 사령관의 뒤룩뒤룩 살진 얼굴이 요즘 미라처럼 홀쭉해진 것이 얼마나 우스운지.

말해 주면 웃을까, 불쾌해할까?

알고 보니 사령관의 수많은 정부 중 하나도 반군의 첩자여서 그는 왕도로 소환당할 위기에 처했다.

그럼 그 정부는?

첩자가 여자라니. 게다가 혁명군이라는 이름으로 창녀 짓을 하다니. 기분이 더러워서 상부에서 알아서 하도록 넘겨 버렸다.

여자를 위험천만하고 더러운 일에 쓰는 비열한 족속들.

하지만 그도 비열한 족속이 아니라 할 수 있을까? 상부에서 여자를 어떻게 다루든 알 바 아니라고 생각하니까. 그의 손만 더럽히지 않으면 그만이었다.

이런 더러운 일, 방구석에서 시나 읊고 자수나 두는 영애가 알 필요는 없겠지.

"지루한 이야기일 겁니다."

그의 완곡한 거절을 대공녀는 오해하고 얼굴을 붉혔다.

"아, 이런…. 제가 군 기밀을 물어본 셈이 되어 버렸군요."

"서부 사령관이 개구리를 닮은 건 기밀이 아니죠."

시답잖은 농담에 대공녀가 성의 없이 웃었다. 지루하기 짝이 없었다.

부디 가문에 '윈스턴 부인'을 하나 더 들이는 일이 어서 마무리되길. 들인다. 집 지키는 개를 하나 사 올 때나 할 법한 말이었다.

결혼 후 가문의 장자로서 그의 임무는 일단락된다. 이딴 시시한 '데이트' 따위에 시간을 허비하지 않아도 된다는 뜻이었다.

'더딘 걸 보니 만만치 않은 기 싸움이 벌어지고 있겠군.'

약혼 논의가 얼마나 진척됐는지 레온은 몰랐다. 약혼 조건은 당사자를 따돌리고 가문의 어른들만이 논하고 있기 때문이었다. 실은 흥미가 없어 물어본 적도 없었다.

"레온, 너는 너의 일을 하렴. 이건 나의 일이야."

관여할 생각이 조금도 없는데 어머니는 영화 주인공이 소매를 걷어붙이며 뱉을 법한 말을 사뭇 진지한 낯으로 하곤 했다. 레온의 결혼을 자신의 역작으로 여기는 태도였다.

그럴 만도.

엘리자베스 윈스턴. 윈스턴 부인이 되기 전에는 어느 백작가의 영애로 불렸던 여자다.

곧 작위를 받을 것이라고 굳게 믿고 아버지와 결혼했으나 아들이 장성하고도 아직 '윈스턴 부인'일 뿐이었다. 백작가의 영애로 태어났으니 백작 부인으로 죽어야 한다는 말을 결핵 말기 환자가 피를 토하듯이 하는 사람이었다.

'운이 없군.'

윈스턴가의 선대 부인은 모두 백작 부인으로 죽었는데 말이다.

대대로 윈스턴가는 윈스턴 백작가였다. 하지만 '혁명'이라는 허울을 뒤집어쓴 반란에 쫓겨 왕가가 해외로 피신하면서 그 대가 끊어졌다.

당시 백작이었던 조부는 왕가를 단숨에 버리고 반군의 손을 잡았다. 새로운 세상이 도래했다며 선지자인 양 굴었다고, 아버지가 종종 코웃음을 치며 회상하곤 했다.

그가 말한 새로운 세상은 신분이 아닌 자본이 곧 권력이 되는 세상이었다. 조부는 초대 '혁명 정부'의 개 노릇을 해 가며 벌인 사업으로 재산을 긁어모았다.

당시 혈기 넘치는 사관생도였던 아버지는 그런 조부를 경멸해 왕가를 따라 해외로 떠났다. 앞날을 볼 줄 모르는, 앞뒤 꽉 막힌 저능아라는 소리를 들으면서.

하지만 앞날을 볼 줄 모르는 저능아는 조부였다.

'혁명 정부'는 10년도 되지 않아 와해됐다. 이념과 이상이란 허술하기 짝이 없는 것이라, 그 틈으로 개인의 이해가 쉽게 스며든다.

반군의 이념을 여전히 지지하는 쥐새끼들도 고문실에서 사나흘 정도를 보내고 나면 이념 따위를 버리고 마는 게 그 증거다. 이념이 대신 채찍에 맞아 주고 손발톱을 뽑혀 줄 게 아니니까.

그 혼란한 틈을 왕가와 왕당파가 놓칠 리 없었다. 왕정은 순식간에 복고되었고 '리폰 공화국'은 다시 '리폰 왕국'이 되었다.

왕가가 돌아오자마자 배신자를 처단하는 데 나선 건 당연했다.

그나마 아버지가 왕정복고에 혁혁한 공을 세운 게 다행이었다. 윈스턴가는 백작 작위만 빼앗겼다. 캠든 지역의 대지주라는 지위와 재산은 지킬 수 있었다.

당시 젊었던 아버지에게 왕가는 약속했다. 반란 세력의 잔당을 소탕하는 데 큰 공을 세운다면 작위를 돌려주겠노라고. 본디 왕가의 개였던 아버지는 그 후로 더욱 충직한 왕가의 미친개가 되었다고 한다.

그리고 이즈음 작위는 있지만 돈은 없는 한 백작가가 앞날을 내다본 투자라며 딸을 윈스턴 부인으로 만들었다.

'다들 어리석기 짝이 없지.'

그 약속은 여태 지켜지지 않았으니까.

아버지는 반군 첩자에게 당해 젊은 나이에 불명예스럽기 짝이 없는 최후를 맞이했다. 그 후 작위를 되찾는 의무는 자연스레 장남인 레온의 것이 되었다.

남들보다 일찍 사관학교에 들어갔다. 임관 후에는 수많은 전장과 반군 은신처를 누비며 전쟁 영웅과 흡혈귀라는 칭호를 한꺼번에 얻었다.

이젠 작위를 되찾는 데 도움이 될 가문의 영애와 결혼하는 것이 그의 다음 의무였다.

날 때부터 군대식 교육을 받고 자란 그였다. 하기 싫은 일을 묻지 않고 묵묵히 하는 것도 이젠 이골이 나 아무렇지 않았다.

그가 지나간 곳은 피투성이가 되기 마련이라는 악명 때문에 캠든의 흡혈귀라고 불리지만 실은 캠든의 충직한 군견이라는 별명이 더 어울릴지도.

'저 여자는 대공가의 순한 양이라고 부르면 될까.'

레온은 창밖의 갑판을 바라보는 대공녀를 응시했다.

대공녀에 비해 윈스턴가의 장남은 격이 낮아도 한참 낮다. 그런데도 대공이 이 혼담에 진지하게 임하는 건 아직 내전이 끝나지 않았기 때문이었다.

군인이 출세 가도를 달리는 세상이다. 수많은 젊은 장교 중 가장 촉망받는 건 레온.

대공은 막 상승세를 타기 시작했으며 위험도가 크지만 수익도 클 만한 주식을 싼값에 사는 데 남는 딸 중 하나를 쓰는 거다. 그러니 로잘린 앨드리치는 대공의 희생양인 셈이었다.

레온은 심드렁한 낯을 한 여자에게 다시 말을 걸었다.

"이곳은 마음에 드십니까?"

"…네."

다년간 첩자를 신문해 온 그의 직감이 말하건대, 저건 거짓말이다.

"다행이군요. 레스토랑 예약을 어머니께 맡긴 게 실수가 아닌가, 조금 후회하고 있었거든요."

대공녀의 얼굴에 설핏 웃음기가 번졌다.

"윈스턴 부인께서는 좋은 안목을 가지고 계시네요."

"감사합니다. 어머니께 전해 드리죠."

아무 의미 없이 몸에 밴 미소를 지었더니 대공녀가 천천히 따라 웃었다. 하고픈 말이 있는지 여자가 굳게 다문 입을 떼는 순간 웨이터가 식사를 가져왔다. 그 후론 이따금 요리를 두고 한두 마디씩 나눈 게 대화의 전부였다.

접시를 빨리 비운다 해서 이곳에서 더 빨리 탈출할 수 있는 것도 아니었다. 하지만 이 자리에서 빨리 벗어나고 싶은 몸이 제멋대로 식사를 순식간에 끝내 버렸다.

그의 접시가 비자 대공녀도 포크와 나이프를 내려놓았다. 접시는 반도 채 비지 않았다.

"죄송합니다. 군에 있으면 남자들의 식사 속도에 익숙해지게 마련이라."

레온은 같은 층의 카페로 자리를 옮겨 메뉴를 보다 뒤늦게 사과했다. 손님을 굶겨 보낼 순 없으니 케이크라도 권할 생각이었다.

"아닙니다. 사실 제가 먹기엔 양이 많았어요."

대공녀는 숙녀답게 디저트를 사양하고 홍차를 시켰다. 차를 기다리는 사이, 창밖을 응시하는 그의 얼굴에 자꾸만 시선이 들러붙었다. 거북스러워진 레온이 결국 참지 못하고 물었다.

"하실 말씀이라도 있으십니까?"

대공녀가 들켰다는 눈을 했다. 눈에 빤히 보이는 짓을 해 놓고 웃기지도 않았다. 그러곤 뭐가 그리 재밌는지 혼자 슬며시 웃다 말문을 열었다.

"소문만큼 무서우신 분은 아니네요."

레온은 조소를 억눌렀다.

'멍청한 여자. 그럼 내가 네게 채찍이라도 휘두를 줄 알았나.'

소문이 얼마나 악랄한지는 몰라도 틀리지 않을 거다. 그저 그의 진면모를 대공녀에게 보일 리 없을 따름이지.

"대위님은 정말 너그럽고 친절하세요."

진면모를 다 보고도 그를 너그럽고 친절하다고 하는 여자는 그러면 도대체 뭘까.

샐리 브리스톨.

멍청한 것 같진 않다. 오히려 멍청한 척하는 여우로 보였다.

그를 존경한다고 말하는 입과 경멸한다고 말하는 눈의 간극이 볼만했다. 가면을 벗고 속내를 완전히 드러낼 때까지 막다른 골목으로 몰아 보고 싶었다.

그러면 그 여우가 앙큼한 암컷인지 교활한 협잡꾼인지 알 수 있을까.

'예를 들자면…'

잔혹한 충동이 갑작스레 들끓자 레온은 숨을 깊이 들이쉬었다.

샐리의 검은 하녀복 치마를 걷어 올리고 그 가느다란 종아리를 벌린다. 새하얀 블루머의 한가운데를 우두둑 잡아 뜯으면 모습을 드러낼 비좁고 습한 국부에 내 권총을 쑤셔 넣는 거다.

차가운 총구로 연약한 살을 휘저어 댄다. 샐리가 쾌락보다는 고통에 가까운 신음을 흘린다.

움찔거리는 속살에서 권총을 뽑아내면 번들번들 젖은 총구를 타고 그 여자의 음란한 물이 주룩 흘러 내 손을 적시겠지.

'참기 힘들군.'

레온은 이미 한쪽으로 꼬고 있던 다리를 더욱 단단히 꼬았다. 어째서 그 보잘것없는 여자를 상상하는 것만으로도 바지 앞섶이 터질 듯 단단해지는 걸까.

그 눈 탓인가.

"즐거운 시간이었어요."

별장에 대공녀를 내려 주었을 때는 이미 자정에 가까운 시각이었다.

"저도 무척 즐거운 시간이었습니다."

레온의 산뜻한 미소에 대공녀가 의외라는 듯 눈을 휘둥그렇게 떴다. 그도 저처럼 선의의 거짓말을 할 줄 알았는데 진심으로 즐거웠다고 하다니. 믿을 수 없는 모양이었다.

꽤 즐거운 시간이었지.

유람선에서의 마지막 두 시간은 바지가 꽉 껴서 불편할 정도로 즐거웠으니까.

"그럼 다음에 뵙죠."

대공녀를 별장 안으로 들여보내고 차에 타려는데 집사가 입구에서 빠르게 걸어 나왔다.

"윈스턴 대위님, 대공 저하께서 바쁘지 않다면 오늘 진 빚은 오늘 갚고

가는 게 어떠냐고 물으십니다."

저녁때 술을 거절하고 간 것을 두고 하는 말이었다.

"이런…."

레온은 낭패라는 척 검은 장갑을 낀 검지로 미간을 문질렀다.

"오늘은 술 냄새를 맡으실 일 없을 거라고 대공녀 저하께 이미 약속드렸는데…. 벌써 부인의 신용을 잃는 사내가 되고 싶지는 않다고 말씀드리면 저하께서도 너그럽게 이해해 주시겠지. 빚은 이자까지 두둑이 쳐서 갚아 드리겠다고 전하도록."

레온은 그를 묘한 눈으로 응시하는 대공녀와 집사를 두고 차에 올랐다. 영양가 없는 연장 근무는 사절이다.

실은 급히 해결해야 할 일이 그의 바지 앞섶에서 산더미를 이루고 있었다.

한마디로 더럽게 힘든 하루였다.

샐리는 침대에 누워 오늘 하루를 되돌아보다 한숨을 내쉬었다.

삐걱.

텅 빈 방에 낡은 침대의 신음이 메아리쳤다. 별채의 다락에 자리한 하녀 방은 넷이 살아도 될 정도로 넓었다. 에델이 나가고 별채에 남은 건 그녀뿐이라 혼자 독차지하는 호사를 누리고 있었다.

"아, 오늘 정말 무슨 바람이 불었던 거야?"

그래서 머릿속으로 할 푸념도 입 밖으로 낼 수 있는 거다.

오늘만큼 윈스턴과 지겹게 엮인 날도 없을 거다. 원체 변덕이 심한 인간이기는 하다만 오늘은 정말 유령처럼 여기서 번쩍 저기서 번쩍 튀어나오는 통에 제가 심장 마비로 유령이 되는 줄 알았다.

그 들짐승 같은 직감이 발동하기라도 한 걸까.

"혹시 어릴 적에 애빙턴 비치에 간 적이 있나?"

긴 한숨이 적막한 방을 가로질렀다.

빌어먹을 내 눈.

첩자는 모름지기 외모가 평범해야 한다. 사람들이 머릿속에서 몽타주를 그려 보려 할 때 자세히 묘사하기 어려울 만큼 특징이 없어야 하니까.

사실 나름대로 평범한 외모라고 생각했다. 흔하디흔한 다갈색 머리에 요염함이라고는 눈 씻고 봐도 찾아보기 힘든 수수한 인상이었으니까.

이 청록색 눈동자만 빼면.

첩자로서의 다른 소양은 노력으로 갈고닦는다 해도 타고난 외모는 어쩔 수가 없었다. 변장도 한계가 있었다.

독특한 눈동자 탓에 이런 날이 올지도 모른다고, 그녀는 이 저택에 배치되기 전 미리 경고했다. 하지만 그는 듣지 않았다.

"수뇌부가 모범을 보여야 해."

제임스 '리틀 지미' 블랜차드 주니어. 블랜차드 혁명군의 젊은 지도자이자 그녀의 약혼자.

그가 약혼녀에게 어떤 험난한 작전을 맡겨도 샐리는 절대로 불평하지 않았다.

집에 얌전히 들어앉아 아이를 키우고 주방 용품 카탈로그를 뒤적이다 남편이 올 시간에 맞춰 코스 요리를 차리는, 그런 틀에 박힌 삶을 바란 적 없다.

약혼자에게 여자로서 사랑받기보다는 아버지에게 어머니가 그랬듯 대등한 동지로서 인정받고 싶었다.

그러니 윈스턴가 잠입 작전을 거부한 건 그녀가 겁쟁이여서가 아니었다. 윈스턴 대위가 기억할지도 모를 신체 특징 때문에 작전을 망칠 걸 우려한 탓이었지.

'이것 봐. 내 말이 맞잖아.'

신속히 다른 사람을 여기 투입하고 철수하는 게 나을지도 모르겠다. 작은 균열 하나가 붕괴로 이어지는 법이다. 오늘 대수롭지 않게 넘어갔다 해서 윈스턴이 의혹의 싹을 완전히 잘랐다는 뜻은 아니었다.

'지미에게 전화를 해 봐야겠는데….'

어차피 고문실은 비었으니 내일은 일이 많지 않을 거다.

'내일 우체국에 갈까? 전화도 쓰고….'

샐리는 방 건너 서랍장을 응시했다. 돌돌 말아 접어 둔 어느 양말 속에 오늘 윈스턴에게서 본의 아니게 갈취한 거금이 들어 있었다.

'돈도 보낼까?'

저번 주 주급과 함께 본부에 군자금으로 보내는 거다. 주급과는 달리 아무도 모르는 돈이니 제가 꿀꺽 써 버릴 수도 있지만 그건 양심이 허락하지 않았다. 게다가 딱히 쓰고 싶은 곳도 없었다.

뭐… 마담 베노아의 카페에서 카페오레 한 잔과 케이크 한 조각 정도의 호사는 괜찮겠지.

"케이크 한 조각보다 더 좋은 게 뭔지 알아?"

알아. 한 판이겠지.

생김새도, 성격도 다 다르지만 단 걸 좋아하는 식성만은 닮은 오빠가 종종 하던 소리가 문득 떠올랐다.

이 목소리가 맞았나? 기억해 내려 할수록 희미해졌다.

오빠를 만나지 않은 지 꽤 되었다. 그는 가족을 버렸으니까.

할아버지가 혁명의 주축이었다는 걸 누구보다 자랑스럽게 여기던 오빠가 사랑에 빠지는 순간 변했다.

"나는 내 가족을 위해 살 거야."

"가족? 우리에겐 혁명군이 곧 가족이야."

하지만 그는 샐리의 만류를 뿌리쳤다.

"내 자식은 우리 아버지처럼 키우지 않을 거야. 내 아내도 우리 아버지처럼…. 하, 빌어먹을…."

"제정신이야? 아버지만큼 훌륭한 사람도 없었어."

가족 같은 혁명군, 그리고 모두를 위해 더 나은 세상을 만들겠다는 대의. 이 모든 걸 오빠는 결국 버리고 추한 현실에 굴복했다.

한때 가족이었던 동지들에게 겁쟁이라고 손가락질을 당할 때 속이 쓰라린 건 샐리뿐인가 보다.

1년에 한 번 그에게 전화를 걸었다. 작전 중 명예로운 죽음을 맞은 어머니의 기일마다 그의 마음을 되돌리기 위해서. 하지만 오빠는 후회하지 않는다 했다.

[오히려 지금이 정말 행복해. 어머니도 자랑스러워하실 거야.]

그 말, 진심일까. 어떻게 진심일 수가 있을까. 게다가 평생을 혁명에 헌신했던 어머니가 비겁하게 도망친 아들을 자랑스러워하실 리 없었다.

[너도 거기서 나와. 함께 살자. 마사가 너와 함께 살 날만 손꼽고 있어.]

아니, 그럴 일은 없어. 어머니처럼 목숨을 바치는 한이 있더라도 난 도망치지 않아. 어머니가 진정으로 자랑스러워하실 아이는 나야.

삐걱. 침대가 또 울었다. 잠들지 못하고 뒤척이던 샐리가 갑작스레 얼어붙었다.

문밖에서 남자의 구둣발 소리가 울렸다.

'누구?'

이 야심한 시각에 하녀 홀로 있는 방에 찾아오는 남자의 목적이 순수할 리 없다. 심부름을 시키려면 별채 곳곳에 있는 줄을 잡아당겨 종을 울리면 그만이었다.

샐리는 매트리스 아래로 손을 넣어 작은 리볼버 권총을 집었다. 장전된 걸 다시금 확인하는데 문 앞에서 둔탁한 발소리가 멈췄다. 철컥, 탄창을 다시 밀어 넣는 동시에 한밤의 불청객이 문을 두드렸다.

"…누구세요?"

샐리는 자다 깬 척 잠시 뜸을 들이다 물었다. 일단 문을 두드렸다는 데서 조금 안심했다. 다짜고짜 문고리를 돌렸더라면 반박의 여지 없이 불순한 의도니까.

"나야."

나야, 라니.

기가 막혀 탄식이 터져 나왔다.

이미 목소리만으로도 누구인지 안다. 한술 더 떠 제 이름을 대지 않아도 누군지 알 거라고 가정하는 오만함 덕에 긴가민가할 일말의 기회조차 없었다.

샐리는 협탁의 시계로 시선을 돌렸다. 이미 자정을 넘긴 시각인데 무슨 일로 여기까지 올라온 걸까.

"아, 대위님. 잠시만 기다려 주세요."

입은 착실한 하녀였으나 파자마 바지의 뒤춤에 리볼버를 찔러 넣는 동작은 노련한 군인이었다.

문 앞으로 다가갔다. 문을 열기 전에 구석에 놓인 작은 나무쐐기를 발로 끌어와 문 앞에 놓았다. 그러곤 잠시 표정을 가다듬고 잠금장치를 풀었다.

"대위님, 필요한 게 있으신가요?"

문을 반 뼘 정도 여는 순간 쐐기를 발로 조심스레 밀어 문 밑에 박아 넣었다. 윈스턴의 눈에는 보이지 않을 것이다. 이렇게 박아 둔 쐐기를 밟고 있으면 제아무리 근육질의 사내라도 쉽게 문을 열지 못했다.

한 손으로는 문고리를, 다른 손으로는 등 뒤의 리볼버를 쥐었다. 좁은 문틈으로 복도의 불빛이 거의 새어 들어오지 못해 윈스턴의 얼굴이 잘 보이지 않았다. 그 긴 틈을 그의 거대한 인영이 빈틈없이 메운 탓이다.

"대위님?"

그가 숨을 크게 들이켜더니 잠시 뜸을 들이다 말문을 열었다.

"…안녕, 샐리."

"아, 네. 안녕하세요. 이제 돌아오셨나요?"

자다 일어난 척 일부러 눈을 나른하게 뜨고 목소리를 낮게 깔았다.

"그래."

"늦으셨네요. 일이 많으셨나 봐요."

"많다기보다는 지루했지."

"아…. 그럼 서재에서 캠벨 소위님과…."

"샐리."

"네?"

다른 군인들이 밤에 당구를 치는 걸 봤으니 거기나 가 보라고 하려는데 윈스턴이 말을 잘라먹었다.

"안녕, 샐리." 하고 시답잖게 인사를 건넬 때보다 목소리가 무거웠다. 샐리는 쐐기를 밟은 발에 힘을 주고 리볼버의 방아쇠 옆으로 검지를 뻗었다.

"난 내 일을 했으니 너도 네 일을 해야지."

뜻 모를 지시에서 풍기는 심상치 않은 위압감이 좁은 문틈을 넘어와 그녀를 짓눌렀다. 샐리는 허리춤 아래에 박힌 리볼버의 총구를 천천히 꺼냈다.

"무슨 말씀이신지…."

"하던 청소는 마저 하라는 말이야."

머릿속이 멍해졌다.

"…네?"

"집무실."

샐리는 허탈한 한숨을 꾸역꾸역 되삼켰다. 리볼버의 총구는 다시 허리춤에 얌전히 박혔다.

'뭐라고? 집무실 청소?'

원래도 제정신이 아닌 놈이라고 생각했다. 그런데 정말 돌았나?

그녀는 여전히 표정이 잘 보이지 않는 인영을 멍하니 바라보다 숨을 깊이 들이켰다.

'술이라도 취했어, 이 미치광이야?'

하지만 술 냄새는 전혀 나지 않았다.

이 밤중에, 그것도 자정을 한참 넘긴 시각에 하녀를 깨워서 한다는 소리가 집무실 청소를 마저 하라니. 집무실이 돼지우리처럼 난장판이라면 또 모르겠으나 거긴 샐리가 고문실 다음으로 가장 공들여 청소하는 곳이었다.

너 같은 놈 때문에 신분제를 무너뜨려야 하는 거야.

"아… 네…."

떨떠름한 속내를 그대로 드러내며 대답하는 찰나, 윈스턴이 문을 안쪽으로 밀었다. 문짝이 덜커덩 흔들렸다. 그뿐, 조금도 꿈쩍하지 않자 그가 적잖이 당황한 목소리로 중얼거렸다.

"…힘이 좋네."

"하하…. 네, 제가 원체…. 감사합니다."

"어서 나와."

"옷만 갈아입고 곧바로 내려갈게요, 대위님."

문을 닫으려는데 이번에는 윈스턴 탓에 문이 꿈쩍도 하지 않았다. 그는 문고리를 밖에서 쥔 채 말없이 서 있었다.

뭘 하는 건지 보이지는 않아도 느껴졌다. 얇은 파자마 아래 숨겨진 살갗이 따끔했다. 그는 지금 눈으로 샐리의 몸을 훑고 있었다.

더러운 호색한.

이미 내려가겠다고 했으니 갑자기 못 간다고 할 핑계가 없었다.

캠벨 소위라도 억지로 불러 앉혀 놓을까? 혹시 모르니 수면제도 챙기기로 했다. 이상한 조짐이 보이면 저놈이 마시는 탄산수에 수면제를 타는 거다.

"대위님?"

"…그래. 먼저 내려가 있지."

윈스턴이 문고리를 놓아주자마자 샐리는 문을 닫고 잠갔다. 문에서 멀어지는 발소리가 들리기까지는 꽤나 시간이 걸렸다.

'빌어먹을! 내일 지미에게 꼭 전화할 거야.'

힘든 하루는 아직 끝나지 않았다.

"아…."

샐리는 청소 도구를 들고 집무실로 들어서자마자 넋 나간 탄식을 흘렸다.

집무실은 돼지우리에 버금가는 난장판이 맞았다.

책상과 커피 테이블 사이, 붉은 카펫에는 검은 얼룩이 크게 져 있었다. 저게 무슨 자국인지 묻지 않게 해 준 걸 친절이라고 보아야 하나? 그 자리에는 아직도 잉크병 하나가 덩그러니 엎어져 있었다.

미친 새끼.

그 미친 새끼는 책상 뒤에 당당히 앉아 시가를 피우고 있었다.

무슨 꿍꿍이가 있는 건지, 아니면 일이 잘 안 풀린 걸 애꿎은 하녀에게 화풀이하는 건지 모르겠다.

"왔어? 옷만 입고 온다더니 오래 걸렸네."

상대가 보통 사람이면 저 산뜻하게 웃는 낯을 보고 안심했을 거다. 하지만 저자는 포로가 피에 굶주린 군견에게 쫓기는 꼴을 보며 웃는 인간이다.

감이 좋지 않았다.

여기로 오기 전 서재 쪽을 살펴봤지만 다들 자러 간 건지 아무도 없었다. 1층에서 자는 프레드라도 깨울까 했지만 같은 방을 쓰는 병사들이 수상하게 생각할까 봐 관뒀다.

그럼 수면제로 재워야겠다.

샐리는 얼룩 옆에 청소 도구가 든 양동이를 내려놓았다. 그러곤 일부러 책상 쪽을 기웃거리다 실수했다는 표정을 지었다.

"아… 죄송합니다. 마실 걸 당장 가져오겠습니다."

책상에는 윈스턴이 늘 마시는 탄산수 병과 잔이 놓여 있어야 한다. 낮에 나가는 길에 쟁반을 가져간 후로 다시 가져다 두지 않았다.

"아니, 필요 없어."

돌아서기 무섭게 그의 말이 샐리의 퇴로를 차단했다.

"이쪽으로 와."

뒤돌아 윈스턴을 바라보았다. 망령처럼 희뿌연 연기를 사이에 두고 시선이 얽히자 그는 샐리를 향해 곧게 뻗은 검지를 까딱였다.

양동이를 다시 들고 책상으로 다가가는 걸음이 조심스러웠다. 푹신한 카펫이 아니라 살얼음판을 걷는 기분이었으니.

그녀에게서 한시도 떨어지지 않는 뜨거운 시선이 살얼음을 녹일 것만 같다. 그대로 그의 검은 수렁 속으로 추락하면 그 속에 어떤 지옥이 입을 벌리고 있을까.

책상 앞에 섰더니 윈스턴이 고개를 가볍게 가로저었다.

"네?"

"이쪽."

검지 끝이 그의 옆을 가리켰다. 시키는 대로 책상을 돌아 다가가는 다리는 거북이와 다름없었지만 심장은 토끼처럼 질주했다.

'윈스턴이 나를 덮치면 빠져나올 방법이 있을까.'

빠져나올 방법은 많았다. 특수 훈련을 받은 첩자라는 걸 들키지 않고 빠져나올 방법이 드물 따름.

윈스턴의 옆에 두 손을 공손히 모으고 서자 그가 샐리를 향해 몸을 돌렸다. 곧게 뻗은 다리가 다른 쪽 무릎 위로 포개어지자 날렵한 검은 구두 코가 위로 들리며 샐리의 치맛자락 끝단에 걸렸다.

한 발 뒤로 물러서는 순간 윈스턴이 빈손을 샐리에게 내밀었다. 발은 짓궂은 소년처럼 그녀의 치마 끝을 들추면서 손은 점잖은 신사였다.

"⋯네?"

무얼 달라는 건지 몰라 고개를 갸웃했더니 그가 시가를 든 손으로 천장을 가리켰다. 손을 따라가 보니 검은 샹들리에가 눈에 들어왔다. 시선을 다시 내리자 그가 샹들리에를 눈으로 가리키며 재차 손을 내밀었다.

"잠시 소파에서 기다려 주시면…."

"그냥 해."

"먼지가 떨어질 거예요."

"그걸 치우는 것도 네 일이지."

이건 무슨 수작일까. 가죽 등받이에 몸을 깊숙이 파묻은 태도에서 샹들리에서 떨어질 먼지를 그대로 맞고 있겠다는 굳센 의지가 엿보였다.

'그래. 먼지떨이로 네 머리를 마음껏 내려쳐도 된다면 기꺼이 치워 주지.'

샐리는 하는 수 없이 양동이를 내려놓고 그 속에 꽂힌 먼지떨이를 집었다.

빚이라도 받으러 온 사람처럼 고집스럽게 제 앞으로 내민 손을 잡으려다 멈칫했다. 구둣발로 책상에 올라갔다간 발자국을 지우는 일도 샐리의 몫이 될 거다.

책상을 짚고 선 채 한쪽 발을 뒤로 들었다. 얇은 구두끈을 잡아당겨 스르륵 풀어 버리고 구두 뒤꿈치를 손으로 쥐어 아래로 부드럽게 당겼다.

흰 스타킹으로 감싼 발이 검은 구두에서 빠져나오는 그 순간까지도 윈스턴은 구두를 벗는 게 흥미로운 볼거리라도 되는 양 시선을 떼지 않았다.

그의 눈은 이런 일상적인 일조차 신문하듯 뜯어보았다.

불편한 시선에서 빨리 벗어날 길은 시키는 걸 잽싸게 해 주고 나가는 것뿐이었다. 샐리는 그의 손을 주저 없이 잡고 책상에 무릎을 올렸다.

"앗….'"

윈스턴의 손이 떨어져 나가자 책상에 한 발을 딛고 일어서려던 찰나였다. 책상 끄트머리로 삐져나와 있던 왼발을 붙잡혔다. 그 바람에 몸이 휘청하자 샐리는 두 손으로 다급히 책상을 짚었다.

출발 직전의 육상 선수처럼 어정쩡한 자세로 엎드린 채 어깨 너머를 돌아보았다. 혹시 치마를 들추지는 않을까. 한 손을 뒤로 뻗어 치맛자락을 눌렀지만 헛짚었다.

그의 시선은 전혀 다른 데 있었다.

"대위님?"

윈스턴은 샐리의 발끝에서 시선을 떼지 않은 채 피식 웃었다. 굵은 엄지가 얇디얇은 스타킹을 사이에 두고 말랑한 살을 매만지고 완만한 굴곡을 부드럽게 훑었다. 샐리의 발끝부터 뒷덜미까지 소름이 바짝 돋아 올랐다.

일부러 간지럼을 태우는 듯한 손길 탓에 앓는 소리가 튀어나올 것 같았다. 그랬다가는 난잡한 오해를 살 게 분명했다. 그녀는 입술을 단단히 깨물었다.

놓아 달라는 뜻으로 발을 당기자 부드럽던 손길이 변했다. 윈스턴이 길쭉한 손가락을 한데 오므려 샐리의 발을 감싸 쥐더니 물었다.

"내가 준 돈으로 뭘 한다고?"

예상치 못한 화제에 샐리의 저항이 멎었다. 갑자기 돈 이야기를 꺼내는 저의는 뭘까.

"엄마의 병원비를….'"

"보냈나?"

"아뇨, 아직."

돌려 달라고 하면 줄 수 있다. 그건 아무런 문제가 되지 않는다. 대지

주라는 자가 좀스럽다 싶지만 원래 가진 자일수록 탐욕스러운 법이다.

하지만 그게 아니라면? 샐리 브리스톨이라는 여자의 사적인 정보를 세세히 물고 늘어진다면 감이 좋은 저자가 허점을 눈치챌지도 몰랐다.

샐리는 마른 입술을 적시며 물었다.

"…왜 그러시죠?"

"스타킹 한 켤레를 살 돈은 빼고 보내."

"앗!"

무슨 소리냐고 물을 틈도 없었다. 소스라치게 놀란 샐리의 입에서 새된 소리가 곧바로 튀어나왔다. 굵다란 엄지가 스타킹 속으로 파고들어 와 도톰한 살을 문질러 댄 탓이었다.

"구멍 났어."

윈스턴의 목소리에 가벼운 웃음기가 섞여 있었다. 날카로운 감이 아닌 짓궂은 장난기가 발동한 것뿐이라니 다행이었지만 샐리는 긴장을 풀지 못했다.

그는 스타킹 바닥에 난 구멍에 엄지를 넣고 휘저어 댔다. 손가락이 구멍 깊숙이 들어와 새끼발가락을 괴롭혔다.

쫙. 스타킹이 더욱 찢어지는 소리까지 나자 샐리의 볼이 새빨갛게 익었다.

"도대체 얼마나 대단한 병원이길래, 응? 내가 주급을 적게 주나? 그런 것도 아닐 텐데 스타킹 한 켤레 살 돈이 없어서 구멍이 난 걸 신고 다니는 거야? 샐리, 이걸 보는 내 마음은 어떻겠어."

"아, 그, 그게 아니라…. 대위님, 내일 꼭 새로 사 신을 테니 제발 좀 놔주세요. 저기, 그게, 청소는…."

레온은 웃으며 손을 거뒀다. 그래 봐야 그의 책상 위인데 하녀는 다급히 일어나 귀퉁이로 도망쳤다. 피를 봐도 낯빛 하나 변하지 않는 여자가 고작 이런 일로 얼굴을 새빨갛게 붉히다니.

"재밌네."

미치광이.

샐리는 제가 아는 온갖 상스러운 말을 속으로 퍼부으며 샹들리에를 재빠르게 털었다.

개자식. 먼지나 먹어라.

먼지떨이 끝에 달린 타조 털을 괜히 윈스턴의 금빛 정수리 위에서 털어 댔다. 그런데 아무리 눈 씻고 보아도 먼지가 떨어지지 않았다. 샹들리에를 청소한 지 며칠 되지도 않았으니까.

얼른 끝내고 내려가는 수밖에. 소심한 보복은 포기하고 등을 돌려 샹들리에의 앞쪽을 털던 때였다.

"맞네."

얇은 스타킹으로 감싸인 종아리에 낮은 중얼거림이 스쳤다.

"네?"

놀라 돌아보는 찰나 삐걱 소리가 들렸다. 내려다보니 윈스턴은 아무 짓 안 한 척 의자 등받이에 멀찍이 기대어 앉아 있었다.

손에 들린 시가는 피우지 않고 태우기만 했는지 회색빛 재 덩어리가 짧은 시가 끝에 대롱대롱 매달려 있었다.

"아니, 혼잣말이야."

"아, 네…."

하녀가 예의 바른 미소를 지었다. 하지만 그녀가 고개를 돌리는 순간 청록빛 눈이 외쳤다. 당신을 혐오한다고.

레온은 재떨이에 시가를 털며 비스듬한 미소를 지었다.

흰색.

오늘 저녁 대공녀와 마주 앉아 한 상상이 맞았다. 샐리의 블루머는 흰색이었다.

속옷의 색을 확인했으니 이제는 저 속의 색을 확인하고 싶어지는 게 당연하다.

내 상상과 같은 색일까.

저 검은 치마와 흰 속치마 속으로 손을 넣고 단숨에 블루머 가운데의 촘촘한 솔기를 우두둑 뜯어 벌리고 싶다.

레온은 매끈한 아랫입술을 혀끝으로 훑다 불현듯 날카로운 이로 짓씹었다.

이미 본 사내가 있을까.

그는 존재조차 모르는 사내의 눈을 지지듯 시가 끝을 재떨이에 비벼 껐다.

"다 끝났습니다, 대위님. 그럼 저는 카펫을 치우겠습니다."

샹들리에를 터는 시늉이 대충 끝났다. 샐리는 윈스턴이 딴소리를 하기 전에 책상 아래로 냉큼 내려왔다.

더러운 호색한. 치마 속을 훔쳐보고 있었던 주제에 신사인 양 손을 잡아 주는 게 역겨웠다.

윈스턴이 더는 귀찮게 굴지 않는 건 그나마 다행이었다. 샐리는 카펫에 무릎을 꿇고 검은 얼룩을 지우기 시작했다.

얼른 치우고 나갈 생각에 열중하다 정신을 차려 보니 시간이 꽤 흘렀다. 그사이 윈스턴은 증발하기라도 한 것처럼 기척이 없었다.

종이를 넘기는 소리도 라이터에 불을 붙이는 소리도 들리지 않았다. 아쉽게도 저자가 증발하지 않았다는 걸 이따금 숨을 크게 들이켜는 소리로 확인했다.

쏟은 지 얼마 되지 않은 탓에 잉크가 마르시 않아 지우는 건 어렵지 않았다. 얼룩이 있던 자리가 다른 곳보다는 아주 약간 어둡기는 했지만 이 정도는 그냥 보내 주겠지.

몸을 일으켰다. 구겨진 치마를 탁탁 펴며 뒤로 돌아 윈스턴을 마주 보았다. 그는 비스듬히 기울인 턱에 가볍게 주먹 쥔 손을 괴고 이쪽을 바라보고 있었다.

이제 시가는 안 피우는 건가. 오른손은 책상 아래에 있어 보이지 않았다.

평범한 하녀가 평범하게 카펫 얼룩을 지우는 그 흔한 일이 뭐 그리 재미있는 건지. 그의 입꼬리가 슬쩍 휘어 올라가 있었다.

평소의 날카로움은 어디로 갔을까. 묘하게 부드럽고 끈적한 눈빛이 샐리의 얼굴에서 공손하게 모아 쥔 두 손으로 떨어졌다.

술이라도 한 모금 했나? 하지만 책상에는 술은커녕 물도 없었다.

"다 끝났습니다. 더 필요한 거라도 있으신가요?"

윈스턴이 가볍게 고개를 끄덕였다.

시킬 일이 있다는 건지 없다는 건지.

샐리가 고개를 살짝 기울이자 그의 시선이 턱 아래의 재떨이를 가리켰다. 검은 대리석으로 만든 재떨이에는 조금 전 윈스턴이 낭비한 고급 시가가 잿더미에 박혀 있었다.

'재떨이를 비운다는 핑계로 나갈 수 있겠구나.'

샐리는 가벼운 걸음으로 윈스턴에게 다가가 재떨이를 집다가 돌처럼 굳었다.

책상 아래에서 굵은 힘줄과 핏줄이 매끈하게 도드라진 손이 천천히 미끄러졌다. 그리고 그 손에 쥔 구릿빛 물건 또한 힘줄과 핏줄이 매끈하게 도드라져 있었다.

"헉!"

쾅. 샐리의 손에서 재떨이가 미끄러지며 책상 모서리로 떨어졌다.

검은 대리석이 산산이 부서지며 파편이 튀었다. 반사적으로 눈을 감았다 뜨자마자 샐리는 후회했다.

눈을 뜨지 말걸.

윈스턴의 손에는 구릿빛 물건이 아직도 들려 있었다.

처음엔 시가를 들고 있는 줄 알았다. 정말 시가 같은 평범한 물건인 양 손에 아무렇지 않게 쥐고 있었던 데다가 빛깔도 모양도 비슷했으니까.

그런데 시가가 샐리의 손목만큼 굵을 리가 있나.

청소를 하는 하녀를 같은 방에 두고 몰래 수음을 하고 있었다니 소름 끼친다. 하지만 더 소름 끼치는 건 들키고도 성기를 당당히 손에 쥐고 있다는 사실이었다.

'이 발정 난 미치광이가 진짜….'

여태 윈스턴을 미치광이라고 부를 때 반은 사실이고 반은 모욕이었다. 그러나 지금 이 순간은 흠잡을 데 없이 완벽한 사실이 되어 버렸다.

당장 정신 병원에 처넣어야 할 미치광이.

샐리는 울컥 차오르는 눈물을 참았다.

부패한 왕정을 무너뜨리고 모두가 더욱 평등하고 공평한 세상을 누리도록 한다는 대의를 위해 그간 온갖 더럽고 궂은 임무를 도맡아 왔다. 하지만 적의 더럽고 굵은 성기를 구경하는 일도 그 대의를 위한 희생인가?

여태 한 번도 느껴 본 적 없는 회의감마저 들려 했다.

언젠가 왕정을 무너뜨리면 저걸 단두대로 싹둑 잘라 버리겠어.

"왜 그래? 처음 봐?"

묻는 목소리가 산뜻했다. 그제야 샐리는 제가 저 몹쓸 '시가'에서 눈을 떼지 못하고 있었다는 걸 깨닫고 화들짝 놀랐다. 시선을 윈스턴의 낯짝으로 올렸더니 그는 눈꼬리를 부드럽게 휘어 내려 웃었다.

단정한 미소와 단정치 못한 물건의 사이의 괴리감이라니.

저 추잡한 개자식은 놀라는 눈치도 없었다. 도리어 놀라는 제가 이상한 사람이 된 기분이었다.

웃느라 좁아진 눈매 사이로 그의 연푸른 눈동자가 샐리를 똑바로 응시하고 있었다. 그 순간 깨달았다. 저놈은 샐리의 반응을 관찰하는 중이라는 걸.

수음을 하다 들킨 것이 아니다. 샐리가 어떻게 행동하는지 보고자 일부러 보여 주는 것이었다.

도대체 무얼 보려고 이런 짓을 하는지 알 수 없었다. 왕당파 놈들이 첩자를 가려내려고 떠보는 건 하루 이틀이 아니다. 그런데 샐리가 여태 보고 들었던 술수 중에 제 성기를 꺼내 보여 주는 놈은 없었단 말이다.

"죄송합니다, 대위님!"

일단 집무실 밖으로 도망치는 게 급선무였다. 제가 떨어뜨린 재떨이 때문에 엉망이 된 카펫은 모른 척하고 등을 돌리던 찰나였다.

"돈만 주면 뭐든 하겠다며?"

등 뒤에서 삐걱, 의자가 울었다. 윈스턴이 몸을 일으킨 것이다. 부드러운 카펫을 밟는 소리가 점점 다가왔다. 딱딱한 구두 굽이 둔탁한 소리를 낼 때마다 샐리의 심장이 쿵 소리를 냈다.

"대위님께서 원하신다면 뭐든 해 드릴 수 있어요."

낮에 제게 발정해 덤벼들던 윈스턴을 꼼짝 못 하게 묶고자 한 말이었다. 이제 그 올가미가 샐리를 도리어 옥죄고 있었다.

"그 '뭐든'이 뭔지 난 잘 모르겠거든."

윈스턴은 둘만의 비밀이라도 나누는 양 목소리를 한껏 낮춰 속삭였으나 샐리는 똑똑히 들었다. 그의 입술이 귓불을 부드럽게 스칠 정도로 가까웠으니.

가까운 건 입술만이 아니었다. 어깨를 그의 가슴팍이 짓눌렀다. 등허리도 무언가가 짓눌렀으나 그게 뭔지 샐리는 모르고 싶었다.

"한번 보여 줄래?"

"…뭘 말씀이시죠?"

그녀는 마른침을 삼키며 되물었다.

"네가 뭘 할 줄 아는지."

무어라 대꾸하기도 전에 길쭉한 손가락이 샐리의 팔뚝을 휘감았다. 불시에 몸이 돌아가며 윈스턴과 마주 보아야 했다. 코끝이 가슴팍에 부딪힐 정도로 가까웠다. 샐리는 코를 감싸느라 고개를 숙였다가 눈을 질끈 감았다.

미친놈. 미친놈. 미친놈.

저걸 아직도 꺼내 들고 있어?

"너도 몰라?"

샐리가 미간이 움푹 패도록 눈을 감은 채 재빠르게 고개를 가로저었다. 만족스러운 대답에 한쪽만 올라가 있던 레온의 입꼬리가 완벽한 대칭을 이뤘다.

그는 하녀의 턱을 가볍게 움켜쥐고 엄지와 중지로 볼을 눌렀다. 말랑한 살이 푹 들어가며 분홍빛 입술이 스르륵 벌어졌.

샐리가 마침내 눈을 번쩍 뜨더니 그와 눈을 맞췄다. 눈은 진실의 창이다. 레온은 오묘한 청록빛 눈에서 진실과 거짓을 집요하게 파헤쳤다.

"내가 원하면 뭐든 해 줄 수 있다….”

샐리가 입을 닫으려 하자 볼을 누른 손가락에 더욱 힘을 주었다. 타액으로 촉촉이 젖은 입에서 가냘픈 신음이 흘러나오니 그 붉은 구멍에서 눈을 떼기 더욱 힘들어졌다.

저 날카로운 이에 물려 피를 흘려 보는 것도 좋으려나.

레온은 샐리의 입에 검지를 넣고 말캉한 혀를 꾹 눌러 보았다. 토기가 치미는지 여자가 움찔하며 그에게서 벗어나려 안간힘을 썼다.

담이 큰 여자.

이쯤 하면 겁에 질려 울 법도 하다. 하지만 여전히 메마른 눈은 그의 손가락을 뜯어서 잘근잘근 씹어 먹고 싶다고 외치고 있었다.

“그 더러운 말을 담은 입에 이런 것도 담아 봤냐는 말이야.”

다른 손에 쥐고 있던 물건을 쓸어 올렸다. 한 발 다가가자 여자가 기겁하며 한 발 뒤로 물러났다. 닿으면 병이 옮아 죽기라도 하는 건가.

“대답은?”

여자가 그의 손목을 쥐고 강아지처럼 낑낑대다 고개를 짧게 가로저었다. 그의 성기가 제 눈에 띌 때마다 억지로 벌려진 입으로 숨을 헉 들이켜며 기겁하는 게 묘하게 불쾌하면서도 유쾌했다.

'해 본 적 없어 보이는군.'

돈에 몸을 팔아 본 적 있다면 뭘 할 줄 아는지 보여 달라고 했을 때 기겁하며 눈을 감지 않았겠지.

좀 짓궂은 방법을 쓰기는 했으나 목적은 달성했다. 레온은 만족스러운 미소를 지으며 손에서 힘을 뺐다.

샐리는 그가 불시에 놓아주는 바람에 잠시 휘청했다.

'대체 무슨 속셈이지?'

윈스턴은 무슨 변덕인지 갑자기 제 옷매무새를 추스르고 있었다.

머릿속이 너무도 엉망이라 그가 틈을 보이는 사이 도망가야 한다는 걸 잠시 잊었다. 샐리는 입가로 흘러나온 타액을 소매로 닦으며 윈스턴을 노려보았다.

남자 동지들의 침대 매트리스 아래에 숨겨진 원색적인 사진을 이따금 본 적이 있었다. 사진 속에서 벌거벗은 여자들이 남자의 성기를 입에 물고 있는 꼴을 보고 어찌나 역겨웠는지. 라이터로 태워 버린 게 몇 장인지 모를 거다.

윈스턴이 별채에서 쓰는 침대 아래에선 그런 걸 본 적 없었다. 하지만 저자도 남자이니 그런 역겨운 짓을 모를 리 없을 거다.

그래서 제 어깨를 쥐고 아래로 누를 줄로만 알았다. 어깨를 누르면 곧바로 다리 사이를 차 버리려 했다.

급소를 적 앞에 꺼내 놓고 다니는 군인이라니. 얼마나 한심한가.

그런데 그런 역겨운 짓, 해 본 적 없다고 하자마자 샐리를 놓아주었다. 고작 그 대답을 듣고 싶어 이런 황당무계한 짓을 벌인 사람처럼 말이다. 결국 그의 떠보기에 당한 것이다.

이 하녀가 남자를 겪어 봤건, 몸을 팔아 봤건 저와 무슨 상관일까.

그가 벨트 버클을 다시 채우는 사이 몸을 돌렸다. 이번에는 인사도 하지 않고 겁먹은 하녀를 연기하며 뛰쳐나가려 하는데 또 붙잡혔다.

"거기 서."

샐리는 몰래 주먹을 쥐었다. 저 날렵한 코를 주먹으로 마구 두들겨서 펑퍼짐한 주먹코로 만들어 주고 싶다. 하지만 그래선 안 되니 손에서 힘을 풀었다.

이번에는 돌려세우는 게 아니라 윈스턴이 샐리의 앞으로 걸어왔다. 그의 손에는 점심때 고문실에서 샐리의 눈물을 닦아 냈던 그 손수건이 들려 있었다.

드디어 빨아 오라는 건가.

어서 받고 나갈 생각에 두 손을 공손히 내밀었지만 손수건은 샐리의 손이 아니라 입술 옆에 내려앉았다.

"샐리, 피가 나."

재떨이가 부서지는 순간 뺨이 따끔하기는 했다. 눈앞에서 벌어지는 일에 온 감각이 마비되는 바람에 다친 것도 까맣게 잊어버렸다.

그는 답지 않게 다정한 손길로 상처를 닦아 냈다. 윈스턴이 다정할수록 불안했다. 그의 본모습은 다정과 거리가 머니까.

이봐, 제발 본래의 교만하기 짝이 없는 자로 돌아와. 네가 늘 그러듯 하찮은 하녀 따위는 저택이라는 기계의 소모품으로 취급해 주면 안 될까.

윈스턴은 샐리가 노려보는 줄도 모르고 있었다. 그의 시선은 실크 손수건에 묻은 붉은 얼룩에 달라붙어 있었으니까.

"빨아 오겠습니…."

손수건을 향해 손을 내밀자 그가 시선을 들었다. 눈이 마주치는 순간 샐리의 직감이 외쳤다.

이건 위험해.

뒷걸음질 치는 그녀의 턱을 윈스턴이 붙잡았다. 그의 입술이 곧장 다가왔다. 입술이 포개어지기 직전에 고개를 돌리려다 당황했다. 윈스턴이 먼저 샐리의 고개를 옆으로 돌려 버린 것이었다.

그의 입술은 입꼬리를 손가락 한 마디만큼 비껴 난 뺨에 닿았다. 상처가 있는 자리였다. 곧바로 온기와 습기를 머금은 부드러운 살덩어리가 살갗을 핥아 올리며 따끔한 통증이 일었다.

뜨거운 숨결이 뺨으로 고스란히 쏟아졌다. 샐리는 매서운 겨울 폭풍이라도 맞은 사람처럼 얼어붙었다.

윈스턴이 입술을 떼고도 샐리는 멍하니 얼어붙어 있었다. 흡혈귀라는 별명은 결코 비유가 아니었다. 그녀의 피 맛을 본 윈스턴의 숨이 거칠어졌다. 조금 전 그녀의 앞에서 제 성기를 쓰다듬을 때의 고른 숨소리와 확연히 달랐다.

날카롭던 눈빛 또한 흐트러져 있었다. 그는 무언가를 억누르듯 눈을 질끈 감고 제 아랫입술을 짓씹었다. 목울대가 한 번 크게 오르내리더니 그가 한숨을 내쉬며 눈을 번쩍 떴다.

눈빛이 돌아오지 않았다. 위험하다.

"대위님, 저는 이만…."

"샐리, 다음은 입술을 베어 줄래?"

턱을 틀어쥔 손을 떼어 내려 몸부림치다 멈칫했다. 설마 기억하고 있는 걸까. 그녀의 정체까지 다 알고 이러는 걸까.

혹시 모를 사태에 대비해야 했다. 샐리는 그가 알아채지 못하도록 조심스레 치마 주머니에 오른손을 넣었다.

"아니, 내가 지금 무슨 소리를 하는 거야. 그렇지?"

"대위님!"

샐리는 저항할 틈도 없이 그의 턱 아래까지 바짝 끌려갔다.

"직접 베어 물면 되는데."

캠든의 흡혈귀가 새하얀 이를 드러내며 웃는 순간 샐리는 그의 입을 왼손으로 틀어막았다. 손을 떼어 내고 그녀의 입술을 집어삼키려는 남자와 곧 몸싸움이 벌어졌다.

제아무리 샐리가 혹독한 훈련을 받았다 해도 체격이 월등히 좋은 군 장교를 한 손으로 싸워 이기는 건 불가능했다.

아직 최후의 수단을 꺼낼 때는 아니었다. 결국 주머니 속에서 그 최후의 수단을 쥐고 있던 오른손까지 꺼내 싸움에 동원해야 했다.

눈을 찌르려다 손목을 덥석 잡혔다. 윈스턴은 샐리의 허리를 한 팔로 휘감고 들어 올렸다.

공중에 뜬 몸이 딱딱한 것에 놓이는 순간 샐리의 발길질에 책상에 가지런히 놓여 있던 서류와 펜 꽂이가 카펫으로 추락했다. 발은 목표대로 윈스턴의 명치를 세차게 가격했으나 그는 잠시 얼굴을 찡그리기만 했을 뿐이었다.

"잘 싸우네. 남자 형제라도 있어? 아니면 어디서 훈련이라도 받았나?"

윈스턴에게 잡힌 발목을 비틀어 빼려다 굳었다. 싸우면 정체를 들킨다. 싸우지 않으면 저 더러운 왕정의 돼지 새끼와 꼼짝없이 몸을 섞어야 한다.

혼란한 머릿속에서 방법을 찾아 헤매는 샐리의 숨소리가 거칠었다. 그녀가 저항을 멈추자 윈스턴은 몸싸움을 하느라 이마로 흘러내린 머리칼 몇 가닥을 뒤로 넘기며 웃었다. 차분한 태도와는 달리 몸은 더욱 달아올랐는지 바지의 앞섶이 조금 전보다 솟아 있었다.

"난 아직도 궁금하거든. 너와 내가 뭘 할 수 있는지."

"대위님, 보내 주세요."

"왜 그러지? 아, 그렇지."

샐리의 단호한 거절을 윈스턴은 가볍게 여겼다. 말끔한 손이 장교복 재킷의 안쪽으로 파고들더니 검은 물건을 꺼내 책상에 누운 샐리의 가슴에 놓았다.

"난 보복만큼 보답도 확실히 하는 사람이야."

77

그가 준 건 지폐가 가득 차서 묵직한 지갑이었다. 돈 앞에서 다리를 벌리는 여자를 혐오하는 남자다. 그런데 왜 그녀에게는 돈을 쥐어 주며 다리를 벌리라고 강요하는 걸까.

아직 그의 시험이 끝나지 않은 것뿐이기를….

"대위님, 낮에는 제가 어떻게 됐었나 봐요. 저 결혼할 사람이 있어요. 배신하고 싶지 않아요."

샐리의 애걸을 무시하고 무릎 위로 말려 올라간 치맛자락 속으로 손이 불쑥 들어왔다.

"샐리, 그런 말을 할수록 더 달아오르는 법이야. 넌 남자를 잘 모르나? 아니, 너무 잘 아는 건가."

"대위님! 그만!"

그의 급소를 차려던 찰나였다. 그녀의 허벅지를 더듬어 올라가던 손이 무언가를 움켜쥐자 샐리는 겁에 질려 얼어붙었다. 윈스턴의 낯에서 가벼운 미소가 순식간에 자취를 감췄다.

"이건… 뭐지?"

오른쪽 스타킹의 밴드 아래에 박힌 물건이 단숨에 빠져나갔다. 검은 치마 밖으로 은빛 리볼버가 총구를 드러내는 순간 샐리의 가슴이 크게 들썩였다.

침착해. 침착해야 해.

샐리가 천천히 상체를 일으키는 사이 윈스턴은 리볼버를 제 눈앞으로 들었다. 그의 손에는 터무니없이 작은 권총을 응시하던 싸늘한 시선이 그 너머 샐리의 얼굴로 향했다.

"이건 뭐냐고, 내가 물었을 텐데."

권총이요. 이렇게 바보처럼 굴었다가는 오늘따라 얕은 그의 인내심이 완전히 바닥나 버릴지도 모른다. 그가 이성을 잃은 후 샐리의 운명은 윈스턴도 모를 것이다.

"제 약혼자가… 줬어요."

"약혼녀에게 금지된 물건을 줬다."

왕정이 복고된 후로 민간인은 경찰이나 군에서 특수 허가를 받은 게 아니라면 총기를 소지할 수 없었다. 2차 반란을 두려워한 탓이었다.

"무슨 일을 하는 놈이지? 뒷골목 건달 같은 놈인가?"

"그런 사람 아니에요. 착한 남자예요."

반은 진담 반은 그럴듯한 연기를 위해 약혼자의 편을 들었더니 윈스턴의 매끈한 미간이 설핏 구겨졌다.

"제가 고문실에서 일한다니까 위험하다고 어렵게 구해 준 것뿐이에요. 저도 금지된 물건인 건 알고 있어요, 대위님. 그렇지만…"

"위험하다니. 샐리, 이 저택 안에서는 아무도 네게 손대지 않을 거야. 내가 단단히 경고해 뒀거든."

네가 손대고 있잖아.

목구멍 끝까지 차오른 말을 되삼켰다. 블루머의 왼쪽 끝단 속에선 윈스턴의 오른손이 맨살을 여전히 가볍게 쥐고 있었다.

"내 말을 어길 만큼 간 큰 녀석은 너뿐일 텐데."

낮에 고문실에 혼자 들어간 일을 말하는 걸까. 윈스턴이 한쪽 입꼬리를 올려 웃었다. 하지만 눈은 웃고 있지 않았다.

"죄송합니다."

샐리는 한 마리 순한 양처럼 시선을 떨어트리며 고개를 숙였다. 본부에서 철수 명령을 내리기 전까진 정말 순한 양이 되어, 있는지 없는지도 모르게 지내야 할 듯했다.

블루머 속에 묻혀 있던 엄지가 허벅지 안쪽을 한 번 쓰다듬자 샐리는 흠칫했다.

다시 덮치려는 걸까. 불법 무기 소지를 빌미로 삼아 협박하고도 남을 인간이었다. 아니, 빌미가 없어도 덮치기부터 시작한 인간 아닌가.

눈을 살짝 치켜뜨고 그의 눈치를 살폈지만 윈스턴의 시선은 리볼버에 고정되어 있었다.

곧 다섯 개의 손끝이 맨 살갗에서 스타킹으로 홧홧한 궤적을 남기며 빠져나갔다. 그러나 안도하기는 일렀다.

윈스턴은 예리한 눈으로 리볼버를 구석구석 뜯어보았다. 리볼버의 탄창을 열고 총알을 뽑아 확인해 보더니 탄창과 총열 사이에 새겨져 있어야 할 일련번호가 지워져 있는 걸 발견하고 피식 웃었다. 샐리의 심장이 더욱 빠르게 뛰었다.

"쏴 본 적 있나?"

총기를 수없이 다뤄 본 그가 모를 리 없다. 저 리볼버는 관리가 잘된 물건이라는 걸. 쏴 본 적 없다고, 약혼자가 주길래 가지고만 있었다고 하면 거짓말이라는 것을 단번에 알아챌 것이다.

"한두 번…. 캔 같은 걸 재미 삼아…."

"그리고?"

"한 달 전에 시내에서 강도를 만나서…."

"맞혔어?"

"네…."

윈스턴이 재미있다는 듯 웃음을 터트리더니 물었다.

"나는?"

"네?"

"쏘려고 했어?"

샐리는 잔인한 장난기가 번뜩이는 눈을 응시하다 천천히, 그리고 결연히 고개를 끄덕였다. 어차피 아니라고 하면 거짓인 걸 알 테니.

"하…."

윈스턴은 또 웃음을 터트렸지만 조금 전의 웃음과는 결이 달랐다. 웃다 제 아랫입술을 짓씹는 게, 허를 찔려 당황한 기색이 어렴풋이 느껴졌다.

"나를? 재밌네."

탁, 탄창이 닫혔다. 가소롭다는 투로 뱉은 말에 여전히 미약한 당혹감이 실려 있었다.

"쏘면 죽잖아."

"…네."

"난 널 죽일 생각까진 없는데."

샐리는 험악해지려는 표정을 애써 가다듬었.

겁탈은 하되 살려는 준다니. 감사하다고 해 줘야 하나? 고작 몸만 탐하려던 주인을 죽이려 했으니 죄송하다고 사과라도 하길 바라나?

"나는 재밌는데 넌 재미가 없나 봐?"

윈스턴의 눈꼬리와 입꼬리가 아래로 축 늘어졌다. 저자가 무슨 짓을 하고 다니는지 모르는 사람이라면 시무룩한 강아지 같은 표정이 단정한 얼굴에 잘 어울린다고 생각했을 것이다.

어차피 대답을 기대하고 물은 게 아니기에 샐리는 입을 굳게 다물고 그를 응시했다. 그저 숨죽인 채 빠져나갈 빌미만 바쁘게 찾을 뿐이었다.

"이걸로 휘저어도 재밌을 것 같은데."

그가 리볼버의 총구를 위로 들곤 허공을 휘저었다.

"너무 작네. 뭐, 너도 작겠지만."

의미를 알 수 없는 말이 이어졌지만 직감이 외쳤다. 그가 위험한 짓을 하려 한다고.

"대위님…."

샐리는 구겨진 앞치마가 더 구겨지도록 두 손으로 움켜쥐며 훌쩍였다. 무리수라 할지라도 무슨 수든 두어야 했다. 곧바로 새하얀 손등으로 눈물이 톡톡 떨어졌다.

"또 울어?"

윈스턴의 목소리에서 질린 기색이 역력했다.

"저 이제 쫓겨나는 건가요?"

얼굴을 일부러 못나게 일그러트리고 고개를 드는 순간 윈스턴이 미간을 있는 대로 구겼다. 총구를 위로 들고 있던 손이 점점 바닥으로 기울어졌다.

통했다.

어머니가 그랬다. 눈물 작전은 너무 자주 쓰면 통하지 않는다고. 하지만 그건 '통한다'의 정의를 어떻게 내리냐에 달렸다.

"쫓겨, 나면, 끅, 안, 되는, 데."

소매로 눈물을 닦으며 훔쳐보니 윈스턴의 바지 앞섶이 가라앉고 있었다. 샐리는 더욱 꺽꺽대며 오열했다.

"대위니임, 흐흑…."

재미없다.

레온은 어린아이처럼 엉엉 우는 여자를 싸늘한 눈으로 바라보다 짜증 섞인 한숨을 내쉬었다. 아이처럼 굴고 있으니 흐트러진 옷매무새도 책상 끝에 힘없이 매달린 다리도 야릇해 보이지 않았다.

넌 끝까지 나를 물어뜯어야지.

궁지에 몰린 생쥐는 고양이를 물겠다고 덤벼야 재미있는 법이다. 전의를 완전히 잃고 찍찍 울어 대는 건 흥만 떨어트렸다.

차라리 그를 죽이려고 했다는 간 큰 고백을 했을 때 덮쳐 버릴 것을. 괜스레 놀리며 시간을 끌다 분위기가 식어 버렸다.

"가 봐."

무뚝뚝하게 명령하는 순간 여자가 소매에 파묻혀 있던 얼굴을 번쩍 들었다. 동그랗게 뜬 눈, 발갛게 물든 눈가, 훌쩍이느라 움찔하는 콧방울. 기회를 포착한 생쥐 같았다.

한번 가 봐. 내게서 도망가 봐.

레온은 사냥감을 덮치기 직전의 고양이처럼 조용히 입맛을 다셨다.

"…저 쫓겨나는 건가요?"

이 미련한 생쥐 같은 게….

그의 아랫입술을 짓누른 잇새로 긴 한숨이 새어 나갔다.

가라는 말에 기다렸다는 듯 뛰쳐나가면 그대로 붙잡아 카펫에 쓰러트리려 했다. 다시 구미가 당길 테니까.

그런데 쫓겨나는 거냐고 묻다니. 당차게 굴던 게 구질구질하기 짝이 없으니 일말의 흥미마저 차갑게 식어 버렸다.

"안 쫓아내. 그러니까 제발 가."

"가, 감사합니다."

하녀가 우물쭈물 감사 인사를 하며 책상 아래로 내려왔다. 레온은 눈길도 주지 않고 의자로 다가가며 책상 서랍을 열었다.

"총은 압수야."

리볼버를 서랍에 넣고 거칠게 닫고서야 하녀는 풀 죽은 낯을 돌려 문으로 향했다. 레온은 육중한 의자가 휘청하도록 거칠게 기대어 앉았다.

하녀가 문밖으로 쥐새끼처럼 빠져나가는 꼴을 잠자코 지켜보며 그는 되뇌었다.

잠깐 풀어 주는 것뿐이야. 도망쳐야 쫓는 재미가 있으니 일부러 풀어 준 것뿐이다.

그런데 왜 생쥐가 스스로 덫을 풀고 도망친 것처럼 뒷맛이 개운치 않은 걸까.

굳게 닫힌 문을 물끄러미 바라보다 폭풍이 휩쓸고 간 꼴인 책상으로 시선을 옮겼다. 여자가 떠나고 열기가 식자 제가 발정 난 개새끼처럼 이성을 잃었다는 게 한심해졌다.

저 보잘것없고 구질구질하기까지 한 여자가 뭐라고.

하지만 오래가지 못했다. 이성을 잃은 이유가 책상에 버젓이 펼쳐져 있었으니.

레온은 샐리가 버리고 간 지갑 옆에 널브러진 실크 손수건을 집어 들었다. 흰색인 탓에 한가운데 점점이 찍힌 붉은 핏자국이 더욱 도드라졌다. 옅은 피 냄새가 후각을 일깨우는 순간 혀가 그 맛을 기억해 냈다.

차가운 총구를 핥는 것 같은 짜릿한 맛, 코를 찌르는 죽음의 아찔한 내음, 하지만 아직 살아 있다고 외치는 온기와 미약한 박동.

하녀의 피 맛을 되짚는 그의 머릿속으로 오래된 기억이 되살아났다. 이제는 빛바래 흑백이 되어 버렸으나 소녀의 다갈색 머리칼과 청록빛 눈동자, 그리고 입술에 맺히던 붉은 핏방울만은 휴양지의 알록달록한 엽서처럼 또렷했다.

"더러운 돼지 새끼!"

그 소녀의 마지막 외침을 떠올린 레온의 입가에 쓰디쓴 미소가 새겨졌다. 그의 순진했던 유년기는 그날로 끝이었다.

가문의 장남이라는 빡빡한 의무에서 처음으로 도망쳤던 날 맛보았던 피. 그리고 그다음 날 처참한 꼴로 마주친 아버지에게서 맡았던 피비린내.

어릴 적 애빙턴 비치에서 보낸 짧디짧은 휴가가 그의 생에서 피가 가지는 의미를 완전히 바꿔 놓았다.

일탈.

그의 첫 일탈과 아버지의 마지막 일탈이 좋지 않은 결말을 맞은 건 애석한 일이었다. 그 후로 레온은 다시 피를 맛보고자 하는 충동을 억누를 수 없게 되었다.

제 뜻을 내세울 수 있기도 전에 이미 정해진 길이었으나 군인의 길을 걸은 건 옳았다. 사적인 흥미로 벌이는 일탈이 곧 공적인 업적이 되므로.

데이지라는 이름을 가진 소녀에게 감사해야 할까.

데이지. 까무잡잡하던 피부와 당돌한 성미에 정말 어울리지 않게 깜찍한 이름이었다.

실은 샐리가 본명일지도.

샐리의 눈을 들여다볼 때마다 의구심을 품었다. 비록 피부색이 그 아이보다는 훨씬 흰 데다 다갈색 머리는 흔하지만, 청록색 눈동자는 흔치 않았다.

샐리가 그 소녀라면 제가 이성을 잃고 발정하면서도 그 가느다란 목에 쇠사슬을 감아 갈고리에 매달고 싶어지는 이유를 마침내 찾는 셈이다.

샐리. 이 이름도 그 배짱에 어울리지 않게 깜찍하지.

레온은 거칠게 닫았던 서랍을 다시 열었다. 자그마한 리볼버는 아버지가 남기고 간 훈장을 고이 모아 둔 보관함 옆에 덩그러니 놓여 있었다.

쏘려고 했냐는 말에 단 한순간의 망설임도 없이 비장하게 고개를 끄덕이다니. 한 입 거리 주제에 겁도 없이 앙칼지게 덤비는 게 재미있는 여자였다.

레온은 조용히 웃다 리볼버를 집어 들었다.

어딜 쏘려 했을까? 내가 총을 발견하기 직전에 다리 사이를 발로 걷어 차려 했으니 그쪽일까.

그보다는 언제부터 나를 쏘겠다는 각오를 했던 걸까. 나와 마주칠 때마다 저 낡은 스타킹의 밴드에 박힌 총구를 천천히 뽑아 들었던 걸까.

그가 키스를 하려 하기 직전 샐리가 오른손을 주머니에 조심스레 넣던 모습이 불현듯 떠올랐다.

멍청한 척하는 여우. 그걸 들켰으니 멍청하기 짝이 없는 여우.

샐리 브리스톨.

겉으로는 고분고분하지만 단정한 치마 속에는 위험한 물건을 숨기고 여차하면 그를 쏠 생각을 하고 있었던 위험한 하녀.

그러면서도 그에게서 돈을 뜯어 가는 뻔뻔스러운 여자.

그가 부리는 이들 중 그 누구보다 시키는 일을 착실히 해내면서도 가장 제멋대로 구는 인간.

하나씩 정의를 늘어놓을수록 서로 다른 퍼즐을 억지로 끼워 맞춘 것처럼 부자연스러웠다. 그래서 자꾸만 구미가 당기는 건가.

은빛 리볼버를 책상 한가운데에 놓고 손을 허리로 내렸다. 벨트 버클이 순식간에 풀리고 바지 앞섶에서 튕겨 나가기 직전이던 단추가 하나씩 좁은 구멍에서 빠져나왔다.

저 권총의 주인을 벗기고 싶다. 저 여자의 속을 있는 그대로 들여다보고 싶다.

여자의 피와 눈물로 얼룩진 손수건을 쥔 손이 자연스럽게 아래로 향했다. 곧 부드러운 천이 살갗을 거칠게 스치는 소리가 집무실의 적막을 깨트렸다. 매끈한 입술 사이로 달뜬 한숨이 흘러나왔다.

"더러운 돼지 새끼!"

샐리도 그 소녀처럼 욕설을 퍼부을까. 고문실의 차디찬 금속 테이블에 알몸으로 쓰러트리고 팔다리를 모서리에 수갑으로 묶어 벌려 두면 말이다.

조금 전처럼 훌쩍훌쩍 울어 대는 게 아니라 온 힘을 다해 사지를 비틀고 고문실에 메아리치도록 비명을 질러 대고 울부짖었으면.

상상만으로도 달콤했다.

레온은 의자의 팔걸이에 팔꿈치를 비스듬히 기대고 턱을 괸 채 아래를 내려다보았다. 구릿빛 선단을 감싸 쥔 흰 천에 짙은 물 자국이 생겼다. 손을 놀릴수록 그것이 점점 번져 여자의 붉은 흔적으로 스며들었다.

처음은 어디가 좋을까?

입 속도 나쁘지 않을 것이다. 조금 전의 감상을 다시 떠올리자면 말랑하고 촉촉하고 따뜻해 제법 괜찮았다.

조금 더 솔직한 감상을 말하자면, 혀를 검지로 짓눌렀을 때 제 딴에는 피한답시고 도리어 손가락을 휘감고 빨아 댄 게 꽤 인상적이었다.

먼저 턱을 옆으로 틀어쥐고 그 자그마한 분홍빛 입술 사이로 이걸 쑤셔 넣을 것이다. 깊숙이. 거칠게. 입술이 분홍빛을 잃고 새파랗게 질릴 때까지. 좁아진 목구멍이 부드러운 숨 대신 딱딱한 살덩어리를 삼키느라 꺽꺽대며 조여들겠지.

그다음은?

그다음으로 괴롭힐 곳을 상상해 보는 레온의 숨소리가 한층 거칠어졌다. 그는 목을 바짝 죄고 있던 검은 넥타이 매듭에 곧게 뻗은 검지를 걸고 느슨하게 당겼다.

손수건에서는 굳은 피가 그의 음액에 녹아 번지고 있었다. 맑은 자국 사이로 핏줄처럼 퍼지는 샐리의 흔적이 레온의 가장 예민한 감각점에 달라붙었다. 여자의 피와 제 음액이 뒤섞인 오묘한 내음이 예민한 후각을 자극했다. 그는 샐리의 피를 제 성기에 묻히는 상상을 하며 손수건을 문지르는 손에 힘을 주었다.

좁다란 국부를 막은 얄따란 점막도 입술처럼 분홍빛일까.

가는 허리를 두 손으로 틀어잡고 그 점막에 내 분신의 끝을 맞추면 샐리가 안 된다고 울부짖겠지. 수갑 탓에 오므릴 수 없는 다리를 오므리려 애를 쓰고, 제가 얼마나 음탕한 꼴로 젖가슴을 흔들어 대고 있는지는 모른 채.

그러면 그 아이에게 제안하는 거다. 너그럽게. 네가 그만둬 달라고 빌면 관두겠다고. 그럼 당장 온갖 아부를 떨며 빌까?

사실 그런 것 따위 필요 없다며 허리를 불시에 끌어 내릴 것이다. 점막을 내 몸으로 단숨에 찢어 버리면 애걸하던 그 입으로 내게 온갖 저주를 퍼붓겠지.

배 속도 입 속만큼 감촉이 좋을까? 그는 손에 힘을 주며 샐리의 입 속을 휘젓던 순간을 되새겼다.

그 촉촉한 배 속에 한 번에 끝까지 처박는 거다. 샐리의 찢어진 입술 사이에서 숨넘어가는 소리가 튀어나올 때까지.

그 뜨거운 속살에 뿌리 끝까지 파묻힌 성기를 천천히, 아주 천천히 뽑아낼 것이다. 구릿빛 살갗이 보기 좋은 핏빛으로 빠짐없이 물들도록.

"하아…."

희고 탁한 체액이 터져 나와 핏자국에 스미는 순간 레온은 한숨을 내쉬었다. 온종일 그를 괴롭히던 욕구를 해소했다는 후련함만 섞인 건 아니었다.

"…착해서 거슬린다고 하지 않으셨나요?"

그 여자는 착해서 거슬린다는 말의 뜻을 오해하고 있었다.

하긴. 네가 착해서 고문실에 넣을 수 없는 게 거슬려, 라고 제대로 알아들을 수 있을 리가 없지.

아무리 악명 높은 고문 기술자라지만 그는 제 나름의 원칙이 있었다. 첫째, 여자는 고문하지 않는다. 둘째, 죄 없는 이를 고문실로 끌고 오지 않는다.

샐리는 이 두 원칙 모두에 걸리는 것이 문제였다.

빵 조각을 들고 성실하게 제 길을 가는 일개미의 다리를 잡아 뜯어 봐야 세 번째 다리가 뜯겨 나갈 즈음이면 심드렁해지는 법이다. 착한 아이를 일방적으로 고문하는 것도 다를 바 없었다.

'벌을 주려면 그에 걸맞은 죄가 있어야지.'

레온은 책상에 음란한 도색 사진이라도 되는 양 덩그러니 놓인 리볼버를 집어 들었다.

불법 총기 소지도 명백한 죄다. 하지만 그걸 빌미로 삼지 않은 건 너무 시시한 죄인 탓이었다.

금지된 지 한 세기가 채 되지 않았기에 아직도 옛적의 관습대로 호신용 총기를 지니고 다니다 경찰에 잡히는 이들이 수두룩했다. 그의 어머니도 이런 여성용 리볼버를 수많은 모자 상자 중 하나에 숨겨 두고 있을 게 분명했다.

샐리, 좀 더 나쁜 짓을 해 봐. 내가 널 혼내 주고 싶거든.

"차라리 쏘게 둘걸 그랬나?"

레온은 리볼버를 다시 서랍에 넣고 닫았다. 열쇠로 잠그지는 않았다.

절도는 조금 더 큰 죄일 테니.

게다가 주인의 말을 어기는 건 이 저택의 담장 안에서는 중죄일지도. 원칙을 어겨 가며 고문실로 끌고 갈 빌미가 될 수 있을까.

레온은 입매를 비틀다 눈매를 날카롭게 좁혔다. 희뿌옇게 옅어져 가는 핏자국이 그의 시선을 붙들었다.

어쩌면 그 눈 탓이 아닐지도 모른다. 그저 피 냄새 때문일지도. 다른 여자라 하더라도 피 냄새를 풍긴다면 이처럼 욕망이 들끓을까?

취향 한번 참 지독하군.

그는 쓰게 웃으며 일어섰다. 카펫은 처참한 꼴로 부서진 재떨이의 파편과 재로 엉망이었다. 내일 아침이면 그 하녀가 그를 향한 불평을 투덜거리며 이 난장판을 치울 것이다.

레온은 하녀에게 보내는 격려의 '메시지'가 잘 보이도록 펼쳐 카펫에 떨어트렸다.

양털 구름 사이로 햇살이 부드럽게 스몄다. 부서지는 햇살 아래 바람에 흩날리는 다갈색 머리칼은 구릿빛으로 반짝였다.

외출하기 알맞은 날이었다. 윈스턴 못지않게 예측을 불허하는 4월의 날씨가 어떤 변덕을 부릴지는 모르지만 말이다.

윈스턴 저택에서 가장 가까운 마을인 헤일우드까지는 자전거로 10분 거리였다. 샐리는 할인 사인을 크게 내건 잡화점을 지나 3층짜리 벽돌 건물 앞에 자전거를 세웠다.

때마침 점심 휴식 시간이 끝났는지 창문에 걸린 '폐점' 사인을 돌려 '개점'이라는 글자를 내걸던 우체국장과 눈이 마주쳤다. 중년의 남자가 검지로 안경을 추켜올리며 샐리에게 눈인사를 하더니 곧장 문을 열어 주었다.

"좋은 오후입니다, 브리스톨 양."

"안녕하세요."

샐리는 안으로 들어서다 멈칫했다. 이 자그마한 마을 우체국의 직원은 국장을 포함해 넷이지만 오늘은 어째서인지 셋뿐이었다.

"피터 씨는 쉬는 날인가요?"

"오늘은 우편 열차가 늦는 바람에 역에 있답니다."

우편배달부로 위장한 탓에 온종일 마을을 돌아다니는 피터이지만 점심은 항상 여기서 먹는다. 그래서 일부러 시간을 맞춰 왔는데 하필 오늘은 없다니.

어제 윈스턴에게서 얻은 돈을 본부에 군자금으로 보내려고 가져왔다. 피터에게 송금을 맡기면 추적할 수 없게 처리해 줬다. 다른 직원에게는 비록 위장된 정보라도 수취인에 대해 알려 주는 건 위험했다.

"조금만 기다리시면 곧 올 겁니다, 하하."

샐리가 낡은 가방끈을 그러쥐고 한숨을 내쉬자 우체국장이 긴 콧수염을 손끝으로 비비다 웃었다. 우체국 사람들은 샐리가 피터에게 장밋빛 호감이라도 있는 줄 알았다.

그럴 리가.

비록 임무 때문에 수수한 꼴로 다니지만 남자를 보는 눈도 수수하진 않았다.

'시간을 좀 보내다 올까?'

여기서 건물 두 개만 지나면 마담 베노아의 카페가 나온다. 오랜만에 작은 사치를 부려 볼까 하는 찰나였다. 중년의 여인이 어린아이를 셋이나 끌고 비좁은 우체국 안으로 들어왔다.

곧 아주머니와 아이들의 목소리 탓에 시끌벅적해졌다. 샐리는 나가려다 말고 구석의 전화 부스로 들어갔다.

문을 단단히 닫고 문에 난 작은 유리창으로 밖을 곁눈질했다. 다들 제 일로 바빠 이쪽으로는 눈길 한번 주지 않았다.

샐리는 귀퉁이에 놓인 의자에 엉덩이를 걸치고 가방에서 지갑을 찾아 열었다. 제일 큰 동전을 한 개, 두 개, 세 개도 모자라 네 개를 집으려니 한숨이 절로 나왔다. 장거리 전화는 비싸기에 잘 하지 않지만 이건 중요한 일이라 어쩔 수 없었다.

촛대 바닥처럼 생긴 수화기를 들어 귀에 대고 동전 투입구에 돈을 넣었다. 다이얼을 하나 돌리자 곧이어 젊은 여자의 카랑카랑한 목소리가 귀청을 울렸다.

[장거리 전화입니다.]

"안녕하세요. 헤일우드의 블랙번입니다."

샐리는 전화기에 달린 송화기로 몸을 기울였다. 교환수가 상대에게 전해 줄 이름인 블랙번은 철수 요청이라는 뜻이었다.

"브레이턴의 크로포드 1499번으로 걸어 주세요."

뒤이어 지역명과 상대방의 교환 회사 이름을 댔다.

[잠시 기다려 주세요.]

교환수의 목소리를 끝으로 딸깍거리는 기계음만 한참 이어졌다.

샐리는 초조하게 부스 밖을 기웃댔다. 아이를 데려온 여인은 소포를 다 부치고도 떠날 생각이 없는지 책상 뒤의 여자와 수다를 떨기 시작했다. 앞으로 10분은 더 소란스럽게 해 주길.

'그래, 엉덩이를 걷어차 줄 만하지.'

부스 안으로 희미하게 새어 들어오는 수다에 홀로 맞장구를 치며 무료한 시간을 보내는데도 상대의 목소리는 들리지 않았다. 여기저기 긁히다 못해 빛이 다 바랜 가방 버클을 손으로 문지르는데 누가 우체국 문을 벌컥 열고 들어왔다.

피터인가 싶어 고개를 드는 찰나에야 익숙한 목소리가 들렸다.

[헤일우드의 블랙번?]

샐리의 약혼자는 누군지 묻지도 않고 철수 요청 암호부터 읊었다.

"맞아."

[…뭐? 네가?]

헤일우드에 있는 피터나 프레드의 목소리를 기대했는지 적잖게 놀란 투였다.

[무슨 일 있어?]

그는 오랜만에 소식이 닿은 약혼녀에게 별다른 안부 인사 없이 본론으로 향했다. 교환수가 통화를 여전히 듣고 있을 수도 있기에 이름 한번 부르지 않고 모든 말을 모호하게 에두른 대화가 이어졌다.

"집에 가고 싶어."

지미도 알 것이다. 투정 부리는 말투는 위장일 뿐이라는 걸. 샐리는 어린아이처럼 구는 법이 없으니까.

[왜 그래? 엄마 병원비는 어쩌고?]

'엄마 병원비'라는 말은 '네 임무'로 고쳐 들어야 했다.

"고용주가 이상해."

[이상하다니. 무슨 소리야?]

"내가 여기 오기 전에 한 말 잊었어?"

어릴 적 애빙턴 비치에서 윈스턴과 마주쳤던 일로 귀에 못이 박히도록 경고했으니 잊었을 리 없다. 수화기 너머에서 긴 한숨이 들려왔다.

[하지만 넌 아직 안 잘렸잖아.]

아직 체포되지 않았으니 들킨 건 아니지 않느냐는 소리였다.

"곧 잘릴지도 몰라."

[아니라고 잡아떼. 잘하잖아. 어차피 증거도 없을 텐데. 그렇지 않아?]

이번에는 샐리가 송화기에 긴 한숨을 내쉬었다.

[우린 네가 필요해.]

지미는 제 약혼녀가 어떤 말에 가장 약한지 잘 안다. 젖먹이이던 시절부터 같이 커 와서 친남매나 다름없었으니.

"하지만…."

샐리는 크게 숨을 들이쉬곤 멈췄다. 누구에게도, 아니 그 누구보다도 약혼자에게는 말하고 싶지 않지만 꼭 해야만 했다. 찰나의 망설임을 끝낸 그녀는 눈을 질끈 감고 내쉬는 숨에 털어놓았다.

"어제 그자가 날 덮치려 했어."

수화기 저편에서는 정적이 이어졌다. 기차로 다섯 시간은 족히 떨어진 곳에 있는 그의 머릿속에는 지금 어떤 생각이 오가고 있을까.

겁탈당할 뻔한 연인을 향한 걱정? 당장 그녀를 윈스턴의 더러운 손아귀에서 빼내야겠다는 결심? 약혼녀를 범하려 한 더러운 짐승을 향한 분노?

설마, 공작 대상의 눈에 불순하게 띄는 바람에 작전을 망치게 된 동지를 향한 실망?

[정말이야?]

모두 틀렸다. 샐리는 허탈한 분노를 터트렸다.

"그럼 내가 이런 일로 거짓말을 하겠어?"

[아니, 그런 뜻이 아닌 거 너도 잘 알잖아. 내가 아는 그자와 너무… 맞

지 않으니까.]

혁명군의 수장인 지미가 1급 주의 인물인 윈스턴의 특성을 모를 리 없었다. 윈스턴은 비록 수법이 더럽기 짝이 없는 자라 해도 아랫도리만은 깨끗하다는 게 일관된 정보였다. 그러니 그도 안심하고 제 약혼녀를 윈스턴의 본거지에 투입했을 것이다.

그런데 여태 일관되던 정보와 어긋나는 진술이 샐리의 입에서 처음으로 튀어나온 것이다. 서운함과는 별개로 단번에 믿기 힘든 소리라는 건 그녀도 잘 알았다.

샐리는 지미에게 위기감을 더해 줄 말을 덧붙였다.

"치마 속에 숨겨 둔 걸 뺏겼어."

[…그런데도 잘리지 않았어?]

"그래서 더 위험하다는 거야."

윈스턴이 그녀만 다르게 대하고 있다. 다음 행동을 도저히 예측할 수 없었다.

샐리는 지미의 대답을 잠자코 기다리며 고민했다.

다른 일도 털어놔야 하나. 윈스턴이 어제 그녀의 피를 빤 것도 모자라 피를 닦은 손수건으로 수음을 한 증거를 집무실 바닥에 보란 듯이 남겨 놓았다고.

아무리 가족이나 다름없는 약혼자라지만 이런 이야기는 너무도 치욕스러웠다.

"나 시간 없어."

전화 요금이 곧 바닥날 것이다. 수화기 너머에서 무거운 한숨 소리가 들리더니 지미가 연인을 타이르는 목소리로 지령을 내렸다.

[친구 집에 가 있어. 어른들과 얘기를 좀 나눠 보고 전화할게.]

간부들과 논의해 봐야겠으니 여기서 전차로 한 시간 거리인 윈스포드 시의 안가에서 대기하라는 말이었다. 샐리는 곧바로 전화를 끊고 부스 밖으로 나왔다.

돈은 다음에 보내야 하는 걸까. 피터는 아직도 돌아오지 않았다. 샐리는 우체국장에게 눈인사를 하고 우체국 밖으로 향했다.

전차 정거장까지 가는 길, 마담 베노아의 카페에 들렀다.
"이거랑 이거, 포장해 주세요."

빠듯한 주머니 사정에 고급 카페의 케이크 두 조각은 무리였다. 그렇지만 안가에서 일하는 프레드의 누나이자 소꿉친구인 낸시에게도 작은 사치를 누리게 해 주고 싶었다.

자전거는 전차 정거장의 기둥에 묶어 두고 윈스포드로 향하는 전차에 올랐다. 창가에 앉아 밖을 하염없이 바라보자니 양 떼가 풀을 뜯는 목가적인 풍경이 곧 새카만 연기를 내뿜는 거대한 공장 지대로 바뀌었다.

한때 이곳은 사과 과수원이었다. 지주가 십여 년 전 사과나무를 모두 베어 버리고 자동차 부품 회사에 팔았다.

기술이 발전할수록 땅을 가진 자는 더욱 부자가 되었고 그 땅에서 농사를 짓던 이들은 더욱 가난해졌다. 농장에서 쫓겨나 공장에서 수십 시간 햇살 한번 보지 못하며 강도 높은 노동을 한 끝에 얻는 보잘것없는 임금은 약값으로 탕진하게 마련이니까.

눈앞을 스치는 건물이 서서히 높아졌다. 작은 시골 마을에서는 눈에 띄지 않는 빈부의 격차는 대도시에 가까워질수록 도드라진다.

웅장한 오페라 극장이 보이자 샐리는 전차에서 내렸다. 분주히 제 갈 길을 가는 인파를 헤치고 걷다 보니 대형 백화점이 나왔다.

온화한 날씨에 맞지 않게 화려한 담비 털 모피를 어깨에 두른 젊은 여자가 열 살 정도 된 남자아이의 손을 잡고 길가에 선 택시를 향해 걸어가고 있었다. 아이의 손에는 얼마 전 막내 왕자가 타국의 왕실에서 선물 받아 유명해진 기차 세트가 들려 있었다.

그걸 길가에 선 또래의 사내아이가 초점 없는 눈으로 바라보고 있었다. 얼굴에 석탄의 검댕이 묻은 아이의 목에는 일자리를 구한다고 쓴 골판지가 매달려 있었다.

샐리는 군자금으로 보내려던 돈에서 지폐 몇 장을 꺼내 아이에게 내밀었다. 아이는 눈을 휘둥그레 뜰 뿐, 선뜻 돈을 받지 않았다.

"…어떤 일인가요?"

무슨 험한 일을 시키려 하기에 흥정도 없이 거금을 주냐는 뜻이었다.

"그냥 주는 거야."

아이는 겁먹은 강아지처럼 눈을 깜빡이며 손톱 아래에 까맣게 때가 낀 손을 천천히 내밀었다. 대가를 바라지 않는 호의가 오히려 두려운 눈이었다.

휙. 샐리의 손에서 돈이 낚아채였다. 아이는 돈을 쥐자마자 감사 인사도 없이 달아났다. 낯선 여자가 마음을 바꿔 돈을 돌려 달라고 하거나 도둑으로 몰지도 몰라 도망치는 것이었다.

불신은 아이의 마음속에만 있는 것이 아니었다.

샐리도 이곳을 빨리 떠나야 했다. 아이가 나쁜 마음을 먹고 질 나쁜 사내들을 끌고 와 샐리에게 도리어 강도질을 할 수도 있으니까. 지금은 총도 없으니 더욱 조심해야 했다.

백화점을 우회로로 쓰기로 했다. 부활절을 앞둔 백화점은 동화 속 세상처럼 아기자기하고도 화려하게 꾸며져 있었다.

'그러고 보니 스타킹을 사야 하는데….'

어제 윈스턴이 구멍을 내다 못해 찢어 버린 스타킹은 못 쓰게 됐다.

스타킹이 진열된 매대로 다가갔다. 장부를 놓고 셈을 하던 점원이 검은 아이라이너로 길게 뺀 눈꼬리를 살짝 들어 샐리를 보더니 다시 장부로 시선을 내렸다.

점원의 보는 눈이 틀리지 않았다. 백화점의 고급 스타킹은 샐리의 몫이 아니었다.

샐리는 집었던 스타킹이 마음에 들지 않는 척 자연스럽게 놓고 발길을 돌렸다. 저택으로 돌아가는 길에 헤일우드의 잡화점에서 할인하는 레이온 스타킹이 있는지나 봐야 할 듯했다.

모퉁이를 돌자마자 문득 발걸음을 멈췄다. 유리에 수수한 제 모습이 비친 탓이었다.

낡은 연회색 카디건에 아무 자수도 없는 라운드 칼라가 달린 흰 블라우스, 무릎 아래까지 오는 네이비색 플리츠스커트, 그리고 낡디 낡은 갈색 가죽 가방.

유리 너머에 하필이면 그녀의 주급 열 배에 달하는 화려한 드레스를 입은 마네킹이 서 있는 탓에 수수하다 못해 초라해 보이기까지 했다.

"*넌 예쁘게 크지 말렴. 예쁘게 꾸미지도 마. 누구의 눈에도 띄지 말아.*"

저 화려한 드레스를 입은 제 모습을 저도 모르게 상상하던 샐리의 머릿속을 어머니의 목소리가 나지막이 울렸다.

'어차피 난 어머니처럼 길 가던 남자들이 모두 한 번씩 돌아보게 만드는 미인도 아닌걸요.'

어머니는 임무 때문에 자리를 비우는 시간이 길었기에 샐리를 키워 준 건 혁명군의 공동체였다. 어쩌다 그녀가 한 번씩 집으로 돌아오면 샐리는 제 침대로 들어가 잠든 척했다. 샐리가 깨어 있거나 다른 사람의 앞에서는 어머니가 항상 딱딱하게 굴었기 때문이었다.

그녀는 샐리가 잠이 들면 침대에 걸터앉아 머리를 쓰다듬어 주었다. 평소에는 느끼기 힘든 다정한 손길이었다.

"넌 예쁘게 크지 말렴. 예쁘게 꾸미지도 마. 누구의 눈에도 띄지 말아."

어머니는 항상 주문처럼 같은 말을 되뇌었다. 그 말이 그저 술김에 하는 무의미한 독백은 아니었는지 누가 샐리에게 화장품이나 예쁜 장신구를 사 주면 싫어하다 못해 직접 쓰레기통에 버리기까지 했다.

샐리의 열다섯 살 생일에 아버지가 빨간 립스틱을 사 주셨을 때에는 격노해 그에게 와인 잔을 던지기까지 할 정도였다.

어릴 때는 서운하기도 했다. 어머니의 화장대 서랍에는 색색의 화장품이 빽빽했고 옷장에는 어디서 돈이 나서 샀는지 모를 값비싼 드레스와 구두가 가득했으니까.

'그럼 내겐 왜 그랬던 걸까?'

묻고 싶지만 어머니는 이 세상 사람이 아니었다. 이유야 무엇이건 어머니가 훌륭한 혁명군이었다는 사실은 변하지 않았다.

'너도 훌륭한 혁명군이야.'

샐리는 유리에 비친 제 모습을 물끄러미 바라보다 희미하게 웃었다. 자전거를 탄 탓에 조금 헝클어진 머리를 손으로 가지런히 빗어 넘기며 되뇌었다.

이건 내가 택한 길이야.

윈스포드의 서부 사령부를 빠져나와 거번을 향해 달리기 시작한 세단에는 사뭇 무거운 정적이 내려앉아 있었다. 그것을 웃음기 섞인 나지막한 저음이 깨트렸다.

"이러다 뼈만 남겠군."

레온은 차창 밖에 둔 시선을 옆 좌석에 앉은 상관인 험프리 중령에게로 돌렸다.

누구를 두고 하는 말인지는 굳이 물을 필요 없었다. 레온의 머릿속에서도 이미 서부 사령관이 피골이 상접한 낯으로 거번의 습격 현장에서 고래고래 고성을 지르고 있었다.

"적당한 체중 감량은 건강에 좋은 법이죠."

"오래 살 수 있다면 말이지."

운전수와 정부가 반군 첩자로 밝혀진 것만으로도 사령관의 앞길은 낭떠러지인 셈이다.

그런데 첩자 중 하나를 수용소로 호송하던 중에 반군의 습격을 당해 놈을 놓친 것도 모자라 호송 부대는 인명 피해를 당하기까지 했다. 사령관이 왕도로 소환되면 당할 문책이 두 배로 는 셈이었다.

사령관은 군인으로서의 절도도 품위도 잃고 탐욕만 남은 자였다. 레온이 늘 역겨워해 마지않았던 자이나 요즘은 측은해 보일 정도였다.

"해리스의 낯도 볼만하겠어."

중령은 호송 부대의 지휘관을 들먹이며 웃었다. 중령이 맡은 정보국은 이번 사건에 아무런 책임이 없기에 남 일처럼 웃는 것이다.

하지만 남 일이라고 할 수 있을까.

레온은 조수석에 앉은 캠벨 소위의 뒤통수를 날카로운 눈으로 응시했다.

목적지가 거번인 건 어떻게 알았을까.

놈들은 인원을 급파해 호송차를 뒤따라오며 친 것이 아니었다. 거번 외곽에서 대기하다 호송차를 습격했다. 습격은 조직적이고 치밀했다. 그 말은 언제 호송이 이뤄지는지도 미리 알고 있었다는 뜻이었다.

정보가 어디선가 새어 나갔다.

이번이 처음이 아닐지도 모른다. 몇 달 전, 이중 첩자로 삼아 풀어 준 자는 고작 이틀 만에 제거됐다. 의혹이 확신으로 변해 가고 있었다.

물론 호송 부대나 사령부의 다른 과에서 정보가 새어 나갔을 수 있다.

하지만 아니라면?

레온의 지휘 아래에 있는 자가 밀고했다면 그의 앞길도 낭떠러지가 될 것이다.

그럴 순 없지.

그는 아니기를 바라고만 있을 만큼 순진하지 않았다. 상부에서 찾기 전에 그가 먼저 찾아 묻어야 했다. 수하가 밀고했다는 사실을 묻고 밀고한 자의 시체도 어딘가에 묻어야 한다는 뜻이었다.

캠벨?

레온은 캠벨의 뒤통수를 노려보던 시선을 누그러뜨렸다.

저자는 그럴 리 없다.

캠벨가는 수백 년 동안 윈스턴가의 가신이었다. 가신이라는 지위가 사라진 지금은 윈스턴가의 도움을 받아 군수 사업을 벌이고 있었다. 그러니 캠벨 소위는 레온이 마음껏 부리라고 캠벨가에서 손수 보내 준 개라는 말이다.

지시를 내려야겠군.

거번에 도착한 후, 중령이 자리를 비우면 넌지시 지시할 생각이었다. 그가 맡은 국내정보과와 윈스턴 저의 별채에 배치된 병사들의 최근 동향을 낱낱이 파악하라고.

'그리고….'

창밖으로 무심코 고개를 돌린 레온의 동공이 순식간에 커졌다.

저 여자가 왜 저기에….

혼잡한 보도에 그 하녀가 서 있었다.

수많은 인파가 바삐 스쳐 가는 가운데 여자는 무얼 하는 건지 갈색 핸드백 속을 뒤지고 있었다. 늘 입던 검은 하녀복을 입지 않고 매번 바짝 틀어 올리던 머리도 풀어 둔 탓에 뒷모습이 묘하게 익숙하다고 생각하지 않았더라면 알아보지 못했을 것이다.

착해서 거슬려.

레온의 미간이 설핏 구겨졌다. 여자는 핸드백에서 지폐를 꺼내더니 백화점 앞에 선 거지에게 대뜸 내밀었다.

어머니의 병원비가 모자란다며?

구멍이 날 정도로 낡은 스타킹을 신고 다니는 주제에 거지에게 돈을 쓰다니.

여유가 넘치는군.

오늘 점심때 바쁜 시간을 쪼개 저택까지 돌아가서 한 짓이 슬슬 한심해지려 했다.

"고개를 돌리게 만드는 미인."

중령의 느닷없는 소리에 레온은 저도 모르게 뒤로 돌렸던 고개를 바로 했다.

"예쁜 여자라도 봤나?"

"아닙니다."

"자네야 알아서 잘 처신하겠지만 한창때 아닌가. 꿀단지에 벌이 꼬이듯 미인이 꼬이겠지만 말이야. 사령관 꼴이 나지 않으려면 조심하는 게 좋을 거야."

글쎄. 레온은 사령관 꼴이 나지 않으리라 확신했다. 첩자를 알아보지 못하고 그저 암컷 냄새가 나면 좋다고 발정하는 한심한 개새끼는 아니므로.

"우리 때는 앙큼한 금발 여우 한 마리가 들쑤시고 다녀서…."

중령이 불현듯 입을 다물었다. 레온이 그 앙큼한 금발 여우에게 속아 넘어가 목숨을 잃은 자의 아들이라는 걸 이제야 기억해 낸 것이다.

"그 여자, 몇 년 전에 죽었다더군. 들었나?"

"네."

"안타깝군. 한 짓에 비하면 너무 편히 갔어."

중령이 재킷 안주머니를 뒤지더니 시가 케이스를 꺼냈다. 그는 시가의 끝을 잘라 물며 중얼거렸다.

"레온…."

그는 레온이 제 아들이라도 되는 양 친근하게 부르며 시가 하나를 그에게 권했다. 레온은 중령이 언짢지 않을 정도로만 예를 갖춰 거절했다. 시가를 쥐고 있던 두꺼운 손이 그의 어깨를 툭툭 치고 물러났.

"그 딸이라도 잡아서 지옥에 있는 그 여자에게 본때를 보여 주는 거야. 천국에 있는 윈스턴 소령도 자네를 자랑스러워할 걸세."

그 여자에게는 반군의 '로열패밀리'인 리들 성을 가진 자식이 둘 있었다. 첫째인 아들은 '리틀 지미'처럼 제 아비의 뒤를 이어받아 수뇌부를 이끌 것으로 점쳐졌으나 부모가 모두 죽자마자 반군을 등졌다.

그는 지금 수뇌부에게 주어지는 권력과 부를 모두 버리고 어느 시골 농장의 일꾼이 되었다. 비록 신분을 위장했으나 레온이 그를 추적해 찾아내기까진 그리 오래 걸리지 않았다.

쥐새끼는 잡아야 한다. 하지만 변절한 쥐새끼는?

잔챙이도 아니고 거물이었던 그자에게 반군의 수뇌부나 여동생이 언젠가 접근할 테니 감시만 붙여 두었다. 풀어 둔 쥐가 더 많은 쥐를 몰아올 수 있도록.

"리틀 리들이 잡히면 볼만하겠어. 리들의 쥐새끼들한테 이를 갈고 있는 자들이 서부에만 해도 열은 넘거든."

악명 높은 리들의 쥐새끼 중에서 남은 건 이제 하나뿐이었다.

리틀 리들.

본명도, 외모도, 나이도 밝혀진 것이 없다.

여태 반군을 신문할 때마다 잊지 않고 마지막 리들에 대해 물었으나 다들 아무것도 불지 않았다. 날이 무딘 니퍼를 들고 눈앞에 서 있는 고문 기술자보다 어디 있는지 모를 반군 수뇌부가 더 두려운 모양이었다.

그 여자가 대체 뭐기에?

그래서 군에서는 그 수수께끼의 여자를 '작은 수수께끼'라는 뜻의 리틀 리들로 불렀다.

제 어미를 닮았다면 금발에 헤이즐색 눈을 가진 미녀일까. 아마 제 어미만큼이나 교활하고 악랄한 여자일 것이다. 분명 어디선가 군 장교들에게 몸을 팔아 정보를 빼내고 있겠지.

백화점의 후문으로 빠져나와 거미줄처럼 얽힌 골목을 걸었다. 화려한 번화가의 이면은 회색빛이었다. 가난한 노동자 계급이 주로 거주하는 허름한 건물이 이어졌다. 텅 빈 골목에 샐리의 구두 소리만 메아리쳤다.

골목 안쪽의 붉은 벽돌 건물에 다다르기까지 샐리에게 눈길을 준 이는 아무도 없었다. 이곳 사람들에겐 다른 이들의 삶에 호기심을 느끼는 것조차 사치였다. 해가 뜨기 전에 일터로 나가 해가 지고 나서야 돌아오기 때문이다.

이런 후미지고 낙후된 곳에 안가를 둔 건 그 때문이었다.

중산층이 사는 곳에 안가를 두면 쉽게 발각된다. 시간이 남아돌아 창밖을 기웃대며 이웃의 험담 거리를 찾는 사람이 있게 마련이니까. 다른 얼굴이 수시로 드나들 수밖에 없는 안가에는 최악의 입지였다.

페인트칠이 벗겨져 가는 검은 문 앞에 서서 초인종을 눌렀다.

[꺼져, 이 망할 것들아.]

스피커에서 대뜸 거친 말이 튀어나왔다. 샐리는 미간을 살짝 일그러뜨렸다.

"낸시, 나야."

[아….]

딸깍 소리와 함께 스피커가 꺼지더니 문 뒤에서 계단을 뛰어 내려오는 발소리가 들렸다. 곧 문이 살짝 열리며 갈색 눈동자가 그녀를 빼꼼 내다보았다. 제 친구가 맞다는 걸 재차 확인한 낸시가 샐리를 안으로 잡아끌었다.

"난 또 동네 아이들인 줄 알고…. 요즘 초인종을 누르고 도망가는 데 재미 붙인 녀석들이 있거든."

샐리는 낸시를 따라 낡은 계단을 올랐다. 3층 오른쪽, 골목을 내려다보는 집이 안가였다.

고작 출입문을 열어 주러 내려오는 그 짧은 시간에도 낸시는 안가의 문을 단단히 잠가 뒀다. 그녀가 안으로 들어와 다시 잠금장치를 하나씩 거는 사이 샐리는 작은 거실을 지나 주방으로 갔다.

"어쩐 일이야? 쉬는 날이야?"

"응."

그녀가 가져온 케이크를 작은 식탁에 차리는 사이 낸시가 벽 선반에 놓인 라디오를 켰다. 곧바로 현란한 트럼펫 연주가 흘러나와 두 사람의 말소리를 덮었다. 얇은 벽 너머에 누가 있든 대화를 엿들을 수 없을 것이다.

"실은 지미가 이쪽으로 전화하기로 했어."

"왜? 무슨 일 있어?"

"철수하려고."

그러면 철수하려는 이유를 캐물을 것이다. 그 이유가 자칫하다 낸시의 동생이자 윈스턴의 부하로 위장 잠입한 프레드의 귀에 들어갈까 걱정이었다. 아직 미숙한 녀석이라 무슨 짓을 저지를지 몰랐다.

"별일 아냐."

"흐응…. 근데 이건 뭐야?"

낸시가 눈살을 찌푸리며 제 입술 옆을 손끝으로 두드렸다. 뺨에 난 상처를 말한다는 걸 눈치챈 샐리도 덩달아 눈살을 찌푸리다 말을 돌렸다.

"일하다 긁혔어. 그보다 커피 없어?"

곧 두 사람은 김이 솔솔 피어오르는 머그잔과 케이크 두 조각을 앞에 두고 수다를 떨었다.

샐리는 케이크를 포크로 잘라 입에 넣었다.

캐러멜로 굳힌 아몬드 슬라이스가 얇게 입혀진 케이크 시트 사이에 바닐라 커스터드 크림이 가득 찬 아몬드 케이크.

이 케이크가 바로 마담 베노아란 이름만 들어도 군침을 삼키게 만든 범인이었다. 달콤한 구름이 고소한 햇살에 녹아내리는 맛에 그녀는 감탄했다.

"정말 환상적이지 않아?"

"그런 촌구석에 이런 실력자가 숨어 있다니 의왼데?"

낸시가 라즈베리 젤리가 얹힌 다른 케이크도 맛을 보더니 고개를 끄덕였다.

"윈스턴 덕에 먹고 사니까. 파티가 있을 때마다 주문을 어마어마하게 넣거든."

"아, 그나저나 프레드는 잘 지내?"

"응, 별일 없는 것 같아."

어제 저 때문에 윈스턴에게 채찍으로 맞을 뻔한 걸 어렵사리 수습했다는 이야기는 하지 않았다.

"어휴, 그 녀석 소심해서 걱정이야."

"하긴…. 바비 아저씨 일로 충격을 받은 것 같긴 했어."

며칠 전 아저씨의 비명이 메아리치는 고문실 밖으로 뛰쳐나오던 프레드가 생각났다. 얼굴이 어찌나 새파랗게 질려 있던지. 나중에 둘만 남았을 때에는 샐리에게 이걸 매번 어떻게 버티냐고 물어보기까지 했다.

"그런데 아저씨는? 어떻게 됐어?"

"어떻게 되긴. 정예 부대가 구하러 갔는데."

낸시가 괜한 걱정을 한다는 듯 손을 내저으며 피식 웃었다.

"지금은 어디 계셔?"

"빌포드의 안가에."

"몸은 괜찮으시대?"

낸시에게 문득 묻고는 떠올렸다.

유출한 정보는 없냐는 말에 그녀를 바라보던 경멸 어린 눈.
오랫동안 보지 못할 아저씨와 오해의 앙금을 남긴 것만 같아 찝찝했다.
"아, 아니. 내가 전화해 봐야겠어."
"장거리는 비싸니까 짧게 해."
"나도 알아."
샐리는 거실로 나가 소파에 앉았다. 소파 쿠션 아래에 숨겨진 낡은 수첩을 뒤적이다 암호로 적힌 빌포드 안가의 번호를 찾았다. 곧바로 커피 테이블에 놓인 전화기에서 수화기를 들었다.
교환수의 목소리와 딸깍거리는 기계음이 지루하게 이어졌다. 그것도 모자라 안가를 맡은 아주머니에게 급한 일도 아니면서 무슨 전화냐는 잔소리를 한바탕 들은 후에야 바비 아저씨의 목소리를 들을 수 있었다.
"아저씨, 저예요. 몸은 어떠세요?"
[아, 그래. 이젠 살았으니 살 만하다고 해야겠지.]
수화기 너머에서 들리는 목소리가 조금 탁했으나 고문실에서는 느낄 수 없었던 활기가 돌아와 있었다.
"다행이네요."
[걱정해 줘서 고맙구나.]
"당연하죠. 아저씨는 제 가족이나 마찬가지인걸요."
아무리 이런 일에 익숙하다 해도 샐리에게는 뜨거운 심장이 있었다. 맡은 임무 때문에 그의 고난을 냉정하게 외면해야 했던 게 기꺼울 리 없었다.
"그럼 푹 쉬시면서 얼른 체력 회복하시고 집으로 돌아가시면 해티 아주머니께 안부…."
전화를 끊으려 인사말을 하던 차에 바비 아저씨가 불쑥 끼어들었다.

그것도 그녀의 위장명이 아닌 본명을 목소리를 한껏 낮춰 부르다니 무슨 용건일까.

"…네?"

[그 악마의 정부 역할을 맡은 거냐?]

"네?"

샐리는 기가 막힌 억측에 잠시 말을 잃었다. 설마 어제 고문실에서 윈스턴이 친근하게 구는 바람에 오해를 산 걸까.

"아저씨, 제가 그 더러운 놈과 그런 짓을 할 리가 없잖아요."

[위에서 지령을 내린 건 아니고?]

"그런 임무를 상부에서, 그것도 제 약혼자가 내릴 리 없는 거 아시잖아요."

[…]

"아저씨."

[조와 연락하니?]

그가 뜬금없이 동지를 버리고 떠난 오빠와 연락하느냐고 물었다. 샐리에게는 가족이지만 동지들에게는 변절자다. 그녀가 대답하지 못하고 망설이는 사이 아저씨가 이해할 수 없는 당부를 했다.

[조에게 가거라. 그러고 다신 오지 마.]

어떻게 전화를 끊었는지 모르겠다. 샐리는 수화기를 제자리에 내려놓곤 커피 테이블 구석의 얼룩만 응시했다.

아저씨가 고문을 받으신 후로 심신이 약해지신 탓일까. 아니면 내가 동지와 어깨를 나란히 하기 부끄러운 실수라도 저지른 걸까. 오로지 혁명과 동지밖에 모르고 살아온 내게 떠나서 다시는 오지 말라니.

멍하니 아저씨의 말을 곱씹다 옆집에서 라디오 소리가 시끄럽다며 벽을 쾅쾅 치고서야 정신이 화들짝 들었다.

샐리는 오후 내내 낸시와 식은 커피를 앞에 두고 수다를 실컷 떨었다. 머릿속에는 아저씨가 한 말의 파편이 여전히 어지러이 떠다녔다.

새로운 화젯거리가 떨어져 어릴 적 추억까지 거슬러 내려가던 때였다. 드디어 전화기가 울렸다.

"오래 걸렸네."

[미안하지만 철수는 보류해야겠어.]

"어째서? 위험하다니까?"

예상을 벗어나는 대답에 샐리는 짜증을 터트렸다. 그는 달래지 않고 짐짓 무거운 목소리로 말을 이어 갔다.

[대신 네게 새로운 임무가 주어졌어. 늘 그랬듯 잘 해낼 거라 믿어.]

"뭔데?"

[화내지 않고 침착하게 들어 줬으면 해. 그리고 내가 널 사랑한다는 것도 잊지 마.]

지미의 말을 잠자코 듣던 그녀는 수화기에 달린 선을 초조히 꼬며 마른 입술을 적셨다. 설마 죽음도 불사해야 하는 임무인가?

"가치 있는 일이라면 난 영광스럽게 목숨을 던질 각오도 되어 있어. 그러니 말해 봐."

[그자에게 접근해 줬으면 해.]

샐리의 고개가 갸우뚱 기울어졌다. 접근이라니. 그의 지시가 이상하게 들리는 건 착각일까.

"무슨 소린지 모르겠어. 그건 지금도 하고 있잖아?"

샐리의 약혼자가 긴 한숨을 쏟아 내다 목소리를 한껏 죽여 물었다.

[널 여자로 본다고 했지?]

그 순간, 샐리의 손에 쥐어져 있던 연필이 뚝 두 동강 났다.

미인계라니. 혁명군은 그런 더러운 술수 따위 쓰지 않는다.

"제정신으로 하는 소리야?"

언성을 높였더니 주방에서 드르륵 의자 끄는 소리가 들렸다. 낸시가 이쪽으로 올 모양이었다.

[이건 흔치 않은 기회인 거 알잖아. 그놈을 막는 데 큰 도움이 될 거야. 중요한 정보도 더 쉽게 입수할 수 있어. 그리고 언젠가 쓸모가 다하면 처리하기도 쉬울 테니까.]

"말도 안 돼."

[그자와 자라는 말은 아니야.]

샐리는 얼굴을 쓸어내리다 헛웃음을 터트렸다.

"그럼? 거기까지만 가지 않으면 뭐든 하라는 뜻이야?"

송화기를 입가에 바짝 대고 비아냥대는 순간, 낸시가 주방에서 걸어 나왔다. 걱정스러운 얼굴로 문틀에 몸을 기대는 친구에게서 샐리는 등을 돌리고 수화기를 손으로 감쌌다.

[그런 말이 아니야. 요령껏 피하며 잘 구슬려 봐. 잘하면 네가 조종할 수 있을지도 모르고.]

"어떻게 피하란 거야? 멀쩡한 사고를 하는 인간이 아니야. 그걸 내가 어떻게 조종까지…. 지금 우리 같은 인간을 두고 얘기하는 거 맞아?"

[언쟁할 시간 없어. 이제부터 돈은 보내지 않아도 돼. 필요할 거야.]

주급으로 윈스턴을 유혹할 때 필요한 화장품이나 옷을 사라는 뜻이었다.

"뭐? 필요 없어. 너 왜 이렇게 변했어? 이런 더러운 수법까지 쓴 적 없었잖아."

[넌 지나치게 이상주의자야. 가끔은 네가 정말 내 평생의 동지가 맞는지 확신이 들지 않을 때가 있어.]

"그게 무슨 소리야?"

[내 말은 네게 무얼 털어놓아도 네가 이해해 줄 거란 확신이 난 필요하단 거야. 우리 일은 네 생각보다 더 더럽고 아프고 치욕스러운 일이야. 가끔은 뼈아픈 헌신도 필요해.]

약혼자의 말이 계속될수록 샐리의 낯빛이 시시각각으로 변했다.

[너 설마 이걸 과한 희생이라고 생각하는 건 아니지? 목숨을 잃는 사람도 수두룩한데 너 혼자 몸을 사리는 게 아니길 바라.]

"넌 내 약혼자면서…. 아니, 내가 얼마나 이 일에 진심인지 잘 알면서 어떻게 그런 말을 해?"

[이쪽에서도 어렵사리 내린 결정이란 것 알아줘. 너 내게 그랬잖아. 너희 부모님께서 그러셨듯이 나와 끈끈한 전우가 되고 싶다고. 그리고 잊지 마. 난 널 사랑해.]

지미는 제 약혼녀가 어떤 말에 가장 약한지 잘 알았다. 그가 결정적인 카드를 쓰자 샐리는 입술을 질끈 깨물었다.

"일단 끊어. 전차가 끊기기 전에 가 봐야 해."

아직 전차가 끊기기에는 조금 이른 시각이었다. 하지만 샐리는 전화를 끊자마자 안가에서 도망치듯 나왔다. 낸시가 무슨 일인지 캐물을 게 뻔했으니까.

괜스레 죄 없는 길바닥에 화풀이를 하듯 발을 쿵쿵대며 전차 정거장으로 걷던 길이었다. 샐리는 소년에게 돈을 주었던 백화점이 보이자 멈춰 섰다. 잠시 가방을 움켜쥐고 고민하던 그녀는 대로를 건너 우체국으로 들어섰다.

헤일우드와는 비교도 되지 않게 큰 우체국 로비에는 이미 제 차례를 기다리는 사람들이 줄 서 있었다. 마감 시간이 가까워진 우체국 직원들은 분주히 손을 놀리느라 막 들어온 손님에게 눈길을 주지 않았다.

샐리는 가방에서 동그란 선글라스를 꺼내어 썼다. 검은 스카프도 머리와 턱에 단단히 둘러 상처를 가린 다음에야 줄 끝에 섰다.

30분 정도를 기다리자 차례가 돌아왔다. 금테 안경을 쓴 직원이 샐리를 흘끔 올려다보며 성의 없이 물었다.

"무엇을 도와 드릴까요."

"송금을 하려고요."

샐리는 가방에서 현금 뭉치를 꺼냈다. 직원이 금액을 보고 눈썹을 쫑긋 올리더니 송금인과 수취인 정보를 쓸 종이와 펜 하나를 주었다. 남자가 지폐를 세는 사이 샐리는 펜을 거침없이 놀렸다.

피터가 아닌 다른 사람을 통해 보내는 송금은 추적당할지도 모른다. 하지만 이토록 번잡한 대도시 우체국에서 송금인을 알아낸다는 건 어려운 일이었다.

신청서를 끝까지 쓰고 직원에게 내밀었다. 홧김에 휘갈긴 수취인의 이름은 지미의 가명이 아닌 오빠의 가명이었다.

타자기 위로 손가락을 바삐 놀리는 직원을 잠자코 지켜보는데 지미가 조금 전 한 말이 머릿속에서 다시 울렸다.

[이제부터 돈은 보내지 않아도 돼. 필요할 거야.]

됐어. 필요 없어.

결국 윈스턴에게서 뜯은 돈은 본부의 군자금으로도, 샐리의 공작금으로도 쓰이지 않게 됐다.

얼굴도 모르는 샐리의 조카는 행복한 부활절을 보낼 수 있을 거다. 그걸로 조금은 위로가 되었다.

 그래도 여전히 기분이 엉망이라 돌아다니고 싶었다. 하지만 이젠 총이 없으니 어두운 밤거리를 홀로 돌아다니는 건 위험했다.

 헤일우드에서 저택으로 돌아오는 길, 4월의 변덕스러운 소나기 탓에 머리칼과 옷이 젖어 축축 늘어졌다. 무겁게 축 늘어진 기분에 이보다 더 잘 어울릴 수 있을까.
 저택의 고용인 전용 후문으로 자전거를 털털 끌고 들어왔다. 해가 져 어두운 정원을 전등이 듬성듬성 밝히고 있었다. 샐리는 휘황찬란한 불빛이 쏟아져 나오는 본관을 등지고 을씨년스러운 별채를 향해 걸었다.
 별채 담 너머로 들어와 보니 윈스턴의 차는 없었다. 자전거를 뒤뜰의 창고에 두며 올려다보았으나 집무실과 침실의 불도 꺼져 있었다.
 아직 돌아오지 않은 건가?
 집무실 서랍에 여전히 '압수'되어 있을 리볼버가 잠시 뇌리를 스쳤다. 하지만 곧바로 생각을 떨쳤다.
 늘 서랍을 잠그는 그가 오늘은 잠그지 않았다. 깜빡 잊었을 리가. 저건 일부러 훔쳐 가라고 열어 둔 함정이었다.
 별채 계단을 올라 다락으로 가며 샐리는 한숨을 길게 내 쉬었다.
 새 총을 구할 수도 없었다. 몸 어디에 숨기든 윈스턴의 더러운 손이 더듬어 대다 찾아낼 테니까.
 오늘 밤은 또 무슨 빌미로 불러내서 어떤 더러운 짓을 하려나.
 구출 작전, 폭탄 설치, 왕가의 별장 털이.
 별 험한 임무를 다 맡아 봤지만 도망치고픈 생각이 든 임무는 이번이 처음이었다.

'망할 지미. 네가 그러고도 내 약혼자야?'

하지만 부모님처럼 전우로 살아가길 바란 것도 그녀였다.

'그렇지만 이건 정말 아니잖아.'

통화 내용을 곱씹으며 하녀 방의 문 앞에 다다른 샐리는 멈칫했다. 문고리에 오늘 갔던 백화점의 쇼핑백이 걸려 있었다.

설마 윈스턴이 여기 있는 건가?

주변을 돌아보고 하녀 방의 안쪽도 샅샅이 살폈지만 놈은 없었다.

샐리는 안으로 들어와 방문을 굳게 잠근 후 고급스러운 쇼핑백을 시한폭탄이라도 되는 양 노려보았다. 고민을 거듭하다 마침내 열어 본 그녀는 눈을 찡그렸다.

'이건 또 무슨 변덕이야?'

가장 먼저 꺼내 든 건 작은 상자에 든 연고였다. 얼굴에 난 상처에 바르라고 주는 것이었다.

언제부터 윈스턴이 하녀의 상처에 이토록 신경을 썼나. 저택 주방에 가면 손을 벤 하녀가 수두룩한데 거기에나 보낼 것이지.

멀쩡한 사고를 하는 인간이 아니니 사과의 의미는 아닐 것이다. 무슨 수작일까?

연고 상자를 서랍에 놓고 쇼핑백을 마저 뒤졌다. 안에는 납작하고 네모진 상자가 열두 개나 들어 있었다. 화려한 무늬가 그려진 상자 하나를 열어 본 샐리의 입에서 역정 섞인 한숨이 터져 나왔다.

실크 스타킹.

오늘 오후에 샐리가 집었다 놓은 것보다 세 배는 비싼 물건이었다. 그것도 검은색, 흰색, 갈색, 복숭아색, 색상별로 세 켤레씩 들어 있었다.

침대에 널브러진 열두 개의 폭탄 상자를 응시하는 샐리의 머릿속에서 지미가 내린 어처구니없는 지령이 되풀이됐다.
"…제발 이러지 마."

❖ · ❖

윈스턴의 별채 드레스 룸을 정리하는 샐리에게서 콧노래가 절로 나왔다. 거번 구출 작전이 뜻밖의 행운이 될 줄이야.
윈스턴은 작전 다음 날 거번으로 가더니 사흘이 흐른 오늘까지도 돌아오지 않았다.
'영영 돌아오지 말아라.'
긴 창을 가린 커튼 틈새로 주홍 노을빛 한 줄기가 새어 들어왔다. 해질 녘인 지금까지도 윈스턴의 심기에 맞춰 뭔가를 준비해 놓으라는 캠벨 소위의 전화가 없는 것으로 봐선 오늘도 돌아오지 않을 모양이었다.
윈스턴은 요 몇 달 본관이 아닌 별채 침실에서 자는 일이 많아졌다. 그 탓에 그의 사적인 물건까지 관리하게 되어 샐리는 정말 눈코 뜰 새 없이 바빠졌다.
세탁물용 카트에서 장교복을 집어 옷장에 가지런히 걸던 샐리는 조금 전 세탁실에서의 시답잖은 음담패설을 떠올리곤 눈살을 찌푸렸다.
"단추 실이 다 너덜너덜해졌지 뭐야."
세탁실을 담당하는 하녀들이 윈스턴의 바지 단추를 튼튼한 실로 다시 꿰매야 했다며 키득키득 웃었다. 샐리를 덮치던 날 입었던 바지를 말하는 게 분명했다.
"무슨 일로 단추가 뜯어질 정도로 흥분하셨지?"
"그날 대공녀랑 데이트가 있었다고 듣지 않았어?"

미친놈. 약혼할 여자와 저녁 내내 시간을 보내고 오자마자 하녀를 덮치려 했다니.

"키도 손도 크시니 거기도, 흠, 크시겠지?"

하녀 하나가 소곤대니 다른 하녀가 주먹을 쥐며 제 팔뚝을 흔들었다.

"실이 늘어난 것만 봐도 뻔하지. 한 이만하시지 않을까? 왠지 거기도 빼어나게 생겼을 것 같지 않아?"

그 순간 저도 모르게 대형 '시가'를 떠올려 버린 샐리는 벌레라도 씹은 것처럼 인상을 구겼다.

대체 그 개자식의 더러운 부위를 왜들 궁금해하는지. 샐리는 모르고 싶었으나 이젠 모를 수 없게 된 게 억울할 따름이었다.

카트가 거의 비었다. 남은 건 양말이나 손수건 같은 자질구레한 물건들뿐. 빳빳이 다려져 가지런히 접힌 흰 실크 손수건을 무심코 바구니에서 집어 올리던 샐리가 또 인상을 구겼다.

'그 망할 손수건이잖아?'

원래는 발견하자마자 스토브에 처넣어 태우고 싶었던 걸 꾹 참았다. 그의 괴벽을 생각해 보건대 일부러 보라고 남긴 물건을 태웠다가는 건수를 잡았다는 듯 추궁할 게 분명했다.

샐리도 보란 듯 깨끗해진 손수건을 서랍에 빽빽하게 꽂힌 손수건들 한가운데에 꽂아 넣었다.

'그냥 쫓겨나 버릴까.'

세탁물 카트를 다시 1층에 가져다 두고 제 몫의 저녁을 받아 다락으로 올라가는 길이었다. 문득 좋은 생각이 떠올랐다.

대공가와의 약혼이 아직 마무리되지 않았는데 보잘것없는 하녀와의 염문설이라…. 윈스턴 부인이 샐리를 당장에 쫓아낼 것이다.

그럼 새 임무에 착수하지 않은 게 아니라 못한 게 되는 거 아닌가?

하지만 지독하리만치 투철한 책임감이 샐리의 발목을 잡았다. 윈스턴가에 어렵사리, 그것도 성공적으로 침투했다. 아무도 심어 두지 않고 훌쩍 떠나 버린다면 기껏 다리를 튼튼히 지어 두고 돌아가는 길에 불을 지르는 것이나 마찬가지였다.

프레드가 있기는 하지만 솔직히 미덥지 않았다. 윈스턴의 신임을 받지 못하는지라 언제 그가 변덕을 부려 다른 부대나 병과로 보내 버릴지 몰랐다.

'영영 돌아오지 말아라. 아니면 거번에서 딴 여자에게 홀랑 빠지든…. 아, 이건 또 왜 이러지?'

식사를 마치고 하녀 방에 딸린 작은 욕실로 간 샐리가 긴 한숨을 내쉬었다. 샤워기 밸브를 돌리고 아무리 기다려도 얼음장처럼 차가운 물만 쏟아졌다. 별채 지하의 보일러가 낡아 다락까지 온수가 올라오지 않을 때가 가끔 있었다.

열심히 노동한 대가가 얼음물 샤워라니. 참을 수 없었다.

그렇지 않아도 다락 아래 욕실은 이미 얼음장처럼 추웠다. 속옷만 입고 오들오들 떨던 샐리는 쏟아지는 얼음물을 노려보다 물을 잠갔다. 그녀는 벗었던 옷을 다시 입고 갈아입을 옷을 챙겨 아래층으로 향했다.

어차피 윈스턴은 오지 않을 테니까.

무대에 댄서들이 오르자 사내들의 휘파람 소리가 음악 소리를 묻어 버렸다. 여자 댄서들이 입은 것이라고는 화려한 태슬과 비즈가 달린 짧은 치마, 그리고 목에 겹겹이 건 모조 진주 목걸이뿐이었다.

레온은 가슴을 드러낸 채 춤을 추는 여자들을 심드렁한 눈으로 응시했다. 고작 살덩어리에 왜 그토록 열광하는지. 푸줏간에 걸린 고깃덩어리와 다를 게 없었다.

테이블에 앉은 다섯 장교 중 이 자리가 지루하다는 낯을 한 사람은 레온뿐이었다.

따분함을 참을 수 없어 옆에 앉은 험프리 중령에게 가볍게 시선을 던졌다. 상관은 시가가 재 덩어리가 되어 가는 줄도 모르고 딸뻘인 여자들을 향해 입맛을 다시고 있었다.

중령은 거번에서는 도베르만처럼 심각한 표정이더니 그곳을 떠나는 순간부터 원숭이처럼 웃기 시작했다. 그것도 모자라 곧 민간인으로 돌아갈 사령관의 송별 파티를 하자며 정보국 장교들을 카바레로 이끌었다.

파티의 주인공이 없는 파티라니.

레온에게 재미있는 건 그 모순, 단 하나뿐이었다.

비스듬히 턱을 괸 채 바닥을 보이는 잔을 천천히 흔들고 있자니 중령이 위스키 병을 레온의 잔 위로 기울였다.

"재미가 없나?"

"제 취향이 까다로운 것뿐입니다."

레온의 솔직한 대답에 중령이 목을 낮게 울리며 웃었다.

"저기, 저 여자는 어때?"

중령이 시가 끝으로 무대 중앙에 선 댄서를 가리켰다. 화려한 미소를 지으며 관객에게 키스를 보내는 미녀는 윈스포드의 환락가에서 가장 인기 높은 여자였다. 그만큼 하룻밤의 값이 가장 비싸다는 뜻이기도 했다.

"키티 헤이스. 아무나 살 수 없는 여자야."

중년의 사내가 레온의 어깨에 팔을 두르며 귀한 정보라도 주는 양 귓속말을 했다.

"자네, 오늘 운이 좋아. 이 카바레 주인이 내게 진 빚이 있거든."

언제는 여자를 조심하라더니. 레온은 위스키를 한 모금 넘기며 입꼬리를 비틀었다.

"감사합니다만 내키지 않는군요. 사양하겠습니다."

"이봐, 한번 더럽게 뒹굴어 보면 결벽증은 씻은 듯이 낫게 되어 있어. 다들 그렇게 시작하는 거지. 안 그래, 존슨?"

레온의 맞은편에 앉은 존슨 소령이 어깨를 으쓱했다.

"중령님 말씀도 맞습니다만 이대로 그 재미를 모르고 결혼하는 것도 나쁘지는 않겠죠. 뒤늦게 빠져서 정신을 못 차려도 곤란하지 않습니까."

소령이 레온을 향해 한쪽 눈을 살짝 찡긋했다. 카바레에 올 때마다 내키지 않아 하는 레온을 호텔 방으로 밀어 넣으려는 중령을 말리는 건 항상 그의 일이었다. 소령은 레온보다 군 계급은 높으나 윈스포드를 포함한 캠든 지역의 대지주보다는 사회적 계급이 낮았다.

"아… 그렇지. 그 고귀하신 대공녀님. 어때? 자네 취향인가?"

"결혼을 취향으로 하지는 않죠."

중령이 귀가 따갑도록 너털웃음을 터뜨렸다.

"그건 그렇지."

옳은 말을 했다는 듯 레온의 등을 두꺼운 손으로 두드리던 중령이 나지막이 중얼거렸다.

"그렇지만 이건 알아 둬."

"…."

"뜨거운 하룻밤이 항상 나쁜 결말을 맺는 건 아니야."

레온은 그저 쓰게 웃었다. 중령은 그가 아버지처럼 비참한 최후를 맞이할까 두려워 낯선 여자를 꺼리는 줄 알고 있었다.

중령이 계속해서 무대 위의 댄서들을 하나씩 가리키며 레온을 귀찮게 했다. 적당한 대꾸로 넘기는데 고급스러운 검은 트레이에 끈을 매어 목에 건 여자가 이쪽으로 다가왔다. 그의 옆에 앉은 캠벨 소위가 손짓으로 부른 것이었다.

캠벨이 트레이에서 담배 한 갑과 껌 몇 통을 골라 값을 치르는 사이, 레온은 여자를 조용히 응시했다.

담배를 파는 보잘것없는 여자.

그 하녀만큼이나 보잘것없는 여자.

곧 그의 얼굴에 비스듬한 미소가 새겨졌다.

가슴골과 허벅지가 적나라하게 드러나는 야한 유니폼을 입혀 놓아도 수수함을 벗지 못하는 여자.

무대 위의 창녀들과 다를 바 없이 사내들에게 억지 미소를 팔지만 남자를 유혹하려는 의도는 조금도 없는…. 아니, 유혹 따위 어떻게 해야 하는지도 모르는 애송이.

화장기는커녕 향수 냄새조차 나지 않는, 갓 시골에서 올라온 촌뜨기.

샐리 브리스톨처럼.

앞에서 벌어지는 환락에 질려 하는 눈조차 그를 바라보는 샐리의 눈을 닮았다.

레온은 벽에 우두커니 선 여자에게 다가갔다. 기척을 눈치챈 여자가 짙은 푸른색의 눈을 동그랗게 뜨며 그를 올려다보았다.

"어, 어떤 게 필요하세요?"

말을 더듬는 이유는 알 수 없었다. 기가 눌린 것인지, 아니면 그에게서 불순한 기색을 읽은 것인지.

레온은 트레이에서 아무 사탕 상자나 집어 장교복 안주머니에 넣고 지폐 한 장을 내밀었다. 여자가 거스름돈을 주려 하자 그는 고개를 저으며 물었다.

"처음인가?"

"네?"

여자가 눈을 또 휘둥그렇게 떴다.

"왜… 그런 걸… 물으세요?"

겁먹은 쥐새끼처럼 구는 걸 보니 처음이냐는 말을 엉뚱하게 넘겨짚은 듯했다.

"이 일, 오늘 처음이냐고."

오해한 게 맞는지 여자의 얼굴이 새빨개졌다. 여자는 시선을 떨어트리며 멋쩍게 웃다 되물었다.

"어떻게 아셨어요?"

"티 나."

팔짱을 낀 채 잠자코 내려다보았더니 여자가 다시 겁먹은 쥐새끼처럼 굴며 그를 흘끔댔다.

"뭐… 더 필요한 거라도 있으세요?"

그 하녀가 자주 하는 말이다.

이거, 통할지도.

"애인 있나?"

여자는 눈을 치켜떴다 내리깔며 그의 눈치를 보더니 쥐가 찍찍거리듯 작은 목소리로 대답했다.

"…네."

그 찰나 레온의 반듯한 얼굴에 떠오른 미소는 그 어느 때보다도 비틀려 있었다.

가난의 늪 위에는 신념과 사랑을 굳게 세울 수 없다. 돈 몇 푼이라는 미풍에도 쉽사리 무너지므로.

며칠 전 그 하녀에게 주었던 것의 반도 안 되는 푼돈에 여자는 약혼자를 배신하고 순순히 호텔까지 따라왔다. 레온이 방문을 열자 여자가 짧은 치맛자락을 움켜쥐며 쭈뼛댔다.

"정말, 저랑 하실 거예요?"

여자가 발그레하게 상기된 얼굴로 물었다. 레온은 그저 헛웃음을 흘릴 따름이었다.

멍청한 여자. 뭘 그렇게 설레어 하는 건지. 이 안에서 네가 기대하는 일이 벌어지진 않을 텐데.

젊고 돈 많은 미남이 가난하고 볼품없는 저와 하룻밤을 보내고 사랑에 빠진다. 뭐 그런 삼류 연애 소설 속의 일이 제게 벌어지기라도 할 줄 착각하는 모양이었다.

"들어가."

그가 딱딱하게 명령을 내리자 그제야 여자가 움찔하며 안으로 들어갔다. 곧장 따라 들어오며 문을 거칠게 닫은 레온에게서 음험한 분위기가 풍기기 시작했다.

여자는 제 처지를 조금이나마 깨달았는지 침대 앞을 서성이며 어쩔 줄 몰라 했다. 레온은 여자에게 다가가지 않고 침대 맞은편의 벽에 몸을 기댔다.

"벗어."

그는 목을 옥죄고 있는 넥타이 매듭을 느슨하게 당기며 명령했다.

"시간 없어."

그 자리에 얼어붙어 눈치만 살피던 여자는 레온이 손목시계를 두드리고 나서야 낡은 트렌치코트를 벗었다. 여자가 카바레 유니폼의 리본과 단추를 하나씩 푸는 모습을 지켜보는 레온의 눈빛은 무대 위의 벌거벗은 댄서들을 바라보던 때와 다를 바 없었다.

"그것도 전부 벗어. 아, 스타킹은 남겨."

여자가 브래지어와 블루머까지 모두 벗고 싸구려 레이온 스타킹만 신은 꼴로 침대에 올랐지만 남자는 다가오지 않았다.

나체를 손으로 감싸며 그를 흘끔 훔쳐보는 여자는 알 턱이 없었다. 영화배우처럼 생긴 저 젊은 장교의 머릿속에서는 지금 다른 여자가 옷을 벗고 있다는 걸.

피 냄새가 나지 않는 탓일까.

레온은 침대에 고깃덩이처럼 살을 드러내고 앉은 여자를 감흥 없는 눈으로 응시하다 작은 테이블로 손을 뻗었다.

"헉!"

와인 오프너의 날카로운 끝이 레온의 엄지 속으로 무자비하게 파고드는 순간 여자가 거슬리는 소리를 냈다. 정작 엄지에서 피가 흐르기 시작한 레온은 눈썹 한번 비틀지 않았다.

그는 손바닥 아래를 타고 손목으로 흘러내리려는 피를 혀로 길게 핥아 올리며 침대로 다가갔다. 여자는 새파랗게 질린 눈동자를 떨며 침대 구석으로 물러났다.

레온은 그를 피해 도망치려는 여자의 턱을 억세게 틀어쥐고 파르르 떨리는 창백한 입술에 그의 엄지를 짓뭉갰다. 여자의 입술이 그의 피로 온통 붉게 물들었다.

이건 통할지도 모른다.

그의 취향이란 그 하녀가 아닐지도 모른다. 오로지 피 냄새와 여자의 눈 속에 깃든 경멸만으로도 흥분할 수 있을 거다.

'그래, 그렇게 나를 경멸해. 지금까진 아주 잘하고 있어.'

괴물을 보듯 그를 노려보는 여자에게 자신만만한 미소를 지어 준 레온이 고개를 숙였다. 피비린내가 진동하는 입술이 단숨에 가까워졌다.

피 냄새.

그리고 나를 경멸하는 여자.

통할 거야.

통해야만 해.

"어…. 저기…."

통해야만 했는데….

그는 입술이 닿기 직전 저도 모르게 멈추었다. 키스를 하려던 자세 그대로 꽤 오래 굳어 있으니 여자가 떨리는 목소리로 그를 불렀다. 레온은 여자의 턱을 밀치듯 놓고 일어섰다.

"꺼져, 당장."

윈스턴의 샤워 부스만 빌리려는 생각이었다. 하지만 정신을 차리고 보니 샐리는 이미 욕조에 뜨거운 물을 받고 있었다.

그것도 모자라 상큼한 레몬 향이 나는 비누로 거품을 잔뜩 내고 욕실

장 구석에서 윈스턴이 한 번도 건드리지 않은 향초까지 꺼내 켜 두었다.

가난뱅이 하녀에게도, 늘 자금에 쪼들리는 첩보원에게도 꽤 사치스러운 밤이었다.

하지만 샐리도 사람인지라 한 번씩 이런 사치에 목마를 때가 있었다.

'샴페인 한 잔만 있으면 완벽한데.'

응접실로 가 한 잔 몰래 가져오면 그만이지만 이미 옷을 벗고 욕조에 몸을 담근 후에야 생각날 게 뭐람. 다음에 또 욕실을 '빌릴' 때에는 잊지 말아야겠다.

샐리의 '집'에는 욕조가 없었다. 사실 집이 아니라 하숙집에 딸린 방 하나였지만 말이다.

원랜 네 가족이 제법 큰 집에 살았었다. 하지만 아버지가 돌아가신 후 셋이 살기엔 크지 않냐는 눈총을 주변에서 받았었다. 그러더니 어머니가 돌아가시고 오빠마저 떠나 버리자 샐리는 어린 시절을 보낸 집을 다른 가족에게 주고 하숙집으로 옮겨야 했다.

섭섭했지만 집은 공동체의 재산이었다.

"*수뇌부가 모범을 보여야지.*"

지미가 늘 주문처럼 외우던 말이 조금은 위로가 되었다.

"*우리 집 욕조는 언제든 써도 돼. 가족이나 마찬가지잖아*"

지미의 집에는 온수 시설까지 딸린 욕조가 있었다. 꽤 혹하는 제안이었지만 여태 한 번도 쓴 적 없었다. 지미의 미소에서 엉큼한 속셈이 엿보였으니까.

'결혼 첫날밤 전에는 어림도 없어.'

샐리는 턱밑까지 몸을 푹 담그고 기분 좋은 신음을 흘렸다. 고된 일로 뭉친 근육이 사르르 풀리는 기분이었다.

'조금만 더 즐기다 나가자.'

어둑어둑한 욕실에서 눈을 감고 뜨거운 물속에 들어가 있으니 곧 졸음이 쏟아졌다. 저도 모르게 꾸벅대다 거품에 코를 박아 버렸다. 깜짝 놀라 고개를 들며 거품을 후후 불자 작은 비눗방울이 둥실둥실 떠올랐다.

'이제 슬슬 물이 식기 전에 몸을 씻어야 할 것 같은데.'

욕조 끝에 걸린 금빛 트레이에서 무심결에 스펀지를 집으려다 멈칫했다. 저건 윈스턴이 제 알몸에 문지른 물건이다.

"으악!"

저도 모르게 저 스펀지가 그 시가를 문지르는 장면을 상상해 버렸다. 샐리는 외마디 소리를 지르며 거품 속으로 머리를 푹 담가 버렸다.

제발 거품이 머릿속의 더러운 기억도 다 씻어 내 줬으면.

"푸우….'

숨을 도저히 참을 수 없을 때에야 머리를 물 밖으로 번쩍 들었다. 얼굴로 흘러내리는 물과 거품을 손으로 쓸어내리며 가쁜 숨을 몰아쉬던 샐리는 감았던 눈을 뜨는 순간 굳었다.

"이게 누구야. 앨드리치 대공녀보다 콧대 높으시고 키티 헤이스보다 비싼 샐리 브리스톨 양이 내 욕조에, 그것도 알몸으로."

윈스턴이 욕조 맞은편의 문에 몸을 비스듬히 기댄 채 웃고 있었다. 손은 장교복 재킷의 단추를 하나씩 풀어 내렸다.

'빌어먹을. 말도 안 돼. 저놈이 언제 들어왔지?'

'어떻게'는 궁금하지 않았다. 윈스턴은 별채의 마스터키를 가지고 있었다. 즉, 이 별채에서 잠긴 문이란 그에게 없다는 뜻이다.

"오늘 내 생일인가? 아니면 성탄절이 여덟 달 일찍 왔나?"

그는 재킷을 벗으며 이쪽으로 두 발짝 다가왔다.

"정말 죄송합니다, 대위님."

샐리는 재빨리 한 팔로 가슴을 감싸고 욕조 발치로 몸을 기울였다. 수건걸이에 벗어 걸어 둔 옷을 집으려던 찰나, 윈스턴이 제 재킷을 그 위에 걸어 옷을 덮어 버렸다.

샐리는 눈을 치켜뜨고 윈스턴을 올려다보았다. 그가 코앞으로 다가오자 얼굴에 새겨진 질 나쁜 미소가 더욱 선명해졌다.

"대위님, 지금 뭐 하세요?"

멍청한 질문인 걸 알면서도 묻지 않을 수 없었다. 윈스턴이 검은 넥타이를 단숨에 풀어 빨래 바구니에 던지더니 셔츠 단추를 풀며 무심하게 대답했다.

"내 욕조에 들어가는 중."

"그 전에 잠깐만 나가 주시면 안 될까요?"

"여긴 내 욕실인데 네가 나가야 하지 않을까?"

"네, 제가 나갈게요. 대위님, 저 걸칠 것 좀 주시면…."

어쩐 일인지 윈스턴이 순순히 제 재킷 아래로 손을 넣고 샐리의 옷을 꺼냈다.

"감사…."

옷을 받으려고 내밀었던 손이 공중에서 그대로 멈췄다.

윈스턴이 샐리에게 정중하게 내민 건 스타킹 두 짝뿐이었다.

그래, 저 미치광이가 어쩐 일인가 했지.

"어서 입어."

윈스턴은 칭찬이라도 바라는 듯 생긋 웃으며 얇은 스타킹을 샐리의 눈앞에 짓궂게 흔들어 댔다.

"아니면 내가 입혀 드릴까요, 고귀하신 브리스톨 양?"

"대위님, 제발. 정말 죄송해요."

애걸하자 그가 피식 웃으며 스타킹을 그의 재킷 위에 걸었다. 샐리는 무릎을 세워 감싸 안으며 몸을 한층 웅크렸다.

뜨거운 물속에 있으면서도 손발이 차갑게 얼어붙었다. 무력감 탓이었다.

최악의 상황이다. 알몸이라 도망칠 수가 없었다. 게다가 알몸으로 몸싸움을 하는 건 치명적이다. 온몸의 급소를 그대로 드러내고 싸워야 하니까.

윈스턴의 수조에 든 물고기가 된 기분이었다. 그것도 제가 직접 수조에 뛰어든 셈이니 얼마나 멍청한 짓이었나. 그는 샐리를 단숨에 꺼내 도마에 올려 탐욕스럽게 먹어 치울 것이다.

"대위님, 제발 한 번만 봐주세요. 다시는 욕실 쓰지 않을게요."

"써."

윈스턴은 입술로만 웃으며 대꾸했다. 눈은 군침 도는 사냥감을 코앞에 둔 사자였다.

"그 대신 미리 말해 줄래? 미리 들어와 있게."

가슴팍의 도드라진 굴곡이 설핏 엿보일 때까지 셔츠 단추를 푼 그가 소매의 커프스를 뺐다. 소매를 팔꿈치 아래까지 느릿느릿 접어 올리자 매끈한 팔뚝이 드러났다. 선명히 갈라진 근육 탓에 짙은 음영이 세로로 져 있었다.

근육은 저기만 탄탄하게 붙은 게 아닐 거다. 드러난 몸을 보고 있자니 곧 건장한 남자와 맨손으로 싸워야 할지도 모른다는 두려움이 더욱 뼈저리게 다가왔다.

샐리는 그간 익혔고 익히 써먹어 온 갖가지 호신술을 머릿속에서 되짚었다.

최악의 상황만 피하자. 그런데 저자와 강제로 몸을 섞는 것과 호신술을 너무 잘 써서 첩자인 걸 들키는 것 중 무엇이 더 최악일까?

"내가 특별히 씻겨 줄 수도 있어. 날 위해 고생하는 브리스톨 양을 위해 그쯤이야."

널 위해가 아니라 너 때문에 고생 중이겠지.

샐리는 울상을 지으며 입술을 깨물었다.

점점 최악으로 치닫고 있었다. 평소 윈스턴은 심기에 거슬리는 게 있으면 가볍게 굴며 비아냥댔다. 하지만 지금 그의 가벼운 행동과 말은 결코 비아냥거림이 아니었다.

정말 성탄절 선물을 여덟 달 일찍 받은 아이처럼 진심으로 즐거워하고 있었다. 절절한 사과 따위 통하지 않는다는 뜻이었다.

게다가 여유롭게 반대쪽 소매를 접어 올리는 윈스턴의 상체와는 달리 하체는 참을성 따위 없어 보였다. 바지 앞섶이 이미 뜯어질 것처럼 솟아 있었으니까.

시도 때도 없이 발정하는 저 개….

"헉!"

윈스턴의 손이 소매를 접고 나서 향한 곳은 검은 가죽 벨트였다.

"제발 벗지 마세요!"

"옷을 입고 들어오라고?"

그는 샐리더러 해괴한 소리를 한다는 양 고개를 비스듬히 기울였다.

"넌 벗었는데 난 입으면 큰 결례지."

벨트 버클을 푼 손이 바지 단추도 단숨에 풀어 내렸다. 저 자식, 정말 욕조로 들어올 생각이었다.

"아아악!"

그가 바지와 속옷을 한꺼번에 붙잡고 끌어 내리려는 순간 샐리는 눈을 질끈 감으며 비명을 질렀다.

피식 웃는 소리와 함께 발소리가 가까워졌다. 욕조 바로 옆에서 인기척이 느껴지자 샐리는 더욱 몸을 웅크려 감쌌다.

무거운 것이 욕조 옆의 러그에 떨어지는 둔탁한 소리가 들렸다. 그와 동시에 벨트 버클이 짤랑이는 소리가 요란했다.

정말 옷을 벗었나 보다. 욕조로 들어오면 어떡하지? 눈이나 가리고 있을 때가 아닌 걸 알지만 도저히 저 자식의 나체를 눈 뜨고 보고 싶진 않았다.

무릎 사이에 얼굴을 묻고 몸을 잔뜩 웅크리고 있는데 귓바퀴에 손가락이 닿았다. 화들짝 놀라 고개를 마구잡이로 저었더니 또 피식 웃는 소리가 귀를 스쳤다.

"안 벗었어. 눈 떠."

슬그머니 실눈을 뜨고 흘겨보았더니 윈스턴은 정말 옷을 입고 있었다. 안도에 이어 곧바로 분노가 찾아왔다. 당장 덮칠 것처럼 굴어 사람을 놀리다니. 정말 질 나쁜 장난질이 아닐 수 없었다.

하지만 분노는 곧 당혹감에 자리를 내어 주었다. 윈스턴은 욕조에 한쪽 팔꿈치를 얹은 채 바닥에 깔린 러그에 앉아 있었다. 그 러그에 무엇이 있었는지 뒤늦게 기억해 낸 샐리의 얼굴이 사색이 됐다.

'내 속옷!'

샐리는 몸을 여전히 웅크린 채 고개만 내밀어 러그를 내려다보았다.

'빌어먹을 변태 새끼.'

윈스턴은 반대쪽 손을 샐리가 러그에 벗어 둔 블루머에 짚고 있었다. 바지 앞섶은 여밀 생각이 없어 보였다.

"앗!"

욕조 가장자리에 걸쳐져 있던 손가락이 샐리의 뺨을 불시에 꾹 찔렀다.

"내가 준 약은 발랐어?"

샐리는 벽 쪽으로 몸을 피하며 경계심 짙은 목소리로 물었다.

"대위님, 혹시 취하셨나요?"

또 피식 웃어 대는 그에게서 독주의 냄새가 풍겼다.

"걱정 마. 내일 아침에 눈떴을 때 후회할 짓은 안 할 만큼 멀쩡해."

윈스턴은 욕조 가장자리에 팔꿈치를 짚더니 바짝 도드라진 손마디로 턱을 괴었다. 그 바람에 그의 얼굴이 한층 가까워졌다.

당장이라도 저 손을 뻗어 몸을 낚아챌 것만 같았다. 눈을 깜빡이는 것조차 불안해졌다.

"왜 그래? 난 대화를 나누자는 것뿐이야. 우리 며칠 못 봤잖아?"

하루라도 보지 않고는 못 사는 연인이라도 되는 줄 아는 건가. 안 보니 살 것 같았는데 말이다.

거기다 알몸인 여자를 꼼짝없이 욕조에 가둬 둔 채로 대화를 나누자니. 속이 빤히 비치는 거짓말이었다.

"보고가 필요하신 거라면 안 계셨던 며칠 동안 아무 일 없었어요."

나름 속내를 억눌렀는데도 목소리에서 찬바람이 쌩쌩 불었다. 그를 향한 적의를 내비쳐선 안 된다. 항상 고분고분하고 착한 하녀인 척해야 하건만 이자는 샐리의 인내심을 끈질기게 시험했다.

샐리는 목을 가다듬고 상냥한 말을 덧붙였다.

"그러니 걱정 놓으세요, 대위님."

"정말? 그럼 며칠 전에 윈스포드에는 왜 갔어?"

"…네?"

며칠 전 행적을 어떻게 알았을까? 스쳐 지나가다 본 걸까? 설마 총 때문에 미행이라도 붙였던 걸까. 하지만 안가로 가는 뒷골목으로 그녀를 따라온 사람은 없었다.

"저를 보셨어요?"

"그래."

"그런데 그건 왜 물으시죠?"

"그게 꽤 성가셨거든. 일에 집중이 안 돼."

"그게 왜 대위님의 일에 방해가 되죠? 갑갑할 때 큰 도시로 가면 기분 전환이 되는걸요."

"약혼자와."

"네?"

"그 기분 전환이라는 게 약혼자와 지금처럼 벗고 뒹구는 거냐고."

"제 약혼자는 윈스포드에 없어요."

"그럼 윈스포드 밖에서는 뒹굴어 본 적 있나?"

"…."

하녀가 저를 모욕한 사내를 똑바로 노려보았다. 촌스러운 시골 여자 주제에 숙녀라도 되는 양 말이다. 이 여자가 제 분수를 모를 때면 더 구미가 당긴다.

하녀 주제에 주인의 욕조를 당당히 차지한 지금처럼.

"그럼 네 약혼자는 어디 있지?"

샐리는 윈스턴을 침착하게 응시했다. 윈스포드며 약혼자며. 그가 저와 아무짝에도 상관없는 일을 물고 늘어지는 이유는 뭘까.

지미는 윈스턴이 그녀를 여자로 본다 생각하지만, 샐리의 생각은 달랐다. 저자에게 그녀는 수음을 하는 데 썼던 손수건, 그 정도일 뿐이다.
그럼 유도 신문인가?
"그 총 때문에 경찰에 신고하려고 그러시는 거죠?"
"그렇다고 하면 약혼자를 구하기 위해 뭐든 할 건가?"
"아뇨."
말이 떨어지기 무섭게 하녀가 단호히 거부하자 레온은 웃음을 참을 수 없었다. 그럴 생각 없는데 그가 협박해서 다리를 벌리게 만들 줄 안 모양이다.
"약혼자라며? 너 때문에 처벌을 받게 생겼는데 그냥 두고 보겠다고?"
"제 앞가림 정도는 스스로 해야죠."
물론 이 매몰찬 말이 샐리의 진심일 리가 없었다. 지미는 평생의 전우 아닌가. 그가 어떤 위험에 처하든 끝까지 포기하지 않고 구할 것이다.
그러니 이건 그저 불편한 화제를 피하기 위한 화법일 뿐이었다.
"아, 그렇지."
통한 걸까. 윈스턴이 혼자 웃더니 재킷으로 손을 뻗었다. 옷 속을 뒤지다 나온 손에는 작은 상자가 들려 있었다. 그는 상자에서 빨간 사탕 하나를 꺼내 샐리의 입술로 내밀었다.
"널 생각하며 사 온 거야."
기가 막혀 저도 모르게 슬며시 벌린 입술 사이로 윈스턴이 사탕을 욱여넣었다. 샐리는 혀 위로 올라온 덩어리를 반사적으로 굴리며 미간을 구겼다.
'취한 게 맞는 것 같은데….'
그녀를 생각하며 사탕을 샀다니, 이건 연인끼리나 할 법한 말이었다.

그 말 뒤에 숨은 섬뜩한 진의를 모른 채 볼 한쪽을 부풀리며 사탕을 빠는 여자를 레온은 지그시 응시했다. 저 자그마한 입 속에 성기를 욱여넣고 찌르면 볼이 저렇게 볼록 튀어나올까.

쪽.

입 속에서 혀로 사탕을 굴리다 빠는지 야릇한 소리가 터졌다. 그 순간 레온의 입에서 탄식 같은 신음이 흘러나왔다.

레온은 여자의 속옷을 쥔 손을 중심부로 가져갔다. 벌써 지나치게 부풀어 아래가 뻐근할 정도였다.

조금 전 담배를 파는 여자의 알몸에는 깨어나지 않더니. 이 하녀는 고작 사탕을 먹는 평범한 행동만으로 그의 몸을 발정기의 수컷처럼 흥분하게 만들었다.

레온은 사탕 상자를 러그에 아무렇게나 던져두고 욕조 속으로 팔을 넣었다.

여자가 도토리를 문 다람쥐처럼 볼을 부풀린 채 눈을 동그랗게 떴다. 손은 닿지도 않았는데 혼자 감전이라도 당한 사람처럼 몸을 움찔하며 구석으로 더욱 피하기까지 했다.

"뜨거운 걸 좋아하나 봐?"

이 여자의 속도 이토록 뜨거울까? 살갗이 벌겋게 데어 죄다 벗겨지는 한이 있더라도 기꺼이 담가 줄 텐데.

"며칠 전에 보여 준 것 기억나?"

하녀의 가슴 옆을 손으로 천천히 휘저으며 물었다. 거품이 꺼지자 반대쪽에서 거품을 모아 와 드러난 살갗을 가리던 여자가 흠칫했다.

여자는 그날처럼 끔찍하다는 눈을 했다. 제 은밀한 부위를 여자의 머릿속에 집어넣는 데 성공한 레온은 산뜻한 미소를 지으며 속옷을 쥔 손을 천천히 움직였다.

"그것도 뜨거운데 관심 없어?"

여자는 잔뜩 웅크린 채 그를 노려보며 고개를 저었다. 레온은 입꼬리를 비스듬히 올리곤 하녀의 어깨에 수초처럼 달라붙은 다갈색 머리칼을 한 가닥 떼어 냈다.

물에 젖은 머리칼이 그의 손에 찰싹 달라붙었다. 속살도 이렇게 달라붙을까.

속옷 안쪽에서 저 여자의 음부가 닿았을 자리를 제게 문질러 보았다. 말초를 부드럽게 자극하는 솔기에서 미약한 습기가 느껴졌다.

분명 여자의 몸에서 배어 나왔을 습기였다.

경멸이 짙게 서린 청록빛 눈을 정면으로 응시하며 턱밑까지 차오르는 신음을 조용히 삼켰다. 목울대가 크게 들썩이는 걸 보았는지 여자의 어깨가 조금 더 움츠러들었다.

레온의 시선이 동그란 어깨를 애무하듯 어루만지다 반듯하게 도드라진 쇄골을 훑었다. 더욱 아래로 향하려는 그의 시선을 흰 거품이 가로막았다.

그는 군침을 삼켰다. 생크림 같은 거품 한가운데 솟은 두 무릎은 뜨거운 물 탓인지 먹음직스러운 복숭아처럼 발그레한 분홍빛으로 물들어 있었다.

레온은 수많은 점을 이어 하나의 그림을 완성하듯 물 밖으로 드러난 조각을 이어 물속에 잠긴 나신을 그려보았다.

끝까지 당겨진 활시위만큼이나 팽팽한 정적을 무겁게 잠긴 속삭임이 끊었다.

"무슨 맛인지 궁금해."

샐리는 여태 참고 있던 숨을 내쉬었다.

'맛도 모르고 산 건가?'

그새 입에 고인 침을 삼키고 사탕을 반대쪽 볼로 굴리며 대답했다.

"체리 맛이에요."

윈스턴이 손가락에 감아쥐고 있던 머리칼을 놓아주더니 사탕 상자를 집어 들었다. 저도 하나 먹어 보려는 건가 싶었으나 그는 그렇게 단순한 인간이 아니었다.

욕조 위로 상자가 기울어지더니 빨간 사탕이 물속으로 죄다 쏟아졌다.

이건 대체 무슨 수작이지?

샐리는 눈을 동그랗게 뜬 것도 모자라 입마저 바보처럼 벌렸다.

"이런…. 나도 맛보고 싶었는데 손이 미끄러졌네?"

당당히 눈앞에서 제 손으로 쏟아부어 놓고는 손이 미끄러졌다니. 이 미치광이.

"미안하지만 나눠 먹어야겠는데?"

키스를 하려는 수작이었다.

넓게 벌어진 윈스턴의 가슴팍이 샐리의 몸 위로 떠오르며 검은 그림자를 드리웠다. 그는 그것도 모자라 벽과 욕조를 커다란 손으로 짚어 샐리를 두 팔 사이에 가두었다.

윈스턴의 얼굴이 오른쪽으로 비스듬히 기울어졌다. 입술이 가까워질수록 남자의 입술 틈이 벌어졌다.

샐리는 다리를 바르작거리며 벽에 바짝 붙었다. 무릎을 감싸고 있던 팔로 가슴을 감싸며 그의 입술이 닿기 직전 고개를 옆으로 젖혔다.

"아!"

그는 멈추지도 방향을 틀지도 않았다. 무방비하게 드러낸 목덜미를 맹수처럼 이를 드러내고 가볍게 깨물었다. 샐리의 손이 반사적으로 레온의 어깨를 밀자 셔츠가 질척하게 젖어 들어갔다.

체리가 무슨 맛인지는 이미 안다. 그가 궁금한 건 이 여자의 맛이었다.

여자의 목덜미를 입술로 타고 오르던 레온은 군침이 돌자 또 한 번 목울대를 들썩였다. 달콤한 피는 이미 맛보았으니 다른 걸 맛보고 싶었다.

구석구석 저 자그마한 코끝부터 새끼발가락까지 씹어 먹어 보고 싶다. 이 여자의 타액과 눈물은 어떤 맛일까.

그의 입술이 가녀린 턱선을 넘었다. 보드라운 뺨을 지분거리며 다가가다 입술을 베어 물려던 찰나였다.

레온의 혀를 체리의 아릿한 단맛이 순식간에 휘감았다. 그는 자그마한 사탕을 혀 밑에서 굴리며 낮게 웃었다.

"대위님, 다 드세요."

여자는 입술이 닿기 직전 사탕을 손에 뱉어 그의 입에 집어넣었다. 그 손으로 레온의 입을 틀어막는 대담한 짓까지 했다.

그 말은 여자의 두 손 모두 지금 그를 붙잡고 있다는 뜻이다. 무방비하게.

"앗!"

거품 아래에 잠긴 젖꼭지 하나를 윈스턴의 손가락이 굴렸다. 샐리가 놀라 몸부림쳤지만 그는 말랑한 살점을 잔인하리만치 집요하게 쥐고 놓아주지 않았다.

"아훗, 놔! 제발, 놓으라고요!"

손톱까지 동원한 후에야 어렵사리 그의 손을 떼어 냈다. 샐리는 화가 머리끝까지 난 목소리로 경고했다.

"제 몸 만지지 마세요. 제가 대위님 욕조를 훔쳐 쓰는 잘못을 했지만 그렇다고 대위님이 제 몸을 멋대로 할 권리는 없잖아요."

레온은 웃었다. 그의 그늘 속에서 두 팔로 가슴을 가리고 토끼처럼 웅크린 여자. 아무리 앙칼지게 경고해 봤자 앙증맞을 따름이었다.

"분홍색."

그는 러그에 앉으며 도발 한마디를 툭 내뱉었다.

"네?"

"네 젖꼭지, 분홍색이라고."

여자의 낯빛이 새하얗게 질리더니 곧바로 빨갛게 달아올랐다.

"…못 보셨으면서 넘겨짚으시는 거잖아요."

거품이 이렇게 두꺼운데 말도 안 된다. 샐리는 가슴을 더 바짝 감싸 안으며 윈스턴을 노려보았다. 그 바람에 더욱 도드라진 윗가슴에 그의 시선이 꽂혔다.

"그럼 내 말 맞는지 확인해 볼까?"

욕조 가장자리에 걸쳐 있던 손이 단숨에 물속 깊이 처박혔다. 샐리가 움찔하며 몸을 피했지만 그의 손이 향한 곳은 반대쪽이었다.

퐁.

거품 아래에서 무언가 뽑히는 소리가 났다. 욕조 밖으로 물이 콸콸 빠져나가는 소리가 곧바로 이어지자 샐리는 사색이 됐다.

물 밖으로 모습을 드러낸 윈스턴의 손에는 욕조의 마개가 들려 있었다.

"아니면 인정할래?"

물이 빠져나가면 알몸이 완전히 드러날 것이다.

"맞아요! 그러니까 제발 돌려주세요."

마개를 향해 한 손을 뻗었지만 윈스턴은 잽싸게 손을 뒤로 물리며 의뭉스러운 미소를 지었다.

"뭐가 맞아?"

수면은 벌써 샐리의 가슴 가운데까지 내려가 있는 탓에 더는 지체할 시간이 없었다.

"…분홍색 맞아요."

샐리는 악문 잇새로 중얼거렸다. 윈스턴은 모멸감에 입술을 깨무는 그녀를 향해 씨익 웃더니 마개를 내밀었다.

툭.

받으려는 찰나 마개는 욕실 구석으로 내던져졌다.

"돌려준다고는 안 했어."

샐리는 하마터면 그에게 거친 욕설을 퍼부을 뻔했다. 화가 순식간에 머리끝까지 치솟는 바람에 수치심도 느껴지지 않았다. 이젠 제 알몸을 윈스턴이 보든 말든 상관없다는 생각이 들 정도였다.

"대위님."

"응?"

윈스턴이 천연덕스럽게 웃었다. 고양이가 쥐를 잡아먹기 전에 던지고 놀 듯 하녀를 가지고 노는 중이라는 걸 모르는 사람은 참으로 상냥한 미소라고 생각할 것이다.

"제게 도대체 뭘 하고 싶으신 거예요?"

샐리는 적의를 숨기지 않고 물었다.

"솔직하게 말해 줘?"

"네."

윈스턴이 입꼬리를 씨익 올렸다. 불길한 미소였으나 어차피 그의 입에서 예사로운 소리가 나오지 않을 걸 샐리는 알고 있었다.

그를 사납게 노려보는 하녀를 향해 레온이 손을 뻗었다. 욕조의 수면 위로 갈비뼈의 굴곡과 오목하게 들어간 허리선이 서서히 드러났다.

"곧…."

가슴을 움켜쥔 손 밖으로 삐져나온 밑 가슴살의 곡선에 손등을 가볍게 스치자 여자가 몸을 떨며 더욱 사납게 노려보았다.

"욕조가 비겠지."

물은 이제 두 뼘도 채 남아 있지 않았다.

"그럼 들어갈 거야. 넌 구석으로 피하겠지? 아니, 일어서서 나가려 할까? 그렇게는 안 될걸? 내가 널 붙잡아서 바닥에 엎어 버릴 테니까. 머리 부딪치지 않게 조심해야 할 거야. 난 기절한 여자와 하는 취미는 없거든."

그는 물어봐 주길 기다렸다는 듯 거침없이 제 잔인한 상상을 읊었다. 물 밖으로 드러난 샐리의 나신을 매끈한 손등에서 불거진 마디가 훑었다.

난폭한 말과 달리 손길은 연인을 어루만지기라도 하듯 부드러웠다. 그 간극이 몸서리쳐질 만큼 역겨웠다.

"넌 손을 허우적대고 발버둥을 치겠지만 내 밑에서 빠져나가지 못할 거야. 누가 생각 없이 욕조에 비누를 풀어 버려서 미끄럽거든. 그러다 손가락이라도 부러지면 큰일이겠군. 아무래도 팔을 등 뒤로 꺾어서 붙들어야겠어. 다 널 위한 거야. 알지?"

"…."

"그러곤 네 아랫배를 움켜쥘 거야. 엉덩이를 내 쪽으로 바짝 당겨 올리고 네가 꽉 조여 대는 구멍에 며칠 전에 보여 준 그 물건을 박아 버릴 거야."

그는 더는 웃지 않았다. 샐리는 그의 진지한 눈빛에 경멸 어린 눈으로 맞섰다. 하지만 윈스턴은 더욱 흥분해 거친 숨을 내쉬었다.

"그러면 알 수 있겠지."

옆구리를 타고 수면 아래로 내려간 손등이 샐리의 둔부를 쓰다듬었다.

"네 배 속도 이 물처럼 뜨거운지."

무릎을 세운 탓에 벌어진 틈으로 손이 들어왔다. 비부에 그가 닿으려는 찰나 샐리는 발로 손을 차 냈다.

그는 어째선지 순순히 손을 뗐다. 눈을 감고 숨을 크게 들이마시더니 잔인한 욕망을 억누르느라 깊이 잠긴 목소리로 말했다.

"그런데 난 그러고 싶은 걸 최선을 다해 참고 있어. 넌 착한 아이니까."

샐리는 실소가 터지려는 걸 억눌렀다. 이게 참는 거라니. 사전을 뒤져 '참는다'의 정의를 다시 가르쳐 줘야 하는 건가.

"저도 솔직히 말해도 될까요?"

윈스턴이 여전히 눈을 감은 채 고개를 끄덕였다. 샐리는 마른 입술을 한번 질끈 깨물고 조금도 솔직하지 않은 말을 내뱉었다.

"대위님께 실망이에요."

그에게 실망했을 리가. 기대가 없는데. 적에게 실망하는 순간은 적이 기대에 못 미치게 허술할 때뿐이다.

"대위님은 겁탈 같은 끔찍한 짓 따위 하지 않는 분인 줄 알았어요."

적어도 이건 진심이었다.

"게다가 대공녀 저하와 곧 약혼도 하실 거잖아요."

윈스턴가에 대공가와의 약혼은 지금 무엇보다도 중요한 사안이었다. 그러니 제발 정신 차리라는 뜻으로 대공녀를 입에 올렸지만 윈스턴은 제대로 듣지도 않는지 혼자 숨만 거칠게 몰아쉬고 있었다.

"그런데 제게 왜 이러시죠?"

그가 눈꺼풀을 천천히 들어 올리더니 샐리를 지그시 응시했다. 눈꺼풀만큼이나 느릿하게 떼어진 입술 사이에서 엉뚱한 말이 튀어나왔다.

"궁금해?"

"네."

"네가 대답해 봐."

"네?"

"나도 궁금하거든."

레온은 몇 시간 전 윈스포드의 호텔에서 있었던 일을 입에 올렸다. 너와 비슷한 분위기를 풍기는 여자를 샀다고. 그 여자를 벗기고 입술에 피를 바르기까지 해도 서지 않더라는 실패담을 듣는 하녀의 눈에서 경멸이 더욱더 짙어졌다. 솟구치는 충동을 억누르기 더욱 힘들게 말이다.

"하아…. 이 짓, 너만큼이나 나도 거슬려. 몸을 섞는 난잡한 일 따위 흥미 없었는데 요즘 널 볼 때마다 흥미가 생겨서 거슬린다는 거야."

"…."

"그러니까 네가 대답해 봐."

"…."

"샐리, 왜 네게만 서는 걸까?"

그걸 왜 내게 묻냐고 따지려던 샐리의 눈에서 경멸을 넘어 분노가 들끓기 시작했다. 윈스턴이 줄곧 욕조 밖에 두었던 손을 샐리의 눈앞으로 든 까닭이었다.

"왜 네게만…."

그의 날렵하고 단정한 손가락 끝에는 샐리가 벗어 둔 흰 블루머가 들려 있었다.

"싸는 걸까?"

윈스턴이 정액을 잔뜩 싸 갈긴 속옷을 샐리의 복숭앗빛 무릎에 툭 떨어트렸다. 그의 뜨거운 체온을 고스란히 머금은 체액이 살갗에 끈적하게 달라붙었다. 역겨워서 당장에 떼어 내고 싶었지만 그럴 수 없었다. 샐리는 천천히 일어서는 사내에게서 한시도 눈을 떼지 못했다.

이제 덮치리라는 예상과는 달리, 그는 옷매무새를 단정하게 추스르더니 문으로 걸음을 옮겼다.

"이건 내 직감인데…."

셔츠가 빳빳하다 못해 터질 것처럼 달라붙은 등짝을 매서운 눈으로 응시하는데 윈스턴이 불현듯 몸을 돌려 샐리를 내려다보았다.

"넌 답을 알고 있을 것 같아."

그는 잔혹한 고문 방식만큼이나 동물적인 직감으로도 악명 높다. 그리고 그 악명은 틀리지 않았다.

샐리는 답을 알고 있었으니까.

숨죽이고 있자 윈스턴이 그녀를 향해 눈매를 구겼다.

"그런데 내가 사 준 스타킹은 왜 안 신지?"

그는 샐리의 싸구려 스타킹을 거칠게 찢어 쓰레기통에 처박더니 더는 볼일 없다는 듯 문밖으로 성큼 걸어 나갔다. 문이 쾅 닫히자 샐리는 멈췄던 숨을 내쉬며 젖은 머리칼을 쥐어뜯었다.

'차라리 당장 잘릴래.'

'이건 고문이야.'

샐리는 책장에 꽂힌 책을 먼지떨이로 털며 한숨을 내쉬었다. 육체적

고통을 가하는 것만이 고문은 아니다. 윈스턴이 매일같이 그녀를 정신적으로 몰아가는 것도 엄연한 고문이었다.

"넌 답을 알고 있을 것 같아."

이러다 곧 들키겠어.

들키면 끝장이다. 그녀의 정체를 알게 되면 윈스턴이 곱게 죽여 줄 리 없었다. 샐리는 수뇌부를 속속들이 잘 알고 있으니까. 혁명군의 본거지와 수뇌부에 대한 핵심 정보를 쥐어짜 내려 온갖 극악한 고문을 해 댈 것이다.

'그럼 나만 위험한 게 아니잖아.'

첩자로서의 책임감을 운운하며 가만히 머물 때가 아니었다. 샐리의 빈자리는 프레드가 대신 채워 줄 것이다. 아직 못 미덥지만 다들 버거운 임무를 거치며 성장하게 마련 아닌가.

그럼 당장 하녀장에게 관두겠다고 하고 짐을 싸면 될 것 같지만 그렇게 간단하지 않았다.

관두는 게 아니라 잘려야만 한다. 이대로 멀쩡히 돌아가면 수뇌부의 질타를 고스란히 받을 것이다. 지미에게서 실망이라는 소리를 듣는 것도 싫었다.

잘린 척은 안 통한다. 프레드나 피터가 고자질을 할지도 모르니까.

그렇다면 윈스턴의 정부가 되라는 새 임무를 시도하는 척이라도 하다 잘리면 다들 할 말이 없지 않을까.

샐리가 고심 끝에 택한 '잘리는 법'은 결국 가장 먼저 떠올렸던 전략이었다.

윈스턴과 그녀의 염문설이 윈스턴 부인의 귀에 들어가게 하는 것.

"브리스톨 양."

그리고 그건 그다지 어렵지 않을 것이다.

낮은 사다리 위에 선 샐리의 뒤로 윈스턴이 다가왔다. 목덜미에서 그의 숨결이 느껴질 정도로 가까웠다.

"착해."

"네?"

그의 손이 다리 사이로 들어와 종아리를 훑어 올리자 샐리는 다리를 바짝 오므렸다.

"내가 사 준 거잖아."

매끄러운 실크 스타킹 위에서 그의 손끝이 미끄러졌다. 보통은 미끄러져 내리는 게 자연의 섭리건만 그의 손은 미끄러져 올라왔다.

윈스턴이 사 준 스타킹을 신은 것도 해고 작전의 일환이었다. 그가 손을 댈 것은 이미 예상한 바이지만 스타킹의 밴드를 지나 가터벨트의 끈 아래로 손가락을 넣는 건 용납할 수 없었다.

"뭐 하세요, 대위님?"

"불법 무기 소지 혐의로 몸수색."

"그 불법 무기는 대위님께서 가져가시지 않았나요?"

"그래?"

"책상 서랍에 그대로 있어요."

"잘 아네? 그런데 왜 안 가져가지?"

"압수라고 하셨잖아요."

"똑똑하네."

칭찬이라기에는 아쉬움이 짙은 음색이었다. 샐리의 허벅지를 구석구석 더듬으며 있을 리 없는 권총을 찾던 손이 곧 떨어져 나갔다.

"약혼자라는 놈이 다시 구해 주지도 않았나 봐?"

"제가 또 법을 어기길 기다리신 것 같네요."

어차피 잘리려고 노력하는 김에 샐리는 고분고분한 하녀를 연기하는 것도 관뒀다. 피식, 숨결이 목덜미를 스쳤다.

"샐리, 널 아끼는 사람으로서 충고 하나 할게. 그런 질 나쁜 남자와는 결혼하지 않는 게 좋아."

질 나쁘기로는 왕국에서 둘째가라면 서러울 윈스턴이 이런 소리를 하다니. 이만한 모순도 없었다.

하지만 아주 틀린 말이라고 할 수도 없었다. 제 약혼녀를 적의 정부로 만들려는 남자를 좋은 남자라고 하기는 힘드니까.

"샐리."

여기를 떠나면 다시는 '샐리'라는 가명을 쓰지 않을 것이다. 윈스턴이 툭하면 불러 댄 탓에 샐리라는 이름만 들으면 그의 능글맞은 목소리가 떠올라 신경 쇠약에 걸릴지도 몰랐다.

"왜 그러시죠?"

"한 가지…."

그가 운을 떼는 순간, 누군가가 집무실 문을 두드렸다.

"들어와."

윈스턴은 샐리에게 여전히 바짝 붙은 채로 명령했다. 문이 열렸지만 들어오는 발소리 대신 얼빠진 목소리만 들렸다.

"어…. 대위님, 나중에 다시 찾아오도록 하겠습니다."

뒤돌아보지 않아도 샐리는 목소리의 주인이 캠벨 소위란 걸 알았다. 그는 상관이 하녀와 은밀한 시간을 가지는 모습을 보고 적잖게 당황한 듯했다.

드디어 샐리가 원하던 대로 들켰지만 안타깝게도 염문설이 저택까지 퍼지지는 않을 것이다. 소위는 군인이니까. 소문을 퍼트리려면 입이 가벼운 저택 고용인에게 들켜야 했다.

"급한 일은 아니란 건가."

"그런 건 아닙니다. 다만, 조나단 리들 주니어와 관련해 새로 입수된 정보가 있어 보고 드리려 했습니다."

"들어와."

윈스턴이 떨어져 나가 책상으로 향했지만 샐리는 긴장을 풀지 못했다.

'오빠와 관련된 정보? 무슨 일이 생긴 건가? 아니, 그보다 저놈이 오빠를 여태 주시하고 있었어?'

아무리 변절했다 하지만 한때 혁명군, 그것도 전도유망한 젊은 간부였던 그를 군이 가만히 둘 리 없다는 건 알고 있었다. 오빠를 맡은 자가 윈스턴이란 것을 몰랐을 뿐이었다.

그가 오빠의 동향을 주시한다는 건 곧 그녀를 추적한다는 의미였다. 샐리는 청소를 하는 척하며 캠벨의 보고에 초조히 귀를 기울였다.

"며칠 전에 고액을 송금 받았다고 합니다."

샐리의 입 안이 바싹 말랐다.

"송금인은?"

"이름은 홀리 이스터이고…."

윈스턴이 실소를 흘렸다. 홀리 이스터. 부활절을 행복하게 보내라는 인사말을 가명으로 쓴 걸 단번에 눈치챈 것이다.

"송금지는?"

"윈스포드의 메인 가에 있는 우체국으로…."

"윈스포드?"

"네."

"송금인의 인상착의."

"긴 갈색 머리에 밝은 피부색, 동그란 선글라스를 썼다는 정보가 전부입니다."

"왜 고작 그게 전부지?"

묻는 목소리가 위험하리만치 낮았다.

"죄송합니다, 대위님. 송금을 담당했던 직원을 신문해 봤지만 큰 소득은 없었습니다. 기억해 내게 하기도 쉽지 않았습니다. 폐점 직전이라 정신이 없었던 데에다 수수한 차림이라 인상에 남는 점이 없었다 합니다."

샐리는 등을 돌린 채 회심의 미소를 지었다. 이번에도 그녀가 한 수 위였다.

"20대 초중반 가량의 젊은 여자."

"네, 맞습니다."

"리틀 리들이군."

윈스턴이 의자 깊숙이 몸을 기대더니 실소를 터트렸다.

"대담하기 짝이 없어. 감히 내 땅을 그 쥐새끼가 제집처럼 드나들다니."

분한 목소리에 샐리는 웃음을 애써 참았다. 적의 본거지를 들쑤시고 포위망을 요리조리 빠져나가는 것만큼 통쾌한 일도 없었다.

'그거 알아? 난 대담하기 짝이 없지만 넌 한심하기 짝이 없어.'

캠든의 흡혈귀는 지나치게 과분한 별명이다. 한심한 개자식 정도면 모를까.

제가 쫓는 쥐새끼가 눈앞에 있는 것도 모르는 한심한 자식. 그것도 모자라 몸이 달아 어쩔 줄 모르는 한심한 개자식.

"샐리."

레온은 빈 탄산수 병을 들었다가 놓았다. 하녀가 잽싸게 다가와 빈 병을 들고 나갔다.

넥타이 매듭을 거칠게 아래로 당기자 완벽한 대칭을 이루고 있던 매듭이 조금 비뚤어졌다. 그는 숨을 깊이 들이쉬며 재킷 안쪽을 뒤졌다. 곧 희뿌연 연기가 그의 손끝에서 피어올랐다.

"지나가는 길에 심심해서 윈스포드에 들른 게 아닐 거란 말이지."

"저도 그렇게 생각합니다. 혹시 서부 사령부를 노리고 있는 건 아닌지…."

"그건 아니야. 추적당할 걸 뻔히 알면서도 작전지 코앞에서 송금을 할 정도로 허술하지는 않을 테니까."

그럼 이 부근은 어떨까. 캠든 지역에 반군이 노릴 만한 작전 대상은 그리 많지 않았다. 그의 본거지인 윈스턴 저택이 작전지일 가능성이 결코 낮지 않다는 뜻이었다.

"병사들 동향 파악은?"

"네, 이미 착수했습니다. 일단 거번 습격 전후를 위주로 수상한 행적이나 연락을 주고받은 내역은 없는지 조사 중입니다."

"조금이라도 수상한 인원이 있으면 즉시 보고하도록."

"네."

레온은 흰 연기를 길게 뱉어 내며 시가 끝의 재를 가볍게 툭툭 털었다. 의심도 이토록 가볍게 툭툭 털 수 있으면 좋겠지.

그 더러운 쥐새끼 같은 여자. 씹다 버린 껌처럼 질긴 의혹을 그에게 내뱉어 두고 어디 숨어 있는 걸까.

최악의 사태를 방지하려면 조사 대상을 그의 수하에서 저택 고용인까지 넓혀야 할지도 모른다. 다행인 건 갈색 머리를 가진 여자만 조사하면 된다는 사실. 불행인 건 갈색 머리는 흔하디흔하다는 사실이었다.

책상 끄트머리를 응시하며 곰곰이 생각에 잠겨 있는데 하녀가 돌아왔다. 책상에 놓인 깨끗한 컵을 뒤집어 탄산수를 따르는 여자를 바라보는 시선이 일순 날카로워졌다.

갈색 머리. 며칠 전 윈스포드.

하녀가 시선을 느꼈는지 컵을 내밀며 고개를 갸웃했다. 그 순간 그의 눈빛이 무뎌졌다.

말도 안 되는 억측.

이 여자는 그런 일을 할 수 있을 만큼 똑똑하지 않았다. 매일같이 그의 손안에서 놀아나는 게 일인 여자이니까.

슬슬 눈에 거슬리기 시작하던 때에 이미 하녀장을 불러 샐리의 신상에 대해 캐물었지만 수상쩍은 점은 전혀 없었다.

게다가 인상착의가 알려진 리들가의 일원과도 전혀 닮지 않았다. 모두 금발인 데에다 갈색 혹은 헤이즐색 눈을 가지고 있었으니까. 그 쥐새끼의 머리칼은 염색으로 위장한 게 분명했다.

"수고했어. 나가 봐."

캠벨이 나가자 레온은 반 넘게 남은 시가를 재떨이에 짓눌러 끄고 일어섰다. 소파로 다가갔더니 귀퉁이의 쿠션을 정리하던 하녀가 돌아보았다.

"앗, 대위님!"

그는 소파에 앉으며 하녀의 허리를 휘감아 당겼다. 무릎 위에 앉히면서 아기라도 안듯이 몸을 뒤로 젖히게 했더니 여자가 그의 가슴팍을 밀었다.

"가만히 있어. 여기서 할 거 아니야."

그럼 다른 데서는 할 거란 소리잖아.

샐리가 불쾌한 기색을 그대로 드러내며 얼굴을 구겼지만 윈스턴은 비소조차 짓지 않았다. 흰 프릴이 달린 머리띠 아래로 손이 들어와 머리칼을 헤집었다. 단정하게 땋아 올린 머리를 윈스턴이 난데없이 헝클어트리자 짜증이 치솟았다.

"지금 뭐 하시는….”

"갈색.”

"네?”

"진짜네.”

설마 조금 전 송금인의 인상착의 때문에 확인해 본 건 아니겠지?

"…그럼 제가 염색이라도 해야 할 만큼 늙은 줄 아셨나요?”

일부러 입술을 삐죽 내밀며 뾰로통하게 굴었다. 스스로가 미인은 아니라고 생각하지만 미인계라는 게 효과가 있기는 한가 보다. 윈스턴의 사고를 흐리는 데는 성공했으니.

"싫어요.”

샐리는 키스를 하러 다가오는 입술을 손으로 가로막았다.

"으….”

곧바로 축축한 혀가 손바닥을 핥자 기겁해 손을 뗐다. 윈스턴이 짓궂게 웃으며 물었다.

"왜? 키스해 본 적 없어?”

"…있어요.”

그의 얼굴에서 웃음기가 자취를 감췄다.

"하…. 그런데 나는 싫다. 영화에서나 볼 법한 미남과 키스하면 너한테는 영광 아닌가.”

"원하지 않는 사람에게는 재앙이죠.”

샐리는 눈을 마주한 채 쌀쌀맞게 대답하며 그의 두꺼운 어깨를 쥐었다. 반쯤 누운 꼴이던 상체를 일으키자마자 윈스턴이 다시 어깨를 짓눌러 눕혔다.

"아까 책장 앞에서 하던 이야기는 마저 해야지."

"이야기를 이런 자세로 할 필요 있나요?"

"내 밑에 깔고 할까, 그럼?"

샐리는 긴 한숨을 내쉬었다.

"무슨 이야기인가요?"

그는 연인이라도 어루만지듯 샐리의 뺨을 손마디로 쓰다듬으며 퉁명스럽게 한마디 내뱉었다.

"거슬려."

"그건 이미 알고 있습니다, 대위님."

"몇 달 전에도 너만 보면 묘한 기분이 들었는데 요즘은 더 심해졌어. 네가 계속 주변을 알짱거려서 일에 집중이 안 될 정도야."

"그럼 없는 사람처럼 숨어 지내겠습니다. 아니면 해고하셔도…."

"그럴 것까지는 없어."

"그럼 뭘 원하시는 거죠?"

"네 몸."

이런 노골적이고 무례한 소리, 이젠 놀랍지도 않았다. 샐리는 눈썹 한 번 움찔하지 않고 대꾸했다.

"앞뒤가 안 맞는 것 같은걸요."

"한번 해 보고 치우자는 거야. 막상 더럽게 뒹굴어 보면 생각보다 시시할 테니까. 내가 네게 더는 흥미를 느끼지 못하면 너도 편하잖아."

"그런 건 싫습니다."

"왜? 정부라도 되고 싶어?"

"아뇨."

말을 끝맺기도 전에 단호한 거절이 떨어지자 레온은 허탈한 웃음을 참을 수 없었다.

"그래, 나도 그런 성가신 애완동물은 둘 생각 없어. 게다가 착각할까 봐 말해 주는데, 널 좋아하는 것도 아니야. 네가 아니면 안 서니까 이러는 것뿐이지. 그게 얼마나 거슬리는 일인지 알아?"

"그건 잘 알겠지만 저는 그런 역겨운 짓 좋아하지 않습니다."

"해 보지도 않았으면서 어떻게 알지? 막상 해 보면 좋을 수도 있는 거 아닌가."

"그러면 더 곤란한 거 아닌가요? 대위님은 한번 해 보고 시시해지셨는데 저는 더 하고 싶다면요?"

그럴 일 절대로 없지만 통할 것 같다면 무슨 말이라도 해야 했다.

"그리고 절 어떻게 믿으세요? 사생아라도 덜컥 만들면 대위님도 곤란해지실 텐데요."

"그럼 네겐 잭팟이나 마찬가지잖아."

"저는 평범하고 조용하게 사는 게 꿈이에요."

"네가 조용하게 살 수 있도록 한 번만 하자는 거야."

"하고 나서도 질리지 않으시면요? 더 정신 못 차리실 수도 있잖아요."

윈스턴의 비틀린 입가에서 조소가 새어 나왔다.

"자신감이 넘치네?"

"제게 질리고 싶으신 거라면 시시한 데이트 정도는 해 드릴 수 있어요."

하녀가 주인과 남들 앞에서 버젓이 데이트를 하다니. 해고당하기에 이보다 빠른 길도 없었다. 게다가 남들 앞이니 윈스턴에게 불시에 당할까 걱정하지 않아도 될 것이다.

"그건 듣기만 해도 시시한데?"

"그렇죠?"

눈꼬리를 휘며 자신만만하게 웃었더니 윈스턴이 어처구니없다는 웃음을 흘렸다.

"아마 정신이 바짝 들 정도로 시시할 거예요. 이 기회에 참는 훈련도 해 보시는 게 어떨까요?"

"훈련이라니. 내가 개야?"

"군인이시잖아요. 군인은 인내심도 능력 아니던가요?"

괜스레 군인의 자질을 앞세워 그의 자존심도 살살 긁었다. 통하는 건가. 윈스턴이 아랫입술을 잘근거리며 골똘히 생각에 잠겼다.

"시시한 데이트라…. 딱 맞는 장소가 하나 있긴 하지."

윈스턴이 예고도 없이 샐리의 허리를 잡고 일으켜 세웠다. 휘청하는 그녀를 문 쪽으로 떠밀기까지 했다.

"5분 줄게. 옷 갈아입고 오도록."

저택의 정문이 열리자 세단이 서서히 움직였다.

차가 정원을 가로질러 오는 길, 고용인들의 눈에 띄려고 창에 바짝 붙어 있었으나 운 나쁘게 아무도 마주치지 않았다.

샐리는 마지막 희망인 문지기를 집요하게 응시했다. 중년의 사내는 조수석에 앉은 그녀를 보고 눈썹을 추켜세우기는 했으나 곧바로 시선을 돌렸다.

그녀의 어깨가 아래로 축 처졌다. 문지기는 말수가 많은 사람이 아니다. 그러니 윈스턴이 하녀와 어디론가 가더라는 소문을 내지 않을 것이다.

"애썼네."

"네?"

하녀가 고개를 휙 돌려 그를 바라보았다. 레온은 대답 대신 입꼬리를 비틀어 웃었다.

촌스러운 프릴이 달린 연분홍 블라우스에 갈색 체크무늬 치마, 그리고 보풀이 볼썽사납게 인 빨간 카디건. 윈스포드 백화점 앞에 서 있을 때보다 더 볼품없었다. 데이트를 시시하게 만들려고 일부러 애를 쓴 것이다.

'그럴 거면 스타킹을 벗든가.'

얇은 검정 실크 올 사이로 여자의 혈색 좋은 살갗이 비치는 건 볼만했다. 게다가 저 촌스러운 블라우스는 하녀복처럼 목을 바짝 조이지 않았다. 겉으로 드러난 쇄골과 그 너머의 오목한 홈이 자꾸 눈길을 끌었다.

앞을 보면서도 시야의 가장자리에 신경이 쏠리다 보니 어젯밤 어둑한 욕실에서 저 여자가 알몸으로 웅크리고 있던 꼴이 떠오를 수밖에 없었다. 다리 사이에서 또 성가신 반응이 인 건 당연했다.

"그래서 답은?"

"네?"

"답을 네가 알고 있어야지."

그가 샐리에게만 발정하는 이유를 묻는 것이었다.

"무슨 말씀이신지 모르겠어요."

샐리는 단호하게 시치미를 떼곤 운전대를 잡은 윈스턴의 손을 흘끔거렸다. 제 손으로 운전하는 걸 1년 넘도록 본 적이 없는데 오늘은 무슨 변덕인지 알 수 없었다.

'불길해.'

늘 그렇듯 수행원과 운전수가 따라올 줄 알았다. 그러면 저택의 목격자가 벌써 둘이 된다. 그걸 믿었는데 기대가 무참히 깨어진 것이다.

'이러다 으슥한 데로 끌고 가는 건 아니겠지?'

샐리는 철갑옷을 온몸에 두른 사람처럼 딱딱한 자세로 앉아 정면을 응시했다.

"어디로 가는 거죠?"

"윈스포드 선착장."

"네?"

해가 슬슬 넘어가는 시각이다. 헤일우드나 윈스포드 번화가에서 저녁이나 먹는 게 다 일 줄 알았는데….

'선착장은 왜?'

고개를 돌려 윈스턴을 바라보았지만 그는 앞만 보고 있었다. 그가 미간을 설핏 구기기에 시선을 따라가 보니 피터의 우편 마차가 앞에서 느릿느릿 움직이고 있었다.

"샐리."

"네?"

"저 녀석이랑 저번에 다정해 보이던데."

아니라고 부인하려던 샐리에게서 말 대신 짧은 비명이 터져 나왔다. 윈스턴이 갑자기 기어를 잡아 틀더니 가속 페달을 세게 밟은 탓이었다.

차는 우편 마차를 칠 기세로 질주했다. 마차의 뒷바퀴에 묻은 흙이 똑똑히 보일 정도로 가까워지자 샐리는 날카롭게 외쳤다.

"지금 뭐 하시는 거예요?"

그 순간 윈스턴이 운전대를 왼쪽으로 거칠게 꺾었다. 샐리의 몸이 문쪽으로 쏠렸다.

마차를 위협적으로 추월하는 차를 놀란 눈으로 바라보던 피터와 창을 사이에 두고 눈이 마주쳤다. 그가 샐리를 알아보았는지 눈을 더욱 휘둥그렇게 떴다. 적어도 임무를 수행했다는 증인 하나는 생긴 셈이었다.

마차를 앞지르자마자 윈스턴이 운전대를 오른쪽으로 꺾었다. 몸이 휘청하며 이번에는 운전석 쪽으로 기울었다. 윈스턴의 품으로 쓰러지지 않으려 버티는 꼴이 재밌는지 그가 짓궂게 웃었다.

"운전은 전문가에게 맡기시는 게 낫지 않을까요?"

비아냥댔더니 그는 대답 대신 딴소리를 했다.

"저 녀석이 네 약혼자인가?"

"네?"

샐리가 얼굴을 한껏 구기며 진심으로 불쾌하다는 티를 역력히 냈다. 윈스턴이 이쪽으로 눈동자만 돌리더니 입꼬리를 비스듬히 올렸다.

"저 잘생긴 남자 좋아해요."

"아닐걸?"

"그걸 왜 대위님이 정하시는 거죠?"

"너 난 싫어하잖아."

기가 막혀.

샐리는 싸늘한 눈으로 윈스턴의 면상을 응시했다.

딱 보기 좋을 정도로만 그을린 피부. 날렵한 눈매에 우아하게 드리워진 긴 속눈썹. 매끄럽게 떨어지는 콧날. 강인한 턱선.

빌어먹을.

경멸해 마지않는 악마지만 잘생겼다는 사실은 샐리도 인정할 수밖에 없었다. 저토록 훌륭한 겉껍데기를 가졌으면서 속은 어째서 추악하게 뒤틀린 걸까.

"아, 그렇지."

"뭐가 그래."

"대위님을 보니까 알겠네요. 저는 잘생기고 착한 남자를 좋아한다는 걸요."

또 조소를 지을 줄 알았더니 그는 미간을 구긴 채 앞만 응시했다. 설마 착하지 않다는 말이 언짢은 건가. 흡혈귀라는 별명이 괜히 붙은 게 아닌데 제 주제도 모르고 말이다.

"잘생기고 착한 남자라…."

레온은 입술을 한 번 꾹 깨물고 나서야 가벼운 실소를 쥐어짜 냈다.

"그러면 말 되네."

'이건 무슨 수작질이지?'

선착장에 선 샐리는 입을 다물지 못했다. 눈앞에서는 고급 유람선이 주황빛 불을 하나씩 밝히고 있었다. 시시한 데이트를 하기에는 지나치게 거창한 장소였다.

"들어가."

땅에 닻이라도 내린 듯 버티고 선 샐리의 등을 윈스턴이 떠밀었다. 얼떨결에 입구로 향하는 경사로를 내려가자니 윈스턴에게 붙잡혀 화려한 감옥에 감금당하는 기분이 들었다.

"저, 대위님."

"응?"

"언제 돌아오나요?"

"네 시간 후."

샐리는 입구 앞에서 뚝 멈춰 섰다. 지금이라도 뒤돌아 나가 시내에서 저녁이나 먹자고 하려는데 눈치가 빠른 윈스턴이 그대로 보내 줄 리가 없었다. 또 떠밀려 유람선 안으로 얼떨결에 발을 들이는 찰나 그가 과제를 던졌다.

"네 시간이 여덟 시간처럼 느껴지도록 노력해 봐."

로비에 서 있던 사환이 곧바로 두 사람에게 다가왔다.

"환상적인 밤을 만들어 줄 선셋 크루즈에 오신 것을 환영합니다."

환상은 무슨, 환장이다.

못마땅한 표정으로 윈스턴의 옆에 선 샐리에게 시선이 닿는 순간 사환이 눈썹을 슬쩍 추켜올렸다. 번드르르한 환영의 인사를 뱉으며 위아래를 몰래 훑어보기까지 했다. 고급 유람선에는 어울리지 않게 초라한 차림을 보고 놀란 것이다.

'뭘 그렇게 봐? 이건 작전복일 뿐이라고.'

노려보았더니 사환이 시선을 거두며 윈스턴을 향해 광고 포스터에서나 볼 법한 과장된 미소를 지었다.

"어디로 안내해 드릴까요?"

"레스토랑."

명령조로 대답이 떨어지자 사환이 두 사람을 승강기로 안내했다. 지나치는 승객이며 종업원들이며, 다들 샐리에게 한 번씩 묘한 눈길을 던졌다.

눈길을 받는 데 익숙지 않아 조금 거북스러웠지만 잘된 일이었다. 타인의 시선이 계속해서 따라붙는 한 윈스턴이 허튼짓을 할 수 없을 테니까.

승강기 문이 열리자 윈스턴이 숙녀라도 대하듯 먼저 들어가라 손짓했다. 등허리를 손으로 민 건 그다지 신사답지 않았다.

"좋은 밤입니다."

승강기 운전수가 모자를 살짝 들어 인사를 했다. 샐리는 눈인사를 해 주고 귀퉁이에 섰다. 윈스턴이 따라 들어와 가운데에 서더니 재킷 안주머니를 뒤졌다.

그가 빳빳한 지폐 두 장을 꺼내 운전수에게 내밀었다. 운전수는 눈이 커다래지더니 윈스턴이 한쪽 눈을 찡긋하자 고개를 살짝 끄덕이며 돈을 받았다.

'승강기에 탈 때마다 운전수에게 팁을 주는 건가?'

샐리로서는 엄두도 못 낼 사치에 눈살을 찌푸리는데 윈스턴이 그녀를 억지로 잡아당겨 승강기 가운데에 세웠다. 그가 샐리의 옆에 바짝 다가서기에 한 발 옆으로 피했더니 또 잡아끌었다. 흘겨보자 윈스턴이 벽에 기대어 서며 웃었다.

이 모든 상식 밖의 행동이 실은 뭘 위한 수작이었는지는 곧 알게 됐다. 문이 닫히고 부드럽게 위로 올라가던 승강기가 갑자기 멈추며 크게 덜커덩댔다.

"앗!"

팔짱을 단단히 끼고 있던 데에다 승강기 한가운데라 벽을 짚을 수 없었다. 그대로 몸이 휘청하며 윈스턴의 가슴팍으로 쓰러지는 순간 굵다란 팔뚝이 어깨를 감쌌다.

"참는 훈련을 좀 해 봐, 브리스톨 양. 사람들 앞에서 날 덮치려는 거야?"

"떨어지세요."

질척하게 달라붙는 놈을 떼어 내려고 팔꿈치로 명치를 찍었다. 윽, 소리를 내며 몸을 숙이기에 통했나 싶었지만 윈스턴은 남은 한 팔까지 동원해 샐리를 품에 가두고 물었다.

"곧바로 객실로 갈까, 자기야? 룸서비스는 어때?"

뒤에 선 종업원들에게서 억눌린 웃음소리가 튀어나왔다. 추잡한 수작질에 놀아난 게 분해 샐리는 눈에 보이는 게 없었다. 그녀는 구두 뒷굽으로 윈스턴의 값비싼 구두코를 세게 찍었다.

"좋다는 대답을 과격하게 하네?"

그가 조소를 흘리며 놓아주었다. 샐리는 곧바로 윈스턴에게서 빠져나와 문 앞에 섰다. 옆에 선 사환이 두 사람의 눈치를 보더니 승강기 문을 열어 주었다.

사환을 따라 복도를 걷는 길, 윈스턴이 옆으로 바짝 다가와 나지막이 속삭였다.

"그렇게 살짝 밟아선 발가락 안 부러져."

힘껏 찍었는데 살짝이라니. 군인으로서의 자존심이 상한 샐리가 날카롭게 쏘아붙였다.

"굽이 무뎌서 다행인 줄 아세요."

"우리 자기 하이힐 없어? 내일 아침에 돌아가는 길에 사 줄까?"

"그렇게 부르지 마세요."

"쑥스러워서 그래, 자기야?"

핸드백 끈을 쥔 손을 윈스턴이 잡아끌었다. 샐리는 손을 홱 잡아 빼며 비아냥거렸다.

"왕국 최고의 고문 전문가다우시네요, 대위님."

"고문이라니…."

명치를 찍혀도 발을 밟혀도 저열한 미소를 지으며 짓궂게 놀려 대던 남자의 입가에서 드디어 웃음기가 사라졌다.

"샐리, 네가 잘 모르니까 조언 하나 할게. 이런 데선 남자에게 팔짱을 끼는 게 예의야."

그는 조언이라는 말을 명령조로 뱉었다. 윈스턴은 그래도 복종하지 않는 샐리의 손을 기어코 잡아 멋대로 제 팔에 얹었다.

"숙녀분에게는 메인으로 송로와 시금치를 넣은 키쉬를…."

윈스턴이 웨이터에게 주문을 하는 모습을 잠자코 지켜보던 샐리가 불쑥 끼어들었다.

"아뇨, 마음 바뀌었어요. 그거 말고 포터하우스 스테이크로 할게요."

웨이터가 놀란 눈으로 샐리를 바라보았다. 윈스턴도 놀란 눈이기는 마찬가지였다.

가운데에 T자 모양의 뼈가 들어간 포터하우스 스테이크는 양이 많아 대식가가 아니면 잘 시키지 않는 메뉴였다. 식탐의 상징이나 마찬가지인 메뉴를 남의 눈을 의식하게 마련인 여자가 주문하는 일은 없다시피 했다.

샐리는 고개를 갸웃하며 생긋 웃었다. 남들 앞에서 망신을 줘서라도 성욕이 식어 버리게 만들 작정이었다.

그녀의 앞에서는 발정 난 개새끼이지만 적어도 남들 앞에서는 예의와 품위의 화신인 윈스턴이다. 그가 예의도 모르고 품위도 없는 여자와 남들 앞에서 네 시간을 꼼짝없이 보내야 한다? 단번에 질려 떨어져 나갈 것이라는 계산이었다.

윈스턴은 샐리를 향해 눈매를 좁히더니 작게 실소를 흘리며 주문을 정정했다.

"그럼 숙녀분에게는 포터하우스 스테이크로."

웨이터가 떠나자 샐리는 카디건의 보풀을 뜯기 시작했다. 그 꼴을 잠자코 바라보던 윈스턴이 또 코웃음을 쳤다.

"브리스톨 양."

"네?"

"내가 널 숙녀라고 불러 줬으면 숙녀처럼 굴어야지."

"숙녀처럼 구는 게 뭔가요?"

상류층에 잠입해야 할 때도 있으니 훈련 때 상류층만의 예의와 몸가짐을 익혀 뒀지만 샐리는 모르는 척 시치미를 뗐다.

"숙녀는 포터하우스 스테이크를 먹지 않지."

"그런가요? 너무하네요."

"그리고 보통은 끼어들기 전에 죄송하다고 해야 하지 않나?"

"그랬나요? 죄송하네요."

더 지적할 게 있는지 입을 떼던 윈스턴이 기가 막힌다는 탄식을 짧게 터트렸다.

"한 가지 더. 숙녀라면 디저트는 사양해야지."

"그럼 이 자리에 숙녀를 데려오셨어야죠."

그는 웃는 건지 언짢은 건지 모를 모호한 표정으로 샐리를 바라보더니 물었다.

"이제 내 앞에서 착한 하녀인 척하는 건 관둔 건가?"

"대위님께서 좋은 주인인 척하시는 걸 관두셔서요."

윈스턴이 아랫입술을 비틀며 세게 깨물었다. 웃음을 참는 것이었다. 마침 웨이터가 와인을 가져오자 그는 잔이 채워지기 무섭게 크게 한 모금 넘겼다.

샐리는 화려한 은 식기와 접시를 휙휙 뒤집어 촌스럽게 상표를 확인하는 척하다 맞은편으로 이따금 눈을 치켜떴다.

윈스턴은 다리를 꼬더니 더러워진 구두코를 향해 또 코웃음을 쳤다. 그는 냅킨으로 흙을 쓱 닦아 내곤 아무렇지 않게 바닥에 떨어트렸다.

"어때? 여긴 마음에 들어?"

그가 의자에 비스듬히 몸을 기댄 채 무릎에 깍지 낀 손을 얹으며 물었다. 샐리는 눈만 굴려 레스토랑 안을 훑어보곤 심드렁하게 대꾸했다.

"왜 여기 데려오셨는지 알겠어요."

윈스턴이 고개를 비스듬히 기울이며 눈썹을 올렸다가 곧바로 내렸다. 무슨 소리냐는 뜻이었다.

"촌스럽네요."

레온은 불시에 터진 웃음을 막지 못했다. 여기서 제일 촌스러운 주제에 촌스럽다는 말을 당당하게 하다니. 팔걸이에 팔꿈치를 기대고 검지의 마디로 미간을 문지르는 그의 입에서 간헐적으로 웃음이 터졌다.

"난 네가 이래서 재밌어."

대공녀처럼 마음에 든다는 거짓말을 했더라면 단숨에 시시한 여자가 되었을 것이다.

"넌 날 질리게 해야지. 지금까진 낙제야."

여자는 제 얼굴만 한 스테이크를 한 점 남김없이 다 먹어 치웠다.

식사는 천천히 음미하며 대화를 나누는 게 예의 아닌가.

하지만 여자는 단 한마디 하지 않고 고기만 무서운 속도로 해치웠다. 중간에 창밖을 턱으로 가리키며 석양이 진다고 했더니 여자가 "네, 그럴 때죠."라고 짤막하게 대꾸한 게 전부였다.

그 기가 막힌 꼴을 구경하느라 레온이 시킨 송아지 요리가 다 식어 버렸다. 샐리의 접시에 커다란 T자만 남았을 때 그는 반도 먹지 못한 요리

옆에 나이프와 포크를 한데 모아 놓았다.

"…그걸 정말 다 먹었네."

카페로 자리를 옮겼다. 메뉴를 심각한 눈으로 정독하던 여자가 심드렁하게 대꾸했다.

"못 먹을 줄 아셨나요."

음료는 뒤쪽인데 여자는 케이크가 있는 메뉴 앞쪽을 넘겨보고 있었다.

"케이크도… 먹어?"

여자는 대답 대신 제가 먹고 싶은 케이크 두 가지를 레온에게 주문하라고 요구했다. 그는 얼떨떨한 기분으로 케이크와 커피를 주문하고 어두운 창밖에만 눈길을 주는 여자를 응시했다.

이 데이트는 그의 예상과 완전히 다르게 흘러가고 있었다. 어릴 적부터 어느 집단에서든 자연스럽게 주도권을 잡았던 그다. 모든 상황은 그의 통제 아래에 있었다.

오늘도 분명 그러리라 예상했건만 저 앙큼한 여우에게 휘둘리고 있는 것만 같다는 묘한 기분이 들었다.

케이크가 차려지자 여자는 또 말없이 먹기만 했다. 저 작은 몸에 어디까지 들어갈 수 있는지 보고 싶어진 레온이 케이크를 하나 더 주문하며 물었다.

"마담 베노아의 카페에 가끔 가지 않나?"

여자가 그제야 포크를 멈추고 그를 향해 눈을 치켜떴다.

"네."

대답하기까지의 짧은 침묵에서 레온은 감지했다. 그가 저를 꽤 오래 지켜보고 있었단 걸 알고 혼란스러워한다는 것을.

"아무거나 다 잘 먹네."

여자는 왜 안 드시냐고 묻는 예의조차 차리지 않고 케이크 세 조각을 한 입씩 돌아가며 입에 집어넣었다.

분홍빛 입술 끝에 흰 크림이 묻자 혀끝을 살짝 내밀어 핥아 먹기까지 했다. 입술보다는 조금 진한 빛을 띤 살덩어리가 촘촘한 주름 위로 미끄러졌다. 혀가 입 속으로 사라지더니 맑은 타액으로 젖은 입술이 다시 벌어지며 새빨간 체리를 덥석 물었다.

천박하기 짝이 없는 짓.

레온은 창가를 향해 다리를 꼬며 숨을 깊이 들이쉬었다. 그래도 충동을 억누를 수 없었다.

"그런데 내 건 안 먹어?"

여자는 이제 불쾌해하는 기색조차 보이지 않았다. 말하는 사람을 쳐다보지도 않고 고개를 젓는 무례한 짓까지 했다.

"이젠 잘릴까 봐 무섭지 않은 건가."

그것도 모자라 무시까지 당했다.

"브리스톨 양, 잘리면 배우를 해 보는 게 어때?"

"흠, 제가요?"

"저번에 집무실에서 잘 울던데? 이제 보니 감쪽같이 속아 넘어간 거였어."

여자가 포크를 케이크에 찔러 넣으며 눈살을 찌푸렸다.

"연기 아니었어요. 그땐 잘리는 게 무서웠으니까."

여자의 얼굴은 곧 무표정으로 돌아갔다. 거짓인지 아닌지 판단하기에는 몸에서 드러나는 신호가 부족했다.

"그런데 지금은?"

"지금은 제가 이런 모욕까지 당하며 돈을 벌어야 하나 싶어졌어요."

레온의 얼굴이 싸늘하게 굳었다.

모욕이라니. 나야말로.

대지주에 촉망받는 군 장교. 혈통부터 능력까지 무엇 하나 빼어나지 않은 게 없는 그가 보잘것없는 하녀 따위에게 자꾸만 몸이 달아 애걸할 수밖에 없는 것이야말로 모욕이다.

레온은 미간을 구기며 재킷 안으로 손을 넣었다. 시가 케이스를 꺼내 거칠게 열며 그는 말을 씹어뱉었다.

"숙녀를 배부르게 해 주는 것도 모욕인가?"

"다른 배를 부르게 하시려 하잖아요."

이 여자, 점점 갈수록….

헛웃음을 터트린 레온은 시가 케이스를 닫아 다시 재킷 속에 넣었다. 참혹한 고문과 그 흔적을 목격하고도 생글생글 웃으며 '청소는 언제 할까요?'라고 묻는 여자다. 대담한 성격인 건 이미 알고 있었다.

그런데 이제는 대담하게도 음탕한 말까지 입에 담았다.

"넌 늘 이렇게 교태를 떨어 놓고 사내가 걸려들면 네게 낚인 가련한 자를 색마 취급하나?"

"저는 낚으려 한 적 없으니 가련한 건 저예요."

낚으려 한 적 없다더니 여자는 케이크를 먹어 치운 후 바로 자리를 옮겼다. 이번에는 제일 비싼 샴페인을 진탕 마시기로 했나 보다.

술에 취하는 건 보통 자존심 센 여자들이 남자를 유혹해 침대로 끌고 가려고 쓰는 수법 아닌가. 한 번쯤은 너그럽게 낚여 주려고 석 잔째부터는 병째로 주문했지만 여자는 딱히 취하는 기색이 없었다.

"어지럽지 않아? 누워서 쉬는 건 어때?"

객실로 가자는 말에 여자는 대꾸도 않고 샴페인 잔을 기울였다. 여자의 머리 뒤 창밖에서 대낮처럼 불을 밝힌 선착장이 가까워지고 있었다.

시간이 벌써 이렇게 됐나.

레온은 한숨을 내쉬며 관자놀이를 문질렀다.

"샐리, 시시하게 해 준다며?"

"네. 제가 먹는 것만 네 시간 동안 보셨네요."

여자는 안타깝다는 듯 콧잔등을 찡그리며 얄밉게 덧붙였다.

"시시하게."

레온은 바짝 꼰 제 다리 사이와 술기운이 올라 발그레한 여자의 얼굴에 번갈아 시선을 던지곤 픽 웃었다.

"아니, 그러기엔 넌 내가 뭘 좋아하는지 너무 잘 알아. 타고난 건가?"

여자가 샴페인 잔 끝을 입술에 붙인 채 그를 바라보았다. 너는 어째서 이런 제가 좋냐는 눈이었다. 약간의 당혹감을 읽은 그는 비스듬히 입꼬리를 올렸다. 주도권을 되찾을 기회인가.

"옷, 일부러 촌스럽게 입은 거 알아. 그런데 너 실수했어."

"…."

"연분홍, 빨강, 갈색. 다 내가 미치도록 좋아하는 색이야."

첩자의 머리가 처박힌 욕조에서 찰랑이는 차가운 연분홍. 찢어진 살틈에서 흐르는 신선한 붉은색. 거친 밧줄에 덕지덕지 말라붙은 갈색.

모두 피의 빛깔이니까. 나를 흥분하게 만드는 피의 빛깔.

"너, 낙제야."

세단이 저택의 정문을 지나 정원을 가로질렀다. 서서히 가까워지는 저택 본관은 자정이 멀지 않은 시각임에도 파티라도 있는 날처럼 외부 조명이 환히 밝혀져 있었다.

"내 생에 이렇게 망한 데이트는 처음이야."

윈스턴이 차창 턱에 팔꿈치를 얹은 채로 실소가 터져 나오는 입술을 문질렀다. 샐리는 눈만 돌려 그를 뾰족하게 흘겨보았다.

"낙제생, 좀 제대로 해 봐."

낙제생이라 불려도 할 말이 없었다. 염문설을 내겠다는 샐리의 작전은 처참히 실패했으니까.

아니, 너무 이른 판단일까.

별채로 가려면 본관을 지나칠 수밖에 없었다. 차가 본관 정문이 뚜렷이 보일 정도로 가까워지자 샐리는 속으로 쾌재를 불렀다.

정문과 분수대 사이의 돌길에 고급 세단 한 대가 서 있었다. 그리고 그 옆에서는 윈스턴 부인이 앨드리치 대공녀를 배웅하고 있었다.

윈스턴에게 들러붙는 여자를 누구보다 경계할 사람 둘을 한꺼번에 마주치다니. 작전 완수가 코앞이었다.

헤드라이트의 불빛과 엔진 소리가 가까워지자 두 여자 모두 이쪽으로 고개를 돌렸다. 샐리는 그들과 잠시 눈을 맞춘 후 죄지은 사람처럼 고개를 살짝 숙이고 윈스턴을 흘끔댔다. 들켰으니 어떻게 하냐는, 곤란한 표정도 지어 줬다.

"아, 오늘 대공녀가 오기로 했었지. 잊었네."

윈스턴은 한숨을 짧게 내쉬더니 대공녀의 차 뒤에 제 차를 세웠다. 그가 차를 돌릴 거라 생각했던 샐리는 차 밖으로 나가는 윈스턴을 경악 어린 눈으로 좇았다.

윈스턴 부인과 눈이 마주쳤다. 부인의 얼굴에도 경악이 두껍게 씌워져 있었다. 노려보는 눈빛에 분노 또한 담겨 있었다.

대공녀는 처음 눈이 마주친 후 이쪽으로 단 한 번도 눈을 돌리지 않았다. 침착한 얼굴에 겸연쩍은 미소가 어렴풋이 떠올랐다.

'이쯤 하면 됐어.'

아무 잘못 없는 대공녀가 곤란해하는 게 미안해진 샐리는 조용히 차 문을 열고 나왔다. 발소리를 내지 않고 차 뒤로 돌아 별채로 도망치려 했다.

"헉, 지금 뭐 하세요?"

"들어가."

두 여자와 인사를 나누던 윈스턴이 쫓아와 붙잡았다. 그는 제 어머니와 약혼 예정자에게 태연히 말을 걸며 샐리를 다시 차 안으로 밀어 넣었다. 그것도 모자라 조수석 문에 기대어 서서 그녀를 가뒀다.

윈스턴이 샐리의 작전을 손수, 그것도 과하게 완수해 준 셈이었다.

그는 대공녀의 차가 떠나고 나서야 운전석으로 돌아왔다. 윈스턴 부인이 화가 머리끝까지 난 목소리로 언성을 높였지만 그는 대수롭지 않게 대꾸하더니 곧장 별채로 차를 몰았다.

샐리는 질린다는 눈으로 윈스턴을 흘겨보았다.

이자의 머리를 열어 보고 싶다. 대체 뇌가 어떻게 생겨 먹은 건지. 외도를 들키고도 이토록 당당하다니.

"대위님, 덕분에 즐거운 시간 보냈, 앗!"

별채에 도착하자마자 하녀 방으로 도망치려는데 윈스턴이 샐리의 팔을 잡아끌었다.

"낙제생, 오늘의 패인을 논하는 시간을 가져야지."

그는 범죄자라도 연행하듯 샐리를 붙들고 1층 서재 문을 벌컥 열었다.

안에서 당구를 치던 군인들이 이쪽으로 고개를 돌리자마자 얼어붙었다.

"전부 나가."

다들 의아한 눈이었지만 아무것도 묻지 못했다. 군인 여섯이 일제히 우르르 빠져나가며 서재 문을 닫으려 했다.

샐리는 카디건을 벗어 윈스턴의 손에서 잽싸게 빠져나갔다. 하지만 문틈으로 도망치기 직전 그가 눈앞에서 문을 쾅 닫았다.

문고리를 잡는 손을 커다란 손이 억세게 감싸 쥐었다. 샐리는 눈을 치켜뜨고 윈스턴의 비틀린 미소를 마주했다.

"패인을 논하기에는 시간이 너무 늦었어요."

"임무에 실패한 사람은 그런 말 할 자격 없지."

그의 오른손이 벌어지며 빨간 카디건이 바닥으로 털썩 떨어졌다. 기다란 손가락이 블라우스의 볼록한 단추를 하나씩 툭, 툭 치며 위로 올라왔다.

봉긋 솟은 정점 사이의 단추를 검지 끝이 둥글게 굴리기 시작했다. 그 손놀림을 노려보고 있으니 어제 그가 굴렸던 젖꼭지가 제멋대로 따끔거렸다.

탁.

손을 쳐 내는 순간 윈스턴이 샐리를 향해 몸을 숙였다. 허리에 팔이 감기고 순식간에 몸이 위로 번쩍 들렸다.

그의 어깨에 메인 샐리는 의미 없는 몸부림을 치는 대신 윈스턴의 허리춤에 매인 군용 단검과 권총의 위치를 확인했다.

지금 저항해 봐야 소용없다. 적당한 기회에 적당한 무기를 써야만 했다.

눈앞으로 당구대가 지나가자 샐리의 청록색 눈이 번뜩였다. 짙은 초록 천 위에 둔기가 펼쳐져 있는 셈이었다.

서재 안으로 걸어간 윈스턴이 샐리를 당구대에 눕혔다. 곧바로 몸을 일으켜 앉았지만 도망은 불가능했다. 끄트머리에 걸쳐진 그녀의 무릎을 그가 활짝 벌리곤 사이에 제 하체를 욱여넣은 탓이었다.

샐리는 크게 고동치는 가슴을 진정시키며 눈앞의 건장한 사내를 응시했다.

오늘은 싸워도 돼.

어차피 윈스턴 부인이 그녀를 곧 쫓아낼 것이니 임무를 망칠까 몸 사릴 것 없다. 전문적인 전투 훈련을 받은 티가 나지 않게, 조금 허술해 보이도록 싸우기만 하면 된다. 죽이지만 않으면 그만이다.

샐리가 그의 급소를 머릿속으로 되새기며 싸울 준비를 하는 사이, 윈스턴은 오로지 그녀에게 제 급소를 처박을 생각밖에 없었다.

"보다시피 넌 완전히 실패했거든."

그가 장교복 재킷의 벨트 버클을 풀고 옷을 벗자 무얼 보라는 것인지가 분명해졌다. 재킷의 끝단에 가려 있던 바지 앞섶이 터질 것처럼 솟다 못해 단추 하나의 실이 풀려 있었다.

윈스턴은 재킷을 깔끔하게 반으로 접어 당구대에 가지런히 걸치고는 소매를 접어 올리기 시작했다. 그가 직접 고문에 나설 때마다 하는 준비 동작과 다를 바 없었다.

"네 방식은 실패했으니 이제 내 방식을 시도해 봐야겠어."

그 사이 샐리는 재킷 위에 놓인 권총집을 곁눈질하며 거리를 가늠했다. 어깨 정도는 쏴도 되겠지. 그럼 무사히 쫓겨날 때까지 윈스턴이 또 건드리지 못할 거다.

그는 반대쪽 소매를 마저 접어 올리며 샐리의 잘못을 나무라기라도 하는 투로 지껄였다.

"오늘은 울어도 보내 주지 않아."

윈스턴이 샐리를 향해 몸을 숙이며 양옆에 손을 짚었다.

살짝 벌어진 서로의 입술 사이에서 토해진 밭은 숨이 뒤섞였다. 그 열기에 두 사람 모두 불에 덴 사람처럼 움찔했으나 그 의미는 서로 달랐다.

코끝이 닿을 것만 같은 아슬한 거리에서 눈을 마주한 채 윈스턴이 밀어라도 속삭이듯 부드럽게 말했다.

"오늘 네 선택지는 단 두 가지야."

샐리는 마른침을 삼키며 그의 섬뜩하리만치 뜨거운 눈을 곧게 응시했다. 윈스턴 또한 마른침을 삼키느라 목울대를 들썩이다 깊이 잠긴 목소리로 속삭였다.

"첫 번째. 나와 순순히 관계를 갖고, 멀쩡한 모습으로 여기서 걸어 나간다."

그는 느릿하게 눈을 감았다 뜨며 뜸을 들였다. 고문 대상을 심리적인 궁지로 몰 때 그가 즐겨 쓰는 수법이었다.

"두 번째. 나와 억지로 관계를 갖고, 조금…."

그의 왼손이 불쑥 얼굴로 다가왔다. 고개를 살짝 옆으로 비틀어 피하자 손끝이 헝클어진 머리카락 사이로 파고들어 와 뒷머리를 가볍게 움켜쥐었다.

"상한 모습으로 내게 안겨 나간다."

뺨에 바짝 대어진 입술이 살갗을 부드럽게 스치자 샐리는 날카로운 이에 물린 사람처럼 몸을 떨었다.

"어느 쪽을 택할래?"

그가 물러나며 샐리의 두 눈을 지그시 응시했다.

"어느 쪽이든 네가 원하는 대로 해 줄게."

어릴 적 해변의 소녀를 떠올리게 하는 청록빛 경멸을 마주한 레온이 비뚤어진 미소를 지으며 넥타이 매듭에 손가락을 걸었다. 매듭을 단숨에 당겨 풀어 내리고 당구대를 새하얗게 질리도록 짚은 작은 손을 쥐어 올리자 여자가 손을 거칠게 잡아 뺐다.

"묶으실 필요 없어요."

"그래서 네 선택은?"

"첫 번째."

레온의 입가에 만족스러운 미소가 번졌다. 그가 자그마한 턱 끝을 쥐어 올리고 입술을 삼키려는 순간 여자가 손으로 막았다.

"다만 한 가지 약속해 주세요."

그는 뭐든 들어줄 것처럼 너그러운 미소를 지으며 눈썹을 들어 올렸다.

"피를 내지 않는다고 약속해 주세요."

레온은 설핏 미간을 구기다 대답했다.

"여긴 약속 못 하지만."

그의 눈이 여자의 다리 사이를 가리켰다.

"다른 곳은 약속하지."

여자가 큰 각오라도 하는지 그를 사뭇 심각한 눈으로 바라보더니 입술을 막은 손을 거뒀다.

저녁 내내 엉뚱한 욕구가 돌게 했던 도톰한 입술을 베어 물고자 하던 레온은 여자가 조금도 예상치 못한 짓을 하는 순간 굳었다.

여자의 왼손이 그의 뺨을 감쌌다. 우윳빛 눈꺼풀이 스르륵 내려와 청록빛 눈의 절반을 뒤덮고, 핏기가 조금은 가신 연분홍 입술이 레온을 향해 다가왔다.

그 순간 가까운 거리에서 폭탄이 터지기라도 한 것처럼 이명이 그의 귓속을 쿵쿵 울렸다.

레온은 여자가 제게 키스를 하는 모습을 열기에 휩싸여 지켜보았다. 그새 버석하게 말라 버린 그의 입술 끝에 여자의 말랑한 살이 닿는 찰나 기억에 묻어 두었던 아찔한 전율이 전신을 관통했다.

드디어 여자의 입술이 빈틈없이 포개어졌다. 레온의 가슴팍이 눈에 띄게 오르내리고 숨소리 또한 거칠어졌다.

맞닿은 살이 따뜻했다. 오늘 밤 내내 단것을 잔뜩 먹인 덕인지 달콤하기까지 했다.

여자의 입술이 그의 입술을 천천히 젖혀 벌리고 부드럽게 살을 짓뭉갰다. 그러곤 조금 더 벌어지며 레온의 입술을 훔치듯 빨다 쪽 소리를 내며 떨어졌다.

입술이 부딪치는 소리는 뺨을 때리는 소리와 비슷했다. 사실 훨씬 은밀하며 조금 더 야릇했다.

여자가 떨어졌던 입술을 다시 겹쳐 왔다. 당장 으스러지게 끌어안고 입술을 게걸스럽게 삼키고 빨고 씹어 대고 싶다. 레온은 충동을 얼마 남지 않은 이성을 끌어와 억눌렀다. 여태 억지로 범할 생각만 했으나 여자가 적극적으로 구는 것도 의외로 흥분되는 일이었다.

그도 서서히 입술을 마주 움직였다.

이따금 저도 모르게 눈을 감았다가 떴다. 그러곤 또 저도 모르게 여자의 반응을 살폈다.

항상 총명하던 눈빛이 흐트러져 있었다. 숨이 가쁜지 봉긋한 가슴이 들썩였다. 혼자 안달하는 게 아니라는 안도감이 들어 나쁘지 않았.

레온은 여자의 목덜미와 등허리를 달래듯 쓰다듬으며 작은 탄식을 그녀의 입 속으로 흘려보냈다.

과연 한 번으로 끝날 수 있을까.

한번 해 보면 시시해질 거라 장담했지만 고작 키스 한 번에 벌써 의문이 들었다.

약혼자라는 놈과도 해 본 걸까.

문득 든 생각이 그의 손으로 번졌다. 여자를 쥔 손이 더욱 억세어졌다. 결국 이성을 잃은 레온은 벌어진 입술 틈으로 제 혀를 깊숙이 밀어 넣었다.

그 순간 여자의 눈동자가 크게 흔들렸다. 흐릿했던 눈빛도 또렷해졌다.

그의 거친 키스를 거부하려는 줄 알았더니 여자도 제법 적극적으로 혀를 섞었다.

말캉하고 촉촉한 살덩어리를 서로 옭아매고 문질러 대기를 수없이 했을까. 여자가 오른쪽으로 고개를 틀기에 그도 고개를 왼쪽으로 조금 더 기울여 여자의 혀를 세게 빨던 찰나였다.

"자기야, 내가 그렇게 허술해 보여?"

레온의 왼손이 여자의 손목을 덥석 쥐었다. 여자의 손끝은 그의 권총집 덮개에 닿아 있었다.

남자의 입술이 떨어져 나갔다. 하지만 가는 손목을 부러뜨릴 듯 쥔 손은 그대로였다.

윈스턴은 실소를 터트리며 샐리의 타액으로 젖은 제 입술을 짓씹었다. 싸늘한 분노가 이글거리는 눈으로 노려보던 그가 돌연 샐리의 목을 거칠게 쥐고 쓰러트렸다.

"윽."

"약속을 깨트린 건 너야, 샐리 브리스톨."

몸이 당구대에 쿵 내려앉았다. 구석에 흩어진 당구공이 들썩이고 귀퉁이에 걸쳐 있던 큐대가 카펫으로 떨어지며 둔탁한 소음을 냈다.
 윈스턴은 샐리의 목을 억세게 짓누르며 블라우스를 단숨에 뜯어 벌렸다.
 "헉, 대위님, 숨이…."
 그의 팔뚝을 긁으며 숨이 막히는 척했다. 목을 비롯해 척추는 한번 제압당하면 벗어나기 힘드니 꾀를 써야만 했다.
 브래지어 밖으로 드러난 살을 깨물려던 윈스턴이 눈을 치켜떠 그녀를 올려다보았다. 일부러 숨을 참아 얼굴을 새빨갛게 만든 게 통했는지 그는 목을 놓고 샐리의 두 손목을 한데 쥐어 머리 위에 짓눌렀다.
 다른 손이 치마를 걷어 올리고 등허리로 파고들어 왔다. 블루머를 끌어 내리려는 찰나 샐리는 윈스턴의 허벅지 좌우로 걸쳐진 다리를 위로 바짝 접어 올려 몸을 웅크렸다. 다리를 급히 끌어 올리며 생긴 반동으로 발꿈치에 무게를 실어 윈스턴의 명치를 강하게 찍었다.
 "웃…."
 놈이 얼굴을 찡그리며 상체를 숙였다. 샐리는 손목을 쥔 손에서 힘이 풀리는 찰나를 놓치지 않고 몸을 뒤집었다.
 당구대 위를 재빠르게 기어 반대편으로 향하는데 발목을 덥석 잡혔다. 윈스턴이 욕설을 중얼거리며 샐리의 발목을 꺾어 버릴 듯 쥐고 끌어당겼다.
 군 장교의 무지막지한 힘을 버티지 못하고 끌려가는 순간 그녀는 당구대 위를 뒹굴던 공 하나를 쥐었다. 그가 샐리의 엉덩이를 제 사타구니로 잡아당기자 순순히 끌려가는 척하던 샐리가 돌연 몸을 돌려 당구공으로 윈스턴의 머리를 가격했다.
 "윽!"

딱딱한 공이 그의 이마 위를 치고 지나갔다. 그는 갑작스러운 충격에 눈을 질끈 감고 몸을 휘청하면서도 샐리의 팔을 꺾어 쥐었다.

"아!"

등 뒤로 거칠게 꺾인 팔이 어깨에서 빠질 것만 같았다. 그가 엄지로 손목을 세게 짓누르자 손이 저절로 벌어지며 당구공이 당구대 위로 툭 떨어졌다.

"하⋯."

허탈감과 분노가 뒤섞인 탄식이 윈스턴에게서 짧게 튀어나왔다. 샐리는 숨을 거칠게 몰아쉬며 고개를 어깨 뒤로 돌렸다.

흐트러진 백금발이 핏빛으로 진하게 물들어 있었다. 이내 이마로 흐르기 시작하는 피를 윈스턴이 손으로 훔치더니 말없이 응시했다. 그의 눈에서 초점이 서서히 흐려졌다.

"샐리⋯."

위험하리만치 낮은 목소리에서 흥분이 들끓고 있었다.

"넌 내게 너무 위험해. 내가 뭘 좋아하는지 너무 잘 알아."

그가 돌연 피로 젖은 손가락을 샐리의 입술에 문질렀다.

"흡!"

피하려 고개를 돌리다 뺨까지 그의 피로 물들었다. 윈스턴은 샐리의 턱을 틀어쥐고 입술을 겹쳤다. 뜨거운 살덩어리가 샐리의 입술 위에서 질척하게 날뛰었다.

윈스턴이 턱을 놓아주었으나 샐리는 입술을 뗄 수 없었다. 비열한 개자식이 그녀의 아랫입술을 이로 깨문 탓이었다. 고개를 돌렸다가는 살점이 뭉텅 떨어져 나갈 것만 같았다.

턱을 놓아준 손이 아래로 향했다. 그가 샐리의 허리를 당구대 턱에 걸

치고 치마를 들추는 사이 샐리는 붙잡히지 않은 손으로 허리께를 더듬었다.

떨어트렸던 당구공이 손끝에 닿는 순간 굉음이 터지며 반대편 책장의 책이 무너져 내렸다. 윈스턴이 공을 잡아 던진 것이었다.

"아!"

등 뒤로 팔이 꺾였다. 그는 끝내 샐리에게서 저항할 수단을 모조리 빼앗았다.

결국 샐리의 블루머는 허벅지 가운데로 단숨에 끌어 내려졌다. 겉으로 드러난 둔부의 뒤에서 벨트와 단추를 급히 풀어 내리는 소리가 소름 끼쳤다.

"죽여 버릴 거야."

"하… 그 전에 네가 죽겠지."

윈스턴이 거친 숨을 내쉬더니 샐리에게 몸을 밀착해 엎드렸다. 뜨거운 살덩어리가 은밀한 곳에 닿자 샐리는 허리를 비틀며 몸부림쳤지만 별다른 소득이 없었다.

"많이 아플 거야. 내가 지금 화가 많이 나서 배려하기 힘들어."

그가 사악한 경고를 신사적으로 속삭이며 샐리의 귀를 깨무는 찰나였다.

서재 문이 벌컥 열렸다. 고개를 번쩍 든 샐리는 서재로 들어오려던 여자와 눈이 마주쳤다. 아들이 당구대 위에서 하녀와 붙어먹으려던 꼴을 목격한 여인이 비명을 질렀다.

쿵.

윈스턴 부인이 곧바로 정신을 잃고 바닥으로 쓰러졌다.

"젠장할…"

샐리의 뒤통수에 나지막한 욕설이 떨어졌다.

❧ · ❧

날카로운 바늘이 두피를 뚫자 레온은 한쪽 눈을 찡그렸다. 하녀에게 당구공으로 얻어맞은 자리가 찢어졌다. 대충 피만 닦으려 했지만 어머니는 호들갑을 떨며 자정이 넘은 시각에 의사를 불러왔다.

의사가 필요한 사람은 그가 아닌 것 같은데 말이다.

레온과 커피 테이블을 사이에 두고 마주 앉은 어머니는 안락의자에 시체처럼 늘어져 있었다. 하녀 셋의 시중을 받으며 머리에 얼음주머니를 대고 있는 꼴이 우스꽝스러웠다.

"됐습니다. 그만 가시죠."

뇌진탕 위험이니 골절 가능성이니 성가시게 떠드는 의사를 레온이 내보내자 어머니도 하녀들을 내보냈다. 그를 똑바로 노려보는 걸 보니 곧 히스테리를 부릴 모양이었다.

"세상에…. 신이시여…."

아니나 다를까. 어머니는 신부터 찾으며 히스테리에 발동을 걸었다.

"레온, 제정신이니?"

레온은 다리를 꼬고 앉은 채 무릎 위로 손가락을 가볍게 두드렸다.

"여태 조용히 잘 처신했잖니? 그런데 왜 약혼을 코앞에 두고 이래? 나더러 신경 쇠약으로 죽으라고 벼랑 끝으로 모는 거니?"

모든 것이 자기중심인 여자. 장성한 아들이 여색을 탐하는 것도 어미의 관심과 애정을 얻고자 하는 반항이라고 우겼다.

애석하게도 레온은 제 모친에게 그럴 만큼의 애정이 없었다.

아들의 입가에서 비소가 새어 나가자 엘리자베스는 테이블에 얹어 두었던 얼음주머니를 다시 집어 이마에 올렸다.

"내 장례식에서도 그렇게 웃으려무나."

"약혼은 걱정하실 것 없습니다."

"네가 다른 여자를 만나는 꼴을 대공녀가 다 봤는데 걱정할 게 없다니!"

"사랑 따위가 아니라 거래이지 않습니까. 제가 딴 여자와 뭘 하든 대공녀건 대공이건 손해 볼 건 없죠."

엘리자베스는 탄식을 길게 내쉬며 눈을 감았다.

"그래, 넌 언제나 네가 옳지."

고집 센 아들. 그래도 여태 틀린 적이 없기에 좋을 대로 하도록 두었다. 캠든의 흡혈귀라는 극악무도한 오명도 아들이 왕실에 충성하다 보니 얻을 수밖에 없었던 훈장이라고 자랑스러워해 왔다. 저택에 고문실을 두는 것도, 흉물스러운 군복을 입은 군인들이 항상 오가는 것도 다 참았다.

하지만 여자, 그것도 미천한 하녀 따위에 빠지다니. 이건 도저히 참을 수 없었다.

"레온, 네가 어릴 적부터 누누이 일렀잖니. 네 아버지 일 잊지 말라고. 그 후로 우리 가문이 얼마나 힘들었니? 난 너까지 잃고 싶지 않아."

작위를 받을 기회를 잃고 싶지 않겠지.

레온은 한쪽 입꼬리를 비틀다 눈을 찡그렸다. 상처가 당기면서 날카로운 통증이 인 탓이었다.

"솔직히 말하마. 내 탓인지 네 아비 탓인지 네가 여자를 벌레 보듯 해서 걱정이었어. 결혼 후에도 그러면 곤란하니까."

'그러면'과 '곤란하니까' 사이에 '2세를 보지 못해'라는 말이 생략된 거라고 생각하며 레온은 손톱 아래 낀 피를 군용 단검으로 긁어냈다.

"그런데 그러던 네가 갑자기 다른 사람이 되어서 여자를, 그것도 하녀라니! 차라리 다시 벌레 보듯이 하렴, 제발!"

여자가 제 손등에 낸 상처를 감상하던 레온이 작게 웃었다.

"저 하녀가 도대체 무슨 교활한 짓을 한 거니?"

그제야 레온은 고개를 들었다. 어머니를 마주 보았지만 초점은 그 뒤의 허공을 향해 있었다.

'저야말로 알고 싶네요. 대체 저 하녀가 내게 무슨 짓을 한 건지.'

무심결에 그의 손이 장교복 재킷 속으로 들어갔다. 레온은 시가를 꺼내 불을 붙이곤 매캐한 숨을 깊이 빨아 당기며 생각에 잠겼다.

색욕을 성가셔해 본 적 없다. 거의 느끼지 못하고 살아왔으니 성가시게 느끼려 해야 할 수 없었다.

하지만 한 달여 전, 그 하녀가 홀로 고문실을 담당하게 된 후로 성가신 일이 됐다. 그 여자의 살냄새에서 피 냄새가 더욱 진하게 풍기기 시작하더니 그 체취가 뇌리에 스며 지워지지 않았다.

마치 그 여자가 교묘한 술수로 그의 사고를 지배하고 몸을 조종하는 것처럼 말이다.

여자의 눈동자 색을 처음으로 인지한 날부터는 더욱 심해졌다. 서서히 침몰하던 배가 순식간에 두 동강이 나며 심해로 곤두박질친 기분이었다. 배가 가라앉는지도 몰랐던 그로서는 충동의 바다에 마음의 준비도 없이 빠져 허우적댈 수밖에 없었다.

스스로 돌아봐도 지난 한 달, 그는 미친놈이었다.

성욕에 미쳐 제 본분을 잊기 일쑤였다. 오늘 일만 해도 그랬다. 저녁에 대공녀가 온다는 걸 똑똑히 기억하고 있었으면서도 하녀가 데이트를 제안하는 순간 까맣게 잊어버렸다. 무언가를 잊는 법이 잘 없는 그로서는 충격이 아닐 수 없었다.

게다가 지난 한 달 귀족으로서의 품위를 잊고 뒷골목 건달처럼 여자에게 치근덕댔다. 착한 아이니 참아야 한다고 스스로 다짐해 놓고 마주치는 순간 이성을 잃었다. 제 몸과 이성의 통제력을 잃었다는 사실이 못내 불쾌했다.

"그 하녀, 당장 잘라야겠구나."

엘리자베스는 한 치의 양보도 없다는 얼굴로 아들을 응시했다. 레온이 반대하리라 예상한 탓이었다.

하지만 그는 팔짱을 낀 채 곰곰이 생각에 잠기더니 영문 모를 소리를 중얼거렸다.

"거슬리면 치워야지."

"뭐라고?"

레온은 어리둥절해하는 어머니를 두고 자리에서 일어서 문으로 향했다.

"레온!"

"당장 자르라고 하셨잖습니까."

"뭐?"

정말 저와 깊은 사이였던 여자를 단숨에 해고하려는 건가. 예상을 뛰어넘는 행동에 엘리자베스는 말문이 막혔다.

제 배로 낳은 아들이건만 가끔은 저런 냉혈한 면모가 섬뜩했다. 그녀는 질린 눈으로 아들이 사라진 문을 응시했다.

샐리는 하녀 방 안을 어지러이 서성였다.

'이제 곧 하녀장이 와서 나를 해고하겠지.'

내일 아침에 당장이라도 떠날 수 있게 짐을 미리 싸 두려 했는데 어째서인지 마음이 어지러워 옷조차 갈아입지 못했다.

아직도 어깨가 타는 듯이 아팠다. 당구대에 밀쳐지며 부딪힌 뒷머리도 얼얼했다.

윈스턴 부인이 때맞춰 들어오지 않았더라면 그대로 그놈에게 당했을 것이다. 속물적인 귀족의 전형인 여자라 좋게 본 적 없지만 그 순간만은 엘리자베스 윈스턴이 천사로 보였다.

"악!"

두 손으로 얼굴을 쓸어내리다 입술을 스치는 순간 저도 모르게 짧은 비명을 질렀다. 거울을 보니 윈스턴에게 깨물린 아랫입술이 퉁퉁 부어 있었다.

망할 개자식.

하지만 곧 비난의 대상을 바꿨다.

망할 나 자신.

권총을 좀 더 일찍 뽑았어야 했다. 그 전에 꽤 한참 동안 윈스턴의 정신이 키스에 팔려 있었는데 말이다. 문제는 샐리의 정신도 팔려 있었다는 사실이다.

그놈의 주의를 돌리려고 한 키스에 내가 빠지다니. 미쳤어, 정말.

"이건 키스잖아. 내 첫 키스⋯."

"그래서 싫어⋯?"

"⋯좋아."

"또⋯ 할까?"

두 손에 얼굴을 묻고 있자니 머릿속에서 앳된 목소리 둘이 빛바랜 대화를 주고받았다.

'미쳤어, 정말.'

천국에 계신 어머니가 한심한 딸을 내려다보며 혀를 차실 것이다.

샐리가 거칠게 얼굴을 쓸어내리는 순간 문이 울렸다. 드디어 하녀장이 온 건가.

문을 열던 샐리는 좁은 틈으로 윈스턴과 눈이 마주치는 순간 쾅 소리가 울리도록 문을 닫았다. 문을 강제로 열지 못하도록 어깨로 누른 채 안에서 열쇠로 잠그고 걸쇠까지 거는데 놈이 그녀를 불렀다.

"샐리."

"윈스턴 부인께서 또 기절하실 만한 일을 하러 오셨나 보죠?"

밖에서 헛웃음이 흘러들어 왔다.

"그게 아니야. 그래, 차라리 이게 낫겠군."

그러더니 윈스턴은 뜻밖의 제안을 했다.

"더 좋은 일자리를 알아봐 줄게. 그게 네게도 나을 테니까. 내 서명이 있는 추천서면 어디든 쉽게 들어갈 수 있을 거야. 다른 사람을 벨모어 부인이 곧 구한댔으니 그때까지만 있으면 돼. 그럼 이만."

윈스턴은 열심히 외운 시를 잊을까 봐 숨도 쉬지 않고 암송하는 학생처럼 제 할 말만 순식간에 하고 가 버렸다.

떠나라는 말이 그에게서 나올 줄은 몰랐다. 샐리는 어안이 벙벙해 멍하니 서 있었다. 그녀를 억세게 쥐고 있던 손이 힘을 불시에 풀어 버려 휘청하는 기분이었다.

"하, 미치광이."

황당하지만 일이 계획대로 돌아간 셈이다. 샐리는 알 수 없는 찝찝함을 떨쳐 내며 침대에 지친 몸을 묻었다.

❖ · ❖

캠벨은 책상 앞에 앉아 창가의 상사를 이따금 곁눈질했다. 벌써 일주일째였다. 윈스턴 대위가 별채 집무실이 아닌 서부 사령부 국내정보과 사무실에서 업무를 보는 것 말이다.

원래 사택이 아니라 사무실에서 업무를 보는 것이 정상이건만 윈스턴 대위에겐 그게 비정상이었다. 보안 위반이 될 만한 근무 방식을 상부에서는 여태 그의 지위나 실적 때문에 눈감아 주고 있었다.

그런데 왜 요즘은 갑자기 사무실 근무일까? 설마 별채 하녀가 곧 떠나는 것과 관련이 있나?

캠벨은 말도 안 되는 상상 끝에 자조적으로 웃었다. 규정을 거침없이 어길 정도로 무서울 게 없는 분이 몸집의 반도 되지 않는 하녀가 무서워 피할 리가 없지 않나.

"캠벨."

또 피식 웃던 캠벨이 움찔했다.

"네, 대위님."

허리를 똑바르게 펴며 대위를 바라보았더니 그가 책상 위의 서류를 보다 시선만 들었다. 눈빛이 날카롭게 벼려져 있었다. 감이 좋지 않아 뒷덜미에 소름이 바짝 돋았다.

대위가 검지를 들고 까딱이는 순간 캠벨은 엉덩이에 스프링이라도 달린 것처럼 자리를 박차고 일어나 다가갔다.

"무슨 일이십니까."

책상에는 그가 오늘 아침 제출한 보고서 더미가 놓여 있었다. 국내정보과와 윈스턴 저 별채 담당 인원을 조사한 결과물이었다.

눈에 띄는 점은 없어 괜한 의심이었던 것으로 넘어갈 줄로만 알았는데, 대위는 그중에서 서류철 세 개를 따로 모아 검지로 찍어 눌렀다.

"이 셋, 신문해 볼 필요가 있겠어."

곧바로 그가 목소리를 낮춰 덧붙였다.

"사령부는 모르도록, 은밀히."

오늘만 지나면 이 임무도 끝이다.

[무사히 돌아와.]

샐리는 별채 복도 바닥에 진공청소기를 밀다 며칠 전 지미의 목소리를 다시금 떠올리고 미소 지었다.

그는 임무를 시도하다 잘렸다는 말에 아쉬워하는 듯했지만 질책은 한마디도 하지 않았다. 얼른 보고 싶다는 말도 덧붙였다. 그 순간 서운했던 감정이 사르르 녹아내렸다.

'내일은 지미를 오랜만에 보겠네.'

벌써 1년이 넘었다. 윈스턴 저에 잠입한 후로 고향에 돌아간 적 없으니까.

별채 입구를 향해 청소기를 밀던 샐리가 한숨을 내쉬었다. 바닥을 내려다보는 시야의 가장자리로 검은 구두의 코가 들어온 탓이었다. 카펫 청소를 겨우 끝냈는데 또 구둣발에 더러워질 참이었다.

"이봐요. 다시 나가서…."

계단에 놓인 깔개에 발을 털고 들어오라고 핀잔을 주려던 샐리는 고개를 드는 순간 얼굴을 딱딱하게 굳혔다. 윈스턴이 캠벨과 별채 담당 병사 여럿을 거느리고 걸어 들어왔다.

"안녕."

샐리는 복도 벽에 몸을 바짝 붙여 피하며 고개만 끄덕였다. 윈스턴이 샐리의 앞에서 걸음을 멈추자 뒤따라오던 이들도 멈췄다.

프레드와 눈이 마주쳤다. 그가 샐리를 향해 어렴풋이 미소를 지었다. 축 늘어진 눈썹에서 서운한 티가 역력히 났다.

철수한다고 했더니 프레드가 너무나 아쉬워했다.

"이제는 누구를 의지해야 할지 모르겠네요."

"피터도 있고 낸시도 있잖아. 잘할 수 있을 거야."

프레드는 입술을 비죽대며 구두 앞코로 정원의 잔디를 차더니 물었다.

"돌아가면 총사령관과 결혼할 거예요?"

지미를 말하는 것이었다. 샐리는 애매모호한 미소를 지으며 어깨를 으쓱였다.

"나도 모르겠어. 아직은 때가 아닌 것 같아서."

"그 더러운 왕정의 돼지 새끼만 아니었어도 여기서 저랑 오래 일할 수 있었을 텐데."

윈스턴이 하녀를 범하려 했다는 소문은 이미 별채 담당 병사들 사이에 파다하게 퍼졌다. 그 소문을 듣고 이를 가는 프레드는 몰랐다. 샐리가 당할 뻔한 건 지미가 내린 지령 탓도 있다는 걸.

"제가 꼭 복수해 줄게요."

핏줄이 불거질 정도로 세게 쥔 주먹에 샐리는 손을 얹으며 만류했다.

"그런 짓은 하지 마. 그냥 네게 주어진 임무만 해내. 윈스턴의 눈에 띄지 말고. 나는 훌륭하게 실패했지만."

샐리의 얼굴에 쓸쓸한 미소가 번졌다.

"그리고 언젠가 결혼 선물로 네가 윈스턴을 좌초시켜 주는 것도 좋겠네."

며칠 전의 대화를 떠올리던 샐리는 프레드에게서 시선을 떼고 윈스턴을 바라보았다. 그는 여전히 복도 한가운데에 서서 뒤에 선 수하들에게 손짓했다.

"집무실로 먼저 가 있도록."

지시가 떨어지자마자 병사들이 두 사람을 지나쳐 계단을 올랐다. 프레드만이 걱정스러운 눈으로 샐리를 자꾸 돌아보았다.

"무슨 일이시죠?"

싸늘한 투로 윈스턴에게 물었다. 그는 대답은 않고 검은 정모를 벗었다. 차가운 빛깔의 금발을 한 손으로 쓸어 올리던 그가 눈을 찡그렸다.

"샐리, 난 널 영원히 잊지 못할 거야. 내 머리를 으깰 뻔한 여자는 네가 처음이거든. 낭만적이지 않아?"

일부러 죄책감을 느끼라고 상처를 건드린 것이다. 샐리는 그의 입술에 새겨진 비틀린 미소를 따라 하며 물었다.

"오른쪽도 으깨 드릴까요?"

무엇이 그리 즐거운지 윈스턴은 혼자 웃어 대더니 정모를 다시 쓰며 팔짱을 단단히 꼈다.

"그렇게 앙칼지게 굴 것 없어. 하녀에게 시킬 일이 있는 것뿐이야."

"어떤 일이신데요?"

"고문실. 쓸 일이 생길 것 같으니 청소는 관두고 그곳부터 준비해 두도록."

"네."

샐리는 재깍 대답하며 마른침을 삼켰다. 또 누가 잡힌 걸까. 하필 철수를 하루 앞둔 날 새 '손님'이 오다니. 프레드가 그녀의 몫까지 알아서 잘할지 걱정이었다.

윈스턴은 곧바로 등을 돌려 계단으로 향했다. 한숨을 쉬며 청소기의 코드를 뽑는데 그가 계단을 오르다 불현듯 돌아보았다.

"아쉽군. 솔직히 내 밑에 있는 녀석 중에 너만큼 시킨 일을 마음에 들게 해내는 녀석도 없었는데."

"그러게요. 어쩌다 이렇게 됐는지."

과장된 말투로 비아냥댔더니 윈스턴이 한쪽 입꼬리를 비스듬히 올렸다. 비열한 놈답지 않게 씁쓸해 보이는 미소였다. 별다른 대꾸 없이 등을 돌려 집무실로 향하는 윈스턴을 샐리는 잠시 노려보다 지하로 향했다.

분위기가 심상치 않다.

프레드는 집무실 앞 복도의 의자에 정 자세로 앉아 주변을 곁눈질했다. 복도 양 끝에는 병사가 한 명씩 서 있었다. 도망치지 못하게 지키는 것만 같았다.

두 시간 전, 캠벨 소위가 부대원 중 세 명을 호명하며 시킬 일이 있다기에 아무 생각 없이 여기까지 따라왔다. 별채 앞에서 소위는 병사 넷을 더 데려왔다.

'그때까지만 해도 무거운 가구라도 옮겨야 하는 줄 알았는데…'

그런데 캠벨은 집무실 앞에서 둘을 안으로 데려가고 나머지 둘은 복도에 배치했다. 프레드를 포함한 셋은 복도에 세워진 의자에 일렬로 앉혔다. 윈스턴이 집무실로 들어간 후에는 한 명씩 안으로 불러들였다. 그리고 이제 프레드만이 남은 차였다.

'내가 뭐 잘못했나? 설마 정체를 들킨 건가? 난 아무 짓도 안 했는데.'

무릎 위에 올려 둔 주먹 속에 식은땀이 차올랐다. 손이 미끈거려 바지에 닦으려는 찰나 집무실 문이 벌컥 열렸다.

두 번째로 들어갔던 상병이 나왔다. 낯이 새파랗게 질려 있었다. 도대체 안에서 무슨 일이 있었던 걸까.

"프레드 스미스 이등병."

도망치듯 자리를 뜨는 상병의 뒤꽁무니를 바라보는데 캠벨이 문 너머에 서서 그를 불렀다.

"네, 네!"

프레드는 가빠지는 숨을 힘겹게 죽이고 후들거리는 다리를 질질 끌다시피 집무실 안으로 들어갔다.

하지만 집무실 안은 긴장했던 것이 허무하리만치 화기애애한 분위기였다. 라디오에서 경쾌한 재즈가 흘러나오는 가운데 책장 앞 체스 테이블에서는 캠벨이 안으로 데려갔던 병사 둘이 체스를 두고 있었다.

그의 등 뒤에서 문을 닫은 캠벨은 곧장 소파로 가 윈스턴 대위의 옆에 앉았다.

대위는 다리를 꼬고 등을 비스듬히 기댄 편안한 자세였다. 한 손에는 반쯤 탄 시가, 그리고 다른 손에는 위스키가 손가락 한 마디 정도 찬 크리스털 잔을 들고 있었다.

"아, 스미스 이등병."

윈스턴이 문 앞에 우두커니 선 프레드를 향해 눈꼬리를 휘며 웃었다. 요즘 잘못 건드리면 폭발할 것처럼 위험한 기운을 풍기던 사람이 술에 취했는지 느슨해 보였다.

"네, 대위님."

"앉아."

그가 소파를 마주한 의자를 시가 끝으로 가리켰다. 프레드는 여전히 긴장이 풀리지 않아 딱딱한 다리를 움직여 다가갔다. 자리에 앉아 마른 침만 삼키는데 윈스턴과 캠벨은 서로의 위스키 잔을 채워 주며 시답잖은 담소만 나눴다.

마침내 윈스턴이 프레드에게 시선을 던지더니 말없이 응시했다. 눈꼬리는 여전히 부드럽게 휘어 있었으나 눈빛은 어째서인지 날카로웠다. 저 시리도록 푸른빛 탓일까.

"저… 대위님."

윈스턴이 대답 대신 눈썹을 들어 올리며 말을 재촉했다. 입가에 머금은 미소가 꽤 너그러워 보였지만 프레드는 묻지 않을 수 없었다.

"제가 혹시 잘못한 거라도 있습니까?"

크리스털 잔을 입에 대고 기울이던 윈스턴이 피식 웃었다. 예상치 못한 반응에 프레드가 한층 긴장해 등을 빳빳이 세우자 그가 잔을 내려놓으며 고개를 천천히 저었다.

"그런 거 없어."

"아…."

"왜? 마음에 걸리는 일이라도 있는 건가?"

"아, 아닙니다."

윈스턴이 입꼬리를 올리며 프레드의 앞에 놓인 빈 잔에 위스키 병을 기울였다.

"스미스 이등병."

"네."

"긴장 풀어."

목소리가 사뭇 부드러웠다. 까마득히 높은 대위가 손수 잔을 내밀자 프레드는 몸을 앞으로 숙여 예의 바르게 받았다.

"감사합니다."

기껏 준 술을 다시 놓으면 결례다. 하지만 술에 취해 실수를 범할까 걱정이었다.

프레드는 입술을 축일 만큼만 마시고 잔을 천천히 테이블에 내려놓았다. 그를 지켜보던 윈스턴이 시가를 입가에서 떼며 흰 연기를 길게 뱉어냈다.

"오늘 이 자리에 부른 건 상부 모르게 은밀히 맡길 임무가 있어서야. 그걸 수행할 적당한 인물을 추렸는데 그 후보 중 하나가 자네인 거고."

프레드는 뜻밖의 상황에 어안이 벙벙해져 눈만 깜빡였다. 저번에 고문실에서 토한 일 때문에 윈스턴이 저를 못마땅해하는 줄로만 알았다.

'아니었나?'

이건 어쩌면 핵심 인력으로 정보과에 침투해 공을 세울 수 있는 절호의 기회였다. 그러면 언젠가 리틀 지미의 신임을 사 혁명군 간부가 될 수 있을지도 모른다.

프레드는 기쁜 기색을 감추지 않고 인사했다.

"영광입니다."

윈스턴이 재떨이에 재를 털며 눈꼬리를 휘어 웃었다.

"네 앞의 두 애송이는 탈락했어. 그래서 네게 거는 기대가 커."

"대위님을 실망시키지 말도록."

옆에서 캠벨이 거들자 프레드는 결의에 찬 표정을 지으며 외쳤다.

"네, 맡겨 주시면 무엇이든 하겠습니다."

"벌써 믿음직스럽군."

윈스턴이 캠벨을 향해 웃자 프레드도 따라 웃었다.

"프레드 스미스 이등병."

"네, 대위님!"

"레븐의 페어힐 출신이라고 들었는데 맞나?"

질문이 떨어지는 순간 프레드의 미소에 실금이 갔다.

"네, 네. 맞습니다."

아니, 거짓이다. 그건 상부에서 조작해 준 프레드 스미스의 신상명세에 있던 가짜 정보일 뿐이었다. 프레드는 마른침을 삼키며 침투 전 훈련에서 들었던 페어힐 마을의 정보를 기억해 내려 애썼다.

"그쪽에서 할 일이 있어."

"…네, 맡겨만 주시면 열심히 하겠습니다."

"별건 아니고 그 마을 위원회에 블랜차드의 쥐새끼가 섞여 있다는 첩보가 들어왔거든. 네가 가서 조사를 해 줬으면 해. 출신 마을이니 네가 들쑤시고 다녀도 의심할 사람은 없겠지."

프레드는 한시름 놓았다. 인구가 500명도 안 될 작은 산골 마을에 혁명군이 첩자를 보낼 리가 없기 때문이었다. 아무래도 윈스턴은 잘못된 정보에 시간만 낭비하는 듯했다.

"아, 페어힐의 마을 위원장 이름이…."

윈스턴이 생각나지 않아 곤란하다는 듯 시가를 든 손으로 미간을 문지르며 프레드를 바라보았다.

"…메이슨 씨입니다."

어렵사리 기억해 낸 대답이 정답이기만을 바랄 뿐이었다.

"아, 맞아."

프레드는 참았던 숨을 내쉬었다.

"겨울에 스키 관광으로 유명한 곳이지."

"네, 맞습니다."

"나도 열다섯 살 땐가 가족 여행으로 가 본 적 있거든. 스미스 이등병은 거기서 나고 자랐으니 어쩌면 나와 마주쳤을지도 모르겠군."

프레드는 대답 대신 어색한 미소만 지었다. 윈스턴 같은 대부호가 고급 호텔이 없는 시골에는 어쩌다 가게 됐을까.

"아, 그리고 보니 정말 웃긴 일이 있었어."

윈스턴이 캠벨을 향해 고개를 돌리더니 페어힐에서의 추억을 가볍게 떠들기 시작했다.

"스키장 아래에 주점이 있었거든."

저자 정말 취한 건가.

긴장이 조금 풀린 프레드는 제 앞에 놓인 위스키 잔을 집어 바싹 마른 입을 축였다.

"거기서 따뜻한 뱅쇼를 파는데 주인장이 내 덩치만 보고 어른인 줄 알았던 거야. 그날 제롬이랑 둘이서 술을 진탕 마시고 주점에서 나오는 길에 눈밭에 쓰러졌지 뭐야."

"이런."

"주점 손님들이 우릴 발견 못 했으면 그대로 얼어 죽었을 거야. 즐거운 추억이지."

"윈스턴 부인께는 끔찍한 추억이겠군요."

두 사람이 웃음을 터트리자 프레드도 따라 웃으며 잔을 내려놓았다. 술이 들어가니 뻣뻣하던 몸이 금세 느슨해졌다.

"프레드, 앨버트 씨 알지? 그 배불뚝이 주점 주인장."

"아, 네, 네."

알 리 없다. 하지만 모른다고 하면 말이 안 된다. 프레드가 재깍 맞장구를 쳐 주는 순간 윈스턴이 캠벨을 향해 씨익 웃었다.

"유쾌하신 분이었지."

"네, 그렇죠. 하하…."

"아, 그리고 겨울마다 하는 축제가 있었는데…. 아! 성 모리스 축일."

"네, 맞습니다."

"정말 해괴한 전통이더군. 아, 이런 건 토박이에게서 들어야지. 프레드, 캠벨에게 이야기해 줘 봐."

윈스턴이 시가를 물며 소파에 몸을 깊숙이 기댔다. 기대에 찬 시선 속에서 프레드의 심장 박동이 빨라졌다.

'그런 축일을 들어 봤던가?'

프레드는 재빨리 기억 속을 뒤졌다. 손에서 다시 식은땀이 나려던 찰나, 그는 마을의 상징을 떠올렸다.

잘린 목을 두 손으로 안고 있는 사내.

"그게… 저희 마을 출신인 성 모리스가 목이 잘려 죽는 바람에…."

"맞아."

윈스턴이 고개를 끄덕이자 프레드는 마른 입술을 적시며 입꼬리를 살짝 올렸다.

'잘했어, 프레드.'

그를 평소에 어린애 취급하며 무시하던 누나들도 인정해 줄 수밖에 없을 것이다.

"마을 사람들이 그날은 사람 모양으로 생강 빵을 구워 먹더군. 맞지?"

"네."

"먹기 전에 목을 이렇게 뜯어서 말이야."

윈스턴이 시가의 가운데를 쥐더니 반으로 뚝 부러트렸다. 어쩐지 살벌해 보였지만 주변에서 웃기 시작하자 프레드도 따라 웃었다.

윈스턴은 두 동강 난 시가를 재떨이에 던지며 희뿌연 연기를 내뿜었다. 일순, 그의 얼음장 같은 눈동자에서 불꽃이 튄 것만 같은 건 프레드의 착각인지도 몰랐다.

"프레드, 내가 재미있는 이야기를 하나 더 해 줄까?"

그가 프레드를 향해 몸을 바짝 기울였다. 프레드도 따라 몸을 숙이며 윈스턴에게 귀를 기울이는 순간 그가 느릿하게 속삭였다.

"난 페어힐에 가 본 적이 없어."

갑작스러운 고백에 프레드는 혼란을 감추지 못했다. 분명 흔들리고 있을 그의 눈동자를 윈스턴이 응시하며 섬찟하게 웃었다.

"가 본 적 없는 나도 이건 알고 있지. 축일 이름이 성 모리스가 아니라 성 니콜라스라는 거."

윈스턴이 돌연 자리에서 일어섰다. 프레드는 윈스턴과 얼굴을 마주하던 그 자세 그대로 굳어 있었다. 무릎 위의 주먹 쥔 손이 순식간에 차가워지더니 덜덜 떨렸다. 등 뒤에서는 체스를 두던 소리가 뚝 멎었다.

"아, 그리고 생강 빵이 아니라 호밀 빵이야."

비웃음에 이어 사나운 음성이 중얼거렸다.

"이런 하찮은 덫에 걸려들다니."

여기서 도망쳐야 했지만 몸이 말을 듣지 않았다. 제멋대로 떨리는 팔다리를 내려다보다 윈스턴을 향해 눈동자만 돌리는 게 프레드가 할 수 있는 전부였다. 윈스턴은 창가에 기대어 서서 밖을 응시하고 있었다.

"프레드 스미스. 왜 입대 지원서에 고향을 거짓으로 적었을까."

레온은 얇은 레이스 커튼을 젖혀 창밖의 무언가를 눈으로 따라가며 혼잣말처럼 중얼거렸다.
"내 결론은….”
그는 천천히 눈을 감았다 떴다.
"네가 정말 형편없는 첩자라는 거지."
먼저 신문했던 둘은 첩자가 아니었다. 조금 몰아붙였더니 공금을 횡령해 유흥비로 탕진한 걸 술술 불어 댔다. 정말 시시한 시간 낭비가 아닐 수 없었다.
"캠벨.”
캠벨은 지시가 떨어지자마자 소파 아래에서 노란 서류철을 꺼내 열었다. 곧 라디오에서 흘러나오는 우스꽝스러운 재즈 선율을 배경으로 프레드 스미스의 입대 지원서 낭독회가 열렸다.
"성명, 프레드 존 스미스. 부친, 로버트 존 스미스. 직업은 도살업자."
"푸줏간을 하는 아버지 아래에서 자란 아들이 피를 보고 새파랗게 질려 토한다. 캠벨, 이게 말이 되나?"
"안 됩니다."
"들었나? 이게 네 실수야, 애송이."
캠벨은 상관의 예리함에 다시금 혀를 내둘렀다. 다른 이라면 눈치채지 못할 모순이다.
다만 너무나도 사소해 상대가 억측이라고 우기면 끝이기도 했다. 그걸 아는 그의 상관은 그 모순을 건드리지 않고 유도 신문으로 더 많은 모순과 거짓을 드러냈다.
저도 모르는 사이 실수를 수도 없이 저지른 저놈은 첩자가 아니라는 반박 한마디 하지 못하고 떨고만 있었다.

쥐새끼가 제 배를 갈라 스스로 숨통을 끊은 셈이었다.

"체포해."

레온의 등 뒤에서 의자를 끄는 소리가 일제히 울렸다. 대기 중이던 병사들이 체스 테이블에서 일어선 것이다. 쥐새끼가 뒤늦게야 도망을 치려다 꼴사납게 넘어졌는지 등 뒤에서 비명이 시끄러웠다.

"아니야! 난 아니야!"

뒤늦게 부인하는 것도 꼴사납기 짝이 없었다.

녀석의 비명이 복도에 메아리쳤다. 메아리가 희미해지고서야 레온은 씁쓸한 시선을 거두고 등을 돌렸다. 그가 줄곧 응시하던 창밖에서는 다갈색 머리의 하녀가 세탁물 카트를 끌고 본관으로 향하고 있었다.

"아니에요…. 저는 아니라고요…."

고문실 철제 테이블을 사이에 두고 마주 앉은 녀석의 꼴은 눈 뜨고 보기 힘들 정도였다. 애새끼처럼 우는가 하면 철제 의자에 수갑으로 묶인 손발을 덜덜 떨었다.

신문은 아직 시작하지도 않았다. 묶어 둔 게 전부였다. 조금만 더 겁주면 오줌이라도 줄줄 싸 댈 기세였다.

"아악!"

레온이 한 거라곤 테이블 위의 니퍼를 집은 게 다였다. 리틀 지미가 보낸 쥐새끼가 얼마나 심약한지, 고작 그것만으로도 의자를 들썩이며 귀청 떨어지는 비명을 내질렀다.

눈앞의 첩자를 응시하는 레온의 입이 썼다.

이건 모욕이다. 반군 수뇌부가 그를 얼마나 만만히 봤기에 제대로 훈련도 안 된 애송이를 그의 밑에 침투시킨 걸까.

보낼 거면 제대로 된 적수를 보내란 말이다.

이딴 수준 낮은 모욕에 놀아났다는 것이 굴욕이었다. 저깟 풋내기에게 침투당했다는 건 사실이니.

하지만 누가 상상이나 했을까. 국내정보과와 고문실. 이 핵심 군 시설에 심약하고 허술하기 짝이 없는 자를 첩자로 보내리라곤.

제 가짜 신원 정보도 기억하지 못하다니. 반군들의 '세뇌 학교'마저 최하위로 졸업했을 게 뻔한 머저리였다.

"이봐, 그거 아나?"

레온은 눈앞의 저능아가 알아듣기 쉬운 말로 저자에게서 곧 부족해질 피와 살이 될 가르침을 주었다.

"소위 '혁명 정부'가 들어서고 나서 전보다 실업률이 폭등하고 나라가 더욱 빈곤해진 것."

레온은 의자에 몸을 비스듬히 기댄 채 테이블 끄트머리를 니퍼 날로 두드렸다.

"평등을 부르짖더니. 다 같이 가난해지는 게 너희 족속들이 그린 평등인가 보지?"

놈은 그의 친절한 가르침을 듣지 않는 듯했다. 새파랗게 질린 시선이 니퍼를 따라 요동쳤다.

"혁명이라."

레온은 입가에 조소를 머금고 놈을 응시했다.

"너흰 깡패 집단일 뿐이야."

자칭 혁명군이라는 놈이 한심하기 짝이 없군.

'프레드 스미스'라는 녀석은 레온이 혁명군을 모욕하는데도 분한 기색이 없었다.

"그 운전수."

"…."

"네가 왜 새하얗게 질려 동요하나 했더니 아는 사람이었던 거군."

"…."

"그 늙은 쥐새끼가 왜 제대로 된 정보를 끝까지 불지 않나 했더니…. 이제 보니 네 탓이었나?"

"그, 그건…."

"네가 구해 줄 거라고 믿은 건가? 불면 네가 죽일 거라고 무서워한 건가?"

이딴 햇병아리가 무섭다니. 말을 끝맺기 무섭게 레온은 캠벨과 조소를 주고받았다. 그러다 시선이 다시 첩자에게로 옮겨 가는 순간 조소는 그의 얼굴에서 순식간에 지워졌다.

"거번 습격 사건 때 네 명이 죽었어. 둘은 불구가 됐고."

"…."

"네가 빼돌린 정보 때문에."

"아, 아닙니다. 제, 제가 한 짓 절대로 아니에요. 저는, 대위님 말씀대로 애, 애송이일 뿐인걸요. 머, 멍청해서 아무것도 한 게 어, 없습니다."

제 집단과 이념을 모욕할 때에는 입을 다물고 있던 녀석이 갑자기 말을 쏟아 냈다. 그것도 정말 제 말대로 멍청한 건지 뭔지, 제 입으로 첩자라는 걸 순순히 인정했다.

"죄질이 굉장히 나빠."

머리를 쓸 줄 모르는 녀석이다. 피를 보면 토하는 겁쟁이이기도 하고.

겁을 조금만 줘도 제가 아는 정보를 술술 불 것이다. 레온은 복잡한 술수 대신 쉬운 방법을 쓰기로 했다.

"이 정도면 수용소로 가서 한 이틀 내에…."

레온은 말꼬리를 길게 늘어뜨리며 옆에 앉은 캠벨에게 눈짓했다.

"총살형감이죠."

캠벨의 단호한 대답에 레온이 고개를 끄덕이고, 첩자의 낯빛이 더욱 새파랗게 질렸다.

"제가, 제가 한 게 아닌…."

녀석은 혼자 애새끼처럼 울먹대며 할 말이라도 있는지 입을 뗐다 닫았다 하더니 목숨을 구걸하기 시작했다.

"제, 제발 사, 살려 주세요."

"글쎄. 난 자비 같은 건 모르는 사람이라."

녀석의 얼굴에 절망이 드리워졌다.

"하지만 거래라는 건 잘 알지."

절망이 희망에 자리를 내어 주는 건 순식간이었다.

역겹게 말똥거리는 눈으로 뭐든 할 것처럼 호소하는 놈을 레온은 머릿속으로 재 보았다.

이 녀석, 반군의 핵심 인물일까. 본거지가 어딘지는 알고 있을까. 수뇌부 정보의 공백을 얼마나 채울 수 있을까. 그럴 가능성이 별로 안 되어 보이지만 시도해서 손해 볼 건 없었다.

"그래서 프레드. 아, 프레드가 본명이 맞긴 한가?"

녀석이 고개를 재깍 끄덕였다. 그를 물려고 온 개 주제에 순식간에 말 잘 듣는 개로 돌변한 게 우스웠다.

"시간을 오래 끌수록 네 목숨 값이 높아질 거야."

그러니 반항하지 말고 순순히 묻는 걸 털어놓으라는 말이었다.

"일단 리틀 지미와 남자 대 남자로서 오랜 앙금을 좀 풀고 싶은데 말이야. 어디 가면 만날 수 있지?"

녀석의 눈동자가 미세하게 흔들렸다.

"…그건 모, 모릅니다."

그 순간 레온의 심드렁하던 낯빛이 달라졌다.

본거지의 위치를 안다니. 잔챙이인 줄 알았던 게 알고 보니 핵심 정보를 꿰고 있는 대어였다.

"난 인내심이 별로 좋지 않아."

레온은 니퍼 끝으로 책상을 다시 두드렸다. 이 니퍼가 그 운전수의 손톱을 뽑아내는 걸 보며 구역질을 했던 놈이니 이것만으로도 통할 것이다.

"제, 제발 차라리 다른 걸…."

다른 거라…. 다른 거야 많다. 일단 리틀 지미의 정보는 최후로 미뤄두고 작은 것부터 시작해 볼까. 뭘 먼저 캐내야 좋을까.

레온은 캠벨에게 시선을 던져 물었다.

"최근에 리틀 리들이 윈스포드에 왔었죠."

"그렇지."

하지만 첩자는 리틀 리들이라는 이름을 듣고도 멍청하게 눈만 깜빡였다. 그러고 보니 이건 군에서 그 여자에게 붙인 별칭이니 놈은 모를 수도 있었다.

"조나단 리들 주니어의 동생. 리들의 마지막 쥐새끼."

녀석의 낯에서 다시 핏기가 사라졌다. 고개를 숙이며 눈을 피하는 것만 봐도 뻔했다.

알고 있군.

레온은 회심의 미소를 숨기지 않았다.

"지미만큼이나 리들과도 할 말이 많아. 왜 쥐새끼처럼 내 땅을 들쑤시고 다녔는지 좀 묻고 싶어서 말이지."

그 순간 놈의 가슴팍이 한층 크게 오르내렸다. 의자에 묶인 몸을 비틀며 불편한 기색을 더욱 드러내는 걸 본 레온이 한쪽 입꼬리를 길게 비틀어 올렸다.

그 여자가 무슨 임무로 여기 왔는지도 저자는 알고 있다.

애송이를 보낸 게 모욕인 줄 알았더니 호의였다. 수녀부의 귀한 정보를 빽빽이 채운 서류 캐비닛을 열쇠로 잠그지도 않고 통째로 보낸 셈이니까.

지미 블랜차드 주니어가 반군의 우두머리 짓을 관두고 싶었나. 조나단 리들 주니어처럼 부모의 기대를 모두 저버리고 시골 농부가 되고 싶었는지도 모른다.

"리들을 넘기면 네 목숨은 구해 주지. 모른다는 거짓말은 통하지 않아."

"그건… 절대 안…."

"거래는 결렬됐군."

우당탕 소리와 함께 레온이 앉아 있던 의자가 뒤로 넘어졌다. 그가 자리를 박차고 일어서는 순간, 놈이 움찔했다.

레온은 니퍼를 테이블에 던지다시피 거칠게 놓고 장교복 재킷을 벗었다. 캠벨이 곧바로 일어서 재킷을 받아 벽에 거는 사이, 그는 커프스를 풀고 소매를 반듯하게 접어 올렸다.

손수 고문에 나설 때 하는 행동이라는 걸 곁에서 지켜본 저 애송이가 모를 리 없었다. 제 운명을 예감한 놈이 고개를 저으며 울부짖었다.

"제, 제발…."

"자, 이제 그럼 너희 총사령관이 해 주지 않은 훈련을 내가 손수 해 주지."

테이블에 던져두었던 니퍼를 들자 놈이 손을 웅크려 손톱을 숨기며 발악했다.

"고통에 무뎌지는 훈련. 총탄 수십 개에 뚫리는 날이 오면 내게 고마워하게 될 거야."

"제발! 저는 아무 짓 안 했어요!"

놈은 아직도 고집을 부리며 아무 영양가도 없는 말만 지껄였다.

"정보를 흘리는 건 다른 사람이…."

그러다 일순 말을 뚝 멈추더니 고개를 떨어트리며 어깨를 들썩였다.

"그럼 누가 했는데? 별채의 유령?"

레온의 비틀린 입술 사이로 실소가 짧게 터져 나왔다.

"네가 빼돌린 그 운전수 기억나나? 네가 지금 앉아 있는 의자에 묶어 놓고 손톱을 하나씩 뽑았었는데 말이야."

곧 제게 일어날 일을 머릿속에 그려 주자 첩자는 핏기가 완전히 가신 꼴로 몸을 볼썽사납게 떨었다. 구역질까지 시작하자 레온은 눈살을 구겼다.

"우웁, 흑, 흐흑…."

"기억나나 보군. 맞아. 그날 네가 저 구석에서 토했잖아. 하녀가 치우느라 고생 좀 했어. 경고하는데, 이번에는 토하지 마. 마지막 날까지 네 오물이나 치우게 하고 싶지는 않거든."

그는 니퍼를 한 손에 채찍처럼 가볍게 두드리며 테이블 모서리를 돌아

놈에게 다가갔다. 한 걸음씩 천천히 다가갈 때마다 녀석이 몸부림을 치며 의자를 비틀어 댔다.

소용없는 짓.

"으아아악!"

겨우 한 발짝 남자 놈이 괴성을 지르기 시작했다. 아마 니퍼 날이 첫 손톱을 물기도 전에 리들의 위치를 불 것이다.

"싫어! 내가 안 했다고! 안 했단 말이야!"

"잡아."

역시나였다. 뒤에 선 병사들이 손등을 잡아 누르자마자 녀석이 입을 열었다.

"샐리! 샐리 브리스톨!"

나오지 말아야 할 이름이 비명과 함께 튀어나오는 순간, 니퍼를 두드리던 손이 뚝 멈췄다.

"…뭐?"

그날부로 레온 윈스턴은 하녀, 아니 첩자에게 발정하는 한심한 개새끼가 되었다.

샐리가 깨끗한 세탁물이 가득한 카트를 끌고 별채로 돌아왔을 땐 하늘이 노을로 물들어 있었다. 오늘따라 유독 핏빛으로 보이는 건 고문실에 또 '손님'이 오기 때문인지도 모른다.

"휴…."

그렇지 않아도 마지막 날이라 할 일이 많은데 세탁실 하녀들이 샐리를 놓아주지 않았다. 다들 헤어지기 아쉽다는 작별 인사로 수다를 시작해 끝으로 갈수록 윈스턴과의 소문을 캐물으려 했다. 한 시간 동안 귀족 남자에게 놀아난 순진하고도 가련한 하녀를 연기하느라 진이 빠졌다.

샐리는 카트를 별채 입구의 경사로로 밀어 올리며 할 일을 짚어 보았다. 세탁물만 정리해 주고 지하로 내려가 봐야겠다. 고문실에 '손님'이 왔는지, 누구인지 파악해서 지미에게 직접 알려 주면 될 것이다. 그리고 프레드를 몰래 불러 주의 사항을 일러 주어야지.

저녁을 먹고 나서는 하녀 방으로 올라가 싸 둔 짐을 마지막으로 확인하고 잠을 청하면 끝이었다.

그럼 내일 아침 해가 뜨기 전에 일어나 저택 후문으로 갈 것이다. 저택에 우유를 배달하러 오는 마차를 얻어 타고 헤일우드로 나가기로 했으니까.

그러곤 윈스포드까지 전차를 타고 가서 기차를 탄다. 혹시 모르니 곧바로 집으로 가지는 않고 '샐리 브리스톨'의 고향에 하루 정도 들를 생각이었다.

'간만의 휴가라고 생각하면 되려나.'

아마 이곳보다 볼 것 없는 시골 마을이겠지만 적어도 이곳보다는 숨통이 트일 것이다.

'그러고 나면 2~3일 안에는 지미를 마침내 만날 수 있겠지.'

그럼 샐리 브리스톨이라는, 꺼림직한 이름을 드디어 버릴 수 있을 것이다. 영원히.

"엇!"

갑자기 카트가 앞으로 휙 끌려갔다. 그 바람에 쓰러지는데 카트 뒤에서 누가 튀어나와 샐리의 앞으로 팔을 불쑥 내밀었다.

순식간에 허리가 휘감기며 남자의 품에 갇혔다. 굳이 올려다보지 않아도 이 알싸한 시가 향의 주인이 누군지 알 수 있었다.

"대위님, 그만하세요."

몸부림을 칠수록 윈스턴은 샐리의 허리를 으스러트릴 듯 세게 끌어안았다. 어쩐지 쉽게 보내 준다 싶었다. 오른쪽 다리를 뒤로 구부렸다가 그의 왼쪽 정강이를 차려는 찰나에야 윈스턴이 그녀를 놓아주었다.

"어디서 훈련이라도 받았는지 정말 잘 싸운단 말이야."

픽 웃는 그를 노려보다 카트로 손을 뻗었다. 하지만 손은 카트에 닿지 못했다. 윈스턴이 연인이라도 되는 양 샐리의 손을 잡더니 카트 뒤에 선 병사들에게 턱짓을 했다.

"놔주세요."

병사들이 카트를 끌고 가자 샐리는 손을 비틀었다. 윈스턴은 도리어 손가락을 억지로 벌려 깍지를 끼더니 능글맞게 굴었다.

"우리 키스도 한 사인데 손 정도는 괜찮잖아?"

머릿속에서 지우려 애쓰던 순간을 윈스턴이 끄집어내자 샐리는 멈칫했다.

"…할 일이 많은 손이거든요."

"됐어. 넌 나와 갈 데가 있어서 그래."

샐리는 별채 안으로 끌려 들어가며 따져 물었다.

"어디로요? 설마 대위님 침대는 아니겠죠?"

윈스턴이 샐리를 향해 눈을 내리깔며 코웃음을 쳤다.

"내 침대는 네게 과분하지."

노골적으로 깔보는 행동에 진심으로 기분이 상했다. 발을 멈추자 윈스턴이 능글맞은 표정을 다정하게 고치곤 샐리를 내려다보았다.

"집무실로 가는 거야. 그간 열심히 맡은 소임을 다한 샐리 브리스톨 양을 위해 내가 작별 선물을 준비했거든."

이건 또 무슨 수작이지?

떠나는 고용인에게 윈스턴가가 작은 작별 선물을 주는 건 오랜 전통이었다. 그렇지만 물의를 일으키고 해고당한 고용인에게는 선물을 주지 않는 것도 전통이다.

'그래서 윈스턴이 직접 마련해 주는 건가? 설마 이자가 나를 정말로 좋아하기라도 했나? 아니지. 누가 좋아하는 여자에게 그따위로 무례하게 굴까.'

그에게 이끌려 계단을 오르는 샐리의 머릿속이 시끄러웠다.

'돈이면 좋겠네. 군자금으로 쓰게.'

하지만 저자의 괴벽을 떠올려 보면 멀쩡한 물건일 리 없다는 생각도 들었다.

집무실로 가니 병사들이 문 앞을 지키고 서 있었다. 늘 있는 일이지만 오늘따라 불편했다. 다들 집요하게 쳐다보는 것만 같았으니까. 샐리는 저들이 서재에서의 일 때문에 또 이상한 상상을 하고 있겠거니 싶어 뾰족한 시선을 마주 던졌다.

"들어가."

병사 하나가 곧장 집무실 문을 열자 윈스턴이 신사처럼 옆으로 비켜서 안으로 손짓했다. 샐리는 그 자리에 우뚝 멈춰 섰다. 이대로 들어가면 윈스턴과 단둘이 남겨지게 된다.

"선물, 복도에서 받을게요."

손을 모으고 서서 윈스턴을 올려다보았다. 그는 샐리가 침대로 가느냐고 비아냥댔을 때처럼 가소롭다는 눈으로 잠시 응시하더니 복도에 선 병사들에게 빈정거렸다.

"귀하신 분이라 까다로워."

윈스턴이 가벼운 웃음을 터트리자 병사들이 입꼬리만 어정쩡하게 올렸다가 내렸다. 그는 부루퉁하게 볼을 부풀리고 노려보는 샐리의 어깨에 손을 얹었다.

"문을 열어 둘게. 그럼 됐지?"

타이르는 듯한 말을 끝으로 그는 홀로 안으로 들어갔다. 윈스턴이 문과 한참 먼 책상 옆에 서고 나서야 샐리는 복도에 붙어 있던 발을 뗐다.

안으로 들어간 샐리는 경악했다.

'대낮부터 무슨 파티를 벌인 거야?'

안이 엉망이었다. 커피 테이블에는 위스키 병과 크리스털 잔 여러 개가 흩어져 있었다. 아침에 비웠던 재떨이에는 벌써 재가 수북했다.

설마 이 난장판이 선물은 아니겠지.

"선물은 어디 있죠?"

받고 감사 인사만 하고 나갈 생각이었다. 집무실 한가운데에 서자 윈스턴이 책상에 놓인 납작하고 넓은 상자를 눈으로 가리켰다. 상자는 검은 리본으로 묶여 있었다.

"스타킹은 더 필요 없어요."

"스타킹이라니."

벽난로 가에 팔짱을 끼고 기대어 선 윈스턴이 코웃음을 쳤다.

"비교도 안 될, 평생 못 잊을 선물이 될 거야."

다가가서 상자를 집어 들던 샐리가 눈살을 찌푸렸다. 무슨 악취미일까. 검은 리본인 줄 알았던 건 사실 아주 얇은 검은 밧줄이었다.

고문실 수납장에 든 밧줄로 작별 선물을 묶다니. 불쾌해진 샐리는 상자를 집어 곧장 몸을 돌렸다.

"뜻깊은 선물 감사합니다."

신사의 가면을 쓴 미치광이에게 숙녀처럼 무릎을 살짝 굽혀 인사하고 나가려는데 윈스턴의 팔이 샐리의 앞을 가로막았다.

"그렇게는 안 되지."

팔이 가슴에 닿기 직전 걸음을 멈춘 샐리가 그를 올려다보았다. 윈스턴은 무엇이 그리 즐거운지 활짝 웃고 있었다.

"선물하는 사람의 즐거움도 생각해 줘야 하지 않겠어? 내가 정성껏 준비한 선물이 뭔지 마침내 알아낸 네 표정, 보고 싶어 미치겠거든."

미소가 음험해 보였다. 요즘 그가 이런 미소를 짓지 않은 날이 있었나. 상자에 꽤 짓궂은 걸 넣어 둔 모양이었다.

'마지막으로 한 번만 당해 주지, 뭐.'

샐리는 한숨을 내쉬며 그 자리에서 까만 밧줄을 풀었다. 표정을 보고 싶다 했으니 윈스턴을 마주한 채였다.

상자를 열던 손이 멈칫했다. 안에 든 건 전혀 상상도 못 한 물건이었다.

노란 서류철 하나.

겉에 이름조차 쓰여 있지 않아 뭐가 든 건지 알 수 없었다. 샐리는 의아한 눈으로 윈스턴을 올려다보았다.

"어서, 열어 봐."

그가 눈꼬리를 부드럽게 휘어 웃으며 재촉했다. 어쩐지 속이 울렁거렸다.

"추천서인가요?"

그가 어디서든 일자리를 구할 수 있는 추천서를 약속했다는 게 불현듯 생각났다.

"뭐, 틀리지 않네."

윈스턴의 입꼬리가 일순 비틀어졌다.

"네게 걸맞은 자리로 보내 주려고 내가 손수 쓴 거니까."

새 일자리는 필요 없는데. 샐리는 상자 뚜껑을 밑에 포개고 서류철의 모서리를 손톱으로 들어 올렸다. 두꺼운 종이를 젖히는 순간 짤막한 단어 세 개가 샐리의 시선을 붙들었다.

[별칭: 리틀 리들]

숨이 멎었다.

'이걸 왜 내게.'

샐리의 머릿속에서 이성과 직감이 순식간에 적색경보를 울리며 외쳤다.

'위험해. 도망쳐. 아니, 이미 늦었어.'

여기서 발을 떼는 순간, 끝이다. 도망은 곧 시인이니까.

'아직 빠져나갈 여지가 있을지도 몰라. 이건 윈스턴 특유의 유도 신문일 뿐일 거야.'

어쩌면 아직 확신 없이 넘겨짚는 건지도 몰랐다. 여기서 살아 나가려면 정보의 공백을 찾아 그 허점을 찔러야 했다.

"이게 뭐죠?"

아무것도 모르는 척. 이상한 걸 선물이랍시고 줘서 불쾌한 척. 뾰로통하게 물었지만 마주 선 남자는 목부터 발끝까지 심연 같은 검은색에 둘러싸여 음험한 분위기만 풍기고 있을 뿐이었다.

차마 시선을 들어 그와 눈을 마주칠 수 없었다. 샐리는 침착하게 서류를 읽어 내려갔다.

[특이 사항: 리들가의 마지막 반군]

[죄목: 군 주요 시설 잠입, 군 기밀 정보 유출, 거번 습격 주도….]

'거번이라니. 제발….'

[피부색: 미상 밝음]

[머리 색: 미상 다갈색]

[눈동자 색: 미상 청록색]

[나이: 미상 26]

[성: 리들]

검은 글씨가 드문드문 적힌 흰 종이를 거슬러 올라갈수록 종이를 쥔 손끝의 혈색이 옅어졌다.

'안 돼….'

미상으로 기재되어 있던 정보가 모두 수정되어 있었다. 게다가 모두 정확했다.

[알려진 가명 : 샐리 브리스톨]

[이름: 미상 그레이스]

분노를 담아 꾹꾹 짓눌러 쓴 마지막 정보를 확인한 샐리. 아니, 그레이스의 심장이 쿵 내려앉았다.

'내 이름을 어떻게….'

공백이 없었다. 빠져나갈 허점이 없다.

이자는 모든 걸 알고 있었다. 어떻게. 어디서. 대체 누가!

그레이스의 사고가 멈추는 순간 윈스턴의 몸이 재빠르게 움직였다. 그가 뒤로 몸을 바짝 붙였다. 놈의 심장이 그녀의 몸을 으깨어 버릴 듯 거칠게 부딪쳐 왔다. 곧 그녀의 피로 물들 커다란 손이 앞으로 다가와 목을 틀어쥐는 순간, 그레이스는 눈을 질끈 감았다.

권총집을 푸는 소리와 함께 등허리를 단단한 총구가 짓눌렀다. 그레이스의 귓가를 분노로 버석하게 마른 입술이 지분거렸다.
"잘 가, 샐리 브리스톨."
싸늘한 키스가 내려앉으며 귓속으로 감미로운 속삭임이 파고들었다.
"반가워, 그레이스 리들."

윈스턴이라는 이름의 괴물

VENGEANCE NAMED LOVE

"정식으로 인사하지. 난 레온 윈스턴. 서부 사령부의 국내정보과 소속 대위이자 네 모친이라는 악마가 잔인하게 고문해 죽인 남자의 아들이지."

"…."

"아, 이미 다 아는 이야기인가?"

레온은 크게 들썩이는 여자의 가슴을 내려다보며 조소를 흘렸다.

"리들 양, 항상 만나고 싶었어."

은인을 대하는 듯한 나긋한 목소리와 원수를 노려보는 눈빛이 이질적이었다. 분노가 끓어오르는 숨이 귓가를 달구자 숨통이 더욱 조여들었다.

"그런데 이렇게…."

윈스턴이 하체를 바짝 붙여 왔다. 총구보다 굵은 것이 그레이스의 등허리를 짓눌렀다.

"쉽게 닿을 수 있는 곳에 있었을 줄이야."

그는 믿었던 하녀, 아니 교활한 첩자의 둔부를 총구로 훑어 내렸다.

"그거 알아? 너만 보면 네 비좁은 국부에 내 권총을 쑤셔 넣어 휘젓고 싶었어."

총구가 치마를 사이에 두고 애무라도 하듯 살을 치대자 여자가 흠칫 떨었다.

"그래도 착한 아이를 괴롭힐 순 없으니 참았는데. 이젠 참을 필요가 없게 됐군. 고마워, 샐리. 이런, 아니지…."

앙큼한 여우인 줄 알았던 것이 실은….

"그레이스."

교활한 쥐새끼였다.

레온은 몸을 비틀기 시작하는 여자의 목을 더욱 억세게 틀어쥐며 이를 악물었다.

"아니라고 발뺌할 생각 마."

"훗…."

"프레드 스미스. 아니지, 프레드 윌킨스."

예상이 맞아떨어지자 그레이스는 눈을 질끈 감았다.

"그 자식이 내가 손도 대기 전에 네 이름을 술술 불던데?"

하루만. 단 하루만 더 버티면 끝이었는데. 탄식하는 그레이스의 귓가에 싸늘한 비웃음이 쏟아졌다.

"의리도 배짱도 없는 겁쟁이를 동지로 둔 리들 양이 측은할 지경이군."

"윽…."

윈스턴이 그레이스의 턱을 불시에 돌렸다. 목이 비틀리는 충격에 흔들리는 시야 속에서 그녀는 세상에서 가장 차가운 불꽃이 이글거리는 것을 보았다.

"그 녀석의 말에 따르면 리들 양이 블랜차드의 쥐새끼들을 내게서 빼돌리는 일을 했다던데. 맞나?"

레온은 눈물과 공포로 젖은 청록빛 눈동자를 내려다보며 서늘하게 웃었다.

"네 마지막 임무를 다할 기회를 내가 친히 주지."

❖ · ❖

육중한 철문의 비명이 잦아들기 무섭게 미약한 흐느낌이 들려왔다. 불이 켜지자 흐느낌의 주인이 똑똑히 보였다.

"안녕, 프레드."

윈스턴은 한쪽 벽에 사지가 묶인 프레드에게 가벼운 인사를 건네며 그레이스를 안으로 거칠게 밀어 넣었다.

프레드는 묶여만 있을 뿐, 멀쩡한 꼴이었다. 건드리지도 않았는데 그레이스의 정체를 불었다는 윈스턴의 말이 사실이었다. 안도와 함께 분노가 치밀었다.

"힉…. 제발, 사, 살려 주…."

불이 켜지는 순간 헉 소리를 내며 고개를 든 프레드는 겁에 새파랗게 질려 윈스턴에게 애걸하기 시작했다. 그러다 그레이스에게 시선이 닿는 순간 울음을 터트렸다.

"흑…. 그레이스…."

"내 이름 부르지 마."

그레이스의 악문 잇새로 증오가 거침없이 새어 나왔다.

"넌 그럴 자격 없어."

"미, 미안해요. 흐흑…."

"그레이스."

두 사람을 즐거운 눈으로 지켜보던 윈스턴이 프레드를 따라 하며 그녀를 불렀다. 조롱기가 다분했다.

프레드와 마주 선 그레이스의 허리를 굵다란 팔이 옭아맸다. 그녀를 뒤에서 억지로 끌어안은 윈스턴이 다정하게 물었다.

"난 자격이 있나?"

등을 두드리는 박동이 난폭했다. 겉과는 달리 이자의 속은 전혀 태연하지 못하다는 게 고스란히 느껴졌다.

"아니, 없는 것 같군."

몸이 더욱 밀착되자 소름이 돋았다. 하지만 그레이스는 벽에 사지가 묶인 프레드처럼 윈스턴의 장벽 같은 몸에 매인 채 저항하지 못했다.

"샐리 브리스톨이란 하녀를 보며 그런 생각을 한 적이 있어. 왜 정의를 하나씩 내릴 때마다 맞지 않는 퍼즐을 억지로 끼워 맞춘 느낌이 들까."

이미 제게서 위화감을 느끼고 있었다는 말에 그레이스의 심장이 덜컥 내려앉았다. 이자의 동물적인 감은 이미 악명 높았다. 그래서 윈스턴가 침투 작전을 반대했건만 겁쟁이라는 비난만 샀었다.

"평소였으면 내 직감이 말해 줬을 거야. 이 여자는…."

"훗…."

"첩자라고."

귓불을 불시에 깨물리자 그레이스는 흠칫했다.

"그런데 왜 리들 양 앞에선 내 직감이 흐려졌을까."

그건 네가 색욕에 눈이 멀었으니까. 첩자에게 격분한 지금도 그의 몸은 다른 의미로 성이 날 대로 나 있었다.

"내가 병신인지, 네가 천재인지."

픽, 웃는 소리에 이어진 건 날카로운 쇠붙이가 부드러운 가죽을 스치는 소리였다. 곧 눈앞에서 윈스턴의 군용 단검이 번쩍였다.

"덕분에 난 온 왕국에서 웃음거리가 되게 생겼어. 첩자를 잡아 신문하는 게 임무인데 밑에 첩자가 있었다니. 그것도 얼간이 하나."

날카롭게 벼려진 칼끝이 벽에 묶여 떠는 프레드를 가리키더니….

"여자 하나."

그레이스의 목을 찔렀다. 뾰족한 끝이 여린 살로 얕게 파고들자 따끔한 통증이 일었다.

"읏, 그만…."

피하려다 보니 윈스턴의 품에 안긴 채 몸을 비틀었다. 그레이스의 둔부가 크게 솟은 아래를 본의 아니게 문지르자 윈스턴이 검을 거두고 나른한 한숨을 내쉬었다.

"리들 양, 이건 나만이 아니라 네게도 모욕 아닌가?"

그레이스는 긍정도 부정도 하지 않았다. 프레드와 제 사이에서 검이 어디에 떨어질지 모르는 폭탄처럼 공중을 가르는 것만 떨리는 눈으로 지켜보았다.

"명색이 깡패 집단 내에서도 이름난 깡패 집안의 마지막 후계자인데…. 저딴 초짜를 붙여 준 건 크나큰 모욕이지."

"미, 미안해요…."

윈스턴이 둘을 위협하는 내내 불분명한 말만 흐느끼던 프레드가 또다시 아무짝에도 쓸모없는 사과를 했다.

그레이스는 당장 프레드의 뺨을 치고 싶은 걸 온 힘을 다해 참았다.

'내가 처음부터 반대했잖아.'

눈으로 한 말을 알아들었는지 프레드가 힘없이 고개를 떨어트렸다.

프레드는 첩자 일에 적합하지 않았다. 지미도 그걸 알고 있었다. 그러나 심약하건 말건 유일한 아들이 큰 공을 세우길 바랐던 프레드 아버지의 압박이 만만치 않았다.

죽은 아버지를 대신해 총사령관 자리를 이어받은 지 얼마 되지 않은 지미는 원로들의 눈치를 볼 수밖에 없었다.

"떨어질 테니 걱정 마."

지미는 모순적이게도 이 곤란한 상황을 적인 육군이 타개해 주길 바랐다. 즉, 프레드가 신병 훈련을 통과하지 못할 것이라 기대한 것이다.

하지만 프레드가 신병 훈련을 통과했을 때 얼마나 당황했던가.

그리고 입대 신청서에 부친의 직업을 도살업자라고 쓴 프레드 아버지의 꾀 때문에 고문실에 배정되었을 때엔 또 얼마나 황당했던가.

맞지 않는 일, 지금이라도 관두라고 했지만 프레드도 제 부친만큼이나 만만치 않았다. 토하면서도 할 수 있다고 고집을 부렸으니.

그래도 서서히 적응하는 것 같기에 믿었더니….

레온은 부들부들 떠는 작은 주먹을 내려다보다 그레이스의 귀에 잔인한 말을 속삭였다.

"리들 양, 설마 본분을 잊고 동지를 고문실에 둔 채 저택을 떠나려 한 건 아니겠지? 내가 누누이 말했잖아. 난 내 일을 하고, 넌 네 일을 하라고."

윈스턴의 일이란 첩자를 고문하는 일, 그레이스의 일이란 그를 방해하는 것이었다.

"…지금 여기서 내 일을 하라고?"

떨리는 목소리로 묻자 등 뒤에서 윈스턴이 고개를 거침없이 끄덕였다.

"맞아, 리들 양. 네 마지막 임무는 프레드를 내게서 빼돌리는 거야."

레온이 터무니없는 소리를 하는 순간 프레드의 눈에서는 희망이, 그레이스의 눈에서는 의문이 번뜩였다.

"왜? 저 자식 죽이고 싶어?"

하긴, 나라도…. 그는 그렇게 중얼거리며 웃었다.

"죽이고 싶으면 네 임무, 거부해도 돼. 아, 물론 네 명령 불복종에 너희들의 총사령관이 어떤 징계를 내릴진 내 알 바 아니지만. 일단 난 사실 관계 확인이 쉽도록 프레드의 시체에 아주 선명하게 새겨 둘 거야."

다시 새파랗게 질려 가는 프레드의 앞에서 윈스턴이 검 끝으로 글씨를 썼다.

"그레이스 리들 양의 사주로 죽다."

즉, 윈스턴이 강요하는 '마지막 임무'를 거부하면 그레이스를 살인범으로 만들겠단 협박이었다.

'결국은 이런 속셈이군.'

이자가 굳이 저열한 협박까지 해 가며 프레드를 살리기를 강요하는 이유는 뻔했다. 프레드를 살려 주는 조건으로 그레이스는 원치 않지만 그가 원하는 대가를 요구하고자.

"그래서, 저놈의 시체와 조의금은 어디로 보내면 되지?"

본거지의 위치를 불라는 뜻이었다. 격노에 발정까지. 지극히 사적이고 감정적인 상태이면서도 이자는 이성과 공무를 잊지 않았다. 이런 적이 더 무서운 법이었다.

본거지의 위치는 절대로 발설하지 않을 거다. 그의 의도대로 놀아나는 걸 알면서도 그레이스는 묻지 않을 수 없었다.

"뭘 대가로 주면 풀어 준다는 거지?"

"제법 똑똑해. 그런데 왜 아는 답을 묻지? 그건 멍청하군."

결국 그레이스에게 주어진 선택지는 죽음 혹은 역겨운 거래뿐이었다.

그레이스는 눈을 질끈 감았다. 체념의 뜻을 읽은 레온은 붉은 피 한 줄기가 흐르는 새하얀 목덜미에 입술을 묻었다.

캠든의 흡혈귀라는 별명은 결코 과장이 아니었다.

피를 빠는 소리가 적나라하게 이어지자 귀를 막고 싶었지만 사지가 묶인 프레드는 그럴 수 없었다.

고통스러운지 질끈 감긴 그레이스의 눈꺼풀이 파르르 떨렸다. 언젠가 본 뱀파이어 영화를 떠올리게 하는 장면 앞에서 프레드는 덜덜 떨었다.

"아!"

"하아…."

밀착했던 입술이 큰 파열음을 내며 떨어지는 순간 고통에 찬 신음과 흥분 어린 숨소리가 교차했다.

"으음…."

피와 타액으로 젖은 입술 사이로 누가 들어도 음욕이 가득한 신음이 흘러나왔다.

윈스턴은 그레이스가 제 것이라도 되는 양 단단히 끌어안았다. 허리에 감겨 있던 팔이 굴곡을 타고 오르더니 봉긋한 가슴을 짓뭉갰다. 하녀복 아래에서 동그란 살덩이가 무자비하게 짜부라지는 것이 똑똑히 보였다.

"훗, 여기서 이러지, 마…."

캠든의 흡혈귀는 그레이스의 애원을 무시하고 다시 목덜미에 고개를 파묻더니 눈만 치켜뜨며 프레드를 노려보았다.

지독한 분노를 불태우던 눈은 이제 없었다. 초점이 풀린 눈에서 저속한 희열이 번들거렸다.

그 찰나에야 프레드는 뒤늦게 깨달았다. 윈스턴이 그레이스에게 대가로 무얼 요구하는지를.

"하, 하지 마."

그의 성녀를 악마가 더럽히려 한다.

어렵사리 용기를 낸 프레드는 따다닥 부딪치는 잇새로 애걸을 쏟아 냈다. 하지만 윈스턴이 그레이스를 희롱하길 조금도 멈추지 않자 애걸은 곧 위협이 되었다.

"그, 그만두라고 했잖아!"

레온은 실소했다.

이제야 느끼는 죄책감? 여자 앞에서의 허세?

대체 무슨 심리인지 겁쟁이가 뒤늦게 부질없는 만용을 부리기 시작했다.

내 손에 이 여자를 손수 쥐여 준 주제에, 뻔뻔스럽기 짝이 없는 새끼.

레온은 보란 듯 혀를 길게 빼 여자의 가는 목을 물들인 핏자국을 핥아 올렸다. 놈이 더욱 발광했다.

"그레이스를 거, 건드리지 마!"

"제 것처럼 구는 걸 보니 이 여자의 약혼자라도 되나 보군."

여태 그를 얌전히 받아 주던 여자가 처음으로 고개를 저었다. 저놈은 약혼자가 아니란 뜻에 레온은 입꼬리를 올렸다.

"나를 여태 꽤 훌륭하게 속였어. 솔직히 그 능력을 높이 사고 있었는데 저딴 얼간이와 결혼을 약속했다면 실망스러울 뻔했어, 리들 양."

그가 다시 그레이스의 목덜미에 입술을 묻는 찰나 프레드가 또 가소롭기 짝이 없는 위협을 뱉었다.

"초, 총사령관이 가만두지…."

"그만해, 프레드."

"우린 데이트도 한 사이인 걸 저 녀석은 아직 모르나 보지?"

레온은 자랑을 가장한 비아냥거림을 이어 갔다.

"그 대단하신 리들가의 마지막 공주님과 데이트라니. 거기다 진한 키스까지 받았으니 가문에 길이 남을 영광이군."

프레드의 눈동자가 흔들리자 여자가 다시 고개를 저었다. 이번에는 레온이 아닌 저 저능아에게 보내는 제스처였다. 네가 생각하는 그런 것이 아니란 뜻을 읽은 레온은 실소했다.

"윽…."

그는 그레이스를 단숨에 돌려 목을 틀어쥐었다.

"공작을 위해서라면 키스 정도는 아무에게나 하는 창녀였군."

"읏, 아니야."

"솔직히 말해. 날 유혹해서 정보를 빼내란 지령도 받았나?"

여자가 고개를 저었지만 거짓말인 것을 알아챈 레온은 손아귀를 더욱 조였다.

"헉, 숨…."

"너 그날도 당구대 위에서 그런 소리 했잖아. 내가 두 번 속을 만큼 순진한 줄 알아?"

얼굴이 순식간에 새빨갛게 달아오른 여자가 손톱을 세워 그의 손등을 긁었다. 하지만 그보다 더한 분노 탓에 레온은 아무런 고통을 느끼지 못했다.

그의 앞을 자꾸만 알짱거린 것도, 그의 마음에 쏙 들게 군 것도, 그리고 한밤중에 나체로 그의 욕조를 차지하고 있었던 것도 모두 미인계일 뿐이었다.

"나를 보면서 얼마나 가소로웠겠어. 응? 적인지도 모르고 세우는 멍청한 새끼라고."

첩자의 간교한 술수에 속아 넘어갔다는 것이 굴욕적이었다. 이 여자에 미쳐 제가 했던 모든 짓이 더더욱 비참하게 느껴졌다.

"그런데 내게 다리를 벌리란 임무도 제대로 완수하지 않고 도망치려 했나? 한심한 첩자군."

시야가 점멸하다 깜깜해지는 순간, 그레이스의 목을 옥죄던 손이 불시에 떨어져 나갔다. 비틀거리다 풀썩 주저앉았다. 그레이스는 딱딱한 바닥에 추락한 아픔을 느낄 겨를도 없이 숨을 헐떡였다.

"하아, 하아…."

"네겐 다행스럽게도 난 여전히 적한테 세우는 멍청한 새끼야."

그레이스는 고개를 들었다. 한 발짝 앞에 빛을 등진 검은 악마가 우뚝 서 있었다. 숨이 막혀 군데군데 까맣게 타들어 간 시야 속에서도 뿔처럼 솟은 중심부는 똑똑히 보였다.

"그레이스 리들 양, 임무를 완수해야지."

윈스턴의 미소에서 소름 끼치는 광기가 느껴지자 그레이스는 몸서리 치며 눈을 질끈 감았다.

부스럭, 옷을 벗는 소리가 부산스러운 가운데 윈스턴이 조롱기 어린 목소리로 물었다.

"너흰 미인계에 쓸 여자들에게 조이는 법을 가르쳐 준다며?"

억지스러운 모함도 정도껏 해. 우린 너희 왕정의 돼지 새끼들처럼 추악하지 않아.

두 사람의 목숨을 생각하면 차마 할 수 없는 말이었다. 그레이스는 턱 끝까지 올라온 말을 삼켰다.

"그래서 블랜차드의 계집애가 잡히면 상부에서 다들 군침을 흘리지. 넌 게다가 아랫입 하나로 수많은 군 장교를 홀리고 다닌 창녀의 딸이니 네가 잡히길 기다리며 군침을 줄줄 흘리는 자들이 여기 서부만 열은 넘을 거야."

내 어머니를 감히 창녀라 모함하다니. 그레이스는 눈을 부릅뜨고 윈스턴을 노려보았다.

더러운 색마는 그저 산뜻하게 웃을 뿐이었다. 그는 장교복 재킷을 반듯하게 접어 테이블에 걸더니 커프스를 뺀 소매를 단정하게 접어 팔꿈치 위로 올렸다.

고문 직전에 하는 행동이었다.

"유서 깊은 창녀 집안의 마지막 창녀가 내 손에 떨어지다니. 기대가 커."

윈스턴이 상체를 숙이더니 그레이스에게 한 손을 내밀었다. 신사처럼 구는 저 손은 곧 그녀의 몸을 건달처럼 희롱할 것이다. 그레이스는 역겹기 짝이 없는 손을 노려보다 벽으로 눈짓했다.

"다른 데로 보내 줘."

윈스턴은 알아듣기 힘든 말을 미치광이처럼 중얼거리며 훌쩍이는 프레드를 한 번 흘끔 보더니 고개를 저었다.

"그거 알아? 옛날엔 초야 때 신방에 증인을 뒀다더군."

상식 밖의 인간에게 상식을 기대해선 안 됐다. 그레이스는 그의 다른 손에 들린 단검으로 몸을 기울였다.

"차라리 날 죽여."

윈스턴은 그레이스가 귀여운 아양이라도 부린 양 픽 웃더니 몸을 세웠다.

"눈 정도는 가려 주지."

그가 안대를 가지러 반대편의 수납장으로 간 사이 프레드가 속삭였다.

"제발…. 그레이스, 그러지 말아요."

그레이스는 이를 악물었다.

이 모든 게 다 너 때문인데. 너 때문에 어쩔 수 없이 하는 짓인데. 마치 내가 자진해서 몸이라도 판다는 듯 그러지 말라니.

"내가 하지 않으면 네가 할 거야?"

목소리에 걸러 내지 못한 배신감이 그대로 묻어 나왔다.

"흐흑…. 정말, 정말 미안해요."

"내게 미안하거든 이 일 아무에게도 말하지 마."

제발 프레드가 입 다물어 주길. 그래서 아무도 이 치욕스러운 일을 모르길.

적어도 지미는 모르길 바랐다. 그는 제가 그레이스를 사자 굴에 집어넣었다고 자책할 테니.

한편으론 두렵기도 했다. 지미가 다른 남자, 그것도 적과 몸을 섞은 나를 더럽다고 생각한다면…. 나를 버린다면….

'아냐, 그럴 사람은 아니야. 나를 사랑하잖아. 지미는 나를 사랑해. 사랑하는데 난 지금 저 더러운 색마와….'

참담한 심정으로 같은 말만 주문처럼 되뇌는데 프레드의 눈을 안대로 가린 윈스턴이 다가왔다. 그가 몸을 숙이자 그레이스는 이를 사리물었다.

"자기야, 왜 이렇게 떨어?"

다정한 포옹에 그레이스는 더욱 전율했다.

"추워? 옷은 벗지도 않았는데. 아직은."

걱정스러운 말끝에 비열한 웃음기가 묻어 있었다. 윈스턴은 그레이스를 일으켜 세우더니 신문용 철제 의자에 앉았다.

의자의 끄트머리에 걸터앉은 삐딱한 자세 탓에 세 걸음이나 떨어진 그레이스의 구두 바깥에 그의 구두 안쪽이 닿아 있었다.

그의 고개가 비스듬히 기울어졌다. 윈스턴은 검지 끝으로 관자놀이를 짚은 채 그레이스를 지켜볼 뿐, 아무런 요구도, 명령도 없었다.

"제발…. 흑, 안 돼…."

프레드의 흐느낌만 들리는 불편한 적막이 계속됐다.

윈스턴은 사냥감에게 도약하기 직전의 맹수처럼 고요하고도 집요하게 그레이스의 몸을 샅샅이 훑어보았다.

시선이 싸구려 스타킹으로 감싼 발목에 닿는 순간에야 그가 움직였다. 그는 긴 다리를 꼬더니 반질반질 윤이 나는 구두 끝을 들었다. 그 바람에 치마가 들려 올라갔지만 그레이스는 그의 노골적인 희롱을 피하지 않았다.

이젠 의미가 없었으니.

가지런히 모은 무릎 사이로 딱딱한 구두코가 들어왔다. 그는 그레이스가 어깨만큼 다리를 벌린 후에야 무릎 안쪽을 톡톡 두드리는 걸 멈췄다.

"진작에 이렇게 순순히 벌렸으면 좋았잖아."

그 후론 그레이스의 숨소리에서 긴장한 기색이 짙어졌다. 무언가가 부드러운 것을 스치는 소리가 날 때마다, 그리고 윈스턴이 의미심장한 소리를 할 때마다 프레드가 크게 훌쩍였다.

"치마, 걷어 올려."

레온은 구두 끝으로 여자의 허벅지 안쪽을 천천히 훑으며 자극했다. 단단한 끝에 닿는 감촉이 말랑했다.

"훗…."

스타킹을 고정한 가터의 끈을 그가 튕기자 그레이스는 얼굴을 찡그렸다.

"불법 무기 소지 혐의로 몸수색."

그는 픽 웃더니 덧붙였다.

"아, 이제 핑계는 필요 없지."

"아흑!"

윈스턴이 다리를 불시에 차올렸다. 블루머의 한가운데를 뾰족한 구두코가 툭 치며 그 속에 든 여린 살을 짓눌렀다.

발놀림을 따라 고통이라고 할 수는 없으나 못 견디게 괴로운 느낌이 머리끝까지 치솟았다 가라앉길 거듭했다. 윈스턴은 저속한 짓을 하는 사람답지 않게 차분한 표정으로 그레이스를 지켜보았다.

"흡…."

오로지 입술을 깨물고 난잡한 신음을 참는 데만 온 힘을 다하다 갑자기 정신이 혼미해졌다.

"아…."

다리의 힘이 풀려 휘청하는 순간 반사적으로 손을 뻗으며 눈을 질끈 감았다. 하지만 그레이스가 추락한 곳은 차가운 바닥이 아닌 뜨거운 몸뚱이였다.

"갔어?"

"훗, 아니야."

"우리 자기, 쉽게 가네."

이성을 흐리는 열기 탓에 잠시 제 처지를 잊은 그레이스가 그의 가슴팍을 밀쳤다. 하지만 레온에겐 그저 깜찍한 앙탈일 뿐이었다.

"아, 웃…. 아파."

다리를 활짝 벌린 채 그의 무릎에 주저앉은 여자를 레온은 으스러트릴 듯 끌어안았다. 여러 겹의 천을 사이에 두고도 말랑한 여체의 감촉이 생생히 느껴지자 그는 걷잡을 수 없는 희열 속에서 전율했다.

대체 네가 뭐기에.

여전히 수수께끼였다. 그를 속인 교활한 첩자. 아버지를 죽인 원수의 딸. 그것으로는 오로지 이 여자에게만 미치는 이유를 설명할 수 없었다.

레온은 여자의 둔부를 옷째로 움켜쥐었다. 바짝 끌어당기자 얇은 블루머 한 겹으로 가려진 음부가 그의 중심부에 맞물렸다. 그의 손이 둔부를 난잡하게 주무르며 거친 마찰이 시작됐다.

"훗…."

성기가 직접 닿은 것도 아니었다. 하지만 옷 속에 갇혀 구부러진 살 기둥이 맞닿은 살을 툭, 툭 쳐올릴 때마다 그레이스는 벌써 발가벗겨져 당하는 기분이었다.

절정의 여파가 가시지 않은 음핵이 찌릿찌릿 전율했다. 그레이스는 구두로 범해졌던 순간처럼 온몸을 흠칫흠칫 떨었다.

"하아…. 잘 느낀단 말이야."

레온은 몸을 마주 문지르며 뜨거운 숨을 토해 냈다. 아래에 힘을 줄 때마다 여자가 자극을 견디지 못하고 몸을 비틀었다. 남자의 몸에 제 음부를 비벼 대다니. 발정을 주체하지 못하는 암캐나 다름없었다.

"훈련을 제대로 받았어."

여자의 눈이 반항적으로 변했다. 아니라고 반박하고 싶지만 참는지 분한 기색도 보였다.

"제발, 아훗, 그냥 해."

여자가 그의 귓가에 애걸했다. 레온은 고개를 저으며 허리를 세게 짓쳐 올렸다.

"그건 내가 정해."

"흡…."

여자의 허리가 크게 뒤로 휘었다. 입을 틀어막지 못하게 했더니 여자는 입술을 깨물고 신음을 참기 시작했다.

찢어질 것 같았다. 레온은 단단한 이에 짓눌린 연한 살을 홀린 듯이 바라보다 앓는 신음을 흘렸다.

피를 흘려. 어서.

끝내 새하얀 이의 끝에 선홍빛 핏방울이 맺히는 순간, 그는 참지 못했다.

뒷덜미를 움켜쥐고 입술을 덮쳤다. 맞닿은 말캉한 살갗 사이로 여자의 체온을 고스란히 머금은 피가 번졌다.

살덩이를 한 번 훔쳐 내고 입술을 뗐다. 레온은 제 입술의 주름 사이사이 맺힌 피를 혀끝으로 샅샅이 핥아 먹었다.

짜릿한 이 맛. 아릿한 이 냄새. 심장부터 아래까지 터질 것만 같은 이 느낌까지.

레온은 강렬한 기시감에 취한 채 여자의 입술을 다시 베어 물었다.

"읏, 안 돼…."

"하아… 그건 내가 정한다고 했어."

"그만, 읍…."

피하려는 여자와 몸싸움을 벌이느라 의자가 요란하게 삐걱대기 시작했다. 곧 살이 붙었다 떨어지고 젖은 살덩이가 마찰하는 질척한 소음이 고문실 벽을 울렸다. 안 된다고 흐느끼는 프레드의 미약한 목소리는 완전히 잊혔다.

키스는 난폭했다. 그는 상처를 혀로 헤집고 피를 빨았다. 그레이스는 아릿한 고통에 신음했다.

'그땐 이렇지 않았어.'

어릴 적의 그 키스는 아릿하지 않았다. 오로지 짜릿하기만 했을 뿐.

닮은 듯하면서도 전혀 다른 상황에 놓인 그레이스는 절망했다. 어린 시절의 그녀는 괴물을 만난 걸까, 괴물을 만든 걸까.

"으읍….."

이러다 피가 나오지 않으면 입술을 더 찢으려 할지도 모른다. 윈스턴이 통통 부은 아랫입술을 한 번 훔치고 다시 베어 물려는 찰나 그레이스는 벌어진 입술 사이로 혀를 과감히 밀어 넣었다.

곧 키스는 꽤 평범해졌다. 서로의 뒷덜미와 뺨을 쥐고 혀를 잡아먹을 듯 구는 건 여느 연인의 욕정 끓는 키스와 다를 것이 없었다. 남자의 오른손에 단검이 들려 있지 않았더라면.

그레이스는 윈스턴이 길게 뺀 혀를 천천히 빨아 당겼다. 오므라든 입술 끝에서 마침내 혀가 떨어져 나가고 두 사람의 사이로 타액의 실이 길게 늘어졌다.

"하아, 먼저….."

윈스턴은 제법 갈증이 가신 눈으로 그레이스의 가슴을 가리켰다.

"맞는지 확인부터 해야겠어."

유두가 분홍색이 맞는지 확인하겠다는 소리였다.

그는 그레이스의 옷에 손을 대지 않았다. 비스듬히 턱을 괸 채 기다리기만 할 뿐.

스스로 벗으란 뜻이었다.

그레이스는 윈스턴을 노려보며 앞치마의 어깨끈을 내렸다. 애써 의연한 척하려 했지만 검은 하녀복의 목 아래부터 허리까지 이어진 단추를 풀어 내리는 손이 덜덜 떨렸다.

앞섶이 서서히 벌어질 때마다 그레이스를 주시하는 남자의 눈빛이 위험해졌다. 갈수록 비스듬해지는 입꼬리를 보고 있자면 이 남자는 그녀가 첩자여서 기쁜 사람 같았다.

"앗, 하지 마!"

블라우스의 첫 단추를 풀려던 찰나였다. 윈스턴이 블라우스의 목깃을 두 손으로 잡아 벌렸다. 우두둑 소리와 함께 천이 찢어지고 사방으로 흰 단추가 튀었다.

블라우스와 하녀복을 한꺼번에 어깨 아래로 젖힌 레온은 코웃음을 쳤다. 색기라고는 조금도 느껴지지 않는 흰 브래지어. 그러고 보니 당구대에서 벗겼을 때에도 브래지어는 흰색이었다.

"속옷마저 수수해. 이 뒤에 있는 건 좀 더 핏기가 있으면 좋겠어."

그는 브래지어의 가운데를 두 손으로 쥐었다. 마른 손등에서 힘줄이 불거지는 순간 질긴 천이 종잇장처럼 무참히 찢어졌다.

"맞네."

출렁이는 우윳빛 살덩이 한가운데의 정점은 분홍색이었다.

그가 찢어진 브래지어를 놓자마자 그레이스는 옷깃을 여미려 했다. 가슴을 가리는 손을 윈스턴은 하나씩 떼어 냈다.

"미안. 내가 이제부터 바쁠 거라서 네 손에 신경 써 줄 여유가 없어."

의자의 팔걸이에 달린 수갑으로 손을 하나씩 묶는 동작이 잔인하리만치 우아했다. 연인의 손목에 값비싼 팔찌라도 매어 주는 듯 다정하기까지 했다.

창백한 손이 조금 전보다 더 떨렸다. 실은 여자의 온몸이 떨리고 있었다. 젖가슴도 함께 흔들리며 복숭아꽃 봉오리를 닮은 가슴 끝이 움찔거리는 게 보기 좋았다.

카바레에서 댄서들이 천박하게 흔들어 대던 고깃덩이와는 달랐다. 아무런 감흥을 자아내지 못하던 것들과는 달리, 이 여자의 몸은 그저 보는 것만으로도 입에 군침이 돌게 만들었다.

레온은 윤기가 탐스럽게 도는 살점에서 수치심으로 물든 얼굴로 천천히 시선을 올리고 정중한 투로 물었다.

"빨아도 될까요, 리들 양?"

그는 경어까지 쓰며 허락을 구했다. 이 여자의 몸에 관한 결정권은 오로지 제게 있는 걸 알면서도 한 잔인한 짓이었다. 그건 차마 거부하지 못하고 피 맺힌 입술만 달싹이는 저 여자도 알았다.

"……"

그를 죽일 듯 노려보는 여자의 눈이 무척이나 마음에 들었다. 늘 경멸만 비치던 청록빛 눈동자에 짙은 공포와 모멸감도 함께 깃들어 있었다. 언젠가 핏빛으로 물드는 것도 보고 싶다는 충동이 문득 일었다.

"제 요청이 불분명했던 모양이군요."

그는 잔인한 짓을 멈추지 않았다.

"제 혀로 감히 리들 양의 젖…."

"해. 마음대로 해. 제발 묻지 마."

더욱 수치스러운 말로 답을 재촉하자 여자가 이를 사리물더니 떨리는 잇새로 필요도 없는 허락을 속삭였다.

"마음대로 하라니. 굉장히 위험한 소리를 하는군."

내가 무슨 짓을 할 줄 알고. 그는 그렇게 덧붙이며 비틀어진 입술을 혀끝으로 적셨다. 그레이스는 숨을 가쁘게 할딱이며 고개를 옆으로 돌렸다.

"잘 봐."

레온은 여자의 턱을 쥐고 정면으로 돌렸다. 경멸과 수치심이 한층 짙어져 가는 눈을 마주한 채 고개를 서서히 숙였다. 툭 불거진 젖꼭지에 닿기 직전 입술을 벌리자 여자의 눈꼬리가 예쁜 분홍빛으로 물들었다.

젖꼭지와 같은 색이었다.

"훗…."

여자가 눈을 질끈 감는 순간 레온은 파르르 전율하는 연분홍빛 살점을 덥석 물었다.

말랑한 감촉이 입술과 비슷했다. 어느 쪽이 더 마음에 드는지 굳이 비교해 보라면 그는 지금 혀끝으로 짓궂게 괴롭히는 살점을 고를 것이다.

음란한 혀 놀림에 솔직하게 반응하는 게 만족스러웠다. 젖꼭지는 제 주인과는 달리 거짓말을 하지 못했다. 무르기만 하던 살이 순식간에 도톰히 솟아오르더니 딱딱하게 뭉쳤다.

빨기 좋은 모양이었다. 레온이 발그레하게 상기된 빛깔의 유륜까지 한 입 깊숙이 빨아 삼키자 여자가 몸부림치며 신음했다.

"아흐…."

질척하게 젖은 혓바닥으로 동그란 돌기를 핥아 올렸다. 입 안에 통통하게 잘 익은 라즈베리를 넣고 굴리는 느낌이었다.

깨물면 과즙이 나올까.

"아!"

잘그락. 말랑한 살이 이에 짓눌리는 순간 수갑이 팔걸이에 부딪혔다. 여자의 팔다리가 바르작거렸다. 아직 손대지 않은 젖가슴 한쪽이 위아래로 크게 출렁였다.

"아파. 깨물지 마."

여자가 그의 귓가에 속삭이는 순간 레온은 신음을 참지 못했다.

블랜차드의 쥐새끼들에게서 듣는 애원은 항상 감미롭다. 하지만 가장 잡기 어렵던 쥐새끼 중의 쥐새끼, 리틀 리들이 발가벗고 묶인 채 그에게 야릇한 애원을 하다니. 미치도록 감미로웠다.

"아흑!"

악마가 부탁을 들어줄 거라 기대한 건 실수였다. 윈스턴은 더욱 흥분해 날뛰었다.

큼지막한 손으로 젖가슴을 움켜쥐었다. 그것도 모자라 거칠게 치대고 손아귀에 힘을 주어 짜부라트렸다. 길쭉한 손가락 사이로 빨갛게 물든 살이 부풀어 삐져나올 정도였다.

혀 또한 과격하게 놀리던 그가 눈을 치켜떴다. 그레이스의 반응을 관찰하던 악마의 입매가 비스듬히 솟았다.

"훗, 제발!"

아무런 반응도 보여 주고 싶지 않았지만 처참히 실패했다. 예민한 살덩이를 뜨거운 손이 거머쥘 때마다, 벗겨진 등에 차가운 칼날이 닿을 때마다 그레이스는 온몸을 떨었다.

젖꼭지를 말캉한 혀가 쳐올릴 땐 무어라 말할 수 없는 이상한 기분이 날카롭게 치솟아 저도 모르게 야릇한 콧소리를 내려 했다.

그와 동시에 몰려오는 모멸감 탓에 울음을 참는 것도 일이었다. 찢어진 입술이 아파 깨물지도 못하고 이만 사리물었다.

"이 더러운 돼지 새끼! 그레이스에게 무슨 짓을 하는 거야! 당장 그만둬!"

정신없는 가운데 프레드의 절규가 고문실을 쩌렁쩌렁 울렸다. 옷을 벗기는 소리가 난 후 무언가를 난잡하게 빠는 소리와 교성이 이어지자 격분한 것이었다.

"아아악!"

제겐 항상 순결 그 자체였던 여자에게서 음란한 소리가 나는 현실을 참지 못해 비명으로 덮으려 했다.

윈스턴이 불현듯 물고 있던 젖꼭지를 놓으며 혀를 찼다. 프레드는 그의 살벌한 시선이 제게 향하는 줄도 모르고 절규를 내질렀다.

"저게 저 녀석이 받은 지령인가? 내가 제 동지와 즐거운 시간을 보낼 때마다 성가시게 구는 것."

"어떻게 그런 더러운 짓을, 흐흑…. 죽여 버릴 거야!"

무섭지도, 그렇다고 귀엽지도 않은 협박에 레온은 코웃음을 쳤다.

"난 몸 주인의 허락을 받고 하는 일인데 약혼자도, 아무것도 아닌 녀석에게 따질 권리가 있나? 어떻게 생각해, 자기야?"

가슴을 쥐고 있던 손이 쇄골과 목덜미를 타고 올라와 얼굴을 소름 끼치도록 다정하게 쓰다듬었다. 연인을 대하는 듯한 말투와 행동에 그레이스는 몸서리쳤다.

"응? 리들 양, 널 내게 기꺼이 팔아넘긴 배신자에게 날 비난할 자격이 있다고 생각하나?"

윈스턴이 귓불을 야릇하게 어루만지며 대답을 재촉하자 그레이스는 짧게 고개를 저었다.

"그럼 저놈에게 네가 똑똑히 말해."

그레이스는 눈을 한 번 질끈 감고 프레드에게 부탁했다.

"프레드, 제발 입 좀 다물어."

하지만 이미 이성이 마비된 프레드는 말을 듣지 않았다.

"그러지 말고 제발 저 녀석 내보내 줘…."

그는 그레이스의 청에 고개를 저었다. 계속해서 비명을 지르는 프레드를 노려보기에 그럼 저 녀석을 협박하거나 입에 재갈을 물리려나 싶었으나 윈스턴은 그럴 만큼 상식적인 인간이 아니었다.

"녀석에게 빨게 해 준 적 있어?"

그레이스는 역겹다는 표정을 지으며 고개를 저었다. 윈스턴의 얼굴에 비뚤어진 미소가 떠올랐다.

"이런…. 내가 지금 꽤 잔인한 짓을 하는 셈이군."

윈스턴이 묵직한 살덩이를 한쪽씩 쥐어 올리더니 가슴골을 길게 핥았다. 곧 살덩이가 서로 치대어지며 끈적하고도 야릇한 소리를 내기 시작했다.

"지, 지금 뭐 하는 거야?"

"고문."

프레드더러 들으라고 야릇한 소리를 더욱 크게 내는 거였다. 그레이스는 모멸감에 몸을 들썩이며 그의 손아귀에서 벗어나려 애를 썼다.

"흑…, 제발 그만해."

하지만 손이 묶인 채론 불가능한 일이었다. 그레이스는 윈스턴이 하는 저질스러운 짓을 고스란히 견뎌야 했다.

그의 입술이 흔들리던 가슴 끝을 덥석 베어 물었다. 민감한 감각점을 세차게 빨리고 말캉한 살덩이로 쉴 새 없이 치대어질수록 그레이스는 익숙지 않은 자극에 두려움을 느꼈다.

"훗…."

그레이스는 여태 몰랐던 성감이 다리 사이의 비부로 날카롭게 치달았다. 윈스턴의 잔인한 입이 그녀를 희롱할 때마다 눈앞에서 불꽃이 번쩍번쩍 튀고 숨이 할딱할딱 넘어갔다.

쪽.

"아흑!"

그는 들으란 듯 젖꼭지를 한 번 길게 빨아 당겨 소리를 크게 냈다.

"아, 아훗, 그만…."

이 잔인한 남자가 그녀의 애걸을 들어줄 리 없었다.

"소리 죽여, 자기야. 다른 사람이 있잖아."

"흡…. 헉, 제발…. 하윽…."

 교성을 내지 않으려고 이를 악물었더니 그는 그레이스의 볼을 움켜쥐어 입을 억지로 벌리게 했다. 윈스턴의 혀 놀림에 맞춰 정제되지 못한 야한 소리가 그레이스의 입에서 끊임없이 흘러나왔다.

 삐걱삐걱, 철제 의자의 신음에 여자의 교성과 질척거리는 마찰음이 마구잡이로 뒤섞였다. 그 저속한 소음과 경쟁이라도 하듯 프레드의 비명이 이어졌다.

"아아악! 이 더러운 색마!"

 제가 강간이라도 당하는 것처럼 욕설을 마구 퍼붓던 프레드는 결국 해선 안 될 소리까지 하고 말았다.

"감히 총사령관의 여자를 범해?"

 그 순간 그레이스를 올려다보는 윈스턴의 눈빛이 돌변했다.

"총사령관이 널 갈기갈기 찢어 죽일 거야."

"제발 좀 닥쳐, 프레, 헉!"

 외침을 끝맺지 못했다. 커다란 손이 그레이스의 가느다란 목을 부러뜨릴 듯 움켜쥔 탓이었다.

 굵다란 엄지와 검지 끝이 턱 아래로 파고들며 그녀의 몸을 들어 올렸다. 버둥대며 손을 떼어 내려 했지만 덧없는 짓이었다. 수갑의 쇠고리만 손목으로 더욱 파고들었다.

"끅…."

 서슬 퍼런 광기를 번뜩이는 눈이 점점 희미해졌다.

"네 약혼자가 그 새끼였나?"

 그녀의 목을 쥔 손이 눈에 띄게 떨렸다. 악문 잇새로 뱉은 목소리마저 떨리자 그레이스의 전신에 소름이 돋아 올랐다.

"윽… 살려…줘."

지금껏 그가 보여 준 분노는 아무것도 아니었다는 걸 그레이스는 뼈가 저리도록 느꼈다.

"결혼할 여자를 내게 보내다니. 나를 남자 구실도 못 하는 놈이라고 얕잡아 본 건가?"

여자관계가 깔끔하다 못해 결벽증이 있는 그에게 그런 소문이 도는 것을 모두가 알았다. 윈스턴 본인도, 그리고 혁명군의 수뇌부도.

그를 얕잡아 보고 약혼녀를 보냈다는 말이 아주 틀린 것은 아니었다. 지미는 그 소문을 믿고 그레이스를 잠입시킨다는 말을 한 적이 있었으니.

"그랬는데 내가 이걸 세우고 덤벼드니 적잖게 당혹스러웠겠어."

그것도 틀린 말이 아니었다.

"그래서, 그 새끼랑은 했어?"

"끅…."

"그 새끼랑 했냐고 묻잖아!"

사나운 외침이 고문실에 메아리쳤다. 뼛속까지 시리도록 차가운 눈동자에 이성은 흔적도 없었다.

"아, 아…."

목소리가 나오지 않았다. 그레이스는 새빨갛게 달아오른 얼굴로 다급히 고개를 저었다.

"나는?"

하고 싶은 대로 해. 마음대로 해.

이러다 정말 죽을 것 같았다. 이젠 목숨만 건질 수 있다면 다리를 벌리는 건 아무렇지 않게 느껴질 정도였다.

"헉…. 하아, 하아…."

고개를 끄덕이자마자 윈스턴이 손아귀 힘을 풀었다. 몸을 가눌 힘이 없었던 그레이스는 저를 죽이려던 남자의 품에 풀썩 쓰러져 숨을 급하게 들이켰다.

"이런, 프레드. 네 고귀하신 블랜차드의 최고급 창녀께서 너희 총사령관은 안 되지만 나는 된다는데?"

주머니에서 열쇠를 꺼낸 윈스턴이 수갑을 풀었다. 손목에 빨갛게 자국이 남았다. 그레이스는 아픈 손목을 문질러 볼 틈도 없이 그의 다리 사이에 무릎 꿇어야 했다.

날을 시퍼렇게 빛내는 단검을 쥔 손이 하얗게 질린 입술을 다정하게 어루만졌다. 그레이스는 그 손길의 의미를 몰랐다.

죽이지만 말아 줘. 숨을 할딱이는 가운데 어렵사리 덧붙인 말을 그는 귀담아듣지 않는 듯했다.

"리틀 지미에게 똑똑히 전해. 약혼녀가 윈스턴 대위는 기꺼이 허락하더라고."

그 말에 프레드만이 아니라 그레이스도 새하얗게 질려 떨었다. 아니야. 프레드가 내 당부를 어기고 저자의 말대로 할 리가 없어. 프레드, 제발 말하지 마.

"그리고 혁명의 공주님께서 왕정의 돼지 새끼의 성기를 얼마나 기쁘게 빨아 댔는지도."

"…뭐?"

드르륵, 의자를 뒤로 미는 소리에 벨트 버클을 푸는 소리가 이어졌다. 믿을 수 없이 끔찍한 소리에 고개를 힘겹게 들자마자 그레이스의 얼굴이 새파랗게 질렸다.

안 돼. 싫어.

그녀의 앞에 윈스턴이 섬뜩한 기운을 온몸으로 풍기며 우뚝 서 있었다. 정신이 혼미한 탓일까. 남자의 몸 한가운데에서 고개를 사납게 쳐들고 꺼덕이는 살 기둥이 그녀를 물어 죽이려는 구릿빛 독사로 보였다.

눈앞이 핑 돌았다.

"윈스턴, 제발…."

"입 벌려."

"아!"

머리채를 휘어 잡혔다. 그는 고통에 찬 탄식을 미처 끝맺을 시간도 주지 않고 벌어진 입에 성기를 박아 넣었다.

"우욱!"

살 기둥이 단숨에 목구멍까지 처박혔다. 뭉툭하고 묵직한 살덩이가 구멍 끝을 콱 찌르는 순간 그레이스는 헛구역질을 했다.

"읏…."

목구멍이 조여들며 선단을 물자 윈스턴이 탁한 신음을 터트렸다. 숨이 할딱할딱 넘어가는 길을 막고 여린 점막을 짓이기던 살덩이가 주룩 빠져나갔다.

"하아, 읍…."

숨을 돌릴 여유는 주어지지 않았다. 그레이스의 타액으로 진득하게 젖은 살 기둥이 목구멍으로 다시 미끄러져 들어왔다. 눈물이 흘렀다.

"으읍, 읍…."

숨 막혀. 역겨워. 토할 것 같아.

윈스턴은 그레이스의 뒷머리를 그악스럽게 움켜쥔 채 허리를 거칠게 놀렸다.

찔걱찔걱, 젖은 혀에 성기가 비벼지는 마찰음이 저질스럽기 짝이 없었다. 입 속으로 뱀처럼 길쭉한 살덩어리가 쉴 새 없이 들락날락하는 게 똑똑히 보이자 그레이스는 모멸감에 치를 떨었다.

여자를 범하는 허리 짓마저 고문 기술자다웠다. 들어올 땐 콱, 단숨에 쑤셔 박힌 물건이 나갈 땐 혀뿌리부터 끝까지 느릿하게 긁었다. 어느 움직임 하나 괴롭지 않은 게 없었다.

입으로 가늠하는 길이는 끝이 없었다. 뿌리를 윈스턴이 손으로 쥐고 있으니 끝까지 다 들어온 것도 아니었다. 그럼에도 충분히 위협적인 물건이 배 속에는 끝까지 박힐 거란 생각에 눈앞이 깜깜해졌다.

"흐읍…."

그레이스는 있는 힘껏 저항하고 애걸했다. 기둥처럼 우뚝 선 윈스턴의 두 다리는 아무리 밀고 때려도 꿈쩍하지 않았다.

벨트를 붙잡고 애원하는 눈으로 그를 올려다봐도 그는 여전히 싸늘한 분노와 뜨거운 욕정이 이글거리는 눈으로 내려다보기만 할 뿐이었다.

"읍, 흐읍…."

절대로 만지고 싶지 않았던 성기까지 쥐며 입으로 들어오는 걸 막으려 했지만….

"하아… 성가시게 굴지 마."

윈스턴이 손을 떼어 버렸다.

"이 세우지 마."

그는 한 손으로 그레이스의 턱을 쥐더니 볼을 눌렀다. 남자의 악력을 따라 입이 속절없이 벌어졌다.

찌르고 뽑기만 하던 허리 짓이 변했다. 넓어진 입 구멍 속을 성기가 마구잡이로 찔렀다.

"아, 흐읍…. 흑, 으읍…."

레온이 허리를 튕길 때마다 여자의 볼이 불룩 튀어나왔다.

언젠가 상상했던 모습 이상이었다.

"친애하는 리들 양, 야만인들처럼 젖가슴을 드러내고 남자의 몸에서 가장 야만적인 부위를 물고 있는 숙녀의 모습이 눈부시게 아름답군요."

"흐읏…."

"아주 잘 어울립니다."

조롱을 퍼부으며 제 성기의 모양대로 변한 뺨을 쓰다듬어 보는 순간 짜릿한 희열이 배가 되었다.

여자가 혀로 밀어내려 하는 바람에 자극이 걷잡을 수 없어졌다. 말캉한 살덩이가 선단을 휘감고 치대자 레온은 등줄기를 찌르르하게 타고 흐르는 쾌감에 몸을 잘게 떨었다.

"하아… 이제야 제값을 하는군."

여자의 본의 아닌 혀 놀림을 만끽하는 그의 눈빛이 서서히 누그러졌다.

쑥. 성기가 불시에 빠져나갔다. 길쭉하게 뽑혀 나가는 살 기둥을 따라 밀려 나온 타액이 그레이스의 입가로 흘렀다.

"하아…."

숨 돌릴 시간을 주는 건가? 아니면 이 역겨운 짓이 드디어 끝난 걸까.

윈스턴이 다시 의자를 끌고 와 그레이스의 앞에 앉았다.

"하, 으읍…."

이자에게서 일말의 자비를 기대한 게 어리석었다. 다시 뒷덜미를 붙들려 윈스턴의 사타구니에 얼굴을 묻어야 했다.

"이젠 네가 빨아."

윈스턴이 아기에게 젖꼭지라도 물리듯이 그레이스의 입에 투명한 액을 흘리는 성기 끝을 억지로 물렸다. 입 속으로 뜨겁고 말랑한 살덩이가 들어오는 순간 모멸감과 분노가 또다시 몰려왔다.

하지만 체념과 절망의 무게를 이길 순 없었다. 뜨거운 살덩이를 물고 윈스턴이 그녀의 가슴에 그랬듯 혀를 굴렸다. 비릿한 발정의 맛이 혀 위로 퍼졌다.

"조금 더 깊이."

큼지막한 손이 뒷머리를 누르자 성기의 절반이 쑥 들어왔다. 그레이스는 눈을 질끈 감고 혀를 놀렸다.

혓바닥으로 느끼는 살갗은 매끄럽고 부드러웠으나 그 속은 쇠로 된 것처럼 묵직하고 단단했다. 절대 알고 싶지 않던 느낌이었다.

비스듬히 턱을 괴고 따분한 눈으로 관망하던 윈스턴이 못마땅한 한숨을 길게 쉬었다.

"새끼 고양이가 접시에서 우유를 핥아먹는 것도 아니고. 이런 식으로 성의 없이 빠는 건 네 약혼자가 가르쳐 줬나? 그 자식, 형편없는 교관이군."

윈스턴이 그레이스의 이마를 밀어내자 입 밖으로 젖은 살 기둥이 팅겨 나왔다.

"그놈 물건을 이런 식으로 빨면서 훈련을 받았어? 빨아 보는 것 정도는 했을 거 아니야."

"하아, 이런 거, 해 본 적 없어. 그리고 아까부터 훈련이라니. 헛소리, 흡…."

원하던 정보를 얻은 레온은 여자의 말을 더 들어 줄 필요가 없었다. 그는 성기를 다시 여자의 입에 물렸다.

"제 신부에겐 창녀 훈련을 안 시켰다 이거군. 실망스러워. 내가 가르칠 게 많겠는걸."

그는 어느새 끈이 풀려 흘러내리는 그레이스의 머리칼을 세심한 손길로 한데 모아 쥐었다.

"리들 양, 이렇게 하는 거야."

이는 쓰지 말고 입술로 감싸 물어. 막대 아이스크림 빨아 먹어 본 적 없어? 볼이 홀쭉해지도록 빨아. 손도 같이 쓰도록. 포피를 입술이나 손으로 당겨 가며 하면 더욱 기분 좋지.

윈스턴은 신병에게 총 쏘는 법을 가르치는 교관처럼 굴었다. 그레이스의 머리를 흔들어 그가 좋아하는 리듬을 친히 가르쳐 주기까지 했다. 역겹기 짝이 없었다.

"하아, 이젠 꽤 하는군. 배우는 속도가 빨라."

살면서 이토록 굴욕스러운 칭찬은 들어 본 적 없었다. 눈물이 왈칵 쏟아질 것만 같았다. 성미대로 할 수만 있다면 이 더러운 물건을 꽉 깨물어 뜯어 버리고 싶었다.

대체 언제까지 이 추잡한 짓을 해야만 하는 걸까.

시선을 들었다. 윈스턴은 그녀를 바라보고 있지 않았다. 프레드가 묶인 벽으로 고개를 돌리고 있던 그가 갑자기 조소했다.

"프레드도 받고 싶은 모양인데?"

윈스턴의 싸늘한 시선을 따라가 본 그레이스는 환멸을 느끼며 눈을 질끈 감았다.

"봤어? 저 녀석 발기했어."

"아, 아니에요! 이건 그런 게 아니라…. 그레이스, 이건 절대, 흑…."

"저 녀석한테 널 강간하라고 시키는 것도 재밌겠어. 니퍼를 들자마자 네 이름을 외친 놈이야. 지금 네가 당하는 걸 듣고 뻔뻔스럽게 세울 정도인데 널 범하라면 좋다고 덤벼들겠지."

윈스턴이 저열한 미소를 지었다. 그레이스는 아무런 대꾸도 하지 않았다.

이젠 안다. 이 남자가 하겠다고 마음먹으면 빌어 봐야 소용없다는 걸.

이미 최악의 상황까지 각오했다. 프레드만이 아니라 별채를 지키는 병사를 모두 불러와 윤간을 지시하는 일까지 이 남자라면 충분히 저지르지 않을까.

반응을 보이지 않자 윈스턴이 머리칼 사이에 손가락을 넣고 애무하듯 어루만지며 물었다.

"응? 저 녀석이랑 둘이 벗겨서 여기 가둬 줘?"

"좋을 대로."

체념을 그대로 내뱉는 순간 연푸른 눈동자에서 장난기가 자취를 감췄다.

휙. 윈스턴이 손에 쥐고 있던 단검을 던졌다.

"으아악!"

프레드가 날카로운 비명을 내질렀다.

"어쩌지? 저 녀석은 못 하겠는데?"

고개를 돌려 본 그레이스의 얼굴이 새파랗게 질렸다. 단검이 프레드의 사타구니 한가운데에 깊숙이 박혀 있었다.

"뭐 하는 거야, 이 미치광이, 아!"

소스라치게 놀라 거친 말을 외치는 그레이스를 윈스턴이 그악스럽게 틀어쥐었다.

지미의 이야기가 나왔을 때처럼 또다시 광기를 번뜩이는 눈을 마주하고서야 그레이스는 깨달았다.

저 광기에 이름을 붙이자면 뒤틀린 소유욕이라고 하는 게 좋을까.

이 남자, 단순히 굴욕감과 복수심 때문에 그녀를 유린하는 게 아니었다. 왜 자꾸만 지미와 해 봤냐고 물었을까. 왜 프레드가 그녀에게 발정한 걸 보는 이자의 표정이 싸늘했을까. 상황이 너무도 혼란스러워 놓쳤다.

이 남자는 그녀를 독차지하고 싶어 했다.

"왜? 반으로 잘린 물건이라도 주워서 쑤셔 넣어 보지 그래?"

"읏, 필요 없어. 저 녀석과 하고 싶다는 뜻은 절대로 아니었어."

"그럼 무슨 뜻이었는데?"

"시키는 대로 뭐든 할게."

윈스턴의 표정이 조금은 부드러워졌다.

"그러면 살려 준댔잖아. 저러다 출혈로 죽을 거야."

"우리 자기가 신경 써야 할 남자의 물건은 내 것뿐이야."

윈스턴이 꼿꼿이 선 음경을 손끝으로 쿡, 쿡 밀어 내렸다. 다시 빨라는 소리였다.

"제발."

"빌 때는 무얼 어떻게 해 주길 바라는지 확실히 해."

"제발 프레드부터 내보내고 하던 거 마저 해."

"빈다고 다 들어주진 않아."

"나 처음이야."

"그래서 나더러 뭘 어쩌란 건지."

말은 심드렁했으나 눈빛은 다른 소리를 했다.

"저 녀석, 과다 출혈로 죽기 전에 의무병에게 보내 주고 싶다면."

윈스턴은 성기를 더욱 밀어 내려 그레이스의 입술에 그 끄트머리를 얹었다.

"네 일을 빨리 마무리해야지."

그래. 빌어 봐야 소용이 없다.

결국 프레드의 목숨에 대한 책임은 끝까지 그레이스에게 지우겠다는 뜻이었다.

그레이스는 마지못해 입술을 벌렸다. 뜨거운 열기 탓에 타액이 그새 말라 거칠어진 살덩이가 다시 입 속으로 들어왔다.

"하아, 그래. 잘하네, 샐리."

그는 그레이스를 샐리라고 부르며 경멸 어린 비소를 지었다.

"역시 내 밑에 있는 녀석 중에 시킨 일을 너만큼 마음에 들게 해내는 녀석도 없어."

레온은 만족스러운 한편 이 여자가 갑자기 적극적으로 구는 이유가 다른 남자라는 사실은 마음에 들지 않았다.

"창녀의 정의가 뭔지 알아?"

쭙. 대답 대신 살 기둥을 열렬히 빠는 소리만 요란했다.

"대가에 몸을 파는 여자. 그러니까 넌 창녀야."

"흡…."

미약한 흐느낌이 맞물린 살 틈새로 새어 나왔다. 레온은 만족스러운 한숨을 내쉬며 여자의 머리를 다정하게 쓰다듬었다.

"소리 죽여, 자기야. 다른 사람이 있잖아."

프레드의 비명은 이미 멎은 지 오래였다.

빨리 끝내. 제발 빨리 끝내. 저 녀석을 위해서도, 나를 위해서도 빨리 끝내.

수치심은 잠시 제쳐 두고 악마가 가르쳐 준 대로 혀와 손을 놀리며 머리를 빠르게 흔들길 몇 번 했을까. 이미 단단한 성기가 한층 딱딱해지며 움찔거리기 시작했다.

그레이스는 그 의미를 몰랐다.

반만 물고 빨아도 아무 말 않던 윈스턴이 갑자기 뒷머리를 세게 짓눌렀다. 방심한 틈에 성기가 쑥 들어왔다.

그는 밑동을 잡고 있던 그레이스의 손을 떼어 내더니 살 기둥을 끝까지 밀어 넣으려 했다. 목구멍에 막혀 들어가지 않자 의자에서 일어서며 성기 끝으로 혀뿌리를 짓눌러 들어갈 자리를 만들기까지 했다. 헛구역질이 일었다.

"읍, 으읍!"

결국 그의 아랫배에 입술이 닿았다. 이 말도 안 되는 크기를 뿌리까지 삼켜 버렸다. 쩔린 목구멍이 아프고 구역질이 나 윈스턴의 허벅지를 주먹으로 때리던 찰나였다.

점막에 박힌 끄트머리에서 진득한 액체가 울컥 뿜어져 나왔다. 사정액이었다.

"우욱…."

"삼켜. 질식해 죽고 싶지 않으면 삼켜."

여자가 그의 정액을 꿀꺽 삼킬 때마다 점막이 조여들었다. 사정으로 예민해진 살덩이를 촉촉한 구멍이 빨아 먹어 대자 정신이 혼미해졌다.

"후우…."

레온은 한참이 지나 여자의 뒷머리를 쥔 손에서 힘을 풀었다. 쌓인 것을 빼고도 힘이 빠지지 않은 살 기둥을 구멍에서 뽑아내자 희뿌연 액이 타액과 섞여 길게 늘어졌다.

그의 성기 끝에 매달린 것이 여자의 배 속으로 이어진다고 생각하니 아랫배 깊은 곳에서 다시 전율이 치솟았다.

그 저질스러운 꼴을 보고 기겁한 여자가 헛구역질을 하며 고개를 돌려 버리자 굵은 실이 뚝 끊겼다.

레온은 싸늘한 눈으로 여자를 내려다보다 여자의 허벅지를 감싼 앞치마를 들어 올려 끈적해진 몸을 닦았다.

"흡…."

그가 옷매무새를 단정히 추스르는 사이 여자는 바닥에 두 손을 짚고 주저앉아 헛구역질만 했다.

여자를 지나쳐 재킷을 집으러 가는 길, 파들파들 떠는 어깨에 손을 얹었다. 노고를 치하하듯 가볍게 두드리자 여자가 숨을 크게 들이마시며 흐느끼는 듯한 소리를 냈다.

제가 당한 치욕을 어느 정도 갚아 준 레온은 입가에 산뜻한 미소를 머금었다. 피는 아직 제대로 보지도 않았는데 이토록 강렬한 희열을 느낀 건 이 고문실을 만든 이래 처음이었다.

재킷을 팔에 건 채 다가가자 여자가 눈물과 타액, 그리고 정액이 뒤범벅된 입가를 소매로 닦으며 중얼거렸다.

"더러운 돼지 새끼…."

그레이스를 범한 남자는 흠 잡을 데 없이 완벽하고 기품 있는 모습으로 그녀를 내려다보았다. 눈빛에 제가 약자를 짓밟았다는 죄책감은 없었다. 흥미와 멸시만을 담고 있을 뿐.

가진 것 없는 이들을 대하는 탐욕스러운 왕당파 귀족의 태도 그대로였다.

역시나. 윈스턴은 잠시 멈칫하는가 싶더니 그레이스를 조롱했다.

"더러운 돼지 새끼의 정액은 맛이 어떻지?"

"흑…."

눈앞이 깜깜해졌다. 헐벗은 꼴인 그레이스의 몸을 윈스턴이 장교복 재킷으로 덮은 탓이었다. 피비린내 나는 훈장이 수없이 매달린 옷의 무게를 이기지 못하고 바닥으로 무너졌다.

"흐흑…."

꽤 시간이 지난 후에야 구역질 나도록 반질반질한 구두코가 멀어졌다.

의식이 혼미한 가운데 족쇄를 푸는 소리가 들렸다. 곧 철컥 소리를 내며 육중한 철문이 열렸다.

"죽이지는 마."

프레드를 내보내며 윈스턴이 밖의 누군가에게 명령했다. 그 순간 그레이스는 저 악마가 약속을 지켰다는 안도감보다는 뒤틀린 희열을 느꼈다.

죽이지는 마.

죽이지만 않으면 된다. 즉, 프레드는 고문을 당할 거란 뜻이었다. 그런 짓은 하지 말라는 말을 해야 하는 입에서 울음 같은 웃음만 나왔다.

'그래. 너 때문에 내가 당했으니 너도 당해 봐야지.'

제게도 프레드와 다를 바 없는 이기심이 있었다. 이젠 자신을 비롯한 모든 것이 혐오스러워지려 했다.

쾅. 문이 닫혔다. 철컥, 문이 잠기는 소리였다.

혼자 남길 바랐으나 그런 행운은 일어나지 않았다. 둔탁한 구둣발 소리가 가까워졌다.

"거래는 아직 끝나지 않았어."

그레이스는 대꾸 대신 눈을 지그시 감았다. 차디찬 바닥에 엎드린 몸 아래로 손이 불쑥 들어왔다. 그녀를 돌려 눕힌 윈스턴이 픽, 조소했다.

"쥐새끼처럼 기절한 척은…."

정말 이대로 기절이라도 하고 싶었다. 하지만 의식은 그녀를 쉽게 놓아주지 않았다.

"처음은 평범하게 침대가 좋겠지."

몸이 단숨에 위로 떠올랐다. 윈스턴은 첫날밤 신랑이 신부를 안고 신방의 문턱을 넘듯이 그레이스를 안아 들고 구석의 1인용 침대로 향했다.

그는 새하얀 시트에 여자를 눕히고 올라탔다. 삐걱. 침대가 부서질 것처럼 비명을 질렀다. 그의 체중까지 버틸 만큼 튼튼한 침대는 아니었다.

여자는 아직도 기절한 것처럼 굳고 있었다. 흐느끼듯 발작적으로 숨을 들이켤 때마다 단정치 못하게 벌어진 하녀복 사이로 불거진 젖가슴이 크게 흔들렸다.

걸작이었다.

분홍빛 유륜에 움푹 팬 그의 잇자국을 손끝으로 더듬자 여자가 움찔했다. 레온의 바지 속에 갇힌 물건도 함께 전율했다.

이 성가신 성욕은 한 번 해소하고도 고개를 숙이긴커녕 더욱 빳빳이 쳐들었다. 또다시 이 여자의 촉촉한 구멍에 처박히고 싶어 안달이 나 있었다.

레온은 여자의 발에서 구두를 하나씩 벗겨 방 저편으로 던졌다. 흰 스타킹 속에 갇힌 발가락들이 옴츠러들었다. 싸구려 스타킹을 보자 의미를 알 수 없는 불쾌감이 고개를 들었다.

"다리 벌려."

치마를 걷어 올리며 명령하자 여자는 순순히 다리를 벌렸다. 음부를 가린 블루머는 항복을 뜻하는 백기처럼 흰색이었다. 굴종이라곤 모르던 여자를 완전히 굴복시켰다는 희열에 아래가 뻐근해졌다.

레온은 블루머 한가운데를 두 손으로 잡아 벌렸다. 촘촘한 솔기가 우두둑 뜯어지며 분홍빛 속살이 드러나자 그의 목울대가 크게 들썩였다.

"흑…"

여자가 부끄러운지 다리를 오므리려 했다. 레온은 허벅지 안쪽을 움켜쥐고 바짝 밀어 올렸다. 무릎이 접혀 올려지며 음부가 활짝 벌어졌다.

뽀얀 살이 갈라지면서 윤기가 도는 분홍빛 살이 드러났다. 군침이 돌았다. 허기져 배 속 깊은 곳이 떨렸다.

성욕은 식욕 같기도 했다. 둘 다 레온이 미개하게 여기던 동물적 욕구였다.

"아! 아흑, 그만!"

겹겹이 겹쳐진 얄따란 살을 헤집어 보았다. 그가 구두코로 문질렀던 돌기를 손끝이 뜨거워지도록 비볐더니 여자가 비명을 지르며 자지러졌다.

"정말 쉽게 간단 말이야."

"흑…."

온몸을 들썩이던 여자가 매트리스에 하체를 풀썩 떨어트렸다. 힘없이 벌어진 다리 끝이 침대 밖으로 축 늘어져 달랑거렸다.

"꽤 자주 만졌나 보군."

떠보는 말에 여자가 훌쩍이며 고개를 저었다.

하긴. 손을 탄 적이 없어 더욱 예민한 걸지도.

레온은 심장처럼 박동하는 돌기 아래를 검지와 중지로 벌려 보았다. 꽃잎처럼 얇은 분홍빛 살점의 가운데에 바늘이나 겨우 찔러 넣을 수 있을 것처럼 좁은 구멍이 나 있었다.

숨구멍처럼 빼끔거리는 질구에 새끼손가락을 끼워 보았다.

"훗!"

"움직이지 마. 찢어져."

레온은 허리를 들썩이는 여자의 아랫배를 지그시 눌렀다. 빡빡한 속살 속으로 손가락을 조금 더 밀어 넣었다. 여자는 새끼손가락을 반 마디만 무는 것도 버거워하며 숨을 헐떡였다.

"약혼녀를 먹지도 않고 보냈군."

레온은 손가락을 뽑으며 혀를 찼다.

"지미 블랜차드 주니어가 나를 이렇게나 위해 줄 줄이야. 감격스러워."

윈스턴이 또 지미를 입에 올렸다. 애써 잊으려 했던 죄책감과 두려움이 몰려오자 그레이스는 입술을 잘근 깨물었다. 찢어진 곳이 다시 벌어지며 날카로운 통증이 일었지만 마음의 고통에 비하면 아무것도 아니었다.

그는 새끼손가락 끝에 맺힌 액을 맛보며 신음했다. 모르는 이가 보기엔 최고급 와인이라도 음미하는 귀족의 얼굴이었다.

"그것도 내 까다로운 입맛에 맞는 선물을 보내다니. 나도 모르는 내 취향을 너흰 꽤 잘 알고 있단 말이지."

그가 숨을 크게 들이켰다. 흡사 붉은색을 보고 흥분해 돌진하기 직전의 황소 같았다.

"적이지만 그 유능함엔 찬사를 보내고 싶군."

윈스턴이 넥타이의 매듭으로 손을 가져갔다. 검은 실크 넥타이가 미끄러지듯이 풀려 침대 발치의 철제 난간에 반듯하게 걸렸다. 다음은 셔츠 깃을 고정한 핀이었다. 그는 금빛 핀을 뽑아 침대 발치의 테이블에 단정히 올려 두었다.

그레이스는 음부를 전시라도 하듯 드러낸 채 윈스턴이 옷을 벗는 모습을 무기력하게 지켜보았다.

중요한 일을 앞두고 경건히 의식을 치르는 사제처럼 엄숙한 낯이었지만 제물을 내려다보는 눈빛만은 저속하기 짝이 없었다.

기다란 손가락이 셔츠의 단추를 하나씩 풀어 내려갔다. 셔츠 자락이 벌어지자 그 속의 가슴팍이 크게 부풀었다 꺼지는 것이 똑똑히 보였다.

주름 하나 없이 반으로 접힌 셔츠는 넥타이의 옆에 걸렸다. 그 옆에 곧 검은 벨트가 걸리고, 윈스턴이 바지 앞섶을 벌리자 구릿빛 살 기둥이 튕겨 나왔다.

성기는 조금 전의 일은 없었던 것처럼 핏줄을 흉흉하게 펄떡이며 발기해 있었다.

또다시 그녀의 몸속으로 들어오고자 움찔대는 독사를 보고 있자니 목구멍 깊숙한 곳이 쓰라렸다.

전혀 다른 이유로 두 사람의 숨소리가 거칠어졌다. 욕망이 그득한 눈으로 그레이스를 내려다보던 윈스턴이 벌어진 다리 사이를 눈으로 가리켰다.

"네 손으로 벌려."

여자가 그를 노려보며 다리 사이로 굼뜨게 손을 뻗었다. 가느다란 손가락이 살 주름을 잡아당기자 가운데에 붉은 구멍이 난 분홍빛 과녁이 뚫기 좋은 각도로 펼쳐졌다.

"자칭 혁명군이라면서 적군에게 제 손으로 음부를 벌리고 넣어 달라고 애걸하는 기분이 어떠신지."

레온은 그를 노려보는 여자의 아랫배를 손바닥으로 지그시 눌렀다. 고작 손 하나에 옴짝달싹하지 못하게 된 여자의 다리 사이에 하체를 바짝 가져다 대었다. 뜨거운 살덩이가 젖은 살 틈을 스치자 여자가 몸을 뻣뻣이 굳혔다.

"아플 거야."

그는 성기의 밑동을 쥐고 그레이스의 질구에 끝을 맞추며 경고했다. 신사답게 경고해 줘서 고맙다고 키스라도 바쳐야 할까? 그레이스는 눈을 질끈 감으며 치를 떨었다.

질구를 은근히 짓누르는 압박감에 벌써 숨이 막혔다. 손가락 하나도 아래가 찢어지는 것처럼 쓰라렸는데 저 굵은 살덩어리가 들어오면 얼마나 아플까. 애초에 들어올 수도 없을 것 같았다.

이건 고문이야.

그레이스는 고문을 견디는 법을 되새겼다. 크게 심호흡을 하며 머릿속으로 최면을 걸듯이 같은 말만 되뇌던 때였다.

"빌어 봐."

느닷없는 소리에 눈을 떴다. 윈스턴이 그녀를 당장이라도 한입에 집어삼킬 듯한 눈으로 내려다보고 있었다.

"대체 뭘? 어차피 할 거잖아."

"빌면 들어줄지도 모르지."

"빈다고 다 들어주는 건 아니라며?"

"똑똑하네."

그의 입꼬리가 비스듬히 휘었다. 그레이스의 눈에는 조소였으나 실은 아쉬운 미소였다.

무언가가 부족했다. 생각해 보니 상상 속의 '샐리'는 그가 범할 때 울부짖었다. 이 여자는 벌써 전의를 상실했는지 지나치게 얌전했다.

"그럼 이런 말이라도 해 봐. 내가 무척이나 예뻐하던 샐리가 식사를 가져올 때마다 하던 말 있잖아."

맛있게 드세요, 대위님.

"네가 그 말을 할 때마다 널 식탁에 쓰러트리고 게걸스럽게 먹어 치우고 싶었어."

이자는 어디까지 그녀를 조롱하려는 걸까. 그레이스는 으득, 악문 잇새로 외쳤다.

"맛있게 먹고 지옥에나 떨어져, 아악!"

레온은 허리를 크게 튕겼다. 뭉툭한 끝이 질구에 꽉 박히며 그를 팽팽히 밀어내던 살점이 찢어졌다.

두 사람의 허리가 동시에 뒤로 꺾였다. 두 하체가 하나로 이어진 채 크게 전율했다. 고통과 쾌감이라는 양극단에 선 남녀가 얼굴을 일그러트리고 함께 신음했다.

"아, 아파, 흑…."

"읏, 너무, 하아, 좁잖아…."

그렇지 않아도 그를 받아 내기엔 빠듯하기 짝이 없는 몸인데 속살이 오므라들기까지 하며 겨우 넣은 것마저 밀어내려 했다.

"힘 빼."

"아파! 제발 그만!"

"가만히 있어."

윈스턴은 아프다고 몸부림을 치는 그레이스의 허리를 틀어잡고 성기를 질 속에 꾸역꾸역 밀어 넣었다. 한계까지 벌어진 두 다리가 그에게서 벗어나고 싶어 바르작거렸다.

끝이 없었다. 이젠 다 들어온 거야. 이젠 정말 다 들어온 거야. 그렇게 믿을 때마다 남자는 그녀를 조롱하듯이 허리를 찍어 내렸고, 타들어 가는 아픔의 궤적이 더욱 길어졌다.

그레이스는 제 다리 사이에 말뚝을 처박는 남자의 가슴팍을 밀어내며 애걸했다.

"제발, 아흑, 그만 넣어."

하지만 희열에 찬 얼굴을 마주하곤 애걸을 멈췄다.

그렇지. 빌어 봐야 소용이 없다. 빌면 빌수록 즐거워하며 저 끔찍한 흉기를 끝까지 쑤셔 넣고야 말 남자였다.

그레이스는 고통에 찬 신음이 터져 나오는 입을 틀어막았다. 타인의 고통에서 쾌락을 얻는 남자다. 고통스러워하는 걸 보여 주고 싶지 않았다.

하지만 그 역시 덧없는 짓이었다. 그는 그레이스의 입 속에서 뭉개지는 비명이 잦아들 때마다 허리를 튕겼다.

"하아…."

레온은 일그러뜨렸던 미간을 펴며 신음했다. 제 주인처럼 고집스럽게 저항하던 내벽이 결국은 몸을 활짝 벌려 침입자를 전부 받아들였다.

굵은 살 기둥을 빠듯하게 물고 빼끔대는 질구를 더듬어 보았다. 가장자리가 찢어져 피를 머금고 있는 모습이 그를 물고 있던 입술과 닮아 있었다.

잠시 허리 짓을 멈췄다. 그의 성기가 뿌리까지 박힌 채 떠는 여자를 감상하는 것만으로도 절정에 다다를 수 있을 것 같았다.

그가 움직임을 멈추자 여자가 움직였다. 난생처음 겪어 보는 침입에 어쩔 줄 모르는 것처럼 내벽이 성기를 밀고 당겨 댔다.

정말 이대로 가 버릴지도.

상상에 비할 데가 아니었다. 여자의 배 속이 이토록 뜨거운 줄은 몰랐다. 거기다 눅진한 속살이 자꾸만 예민한 곳을 빨아 대자 몸이 녹아내리는 착각마저 들었다.

"흡…."

그의 몸이 박힌 아랫배를 쓰다듬어 보다 지그시 짓눌렀다. 여자가 발작적으로 몸을 떨었다. 안의 모양새를 익히려고 살 속에 파묻힌 성기를 휘둘렀을 땐 감전이라도 된 것처럼 자지러졌다.

"흑, 그만…."

물결치는 가슴, 할딱이는 숨소리, 시트를 움켜쥐고 떠는 왼손, 그의 아랫배를 밀어내는 오른손, 그리고 꽉 조여드는 내벽까지.

그의 허리 짓에 여자가 보이는 반응 하나하나가 야하기 짝이 없었다.

레온은 뿌리까지 파묻었던 성기를 뽑아내기 시작했다. 넣을 땐 성급했지만 뺄 땐 느긋했다.

구릿빛 살갗이 여자의 핏빛으로 빠짐없이 물들도록.

살덩이에 달라붙어 있던 점막이 쩍, 소리를 내며 떨어졌다. 여자가 몸을 크게 들썩였다.

끝까지 뽑아내자마자 허전한 느낌이 들었다. 여자의 밀지도 허전해 보이건 마찬가지였다. 바늘만 하던 구멍이 그의 굵기만큼 입을 활짝 벌리고 있었다. 붉게 충혈된 속살이 움찔대는 게 한눈에 보일 정도였다.

"하아…."

선단의 턱에 맺힌 핏방울에 눈길이 닿는 순간 심장이 크게 뛰었다. 피에 언제나 흥분하는 그였지만 이 여자가 일생에 오로지 한 번밖에 흘릴 수 없는 피가 주는 희열은 압도적이었다.

레온은 울고 있는 여자를 바스러지게 끌어안았다. 눈꼬리에 맺힌 눈물을 입술에 머금은 그는 달뜬 한숨을 내쉬었다.

그에게 정복당한 고통이 고스란히 담긴 눈물은 아찔할 정도로 달콤했다.

"빌어먹을…."

그를 모욕한 첩자이자 원수의 딸에게 하기엔 미친 생각이지만, 여자가 꽤 사랑스럽게 느껴지기까지 했다.

잘 길들여 곁에 두고 싶을 정도로.

이번엔 버거운 물건을 빨아 대느라 찢어진 입꼬리에 입을 맞추며 부드럽게 속삭였다.

"그레이스 리들, 넌 이제 내 거야."

그 순간 여자가 고개를 휙 돌려 키스를 거부했다.

여자는 아직도 착각에 빠져 있었다. 그에게 정복당하지 않았다고.

길들이기까지 갈 길이 멀었다. 레온은 그 길을 기꺼이, 아주 기쁘게 가기로 했다.

"아흑!"

밖으로 빠져나와 있던 성기가 단숨에 질 끝에 처박혔다.

"리들 양, 혐오하는 왕정의 돼지 새끼에게 아껴 둔 처음을 빼앗긴 소감이 어떠신지요."

레온 윈스턴은 고문의 대가였다. 그레이스의 육체만이 아니라 영혼까지 범하는 법을 너무도 잘 알았다.

"내게 주려고 아낀 건 아닐 텐데. 이런…. 유감입니다."

기품 있는 언사에 저질스러운 뜻만을 담아 그레이스를 조롱하고, 그러는 와중에도 허리는 발정 난 개처럼 흔들며 그녀를 거칠게 범했다.

육체적인 고통은 다행히 곧 잦아들었지만 심적인 고통에는 끝이 없었다.

"네 몸을 소중히 해."

윈스턴의 허리 짓을 따라 거칠게 흔들리는 머릿속에서 어머니의 당부가 메아리쳤다.

보수적이던 어머니였다. 어릴 때부터 그레이스에게 처음은 첫날밤까지 아껴야 하며 평생 남편과만 자야 한다고 설교를 했었다.

사랑받는 딸이 되고 싶었던 그레이스는 고리타분하다는 소리까지 들어 가며 어머니의 가르침대로 살아왔다.

"그 더러운 개자식들에게 함부로 내어 주지 마."

나도 이러고 싶진 않았어요.

이 지경으로 밀어 넣은 프레드와 지미를 향한 분노가 치솟았다. 어째서 저를 범하는 윈스턴보다 그 두 사람이 더 미운 걸까.

'아니야. 제발 그런 생각 하지 마. 이건 아무 의미 없어. 아무 의미 없어.'

스스로를 세뇌하듯 되뇌었지만 악마의 앞에선 소용이 없었다.

윈스턴이 그레이스의 하체를 들어 올렸다. 말뚝을 박듯이 아래로 찍어 내리는 힘에 자연스럽게 허리가 접히며 그레이스의 눈앞에 접합부가 고스란히 드러났다.

피에 젖은 구릿빛 살 기둥이 분홍빛 점막 속을 들락날락하는 게 눈에 들어오자마자 그레이스는 질겁하며 눈을 질끈 감아 버렸다.

"눈 떠."

팔까지 동원해 눈앞을 가렸지만 윈스턴은 자비란 걸 모르는 악마였다. 놈은 그녀가 눈을 뜨고 수치스러운 교접질을 오감으로 받아들일 때까지 괴롭혔다.

"그럼 카메라를 가져올까? 응? 이 역사적인 장면을 사진으로 영원히 남기도록."

협박에 못 이겨 눈을 떴다. 색마가 역겹도록 우아한 미소를 지으며 그녀의 음부에 성기를 저질스럽게 쑤석였다.

핏줄과 힘줄이 터질 것처럼 불거진 성기가 박힐 때마다 찢어질 듯 벌어진 질구가 쿨쩍, 상스러운 소리를 냈다. 다 담기지 못한 애액이 넘쳐흘러 남자의 사타구니와 그녀의 허벅지를 적셨다.

음탕한 꼴을 억지로 지켜보는 그레이스의 눈가에서는 눈물이 넘쳐흘렀다.

윈스턴과 이어진 게 제 몸이란 걸 보고도 도저히 믿을 수가 없었다. 그런 그녀의 심정을 읽기라도 한 듯 놈이 목소리를 높여 외쳤다.

"똑똑히 봐. 시금 왕성의 탐욕스러운 돼지 새끼가 널 따먹고 있어."

"하읏!"

푹. 길게 빠져나가 끄트머리만 질구에 걸쳐져 있던 성기가 단숨에 뿌리까지 꽂혔다. 그레이스는 온몸을 뒤틀며 신음했다.

"하아… 리들 양."

"아, 아훗…. 하, 그만, 읏, 제발, 아흑!"

"블랜차드의 창녀, 그것도 수뇌부가 가장 아끼던 창녀의 첫 남자라니. 제게는 무한한 영광이군요."

놈은 그레이스가 귀를 틀어막자 넥타이로 두 손을 묶었다.

"첫 경험은 잊지 못한다던데. 오늘 밤이 잊고 싶어도 평생 잊을 수 없는 기억이 되도록 최선을 다하겠습니다."

"그만!"

이미 잊고 싶었다.

"윈스턴, 제발 그만해, 흐흑…."

"이런…. 운이 좋아 리들 양이 약혼자와 첫날밤을 치르게 된다면 그때 내 이름을 부르지 않도록 조심하세요. 굉장히 무례한 짓이거든요."

그가 또 지미를 입에 올리자 그레이스는 격분했다.

"죽여 버릴 거야, 이 악마! 언젠가 혁명에 성공하면 네 목에 단두대 칼날을 떨어트리는 건 내가 할 거야."

"그럼 사형수의 마지막 식사로는 과거에 즐겨 먹던 그레이스 리들 양을 달라고 하면 될까?"

"미친 새끼…. 흐흑, 죽여 버릴 거야…."

밑에 깔려 울부짖고 저주를 퍼붓는다. 상상 속의 샐리 브리스톨이 그의 눈앞에 있었다. 레온은 희열에 찬 숨을 가쁘게 내뱉었다.

그가 허리를 유연하게 흔들 때마다 젖꼭지가 음탕하게 튀어나온 가슴이 크게 물결쳤다. 너른 어깨에 걸쳐진 가느다란 다리는 힘없이 달랑거렸다.

선명하게 갈라진 복근의 틈까지 흠뻑 젖어 있었다. 그레이스는 땀이라고 믿고 싶었지만 누구를 속일까. 저 남자의 몸을 적신 건 그녀의 애액이었다.

이 모든 걸 지켜보는 그레이스의 눈은 텅 비어 있었다.

삐그덕삐그덕.

침대가 절규했다. 두 사람을 감당하기엔 비좁고 작은 침대였다. 윈스턴이 허리 짓을 할 때마다 부서질 것 같았다. 그레이스도 조금씩 부서졌다.

"죽여 버릴 거야…."

"하아, 그래."

고장 난 축음기처럼 같은 말만 지겹도록 중얼거리던 여자의 레퍼토리가 하나 더 늘었다.

"안에는 제발 하지 마…."

듣다 보니 기가 막혔다.

"이봐, 리들 양이라고 불러 주니 네가 숙녀라도 되는 줄 착각하는 것 같은데. 왜 내가 너 같은 창녀의 몸에 고귀한 귀족의 씨를 뿌릴 거라고 생각하는 거지?"

"하아…."

그레이스가 안도하는 순간 놈의 눈빛이 날카로워졌다.

"하윽!"

살 기둥이 끝까지 꽂힌 채로 몸이 휙 돌려졌다. 울퉁불퉁하게 튀어나온 굴곡들이 내벽을 거칠게 긁어 버리자 머리끝까지 날카로운 성감이 치솟았다.

"헉!"

그레이스는 개처럼 엎드린 채 고개를 번쩍 쳐들었다.

"이상해! 제발, 하윽, 하, 하지 마."

윈스턴이 그레이스의 다리 사이로 손을 집어넣었다. 성기의 무지막지한 굵기 때문에 음순이 벌어져 이미 밖으로 드러나 있던 음핵을 그는 쉽게 찾아 굴렸다.

굵은 손끝 살이 빨갛게 부어 버린 돌기에 애액을 부드럽게 펴 발랐다. 느릿한 마찰이었지만 음부는 빠르게 경련했다.

"적당히 씹어 대. 임신하기 싫다며? 아주 뽑아내려고 작정했군."

"으응…."

그레이스의 귀에는 그의 조롱이 들리지 않았다. 묶인 팔 사이에 얼굴을 묻고 생전 처음 느껴 보는 감각과 사투를 벌였다.

윈스턴의 성기와 손가락이 무자비하게 짓뭉개는 비부에서 뭔가를 분출하고 싶은 충동이 강렬하게 솟구쳤다.

안 돼. 안 돼.

그게 뭔지도 모르면서 그레이스는 두려움에 떨며 참으려 애썼다. 하지만 상대가 참도록 둘 리가 없었다.

다른 손까지 가세했다. 그레이스의 몸과 매트리스 사이에 끼여 짓눌리다 못해 옆으로 둥글게 삐져나온 젖가슴을 큼지막한 손이 탐욕스럽게 움켜쥐고 희롱했다.

말랑한 살을 주무르는 소리가 요란했다. 그가 허리를 치받을 때마다 올이 굵은 시트에 쓸려 쓰라린 젖꼭지를 살덩이 속으로 밀어 넣어 손끝으로 후벼 파기까지 했다.

"아흐흑!"

"그래, 기분 좋잖아. 응?"

축축한 입술이 귓불을 빨더니 잔인한 속삭임을 뱀이 쉭쉭대는 듯한 목소리로 뱉어 냈다.

"자기야, 가. 괜찮아. 네 약혼자도 용서해 줄 거야."

그는 성감대와 죄책감을 함께 자극하며 그레이스를 벼랑 끝으로 몰아넣었다.

손을 떼어 내려고 몸부림을 쳤다. 무릎과 팔꿈치로 걸어 앞으로 도망가면 윈스턴은 그녀의 둔부를 우악스럽게 끌고 가 더욱 강하게 성기를 박아 넣었다.

배 속 깊은 곳에서 살덩이가 살아 움직이는 뱀처럼 꿈틀댔다. 쑤걱쑤걱. 굵다란 머리가 여린 살을 요란하게 치대고 쿵쿵 찧어 댔다.

그럴 때마다 흔들리는 몸속에서 형언할 수 없는 열감이 차올랐다. 여태 어떤 감각도 느껴 본 적 없는 곳에서 무언가가 느껴지는 건 생소했다. 주인에게도 낯선 처녀지를 오만한 침입자는 제 것처럼 헤집고 들쑤셨다.

"싫어…."

아프지 않았다. 그래서 더욱 두려웠다.

"아흑, 싫어…."

등 뒤에서 윈스턴이 피식, 비웃었다. 반은 거짓말이란 걸 아는 것이다. 저 남자는 끔찍하게 싫었지만 성교의 쾌감은 싫지 않았다.

여태 고문을 견디는 훈련은 받았지만 쾌감을 견디는 훈련은 받은 바 없었다. 제멋대로 차오르는, 이 역겹도록 달콤한 쾌락은 도무지 어떻게 이겨 내야 하는지 알지 못했다.

음부의 안팎에서 몰아치는 남자의 거친 리듬에 맞춰 내벽이 수축하기 시작했다. 제 몸에 배신당한 기분이었다. 하지만 곧 성신도 그녀를 배신했다.

음핵과 맞닿은 배 속을 뭉툭한 살덩이가 노골적으로 치대길 몇 차례 했을까.

"헉, 안…."

그레이스는 안 된다는 말도 미처 끝맺지 못하고 교성을 크게 내질렀다. 절정이었다.

온몸이 뻣뻣하게 굳었다. 입을 벌리고도 숨을 쉴 수가 없었다. 심장이 터질 것만 같았다.

저 남자의 발끝과 손끝만으로 느끼던 절정은 삽입으로 느끼는 성적인 극치감에 비하면 아무것도 아니었다.

장님이 눈을 뜬 것처럼 눈앞이 새하얗게 밝아졌다. 그 후론 황홀감 외엔 아무것도 느껴지지 않아 시간이 멈춘 것만 같았다.

"아흐… 으응…."

굵다란 살덩이가 다시 감각점을 은근히 긁어 대기 시작했다. 그레이스를 배신한 몸이 좋아 어쩔 줄을 모르며 엉덩이를 얕게 흔들었다.

나른한 몸이 타인의 것처럼 느껴졌다. 발끝이 간헐적으로 움찔움찔 경련하며 시트를 긁어 대는데 성가셔도 멈출 수가 없었다. 내벽이 제멋대로 성기를 주무르며 윈스턴에게 쾌락을 안겨 주는 것도 막을 수 없었다.

이건 현실이 아니라는 착각마저 들었다.

기가 막히게도 천국에 온 기분이었다. 그녀의 맨 어깨에 키스를 하며 지그시 바라보는 악마의 얼굴이 천사로 보일 정도였다.

미쳤어.

악마가 기쁘게 웃는 순간 정신이 번쩍 들었다.

"흐흑…."

"적에게 당하면서 가 버리다니. 한심한 군인이군."

정예군이었던 여자는 여기 없었다.

혐오하는 남자에게 범해지며 쾌락을 느낀 것도 모자라 직접 허리까지 흔들었으니 이젠 자신이 정말 창녀처럼 느껴졌다.

몸만이 아니라 정신까지 발가벗겨진 수치심은 감당하기 벅찼다. 더는 버틸 수 없었다.

몰라. 이젠 나도 몰라.

축 늘어진 몸을 윈스턴이 놓자 매트리스로 털썩 쓰러졌다. 살 기둥이 주룩 빠져나가며 길게 긁는 자극에도 또 한 번 몸이 자지러졌다.

성기가 튕겨 오르며 애액을 사방에 흩뿌렸다. 말간 물방울이 하녀복과 침대 시트로 후드득 떨어져 얼룩을 남겼다.

"읏…."

여자의 몸에서 빠져나오기 무섭게 성기 끝이 농도 짙은 액을 주르륵 토해 냈다. 사정을 참느라 움푹 팼던 레온의 둔부가 느슨해졌다.

"하아…."

아찔한 절정감이 전신을 휩쓸고 지나갔다. 육욕으로 혼탁해졌던 정신이 서서히 맑아졌다. 그제야 엉망이 된 주변이 눈에 들어왔다.

죽은 듯이 엎드린 여자가 할딱댈 때마다 그에게 난타당해 뽀얀 빛을 잃고 속살처럼 분홍빛이 된 엉덩이가 움찔움찔 경련했다. 그가 배출한 정액은 찢어진 블루머와 그 사이의 엉덩이 골에 멍울져 엉겨 붙어 있었다.

그 저질스러운 꼴을 보자 다시 아래가 뻐근해지며 동물적인 본능이 고개를 들었다.

'빌어먹을….'

이 성가신 성욕. 한번 너럽게 뒹굴어 보면 생각보다 시시할 거란 기대는 완벽한 착각이었다.

또 정신이 혼탁해지는 건 순식간이었다.

드디어 끝난 줄 알고 방심하던 그레이스는 흠칫 놀라 몸을 떨었다. 윈스턴이 그녀의 목에 벨트를 매었다. 그는 그걸 개의 목줄처럼 당겨 그레이스를 일으키더니 명령했다.

"빨아."

눈앞에서는 성기가 빳빳이 고개를 들고 서 있었다.

어째서 죽지 않는 걸까.

혐오스럽다는 눈으로 보자 윈스턴이 그녀의 앞치마로 성기에 묻은 정액과 애액을 말끔히 닦아 냈다.

"안에 고인 것, 네 입으로 다 빨아내. 이대로 다시 넣으면 넌 아홉 달 후에 수용소에서 내 아이를 낳게 될 거야. 리틀 지미가 기꺼이 키워 줄지 의문이군."

천사? 미쳤지.

세상 모든 천사가 다 타락해도 저자보다는 선할 것이다.

그레이스는 절정을 느꼈던 순간 터무니없는 생각을 했던 자신의 목이라도 조르듯 놈의 성기를 비틀어 쥐었다.

아직도 빼끔대며 탁한 액을 조금씩 흘리는 구멍에 입술을 붙였다. 그저 저 악마의 새끼를 배지 않겠다는 생각에 빨대처럼 빨고 틈을 혀로 말끔히 핥았을 뿐인데 놈이 눈을 지그시 감으며 앓는 신음을 냈다. 칭찬하듯이 얼굴을 쓰다듬는 손을 깨물어 버리고 싶었다.

"삼켜."

그는 뱉는 걸 허락하지 않았다.

"엎드려."

시키는 대로 하자마자 아직도 다물어지지 않은 질구로 뜨거운 살 기둥이 쑥 밀려들어 왔다. 윈스턴은 그레이스의 목에 맨 벨트의 끝을 개 줄처럼 잡아당기더니 둔부를 찰싹 소리가 거칠게 울리도록 때렸다.

"아!"

"흔들어. 발정 난 암캐처럼."

정작 발정이 난 건 그였다. 몇 번이고 사정하자마자 다시 발기했다. 짐승의 교미나 다름없는 정사가 쉴 새 없이 이어졌다.

입으로 남은 정액을 빨아내길 몇 번이나 했는지 알 수 없었다. 그쯤 되니 역겹지도 않았다. 제가 몇 번이나 치욕스러운 절정을 느꼈는지 열 몇 번째부터는 세는 걸 포기했다.

짐승의 밑에 깔려 눈앞이 빙글 돌도록 흔들리는 가운데 1년여 전 윈스턴 저로 오던 길, 기차에서 본 타블로이드지의 낯 뜨거운 기사를 떠올렸다. 사자는 발정기에 하루 100번도 교미를 한다던가.

문득 저 남자의 이름이 사자를 뜻한다는 게 생각나 픽 웃었다. 겁탈을 당하며 웃다니. 제정신이 아니었다.

윈스턴도 제정신이 아닌 듯했다. 초점이 풀린 눈동자를 보면 마약에 취한 사람 같았다.

항상 자로 잰 듯하던 남자가 흐트러져 있었다.

세련되고 기품 있는 귀족의 얼굴을 하곤 뒷골목 건달들이나 할 법한 천박한 말을 그레이스에게 퍼부었다. 내용은 저속하더라도 표현까지 저속하게 쓰는 법은 없었던 윈스턴이었던지라 그레이스는 적잖이 놀랐다.

그녀가 알던 레온 윈스턴답지 않은 짓은 그게 끝이 아니었다. 왕실이 가장 신뢰하는 혁명군 소탕의 첨병, 오만한 귀족의 전형, 그리고 잔혹한 캠든의 흡혈귀가 여자의 가슴을 난잡한 소리까지 내어 가며 게걸스럽게 빨아 젖혔다.

거기다 젖가슴 사이에 제 흉측한 물건을 끼우고 흔드는가 하면 그대로 얼굴에 사정하고는….

"예쁘네."

연인을 대하듯 다정하게 속삭이며 그녀의 입에 성기 끝을 물려 주었다.

침대 밑에 도색 사진 한번 숨기지 않던 남자가 어쩌다 색정광으로 돌변한 걸까. 그레이스는 제게 다시 물었다.

'난 괴물을 만난 걸까, 만든 걸까.'

짐승의 허리 짓은 암컷이 정신을 잃어도 계속됐다. 악몽을 꾸다 깨었더니 더욱 끔찍한 악몽 속인 걸 깨닫고 흐느끼길 몇 번이나 했을까.

"흐윽…."

그레이스의 교성이 점점 쇳소리가 되어 가자 그는 입으로 물을 먹여 주면서도 계속 박아 댔다.

지친 시선을 제 오른쪽 가슴을 움켜쥔 윈스턴의 왼손으로 떨어트렸다. 흔들리는 건 그녀인지 그의 손목시계인지. 초점을 어렵사리 맞춰서 시각을 본 그레이스는 앓는 소리를 냈다.

"윈스턴, 제발…."

이 침대에 그가 그녀를 눕혔을 때 손목시계의 시침은 숫자 6에 있었다. 하지만 지금은 시침과 숫자 6의 거리가 그레이스의 다리만큼이나 활짝 벌어져 있었다.

얌전히 받아 주기만 하는 것도 이젠 힘에 부쳤다. 그레이스는 도저히 참지 못하고 힘없이 애원했다.

"그만…. 할 만큼 했잖아…."

"할 만큼? 그런 것도 있나?"

윈스턴은 퉁퉁 부어 아린 젖꼭지를 물고 중얼거렸다.

그레이스는 없는 기력을 쥐어짜 내어 아랫배에 힘을 주었다. 저를 범하는 남자에게 자진해 쾌락을 안겨 주는 건 비참한 짓이었지만 이렇게 해서라도 벗어나고 싶었다.

"하아, 이제야 네 임무가 생각났나 보지?"

그는 그레이스가 성기를 조이고 빨아 대는 게 마음에 들었는지 거친 신음을 쏟아 내며 허리 짓에 박차를 가했다.

오늘 오후만 해도 남자의 몸을 잘 모르던 그레이스였다. 하지만 슬프게도 고작 몇 시간 만에 레온 윈스턴이란 남자가 절정을 느끼기 직전 어떤 얼굴을 하는지 잘 알게 되었다.

'조금만 더….'

속살을 더욱 빠르게 조였다 풀며 엉덩이까지 흔들길 두세 번 했을까. 윈스턴이 그녀를 으스러지게 끌어안으며 귓가에 목이 졸리는 듯한 신음을 토해 냈다.

"하아, 윽…."

그레이스를 감싸 안은 탄탄한 몸이 잘게 전율했다. 이 순간의 레온 윈스턴은 너무도 무방비해서 쉽게 죽여 버릴 수 있을 것 같았다. 그에게 깔려 옴짝달싹 못 하는 신세만 아니었어도 말이다.

놈이 갑자기 팔을 풀더니 떨어져 나갔다. 성기가 주르륵 빠져나가는 동시에 윈스턴이 그레이스의 발목을 쥐고 좌우로 크게 벌렸다.

질구에 걸려 있던 살덩이가 쩍 소리를 내며 뽑혀 나오더니 위로 솟구쳤다. 레온은 질척하게 젖은 성기를 쥐고 선단의 틈에 여자의 음핵을 끼운 후에야 아랫배에 준 힘을 풀었다.

"훗…."

"후우…."

촛농처럼 끈적한 덩어리가 빨갛게 충혈된 살 틈을 타고 미끄러졌다. 비록 바깥이긴 하지만 여자의 늪 같은 음부에 정액을 싸 갈기자 속이 꽤 시원해졌다.

몇 번째 느끼는 극치감인지. 여태 알던 쾌락은 쾌락이 아니었다.

평생 그의 발목을 잡던 족쇄를 푼 것만 같은 해방감이 드는 동시에 그 자리에 새로운 족쇄를 채운 것만 같은 꺼림직한 기분이 들었다.

하면 할수록 이성이 돌아오긴커녕 침식되어 갔다. 조금 전은 오늘 밤 내내 시달리던 충동을 이기지 못해 자궁구에 사정하려 하다 마지막 순간에야 정신을 차린 것이었다.

그러고도 꽤 위험한 짓을 했다.

이젠 그의 굵기 그대로 벌어져 닫히지 않는 질구 속으로 흰 덩어리 하나가 툭 떨어졌다. 그는 그걸 손으로 긁어 빼내며 혀를 찼다.

'번식욕이라니. 짐승이 따로 없군.'

자꾸만 이성을 잃는 건 여자의 체취 때문일까. 피비린내와 땀 냄새, 그리고 그의 정액 냄새를 풍기는 여자의 위로 레온은 무너졌다.

"하아, 그레이스 리들. 네게서 좋은 냄새가 나."

그는 꽤 오래 몸을 일으키지 않았다. 그레이스는 잘 단련된 군인의 몸 아래에 깔려 후희를 고스란히 받아 내야 했다.

머리가 핑 돌게 하는 키스 몇 번, 그리고 다 쉬어 버린 목으로 교성을 내지르게 만든 손장난 몇 번을 견딘 후에야 윈스턴은 몸을 일으켰다.

"얌전히 있어."

그는 그레이스를 침대 난간에 밧줄로 묶어 둔 채 고문실에 딸린 욕실로 향했다. 샤워를 하는지 물소리가 이어졌다.

넝마 조각처럼 침대에 버려진 그레이스가 할 수 있었던 일이라곤 몇 시간 동안 벌어져 있던 다리를 오므린 게 다였다.

찢어진 브래지어는 못 쓰게 됐다. 블라우스와 하녀복이라도 여며 가슴을 가리고 싶었지만 옷은 건드리기도 싫었다. 온몸에 정액을 수도 없이 흩뿌려 대어서 살갗이 끈적해지고 하녀복이 온통 축축이 젖었다.

"…."

끝나면 울지도 모른다고 생각했다. 알고 보니 그건 매우 낙천적인 기대였다. 울 힘조차 없었으니까.

우습게도 지금은 슬픔이나 분노보다는 안도감과 행복감이 더 컸다.

'드디어 끝났어.'

물소리가 끊어졌다. 곧 남자가 수건을 두른 채 나오더니 침대에 걸어 두었던 옷을 하나씩 입기 시작했다.

천박한 짐승이 금욕적이고 우아한 귀족의 가죽을 뒤집어썼다.

넥타이까지 단번에 완벽한 모양으로 맨 윈스턴이 침대 옆에 서서 그레이스를 내려다보았다. 비누 향이 풍겨 왔다. 아직도 할딱이는 그녀와는 달리 그는 호흡이 차분해져 있었다.

저 단정한 모습을 보고 있자면 조금 전 여자 위에 올라타 몇 시간이고 헐떡대던 그 남자가 아닌 것 같았다.

그는 손목을 묶은 밧줄을 풀어 주더니 그레이스의 허벅지로 손을 옮겼다.

'지금 뭐 하는 거야.'

윈스턴이 갑자기 가터벨트의 클립을 스타킹 밴드에서 하나씩 떼어 내기 시작했다. 그가 블루머를 벗기자 그레이스의 눈이 커졌다.

전리품을 챙기는 건가. 하지만 그런 변태적인 짓노 윈스턴의 예상을 뛰어넘는 잔인성 앞에서는 너무나 평범한 일이었다.

"잘 먹었다고 감사 인사를 해야겠어."

그레이스의 피와 윈스턴의 정액으로 얼룩진 속옷을 지미에게 보내겠다는 소리였다.

"나는 예의를 아는 사람이니까."

티 하나 없이 깨끗한 손이 더러운 천을 반듯하게 접어 재킷 안쪽에 넣었다. 그레이스는 사색이 되어 윈스턴에게 매달렸다.

"제발 그러지 마. 뭐든 할게."

그는 그레이스의 끈적한 손을 뿌리치고 일어서며 싸늘한 목소리로 물었다.

"아직도 그 새끼와 결혼하고 싶나 보지? 네 위대하신 총사령관께서 적에게 다리를 기꺼이 벌린 여자를 원할까?"

이 남자, 왜 난 꺼내지도 않은 결혼 이야기를 멋대로 입에 올리는 걸까.

"그런 건 상관없어. 제발, 원하는 대로 다 해 줬잖아. 대체 나를 그렇게까지 짓밟아서 뭘 얻고 싶은 거야? 우리 다시 거래해. 응? 내게서 또 얻을 게 있을 거 아니야."

레온은 어금니를 으득 악물었다. 상관없다는 말 후로 이어진 뒷말은 귀에 들어오지 않았다.

"리들 양, 그 자식이 그대와 너그럽게 결혼해 준다고 하더라도 흰 웨딩드레스는 입지 마시길."

"…."

"넌 이제 순결하지 않으니까."

그는 노려보는 그레이스에게 손을 뻗었다. 부드러운 엄지 끝이 눈물과 정액이 거칠게 말라붙은 뺨을 다정하게 매만졌다. 우아한 미소를 머금은 입술 사이로 추악한 말이 흘러나왔다.

"그러면 내가 가서 새빨갛게 물들여 줄 거야. 알겠어?"

그레이스는 혼란스러웠다. 이 남자 도대체 뭘 원하는 걸까.

몸만을 원하는 것처럼 굴더니 몸을 줘도 만족하지 못했다. 그녀를 마음껏 능욕하고 싶어 하기에 기꺼이 당해 주어도 곧바로 제가 수모를 당한 사람처럼 굴기 일쑤였다.

그에게 이 일이 공적인 체포가 아니라 사적인 보복인 건 잘 알고 있었다. 하지만 그의 지극히 사적인 감정에 복수심 이상이 있을 것만 같은 직감을 떨칠 수 없었다.

'정말 나를 좋아하기라도 했나?'

말도 안 되는 생각이었다. 아직 그녀의 또 다른 정체는 눈치채지 못한 것 같은데.

"네게 어울리는 흰색은 이것뿐이야."

윈스턴이 잘 보라는 듯 그레이스의 가슴 한쪽을 받쳐 올렸다. 이와 입술 자국으로 얼룩져 붉게 변해 버린 젖꼭지에 아직 마르지 않은 그의 정액이 맺혀 있었다.

"아주 잘 어울려."

그는 픽 웃으며 등을 돌렸다.

"제발, 윈스턴! 대위님, 제발요!"

빌어 봐야 소용없다는 걸 안다. 하지만 머릿속이 새하얘져서 문 앞까지 그를 따라가 매달렸다. 굴욕스럽게 그를 대위님이라고 부르기까지 했다.

하지만 그는 그레이스를 가볍게 뿌리쳤다. 오랜 시간 벌리고 있었던 탓에 아직도 후들거리는 다리가 속절없이 꺾이며 그레이스는 바닥에 털썩 주저앉았다.

문을 열려던 윈스턴이 고개를 돌려 그녀를 내려다보았다. 모욕을 당한 건 그레이스인데 이번에도 제가 당했다는 눈이었다.

"블랜차드의 창녀. 소문이 자자해서 기대했는데…."

그가 혀를 짧게 찼다.

"대단하지도 않네."

윈스턴은 싸늘한 조소만을 남기고 떠났다.

그가 사라지자 고문실과는 어울리지 않던 비누 향 또한 순식간에 사라졌다.

땀 냄새, 정액 냄새, 피 냄새.

그레이스는 고문의 악취가 진동하는 몸을 차디찬 바닥에 누이며 같은 말을 되뇌었다.

나도 언젠가 널 고문할 거야. 잔인하게 고문해 비참한 꼴로 만들어 줄 거야.

그때 내게 빌어 봐.

네가 얻는 건 후회뿐일 테니.

데이지라는 이름의 악몽

VENGEANCE NAMED LOVE

나를 왜 이곳으로 데려온 걸까.

프레드는 떨리는 시선을 제 앞에 도열한 병사들에게서 떼지 못했다.

설마 처형하려는 걸까.

탁 트인 들판에 몸을 숨길 곳이라곤 없었다. 등 뒤로 전차 정거장과 작은 마을이 보였지만 도망치기엔 너무 멀었다. 애초에 어제 밤새 당한 고문 탓에 온몸에 성한 곳이 없어 걷는 것조차 힘들었다.

머지않아 검은 세단이 미끄러지듯 달려와 병사들의 뒤에 멈춰 섰다. 조수석의 문이 열리더니 캠벨이 나와 뒷문을 열었다.

뒷좌석에서 윈스턴이 밖으로 걸어 나왔다. 우아하지만 치명적인 흑표범 한 마리가 다가오는 것만 같아 프레드는 숨을 죽였다.

윤이 나는 검은 구두가 아침 이슬로 축축하게 젖은 풀을 짓이기며 두 걸음 앞에 멈춰 섰다.

윈스턴이 뒷짐을 진 채 프레드를 응시했다. 옅은 빛깔의 눈동자가 여명의 붉은빛으로 물들었다. 그 순간 프레드는 생각했다. 실은 저 붉은 눈동자가 저 악마의 진짜 모습일 거라고.

악마는 아무런 말이 없었다. 침묵이 길어질수록 프레드의 상상은 최악으로 치달았다.

본거지의 위치를 불게 만들려고 데려온 걸까? 안 불면 죽인다고 협박할 거다. 굳이 들판으로 데려온 건 인간 사냥을 하려는 건지도 몰랐다.

본거지 위치는 끝까지 누설하지 않았다. 어제 그레이스가 당한 짓을 누나들이 당할지도 모르니까.

'하지만 나를 여기서 죽이겠다고 하면 어떡하지?'

공포에 질려 이를 따다닥 떨며 갈등하던 순간이었다.

"널 살려서 보내 줄 거야."

레온의 입꼬리가 비스듬히 올라갔다. 눈은 웃지 않았다.

겁에 질려 떨던 쥐새끼는 살려 준다고 하자마자 눈에 띄게 안도했다. 당장 무릎을 꿇고 구두라도 핥을 기세였다.

그레이스는 어떻게 되냐고 묻지도 않았다. 그 여자를 팔아서 비겁하게 목숨을 구한 주제에.

무능한 데에다 의존적이며 이기적이다. 그가 가장 혐오해 마지않는 인간형이었다.

마음을 바꾸고 싶어졌다.

"단, 조건이 있어."

하지만 놈에게는 쓸모가 있었다.

"네게 맡길 임무를 잘 해낸다고 약속한다면."

"네, 네. 뭐든 맡겨만 주시면…."

레온은 간사한 겁쟁이에게 작은 소포 하나를 내밀었다. 연갈색 포장지에는 발신인의 이름으론 레온 윈스턴이, 수신인의 이름으론 제임스 '리틀 지미' 블랜차드 주니어가 쓰여 있었다.

"네 총사령관에게 이걸 전하도록."

그놈이 그를 만만하게 본 건 치명적인 실수였다는 걸 똑똑히 깨닫게 해 줄 것이다.

손톱이 몽땅 뽑혀 피투성이가 된 손이 덜덜 떨며 소포를 받아 들었다. 놈은 새파랗게 부어 잘 떠지지 않는 눈으로 그의 눈치를 살피더니 다리를 질질 끌어 굼뜨게 뒷걸음질을 치기 시작했다.

뒤돌면 뒤통수에 총이라도 쏠까 봐 겁을 먹은 것이었다. 놈에게 레온은 웃어 주며 저 멀리 전차 정거장을 가리켰다.

"당장 가."

놈이 안도하고 그에게 등을 보였다. 비열한 쥐새끼가 절뚝절뚝 걸어 들판을 가로지르는 모습을 지켜보던 레온은 권총집을 열고 권총을 꺼냈다.

탕.

"흐아악!"

"하하."

우습기 짝이 없었다. 총은 놈의 한 발짝 뒤에 핀 들꽃이 맞았는데 제가 맞기라도 한 양 풀썩 쓰러져 사지를 떨다니.

곧 놈은 흙바닥을 짐승처럼 기어 도망치기 시작했다. 기겁해 내빼는 녀석의 머리 위로 '축포'를 재미 삼아 몇 번 터트려 준 레온이 권총을 다시 넣으며 지시했다.

"캠벨."

"네."

"추적해. 놓치지 마. 쓸모를 다한 후에는 처리하도록."

"네, 실수 없이 처리하겠습니다."

❖ · ❖

그레이스는 이가 나간 수프 그릇을 멍하니 내려다보다 픽 웃었다.

'내 신세 정말….'

자투리 재료로 끓인 말간 수프를 이등병 하나가 아침 식사라며 주고 갔다. 그녀가 늘 '고문실 손님'에게 가져다주던 메뉴였다.

건더기라고는 양파 뿌리나 당근 꼭지 따위뿐이었다. 쟁반엔 수프 그릇만 덩그러니 놓여 있었다. 이제는 붙잡힌 혁명군에게 삶은 달걀이나 빵을 챙겨 주는 '샐리'가 없으니까.

모르핀을 입에 넣어 주는 사람도 없다.

아랫배가 욱신거렸다. 허벅지도 당기고 멍이 든 무릎도 아팠다. 숨을 쉴 때마다 헐어 버린 젖꼭지가 브래지어를 스치자 그레이스는 눈을 찡그렸다.

결국 수프는 뜨는 둥 마는 둥 하다 침대에 누워 버렸다. 수납장에 여분의 시트를 챙겨 둬서 다행이었다. 아무리 몸이 힘들어도 더러운 시트에 눕는 건 사절이었다.

인간의 습관이란 무섭다. 아니면 회복력이 대단하다고 해야 할까?

어젯밤 윈스턴이 나간 후 아침 식사를 받을 때까지 그레이스는 기가 막힐 정도로 부지런하게 시간을 보냈다.

잠시 눈을 붙인 후 침대와 바닥에 남은 정사의 흔적을 말끔히 치웠다.

고문실 하녀가 결국 제가 고문당한 흔적을 지우게 되다니. 그 모순에 웃어야 할지, 울어야 할지.

그러곤 몸에 남은 정사의 흔적을 지우려 했지만 쉽지 않았다.

덕지덕지 붙은 정액과 엉겨 붙은 피가 씻겨 나가자 몸 곳곳에 남은 멍과 잇자국이 더욱 선명해졌다.

선명한 건 그뿐이 아니었다.

아직도 윈스턴의 체취가 코끝을 맴도는 것만 같았다. 분명 이 침대와 그녀의 몸에서 다 지워졌어야 할 냄새인데.

유령처럼 그레이스의 주변을 떠도는 체취에 몸서리치는 순간에는 짐승처럼 헉헉대던 숨소리마저 귓가에서 맴돌았다.

그래서 눈을 질끈 감으면 생생하게 펼쳐졌다. 정복자의 희열에 취한 눈으로 내려다보며 저를 짓뭉개던 남자의 얼굴과 나체가.

"젖을 줄줄 흘려 대는군."

문득 어젯밤의 역겨웠던 순간 하나가 떠올랐다.

놈이 성기 끝의 틈을 그레이스의 젖꼭지에 맞추더니 정액을 싸 갈겼다. 꿀처럼 점도 높은 희뿌연 액이 납작한 정점에 쌓이다 못해 뾰족한 젖꼭지를 타고 완만한 살덩이까지 흘러내렸다.

윈스턴은 그 꼴을 보며 그레이스더러 젖을 흘린다며 조롱한 거였다.

매음굴에서도 그렇게 저질스럽게 놀 것 같지는 않았다.

"아!"

그레이스는 뒤늦은 방어라도 하듯 가슴을 감싸다 몸을 흠칫 들썩였다. 옷 두 겹을 사이에 두고 살짝만 건드려도 젖꼭지가 쓰라렸다.

어젯밤 내내 윈스턴이 씹어 댄 탓에 붓기까지 한 살점은 원래의 완만한 모양으로 되돌아오지 않고 내내 꼿꼿이 서 있어 더욱 아팠다.

그레이스는 몸을 일으켰다. 침대 옆에 놓인 짐 가방을 열었다. 젖꼭지의 모양대로 뾰족이 튀어나온 블라우스를 두꺼운 카디건으로 가리고는 없어진 게 없는지 가방을 뒤적였다.

조금 전 아침을 준 이등병이 그레이스의 짐을 같이 가져왔었다. 아마 놈들이 열어 보고 검사했을 거다. 중요한 정보를 담은 물건은 없어서 다행이었다.

"이게 왜…."

없어진 건 없는데 없어야 할 건 있었다.

분명 하녀 방의 서랍장 위에 따로 두었던 고급 스타킹 상자가 짐 가방 안에 있었다. 짐을 뒤지던 병사가 그레이스의 것인 줄 알고 착각해서 넣어 버린 모양이었다.

'이건 윈스턴 거잖아.'

스타킹 상자를 빼서 방 가운데의 철제 테이블에 올려 두고는 다시 침대에 누웠다.

"윽…. 하아…."

온몸이 비명을 지르는데 정신은 고요했다.

'어젠 죽을 것 같았는데….'

오늘은 이상하리만치 마음이 차분했다. 체념인 걸까, 단련된 걸까.

폭풍우 후에는 고요가 찾아온다지만 그레이스는 알고 있었다. 폭풍은 이제야 시작이라는 걸.

'흔들리지 마.'

오늘은 어제보다 더한 고통을 겪을지도 모른다.

그레이스는 어젯밤 심신이 벼랑까지 몰린 끝에 했던 온갖 이기적인 생각들을 곱씹으며 스스로를 질타했다.

시간이 지날수록 정신력은 무너지게 된다. 이제 고작 이틀째, 벌써 무너져선 안 된다.

'흔들리지 마. 흔들리지 마.'

스스로를 세뇌하듯이 다짐하는데 누군가가 철문을 두드렸다.

이상한 일이었다. 고문실 문은 누구도 두드리는 법이 없었다. 다들 약속이라도 한 듯이 안에 든 자의 사생활 따위 존중할 필요가 없다고 생각해 벌컥벌컥 열어젖히게 마련이었다.

그러고 보니 조금 전 아침을 가져온 이등병도 문을 두드렸었다.

'뭐지? 여자라고 배려하는 건가?'

그레이스는 몸을 일으켜 앉으며 대답했다.

"네, 들어오세요."

하, 허탈한 웃음이 나왔다. 이건 무슨 잔인한 농담일까. 마치 고문실이 내 방인 것처럼 대답하다니.

문이 열리자 등장한 건 캠벨 소위였다.

"앉으시죠."

그는 손에 든 서류철로 철제 테이블을 가리켰다. 그레이스는 수갑이 달린 의자에 앉아 건너편의 소위를 흘끔거렸다.

'어제 무슨 일이 있었는지 다 알겠지?'

바싹 마른 입술을 적시며 목을 가린 프릴 칼라를 더욱 위로 당겼다. 이미 다 알겠지만 그 적나라한 증거까지 소위에게 보일 필요는 없었다.

눈을 똑바로 마주하기엔 수치스러웠다. 소위도 그렇게 느끼는 건지 그레이스를 똑바로 바라보지 않고 겉장에 '그레이스 리들'이라고 적힌 서류철을 보며 신문을 시작했다.

"부친, 조나단 리들."

"네."

"모친, 안젤라 리들."

"네."

신원 정보를 확인한 후에는 죄목을 늘어놓으며 인정하는지 물었다.

"윈스턴 저에 위치한 군 주요 시설 잠입, 인정합니까?"
"네."
이건 본격적인 신문이 있기 전에 밟는 표준 절차였다. 캠벨이 평소대로 절차를 진행하는 걸 확인한 그레이스는 안도했다.

그럼 오늘 중으로 윈스턴이 서부 사령부에 그레이스의 체포를 보고할 거다. 리들이라는 성 때문에 그레이스는 1급 위험인물로 분류되어 있었다. 상부에서 그녀에게 눈독을 들일 거란 뜻이었다.

'거물'인 건 성가시지만 득이 될 때도 있다.

그레이스 한 사람을 신문하는 데 많은 장교가 매달릴 것이다. 항상 수많은 눈이 그녀를 지켜보게 된다. 그러니 귀족으로서의 품위를 중시하는 윈스턴이 그녀에게 발정 난 개처럼 굴지 못할 거다.

어쩌면 서부 사령부로 옮겨 갈지도 모른다. 이 고문실에서 여자는 신문하지 않는 게 윈스턴의 원칙이니까.

'제발…….'

서부 사령부든 수용소든 제발 여기서 며칠 안에 나가게 되길.

윈스턴이 프레드를 약속대로 풀어 줬다면 오늘 내로 지미에게 연락이 닿을 것이다. 그럼 구조대를 꾸려 호송 중에 그녀를 구출하려 하겠지.

그레이스는 이 저택 밖으로 나가기만 하면 되는 거였다.

"프레드는 어떻게 됐죠?"

소위가 풀어 줬다는 뜻으로 고개를 끄덕이며 중얼거렸다.

"윈스턴 대위님은 숙녀와의 약속을 지킬 줄 아는 신사이시니까요."

그레이스는 조소를 참느라 이를 사리물었다.

신사? 웃기네. 빈정대는 건가?

하지만 그런 뉘앙스는 전혀 아니었다.

저 자식 세뇌당했나? 어제 이 방 밖으로 새어 나간 저질스러운 소리를 다 들었을 텐데.

"글쎄요. 그 신사분께서는 저를 창녀라고 부르시던걸요."

캠벨은 눈꼬리를 휘어 웃는 교활한 첩자를 노려보았다. 실은 속에서 창녀라는 말이 튀어나오려는 걸 억누르는 중이었다.

그가 저 여자를 숙녀로 정중하게 대해 주는 건 오로지 윈스턴 대위가 두려웠기 때문이었다.

쥐새끼, 고문실 손님, 애송이, 얼간이. 대위는 블랜차드 반군을 늘 이런 식으로 비하해 부르지만 저 여자만은 계속해서 리들이라고 평범하게 불렀다.

윌킨스가 '샐리'의 정체를 발설했던 순간, 대위의 얼굴을 다시 떠올려 보면 놀라운 일도 아니었다.

레온 윈스턴이 실연당한 남자의 얼굴을 하다니.

'첩자를 좋아해서 어쩌자는 건지.'

그것도 여태 여자와는 가장 거리가 멀어 보이던 사람이 말이다.

하지만 캠벨이 간언할 일은 아니었다. 이미 대위가 더 잘 알 테니까.

남자들, 특히 군인들이란 정복한 여자를 곧 잊게 마련이었다. 아무리 그래도 대위가 아직 마음을 정리하지 못한 여자를 창녀라고 부르면 캠벨만 눈 밖에 날 것이다. 그래서 밑의 병사들에게도 그레이스 리들을 정중하게 대하라고 지시해 두었다.

하지만 이 여자….

"왜 캠벨 소위님은 저를 숙녀라고 부르시죠? 경어를 쓰시는 것도, 노크를 하신 것도 첩자를 대하는 행동치곤 이례적이군요."

자꾸만 저를 창녀라고 부르게 도발했다.

대위가 곧 수용소로 보내고 잊을 여우 하나 때문에 제 앞날이 어두워지는 건 사절이었다.

"이봐, 이간질하려 하지 마."

참지 못하고 으름장을 놓았더니 여자가 고개를 갸웃했다.

"이간질? 그러니까 대위에게 그쪽이 날 창녀라고 모욕했다고 하면 그쪽이 대위의 미움을 산다고? 왜?"

"질문은 내가 해."

하지만 여자는 그의 말을 듣지 않았다.

"아, 그런 논리면 덮치려 했다고 하는 게 더 효과적이겠네. 유용한 정보 고마워."

이 여자 뭐지? 캠벨은 말문을 잃었다. 늘 상냥하던 하녀는 온데간데없었다.

캠벨은 첩자에게서 제 상관을 보았다. 대위와 어울리더니 옳은 건가? 혹은 같은 깃의 새끼리 우연히 같이 모이게 된 건지도 모른다.

"골치 아프군."

그레이스는 자리에서 벌떡 일어서 문으로 향하는 소위를 주시했다. 그는 굳게 닫혀 있던 문을 벌컥 열더니 활짝 열어 두었다. 복도에 선 병사들이 고문실 안에서 무슨 일이 벌어지는지 훤히 볼 수 있도록.

그레이스는 몰래 안도했다.

"참 나⋯ 얼른 수용소로 보내 버려야지⋯."

소위의 푸념을 들으며 그레이스는 속으로 빌었다.

'그래, 제발 나를 보내 줘.'

❈ · ❈

 윈스턴은 오후가 되어서야 그레이스를 찾아왔다.
 '사령부에 보고하고 온 걸까. 제발 보고했길.'
 그레이스는 철제 테이블을 사이에 두고 마주 앉은 남자를 초조하게 지켜보았다.
 '왜 저러지?'
 그는 말이 없었다. 심지어 들어올 때 뻔뻔스러운 인사말 같은 것도 한마디 하지 않았다. 그저 팔짱을 끼고 앉아 의미를 알 수 없는 눈으로 그레이스를 지그시 바라보기만 할 뿐이었다.
 저 남자가 의미 없는 시간 낭비를 할 리가 없다. 그런데 그녀를 조용히 지켜보는 게 무슨 의미가 있는 걸까. 뱃속 깊은 곳에서 불안감이 똬리를 틀기 시작했다.
 집요한 시선이 불편해 그레이스는 자꾸만 몸을 뒤틀었다. 윈스턴은 그 긴 시간 동안 미동도 없었다. 이따금 눈을 깜빡이고 눈동자를 움직일 뿐이었다. 그러면서도 시선은 항상 그레이스에게 머물렀다.
 적막 속에서 마주 보고 있으니 최면이라도 걸리는 기분이었다. 어제 일이 까마득하다 못해 꿈처럼 느껴졌다.
 저 남자의 손등에 난 손톱자국만 아니었으면 고약한 악몽이었다고 우겨 보았을 텐데.
 그레이스는 제 손톱을 내려다보았다. 무사할까. 보복이라며 니퍼로 뽑을지도.
 자조적으로 웃던 찰나였다.
 드르륵. 의자 끄는 소리가 적막을 깼다. 고개를 들었을 때 윈스턴은 이미 그레이스의 옆에 우뚝 서 있었다.

그가 손을 뻗어 왔다. 그녀의 얼굴 정도는 충분히 가릴 크기의 손이 갑자기 다가오자 그레이스는 긴장했다.

"왜, 읍…."

목을 쥐길래 조르려는 줄 알고 저항하려다 말문이 막혔다. 윈스턴이 그레이스의 턱을 치켜올리더니 입술을 포갠 것이었다.

갑자기 키스를 하리라곤 예상도 못 했던 그레이스는 얼어붙었다. 그럴 리 없는 남자가 부드럽게 입술을 눌렀다 떼기만 했을 땐 멍해졌다.

하지만 키스에 점점 격정이 실렸다. 억누른 걸 터트리듯이 입술을 거칠게 탐하고 밀어붙였다.

이 남자, 대체 무슨 감정을 터트리는 걸까.

그러다 결국엔 터졌다.

"읍, 으읍…."

그레이스의 아랫입술이.

윈스턴의 거친 공세 탓에 채 아물지 못한 상처가 다시 벌어졌다. 비릿한 피 맛이 번지기 시작했다. 곧바로 말캉한 살덩이가 배어 나온 피를 조심스럽게 핥았다.

수줍은 혀 놀림이었다. 그레이스가 아는 캠든의 흡혈귀와는 어울리지 않는….

'애빙턴 비치의 소년에게나 어울리는….'

불길한 기시감이 든 그레이스는 눈을 번쩍 떴다. 키스를 하는 내내 그녀를 지켜보고 있었던 걸까? 눈이 마주치자 휘어지는 눈매 사이의 차가운 눈동자는 전혀 웃고 있지 않았다.

"안녕, 데이지. 내 첫사랑."

청록빛 눈동자가 크게 흔들렸다.

오로지 이 여자에게만 미치는 이유, 그 수수께끼를 레온은 드디어 풀었다.

"여기 애빙턴 비치에도 파랑의 침식 작용으로 형성된 해안 절벽이 잘 발달해 있으며…"

레온은 긴 테이블 끝에 앉은 가정 교사를 못마땅한 눈으로 노려보았다.

남들은 해수욕을 즐기는 휴양지에서 따분하게 지질학 수업이라니.

"선생님, 해안 절벽의 지층에서 대륙이 실은 모두 하나의 초대륙이었다는 증거를 찾을 수 있다던데 사실인가요?"

그의 못마땅한 시선이 질문 따위나 던지는 동생에게로 옮겨 갔다.

"제롬이 먼저 태어났어야 했는데."

두 아들의 성적표를 받을 때마다 어머니는 이런 푸념을 중얼거렸다. 그렇다고 레온이 제롬보다 성적이 나쁜 건 아니었다. 서로 두각을 나타내는 과목이 판이할 뿐.

어머니는 본인의 취향에 맞는 고상한 학문에서 더 두각을 보이는 제롬을 편애했다. 거기다 군인을 피에 미친 야만인이라고 생각하는 사람인데 군사와 관련된 과목에서 뛰어난 재능을 보이는 레온이 탐탁할 리가.

"저 계집애 같은 녀석이 장남이 아니라 천만다행이군."

정확히 똑같은 이유로 아버지는 레온을 편애했다.

그래서 어머니의 은근하고도 노골적인 냉대를 받아도 크게 아쉬웠던 적은 없었다.

'나도 그 여자 싫다고….'

지겨웠다. 위대한 군인이자 대부호인 아버지를 작위도 없는 반쪽짜리 귀족 취급하는 게 지겹다. 가족의 일거수일투족, 심지어 여름 휴양조차도 윈스턴 백작 부인으로 죽겠다는 자신의 꿈을 이루는 데 철저히 이용하는 것에도 이골이 났다.

아직 혼담을 나누기엔 이른 나이인 레온이었다. 하지만 어머니는 벌써 그에게 좋은 혼처로 보여야 한다며 숨 막히는 잔소리를 퍼부었다.

"레온, 기껏 공작가 영애들과 자리를 마련했더니 사냥이나 크리켓 같은 따분한 이야기를 해야겠니?"

"그럼 다음번에는 군법 이야기를 하도록 할게요."

"세상에! 너는 도대체 왜 비뚤어진 성격까지 네 아비를 닮아서! 두 부자가 아주 나를 말려 죽이려고 작정했구나."

제롬은 여자애들 앞에서 공룡 화석 이야기를 떠드는데 왜 나만 문제야?

싫어하는 주제에 그를 제 꿈을 이뤄 줄 체스 말 취급하는 게 레온은 항상 불만이었다. 한번은 불평했더니 아버지가 너털웃음을 터트리며 그의 어깨를 두드렸다.

"레온, 잘 듣거라. 모든 인간은 타인에게 체스 말일 뿐이란다. 중요한 건 폰 취급이냐, 퀸 취급이냐이지."

그 말이 레온에겐 큰 위로가 되었다. 그도 어머니를 체스 말 취급하면 그만이었으니까.

"적어도 나이트 이상은 되도록 노력해야 하는 거야."

분명 레온은 어머니에게 나이트 이상일 거다. 하지만 레온에게 어머니는 폰조차 되지 못했다. 아무런 쓸모가 없었으니까.

따지고 보면 레온에게 의미 있는 사람이라곤 존경하는 아버지뿐이었다.

대륙 이동설을 낭설이라며 비판하는 가정 교사의 의미 없는 말에 나직한 엔진 소리가 섞여 들었다.

레온은 제롬의 어깨 너머 창밖을 응시했다. 계단식으로 펼쳐진 정원의 끄트머리에서 검은 세단이 줄지어 이쪽으로 향하고 있었다.

곧 수업이 끝나면 파티가 시작될 것이다.

'세상에서 제일 재미없는 파티.'

며칠 전부터 무슨 백작가와 또 무슨 왕실 먼 친척 가문의 사람들이 레온 또래의 딸들을 데리고 별장에 온다며 어머니가 호들갑을 떨었었다.

서로에 대한 질투와 멸시를 가식적으로 예쁘게 포장해 주고받는 여자애들을 지켜보는 건 꽤나 피곤한 일이었다.

게다가 그가 보고 싶은 여자애는 따로 있었다.

레온은 바지 주머니 속으로 손을 넣었다. 그는 날이 더워 녹아 버린 초콜릿을 포장째로 만지작거리며 며칠 전 일을 떠올렸다.

그 소녀를 처음 본 건 이 별장으로 왔던 날이었다. 별장 남쪽에 딸린 해변을 산책하다가 조개껍데기를 줍는 여자아이를 마주쳤다.

레온보다는 두세 살 정도 어린, 제롬의 또래로 보이는 아이였다. 수영복을 입는 걸 까먹은 건지 연하늘색 치마가 바닷물에 푹 젖어 소녀의 깡마른 다리에 해초처럼 감겨 있었다. 옆에 어른은 없었다.

"어이, 꼬맹이! 여긴 별장의 전용 해변이라 외부인은 출입 금지야!"

하인이 쫓아내자 소녀는 입술을 삐죽이며 도망쳤다.

다갈색 머리에 까무잡잡한 피부. 귀엽게 생기긴 했지만 흔한 용모라 금세 잊었을 것이다. 매일같이 마주치지 않았더라면.

마차를 타고 별장 밖으로 나가는데 길에 소녀가 서 있었다. 담벼락을 따라 산책을 하는데 정문의 쇠창살 밖에서 소녀가 알짱댔다. 심지어는 담벼락 밖의 나무 위에 앉아 있는 소녀와 눈이 마주친 적도 있었다.

처음엔 우연인 줄 알았다. 하지만 우연히 남의 집 앞을 매일같이 서성이는 사람은 없다.

'도둑인가?'

저렇게 작은 여자애가 도둑일 수도 있을까.

성가셨다. 온종일 머릿속에서 그 소녀의 얼굴이 떠나지 않을 정도로. 그래서 이틀 전, 참다못해 물었다.

"뭐 하는 거야?"

담벼락 밖의 오렌지 나무 위에 앉아 안을 미어캣처럼 기웃대던 소녀가 갑작스러운 그의 등장에 놀라 나무에서 미끄러졌다.

"꺅!"

레온은 나무 아래로 뛰어갔다. 높지 않아 크게 다칠 리는 없다는 걸 알면서도 반사적으로 나온 행동이었다.

'헉…….'

소녀를 무사히 받아 안자마자 불에 덴 사람처럼 다급히 내려 주었다. 뒤집힌 치마를 내리는 소녀의 얼굴도 레온처럼 새빨개져 있었다.

"……미안."

"괜찮아."

소녀가 모기처럼 가는 목소리로 사과를 받아 주는 순간에야 레온은 뭔가 이상하단 걸 깨달았다.

"잠깐. 왜 내가 사과를 하는 거지? 사과는 남의 별장을 엿본 네가 해야 하는 거 아냐?"

"왜 보면 안 돼?"

"남의 집을 엿보는 게 무례하고 나쁜 짓인 거 몰라? 이런 짓은 도둑이나 하는 거 아냐? 혹시 너 도둑들 끄나풀이어서 망보고 있는 거야?"

소녀는 그가 도둑으로 몰아가는데도 당황하거나 화내는 기색이 전혀 없었다. 사실 레온의 말은 듣지도 않는 얼굴이었다. 독특한 청록빛 눈동자를 반짝이며 그를 빤히 바라보다 몸을 배배 꼬는 걸 보면.

"훔치려던 건 아니고 훔쳐보던 거였어."

"뭘?"

"너."

훔쳐보는 것도 나쁘다고 하려던 레온은 말문을 잃었다.

"너 정말 예쁘게 생겼어."

소녀는 발그레한 뺨을 두 손으로 감싸더니 배시시 웃었다.

예쁘다는 말은 처음이지만 잘생겼다는 말은 지겹도록 들었다. 심지어 그를 탐탁지 않아 하는 어머니도 귀티가 흐르는 용모 하나는 마음에 쏙 든다고 할 정도였으니까.

"남자한테는 '예쁘다'가 아니라 '잘생겼다'라고 해야 하는 거야."

"와아…, 화내는 것도 예쁘게 생겼어."

정말 이상한 아이였다. 반짝이는 청록빛 눈을 보고 있자니 나무 그늘인데도 이상하게 더워졌다.

"저기, 있잖아."

여자애는 부탁할 거라도 있는지 등 뒤로 두 손을 모아 쥐고 몸을 배배 꼬았다.

"뭔데?"

"머리 한 번만 만져 봐도 돼?"

상상도 못 한 요구에 레온은 또 한 번 어안이 벙벙해졌다.

'얘 처음 보는 사람한테 왜 이러지?'

레온의 낯빛이 별로 좋지 않았는지 소녀가 허둥대며 이상한 부탁을 하는 이유를 늘어놓았다.

"미안. 그렇지만 너무 예뻐서 만져 보고 싶었어! 보송보송하고 보들보들할 것 같아."

"난 강아지가 아니야."

"그런 말이 아니라…."

"너 같은 여자앤 처음 봐."

여자애가 입술을 삐죽 내밀었다. 커다란 눈망울이 촉촉해졌다. 저러다 곧 울음을 터트릴 것 같아 레온은 조마조마해졌다.

"아니, 내 말은 그런 뜻이 아니라…."

나쁜 뜻으로 한 소리는 아니었다.

늘 속내를 포장하는 여자아이들만 보다가 제 마음을 시원시원하게 말하는 아이를 보니 신기했을 뿐이었다. 솔직히 말하자면 재밌었다. 그냥 두면 어디까지 하나, 다음엔 어떤 이상한 말이 튀어나오려나 궁금하게 만들었다.

"자."

레온은 고개를 숙였다. 그래도 여전히 높은지 소녀가 까치발을 들자 그는 무릎을 굽혔다.

포마드를 발라 매끄러운 머리에 소녀의 손이 닿았다. 누가 보면 윈스턴 소령의 아들이 평민 여자아이에게 개처럼 쓰다듬어진다고 경악할 거란 생각에 실소가 나왔다.

하지만 소녀가 신이 난 강아지처럼 활짝 웃자 비뚤어졌던 그의 입꼬리가 대칭을 이뤘다.

"와, 부드러워. 차가운 색이어서 차가울 줄 알았어. 근데 뜨거워."

"그야 여름이니까."

정말 엉뚱한 애다.

"햇살을 만지면 이런 느낌일 것 같아."

소녀가 손을 거두자 그는 굽혔던 몸을 바로 세웠다.

"고마워."

"궁금증은 다 풀렸길."

소녀가 고개를 끄덕였다.

"부럽다. 나도 금발이고 싶은데. 우리 가족은 다 금발인데 나만 갈색 머리야."

그 아이는 묻지도 않은 이야기를 떠들었다.

평소라면 그는 관심도 없는 자기 이야기를 여자애들이 늘어놓으면 적당한 핑계를 대고 자리를 피하는 레온이었다. 지금도 곧 있을 승마 수업 핑계를 대고 자리를 뜨면 그만이었지만 이상하게도 발이 떨어지지 않았다.

그 애는 혼자 종알종알 떠들더니 갑자기 얼굴을 붉히며 몸에 사선으로 멘 작은 가방을 뒤적였다.

"자, 초콜릿."

여기서 꽤 먼 지역의 조잡한 상표가 찍힌 초콜릿은 가방에 넣어 둔 지 오래된 듯, 귀퉁이의 포장이 해져 있었다.

레온은 단 걸 좋아하지 않았다. 항상 거절하는데 이번엔 무심결에 받아 버렸다. 게다가 어머니가 보면 불결하다고 버리라고 할 싸구려 초콜릿을….

"이건 왜?"

"훔쳐본 값."

내가 먹으려고 아껴 둔 거야. 소녀는 그렇게 덧붙이더니 쑥스러운 듯이 웃었다.

이건 말 그대로 가난한 아이의 입에서 사탕을 빼앗아 먹는 꼴이나 다름없었다. 그냥 돌려주려던 순간이었다.

"또 훔쳐보러 올게."

소녀가 멋대로 손을 흔들더니 폴짝폴짝 뛰어가 버렸다. 다음엔 훔쳐보지 말고 당당하게 보라는 말도 못 했는데.

'진짜 이상한 애야.'

그리고 보니 이름을 물어보는 걸 잊었다.

이런 기본적인 걸 잊다니…. 레온은 혼을 쏙 빼놓을 정도로 정신 사납게 군 그 애 탓이라고 생각했다.

또 마주치면 물어보려 했는데 어제는 종일 비가 왔다.

그 아이 조금 어수룩해 보이던데. 설마 이런 궂은날에도 훔쳐보러 올까 싶어 조마조마했다.

정작 어수룩한 건 레온이었는지도 모른다. 그 애가 늘 서성대던 담벼락이 잘 보이는 창가에 온종일 앉아 기다렸으니까. 옆에는 우산을 세워 두고.

하지만 그 아이는 오지 않았다. 다행인데 왜 언짢은 걸까.

'오늘은 안 오나?'

수업이 끝나자마자 어제 종일 붙어 있던 창가로 향한 레온은 또 실망했다. 매달린 거라곤 오렌지밖에 없는 오렌지 나무를 노려보다 등을 돌렸다.

"어디 가? 손님 오셨는데."

주차장에서 자전거를 꺼내는데 나비넥타이를 맨 책벌레 한 마리가 와서 징징거렸다.

"응, 알아."

"어머니가 너랑 인사시킬 거라고 부른 사람들이란 말이야."

"제롬 윈스턴, 네가 장남이길 원하는 어머니를 위해 오늘은 네가 장남 역할을 하도록."

레온은 자전거에 올라타며 아버지가 자주 쓰는 명령조로 빈정댔다.

"난 네 부하가 아니야!"

페달을 밟는데 제롬이 등 뒤에서 외쳤다. 레온은 멈춰 서서 동생을 돌아보았다.

"먼저 태어나지 그랬어?"

"이를 거야!"

"저 녀석은 계집애처럼 고자질이나 해 대는군."

또 한 번 아버지의 입버릇을 따라 했다. 제롬은 자존심이 상했는지 입을 꾹 다물고 씩씩댔다.

"제롬, 넌 너무 성실해서 재미없어."

레온은 어깨 너머로 동생에게 픽 웃어 주곤 다시 페달을 밟았다.

'안 오면 내가 가면 되지.'

그런데 문제는 소녀가 어디 사는지 모른다는 사실이었다. 애빙턴 비치에 있는 오렌지 나무를 전부 털고 다녀야 하는 건가. 한 시간 정도 고급 별장이 모인 언덕과 그 아래의 상점가를 뒤지고 나니 막막해졌다.

해가 서서히 높아졌다. 작열하는 태양 아래에서 자전거를 모니 목이 말랐다. 해변을 따라가던 레온은 아이스크림을 파는 간이매점이 보이자 멈췄다.

자전거를 도로변의 난간에 세워 두던 찰나였다.

"외상 안 돼요?"

그 소녀의 목소리였다.

'찾았다.'

레온은 자전거를 타느라 흐트러졌을지도 모를 머리를 단정히 쓸어 넘겼다.

"저 너무 덥고 목마른데…. 내일 꼭 가져다 드릴게요."

그레이스는 가판대에 매달리며 한 번 더 사정했다.

"부모님을 모시고 와."

하지만 아이스크림을 파는 아저씨는 한 치도 물러서지 않았다.

부모님은 어디 있는지 모른다. 오늘 아침에 분명 아버지에게서 돈을 받았는데 해변에서 놀고 나니 감쪽같이 사라졌다.

돈 아까워 죽겠어. 들키면 아버지한테 혼날 텐데. 오늘은 그럼 길에서 오렌지만 따 먹어야 해? 우리 마을은 안 이런데 바깥 사람들은 다들 심장이 얼음으로 되어 있나 봐.

눈물이 핑 돌려 했다. 서럽고 자존심이 상한 그레이스는 한 걸음 물러서며 죄 없는 아저씨에게 투덜댔다.

"왜 안 돼요? 치이… 너무하다. 우리 마을에선 되는데."

"그럼 너희 마을로 돌아가. 거지 주제에 성가시게 떼쓰지 말고."

"나 거지 아닌데…."

고개를 푹 숙이고 가려는 순간 낯선 손이 그레이스의 어깨를 감싸 쥐었다.

"곤란한 상황에 처한 숙녀를 도와주진 못할망정, 무례하게 굴며 밑천을 드러내는군."

고개를 든 그레이스의 눈이 커다래졌다.

'헉! 예쁜 애다.'

뺨이 뜨거워졌다. 어깨를 다정하게 감싼 손 탓에, 그리고 하필이면 가장 볼품없는 모습을 보여 주었다는 수치심 탓에.

"난 탄산수 한 병. 아펜젤러 말고 샬레로. 그리고 숙녀분께는…?"

소년이 저를 또 숙녀라고 부르며 정중하게 묻자 그레이스는 허둥지둥 대답했다.

"나, 난 막대 아이스크림. 그냥 그거면 돼."

소년은 탄산수 하나를 사는 것도 멋있었다. 외국어로 된 어려운 상표까지 읽어 가며 주문하니 탄산수가 고급 와인처럼 보였다.

그에 반해 막대 아이스크림을 주문하는 저는 어린아이처럼 느껴지는 것이었다. 그래서 내가 뭘 몰라 이런 걸 주문하는 게 아니라 정말 먹고 싶은 것뿐이란 뜻으로 뒷말을 덧붙였다.

"어떤 맛으로?"

소년은 예쁘장하고 멋있는데 친절하기까지 했다. 무슨 맛을 먹고 싶은지까지 세심하게 물어봐 주었다.

"초콜릿과 바닐라가 가장 잘 팔립니다. 마음에 안 드시면 오렌지, 레몬, 딸기…."

조금 전 그레이스에게는 무섭게 굴던 아저씨는 소년 앞에서는 딴판이었다. 아이스박스에서 막대 아이스크림을 맛별로 다 꺼내서 보여 주었다. 아마 그레이스가 돈을 가져왔더라도 이렇게 굽신대진 않았을 거다.

그럴 법도 한 게, 소년은 누가 봐도 귀공자의 모습이었으니까.

값비싸 보이는 폴로셔츠와 손목시계가 아니더라도 꼿꼿이 허리를 펴고 선 자세와 여유로운 눈빛에서부터 소년은 고결한 분위기를 풍겼다.

"나 그럼 딸기 맛…."

소년이 눈짓하자 아저씨가 냉큼 딸기 맛 아이스크림을 꺼내 그레이스에게 두 손으로 내밀었다.

"네, 숙녀분께는 딸기 맛으로. 여기 있습니다."

분명 귀족은 나쁜 거라고 배웠다. 어른들은 귀족을 탐욕스러운 돼지 새끼라고 불렀다.

하지만 마을 밖으로 나와 보니 잘 모르겠다. 사람들은 다들 귀족을 좋아하는 것 같은데.

그레이스는 다른 귀족은 몰라도 이 소년은 좋았다.

"고마워."

그레이스의 인사에 소년이 입꼬리를 우아하게 휘어 웃었다.

"가자."

그레이스는 어디로 가는지도 모르고 소년을 따라갔다. 조금 걷다 보니 소년도 어디로 가는지 모른다는 생각이 들었다.

"있잖아."

자전거를 끌고 해변 산책로를 따라 걷는 남자아이의 보폭에 발을 맞추며 흘끔대던 그레이스가 용기 내 말문을 열었다.

"조금 전에 왕자님 같았어."

탄산수 병을 기울이던 소년이 쿨럭, 기침을 했다. 그는 바지 뒷주머니에서 손수건을 꺼내더니 멈칫했다.

아이스크림을 입에 문 그레이스를 멍한 눈으로 내려다보기에 고개를 갸웃했다. 소년은 미간을 살짝 구기며 한숨을 쉬었다.

"흐르잖아."

그는 손수건을 그레이스에게 주곤 저는 손등으로 젖은 입가를 닦았다. 그 모습조차 멋있었다. 탄산수 광고를 보는 기분으로 올려다보는데 소년이 물었다.

"너 왜 오늘은 안 왔어?"

"어?"

고개를 또 갸웃한 소녀가 딸기 아이스크림 때문에 안쪽이 새빨갛게 물든 입술을 휘어 미소 지었다.

"나 기다렸어?"

레온의 뺨도 소녀의 입술만큼 빨개졌다.

"그럼 나 찾아온 거야?"

"어? 아니. 아, 그냥 할 일도 없고…."

레온은 시선을 돌리며 대충 얼버무렸다.

"그렇구나…."

실망한 얼굴을 보니 그냥 솔직하게 말할걸 그랬다는 생각이 들었다.

"이름."

"응?"

"난 레온. 넌?"

"…데이지."

소녀가 왜 잠시 입술을 달싹이며 망설였는지 레온은 알지 못했다.

"레온은 여기 살아?"

"아니. 거긴 그냥 별장. 넌?"

이곳 사람이 아닌 건 이미 알고 있었다. 하지만 레온은 조금 전 매점 주인과 데이지의 대화를 엿듣지 않은 척하며 물었다.

"난 멀리서 왔어. 가족 휴가 같은 걸로…."

그레이스는 그 먼 곳이 어딘지도 말하지 않고 왜 가족 휴가가 아니라

'같은 것'인지도 설명하지 않은 채 말을 돌렸다.

"나 이런 데 처음이라 너무 설레."

여태 외딴 산골 마을 밖으로 나와 본 적이 거의 없었다. 고급 휴양지에 이토록 오래 머문 일은 더더욱.

난생처음 본 바다가 신기해 이곳에 온 첫날 해변을 따라 무작정 걷다가 레온과 마주친 것이었다.

"그런데 부모님 없이 너 혼자 다녀도 괜찮아?"

어째서 이 아이 옆엔 늘 아무도 없는 걸까. 어딜 가든 항상 어른이 따라다니는 레온은 이해하기 어려웠다.

"…어."

그레이스는 혼자 다녀도 되는 게 아니라 다녀야만 했다.

자주 집을 비우시는 부모님이 오랜만에 돌아와 애빙턴 비치로 가자고 하시기에 처음엔 정말 가족 휴가인 줄로만 알았다.

그런데 오빠를 두고 왔을 때부터 조금 이상했다. 그리고 이곳에 도착해 외딴 숙소에 짐을 풀고서야 실은 휴가가 아니라 '임무'라는 걸 알았다.

그레이스는 어른들이 말하는 임무가 뭔지 잘 몰랐다. 그저 세상을 구하는 정의로운 일이라기에 책에서 본 영웅 같은 거라고 짐작할 뿐이었다. 그리고 세상을 구하는 영웅들이 그렇듯 정체를 비밀에 부쳐야 했다.

이번 임무는 윈스턴인가 하는 나쁜 군인에게 접근해 정보를 빼내는 거라고 어른들이 말하는 걸 엿들었다. 아직 어린 그레이스의 임무는 함께 온 어른들을 평범한 여행객처럼 보이게 하는 '위장'이었다.

어른들은 다들 바빠 그레이스를 돌봐 줄 시간이 없었다. 그래서 아침이면 침대 머리맡에 돈을 놓아 주고 가셨다.

그걸로 지난 일주일, 전에 없던 사치를 부리며 재밌게 보냈는데 하필 오늘, 레온과 마주친 오늘 돈을 잃어버려 초라한 꼴을 보인 거였다.

"아, 나 아침에 용돈 받았거든. 그런데 모래사장에서 놀다가 잃어버렸나 봐."

그레이스는 묻지도 않은 변명을 웅얼댔다. 레온의 얼굴을 올려다보고 있으니 머리 위에 펼쳐진 오렌지 나무가 자연히 눈에 들어왔다.

"레온, 그럼 아이스크림 사 준 보답으로 내가 오렌지 따 줄까?"

레온의 눈동자가 흔들리는 이유를 그레이스는 몰랐다. 제일 잘 익은 걸 찾아 두리번거리며 나무에 올라타려는데 어깨에 또 손이 닿았다.

"치마 입고 나무 타지 마."

"왜?"

"…상스러운 짓이니까?"

이 아이는 왜 이런 당연한 걸 모르는 걸까. 상스러운 짓이란 말로도 이해가 안 되는지 데이지는 물음표가 크게 새겨진 눈을 깜빡였다.

"분홍색."

이제야 알아들었나. 데이지의 얼굴이 새빨갛게 익었다.

"아, 아니야! 나 오늘 흰색 입었어!"

"…그걸 왜 네 입으로 말해?"

잘 익은 햇사과 같은 얼굴로 오렌지 나무 아래에 마주 선 소년과 소녀를 어른들이 지나치며 의미심장한 미소를 보냈다.

민망해진 레온이 다시 자전거를 끌고 걸음을 옮겼다. 그레이스는 따라오라는 건지 아니면 여기서 헤어지자는 건지 몰라 우물쭈물했다.

레온은 세 걸음 후 멈춰 섰다. 당연히 따라올 줄 알았던 소녀는 아직도 나무 아래에 멀뚱히 서 있었다.

그제야 깨달았다. 저 여자애가 그와 오늘 데이트를 하겠다고 한 적도 없는데 마주친 순간부터 당연히 그럴 거라고 혼자 앞서 나가고 있었다.

'잠깐. 데이트하잔 말도 아직 안 했잖아?'

그런 말을 해 본 적이 없었다. 아니, 할 필요가 없었지.

귀족 자제들의 사교는 당사자가 아니라 그 부모들이 정했다. 언제 어디서 누구와 무엇을 할지까지 모두 정해져 있어 레온은 좋든 싫든 따라가기만 해야 했다.

난생처음 그가 원하는 여자아이와 마음대로 시간을 보낼 기회를 얻었다. 그런데 문제는….

'데이트하자는 말은 어떻게 하는 거지?'

레온은 선뜻 말하지 못하고 망설였다. 이러다 데이지가 그냥 가 버리겠다 싶어 머리가 하얘지는 순간 몹쓸 입이 저질렀다.

"아이스크림 사 준 보답을 하고 싶으면 나랑 놀아 주면 되겠네."

손은 성대한 카니발이 열리는 길 건너편을 가리켰다.

'놀아 달라니. 애야?'

레온은 제 뺨을 치고 싶어졌다. 게다가 몇 푼 하지 않는 아이스크림 하나를 사 주고 보답을 운운하다니. 이렇게 치사한 협박이 다 있나.

역시나 데이지의 표정이 별로 좋지 않았다. 아무래도 이 데이트는 시작도 전에 망한 것 같았다.

"…그래."

그러나 예상 밖의 승낙이 떨어졌다. 곧 둘은 각자만의 이유로 얼떨떨한 걸음을 옮겼다.

'귀족 아이들은 놀아 주는 아이를 따로 산다고 들었는데 나 지금 그런 건가?'

그레이스는 조금 빈정이 상했다. 하지만 놀이 기구를 세 번쯤 타고 나자 그런 건 새카맣게 잊게 됐다.

"레온, 나 이번엔 저거 타고 싶어."

"그래."

레온은 불평 한마디 없이 회전목마의 티켓 부스 앞에 섰다.

놀아 달라더니. 정작 놀아 주는 사람은 레온이었다. 회전목마처럼 어린애나 타는 놀이 기구를 기꺼이 같이 타 주다니 말이다.

게다가 진짜 왕자님처럼 상냥하게 그레이스가 목마를 타는 걸 도와주었다. 공주가 된 기분이었다.

레온이 잡았던 오른손을 몰래 만지작거리는 사이 그는 옆의 목마에 단숨에 올라탔다. 경쾌한 음악이 흘러나오며 회전목마가 돌아가기 시작했다.

평소라면 바깥을 보며 손을 흔들거나 했을 그레이스는 이번엔 반대쪽에서 시선을 떼지 못했다. 레온도 줄곧 그레이스만 바라보고 있었다. 부끄러워져서 웃었더니 레온이 물었다.

"왜? 예쁘게 생겼어?"

"응."

그레이스의 진지한 대답에 소년이 나직이 웃었다.

"근데 너는 집에 진짜 말 있어?"

레온이 고개를 끄덕였다.

"그럼 이거 재미없겠다."

"아… 그렇진 않은데…."

어째선지 레온은 당황했다. 횡설수설하며 왜 회전목마가 진짜 말을 타는 것보다 재밌는지를 떠들기 시작한 이유를 저도 알 수가 없었다.

"여긴 지붕이 있어서 일사병 걱정도 없고…."

"그렇지. 그렇지."

제가 생각해도 말도 안 되는 소리였다. 그런데도 데이지는 그의 헛소리를 진지하게 들어 주었다.

사실 회전목마는 시시하다고 생각했던 레온이었다. 그런데 왜 롤러코스터를 탈 때처럼 가슴이 두근거리는 걸까.

그다음은 유령의 집이었다.

"꺄악! 놓지 마! 놓지 마! 나 놓으면 안 돼!"

레온은 자꾸만 제게 매달리는 소녀를 감싸 안으며 몰래 웃었다. 어두워서 다행이었다.

"흑, 무서웠어…."

유령의 집 밖으로 나왔을 때 데이지의 얼굴은 눈물범벅이 되어 있었다.

"미안. 그럼 내가 사과의 의미로…."

레온이 채 말을 끝맺기도 전에 데이지의 손이 어딘가를 가리켰다. 그 끝에는 커다란 돌고래 인형이 사격 게임 부스에 걸려 있었다.

두 사람은 부스로 다가갔다. 한 번에 5발. 인형은 100점을 따야 했다. 레온은 부스를 지키고 선 남자에게 돈을 내고 맞은편 벽에 걸린 과녁들의 점수를 확인했다.

'제일 높은 게 25점, 그다음이 15점.'

레온은 제 앞에 놓인 총을 집어 들었다. 오락용으로나 허가되는 낡은 소총이었다. 총열이 휘어지진 않았는지 점검한 후 가늠자에 눈을 대고 조준선이 똑바른지 확인하는데 직원이 어슬렁어슬렁 다가와 말을 걸었다.

"이런 거 쏠 줄은 아나? 가르쳐 줘?"

데이지 앞에서 무시를 당했다. 레온은 대꾸 대신 방아쇠를 당겼다.

탕.

25점짜리 과녁이 쓰러졌다.

"빌어먹을…."

격발음이 이어질수록 남자의 욕설이 길어졌다. 레온의 옆에서 들리던 훌쩍훌쩍 소리는 언제부턴가 감탄사로 변해 있었다.

"와아, 진짜 멋있어."

그간 갈고 닦은 사격 실력이 여기서 빛을 발할 줄이야.

언젠가 네가 좋아하는 여자가 생겼을 때 이게 도움이 될 거다.

레온은 아버지가 사격을 가르쳐 주며 하셨던 말을 문득 떠올렸다. 여자를 사냥할 것도 아니고 연적을 죽여서 차지할 것도 아닌데. 어째서 도움이 되나 했더니 이런 뜻이었나.

결국 125점으로 인형과 사탕 가판대의 교환권까지 땄다.

"자."

레온은 구시렁대는 주인에게서 돌고래 인형을 받아 데이지의 품에 안겨 주었다.

"정말 대단해! 우리 오빠도 지미도 한 번도 성공 못 했는데."

소녀가 저를 올려다보며 감탄하니 신이라도 된 기분이었다.

사탕 가판대에서 데이지는 캔디 애플을 골랐다. 빨간 설탕 시럽을 입한 사과가 꽂힌 막대를 데이지가 내밀었다.

"너도 먹어."

"나 단 거 별로 안…."

"아…."

데이지가 다시 제 입으로 사과를 가져가자 레온은 하던 말을 끝맺지 못했다. 새빨간 캔디 애플을 입에 문 소녀가 동그란 눈을 치켜뜨고 그를 올려다보았다. 그 모습에 홀린 레온은 고개를 숙였다.

파삭. 캔디 애플의 반대쪽을 물었다. 상큼한 사과와 달콤한 설탕의 맛이 혀를 휘감았다.

키스도 이런 맛일까.

주먹만 한 사과 하나를 사이에 두고 눈이 마주쳤다. 연하늘빛이 불꽃처럼 뜨거울 수도 있다는 걸 그레이스는 처음 알았다.

부끄러워져 입술을 떼고 싶었으나 그럴 수 없었다. 입술이 끈적한 시럽에 붙어 버렸는지 떨어지지 않았다.

어쩌면 매우 속 보이는 핑계였을지도.

레온이 고개를 비스듬히 기울였다. 살포시 감겼던 눈꺼풀이 부드럽게 들어 올려지며 연한 하늘빛의 눈동자가 다시 그레이스를 응시했다.

사과를 먹는 것도 잊고 멍하니 바라만 보는 그레이스의 뺨으로 레온이 손을 뻗었다. 실크처럼 부드러운 살이 닿는 순간 그레이스의 심장이 쿵 내려앉았다. 고작 뺨에 붙은 머리칼을 떼어 준 것뿐인데 기절할 것 같았다.

'키스하는 것 같아.'

둘은 같은 생각을 하며 사과보다도 빨간 얼굴로 사과를 나눠 먹었다.

그다음부턴 사람이 많아 잃어버린다는 핑계로 손을 잡고 걸었다. 북적한 카니발을 벗어나 한적한 상점가에 들어서고도 둘은 손을 놓지 않았다.

둘 다 평소에는 들어가지도 않는 장신구 가게를 기웃댔다. 청량한 바다 빛을 담은 유리구슬 팔찌에서 소녀의 눈이 떨어지질 않았다.

"잘 어울릴 것 같아."

레온이 지갑을 꺼내자 데이지가 손을 내저었다.

"아니. 안 돼."

"왜? 마음에 안 들면 다른 거…."

"우리 어머니가 예쁘게 꾸미지 말라고 하셨어."

레온은 어리둥절해졌다. 세상에 딸더러 예쁘게 꾸미지 말라는 어머니가 어디 있지?

급조한 핑계는 아닌 듯, 정말 데이지는 목걸이나 머리 리본 하나 없이 수수한 모습이었다. 가난한 탓인 줄 알았더니 꾸미면 안 된다고?

"왜?"

"몰라. 근데 우리 어머닌 정말 정말 예쁘셔."

"너도 정말 예뻐. 눈에 바다가 담겨 있어."

또 한 번 그레이스의 심장이 쿵 소리를 냈다.

"내 눈에… 바다가 있어?"

예쁘장한 소년은 말도 예쁘게 했다. 난생처음 본 바다는 너무나 아름다웠다. 그런데 그 아름다운 풍경이 내 눈 속에 있다니.

자꾸만 바보 같은 웃음이 나오려 했다.

"내가… 예뻐?"

소녀가 옷깃을 올려 발그레한 얼굴을 숨기며 중얼거렸다. 레온은 벽에 걸린 밀짚모자를 집어 데이지의 머리에 씌워 주며 웃었다.

"그럼 이걸로 하면 되겠다."

헤어지기 싫었다. 너무 늦기 전에 숙소로 보내는 게 예의인 걸 알면서도 레온은 온종일 데이지의 손을 놓아주지 않았다.

'별장으로 돌아가면 엄청나게 혼나겠다.'

…라고 생각하면서도 눈은 노을빛으로 붉게 물든 데이지의 입술에서 떨어지지 않았다.

해변에서 노을을 본 후엔 해산물 레스토랑에서 저녁을 먹었다. 어른들의 시간에 사춘기에 접어든 아이들이 보호자 없이 돌아다니자 의아한 시선이 따라붙었다. 하지만 두 아이의 눈에는 다른 사람들의 시선 같은 건 보이지 않았다.

재즈 바가 하나둘 문을 열며 파도 소리에 재즈 선율이 섞여 들었다. 둘은 검게 변한 바다를 따라 걷다 다시 카니발로 돌아갔다.

폐장을 앞둔 카니발은 한산했다. 놀이 기구들이 하나씩 요란한 조명과 음악을 꺼트리며 멈춰 섰다.

두 사람이 헤어져야 할 시간도 다가오고 있었다. 이대로 헤어지고 싶지 않았던 레온은 데이지를 아직 불이 켜진 대관람차로 이끌었다.

"오늘은 끝났단다. 내일 다시 오거라."

티켓 값의 다섯 배를 들이밀자 직원은 마차 문을 여는 하인처럼 정중하게 관람차 문을 열어 주었다.

둘만을 실은 대관람차가 천천히 돌아가기 시작했다.

"와…."

발아래로 빛과 어둠의 극명한 대비가 펼쳐지자 그레이스는 감탄했다. 휘황찬란하게 불을 밝힌 상점가와 어둠에 잠긴 해변이 해안 도로를 따라 나뉘어 있었다.

한 줄기 달빛과 유람선의 불빛으로 점점이 물든 검은 바다를 하염없이 바라보는데 어째서인지 꼭대기까지 오른 대관람차가 멈춰 섰다.

그렇지 않아도 희미해진 재즈 음악이 바닷바람 소리 탓에 들리지 않기 시작했다. 창문이 없는 관람차가 바람에 기우뚱 흔들리자 겁이 덜컥 났다.

야경에서 시선을 뗀 그레이스는 레온의 팔을 더욱 세게 끌어안으며 그를 올려다보았다.

'왜 그러지?'

레온은 그레이스를 빤히 바라보고 있었다.

그러고 보니 몇 시간째 이랬다. 노을을 보자더니 그레이스의 얼굴만 뚫어져라 보았다. 식당에서도 그 맛있는 랍스터 요리를 건드리지도 않고 그레이스만 자꾸 바라보았다.

어쩐지 까마득한 아래를 볼 때처럼 초조해진 그레이스는 저도 모르게 아랫입술을 깨물었다.

"데이지, 너 피나."

"앗…."

그렇지 않아도 터서 얇아진 입술을 너무 세게 깨물어 버렸다.

"아, 손수건…."

주머니를 뒤지던 레온이 난감한 낯을 했다. 딸기 물이 든 손수건은 낮에 버렸다. 새 거라도 사 둘걸.

"잠깐."

데이지가 혀를 내밀어 아랫입술을 핥으려던 순간 레온은 그녀의 턱 끝을 쥐어 올렸다. 기울어진 밀짚모자의 챙 아래로 고개를 숙였다. 코끝이 부딪쳤다. 고개를 살짝 트는 순간 입술이 포개어졌다.

이래도 되는 건지 아닌지 고민도 하기 전에 저지른 짓이었다.

어릴 적 손을 벨 때면 보모가 하던 대로 한 것뿐이라는 변명을 댈 수 있을 거다. 물론, 이건 입술이란 걸 알고도 한 짓이란 덴 변명의 여지가 없었다.

온종일 데이지의 입술이 어떤 느낌일까 궁금했다. 그의 머리칼이 어떤 느낌일지 궁금했다는 데이지처럼.

보드랍고 따뜻했다. 말랑한 살을 입술로 살포시 짓눌러 보곤 피가 맺힌 상처를 혀끝으로 조심스럽게 핥았다. 데이지가 몸을 흠칫 떨었다.

여태 들키면 혼날 나쁜 짓을 수도 없이 해 봤지만 심장이 지금처럼 두

근댄 적은 없었다.

상처를 핥아 주고 맞닿은 입술을 살짝 떼자 데이지가 놀란 목소리로 소곤댔다.

"이건 키스잖아. 내 첫 키스….”

데이지도 같은 마음일 줄 알았던 레온은 적잖이 당황했다.

"그래서 싫어…?”

"…좋아.”

수줍게 웃는 입술 사이로 솔직한 말이 튀어나왔다. 레온은 데이지의 때 묻지 않은 솔직함이 좋았다.

"또… 할까?”

데이지가 고개를 끄덕이자마자 미소를 머금은 입술이 다시 붙었다.

키스는 하늘을 나는 듯한 느낌이란 말은 틀리지 않았다. 하늘 높이 매달린 관람차 안에서 발밑에 세상을 두고 몰래 나누는 키스는 짜릿했다.

세찬 바람이 불어왔다. 레온은 바람에 날아가려는 밀짚모자를 한 손으로 누르며 데이지의 얼굴을 더욱 가까이 당겼다.

관람차가 또다시 바람에 흔들렸다. 떨어질까 봐 무서운지 데이지가 레온의 팔을 더욱 세게 끌어안았다. 입술에, 몸까지 바짝 붙으니 몸이 뜨거워졌다.

캔디 애플의 상큼한 향. 토피의 끈적한 감촉. 밀크셰이크의 부드러운 맛. 카니발의 맛이 나는 입술에서 피가 배어 나왔다.

피가 달았다.

정신을 혼미하게 하는 감각의 포화에 빠진 채 레온은 생각했다. 오늘부터는 단것을 좋아하게 될지도 모르겠다고.

데이지가 머문다는 별장은 외딴 산에 있었다.

오일 램프가 달린 자전거를 가지고 나오길 잘했다. 희미한 램프 빛뿐인 어두컴컴한 산길을 레온은 한 손엔 데이지를, 다른 손엔 자전거를 쥐고 올랐다.

"여기 내 별장에서 꽤 멀잖아."

레온은 가파른 비탈을 오르며 한숨처럼 중얼거렸다. 산길 옆에서 거친 파도가 해안 절벽에 찰싹찰싹 부딪치는 소리가 꽤 가깝게 들렸다.

"매일 걸어서 온 거야?"

데이지가 고개를 끄덕였다.

'좀 더 일찍 말 걸어 볼걸….'

미안함과 아쉬움이 함께 몰려온 순간 레온은 정말 중요한 질문을 아직 하지 않았단 걸 깨달았다.

"데이지, 넌 언제 집으로 돌아가?"

"그게…."

그레이스는 부모님의 임무가 영원히 끝나지 않았으면 좋겠다고 생각하며 솔직하게 대답했다.

"몰라."

"몰라?"

"응. 넌?"

"난 한 달 더 있을 거야."

너도, 나도 영원히 집으로 가지 않았으면 좋겠어. 말도 안 되는 바람이 고개를 들었다.

레온은 어린아이가 아니었다. 아무리 세상이 서서히 바뀌어 가고 있다 해도 귀족과 평민 사이의 사랑은 여전히 금기였다. 휴가지에서의 위험한 불장난, 그 이상이 될 수 없다는 걸 알았다.

하지만 낯선 곳은 그를 다른 사람으로 만들었다. 난생처음 부모님의 뜻을 어기고 탈출했다. 그렇게 맛본 첫 키스는 달콤했다. 일탈이란 언제까지나 이토록 달콤할 것만 같았다.

"내일 또 만나서 놀래?"

"좋아."

시무룩하던 데이지의 표정이 순식간에 밝아졌다.

"그럼…."

아침에 데리러 오겠다고 하려던 레온은 곤란해졌다. 아마 돌아가면 외출 금지를 당할 것이다.

"내일은 내 별장에서 놀래?"

"그래도 돼?"

"대신 어른들한테 들키면 골치 아프니까 내 방에 숨어서 놀자."

"좋아."

방에 숨어서 할 게 뭐가 있을까. 레온은 고민하다 물었다.

"영화 좋아해? 내 방에 영사기가 있는데 같이 영화 볼래?"

데이지가 눈을 동그랗게 뜨더니 고개를 크게 끄덕였다. 영화를 좋아하는구나. 다행이었다.

"그럼 별장 해변 입구에서 10시에 만나."

어떻게 데이지를 숨겨 별장 안으로 데려오면 좋을까 머릿속으로 동선을 짜는데 데이지가 멈춰 섰다.

"있잖아, 레온…."

"응?"

"난 사실 데이지가…."

망설이던 데이지가 무언가 말하려던 순간, 두 사람의 눈앞으로 강렬한 헤드라이트 불빛이 쏟아졌다. 좁은 산길에 멈춰 선 검은 세단의 창문이 열리더니 운전석에 앉은 남자가 소리쳤다.

"꼬맹이들, 비켜."

아는 목소리였다. 창문 밖으로 나온 얼굴도 낯익었다. 상대도 그를 알아본 듯 눈이 커졌다.

"레온?"

"아버지?"

어머니? 조수석에 앉은 금발의 미녀와 눈이 마주치는 순간 그레이스의 얼굴이 새파랗게 질렸다.

어머니도 그레이스를 알아본 게 분명했다. 운전석의 남자를 향해 지어주던 미소가 순식간에 사라졌으니까.

레온과 눈빛이 닮은 금발의 남자에게 시선이 닿았을 때는 온몸에서 피가 빠져나가는 기분이었다. 저 남자, 어른들이 말했던 작전 대상인 윈스턴이란 군인인 게 분명했다.

'레온의 아버지가 저 사람이라고?'

낡은 별장은 벽이 얇아 어른들의 대화가 잘 들렸다. 왕정의 더러운 돼지 새끼, 왕실의 미친개, 혁명군 영웅들을 잔인하게 살해한 악마. 어른들은 윈스턴이란 남자를 그렇게 불렀다.

'난 이제 혼날 거야.'

머릿속이 새하얘졌다. 남자아이와 밤늦게까지 논 건 혼날 일이 아니었다. 그 남자아이가 적의 아들이라면, 그리고 적과 해선 안 될 나쁜 짓을 잔뜩 했다면 혹독한 벌을 받을 것이다.

숨이 막혔다. 그레이스에게 부모님은 존경스러운 만큼이나 두려운 존재였다. 들켰다간 아버지에게 오빠처럼 따귀를 맞을지도 몰랐다.

"괜찮아, 데이지."

손을 떨기 시작한 데이지를 레온이 등 뒤로 숨기려던 찰나였다.

"더, 더러운 돼지 새끼!"

데이지가 목청껏 외치며 손을 뿌리쳤다. 레온은 어둠 속으로 뛰어가 버리는 소녀의 뒷모습을 멍하니 응시했다.

'지금 나한테 뭐라고….'

잘못 들은 거라고 믿고 싶었지만 마지막으로 마주쳤던 경멸 어린 눈으로 보건대 분명 그에게 한 말이었다.

'내가 뭘 잘못했지?'

머리를 한 대 맞은 기분이었다. 소녀의 속내만큼이나 갈피를 잡을 수 없는 어둠을 응시하는 그에게 아버지가 외쳤다.

"레온, 당장 별장으로 돌아가. 여기서 날 마주친 건 네 엄마에겐 비밀이다."

그제야 레온은 얼굴을 손으로 가린 낯선 여자가 아버지의 옆에 앉아 있다는 데 생각이 미쳤다.

"데이지!"

차가 떠나길 기다린 후에야 뒤늦게 데이지를 찾아 산길을 뒤졌지만 소녀는 어디에도 없었다.

'대체 왜? 내가 뭘?'

답해 줄 사람이 없는 질문만 홀로 되뇌며 넋이 나간 채 돌아온 레온을 맞이한 건 호통이었다.

"중요한 약속을 어기고 오늘 내내 멋대로 쏘다니다니 제정신이니? 넌 배 속에서부터 힘들게 하더니 나를 말려 죽이려고 작정했구나."

파자마를 입고 머리에 롤을 잔뜩 만 우스꽝스러운 꼴로 카랑카랑하게 외쳐 봐야 무섭지도 않았다.

"레온! 당장 이리 오지 못해? 대체 어디서 배워 먹은 짓이니?"

레온은 대답하지 않고 제 방으로 들어가 문을 쾅, 거칠게 닫았다. 문에 기댄 몸이 주르륵 미끄러졌다.

그는 바닥에 웅크리고 앉아 조금 전과 다를 바 없는 질문만 계속 던졌다.

"내가 뭘 잘못했는데?"

더러운 돼지 새끼라니. 아무리 생각해 봐도 그런 끔찍한 소리를 들을 만큼 잘못한 게 없었다.

키스가 싫었으면 그때 거절했어야지. 오늘 내내 즐겁게 보내곤 마지막에 짐승 취급하다니. 진심으로 좋아했는데 상대는 그를 농락했다.

레온은 손에 쥐고 있던 걸 방 저편으로 던져 버렸다. 내동댕이쳐진 돌고래 인형이 그의 속도 모르고 웃었다.

그 아이가 매몰차게 버리고 간 인형을 주워 여기까지 가져온 제가 한심해졌다.

"하…."

머리가 굵어지고 난 후론 울어 본 일이 없지만 울고 싶어졌다. 한심하기 짝이 없었다.

그날 밤, 레온은 꿈을 꿨다.

따뜻한 숨결. 말랑한 감촉. 달콤한….

피비린내.

그리고….

'더러운 돼지 새끼!'

눈을 번쩍 떴다. 얼굴만큼 아래도 축축했다.

"빌어먹을."

"네 아버지란 사람은 어딜 갔는지 여태 연락도 없다니. 부자가 아주 똑같구나."

어머니의 핀잔을 뒤로하고 레온은 일어섰다. 식탁에 덩그러니 남은 아침 식사는 건드리지도 않은 채였다.

"레온, 넌 일주일간 외출 금지야. 지금이라도 반성하고 빌면 사흘로 줄여 줄지도 모르지."

예상대로 외출 금지령이 내려졌다. 레온은 빌지 않았다. 부모님이 정한 규칙을 어기는 건 처음이 어렵지 두 번째부턴 쉬웠다.

약속 시각이 되기 30분 전부터 만나기로 한 해변에서 서성였다. 데이지가 오지 않을 걸 직감적으로 알았으면서도 미련한 기다림을 그만둘 수 없었다.

역시나 오지 않았다. 손목시계의 바늘이 11시를 가리키자 레온은 해변을 따라 데이지의 별장이 있는 쪽으로 걷기 시작했다.

'내가 뭘 잘못했지?'

물어봐야겠다. 답을 아는 건 그 애뿐이니까.

정말 잘못한 게 있다면 사과를 하고, 아니라면 사과를 받을 생각이었다. 그럴 수 있으리라 믿었던 건 순진했다.

개발이 덜 되어 밀림이나 다를 바 없는 산속의 허름한 별장과 캠핑장까지 샅샅이 뒤졌다. 하지만 이번에도 소녀는 어디에도 없었다.

다른 사람만 있었을 뿐.

인적이 드문 산비탈을 터덜터덜 걸어 내려가던 레온이 불현듯 멈춰 섰다. 우거진 숲에 부서진 헤드라이트 하나가 떨어져 있었다.

'차 사고라도 났나?'

레온은 숲속으로 들어가 바퀴 자국을 따라 걸었다. 곧 비가 오려는 걸까. 먹구름이 몰려오는 하늘에서 세찬 바람이 불어왔다. 짠 바닷바람에 실려 오는 이 비린내는 분명….

'피?'

깨닫는 순간 외딴 절벽 앞에 버려진 검은 자동차를 발견했다. 낯익은 세단이었다.

불길한 예감은 항상 과하게 맞아떨어진다. 깨진 창문 속을 들여다본 레온에게서 핏기가 사라졌다. 뒷좌석에 기괴한 자세로 널브러진 몸뚱이에는 온통 핏기뿐이었다.

"…아버지?"

죽은 자는 대답이 없었다.

덜커덩덜커덩 기차가 흔들릴 때마다 난간에 매달린 깡마른 몸도 힘없이 흔들렸다.

어른들은 마지막 객차의 발코니에서 담배를 피웠다. 그 틈바구니에 낀 그레이스는 해가 서서히 떠오르는 지평선만 멀거니 응시했다.

바다는 이제 보이지 않았다. 바다는 이제 보고 싶지 않았다.

"눈에 바다가 담겨 있어."

제 눈도 싫어졌다.

"더러운 돼지 새끼!"

그 아인 더럽지 않은데…. 혼날까 봐 겁에 질려 저도 모르게 외친 순간 본 얼굴이 눈앞에서 떠나질 않았다.

그런 소릴 외친 제가 미웠다. 그 덕분인지 어머니에게 혼나지 않아 다행이라고 생각하는 비겁한 자신도 미웠다.

"데이지!"

아냐. 그건 내 이름이 아니야.

환청이 들리자 그레이스는 귀를 틀어막았다.

어젯밤 밖에서 저를 부르던 목소리를 들었다. 그레이스는 레온의 목소리가 사라진 후에도 밤새 불을 끄고 숨죽여 이불 속에서 울었다.

그리고 얇은 벽 너머로 이상한 소리를 밤새 들었다. 억눌린 비명, 어른들의 화가 잔뜩 난 듯한 목소리, 그리고 무언가를 거듭해서 내려치는 소리.

그 소리가 느닷없이 끊어졌을 때, 그레이스는 급하게 짐을 싸 도망치듯 애빙턴 비치를 떠나야 했다.

"빌어먹을…. 그럴 생각까진 아니었어."

"데이브, 자책하지 마."

아버지가 옆에 선 아저씨를 위로했다. 아무 짓 하지 않고도 죄책감을 느끼는 소녀를 위로해 주는 이는 없었다.

'그 애의 아버지가 죽었다고?'

그레이스는 혼란스러웠다. 나는 어떻게 해야 하는 걸까. 무얼 느껴야 하는 걸까. 어떤 행동도, 감정도 이 상황엔 올바른 게 없었다.

그저 주저앉아 울고 싶은 걸 발코니 난간을 손이 아프도록 잡고 참는 사이 어른들의 대화가 이어졌다.

"그나저나 그놈의 아들이 앤지를 봤다고 하지 않았어?"

데이브 아저씨가 어머니를 보며 묻는 순간 그레이스는 흠칫했다. 어머니가 다른 어른들에게도 내가 그 아이와 놀았다는 얘길 한 걸까. 나 이제 혼나는 걸까?

"그 녀석도 같이 처리했어야 하는데…."

제가 혼날지 모른다고 생각했을 땐 조마조마했던 심장이 이번엔 철렁 내려앉았다.

'레온은 착해요. 죽이지 마세요, 아저씨.'

말이 혀끝에서 떨어지지 않았다. 겁에 질린 눈으로 어른들을 올려다보는 그레이스를 어머니가 흘끔 내려다보더니 데이브 아저씨에게 고개를 저었다.

"내 얼굴 못 봤을 거야. 그리고 아직 애잖아."

2등실 승객은 사람을 죽였다고 의심받지 않는다. 아버지가 예산 초과라고 한숨을 쉬며 빌린 침대칸으로 돌아온 그레이스는 위층에 누워 천장만 멍하니 응시했다.

같은 칸을 쓰는 어머니가 갑자기 위로 손을 뻗었다.

"입맛이 없으면 이거라도 먹으렴."

손에는 값비싼 초콜릿 상자가 들려 있었다. 조금 전 식당 칸을 지나오는 길에 사는 걸 봤지만 제게 주려는 줄은 몰랐다.

애빙턴 비치로 올 때는 기차 여행에 들떠 식당 칸으로 가는 시간만 기다렸지만 오늘은 아침을 거의 남겼다. 그레이스는 초콜릿 상자를 받아 물끄러미 바라보다 몸을 일으켰다.

"어, 어머니."

"왜 그러니?"

"제가 크면…."

"응."

"그 남자애를 제 손으로 죽여야 하는 거예요?"

그레이스는 여전히 혼란스러웠다. 지금 이 상황이 조금도 이해되지 않았다. 제가 무슨 감정을 느껴야 맞는 건지조차 몰랐다.

하지만 단 한 가지는 분명히 알았다.

그 애를 죽이고 싶지 않아.

"그레이스…."

어머니는 대답 대신 그녀의 이름을 부르며 침대에서 몸을 일으켰다. 항상 신처럼 전능한 존재였던 사람이 울 것 같은 표정을 짓는 건 처음 보았다.

"이리 오렴."

게다가 그녀를 안아 준 것도 처음이었다. 어색했다. 어머니와 같은 침대에 나란히 누운 그레이스는 잠자코 숨을 죽였다.

늘 희미하게만 맡았던 향수 냄새가 진했다.

'엄마 냄새….'

곧 어색하기보단 포근하게 느껴졌다. 그레이스에게 딱딱하게만 굴던 어머니가 초콜릿에 포옹까지…. 생일도, 성탄절도 지금처럼 기쁘지는 않았다.

자는 줄 안 걸까. 그레이스의 등을 다정하게 토닥이던 어머니가 중얼거렸다.

"얘를 고아원에 보냈어야 했는데…."

그 순간 기쁨은 세상이 무너지는 충격으로 변했다. 사람이 극심한 충격을 받으면 울음조차 나오지 않는다는 걸 그때 알았다.

이따금 밤에 부모님이 다툴 때 옆방에서 이불을 뒤집어쓰고 있다가 어머니가 외치는 걸 들었다.

"그러니까 내가 고아원에 보내자고 했잖아!"

그게 저를 말하는 줄 여태 몰랐다. 아니, 애써 부정하려 했는지도. 아버지는 물론, 어머니도 저를 사랑하지 않는단 걸 어린 그레이스도 무심결에 느끼고 있었다.

그러나 이날부터 그레이스는 제가 언제든 버림받을 수 있는 존재란 걸 더는 부정할 수 없게 됐다.

집으로 돌아가자마자 지독한 여름 감기를 앓았다.

"죽일게요…. 버리지 마세요…."

부모님은 또 다른 임무를 위해 집을 곧바로 떠났다. 고열에 시달리며 헛소리를 하는 그레이스의 옆을 지킨 사람은 오빠뿐이었다.

"거기서 무슨 일이 있었던 거야? 응? 그레이스, 말 좀 해 봐."

오빠가 답답해하며 물었지만 그레이스는 끝까지 입을 다물었다.

'내가 적을 죽이기를 망설여서, 형편없는 혁명군이어서 버리고 싶대.'

이런 말을 하면 오빠마저 그레이스를 버릴지도 몰랐다.

쾌차에 도움이 되라며 지미가 주고 간 잡지는 전혀 도움이 되지 않았다.

[온 국민의 애도 속에서 리처드 윈스턴 소령의 장례식 거행돼.]

윈스턴가의 비극. 장례식에 맞춰 반군 주요 인사의 사형 집행. 명예로운 죽음을 맞은 부친의 뒤를 이어 반군 소탕 의지를 불태우는 윈스턴 소령의 장남.

머리를 어지럽게 하는 글귀를 훑어 내려가다 잡지를 내던졌다. 바닥에 떨어진 잡지가 펼쳐지는 순간 그레이스는 비명을 질렀다.

한 면을 대문짝만 하게 차지한 흑백 사진 속에서 그 소년이 그레이스를 정면으로 노려보고 있었다.

네가 날 속였어. 네가 내 아버지를 죽였어. 나는 너를 좋아했는데 어떻게 내게 이럴 수가 있어.

"아니야. 내 잘못이 아니야. 그렇게 보지 마!"

저 애의 아버진 죽어 마땅했을 거야. 쟤도 나쁜 아이일 거야. 왕정의 더러운 돼지 새끼들은 다 똑같아.

저 아이를 나쁜 사람이라고 믿지 않으면 부모님을 나쁜 사람이라고 믿어야만 했다. 그레이스에게 부모님은 신이었다. 신에게 버림받은 영혼이 갈 곳은 지옥뿐이다.

"우리는 모두의 삶을 평등하고 윤택하게 하겠다는⋯ 대의를 위해⋯ 대의를 위해⋯. 그 이상향은 혁명군의 피를 먹고 자라나 열매를⋯. 열매를⋯."

마을 어른들의 가르침은 그레이스가 스스로를 속이는 데 크게 도움이 되었다.

그들이 말하는 대의에 철저히 맞춰 헌신적인 혁명군으로 살아왔다. 그녀를 버리고 싶어 했던 어머니도 자랑스러워할 수밖에 없도록. 그리고 적과 사랑에 빠졌던 과거의 실수를 숨기기 위해.

윈스턴 저 잠입 명령을 받기 전까진 아무에게도 말하지 않았던 비밀이었다.

"새로 온 하녀?"

"네. 처음 뵙겠습니다, 대위님. 이번에 별채로 배정된 샐리 브리스톨이라고 합니다."

그리고 어른이 되어 다시 만난 소년은 너무도 다른 사람이 되어 있었다.

"인원이 하나 더 늘었으니 고문실을 마음껏 피바다로 만들어도 되겠군."

피에 굶주린 악마.

이제 더는 스스로를 속일 필요가 없었다. 주문처럼 외웠던 말대로 나쁜 사람이 되어 버린 소년을 미워하는 일은 쉬웠다.

소년 또한 소녀처럼 증오를 발판 삼아 일어섰다.

"다 죽어…. 죽어 버려…."

처음으로 사랑에 빠졌던 날이자 실연을 당한 날 유일한 그의 편이었던 아버지까지 끔찍하게 잃었다.

어른이라도 감당하기 힘든 비극이었으나 이제는 그의 편이 없는 집, 그 누구도 소년이 받은 충격에는 관심이 없었다.

"네가 장남이니 아버지의 뒤를 이어 가문을…."

"네가 아버지를 대신해 복수를…."

소년 또한 소녀처럼 제 몫이 아닌 죄책감에 시달렸다.

내가 아버지의 죽음을 막을 수 있었을지도 모르는데. 그때 집으로 가라는 아버지를 말려서 함께 갔어야 했는데.

조수석의 그 여자, 반군이었다. 그 여자의 정체를 알게 된 후 레온은 금발의 여자를 유심히 관찰하는 버릇이 생겼다.

'잡히면 죽여 버릴 거야. 아버지께 그 여자가 한 짓을 똑같이 갚아 줄 거야.'

그러다 결국엔 금발 머리 여자를 모두 혐오하게 되었다. 그리고 그 혐오는 이내 모든 여자에게로 번졌다.

여자는 모두 짐승이다. 간사한 뱀이며 탐욕스러운 암퇘지이다.

"조금 전에 왕자님 같았어."

"더러운 돼지 새끼!"

달콤한 소리를 속삭이며 남자를 현혹하다 쓸모가 없어지면 돌변해 잔인한 말을 퍼붓는다.

어머니도 못지않게 가증스러운 여자였다.

"내 남편은 왕실에 충성하다 목숨을 잃었어요. 그런데 그 대가가 중령으로 특진 추서뿐이라니…. 천국에서 그이가 얼마나 원통해할지, 어린 나이에 아비를 잃고 가주가 된 레온이 얼마나 가여운지, 흐흑…."

아버지의 죽음조차 어머니에겐 작위를 얻기 위한 수단일 뿐이었다.

남들 앞에서 아버지를 사랑하고 존경한 척 가식을 떨었다. 그렇게 여기저기 청탁을 하고 다니다 결국 작위를 얻는 데 실패하곤 장례식에 모인 귀족들과 군 관계자들 앞에서 오열했다.

아버지의 죽음이 슬퍼 흘리는 눈물이 아니었다. 작위도 없는 '미망인 윈스턴 부인'으로 전락한 자신을 애도하는 눈물이었지.

'아버지가 이렇게 돌아가셨을까?'

송곳을 푹 찌르자 붉은 액체가 튀어 올라 그의 손을 적셨다. 이상하게도 역겹지 않았다.

레온은 숨을 크게 들이켰다. 비릿한 피 냄새가 폐 속 가득 들어차다 못해 뇌까지 침투한 기분이었다. 기이하게도 피 냄새를 맡으면 그를 온종일 괴롭히던 불안감이 사그라들었다.

그리고 이 일을 거듭할수록 눈을 감아도, 부릅떠도 사라지지 않던 아버지의 참혹한 마지막 모습이 점점 무뎌져 갔다.

그렇게 윈스턴 저 곳곳에서 처참한 꼴로 죽은 새와 쥐들이 매일같이 발견되기 시작하자 윈스턴 부인은 큰아들을 몇 년 이르게 사관학교로 보냈다.

잔혹성이 미덕인 사관학교를 다닌 건 천운이었다. 보통의 학교였더라면 퇴학감이었을 일들을 수없이 저지르고도 레온은 수석으로 졸업했다.

연쇄 살인마에게나 붙을 악명인 '캠든의 흡혈귀'도 군 장교에게는 영예였다.

사람들은 그를 타고난 군인이라 했지만 레온은 알았다. 자신은 만들어진 괴물이란 걸.

사람들은 이 또한 몰랐다. 무서울 것이 없어 보이는 윈스턴 대위가 악몽에 시달린다는 사실을.

"더러운 돼지 새끼!"

그의 끈적한 악몽에는 매번 악마가 등장했다.

청록빛 경멸을 반짝이며 피비린내를 풍기는 악마가.

그레이스 리들이라는 이름의 재앙

VENGEANCE NAMED LOVE

레온은 얼어붙은 청록빛 눈동자에서 시선을 떼지 않았다.

"왜 데이지가 날 돼지 새끼라고 불렀을까 고민했지. 난 뚱뚱한 것도 아닌데."

웃으라고 한 소리였지만 '데이지'는 웃지 않았다.

"그런데 어제 네가 날 그렇게 부르는 걸 듣고서야 생각난 거야. 반군이 왕당파를 그렇게 부른다는 게."

"…."

"왕정의 더러운 돼지 새끼."

청록색 눈동자, 다갈색 머리, 당돌한 성미.

이 흔치 않은 조합이 서로 다른 타인에게서 우연히 나타날 리 없다고 믿었다. 그러니 결론은 단 하나였다.

샐리 브리스톨은 데이지다.

말 못 할 사연이 있어 제가 데이지인 걸 숨기는 줄로만 알았다. 그런데 그 사연이 아버지의 죽음과 연관이 있었을 줄이야.

난 얼마나 어리석었던 건지.

뻔한 사실을 눈앞에 두고 장님처럼 굴었다. 어쩌면 마음 깊은 곳에선 첫사랑에 일말의 미련이 있어 끔찍한 범죄와 잇기를 거부했던 건지도 모른다.

레온은 두 번이나 그의 눈을 멀게 했던 여우의 머리채를 움켜잡았다. 목이 뒤로 꺾이며 그를 똑바로 마주 볼 수밖에 없게 된 여자가 신음했다.

"넌 네 어머니가 내 아버지를 죽일 걸 알면서도 그날 나를 데리고 놀았어. 악마도 혀를 내두를 악랄함이군."

"아니야."

레온은 여자가 부인하자 머리를 쥔 손에 더욱 힘을 주었다.

"네가 했던 깜찍한 말들, 전부 거짓이었겠지. 넌 그때부터 공작을 위해서라면 아무에게나 키스하는 창녀였을 테니까."

첫사랑은 모두 거짓이었다. 그는 어쩌면 아버지의 죽음을 예견하고 막을 수도 있었을 것이다. 하지만 까맣게 모르고 한낱 어린 여자애에게 속아 그 기회를 놓쳤다. 자신이 더욱더 원망스러워졌다.

"별장을 정탐하는 게 네 임무였던 건가? 내가 수상한 점을 감지하니까 내게 사적인 흥미가 있는 척, 내 주의를 흩트린 거잖아!"

"난 네가 윈스턴인지 몰랐어. 네 아버지를 죽이려는지도 몰랐단 말이야."

"내가 이번에도 속아 줄 거라고 기대하지 마. 난 이제 네가 피도 눈물도 없는 살인마란 걸 알아."

그레이스의 잠재의식 깊은 곳엔 여전히 어린 시절의 레온을 향한 부채감이 자리 잡고 있었다. 그걸 그는 부지불식간에 매우 효과적으로 자극했다.

"애초에 죽이려던 것도 아니었어! 그건 사고였다고!"

그리고 결국 그 부채감 때문에 그레이스는 말실수를 저질렀다.

"하…. 넌 그런 세세한 것까지 알고 있을 정도로 꽤 많이 알았군. 그러면서 모르긴 뭘 몰라!"

머리채를 쥐었던 손이 턱을 틀어잡고 입을 억지로 벌렸다. 그와 동시에 윈스턴의 허리에 매인 권총집이 풀리며 장전된 권총이 그레이스의 입에 박혔다.

"아버지가 돌아가신 그 자리에 너도 있었나?"

"아니. 아니야."

"나도 죽이려고 했나?"

"죽일 생각 없었어. 하지만 이젠 생각이 바뀌었어."

윈스턴이 웃음을 터트렸다.

"그건 솔직하게 들리는군."

"그때의 난 내 이름 외엔 거짓말을 한 게 없어."

그것마저 마지막엔 그에게 솔직하게 밝히려 했다는 걸 알긴 할까.

"넌 그렇게 믿고 싶겠지만, 난 네 아버지의 죽음에 책임이 없어."

"그럼 누가 책임이 있지? 아버지의 반도 안 되는 여자 혼자 한 짓이라고 날 속일 생각 마."

다른 사람들의 이름을 불라는 소리였다.

"제발…. 이러지 마, 흑…."

윈스턴에게 적당히 위협당해 주었다. 겁에 질린 연기가 이만하면 되었다 싶을 즈음 그레이스는 이름을 하나씩 읊기 시작했다. 요구하자마자 곧바로 털어놓는다면 윈스턴은 절대 믿지 않을 테니까.

"조나단, 리들."

아버지의 이름을 불렀더니 윈스턴이 죽은 새끼의 이름을 부르다니 지금 장난치냐며 그레이스의 혀를 총구로 짓눌렀다.

"패, 패트릭 풀먼."

그제야 놈이 권총을 집어넣더니 재킷 안주머니에서 수첩을 꺼냈다. 진지하게 이름을 받아 적고 있는 걸 보니 패트릭 풀먼도 죽었다는 걸 모르는 모양이었다.

아마 알게 되었을 때 그레이스는 저자의 손아귀에 없을 거다. 그러기만을 바랐다.

윈스턴이 손을 멈추고 그녀를 노려보았다. 이름을 더 내놓으란 뜻이었다. 그레이스는 일부러 훌쩍이며 고개를 저었다.

"어머니까지, 그렇게 셋이 다야."

실은 한 사람 더, 그것도 살아 있는 사람이 남아 있었다. 하지만 그레이스는 프레드 같은 변절자가 아니었다.

"여태 입 다물고 있었던 너도 공범이야."

윈스턴이 원망스러운 눈으로 노려보며 그레이스의 죄책감을 더욱 자극했다.

"그 시절 난 아이였고 이제 우린 적이야."

그레이스는 흔들리는 자신을 다잡았다.

이건 전쟁이야. 전쟁에는 희생이 따르게 마련이야. 저들도 우리를 수도 없이 죽이고 미안해하지 않는데 왜 나는 미안해해야 하는 걸까.

"내게서 대체 무슨 말을 듣고 싶어? 사과라도 바라?"

"사과?"

윈스턴이 조소했다.

"그딴 건 필요 없어. 너야말로 눈물겹고 애틋한 재회를 기대한 건 아니길 바라."

놈의 손아귀가 다시 그레이스의 목을 움켜쥐었다. 끌어 올리는 힘에 순순히 자리에서 일어설 수밖에 없었다.

"난 데이지를 다시 만나면 목을 꺾어 버릴 생각이었거든. 그런데 데이지가 너라는 걸 알고 나니 곱게 죽여 주긴 싫어졌어."

"끅…."

"난 네가 괴로워하는 걸 오래, 아주 오래 보고 싶을 뿐이야."

윈스턴이 불시에 그레이스를 던지듯 놓았다. 휘청하던 그레이스는 테이블을 짚고 섰다.

곱게 죽여 주지 않겠다. 윈스턴의 섬뜩한 말은 전혀 놀랍지 않았다. 잡힌 순간부터 어차피 그렇게 될 운명이었다. 구출되지 못하면 곱게 죽는 건 사치였다.

'나를 어떻게 괴롭히든 좋으니 제발 여기서 내보내 줘.'

그레이스가 초조히 숨을 고르는 사이, 윈스턴은 그녀의 앞으로 의자를 옮겨 와 앉았다. 비스듬히 겹쳐 꼰 다리 위에는 서류철이 놓여 있었다. 아침에 캠벨이 작성했던 서류였다.

"흠…."

조금 전의 격분한 남자는 온데간데없었다. 무서우리만치 차분한 태도로 서류를 한 장씩 넘겨보던 윈스턴이 고저 없이 중얼거렸다.

"신체검사 절차가 남았군."

탁. 서류철을 닫아 테이블로 던진 그가 명령했다.

"벗어."

육체만이 아니라 정신까지 파괴하는 고문의 대가. 어떻게 해야 자존심 센 그레이스에게 큰 굴욕을 안겨 줄 수 있는지 아는 윈스턴은 직접 벗기지 않고 그녀가 스스로 옷을 벗게 하는 쪽을 택했다.

그레이스는 벌써 수치심을 느끼는 티를 내지 않고자 꼿꼿이 고개를 들고 서서 당당히 옷을 벗었다.

카디건을 벗었을 때였다. 윈스턴이 팔짱을 낀 채 픽 웃었다. 그의 시선은 그레이스의 가슴, 정확히는 얇은 천 아래에서 뾰족하게 불거진 젖꼭지에 닿아 있었다.

"아!"

윈스턴의 손에 들려 있던 승마용 채찍의 끝이 젖꼭지를 쿡 찔렀다.

"이건 신체검사일 뿐이야. 혼자 뭘 기대하고 세운 거야? 아니면 적 앞에서 옷을 벗으며 흥분하는 기벽이라도 있는 건가? 어느 쪽이든 저질스럽기 짝이 없군."

'이건 네가 어제 너무 괴롭혀서 부은 거잖아.'

그런 말은 차마 할 수 없었다. 분명 윈스턴도 알면서 그녀를 탕녀로 몰아가는 것이었다.

이건 모멸감을 버티다 못해 어제 그에게 당한 일을 스스로 입에 올리게 만들려는 술수였다. 그러다 결국 더한 모멸감에 시달리도록.

그레이스는 이를 악물고 참았다. 어떤 식으로든 반응해 저 괴물에게 만족감을 주고 싶지 않았다.

역시나였다. 반응을 보이지 않자 살점을 무자비하게 짓이기던 채찍이 곧 물러났다.

"계속해."

윈스턴은 다시 차분한 태도로 돌아갔다. 그레이스가 옷을 하나씩 벗는 사이 그는 승마용 채찍을 든 손으로 턱을 괴고 무표정하게 지켜볼 뿐이었다.

브래지어를 벗으며 가슴이 드러나도 그는 어제처럼 달려들지 않았다. 스타킹에, 블루머까지 벗고 완전한 알몸이 된 후에도 윈스턴은 아무런 반응이 없었다.

"블랜차드의 창녀. 소문이 자자해서 기대했는데…. 대단하지도 않네."

그 말, 진심이었을까. 그레이스의 몸을 바라보는 남자의 눈에는 욕정은 물론, 그 어떠한 감정도 담겨 있지 않았다.

차라리 그 말이 진심이었으면.

어제처럼 덮치려고 벗기는 것이 아니다. 오로지 모멸감을 주기 위한 행동일 뿐이다. 그래서 고깃덩이를 보는 듯한 눈으로 쳐다보기만 하는 거다. 그레이스는 그렇게 믿으려 애를 썼다.

그런 의도라면 윈스턴은 이미 훌륭하게 성공했다.

붉게 부푼 가슴 끝이 눈에 띄게 떨렸다. 저자의 눈에도 똑똑히 보일 것이다. 그레이스는 가지런히 모았던 다리를 꼬아 비부를 숨기고 팔로 가슴을 조심스레 가렸다. 그래도 지난밤의 흔적을 다 숨기진 못했다.

분명 어제의 저질스러운 '거래'는 둘이서 벌였다.

지금 흠잡을 데 없이 고결한 인간의 모습으로 앉은 남자. 그리고 정사의 흔적이 선명한 알몸을 짐승처럼 드러내고 선 여자. 둘이서.

정작 어젯밤 인간이 아니었던 남자는 모든 단추를 단정히 채운 장교복이라는 냉철한 이성을 입고 미개한 가축을 보는 양 싸늘한 눈을 했다.

저질스러운 거래에 꼬리표처럼 따라붙는 치욕은 오로지 그레이스만의 몫이었다.

울컥하는 감정을 참으며 파르르 떨리는 입술을 짓씹어 물던 찰나 조롱기 가득한 정적이 깨어졌다.

"올라가."

윈스턴이 눈짓으로 철제 테이블을 가리켰다. 테이블 끝에 걸터앉자 그가 일어서서 다가왔다. 채찍 끝이 그레이스의 어깨를 가볍게 찔렀다. 누우란 뜻이었다.

테이블은 차디찼다. 무심결에 웅크린 팔다리를 윈스턴이 잡아챘다. 테이블의 다리에 매달린 족쇄가 그 끝에 하나씩 채워졌다.

"넌 역시 이게 어울려."

피가 튀어도 눈에 띄지 않는 검은 천장.

약간의 흥미와 기대감, 그리고 까마득한 거리감이 담긴 관찰자의 시선으로 내려다보는 남자.

차가운 금속 테이블에 사지를 활짝 벌린 채 묶여 올려다보고 있자니 제 처지가 뼈저리게 실감 났다.

해부대 위의 생쥐.

무력한 미물로 전락한 그녀를 내려다보는 눈동자에서 비로소 잔혹한 희열이 옅게 비치기 시작했다.

장교복 재킷이 의자에 반듯하게 걸쳐졌다. 소매를 가지런히 접어 올리며 다가오는 남자를 지켜보는 그레이스의 눈동자가 크게 떨렸다.

저 남자, 흰 셔츠를 입은 군인이 아니라 흰 가운을 입은 미치광이 과학자로 보였다. 메스와 포셉을 들고 그녀를 한낱 고깃덩이로 만들, 그런 미치광이 말이다.

다가오던 그가 멈칫했다. 싸늘한 시선이 테이블 가장자리에 놓인 고급 스타킹 상자에 머물렀다.

곧 상자는 치워지고 그 자리에 그레이스의 이름이 적힌 서류철이 놓였다. 서류를 넘기는 소리가 나더니 갑자기 멀어지는 발소리가 들렸다.

윈스턴이 여유롭게 '신체검사'를 준비하는 사이 그레이스는 몸을 걷잡을 수 없이 떨기 시작했다. 소용없다는 걸 알면서도 팔다리를 오므렸다. 여린 살만 족쇄에 아프도록 짓눌렸다.

드르륵.

무거운 쇠가 무언가를 긁는 소리가 들리자 숨이 멎었다.

'저건 설마….'

서랍에서 니퍼를 꺼내는 소리처럼 들리는 건 제발 착각이길. 이 고문실에 무엇이 있는지를 너무 잘 아는 것부터가 고문이었다.

'빌어먹을….'

불길한 예감이 적중했다. 이쪽으로 천천히 걸어오는 윈스턴의 손에서 니퍼가 날을 번뜩였다.

반사적으로 손가락을 오므려 숨기는 순간 그가 조소했다.

"무서운 게 없는 것처럼 굴더니 너도 별수 없는 인간이군."

그래, 애석하게도.

그레이스도 고통을 고스란히 느끼는 인간이었다. 고문을 견디는 훈련을 받은 적 있다지만 그건 '견디는 법'을 알려 줄 뿐. 즉, 중요한 정보를 누설하지 않고 버티는 훈련이지 손발톱이 뽑히는 고통을 무디게 해 주진 않았다.

혹은 치아가 뽑히는 고통일지도.

서슬 퍼런 니퍼 끝이 입술을 덧그리자 그레이스는 이를 사리물었다.

차가운 날은 곧 입술에서 떨어져 나갔다. 윈스턴이 그녀의 머리를 다정하게 감싸며 고개를 숙였다. 그는 한 뼘도 되지 않는 거리에서 눈을 맞춘 채 알몸의 굴곡을 니퍼로 천천히 훑었다.

"너와 난 꽤 지독한 인연이야. 아니지, 블랜차드가 지독하다고 해야 하나?"

"훗….."

"창녀를 보내 내 아버지를 죽이더니 내겐 그 창녀의 딸을 보내다니."

이건 아버지의 죽음을 조롱하는 것이자 그를 우습게 본 것이다. 레온은 참을 수 없었다.

존경하는 어머니를 향한 조롱을 참을 수 없는 건 그레이스도 마찬가지였다.

"내 어머니가 창녀면 네 아버지란 사람은 고작 창녀의 손에 죽은 형편없는 군인이지."

건방진 여자. 제 처지도 모르고.

레온은 입꼬리를 비틀었다. 이 여자도 곧 다른 반군들처럼 그에게 자비를 빌게 될 것이다.

"이런, 눈물겨운 애정이군. 지옥에 있는 네 모친이 널 정말 자랑스러워하겠어. 작전에 실패하고 내 고문실의 창녀 신세로 전락한 딸이라니."

쾅.

몸 위를 배회하던 니퍼가 벌어진 다리 사이로 떨어졌다. 테이블이 울리는 동시에 그레이스는 몸을 떨었다. 보지 않아도 알 수 있었다. 니퍼의 날은 음부를 향했다.

"리들 양, 고마워. 하필이면 내게 잡혀 줘서. 덕분에 제대로 복수를 하는 기분을 만끽할 수 있겠군. 천국에 계신 아버지를 뵐 면목이 생겼어."

그는 하얗게 질려 차가운 입술에 엄숙하게 입을 맞추고 몸을 일으켰다.

"네 부모가 내 아버지께 무슨 짓을 했는지 알고 있나?"

"…."

"모른다면 내가 가르쳐 주지."

이번엔 니퍼 대신 승마용 채찍의 끝이 그레이스의 몸을 훑었다. 세모난 가죽이 손톱 끝을 하나씩 가볍게 때릴 때마다 그레이스는 새파랗게 질려 갔다.

"손톱을 모조리 뽑고…."

이제는 알겠다. 왜 테이블에 묶어 두었는지. 이렇게 묶어 두고 무얼 하려는지.

'리처드 윈스턴의 검시.'

혁명군을 부검대 위의 시체처럼 묶어 두고 제 아버지의 검시 보고서를 읽어 준다. 신체 부위를 하나하나 짚어 가며.

보고서를 끝까지 읽은 후에는 그 내용을 포로의 몸에 그대로 시연한다. 직접적인 사인 직전에야 멈추는…. 아니, 가끔은 멈추지 않는 고문법이었다.

수두룩한 고문 기술자 중에서도 레온 윈스턴이 가장 악명을 떨치게 된 이유이기도 했다.

'그걸 내게 하려는 거야. 난 죽고 싶지 않아.'

그 고문을 당하고도 운 좋게 살아남은 자는 모두 실성했다. 그레이스는 사시나무 떨듯 떨었다. 어제, 이 남자가 저를 저질스럽게 범하려 할 때보다도 지금이 더 두려웠다.

"그리고 음낭의 왼쪽을…. 잠깐, 넌 음낭이 없잖아. 이런 경우는 처음이군. 흐음… 어떻게 할까."

꽤 즐거워하는 목소리였다.

"아흑!"

윈스턴이 그레이스의 다리 사이로 채찍 끝을 밀어 넣었다. 납작한 가죽이 달라붙어 있던 음순을 가르고 음핵을 사정없이 문질렀다.

저속한 희열이 번뜩이는 눈을 마주하는 순간 그레이스는 살길을 보았다.

차라리 내게 발정해.

"아, 제발, 훗, 그만…."

야릇한 비음을 내며 일부러 몸을 비틀었다. 놈이 어젯밤 손에서 놓지 못하던 가슴이 크게 흔들렸다. 윈스턴의 눈빛이 서서히 변하기 시작했다.

그래, 제발 내게 발정해.

"아훗, 이게, 복수야? 적어도 너희 아버진 어제의 나처럼 겁탈당하진 않았을 텐데?"

"겁탈이라니. 그건 거래였어. 아, 이건 겁탈이 맞아."

윈스턴은 결국 발정했다.

그는 순식간에 벨트를 풀고 피가 단단히 몰린 성기를 꺼내 들었다. 주인만큼이나 머리끝까지 성이 난 분신이 밖으로 모습을 드러내자마자 처박힌 곳은 그레이스의 입이었다.

"윽, 흐읍…."

몸이 사정없이 위로 끌려갔다. 테이블 밖으로 걸쳐진 머리가 뒤로 꺾이며 활짝 열린 목구멍으로 자비를 모르는 독사가 파고들었다.

"읍…."

사나운 허리 짓을 따라 육중한 테이블이 삐걱거렸다.

"하아…."

감탄에 가까운 신음을 흘린 윈스턴이 성기가 들락날락하는 목덜미를 어루만졌다. 굵다란 살 기둥이 깊숙이 박힐 때마다 불룩 솟았다가 빠져나가는 순간 훅 꺼지는 것이 그레이스에게 보이진 않아도 생생히 느껴졌다.

인간의 영혼이라곤 없는 듯, 열기만 한 눈동자가 어젯밤처럼 음탕한 희열을 이글이글 불태웠다. 그레이스는 짐승의 눈을 바라보며 안도의 눈물을 주룩주룩 흘렸다.

범해지며 기뻐하는 건 비참한 일이었다. 하지만 비참한 짓을 해서라도 끔찍한 고통과 죽음을 피하고 싶은 게 인간이었다.

"창녀의 정의가 뭔지 알아?"

대가에 몸을 파는 여자.

목숨을 건지고자 몸을 파는 것도 창녀라면, 그래, 난 죽은 성녀보단 살아 있는 창녀가 되겠어.

"끅…."

윈스턴은 그레이스가 숨을 꺽꺽대며 몸을 비틀자 타액으로 진득하게 젖은 성기를 뽑아냈다.

"하아, 신체검사를, 계속하도록 하지."

그 후로 잔인한 생체 검시는 음란하기 짝이 없는 신체검사로 탈바꿈했다. 그레이스는 윈스턴의 욕구가 식지 않도록 가벼운 저항과 야릇한 신음을 이따금 곁들여 주며 난잡한 손길에 얌전히 응했다.

"아훗, 아파…. 하지, 마…."

"이건 내가 어제 깨문 자국이군. 내가 생각해도 짐승 같았어."

윈스턴은 여전히 생쥐를 해부하는 과학자처럼 굴었다. 다행인 건 미치광이가 아니라 색정광이란 점이었다. 그는 그레이스의 몸 이곳저곳을 만져 '검사'를 하더니 수치스러운 관찰 결과를 실험 보고서라도 쓰듯이 서류에 기록했다.

"흠… 마시멜로를 주무르는 느낌이라고 쓰면 될까? 어떻게 생각해?"

가슴을 쥐고 반죽처럼 치대던 윈스턴이 비열한 웃음기를 내비치며 물었다. 군 관계자라면 누구나 볼 수 있는 기록에 가슴의 감촉 따위가 남는 건 끔찍한 일이었다.

"…."

하지만 그레이스는 입을 다물었다. 하지 말라고 애걸하면 더 치욕스러운 말을 서류에 쓸 것이다.

"손에 달라붙는 촉감도, 빠는 느낌도…."

그는 들으란 듯 젖꼭지를 한번 길게 빨아 당겨 쪽 소리를 크게 냈다.

"훗…."

"훌륭해. 그 깡말랐던 소녀가 꽤 야하게 컸군. 그건 마음에 들어."

끔찍해. 어릴 적의 그 다정했던 소년이 이토록 악랄한 사내로 크다니. 가슴을 놓은 손이 납작한 배를 더듬어 내려가더니 습한 밀지 속에 깊이 파묻혔다.

"웃, 헉, 그만, 아흑!"

"기분 좋아? 마음에 무척 든 건 잘 알겠는데 내 손가락 좀 놔줄래?"

쩍. 손가락이 뽑혀 나가는 순간….

"아!"

쨍그랑. 두 발목에 매달린 쇠사슬이 테이블에 거칠게 부딪혔다.

"하아, 하아…."

레온은 절정에 취해 수치를 잊은 여자의 음부를 손으로 벌려 보았다. 촉촉이 젖은 분홍빛 살점을 까발리자 붉은 돌기가 드러났다. 피가 몰려 동그랗게 부푼 음핵이 심장처럼 박동했다. 그 아래, 어젯밤의 일 탓에 빨갛게 부은 질구를 벌리자 내벽이 음란한 물을 잔뜩 머금고 움찔움찔 경련하는 것이 똑똑히 보였다.

어젯밤 저 말캉한 살이 그의 것을 물고 저런 짓을 했었다. 그 순간을 떠올리니 머릿속이 또 혼탁해지려 했다.

"리들 양, 경험이 많아 보이는군."

그레이스는 그의 조롱에 입술을 짓씹었다.

첫 경험을 당한 지 하루도 채 되지 않았다. 그 짧은 시간 동안 셀 수 없이 제 저질스러운 부위를 받아 낸 걸 상기시켜 준 윈스턴이 검은 만년필을 들며 물었다.

"그래서, 첫 남자가 누구지?"

"…."

"조사에 성실히 임하도록."

대답 대신 노려보던 그레이스의 음핵을 채찍 끝이 후려쳤다.

"하윽! 레, 레온 윈스턴…."

저급한 만족감이 깃든 미소를 마주한 그레이스는 분노를 참지 못하고 날것 그대로 뱉었다.

"…이라는 이름의 개새끼."

윈스턴이 미간을 구기며 입술을 비틀었다.

"블랜차드의 창녀는 개와도 기꺼이 붙어먹다니. 역겹군."

서류에 '개와의 교미를 즐김'이라고 쓴 그가 치를 떠는 그레이스를 내려다보며 입꼬리를 올렸다.

"리들 양, 군견을 데려올까? 마음에 드는 놈으로 고르게 해 주지."

"내 눈앞의 개새끼만 아니면 다 마음에 들어."

"이런, 어쩌지?"

윈스턴이 조금은 시든 비소를 지으며 그레이스의 음부에 손가락을 박아 넣었다.

"아흑!"

안을 한번 들쑤시고 빠져나온 손가락은 미끌미끌한 애액으로 푹 젖어 있었다.

"꽤 급해 보이는데 내가 준비한 개새끼라곤 지금 네 다리 사이의 개새끼뿐이랴.”

다리 사이의 니퍼는 사라지고, 손목의 족쇄가 풀렸다. 그레이스는 몸을 일으켜 볼 새도 없이 허리를 붙들려 윈스턴이 버티고 선 테이블 반대편으로 미끄러지듯 끌려갔다.

여전히 묶인 다리가 위로 굽혀지며 활짝 벌어졌다. 테이블 끝에 둔부가 걸쳐지자마자 남자의 다리 사이에 흉흉하게 솟아 있던 성기가 질구를 쩍 가르고 들어왔다.

“아훗!”

굵다란 살덩이가 단번에 질 끝을 콱 찌르자 그레이스는 허리를 뒤로 꺾으며 몸부림쳤다.

“하윽! 너무, 깊어!”

“다 넣지도 않았는데 엄살이 심하군.”

어젯밤의 상흔이 아물 새도 없이 그를 받아 내는 건 버거웠다.

엉덩이를 뒤로 빼자 커다란 손이 골반을 으스러트릴 듯 쥐고 당겼다. 끌려가지 않으려고 테이블 모서리를 발뒤꿈치로 짚고 버티는 여자와 제 몸을 그녀의 몸속에 끝까지 처박아야만 하는 남자 사이에 실랑이가 벌어졌다.

“아흑, 그만! 아파!”

쾅. 철커덕. 잘그락. 테이블과 쇠사슬이 그레이스를 따라 시끄럽게 울었다.

“으….”

이건 시작부터 그레이스가 진 싸움이었다. 결국 쩍 벌어진 비부에 윈스턴의 아랫배가 맞붙었다.

몸을 밀착해 오는 그를 반사적으로 밀어냈다. 윈스턴이 파르르 떠는 손끝에 입을 맞추더니 테이블 다리에 묶인 족쇄를 풀어 그레이스의 손목을 발목에 묶었다.
 덜커덩. 무거운 테이블이 흔들리기 시작했다. 검은 천장 아래, 남자의 역겹도록 기품 있는 얼굴 또한 거칠게 흔들리며 흐릿해졌다.
 "아, 흑…. 훗, 살살…."
 "네가 내게 명령할 처지가 아닐 텐데?"
 어깨에 무릎이 닿도록 바짝 접어 올린 다리 안쪽을 윈스턴이 두 손으로 움켜쥐었다. 그 사이로 드러난 연약한 살이 쿵쿵 강하게 치받힐 때마다 고통인지 쾌락인지 알 수 없는 감각이 머리끝까지 솟구쳤다.
 "아, 아훗…."
 "내 몸에 벌써 익숙해졌나 보군. 반응이 어제보다 빨라."
 반박하고 싶어도 그럴 수 없었다. 온몸이 그의 허리 짓에 기껍게 반응하는 증거가 눈앞에 적나라하게 펼쳐져 있었으니까.
 배 속에 파묻혀 있던 성기가 밖으로 길게 빠져나왔다. 살 기둥을 움켜쥔 속살이 선단의 턱에 걸려 딸려 나왔다. 제 살이 저 짐승의 살덩이를 물고 오물대는 꼴이 똑똑히 보였다.
 구릿빛 살갗이 벌써 애액으로 축축하게 젖어 번들거리는 것도. 그의 치골이 콱 처박혀 올 때의 강렬한 자극을 고대하며 두근두근 박동하는 음핵도.
 저 또한 발정하고 있다는 증거를 부정할 수 없었다.
 '고문보단 이게 나아. 이게 나아.'
 그레이스는 주문을 되뇌며 눈을 감았다.
 "하아…."
 레온은 지그시 감긴 눈꺼풀 사이에 눈물을 머금은 여자를 내려다보다 밭은 숨을 뱉었다.

데이지. 샐리. 그레이스.

뭐라고 부르면 좋을까.

무어라 불러야 할지는 모르겠으나 이 여자가 무엇인지는 분명했다.

'넌…'

레온은 같은 말을 입 속에서 조용히 반복하며 오직 그의 손만을 탄 몸을 어루만졌다.

마른 편이나 꾸준히 단련을 한 흔적이 뚜렷이 보이는 몸이었다. 근육이 보기 좋게 붙어 매끈한 배를 손으로 쓸어 올린 레온은 그의 리듬을 따라 부드럽게 흔들리는 살덩이를 한 손 가득 쥐어 보았다.

커다란 손에 꽉 차고도 남은 뽀얀 살이 손가락 사이와 손아귀 밖으로 볼록하게 밀려 나왔다. 손에 힘을 주면 부드럽게 뭉개지면서도 손을 밀어내는 탄력이 대단했다.

보들보들한 살갗이 땀에 젖어 손바닥에 찰싹 달라붙는 감촉 또한 좋았다. 여태 느껴 보지 못한 부드러움이었다.

손가락 사이로 뾰족하게 고개를 내민 살점은 어제의 순결한 분홍빛 대신 농익은 빨간 빛을 띠고 있었다. 순결한 처녀를 농염한 요부로 타락시키는 건 꽤 즐거운 일이었다.

여자가 옷을 벗기 전부터 딱딱하게 뭉친 티가 뚜렷하던 젖꼭지를 그는 느긋하게 굴리며 물었다.

"여긴 내가 너무 빨아서 모양이 안 돌아오는 건가."

"아흐…"

아픈지 여자가 얼굴을 찡그리며 신음했다. 발가벗은 채 그의 밑에 깔려 이러는 건 야하기 짝이 없었다. 이렇게 교태를 부리고도 무의식중에 한 일이니 가련한 피해자는 저라고 이 여자는 억지를 부리겠지.

"이런, 미안. 깨끗하게 써야 지미가 받았을 때 남이 쓴 티가 안 날 텐데."

여자가 질끈 감고 있던 눈을 그제야 번쩍 떴다. 이 여자는 약혼자를 입에 올리기만 하면 그를 파렴치한이라도 보듯 노려보았다. 정작 파렴치한은 저인 주제에.

"넌 내가 우스웠겠지? 세상에 이렇게 쉬운 남자도 없었을 거야. 네 유혹에 두 번이나 넘어가다니, 머저리처럼."

블랜차드 반군의 수뇌부는 꽤 합리적인 계산 끝에 이 여자를 보낸 게 분명했다. 그의 마음을 한 번 얻었다면 두 번도 어렵지 않을 거란 계산 말이다.

그리고 이 여잔 허무하리만치 쉽게 성공했다.

하지만 그건 모두 그의 착각이었다.

"난 널 유혹하려 한 적 없어. 너 혼자 몸이 달아 덤볐지. 덕분에 이딴 더러운 지령을 받아서 내가 얼마나 곤란했는지 알아? 일부러 잘리려고 애쓴 거 티 안 났어?"

여자의 폭로가 이어지는 사이 레온의 비틀린 입가에서 짧은 탄식이 새어 나왔다. 결국 제 스스로 결정했다 생각한 해고조차도 이 여자의 농간에 놀아난 것이었다.

"잘잘못은 분명히 해. 너 혼자 발정해서 개처럼 나를 따라다녔으면서 왜 내 잘못이라는 거야?"

그래, 처음부터 내 잘못이었겠지.

처음도 이번도 그의 눈앞에서 알짱거리며 관심을 끈 건 저 여자이나 그에게 올 생각이 없는 여자를 쫓아다닌 건 애빙턴 비치에서든 이곳에서든 레온이었다.

그래, 개처럼.

치욕스럽게.

"한 번만 하고 관두길 바라?"

윈스턴이 허리 짓을 멈추더니 물었다. 이건 함정이야. 직감이 그렇게 말하자 그레이스는 입을 다물었다.

"어젠 거래였고 오늘은 지금까진 겁탈이었지만 이젠 대결을 하는 건 어때? 공정하게."

손발을 모조리 묶고 살 기둥으로 한가운데를 꿰뚫어 구속해 두고 공정이라니.

"먼저 가는 사람이 지는 거야. 내가 지면 놓아주지. 하지만 네가 지면…."

손끝이 버거운 물건을 찢어질 듯 물고 파들파들 떠는 질구를 덧그렸다.

"각오해야 할 거야."

윈스턴은 대결을 준비하듯 여태 단정히 매어 있던 검은 넥타이를 풀었다. 그레이스의 대답은 듣기도 전이었다.

놓아준다. 놓아준다. 놓아준다.

그레이스의 머릿속에선 같은 말만 계속해서 맴돌았다.

"나를 영원히 놓아준다면 기꺼이."

셔츠를 벗던 윈스턴이 손을 멈추며 눈매를 좁혔다.

"협상이라니. 아직도 제 처지를 모르는군."

"질 것 같다면 거절해도 좋아."

그레이스의 도발에 윈스턴이 픽 웃더니 고개를 끄덕였다.

"그래, 네 뜻대로 하지."

그레이스는 각오하며 눈을 감았다. 해서 손해 볼 건 없는 싸움이었다.

어차피 이자는 처음부터 한 번으로 끝내지 않을 생각이었을 테니.

윈스턴은 대결 전 선수들이 손을 포개어 악수를 하듯 그레이스에게 입술을 포개었다. 가증스럽도록 정중한 키스가 끝나자 몸이 흔들리기 시작했다.

살아 있는 창녀의 다음 목표는 자유로운 창녀였다.

안으로 치고 들어오는 리듬에 맞춰 속살을 부드럽게 조이고 풀었다. 이번에는 눈을 감지 않고 윈스턴의 낯빛을 읽었다.

"읏…."

곧 요령을 터득한 그레이스는 성기가 빠져나갈 때 아래에 힘을 꾹 주었다. 오므라든 속살에 붙들린 포피가 위로 당기며 감각점이 몰린 선단을 거칠게 문질렀다.

"하아, 아랫입을 놀리는 기교가 어제와는 다르군."

이기려고 절대 하지 않을 것 같던 짓까지 하며 기를 쓰는 게 기가 막힌다는 목소리였다. 그러곤 그는 곧 뒤틀린 인간답게 그레이스에게 조롱을 퍼부었다.

"그래, 그렇게 하는 거야. 잘하네. 어제 내가 가르쳐 준, 입으로 빠는 법을 이렇게 쓰다니. 응용력도 좋군."

뜨거운 살갗이 빈틈없이 맞닿았다. 땀에 젖어 미끄러지는 몸을 윈스턴은 으스러트릴 듯이 끌어안고 난폭한 허리 짓을 이어 갔다. 성기는 질 끝에 턱 박히기 무섭게 내벽을 쓱 긁으며 뽑혀 나갔다.

잘한다는 말이 거짓말은 아닌지도 모른다. 그레이스의 노력이 정말 통하는지 어젯밤 그가 사정하기 전처럼 허리 짓이 불규칙해졌다. 쾌락에 정복당한 몸이 그의 통제 밖으로 벗어난다는 뜻이었다.

입술 또한 통제 밖인 듯 계속해서 그레이스의 입술을 게걸스레 삼키고 젖은 구멍 속을 혀로 탐욕스럽게 후벼 댔다.

"기분 정말 좋아. 아주 잘하고 있어."

마음껏 떠들어. 이 대결에서 이기는 건 나야.

곧 자유를 얻는다는 기대감에 부풀어 엉덩이를 흔들기까지 하며 그의 성기를 마구 치대던 때였다. 기다란 손가락이 맞닿은 치골 사이로 파고들었다.

"아흑, 그만! 이건 반칙이야!"

"규칙은 미리 정했어야지."

손이 묶인 채라 음핵을 맹렬히 굴리는 손을 떼어 낼 수 없었다. 하체를 들썩여 손을 피하려 했지만 그마저 윈스턴의 몸에 깔려선 부질없는 짓이었다.

정말 악착같은 손놀림이었다. 그렇지 않아도 거듭된 마찰에 피가 몰려 터질 듯 부풀어 있던 음핵이 순식간에 찌르르하게 울기 시작했다.

"훗, 안 돼…."

자꾸만 차오르는 절정감을 억누르려고 손톱이 손으로 파고들도록 주먹을 쥐고 이를 악물어 보았지만 소용없었다.

힘을 주는 바람에 더욱 팽팽해진 살에 단단한 살덩이가 꽉 처박힐 때마다 눈앞에서 불꽃이 번쩍 튀었다. 그는 그레이스의 몸을 이미 다 파악해 둔 듯 한곳만 집요하게 난타했다.

퍽.

"하윽!"

윈스턴은 그녀를 짓누른 채 잔혹하게 허리를 찍어 내리고 또 찍어 내렸다.

"하, 하지 마."

저 악마에겐 쾌감 어린 패배를, 내겐 처절한 승리를.

오직 그걸 위해 놀리던 아래는 이미 그레이스의 통제를 벗어난 지 오래였다. 윈스턴을 자극하겠단 여유 따위는 없기에 뻐근한 아래의 힘을 탁 풀어 버렸지만 내벽은 주인의 명령 없이도 제멋대로 수축했다.

"안 돼. 아훗, 안…."

"안 되긴 뭐가 안 돼. 그냥 가."

"헉! 싫, 하윽!"

결국 내벽을 뭉근히 문지르던 살덩이가 콱 처박히는 순간 턱 끝까지 차오른 성감을 이기지 못했다. 그레이스는 제 땀으로 젖은 테이블 위에서 온몸을 파드득 떨며 허무하게 가 버렸다.

쾌감 어린 패배와 처절한 승리는 무슨….

결국 얻은 건 처절한 쾌감뿐인 패배였다.

"벌써 간 거야? 너무 쉽게 졌잖아."

"흑…."

"내게 그렇게나 박히고 싶었던 건가? 숙녀라 차마 밑이 헐도록 박아 달라는 말은 못 하고. 이런, 내가 무심했군."

눈꼬리를 타고 주르륵 흐르는 눈물을 뜨거운 살덩이가 빠짐없이 핥아 먹었다.

"그래도 이기려 노력하는 척 정도는 해 줬어야 네 체면이 살지 않았겠어?"

귓가에 간사하게 속삭이던 입술이 떨어져 나가는 동시에 아직도 움찔움찔 경련하는 살 틈에서 성기가 쭉 뽑혀 나갔다. 시뻘겋게 달아오른 살덩이가 움푹 팬 아랫배에 머리를 대자마자 틈을 벌리더니 농도 짙은 백탁액을 주룩 싸 갈겼다.

"하아…."

주름이 깊게 패어 있던 놈의 미간이 펴졌다. 하지만 눈빛에 짙게 어린 열기는 식지 않았다.

그 후론 어젯밤 침대에서와 다를 바 없는 일이 벌어졌다. 박히고 또 박히고 끝없이 박힐 뿐이었다.

"아흑, 더는…."

"가. 박히고 싶은 만큼 가."

그 후로 윈스턴은 몇 번 더 대결을 제안했다. 강요를 못 이겨 억지로 응하고 무참히 지길 몇 번 했을까. 그레이스에겐 그만하자는 말을 할 기력도 남지 않았다.

완전히 전의를 상실하고 널브러진 여자를 내려다보는 눈이 싸늘하게 변했다. 열기가 좀처럼 식지 않는 아래와는 정반대였다.

"넌 네가 날 쥐락펴락 마음대로 조종할 수 있는 줄 알았겠지. 제 몸조차 마음대로 하지 못하는 주제에."

흐리멍덩했던 청록빛 눈동자에 초점이 돌아왔다. 싸늘한 연하늘빛 눈을 마주하자 그레이스의 눈동자가 흔들렸다.

다 꿰뚫어 보고 있었어.

저자는 그레이스가 고문을 피하고자 그를 은밀히 유혹했다는 걸 처음부터 다 꿰뚫어 보고 있었다.

"건방지게 꾀를 쓴 대가는 치러야 할 거야."

그건 이미 치르고 있어. 그레이스는 눈으로만 대꾸한 후 고개를 돌렸다.

"네 모친이란 여자의 손에 죽거나 창창하던 앞날을 망친 자들이 얼마나 되는지 아나? 한 줄로 세우면 여기서 저택 입구까지 이어지고도 남을 거야. 달리 말하자면 네게 이 짓을 하고 싶어 안달 난 놈들의 줄이 그만큼 길다는 거야."

 나를 그놈들에게 던져 줘. 여기서 나를 꺼내 서부 사령부든 수용소든 그놈들이 득시글한 곳에 던져 줘. 제발 나를 여기서 내보내 줘.

 몇 번 눈앞의 풍경이 바뀌었다. 새카만 천장, 땀에 반질반질 젖은 테이블, 갖가지 밧줄과 족쇄, 목줄이 걸린 벽.

"하아…. 다시 엎드려."

 쿵쿵 치받는 힘에 테이블이 다시 들썩였다. 그레이스는 흔들리는 시야 속에서 그녀의 손목을 짓누른 손을 응시했다.

 손목시계의 바늘은 저녁 시간을 훌쩍 넘겨 있었다. 윈스턴 부인은 아마 아들이 반군 때문에 바빠 저녁을 놓치는 줄 알 것이다.

'틀린 건 아닌가.'

 차가웠던 테이블은 뜨거워진 지 오래였다. 정액과 애액이 질척하게 번진 금속 상판 위에서 자꾸만 미끄러지는 몸을 윈스턴은 억눌러 가며 박아 댔다.

 테이블 끝에 두 다리가 힘없이 매달려 흔들렸다. 그럴 때마다 발목을 뱀처럼 문 족쇄에서 축 늘어진 쇠사슬이 몸을 뒤틀며 바닥을 긁었다.

 잘그락잘그락. 철퍽철퍽.

 건조한 쇳소리와 질퍽하게 젖은 살 소리는 전혀 어울리지 않았다. 그레이스는 불협화음 속에서 멍한 눈으로 제 손목을 눌러 쥔 손만 바라보았다.

 몸도 정신도, 모두 만신창이였다.

 족쇄는 모두 풀린 지 오래였지만 그레이스는 움직이지 못했다. 윈스턴이 마지막으로 사정하고 버려두고 간 자세 그대로 테이블 위에 널브러져 숨을 쉬는 것만도 버거웠다.

멍한 눈은 문이 없는 욕실에 고정되어 있었다. 세면대 위의 거울 앞에 선 남자는 넥타이의 모양을 바로잡는 중이었다.

곧 그가 비누 향을 풍기며 욕실 밖으로 걸어 나왔다. 의자에 걸어 두었던 재킷을 입던 남자가 눈매를 좁혔다.

아직도 바르르 떠는 다리를 우윳빛 액체가 타고 흐르다 검은 바닥에 뚝뚝 떨어졌다. 수치스러워 다리를 오므리고 싶었지만 허벅지에 힘이 들어가지 않았다.

저벅저벅. 다가오는 발소리가 들렸다. 그레이스는 힘겹게 시선을 돌려 그와 눈을 마주했다.

강제로 느낀 절정 때문에 아직도 헐떡이는 여자를 장교복을 단정히 갖춰 입은 남자가 무감한 눈으로 내려다보았다.

모르는 사람이 보면 여자 혼자 일을 치른 꼴이었다.

분명 사령부에 보고했을 거야. 난 곧 어디론가 호송될 거야. 그럼 구출될 거야. 그러니까 며칠만 더 버텨.

그가 샤워를 하는 동안 되뇌었던 말을 그레이스가 다시 주문처럼 외던 순간이었다.

"식사는 하루에 세 번. 원하는 메뉴가 있으면 당번병에게 편하게 말해. 청소는 원래 네 일이었으니 네가 하도록. 빨랫감은 당번병에게 식사를 받을 때 주도록 하고."

그레이스의 눈동자가 떨렸다.

그런 걸 왜 내게 말해 주는 거야? 왜 겨우 하루 이틀 갇혀 있을 사람에겐 필요 없는 수칙을 정해 주는 거냔 말이야.

눈으로 따졌지만 윈스턴은 계속 사무적인 태도로 '고문실 수칙'을 읊을 뿐이었다.

"신문과 훈련은 별일 없는 한 매일 한두 차례. 내가 직접 실시할 거야."

"…훈련?"

힘겹게 목소리를 쥐어 짜내어 묻자 그가 한쪽 입꼬리를 비틀어 올렸다.

"몸은 최고급 창녀인데 실력은 형편없어. 네 총사령관 각하께선 무슨 배짱인지 아무것도 가르치지 않고 보냈으니 내가 가르칠 게 많겠군."

"자, 잠깐…."

어렵사리 몸을 일으키는데 윈스턴은 등을 돌려 테이블 반대편으로 향했다.

쫙. 의자에 걸려 있던 싸구려 스타킹이 무참히 찢어졌다.

"스타킹은 내가 사 준 걸로 신도록."

"윈스턴, 잠깐. 가지 마. 얘기 좀…."

"내가 말했을 텐데. 넌 내게 명령할 처지가 아니야."

어젯밤과 똑같았다. 그레이스는 매몰차게 멀어지는 뒷모습을 절망 가득한 눈으로 바라볼 수밖에 없었다.

어제, 그리고 오늘. 쉴 새 없이 희망을 주었다가 뺏길 서슴지 않은 남자에게 뭘 기대했어.

"그렇지만 제발…."

쾅. 문이 닫혔다. 철컥. 잠그는 소리가 이어졌다.

"나를 보내 줘."

우아하고 고귀한 명문가의 주인이자 유능한 군 장교, 레온 윈스턴 대위의 가면을 쓴 짐승이 떠났다.

그에게도 야만적인 육욕이 있다는 증거인 여자를 가두어 둔 채.

❖ · ❖

집무실 문이 벌컥 열리자 캠벨은 몇 시간째 엉덩이를 붙이고 있던 소파에서 벌떡 일어서 경례를 했다.

"그만 퇴근하도록."

대위는 안으로 성큼 걸어 들어오며 캠벨에게 지시했다. 노란 서류철을 쥔 손에 긴 손톱자국이 하나 더 늘어 있었다. 캠벨은 시선을 돌리며 상관에게 다가갔다.

"대위님."

"뭐지?"

퇴근하지 않고 그를 기다린 건 아직 정해지지 않은 사안이 있기 때문이었다.

그러니까 그레이스 리들의 거취 말이다.

아직 상부에 보고도 하지 않았다. 보고가 늦으면 윗선에서 불쾌해할 것이다. 오늘 내로 어떻게 할 건지 정하는 편이 안전하다는 생각이었다.

"그레이스 리들은 어떻게…."

"그레이스 리들?"

눈매를 가늘게 좁히며 되묻는 이유를 알 수 없어 멈칫하는 순간이었다.

대위가 그레이스 리들의 서류철에 라이터로 불을 붙이더니 벽난로 속으로 던졌다.

"그게 누구지?"

"…."

"아, 참고로 샐리 브리스톨은 오늘 아침 저택을 떠났어."

캠벨은 눈치 빠르게 고개를 끄덕였다. 그레이스 리들의 체포는 오직 이 별채의 인원만이 아는 비밀에 부치겠다는 말이었다.

"그럼 담당 병사들에게도 그렇게 알리겠습니다."

상부든 윈스턴가든 어디든, 이 정보가 별채 밖으로 빠져나가지 않게 입단속을 하겠다는 말을 끝으로 나가려는 그를 대위가 불러 세웠다.

"하나 더. 고문실은 폐쇄하기로 했어. 유령이 나오기 시작했거든."

캠벨이 고개를 끄덕이더니 밖으로 나갔다. 레온은 벽난로 속의 잿더미를 내려다보며 중얼거렸다.

"데이지라는 이름에 반응하는 여자 유령이지."

데이지, 샐리, 그레이스. 이름이 너무도 많아 무엇으로 불러야 할지.

데이지.

까무잡잡하던 피부와 당돌한 성미를 가진 소녀와는 어울리지 않게 깜찍한 이름이었다.

샐리.

이 이름도 그 영악함과 배짱에 어울리지 않게 깜찍했다.

그레이스.

이 이름은 더욱더 어울리지 않았다.

은총이라니. 넌 내 완벽했던 삶에 들이닥친 재앙인 주제에.

'네 이름이 뭐든….'

그 여자를 무엇으로 불러야 할지는 미지수였으나 무엇인지는 분명했다.

'넌 이제 내 거야.'

❖ · ❖

> 친애하는 제임스 블랜차드 주니어에게,
>
> 친히 보내준 하녀 창녀와 매우 만족스러운 시간을 보냈어.
>
> 리들 양의 나체를 본 적 있나. 못 봤을 거란 짐작이 가는군. 그랬더라면 내게 보내지 않았을 테니.
>
> 이렇게 훌륭한 물건을 보내 주다니 감격했어. 게다가 약혼녀를 바치다니 나를 그렇게나 높이 사는 줄은 몰랐군. 특별히 네 감옥은 독방으로 준비해 주지.
>
> 내 좆물로 더럽혀진 몸으로 아직도 '혁명군 로열패밀리'인 블랜차드가의 후계자를 낳을 수 있을 거라고 기대하는 네 가련한 약혼녀를 위해서라도 한번 방문하도록. 너무 늦으면 내 새끼를 먼저 배어 버릴지도 모르니 서두르는 게 좋을 거야.
>
> 　　　　　　　　　　　　서부 사령부 정보국 국내정보과
> 　　　　　　　　　　　　레온 윈스턴 대위

"젠장할…."

편지가 무참히 구겨졌다. 이마를 짚는 지미의 어깨에 누군가가 손을 올렸다.

"지미…."

그를 위로하는 이들 사이로 그레이스의 철수를 반대했던 몇몇 원로들

의 얼굴이 눈에 띄었다. 어두운 표정으로 눈짓을 주고받는 그들에게 지미는 환멸을 느끼며 눈을 감았다.

"개가 개를 잡아먹게 하려 했더니…."

"잡아먹으라고 보낸 개가 잡아먹혔군."

눈을 번쩍 뜨고 두 원로를 노려보자 그들이 목을 가다듬으며 입을 다물었다.

"그레이스를 어떡하면 좋지…. 그 가련한 것…. 신께서 그 아이를 굽어 살펴 주소서."

옆에 앉은 여자 원로가 혀를 쯧쯧 차며 성호를 긋자 머리가 희끗희끗한 남자가 부루퉁하게 대꾸했다.

"그래도 목숨은 건졌잖아. 한동안은 살려 둘 것 같으니 운이 좋은 거야. 윌킨스가 불쌍하지."

남자는 원탁의 유일한 빈자리를 씁쓸한 눈으로 보더니 담배를 꺼내 물었다. 프레드의 아버지인 데이브는 장례식을 준비하느라 이 자리에 없었다.

지미는 담배를 무는 원로를 노려보았다.

프레드가 불쌍하다니.

대체 어쩌다 철수 직전에 발각된 건지는 아무도 몰랐다. 프레드는 윈스턴이 제게 무슨 악랄한 짓을 했는지는 낸시가 묻기도 전에 떠들었다고 하나 발각 경위에 관해서만 입을 다물었다. 그러다 윈스포드 안가에서 느닷없이 자취를 감추었다가 다음 날 도랑에서 시체로 발견되었다.

그러니 그 답은 오직 그레이스만 알고 있을 것이다.

하지만 지미는 알았다. 아마 이 자리에 모인 원로들 모두 직감적으로 알 것이다. 그레이스의 잘못이 아니었을 거란 사실을.

"작전부터 세우죠."

어렵사리 냉정을 되찾은 그는 그레이스의 구출 작전을 세우기 시작했다.

"피터에게 윈스턴가의 동향을 주시하라고 지령을 내리고 윈스포드 쪽에 구조대를 미리 파견해 두었다가 호송 때…."

"하지만 윈스포드 안가는 발각되었을 가능성이 있지."

"아니야, 그건 아닌 것 같아. 아직 수상한 움직임도 아무런 동향도 없잖아. 낸시도 미행이나 감시는 없었다고 그러고."

"구조대는 새로운 안가를 구해서…."

지미가 구출 작전을 계속해서 논하려던 때였다.

"그나저나 그레이스는 너무 많이 알고 있어서 걱정이야."

어느 원로의 말에 다들 침묵했다. 이 자리에 모인 모두, 그레이스가 입을 여는 순간 총살당할 운명이었다. 무언의 뜻을 눈빛으로 주고받던 중 가장 나이 많은 원로가 지미에게 씁쓸한 미소를 보내며 어려운 말을 꺼냈다.

"그럼 명예로운 죽음을…."

자살을 지시하란 뜻에 지미의 눈동자가 흔들렸다. 곧바로 테이블을 사이에 두고 열띤 토론이 이어졌다.

"하지만 그 아이는 아직 제 역할을 다하지도 못했어."

"맞습니다. 그게 어떤 카드인데, 이렇게 태워 버리기는 아깝지요."

"하지만 이제 그 카드는 군부의 손에 있지 않나. 저들에게 우리 위치만 알려 주는 꼴이 될 거야."

"카드의 가치를 알게 된다면 도리어 우리에게 불리한 선전에 쓸 수도…."

"그건 아니야. 알게 된다면 저들이 제거하겠지."

그 말에 모두 동의하는지 잠시 침묵이 이어졌다.

"어쨌거나 그레이스에겐 편안하게 죽을 기회를 주는 게 도리라고 보네."

합의를 본 간부들이 지미를 지그시 응시하기 시작했다. 하지만 지미는 선뜻 그러겠다 대답하지 못했다.

"지미."

드르륵. 의자 끄는 소리가 나더니 그레이스의 철수를 반대했던 원로 하나가 그에게 다가와 어깨에 두꺼운 손을 얹었다.

"여자는 많아. 개인적인 애착이 있는 건 아니길 바라네."

"솔직히 말하자면 그땐 앤지가 살아 있어서 말을 아꼈지만, 더러운 피가 섞인 여자와 약혼을 할 때부터 반대하고 싶었어."

그의 불편한 심기를 모를 리 없는 원로 하나가 덧붙였다.

"지금은 내 말이 잔인하게 들리겠지만 넌 우리의 총사령관이야. 사적인 감정이 아니라 모두를, 대의를 먼저 생각해야 해."

"그래, 여기 사랑하는 사람 한 번 희생 안 시켜 본 사람이 어딨겠나."

틀린 말이 아니었다.

"네 아버지라면 어떤 선택을 했을지 잘 생각해 봐."

회의실의 공기가 갈수록 무거워졌다. 지미는 한숨을 한번 길게 내쉬고 마지못해 입을 열었다.

"지령을 전달할 방법이 없군요. 새로 잠입하는 건 위험도가 지나치게 높고 그레이스에게 그쪽에서 신문을 준다는 보장도 없…"

"피터가 있잖나."

"피터는 윈스턴가 담장 안으로 들어갈 수가…."

"내 말은, 고문실에 어떤 물건이 공급되는지 그레이스가 정리해서 보내 준 목록이 있는 걸로 아는데. 그 속에 지령을 숨겨서 피터의 편에 보내라는 거야."

"…."

반박의 여지가 없었다. 지미는 열의 없이 고개를 끄덕이며 눈을 지그시 감았다.

❖ · ❖

하늘이 변덕을 부리는 4월은 어느덧 끝나고 화창하기만 한 나날이 이어졌다.

후각이 예민한 레온은 별로 좋아하지 않는 계절이 시작된다는 뜻이었다. 그렇지 않아도 정원으로 들어선 후 라일락의 은은한 향기가 자꾸만 코끝을 감돌아 거슬렸다.

온실로 향하는 길, 레온은 만개한 라일락 앞에서 문득 멈춰 섰다. 그의 옆에서 팔짱을 끼고 나란히 걷던 어머니가 의아한 시선을 보내는 것을 무시하고 나무에 손을 뻗었다.

파드득.

연보랏빛 꽃가지에 앉아 꿀을 마시던 갈색 새 한 마리가 놀라 날갯짓을 했다. 새가 앉아 있었던 가지를 꺾자 어머니가 뒤따라 걸어오는 손님들을 곁눈질하며 소곤거렸다.

"대공녀에게 주기엔 품위 없구나."

레온은 대꾸 대신 입꼬리만 가볍게 비틀었다.

대공녀라니. 이건 그 여자에게 줄 선물이었다.

날짜도 계절도 모를 그 여자에게 5월의 꽃을 꺾어다 주는 건 나쁘지 않을지도. 벌써 라일락이 피었다는 걸 안 그 여자가 어떤 얼굴을 할지 무척이나 궁금했다.

꽃가지를 손에 들고 다시 걸음을 옮겼다. 라일락 정원을 지나 반듯한 회양목이 길게 늘어선 길을 걷기 시작할 때 어머니가 그의 가슴팍에 꽂힌 실크 손수건을 매만지며 웃었다.

"보기 좋구나."

장교복 대신 정장을 입은 걸 두고 하는 말이었다. 군복을 끔찍이 싫어하는 어머니는 오늘 대공가와의 약속이 있기 며칠 전부터 그의 옷장을 뒤져 정장을 준비해 두었다.

신신당부를 하며 장교복을 입고 올 거면 차라리 벗고 오라고 했을 땐 조금 우스웠다.

결국엔 어머니가 골라 둔 고리타분한 물건과는 동떨어진 정장을 입었지만 어머니는 그것만으로도 족한 모양이었다.

"작위를 받으면 군은 관두도록 하렴."

레온은 믿을 수 없었다. 이렇게 머리 나쁜 여자에게서 똑똑한 아들이 나오다니.

대공은 군 관계자가 가문에 필요해 그와의 약혼을 논하는 것이다. 그런데 군을 관두라니. 생각이 있는 건가.

"고문실을 폐쇄한 건 아주 잘했구나."

레온은 흡족한 미소를 짓는 어머니를 물끄러미 내려다보았다. 아들이 저택 어딘가의 땅 밑에 여자를 숨겨 두고 있는 줄은 꿈에도 모르는 낯이었다.

"이 가문의 진짜 주인이 누군지 잊지 않았길."

"네, 대위님. 함구하도록 하겠습니다."

하녀장, 벨모어 부인은 그의 지시에 충실히 따르고 있었다.

별채 지하에 익명의 여자가 갇혀 있다는 걸 벨모어 부인에게 밝힌 건 불가피한 일이었다. 폐쇄되었다던 고문실에 식사가 들어가고 여자 옷이 빨랫감에 섞여 나온다면 소문이 나는 건 시간문제이니.

이를 전혀 알지 못하는 어머니가 물었다.

"그런데 왜 아직도 별채에 병사를 두는 거니?"

엘리자베스는 흉물스러운 병사들도 저택에서 함께 사라질 줄 알았다. 그런데 병사들이 아직도 별채를 지키는 것도 모자라 레온이 그곳에서 살다시피 하며 업무를 보는 건 뜻밖의 일이었다.

"그건 군과 관계된 일이니 궁금해하지 않으시는 게 좋겠군요."

아들의 칼같은 대답에 엘리자베스는 뾰족한 시선을 보냈다.

"내 저택의 일인데 내 일 아니니."

"윈스턴 저의 일은 제 일이죠."

가주는 나니까 간섭하지 말라는 소리였다. 긍지가 상한 엘리자베스는 손님이 있는 자리인 걸 알면서도 목소리를 낮춰 따졌다.

"글쎄다. 네가 항상 현명한 짓만 했더라면 나도 널 믿고 예전처럼 가문의 모든 일을 맡겼겠지."

항상 현명한 짓만 하던 아들이 저지른 유일한 실수를 넌지시 입에 올렸다. 한동안 레온 윈스턴 대위가 저택의 하녀를 정부로 두고 있다는 염문설이 돌았다. 그걸 모를 리 없는 레온의 입에서 엘리자베스가 듣고 싶어 했던 말이 나왔다.

"그 여자, 다신 보실 일 없을 겁니다. 어머니만이 아니라 그 누구도."

"믿어 보마."

뒤에 덧붙인 말이 꺼림직했지만 엘리자베스는 캐묻지 않았다.

"부디 로잘린의 취향에 맞아야 할 텐데."

엘리자베스의 살가운 말에 화려한 티 테이블을 사이에 두고 마주 앉은 대공녀가 부드럽게 미소 지었다.

"숙녀라면 디저트는 거절해야 예법에 맞지만 이 케이크는 도저히 거절할 수가 없네요."

엘리자베스는 흐뭇한 미소를 지었다. 고상하고 얌전하면서도 적당한 재치가 있는 화법이 그녀의 마음에 쏙 들었다.

"너무 고리타분한 내 입맛대로 준비한 건 아닌가 걱정했는데 다행이구나."

"고리타분하다뇨. 저는 오히려 기쁜걸요. 부인의 안목이 뛰어나신 건 저도 익히 들어 왔답니다."

고리타분하기 짝이 없는 건 맞지. 취향도, 이 대화도.

레온은 어머니와 대공녀가 가식적인 찬사를 주고받는 걸 지켜보며 찻잔을 기울였다. 두 여자의 목소리에 레온의 동생인 제롬의 음성이 이따금 끼어들었다.

"윈스포드 헤럴드도 이번에 그 건을…."

제롬이 운영하는 언론사 중 하나가 최근에 한 탐사 보도의 뒷이야기를 듣는 대공은 얼른 이 자리를 뜨고 싶은 사람의 얼굴을 하고 있었다.

제롬을 이 자리에 부른 사람은 어머니가 아니라 레온이었다. 대공이 귀찮은 소리를 꺼낼 거란 예감이 강하게 들어 주의를 분산시키기 위해 불러 둔 것이었다.

하지만 대화는 대공이 바라는 쪽으로 흘러가기 시작했다.

"윈스턴 박사."

인문학 박사 학위가 있는 제롬의 공적인 호칭은 박사였다.

"저번에 자네 경제지에서 낸 분석 기사가 꽤 도움이 되었어."

"영광입니다, 저하. 그런데 어떤 기사 말씀이시죠?"

"브리아의 다이아몬드 광산 개발 건 말이네."

억지로 화제를 돌려서라도 본론을 꺼내려는 속셈이 빤했다. 레온은 찻잔 뒤에서 조소했다.

브리아 다이아몬드 광산. 해외에서 개발이 막 시작된 광산에는 역대 최고 규모의 다이아몬드가 매장되어 있다는 소문이 자자했다.

재정난에 시달린 브리아 공화국의 정부가 얼마 전 채굴권을 두고 공개 입찰을 하겠다고 발표하면서 역대 최고 규모의 경쟁 또한 예정된 상황이었다.

대공은 그 입찰 경쟁에 뛰어들 생각이라 했다. 대공이 무얼 하든 레온은 알 바가 아니나 그에게도 투자를 종용하는 건 성가시기 짝이 없는 일이었다.

윈스턴가는 브리아 광산보다는 규모가 작긴 하지만 이미 다이아몬드 광산을 소유하고 있었다. 아무리 역대 최고 규모가 예상된다 해도 레온은 똑같은 종류의 사치재에 중복 투자할 생각은 없었다.

여유 자금이 있긴 했으나 그건 언젠가 선박 운송 산업의 큰 몫을 대체하게 될 항공 산업과 신대륙 부동산에 투자하기로 이미 결정을 내렸다.

그런데 앨드리치 대공이 거듭 브리아 광산 개발을 위해 합작 사업을 벌이자고 하는 것이었다.

"채프먼 남작도 함께하기로 했네. 무슨 뜻인지 자네도 잘 알겠지."

네, 왕실이 윈스턴가의 단물을 빨아먹고 버리겠단 뜻이죠.

남작은 국왕의 외숙부였다. 달리 말하면 남작은 이름만 빌려줄 뿐, 실질적인 투자자는 국왕이었다.

왕실이 브리아 공화국의 광산 공개 입찰에 직접 참여한다면 여러모로 말이 나올 것이다. 국민의 혁명으로 무너진 전적이 있는 데에다 아직 왕정이 복고된 지 수십 년밖에 되지 않아 불안정한 왕실은 세간의 눈을 꽤나 신경 쓰는 편이었다.

그러니 대공과 남작까지, 먼 친척들을 동원해 왕실이 해외 투자를 하는데 거기에 윈스턴가더러 합류하란 것이었다. 그게 영광인 줄 아는 멍청이라면 넙죽 허리를 숙이고 손을 잡았을지도 모른다.

하지만 레온은 멍청이가 아니었다.

왕실의 재정은 그리 좋지 않았다. 대공가는 재산이 많지만 그만큼 빚도 많았다. 자산의 안정성은 윈스턴가가 월등히 뛰어났다.

'입찰을 따내는 데 윈스턴가의 돈만 물 쓰듯 투자하고 투자 수익은 왕가와 대공가가 나눠 먹겠단 소리군.'

그저 작위만 받으면 그만인 어머니는 앞뒤 따지지 않고 참여하라고 할 게 분명했다. 하지만 대공은 여자와는 사업 이야기를 할 생각이 없는지 어머니에겐 합작 투자 건을 꺼내지 않았다.

"윈스턴 대위, 거기서 나온 가장 귀한 다이아몬드로 로잘린에게 약혼반지를 해 주면 되겠군."

제롬과 브리아 광산의 투자 가치를 두고 토론을 벌이던 대공이 잠자코 있던 레온에게 결국 본심을 드러냈다.

"저하, 외람된 말씀이지만 브리아 광산 개발이 시작되려면 적어도 2~3년은 더 걸릴 듯합니다."

앞뒤 꽉 막힌 제롬을 이 자리에 둔 건 탁월한 전략이었다. 게다가 눈치

없는 어머니까지 이번엔 그의 지원군으로 나섰다.

"아름다운 아가씨를 그토록 오래 미혼으로 둘 순 없죠. 로잘린에게 줄 약혼반지는 제가 벌써 알아보고 있으니 걱정하실 것 없답니다, 저하. 저희 가문이 소유한 광산에서 얼마 전에…."

윈스턴가의 다른 일원들이 귀찮은 손님을 알아서 상대해 주는 사이 레온은 별채 지하에 묶어 두고 온 여자를 떠올렸다.

'잘 버티고 있을까.'

버티지 못하면 어쩌겠어. 조소하던 레온의 시선이 저택 부근의 카페에서 주문한 케이크가 종류별로 차려진 티 테이블에 머물렀다.

'그러고 보니….'

문득 드는 생각에 레온은 조용히 손가락을 들어 올렸다. 온실 문 앞에 서 있던 하녀가 재빠르게 다가왔다.

대공녀에게 주려는 줄 알았던 라일락을 레온이 하녀에게 건넸다. 라일락을 꺾을 때 아들에게 소년처럼 순박한 면모도 있었나 싶어 웃었던 엘리자베스는 눈살을 찌푸렸다.

"빠짐없이 6시에 별채로 전달하라고 벨모어 부인에게 전하도록."

게다가 오늘마저 아들이 별채에서 혼자 저녁 식사를 할 계획이라는 것도 탐탁지 않았다.

"대위, 요즘 재밌는 소문이 돌더군."

라일락 가지를 들고 온실 밖으로 나가는 하녀를 돌아보던 대공이 레온에게 말을 걸었다. 하필 하녀에게 그가 꽃을 준 후 의미심장한 미소까지 곁들여 꺼내는 화제야 뻔했다.

"소문은 소문으로 덮는 법이죠."

레온은 찻잔을 내려놓으며 여유로운 미소를 지었다. 하녀와의 염문으로 추궁을 받는 사람의 태도가 아니었다.

"저를 두고 도는 악랄한 헛소문을 불식시켜 드렸으니…."

대공도 이 혼담이 거래일 뿐이라는 걸 안다. 그저 레온이 거래에 임하는 태도가 마음에 들지 않아 압박용으로 하는 소리일 뿐이었다. 어쨌든 하녀와의 염문으로 성불구라는 불명예스러운 헛소문을 잠재웠으면 서로 좋은 것 아닌가.

"안심하시고 어머니와 이야기 나누시면 됩니다."

엘리자베스는 아들이 자랑스럽다는 미소를 숨기지 않았다. 그렇지 않아도 하녀와의 추문 때문에 바늘 위에 앉은 기분이었는데 일부러 소문을 잠재우려 한 연기인 듯 자연스럽게 넘어가다니. 이럴 때는 레온이 영악한 것이 마음에 들었다.

"그럼…."

대공과 자리를 뜰 기회만을 노리던 엘리자베스는 냅킨을 접어 테이블에 놓으며 운을 뗐다.

"젊은 사람들끼리 시간을 보내도록 늙은이인 나는 이쯤에서 일어나야겠지. 아, 그러고 보니 저번 왕도의 경매에서 새로 들인 그림이 있는데 저하께 가장 먼저 보여 드리고 싶군요."

대공에게 고상하게 그림을 감상시켜 준다는 건 핑계일 뿐. 두 사람은 속물적인 약혼 조건을 논의하러 가는 것이었다.

"대공녀 저하."

대공이 사라지자 제롬은 마침내 대공녀에게 제 본성을 드러냈다.

"저하께선 브리아 다이아몬드 광산의 투자 가치를 어떻게 보십니까?"

여자를 처음 만나면 몸매나 얼굴 따위를 보는 뭇 사내와 달리 제롬은 무조건 머리부터 시험했다. 시험이라기보다는 시비에 가깝지만 말이다.

대체론 여자가 모두의 앞에서 머리가 텅 빈 인형으로 전락하는 게 그 결말이었다.

그걸 대공의 딸, 그것도 제 가문의 다음 안주인이 될 사람에게 하려는 것도 오만하기 짝이 없는 제롬답다고 생각하며 레온은 손목시계를 확인했다.

"저는 광산 투자에는 관심이 없습니다."

"아, 그러시군요."

조롱 조가 다분한 대꾸였다.

"제가 관심 있는 건 따로 있죠. 그렇지 않아도 오늘 박사를 만나 할 말이 있었는데 잘되었군요."

"제게… 말입니까?"

분명 약혼 때문에 이 자리에 온 대공녀였다. 그런데 약혼 상대인 형이 아니라 제게 용건이 있다니 제롬에겐 뜻밖이었다.

"어제 자 윈스포드 헤럴드지를 읽었어요."

"아, 영광입…."

"존 채드윅 교수의 로켓 엔진 이론을 고등학교 수준의 물리학도 모르는 자가 쓴 허무맹랑한 공상과학 영화 각본이라고 신랄하게 조롱했더군요."

"그건…."

"편집장을 맡고 있으니 박사도 같은 의견인가요?"

"…."

"저는 도리어 그 기사를 쓴 기자가 고등학교 수준의 물리학도 이해하지 못하는 제 부족한 지능을 숨기고자 과학의 선구자를 조롱하는 데 열을 올리는 열등감 가득한 문외한으로 보이더군요."

"테이트에겐 물리학 학사 학위가…."

"하지만 로켓 공학은 전혀 이해하지 못하고 쓴 기사더군요. 성실히 조사하고 이해를 바탕으로 기사를 쓰는 게 기본이 아니던가요? 기자는 그렇다고 해도 편집장까지 확인 없이 기사를 통과시키다니 큰 실망이에요."

제롬은 땀이 맺힌 콧잔등을 타고 미끄러져 내리는 안경을 고쳐 쓰며 멋쩍게 웃었다.

"확인해야 할 기사가 많다 보니…. 기자에게 재취재 후 정정하라고 지시하도록 하죠."

"정정 및 1면 사과문 게재가 좋겠군요."

"…그렇게 하죠."

대공녀를 바라보는 제롬의 눈빛이 조금씩 변하는 사이 레온은 1년 전즈음 이 온실에서의 일을 떠올렸다.

"이름이 뭐지?"

"샐리 브리스톨이라고 합니다, 박사님."

티타임에 윈스턴 부인이 조금 늦을 것 같다고 전하러 왔던 하녀. 그게 '샐리 브리스톨'의 첫인상이었다.

그 당시 어머니의 전담 하녀였던 '샐리'는 인상에 남을 이유가 전혀 없었던 저택의 수많은 부속품 중 하나일 뿐이었다.

그리고 제롬 윈스턴은 그런 부속품의 머리까지도 시험하는 지독한 놈이었다.

그때 제롬이 어떤 현학적인 소리를 했는지는 기억이 나지 않는다. 기억나는 건 해맑지만 묘하게 불편했던 하녀의 대답뿐.

"우와, 머리가 나쁜 저는 들어도 무슨 소린지 모르겠지만 정말 대단하세요. 이걸 박사님께서 발견하신 건가요? 아… 그냥 책에서 읽으신 거구나. 책 읽는 거 재밌죠? 하하. 저는 또 박사님께서 그렇게 말씀하시길래 직접 연구해서 발견하신 줄 알았네요."

레온은 1년 늦게 웃음을 터트렸다. 그 여자, 멍청한 척하며 제롬을 조롱한 걸 이제야 깨달았다.

그때부터 일개 하녀답지 않게 맹랑한 구석이 있었는데 그땐 일개 하녀 따위에 관심이 없어 대수롭지 않게 넘겼었다.

"아무것도 모르는 독자들까지 그 기사를 순진하게 믿고 연구비 후원이 끊기면 윈스턴가에서 그 손해를 충당해 주실지 궁금하군요."

"그것도, 제가 책임지겠습니다. 그나저나 그런 것에 관심이 있으신지는 몰랐군요."

"천문학 학위가 있으니까요."

"아…."

"그래서, 어제 그 기사는 읽으셨겠죠? 그 기자의 허무맹랑한 주장에 따르면 로켓이 지구의 대기권을 벗어났을 때…."

역할이 바뀌었군.

레온은 조용히 둘을 관찰하다 입꼬리를 올렸다. 오늘 티타임은 제법 재밌게 돌아가고 있었다. 제롬 윈스턴이 여자에게 말로 얻어맞다니.

그 희귀한 진풍경을 끝까지 구경하고 싶었지만 그에겐 더 중요한 일이 있었다. 시계를 거듭 확인하던 레온은 제롬에게 제안했다.

"윈스턴 박사, 저하께 네 연구실을 구경시켜 드리는 게 어때?"

그는 그렇게 제 약혼 예정자를 동생에게 떠맡기고 온실 밖으로 나왔다.

끝이 없는 회양목 길을 걷는 동안 레온은 바보 같기 짝이 없는 짓을 했다.

'샐리'가 어머니의 하녀였던 시절 또 마주친 적이 있는지 하나하나 기억을 되짚어 보다니.

적당히 집착해.

기이한 집착은 오로지 그 여자에게만 고개를 들었다. 다른 여자들은 여전히 벗고 있어도 고깃덩이로만 보였다.

미인계에 넘어가는 자들은 머저리라 생각했다. 아버지를 존경하는 것과는 별개로 그 창녀에게 속아 넘어간 건 멍청한 실수라고 생각했다.

그런데 그 창녀의 딸을 수시로 찾아가 성욕에 미친 개처럼 박아 대다니. 저도 별수 없는 머저리라는 걸 인정해야 하는 상황이었다.

'아니, 난 그들과 같지 않아.'

적어도 목숨을 잃거나 그가 가진 모든 걸 그 여자에게 걸지는 않을 테니.

그 여자는 모른다. 제가 그를 두려워하는 만큼 그도 저를 두려워한다는 걸.

매사에 침착하고 무심하지만 그 여자의 말 한마디, 몸짓 하나에는 격하게 반응했다. 정복한 줄로만 알았으나 제가 정복당할 것만 같았다.

그러니 영원히 가둬 두어야지. 나를 정복하지 못하도록.

딸깍. 드르륵. 위잉.

"하아, 하아."

환풍기 소리만큼이나 가쁜 숨소리 또한 규칙적이었다.

방은 제 손조차 보이지 않을 정도로 깜깜했다. 하지만 불이 환히 켜져 있었더라도 그레이스는 제 손을 볼 수 없었을 것이다.

두 팔은 뒤로 꺾인 채 한데 묶여 있었으니.

거기에 그치지 않고 손목을 밧줄로 천장에 매달아 두었다. 허리를 직각으로 숙여 머리 쪽으로 무게가 쏠리게 해 두고 말이다.

바닥에 닿은 두 발과 천장에 묶인 팔로 중심을 잡던 그레이스는 욕설을 중얼거렸다.

"지독한 새끼…."

팔을 매단 밧줄의 길이에 여유가 조금도 없었다. 그레이스가 허리를 펴고 서지 못하게 이렇게 묶어 두고 간 것이다. 어떻게 움직여도 팔이 빠질 것 같아 저린 몸을 조금씩 비트는 게 다였다.

"아훗…."

지독한 변태 새끼. 딱 붙여 꽁꽁 묶은 다리 사이에 밧줄을 끼워 놓고 가는 걸 잊지 않았다. 그것도 음핵이 있는 자리에 매듭을 굵게 지어 두고 말이다.

몸을 비틀 때마다 음핵이 매듭에 쓸렸다. 날카로운 성감에 놀라 고개를 번쩍 들면 팔이 당겨 또 신음해야 했다. 게다가 자극이 계속되니 다리가 후들거려 버티고 서 있기 점점 힘들어지고 있었다.

그레이스는 서서히 혼미해지려는 정신을 다잡으며 이 꼴이 되기 직전을 곱씹었다.

신문은 매일 오후 2시, '훈련'은 매일 밤 10시.

단 1분의 오차도 없이 규칙적이던 윈스턴이 오늘은 오후 1시에 들이닥쳤다.

"시간 맞춰 옷 벗고 대기해."

그러니 그가 며칠 전 세운 새 수칙을 지킬 수 있었을 리가 없었다. 그는 들어오자마자 그레이스를 모조리 벗기더니 벽에 X자로 묶었다.

"네 주인이 누구지?"

지겹도록 들은 질문, 하지만 수없이 답하고도 순순히 답이 나오지 않는 질문이었다.

그레이스는 이를 악물었다. 눈앞에서 윈스턴의 손에 들린 승마용 채찍이 유연하게 휘어졌다.

채찍 끝을 누른 손가락을 두려운 눈으로 바라보았다. 저걸 놓는 순간 몸 어딘가가 타들어 가는 고통에 시달릴 것이다.

"레온 윈스턴…."

윈스턴이 손가락을 펴기 직전 그레이스는 마지못해 대답했다. 그가 무언가를 기다리는 듯 고개를 기울이자 덧붙일 수밖에 없었다.

"대위…님."

"잘 아네? 그런데 왜 내 앙증맞은 쥐새끼는 주인의 말을 안 들을까…."

채찍 끝이 목덜미를 훑자 그레이스는 고개를 숙이며 몸을 떨었다.

"소수의 인원이 주도하는 혁명이 가능할 것 같아?"

오늘도였다. 윈스턴은 신문을 시작하며 혁명군을 헐뜯었다. 논리적인 척하는 연설로 정신을 흔들어 동지들과 대의를 의심하게 만들려는 술수였다.

"국민의 지지를 얻지 못하는 혁명이 어떻게 혁명이야, 반란이지."

그레이스는 윈스턴이 무슨 소리를 하건 머릿속으로 노래만 불렀다.

"국민의 지지를 얻었던 혁명도 결국엔 실패로 돌아갔어."

목덜미를 따라 내려가던 채찍 끝이 쇄골을 지나 가슴골로 향했다.

"부패하고 무질서한 혁명 정부의 우두머리들 때문에. 학교에서 역사는 배웠을 테니 너도 알고 있겠지."

왕정의 돼지 새끼들이 날조한 교과서 따위.

"훗…."

채찍 끝이 젖꼭지를 쿡 질렀다.

"*귀한 가르침을 주는데 듣는 태도가 불량해.*"

"*아훗!*"

딱딱한 가죽 조각이 젖꼭지를 살덩이 속으로 밀어 넣고 후벼 팠다. 감당할 수 없는 고통과 쾌감에 몸부림치자 어깨 아래에 매달린 묵직한 살덩이가 사정없이 흔들렸다.

늘 그렇듯 그녀를 보는 눈빛이 변했다. 그럼 신문의 목적이 순식간에 바뀌곤 했다.

'그래, 발정해. 신문 따윈 머릿속에서 지워 버려.'

하지만 오늘은 달랐다. 윈스턴은 손목시계를 확인하더니 짧은 한숨을 내쉬고 신문을 이어 갔다.

"*하아….*"

가슴 끝에서 드디어 채찍이 떨어졌다. 그레이스가 숨을 고르는 사이 채찍은 땀으로 젖은 배를 미끄러져 내려갔다.

"*이건 다 너희 동지들을 위한 거야. 세뇌를 하루빨리 풀고 쓸모없는 희생을 멈춰야 하지 않겠어?*"

본거지의 위치를 밝히란 뜻이었다.

"*몰라.*"

아랫배를 훑어 내려가던 채찍이 불시에 떨어져 나갔다.

"*아흑!*"

위로 들렸던 채찍 끝이 떨어진 곳은 적나라하게 벌어진 분홍빛 점막이었다. 통증이 순식간에 파문처럼 비부 전체로 퍼졌다.

머리채를 커다란 손이 움켜쥐더니 푹 숙인 고개를 억지로 꺾어 올렸다.
"네 성을 잊었나? 수뇌부가 본거지를 모른다는 말에 누가 속지?"
"하아, 난 부모님의 임무 때문에 여기저기 전전하며 살았어. 어디가 본거지인지 내가 어떻게 알아? 지령은 항상 전화로 왔다고."
"리틀 지미와의 약혼도 전화로 했나 보지?"
"그건 어른들이 정해 준 약혼이었어."
거짓말이 통한 걸까. 윈스턴은 머리채를 놓아주더니 또 손목시계를 들여다보았다. 약속이라도 있는 모양이었다.
"그럼 머리에 피가 잘 통하게 해 줄 테니 기억을 잘 뒤져 봐."
그렇게 이 꼴로 결박해 놓고 나가더니 아직도 돌아오지 않았다.
"빌어먹을, 아흣, 개새끼."
팔이 저려 몸을 비틀다 또 교성을 질러 버렸다.
"적당히 할 줄을 몰라, 진짜…."
레온 윈스턴이 잔인한 고문 기술자의 면모를 발휘할 때면 차라리 발정 난 개새끼가 그리울 지경이었다.
"대체."
땀방울이 턱을 타고 바닥으로 뚝뚝 떨어졌다.
"언제까지…."
시간이 얼마나 지난 건지 알 수 없었다.
딸깍. 드르륵. 위잉.
다음엔 환풍기가 돌아가는 주기를 재 두어야겠다고 생각하는 찰나였다. 문밖에서 뚜벅뚜벅 발소리가 들렸다.
윈스턴의 발소리가 아니었다.
'문 잠갔나?'

정신이 혼미해 놈이 나갈 때 문을 잠그는 소리를 들었는지 기억이 나지 않았다.

낯선 사내의 발소리가 문 바로 앞에서 멈추자 그레이스는 겁에 질리기 시작했다.

들어오려 한다.

열쇠 구멍에 열쇠를 넣는 소리가 들렸다. 윈스턴이 문을 잠그고 간 게 분명했지만 전혀 도움이 되지 않았다.

철컥.

잠금장치가 열리는 소리가 생생히 들렸으니까.

'헉…'

병사들이 식사를 가져다줄 때 손에 열쇠를 들고 있는 걸로 봐선 열쇠를 가진 사람은 윈스턴만이 아니었다.

'안 돼.'

엉덩이가 문으로 향해 있었다. 문을 열자마자 음부가 적나라하게 보일 거란 뜻이었다.

'싫어!'

몸을 비틀기 무섭게 끼익, 문이 열렸다. 빌어먹을. 문을 열고 들어오는 남자의 발소리는 윈스턴의 것이 절대 아니었다.

"나가! 건드리지 마!"

머리를 돌려 남자의 얼굴을 확인하려던 찰나였다. 큼지막한 손이 눈을 덮었다.

"윈스턴?"

제발 차라리 그 개새끼였으면. 다른 남자에게도 수치스러운 꼴을 보이고 겁탈까지 당하느니 차라리 그놈에게 당하는 게 나았다.

하지만 남자는 대답 없이 그레이스의 머리에 실크처럼 느껴지는 무언가를 묶어 눈을 가렸다.

겁에 질려 떠는 그레이스의 알몸을 남자가 더듬어 대기 시작했지만 손발이 다 묶여 저항할 방법이 없었다.

손놀림은 쓸데없는 동작이 많아 지저분했다. 군더더기 없이 정확하던 윈스턴이 아니었다.

"훗, 싫어. 그만!"

적나라하게 드러난 비부를 낯선 손이 마구잡이로 벌리고 쑤석거렸다. 음핵을 찾으려 하는 듯 굵다란 손가락이 살점을 벌리고 연한 점막을 꾹꾹 눌러 댔다. 윈스턴이라면 이 남자처럼 엉뚱한 곳을 누르지 않고 단번에 음핵을 찾았을 것이다.

"다, 당신 누구야? 그만해. 대위가 알면 널 가만둘 줄 알아?"

위협이 통한 걸까. 손이 떨어져 나갔다.

아니, 위협은 통하지 않았다. 엉덩이 뒤에서 벨트 버클을 푸는 소리가 들렸으니.

"하지 마! 제발 그만, 아악!"

다리 사이를 가로지르는 밧줄이 옆으로 젖혀지기 무섭게 질구에 뜨거운 살덩이가 처박혔다.

"윽…."

미끄러운 질 속으로 꾸역꾸역 밀고 들어오는 성기를 막으려 아래에 힘을 주었지만 소용없었다. 남자는 그레이스의 허리를 우악스럽게 틀어쥐고 제 허벅지가 엉덩이에 맞닿을 때까지 더러운 물건을 콱콱 박아 넣었다.

곧바로 허리 짓이 시작됐다. 들키면 안 되는 짓이라도 하듯 성급한 움직임이었다.

"죽여 버릴 거야!"

목이 쉬도록 비명을 지르자 남자는 그녀의 입 속에 천 같은 걸 쑤셔 넣었다.

어떤 개자식이 내게 이런 짓을 하는 거지?

맨다리에 닿는 천의 느낌이 윈스턴의 장교복과는 달랐다. 조금 더 가볍고 매끄러운 느낌이었다. 이런 고급 천을 감당할 형편이 되는 이가 이 저택에 몇이나 있을까.

그레이스가 저를 범하는 남자의 신원을 추측하려 애쓰는 사이, 남자는 밧줄 사이로 삐져나와 흔들거리는 가슴을 두 손으로 터트릴 듯 움켜쥐고 치댔다.

제발 윈스턴이 나를 놀리는 것뿐이길.

하지만 가슴을 저질스럽게 주무르는 손길도, 배 속으로 치고 들어오는 리듬도, 모두 낯설었다.

남자가 젖은 밧줄 매듭을 굴리며 음핵을 자극하기까지 하자 역겨워서 토기가 치밀었다.

'그만. 제발 그만.'

아무리 창녀 신세라지만 이 별채에 배치된 모든 병사의 노리개로 전락하고 싶진 않았다.

'이런 신세로 전락하라고 나를 묶어 두고 간 거야?'

그레이스는 이 자리에 없는 윈스턴을 향한 원망을 눈물과 함께 쏟아냈다.

'설마 윈스턴이 사주한 건가.'

그에게 말할 거란 협박이 통하지 않은 걸 보면 그럴지도 몰랐다. 그 악마라면 하고도 남을 짓이었다.

더러워. 역겨워. 비참해. 그 개자식을 죽여 버릴 거야.

"흡…."

입을 틀어막은 천 사이로 서러운 울음이 새어 나간 순간, 난폭한 허리짓이 뚝 멎었다. 곧바로 귓속으로 흘러드는 가증스러운 속삭임에 그레이스의 다리에서 힘이 풀렸다.

"쉿. 자기야, 나야."

윈스턴이었다.

"괜찮아. 괜찮아."

그는 제힘으로 서지 못하는 그레이스를 안아 들고 천장에 매인 밧줄을 풀었다. 공주를 구한 기사라도 되는 양 뻔뻔스럽게 그녀를 품에 안고 다독이기까지 했다. 그러면서도 주요 부위가 두드러지도록 몸에 묶어 둔 밧줄은 풀지 않았다.

"많이 놀랐어?"

놈은 웃고 있었다. 일부러 그녀를 속인 게 분명했다.

"네 주인이잖아. 안심해."

그 말대로, 저를 범하던 자가 윈스턴이라는 걸 안 순간 정말로 안도해 버린 그레이스는 제 비참한 처지에 눈물을 참을 수가 없었다.

"흡…."

"이런, 많이 놀랐네."

"흐흑…."

입을 막고 있던 천이 불시에 뽑혀 나가자 그레이스는 소리 내 울 수 있었다. 하지만 울음을 제대로 뱉기도 전에 축축한 살덩이가 입 속으로 밀려들어 왔다.

죽여 버릴 거야.

죽이지 못하면 혀라도 잘라 먹을 거야.

혀를 이로 꽉 깨물었다. 윈스턴이 몸을 미세하게 들썩이더니 그레이스의 턱을 억지로 벌렸다.

역겨운 살덩이가 순식간에 빠져나가자 그레이스는 숨을 몰아쉬며 웃었다. 통쾌했지만 입 속으로 놈의 피 맛이 번지는 건 불쾌했다.

분명 곧바로 보복할 줄 알았다. 숨죽이고 다음 행동을 기다렸지만 윈스턴은 도리어 그레이스를 바스러트릴 듯 끌어안았다.

"훗…."

그가 숨을 들이켤 때마다 단단한 가슴팍이 크게 부풀었다. 맞닿은 가슴이 짓눌려 아플 정도였다.

뜨거운 숨이 귓가를 거칠게 스치더니 윈스턴이 흥분 어린 목소리로 속삭였다.

"내게 앙갚음을 하고 싶으면 좀 더 머리를 썼어야지. 넌 여전히 낙제야."

그의 손이 그레이스의 볼을 억세게 눌러 쥐었다. 다물려 해도 그럴 수 없는 입 속으로 두꺼운 혀가 밀려들어 왔다.

넌 여전히 낙제야.

피비린내 진한 키스가 오래도록 이어지고서야 그레이스는 그 말뜻을 깨달았다. 피를 내는 바람에 저 짐승을 도리어 흥분시켜 버렸다.

어지럽게 얽히는 살덩이 사이로 퍼지던 비릿한 맛은 점차 희미해지고 타액이 입가를 적시다 못해 턱을 타고 흐를 즈음에야 입술이 떨어졌다.

"하아…."

"그래서…."

윈스턴은 본능만 남은 짐승처럼 그레이스의 턱부터 입꼬리까지 핥아 올리더니 냉철한 이성뿐인 인간의 목소리로 물었다.

"네 약혼자가 있는 곳은 생각났어?"

그레이스를 의자에 묶은 윈스턴이 멀어졌다. 곧 문 옆의 서랍장 위에 놓인 축음기가 켜지며 감미로운 색소폰 선율이 흘러나왔다. 잔잔한 음악에도 그레이스의 신경은 전혀 느슨해지지 않았다.

'대체 무슨 짓을 하려고.'

윈스턴은 요즘 그레이스가 큰 소리를 낼 만한 일을 하기 전이면 음악을 틀었다. 고문실에서 새어 나가는 소음을 한 번도 신경 쓴 적 없으면서 그레이스의 목소리는 묻으려는 이유를 알 수 없었다.

"이젠 이것도 지겹군."

윈스턴이 이쪽으로 걸어오며 중얼거렸다.

"내일은 다른 걸 가져오도록 하지."

음악은 질리는데 이 짓은 안 질리는 걸까.

그레이스는 의자에 묶인 제 몸을 내려다보았다. 손은 팔걸이에, 다리는 활짝 벌려져 의자 다리에 묶여 있었다.

가슴이 도드라져 보이도록 밧줄이 야릇한 모양새로 몸을 감고 있는 건 조금 전과 똑같았지만 다리 사이의 밧줄만 풀어져 있었다.

그래서 다행이긴커녕 더욱 불안했다.

이제 여기 무슨 짓을 하려는 거야?

음부가 훤히 보이는 자세로 앉은 그레이스의 맞은편에 윈스턴이 의자를 가져와 앉았다. 거리는 겨우 반 발짝. 손만 뻗으면 그녀의 비부에 무슨 짓이든 할 수 있는 자리였다.

신문은 끝난 것이길. 발정이 단단히 나 변태적인 욕구를 채우려는 것뿐이길.

하지만 묶기 전 본거지를 또 물었던 걸로 봐선 헛된 바람일 게 뻔했다.

그는 무릎에 팔꿈치를 짚더니 가볍게 쥔 손마디에 턱을 얹었다. 입꼬리에 희미한 웃음기를 머금고 몸을 그레이스를 향해 기울인 채 지그시 바라보던 윈스턴이 물었다.

"나 안 보고 싶었어?"

싸늘한 눈빛만으로도 답은 충분했을 거다.

"난 자기 생각만 했어."

어떻게 괴롭힐지, 그 생각뿐이었겠지. 섬뜩한 말을 연인이라도 대하듯 다정하게 하다니. 미치광이.

문득 평소와는 다른 그의 옷차림이 그레이스의 눈길을 끌었다.

윈스턴은 연회색 정장을 베스트까지 차려입고 있었다. 격식보다는 요즘 유행을 따른 듯한 갈색 구두의 코가 그레이스의 종아리를 노골적으로 훑었다. 조금 전 그녀의 눈을 가렸던 넥타이는 네이비색이었다.

역겨운 훈장을 제외하면 무채색뿐인 장교복 차림으로만 이곳을 찾던 남자가 꽤 멋을 부린 모습을 하고 있었다.

"데이트라도 있었나 보지?"

"응. 그랬는데 도저히 네 생각이 머릿속에서 떠나지 않아서 그 여자를 바람맞히고 네게 왔지."

'영광이지 않아?'라고 묻는 환청이 들리는 것만 같았다.

"대공녀가 불쌍해. 결혼할 남자가 집 지하실에 여자를 가둬 두고 매일 범하는 변태라니."

그레이스는 다시 그의 성욕을 자극하기 시작했다.

제발 신문은 관두고 지칠 때까지 박다가 나가 버려.

"변태?"

그가 가볍게 웃었다.

"뭐, 그렇긴 하지. 어쩌면 일 중독자일 수도 있고."

드륵. 윈스턴이 의자를 뒤로 밀며 자리에서 일어섰다.

"지금은 일 중독자가 맞겠군."

그레이스의 간절한 바람과 달리 그는 신문을 준비했다. 서랍 속을 뒤지던 그가 종이 상자에서 기다란 물건을 꺼내 돌아왔다. 그게 붉은색의 양초인 걸 알게 된 그레이스는 숨을 죽였다.

'저걸로 뭘 하려는 거야?'

온갖 끔찍한 상상을 하는 사이 윈스턴이 맞은편에 앉으며 입꼬리를 씩 올렸다.

'미친놈….'

끔찍한 상상 중 하나는 정답이었다. 놈은 그레이스의 음부에 양초를 꽂았다. 매끄러운 밀랍 막대가 촘촘한 살을 가르고 미끄러져 들어왔다.

"벌써 느끼지 마."

몸을 비틀었더니 윈스턴이 아랫배를 눌렀다.

"걱정 마. 네 것만큼 가늘어서 아무것도 안 느껴져."

그는 픽 웃을 뿐, 도발에 넘어오지 않았다.

그레이스의 앞 팔만큼 긴 양초를 1/3 정도 넣고서야 그는 손을 뗐다. 질 끝까지 닿진 않지만 속살을 조여 밀어낼 수는 없는 깊이였다.

"너만 보면 네 비좁은 국부에 내 권총을 쑤셔 넣어 휘젓고 싶었어."

발각되었던 날 윈스턴이 희열에 찬 목소리로 했던 소름 끼치는 말을 그레이스는 떠올렸다. 언젠간 여기에 권총을 쑤셔 넣으려 할지도 모른단 생각에 몸이 떨렸다.

'권총보단 양초가 나아.'

하지만 이걸 넣고 휘저으리란 예상은 틀렸다. 윈스턴은 양초의 용도를 잊지 않았다. 라이터를 꺼내 심지에 불을 붙였으니.

얼굴에서 핏기가 사라지는 느낌이 생생했다. 지금은 불꽃이 의자 밖에 매달려 있을 정도로 초가 길지만 머지않아 음부를 지질 것이다.

"생각이 있어? 여길 불태우면 앞으론 어디에 박으려고 그래?"

"어…. 주제를 모르고 시끄럽게 떠드는 입?"

미친 새끼.

온 힘을 다해 아래를 조이며 양초를 밀어내려 했지만 질 벽은 손처럼 자유자재로 놀릴 수 있는 부위가 아니었다.

그레이스가 몸을 비틀며 애쓰는 걸 잠시 지켜보던 윈스턴이 몸을 일으켰다. 그는 문으로 다가가더니 축음기 앞에 놓인 종이 상자를 여유롭기 짝이 없는 손놀림으로 열기 시작했다.

"네 손으로 완벽하게 관리해 둔 고문 기구들이 네 몸을 유린하는 기분이 어때?"

그레이스는 대답하지 않았다. 붉은 촛농이 바닥이 아닌 의자 가장자리에 떨어지기 시작했다.

"여길 거쳐 간 네 동지들은 네가 얼마나 가증스러웠겠어. 지금 내 손톱을 뽑는 니퍼가 우리의 공주님, 그레이스 리들 양이 손수 깨끗이 씻어 둔 물건이라니."

위장 잠입 시 적을 위해 일하는 건 불가피했다. 결국엔 그레이스가 잠입한 덕분에 그들은 탈출했으니 죄책감을 느낄 필요는 없다. 저 남자의 얕은 수작은 통하지 않는다.

"넌 특별하니까 다른 놈들에게 썼던 물건을 그대로 쓰고 싶진 않아.

그래서 전용 기구를 구했지."

그는 상자에서 무언가를 꺼내 들었다. 윈스턴 부인이 쓰는 최신식 헤어드라이어와 비슷하게 생긴 작은 기계였다.

상자에 적힌 이름이 눈에 들어오자 그레이스는 혼란스러워졌다.

전동 안마기.

저 기계가 잃어버린 생기를 되찾아 준다는 광고를 신문에서 본 적이 있다. 그런데 여자들이 피부 미용과 치료에 쓰는 안마기로 저 남자는 뭘 하려는 걸까.

'내가 생기를 찾긴커녕 시들어 죽길 바랄 남자일 텐데.'

레온은 전혀 갈피를 잡지 못하는 눈을 한 여자를 바라보다 웃어 버렸다. 영악하기 짝이 없는 여자가 성에 관해선 저토록 무지할 땐 조금 귀여워 보이기도 했다.

귀엽다니. 제정신이 아니군.

여자의 뒤에 자리한 콘센트에 코드를 꽂았다. 몸체에 달린 스위치를 올리자 시끄러운 모터음이 나더니 몸체의 뾰족한 끝에 매달린 단추처럼 동그랗고 볼록한 헤드가 드릴처럼 돌아가기 시작했다.

"사관학교 동기 중 하나가 포르노 수집광이었거든. 그 녀석이 몇 달 전에 총각 파티를 연다며 동기들을 초대하더니 제 소장품을 경매에 부치더군."

그는 요란하게 돌아가는 안마기를 권총처럼 손에 쥔 채 그레이스의 앞으로 다가와 앉았다.

"약혼녀에게 들킨 거지."

그는 재밌다는 듯 나직이 웃더니 드디어 저 물건의 용도를 밝혔.

"그 녀석이 보여 준 것 중에 이걸 여자의 국부를 안마하는 데 쓰는 게 있었지.”

그레이스의 눈이 커졌다.

"아, 오해하지 마. 난 안 샀어. 지금 생각해 봐도 잘한 결정이지. 내게 포르노 따윈 필요 없으니까.”

"그다음 말, 내가 맞혀 봐?”

비난하듯 노려보는 여자에게 레온은 고개를 끄덕였다.

"네겐, 헉!”

"맞아. 네가 있으니까.”

전력 질주하는 자동차의 바퀴만큼이나 빠르게 회전하는 헤드가 음핵에 닿았다. 그 순간 그레이스는 사후 경직이라도 온 시체처럼 온몸을 딱딱하게 굳혔다.

이대로 있다가 정말 시체가 될지도 몰라.

저 물건이 몸에 닿은 찰나부터 단 한 번도 숨을 쉬지 못했다. 숨을 쉴 수가 없는데 그만하라는 말을 할 수 있을 리가 없었다.

"끅, 아, 아흑⋯.”

작은 기계의 위력은 상상 이상이었다.

여태 저자의 손에 당하던 게 1이라면 이건 100이었다. 그리고 그레이스에겐 윈스턴의 손가락도 무섭기 그지없는 물건이었다.

'헉, 말도 안 돼.'

순식간에 압도적인 절정감이 턱 끝까지 차올랐다. 개미가 집채만 한 해일을 마주한 기분이었다. 눈앞이 빠르게 점멸하더니 당장이라도 성기를 꺼내 들고 박을 것 같은 눈으로 저를 관찰하는 남자의 얼굴이 희미해졌다.

"흠, 확실히 빠르군.”

몸이 파스스 부서질 것 같은 절정의 문턱에서야 기계가 떨어져 나갔다.

"하아…."

벌써 지쳐 목을 등받이에 걸치고 숨을 고르는 사이 윈스턴이 오늘의 규칙을 설명했다.

"내 질문에 성실하게 대답하면 이걸 써 줄 거야."

그는 여전히 맹렬하게 돌아가는 안마기를 그레이스의 눈앞에 들어 올렸다.

"싫으면 대답 안 해도 돼. 거길 불로 지지면 꽤 아플 테지만."

"…제대로 생각한 거 맞아? 내가 왜, 하아, 대답을 하고 자진해서 고문 당하겠어?"

"아직도 이해 못 했군."

그레이스가 저 흉물스러운 안마기로 범해지기만 바라야 하는 이유는 이랬다.

절정을 느낄 때 그레이스는 속살을 물 샐 틈도 없이 바짝 조였다. 그러면서 윈스턴의 성기를 부러트릴 듯 조이는 것도 모자라 밀어내기까지 했다. 그가 힘을 주지 않으면 그레이스는 오로지 제힘만으로 그 긴 물건을 뺄 수 있을 정도였다.

즉, 그런 식으로 저를 범해 달라 구걸해서 불붙은 양초를 스스로 빼란 소리였다.

허무맹랑한 소리는 아니었다. 조금 전보다 초가 밀려 나와 있었으니까.

'하… 제발 나 좀 누가 구해 줘.'

눈앞이 깜깜해졌다. 흉악한데 똑똑하기까지 한 적에게 붙잡히는 건 매일매일 새로운 지옥이 그녀를 기다린다는 뜻이기도 했다.

"여자도 흥분하면 남자들처럼 물을 쏘아 대는 거 알아? 그렇게라도 불을 꺼 보지 그래? 묶인 상태로 혼자서 가능할진 모르겠지만."

놈이 그렇게 말하는 순간 문득 좋은 방법이 떠올랐다. 하지만 아무리 이런 신세라도 어떻게 저 남자 앞에서 그런 짓을…. 그건 정말 최후의 수단이었다.

잔악한 악마는 그레이스를 가만히 지켜만 보고 있다가 밖으로 튀어나온 초가 중지만큼만 남고서야 비로소 말문을 열었다.

"이제 시작하면 되겠군."

본거지의 위치를 캐내려는 유도 신문에 그레이스는 여전히 입을 다물었다. 윈스턴이 유일하게 욕구를 풀 수 있는 여자를 완전히 망가뜨릴 리 없다는 데 제 운을 걸어 보았다.

철제 의자에 붉은 촛농 자국이 하나둘 늘어나다 못해 그레이스의 음부를 향해 붉은 길을 그리기 시작했다. 이제 초는 검지보다도 짧아져 있었다.

질문이 멎었다. 두 사람은 침묵 속에서 서로를 노려보았다. 서로가 먼저 포기하기를 강요하는 둘 사이의 공기가 팽팽해졌다.

"그래, 네 마음대로 해 봐."

윈스턴이 자리에서 돌연 일어섰다.

쾅.

갈색 구두에 걸어차인 의자가 굉음을 내며 뒤로 쓰러졌다. 초 끝에서 촛농이 후드득 떨어졌다.

"헉!"

바닥에 머리를 부딪치기 직전 의자가 멈췄다. 어지러운 시야 속에서 윈스턴이 의자의 다리 끝을 구둣발로 짚고 서 있었다.

그레이스는 가쁘게 숨을 몰아쉬며 제 다리 사이를 내려다보았다. 초는 여전히 그 자리에, 노란 불꽃을 이글거리며 꽂혀 있었다.

촛농은 대부분 의자로 떨어졌지만 몇 방울은 아랫배를 묶은 밧줄에 엉겨 붙어 있었다. 덴 곳은 없는 걸 확인한 그레이스는 안도했으나 조금 이른 판단이었다.

초 끝에 고여 있던 촛농 한 방울이 넘치더니 매끈한 기둥을 타고 미끄러져 내리기 시작했다. 피처럼 붉고 불꽃만큼이나 뜨거울 게 분명한 액체가 질구로 천천히 흘러내렸다.

겁에 질린 그레이스는 애걸하는 눈으로 윈스턴을 올려다보았다. 그는 바지 주머니에 손을 찔러 넣은 채 지켜보기만 했다. 그녀가 어떻게 되든 상관없다는 눈으로.

"윈스턴, 제발 이러지 마."

매끄럽던 그의 미간이 구겨지자 그레이스는 다급히 호칭을 고쳤다.

"주인님, 제발…."

덜컹. 의자가 순식간에 바로 세워졌다. 살에 닿기 직전이었던 촛농은 의자로 떨어졌다.

"흑…."

또 한 번 제 비참한 꼴에 울음이 터졌다. 서럽게 흐느끼는 그레이스의 뺨을 윈스턴이 감싸 쥐더니 이마에 입술을 부드럽게 눌렀다.

"솔직하게 대답하면 이럴 필요 없잖아. 응? 나도 네게 이러고 싶지 않아."

가증스러운 악마. 언젠가 너도 나를 주인님이라고 부르며 애걸하게 만들어 줄 거야.

몰래 이를 가는 그레이스를 물끄러미 바라보던 그가 몸을 일으켰다.

"내가 너무 큰 걸 요구하나?"

그럼 작은 거라도 협조해 보라며 놈은 잠겨 있던 서랍을 뒤져 서류철 하나를 꺼내 왔다.

"1월에 로열 헤리티지 은행 빌포드 지점이 무장 강도들에게 당했지. 덕분에 은행의 실소유주인 왕실이 손해를 입었어."

그레이스의 눈앞에 몽타주 세 장이 펼쳐졌다.

"난 그게 블랜차드 반군의 소행이라고 믿어."

초는 이제 엄지보다도 짧아져 있었지만 그레이스는 거듭된 질문에도 고개만 저었다.

"흑, 정말, 몰라. 상식적으로 생각해 봐. 내가 그 사람들 얼굴을 어떻게 다 알겠어. 우리 쪽 소속인 건 확실해?"

동지를 모두 알지 못하는 건 사실이지만 실은 전부 익숙한 얼굴이었다. 그레이스는 울음이 터진 김에 계속 우는 척을 하며 정신이 불안정한 것처럼 굴었다. 지켜보는 윈스턴도 불안해질 수밖에 없도록.

"내게 그런 걸 알려 줄 리가 없잖아."

그가 자금 공급 및 세탁 방법도 에둘러 실토하게 만들려 했으나 그레이스는 실마리가 될 만한 답은 하나도 주지 않았다.

'조금만 더 버텨. 내가 아무 도움이 되지 않으면 포기하고 사령부에 던질지도 몰라.'

그레이스는 질문을 멈추고 굳은 표정으로 저를 응시하는 남자의 앞에서 일부러 훌쩍거리며 양초를 조금씩 밀어내려 애썼다. 불꽃의 열기가 서서히 느껴지기 시작했다.

'교활한 쥐새끼.'

레온은 여전히 그를 쥐락펴락 조종하려 드는 여자를 노려보았다.

다른 포로가 이런 식으로 나올 땐 가소로울 뿐이었다. 캠든의 흡혈귀에게 한두 번 물려 지옥문이 눈앞에서 입을 쩍 벌리는 걸 보게 되면 다들 없다던 기억을 갑자기 되찾으며 묻지도 않은 것까지 줄줄이 실토했으니.

그 순간 레온은 문득 깨달았다.

"왜 올해 들어 쥐새끼들이 입을 잘 열지 않나 했더니 네가 감시하고 있어서였군."

그가 갑자기 자리에서 일어서자 그레이스는 숨을 죽였다. 또 의자를 발로 찰 줄 알았으나 그는 빙 돌아 그녀의 뒤에 섰다.

"나보다 네가 더 무섭다니. 그러니 넌 결코 잔챙이가 아니란 건데. 누굴 속이려 하는 거지?"

"아흑!"

드릴처럼 맹렬히 돌아가는 안마기의 헤드가 음핵을 짓누르자 그레이스는 다리 사이에 활활 불타오르는 초가 있는 것도 잊고 몸부림쳤다.

"아악! 그만!"

여자의 비명이 고막을 찢을 듯이 울렸다. 기계의 요란한 모터음이 속삭임처럼 들릴 정도였다.

극한의 쾌감은 극한의 고통과 다르지 않다.

레온은 공포에 새파랗게 질린 눈을 내려다보며 웃었다. 손가락 두 개로 살점을 활짝 벌리자 동그란 돌기가 톡 튀어나왔다. 그는 이 여자의 가장 민감한 감각점을 완전히 까발려 무자비하게 짓이기길 서슴지 않았다.

"윽…."

아무것도 감기지 않는데 목이 졸리는 것만 같았다. 음핵이 무서운 속도로 떨리며 그 아래 배 속의 감각점까지 모조리 진동했다. 쾌감이라는 불벼락이 다리 사이에서 머리끝까지 순식간에 내려쳤다.

심장을 터트려 버릴 것 같은 열기와 싸우는 사이 내벽이 크게 물결치며 제멋대로 양초를 씹어 댔다.

"헉…."

다리 사이가 너무나도 뜨거웠다. 비단 피가 몰린 탓만은 아니었다.

뒤로 젖혀져 있던 고개를 어렵사리 숙인 그레이스의 눈동자가 허벅지만큼이나 크게 떨렸다.

양초의 불꽃이 질구와 겨우 엄지 한 마디만큼 떨어진 거리에서 이글거렸다.

"제발! 그만!"

아무리 사정해도 윈스턴은 무심한 낯으로 기계만 그레이스의 다리 사이에 대고 있을 뿐이었다.

"아흑!"

수치스럽기 짝이 없는 마지막 수단이라도 쓰려던 찰나였다. 불에 지져지는 것만큼이나 가혹한 절정이 찾아왔다.

의자에 묶인 몸이 위로 크게 솟구쳤다. 손목과 종아리가 밧줄에 쓸리는 고통도 느끼지 못할 정도로 압도적인 쾌감에 충격을 받은 사이, 아랫배가 뻐근하도록 속살이 조여들더니….

툭.

양초 조각이 의자로 떨어졌다.

"하아…."

의자에 털썩 주저앉으며 안도하기 무섭게 잠시 떨어졌던 안마기가 다시 붙었다. 음핵을 짓누르기만 하던 조금 전과는 달랐다. 윈스턴의 손놀림을 따라 헤드가 동그랗게 원을 그리며 음부 곳곳을 자극했다.

"훗…."

아직 절정의 여진이 가시지 않아 온몸이 파들파들 떨리고 있었다. 그렇지 않아도 폭발적인 절정 탓에 여기저기 금이 간 것만 같은데 또 한 번 그만한 절정이 덮쳐 오면 몸이 산산이 조각날 것 같았다.

"하윽! 그, 그만!"

한번 물면 놔주는 법이 없는 남자에게 빈 건 헛된 짓이었다.

윈스턴은 양초가 빠져나간 자리에 손가락을 두 개나 쑤셔 넣기까지 했다. 양초보다 굵은 손끝이 아직도 팔딱팔딱 박동하는 속살을 무자비하게 쑤석대고 쳐올렸다.

"아흑, 이, 이상…."

질 벽의 윗부분을 손끝이 퍽퍽 쳐올릴 때마다 음핵 아래에서 이상한 느낌이 차올랐다. 처음엔 간질간질하기만 하던 감각은 순식간에 무언가를 분출하고 싶은 절박감이 되었다.

윈스턴이 손가락을 갈고리처럼 걸어 속살을 당길 때마다 벌써 음핵과 질구 사이에서 맑은 물이 핏핏 튀었다. 아랫배에 힘을 주며 참는 그레이스의 귓가에 윈스턴이 속삭였다.

"여자도 흥분하면 남자들처럼 물을 쏘아 댄다고 한 거 기억하지? 한번 보여 줘."

"헉, 싫어…."

"정보원 역할을 못 하면 창녀 역할이라도 제대로 해야 할 거 아니야. 어서 보여 줘."

"하읏!"

음순을 둥글게 덧그리던 기계가 음핵을 꾹 짓누르는 순간 아래에 준 힘이 탁 풀렸다. 가는 물줄기가 픽 뿜어져 나오자 두 사람의 얼굴에서 희비가 교차했다.

다리 사이에서 위험하게 굴러다니던 양초가 그레이스의 밀지에서 솟구친 물을 맞고서야 불꽃을 꺼트렸다. 윈스턴의 손바닥도 흥건히 젖어 물을 뚝뚝 떨어트렸다.

"잘했어."

"제발, 그만….”

이마에 키스를 하는 윈스턴에게 사정했지만 다리 사이에 묻힌 손과 기계는 멈출 줄을 몰랐다.

정작 멎은 건 그만하라는 애원이었다. 천박하게 벌어진 여자의 입에서 나오는 소리라곤 할딱할딱 가쁜 숨소리뿐이었다.

그의 손가락을 문 질구 또한 제 주인처럼 가쁘게 헐떡였다. 뜨겁고 축축한 내벽을 손끝으로 부드럽게 휘젓던 레온은 열기 어린 숨을 천천히 내쉬었다.

여러 번 절정을 느낀 속살의 이 녹녹한 느낌.

겉은 항상 가시를 뾰족하게 세우고 있으나 속은 말랑말랑하기 짝이 없는 여자였다.

내벽이 움찔거리며 손가락을 물었다 놓길 거듭했다. 침입자의 숨통을 조이듯 꽉 조여드는 순간 레온은 이곳이 제 성기를 이렇게 조이던 느낌을 되새겨 보았다. 조금 전부터 터질 듯 솟아 있던 아래가 더욱 뻐근해졌다.

"하… 빌어먹을….”

하지만 오늘은 이 교활한 여자가 원하는 결말을 내 주지 않을 생각이었다.

여자는 목이 뒤로 꺾인 채 초점 없는 눈으로 그를 올려다보고 있었다. 탈진한 얼굴이었다. 고작 절정 몇 번 만에 일주일은 고문을 받은 사람의 얼굴을 하다니.

레온은 기계를 끄고 테이블에 올려놓았다. 찔걱찔걱, 물소리는 여전히 요란했다. 밀지 속에 묻힌 손은 계속해서 말캉한 속살을 쑤석였으니.

수천 번의 마찰 탓에 터질 것처럼 부푼 돌기를 스위치라도 되는 듯 엄지로 쳐올리고 내렸다. 그럴 때마다 시체처럼 널브러져 있던 여자가 전기 충격이라도 받은 양 몸을 들썩였다.

힘없이 옆으로 꺾이는 고개를 바로잡아 준 레온은 벌어진 입술 사이로 혀를 밀어 넣었다. 여자는 이제 저항하지 못했다.

저항하지 않는 여자와 하지 못하는 여자는 다르다.

그는 파르르 떠는 젖가슴을 한 손 가득 쥐어 뭉개며 웃었다.

"훗!"

손가락에 달라붙어 있던 속살이 쩍 소리를 내며 떨어지는 순간에야 여자가 목소리를 냈다. 손은 이미 모두 뗐는데 여자는 이따금 몸을 발작적으로 들썩이며 흐느끼기 시작했다.

"흐흑…."

"네 주제를 알았어야지."

'지독한 개새끼.'

그레이스는 손을 놀리며 속으로 제가 아는 모든 욕을 윈스턴에게 퍼부었다.

그는 그레이스를 묶은 밧줄을 풀자마자 탈진하지 말라며 입에 초콜릿 몇 개를 넣어 주었다. 왜 그 무자비한 악마답지 않게 친절하게 구나 싶었더니….

"하녀들이 곧 식사를 가져올 거야. 그 전에 치우도록."

그레이스더러 엉망이 된 의자와 바닥을 치우란 거였다.

모욕당한 흔적을 스스로, 그것도 제 눈앞에서 알몸으로 치우라니. 레온 윈스턴은 사람을 손대지 않고 죽이는 법을 통달한 악마였다.

'난 안 죽어. 넌 내 손에 죽어야 하니까.'

죽이고 싶은 남자는 테이블에 걸터앉아 한가롭게 시가를 피우고 있었다. 애액이 흥건한 의자를 닦는 그녀의 시야 가장자리에서 갈색 구두의 끝이 까딱거리며 바닥을 때렸다.

그레이스를 내려다보는 시선이 느껴졌다. 고개를 숙이고 있어 어떤 눈으로 바라보는지는 알 수 없었다. 그다지 알고 싶지 않았다.

신문은 아직 끝나지 않은 건가. 낮에는 2시에 와서 4시가 되기 전에 나가던 남자가 오늘은 5시를 넘기도록 고문실에 머물렀다. 게다가 오늘은 신문 중간에 짐승으로 돌변하지도 않았다.

'왜 저러지?'

예상과 어긋나는 행동에 마음이 불안해졌다.

"하…."

이제 이 의자에서 저질스러운 일이 벌어졌다는 건 오직 저 남자와 그레이스만이 알 것이다. 깨끗해진 의자를 치우려던 그레이스는 눈을 질끈 감았다. 검은 바닥에도 작은 물웅덩이가 고여 있었다.

"앗!"

바닥을 닦으려고 쪼그려 앉다 다리가 후들거려 넘어져 버렸다. 다급히 바닥을 짚던 찰나였다.

까딱거리던 구두가 멈추더니 이쪽으로 저벅 다가왔다. 버클을 푸는 소리에 그레이스는 네발짐승처럼 엎드린 채 입술을 깨물었다.

"아흑!"

세련된 정장을 입은 신사가 개처럼 바닥에 엎드린 여자를 범하기 시작했다.

신사는 무슨. 짐승 새끼. 네가 그럼 그렇지.

이 남자가 참을수록 힘들어지는 건 본인이 아닌 그레이스였다. 여느 때보다 더욱 흥분한 듯, 배 속을 꽉 채운 부피감이 엄청났다. 이미 한참을 손으로 쑤석댄 끝에 연해져 있는 내벽으로도 받아 주기 버거웠다.

곧 하녀들이 올 텐데. 문밖의 발소리에 귀를 기울이고 싶었지만 그럴 수 없었다. 축음기에선 아직도 색소폰 선율이 지겹도록 반복되고 있었다.

쿵쿵 치받히는 몸을 따라 흔들리는 문을 초조하게 주시하는 그레이스를 두꺼운 팔뚝이 감싸 안았다. 풀을 먹여 다린 셔츠 소매가 부스럭 소리를 내며 구겨졌다. 무게를 이기지 못해 아래로 동그랗게 뭉쳐 흔들리던 가슴이 뭉개지는 동시에 그가 귓가에 속삭였다.

"내겐 네가 있는데 포르노가 왜 필요하겠어."

그레이스는 이를 악물었다. 신사의 탈을 쓴 개새끼의 허리 짓을 받아 주며 속으로 되뇌었다.

살아 있는 창녀가 나아.

하녀 방보다 고문실이 더 나은 점이 딱 하나 있었다. 바로 뜨거운 물이 언제나 콸콸 나온다는 것.

"개새끼, 흑, 죽여 버릴 거야."

그레이스는 요란한 물소리를 믿고 울음과 욕설을 입 밖에 냈다. 참았던 설움과 분노를 씻어 보내는 시간이었다.

떨어지는 물줄기와 희뿌연 김 속에 영원히 서 있고 싶었지만 그럴 순 없었다. 수도꼭지를 잠그자 욕실 밖에서 달그락거리는 소리가 똑똑히 들렸다. 음식 냄새도 옅게 풍겨 왔다.

머리칼을 한데 모아 물기를 짜는데 두껍고 부드러운 천이 등을 감쌌다. 뜻밖의 행동에 그레이스가 눈만 깜빡이는 사이 윈스턴은 아무 말 없이 몸에 수건을 둘러 주고 제자리로 돌아갔다.

제자리란 욕실 입구의 벽이었다. 욕실에는 문이 없었다. 윈스턴은 그레이스가 샤워를 하는 내내 아무도 이쪽으로 오지 못하게 지키기라도 하는 양 벽에 기대어 서 있었다.

하지만 저 허기진 눈을 보면 그녀를 지켜 주기보단 저질스럽게 지켜보고 있었는지도 모른다.

허기라니.

기가 막혔다. 10분 전까지만 해도 그레이스를 바닥에 못 박듯 짓눌러두고 욕구를 실컷 푼 남자 아닌가.

"대위님."

욕실 입구 너머에서 젊은 하녀의 목소리가 갑자기 들렸다.

"오늘 전채로는 레몬즙을 뿌린 굴을, 본 식사는 얇게 저민 송로를 얹은…."

그레이스가 아는 목소리였다. 하녀의 목소리에서 긴장감이 느껴졌다. 아마 두려움보다는 설렘일 거다.

그레이스는 샤워 부스 밖으로 나가 수건으로 몸을 닦기 시작했다. 물기가 말라 보송보송해진 몸에 곧바로 질척한 시선이 달라붙자 다시 씻고 싶어졌다.

저런 색정광을 저 하녀는 금욕적인 면모가 오히려 몸을 달아오르게 한다며 흠모했다.

'금욕이라니.'

기가 막혀 코웃음이 절로 나왔다.

"…준비했는데 모쪼록 마음에 드셨으면 좋겠어요. 그리고 식사에 곁들이실 와인은….”

고문실에 갇힌 사람이 대체 누군지 엿보고 싶은 듯, 카랑카랑한 목소리가 점점 가까워졌다. 하녀들은 윈스턴가와 하녀장의 험담을 함께 나누곤 했던 샐리 브리스톨이 갇혀 있는 걸 알면 어떤 반응을 할까.

'안녕, 난 사실 그레이스 리들이라고 해. 사령부든 대공가든 어디든 좋아. 제발 밖으로 나가 리들이란 성을 가진 여자가 고문실에 갇혀 있다는 소문을 내 줘.'

윈스턴이 상부에 그녀의 체포를 보고하지 않았다는 감이 갈수록 강하게 들었다. 떠보듯이 상관의 반응이나 이 건으로 그가 군에서 얻을 이득에 관해 물었지만 윈스턴은 대충 얼버무리며 화제를 피했으니까.

병사들은 그의 수하이니 절대 별실 밖으로 소문을 내지 않을 것이다. 하지만 수다스러운 하녀들은 또 몰랐다.

'여기 갇혀 죽어 갈 생각은 없어.'

그레이스가 굳게 닫고 있던 입을 떼며 입구를 향해 한 발을 내딛는 찰나였다. 윈스턴이 보이지 않는 하녀에게 물러나라고 턱짓을 했다. 곧바로 그레이스도 똑같은 경고를 받았다.

오늘 그를 더 자극할 용기도, 기력도 없었던 그레이스는 얌전히 머리를 말렸다.

“대위님, 식사 준비 마쳤습니다. 또 필요한 건 없으신가요?”

윈스턴의 대답은 들리지 않았다. 고갯짓이나 손짓으로 대꾸한 듯 얼마 지나지 않아 문 닫히는 소리가 들렸다.

그제야 비로소 욕실 밖으로 나올 수 있었다. 그레이스가 몸에 수건을 두르고 침대로 향하는 사이 윈스턴은 식사가 차려진 테이블에 앉았다.

침대 옆에 둔 짐 가방에서 옷을 꺼내는데 등 뒤에서 혀를 차는 소리가 들렸다.

"옷장을 들여 줬는데 왜 쓰지 않지?"

그야, 여기 오래 머물고 싶지 않으니까.

그레이스는 대꾸 없이 옷을 입고 윈스턴의 맞은편에 앉았다. 그는 걷어 올렸던 소매를 단정히 내리고 넥타이까지 다시 맨 모습이었다.

고급스러운 흰 테이블보가 깔린 철제 테이블을 내려다보던 그레이스는 피식 웃었다. 여자를 이 위에 눕혀 놓고 범한 지 얼마나 되었다고 여기서 식사를 하다니.

'비위도 좋네.'

어쩌면 후식으론 또다시 그녀를 여기 눕혀 놓고 먹으려 할지도 몰랐다. 벌써 식욕이 떨어졌다. 심드렁한 눈으로 긴 테이블에 일렬로 늘어선 접시들을 훑어보는데 윈스턴과의 사이에 놓인 화병이 눈길을 사로잡았다.

'라일락?'

작은 크리스털 화병에 만개한 연보랏빛 라일락이 꽂혀 있었다.

여태 병사들이 식사에 장식을 가져온 적은 없었다. 그리고 윈스턴가의 고용인들은 식탁에 라일락을 올리지 않았다.

그레이스는 시선을 들어 마주 앉은 남자를 바라보았다. 옅은 호기심이 비치는 연하늘색 눈동자가 그녀를 집요하게 응시하고 있었다.

'저 남자 짓이구나.'

낭만적으로도 다정하게도 느껴지지 않았다. 오히려 조롱으로 느껴질 뿐.

이것 봐. 벌써 라일락이 피었어. 아, 넌 몰랐겠지.

내가 네 조롱에 기꺼이 놀아나 줄 줄 알고?

"멋진 정장에 고급 요리, 값비싼 와인, 거기다 예쁜 꽃까지. 대위님, 이

거 데이트인가요?"

그레이스가 눈꼬리를 휘어 웃으며 묻자 마주 앉은 남자가 코웃음을 쳤다.

"꿈도 야무지군."

"휴…."

그녀는 보란 듯이 가슴을 쓸어내렸다.

"다행이네요. 데이트 상대가 정말 마음에 안 들었거든요."

윈스턴이 기가 막히다는 듯 입꼬리를 비틀었다. 그레이스는 능청스럽게 웃으며 제 앞의 접시를 덮은 은빛 뚜껑을 열었다.

"식사는 까다로우신 공주님 마음에 들었으면 좋겠군요."

윈스턴이 또 반군 로열패밀리의 마지막 공주라며 빈정댔지만 그레이스는 대꾸 없이 접시 한가운데만 노려보았다.

값비싼 석화.

이제 기가 막힌 쪽은 그레이스였다.

윈스턴이 원하는 게 있으면 주문하라 했지만 그레이스는 단 한 번도 식사를 주문한 적이 없었다.

그런데 대체 저자가 어떻게 지시를 내린 건지. 고문실 손님 전용 수프도, 고용인용 식사도, 별채 담당병용 식사도 아닌, 윈스턴가 사람들의 식사가 나왔다.

심지어 윈스턴이 같이 식사하지 않을 때도 어김없이.

"남김없이 먹도록."

그는 그레이스의 잔에 와인을 가득 따르며 명령했다. 그레이스는 막막한 눈으로 제 쪽에 늘어선 접시들을 곁눈질했다.

살고 싶으니 먹을 것을 가릴 처지가 아니다. 게다가 썩은 음식을 주지 않을까 걱정해야 할 때에 분에 넘치는 대접을 마다할 필요는 없었다.

그렇지만 문제는….

"단식 투쟁으로 뭔가 얻어 낼 수 있을 거라고 착각하지 마."

그레이스가 요즘 식사량을 줄인 걸 윈스턴은 단식 투쟁을 준비하는 것으로 오해하고 있었다.

'진짜 이유는 까맣게 모르는 것 같으니 다행인가.'

살은 어차피 저 짐승이 열심히 괴롭혀 준 덕분에 빠지고 있으니 한 끼 정도 잘 먹는 건 괜찮을지도.

그레이스는 산뜻한 와인을 한 모금 넘기고 석화를 집어 들었다.

'그나저나 식사량을 주시하고 있었다는 건 소름 끼치네.'

식사를 하는 내내 남자의 허기진 눈은 여전했다. 입에 무언가를 넣고 씹는 시간보다 그레이스를 바라보는 시간이 긴 걸로 보아 식욕은 아니었다. 그레이스는 무시하고 식사를 계속했다.

"그나저나 네 약혼자는 왜 아직도 너를 찾으러 오지 않지?"

메인 요리를 반쯤 끝냈을 때 윈스턴이 느닷없이 지미를 입에 올렸다.

그레이스에겐 느닷없는 주제였으나 레온에겐 그렇지 않았다. 리틀 지미가 저 여자를 구하려 하진 않을까 촉각을 곤두세우고 있었으니.

하지만 아무런 조짐이 없었다.

새로운 사람을 심는 조짐도, 습격 조짐도, 감시도, 아무것도.

당혹스럽기 짝이 없었다.

'포기한 건가?'

눈앞의 여자가 딱해 보일 지경이었다.

"그런 무책임한 남자의 어떤 면이 좋아서 결혼까지 약속한 건지 모르겠군. 리들 양, 한심해 보여."

지미가 구출을 안 하는 게 아니라 못 하는 것뿐이라고 믿는 그레이스는 조금도 동요하지 않았다.

구출의 첫 단계는 바로 그레이스가 이 별채 밖으로 나가는 것이었다. 윈스턴 저를 습격하는 건 현실적으로 쉽지 않고 득보다는 실이 많다는 걸 잘 알았다. 그러니 섭섭할 리가.

"제 여자까지 군에 바치다니 아주 모범적인 포주군. 리들 양, 포주 따위와 약혼을 하니까 창녀로 전락하는 거야."

얼른 먹고 가든지 박든지 해. 그레이스는 윈스턴이 지미를 계속해서 헐뜯는 걸 못 들은 척하며 포크를 놀렸다.

"그래서, 창녀 학교는 어떤지 얘기 좀 해 봐."

그의 말을 계속 무시하던 여자가 날 선 시선을 던졌다.

"아, 네가 못 다닌 건 이미 알아. 내 말은, 네 친구들은 다녔을 거 아냐."

"대체 그런 헛소리를 계속하는 이유가 뭐야?"

헛소리. 그래, 헛소리일지도.

레온은 몸을 의자 등받이에 느슨히 기대며 웃었다.

"그래, 학교는 과장된 소문이겠지. 그렇지만 몸으로 장교들을 유혹해 정보를 빼내는 미인계를 쓰는 건 사실이잖아."

그것도 헛소리라고 부인하는 여자에게 최근에 잡힌 서부 사령관의 정부에 대해 말해 주었더니 기가 막힌 대답을 들었다.

"식사만 몇 번 한 걸로 정부라고 혼자 착각한 거겠지. 혼자 앞서 나가는 남자들, 생각보다 많거든."

레온은 잠시 말문이 막혔다. 저 말, 아군을 감싸는 게 아니라 진심으로 그렇게 믿고 하는 말처럼 들렸다.

"너, 그레이스 리들 맞아?"

뜬금없는 질문에 그레이스는 고개를 비스듬히 기울였다.

"수녀부인 리들가 출신 맞냐는 거야. 수녀부가 왜 아무것도 몰라. 심지어 나도 아는 걸 네가 모르잖아."

"수녀부인 내가 모르면 네가 잘못 안 거라고 생각하는 게 정상 아니야?"

"…."

"우린 미인계 같은 거 쓰지 않아. 더러운 왕정의 돼지 새끼들이 멋대로 여자 동지한테 발정해서 덤비곤 그렇게 누명을 씌우는 걸 내가 모를 줄 알아?"

그 증거가 눈앞에 있지 않나?

"너처럼."

윈스턴은 기가 찬다는 듯 웃더니 의자에 걸린 재킷에서 시가 케이스를 꺼냈다.

"아니. 블랜차드 반군이 군 요직에 있는 장교들에게 정부를 심는다는 건 증명된 사실이야."

불붙은 시가 끝이 그레이스를 가리켰다.

"너처럼."

"난 네 정부가 아니야."

윈스턴이 소리 내 웃었다. 조롱기가 다분했다.

"그래, 그렇다고 치지."

그가 시가를 한 모금 빨더니 흰 연기를 뱉으며 물었다.

"너, 네 약혼자에게서 나를 유혹하란 지령을 받았다고 했잖아."

망할 지미. 망할 간부들. 덕분에 블랜차드 혁명군은 미인계를 쓰지 않는다는 진실을 보기 좋게 반박당했다.

"그건 전에 없던 일이었어. 그래서 나도 도저히 내 귀를 믿을 수가 없었던 거야."

우리가 언제 이렇게 타락했을까. 부디 이번의 실패를 통해 배운 간부들이 다시는 누구에게도 그런 지령을 내리지 않기를 바랐다.

"네가 그만큼 중요한가 봐. 영광스럽게 생각해."

그렇게 빈정댄 여자가 태연하게 식사를 이어 갔다. 레온은 차갑게 식어 가는 제 몫의 저녁도 잊고 여자를 심각한 눈으로 응시했다.

세뇌?

그럴 수도 있겠지.

하지만 정말 모르는 눈치이기도 했다.

수뇌부 일가가 이걸 모른다는 게 말이 될까. 그것도 제 모친이 미인계로 악명을 떨쳤는데.

설마 숨긴 건가? 왜?

지나치게 조용했다. 그레이스는 생선을 썰며 시선을 살짝 들었다. 윈스턴은 턱을 괸 채 골똘히 생각에 잠겨 있었다. 저를 뚫어져라 쳐다보는 눈이 불편해 다시 시선을 내리던 찰나였다.

"이건 말도 안 돼."

무슨 소린지 영문을 알 수 없어 그레이스는 다시 윈스턴에게 시선을 던졌다.

"그렇게 믿고 싶은 건가? 너흰 깨끗하다고?"

"그렇게 믿고 싶은 게 아니라 우린 정말 깨끗해. 우린 모두 자진해서 희생하는 거야. 이기적인 탐욕으로 똘똘 뭉친 왕정의 돼지 새끼들은 이해하지 못하겠지만."

"그래, 이기적인 탐욕. 틀리지 않지."

저 여자는 그를 모욕하고 싶어 한 말이겠지만 이미 인정하는 사실은 전혀 모욕이 되지 못했다.

"왕가는 부패했지만 적어도 제가 부패한 걸 알아. 부패했지만 청렴하다고 믿는 너희 반군의 쥐새끼들이 더 더러워."

적어도 그는 제가 더러운 종자들의 끄나풀인 건 알지만 저자들은 제가 정의의 사도라고 착각했다.

예상대로 여자가 나이프를 세게 쥐며 당장이라도 목을 찌르고 싶다는 눈으로 노려보았다.

"난 널 각별히 아껴서 이런 이야기를 해 주는 거야. 내 첫사랑이 정신 나간 광신도 집단에게 세뇌를 당하며 키워졌는데 당연히 마음이 아프지 않겠어?"

첫사랑? 나를 천천히 고통스럽게 죽이려는 주제에 첫사랑을 입에 올려?

왜 같이 식사를 하려 하나 했더니 이것도 신문인가.

아니, 고문이었다.

손에 쥔 식기를 접시 한쪽에 가지런히 모아서 놓았다. 더는 먹지 않겠다는 뜻을 그렇게 표현하고 그레이스는 자리에서 일어섰다.

"식사 중에 양해도 구하지 않고 먼저 일어서는 건가?"

식사 시간에 설교를 늘어놓는 건 참 예의 바르지.

그레이스는 속으로만 대꾸한 후 등을 돌렸다.

이 자리를 떠나고 싶었지만 그럴 수 없었다. 적에게서 숨겠다며 모래 속에 머리만 파묻는 타조처럼 이불이나 뒤집어쓸 생각으로 침대로 향하는데 윈스턴이 조금 전보다 사나운 목소리를 냈다.

"내가 남김없이 먹으라고 했을 텐데."

"그러려고 했는데 입맛이 없네요, 대위님."

오후 내내 시달렸다. 또 시달리기엔 그레이스는 너무 지친 상태였다. 미인계를 두고 언쟁을 할 때와는 달리 진심으로 화가 난 듯한 그의 눈치를 보며 꼬리를 내렸다.

하지만 여전히 고집은 꺾지 않았으니 이제 끌고 가 의자에 묶을지도 모른다는 생각을 하는데 윈스턴이 뜻밖의 반응을 보였다.

"샐리."

그레이스는 우뚝 멈춰 섰다.

'왜 그 이름으로 부르는 거지?'

무슨 속셈일까. 의문을 참지 못해 뒤돌아보았다.

조롱일 거란 예상과는 달리 윈스턴은 진지한 얼굴을 하고 있었다. 놀랍게도 부탁하는 사람의 얼굴에 가까웠다. 심지어 말투조차.

"입맛이 없으면 디저트라도 들어."

대체 디저트가 뭐길래 부탁까지 하며 먹이려 하나 했더니….

'마담 베노아의 케이크잖아.'

윈스턴이 접시의 뚜껑을 여는 순간 그레이스의 머릿속이 시끄러워졌다. 왜 샐리라고 불렀는지 짐작이 갔다. 그에게 마담 베노아의 케이크를 좋아하는 사람은 데이지도, 그레이스도 아닌 샐리였을 테니.

설마 그래서 일부러 준비한 걸까?

정말 말도 안 되는 추측이었다. 첩자이자 원수의 딸. 오로지 고통스럽게 죽이고픈 여자에게 왜 그런 짓을 할까.

그와 더러운 '거래'를 했던 밤에는 저 남자가 저를 좋아하고 있을지도 모른다는 생각을 잠시 했었다. 하지만 그간 겪은 일로 보건대 그건 완벽한 착각이었다.

아마 저택에서 파티가 있어서 주방에 들어온 케이크를 하녀들이 별생각 없이 디저트로 내온 걸 거다.

'그럼 디저트가 뭔지 알고 먹으라고 한 말은 아니었을지도 모르지.'

완전히 착각에 빠진 여자의 접시로 레온은 제 몫의 케이크를 옮겼다.

"더 먹어."

여자는 물론 예의상의 거절 한번 하지 않았다.

여자의 반응은 라일락을 보았을 때와는 달랐다. 아몬드 케이크를 입에 넣자마자 입꼬리가 부드럽게 휘어 올라갔다.

당연한 일이지만 저렇게 진심이 담긴 미소를 짓는 일은 드물었다. 기나긴 정사의 끝에 제가 누군지 잊고서야 절정을 느끼며 잠깐 보여 주는 게 전부였다.

한낱 케이크가 뭐기에. 고작 한입에 나와 몸을 두 시간은 섞은 후의 미소를 짓다니.

지켜볼수록 기분이 묘해졌다.

분홍빛 입술이 벌어진다. 음순과 같은 빛깔인 도톰한 살점 사이로 붉은 속살이 드러났다. 그 촉촉하게 젖은 구멍 속으로 커피 크림이 두껍게 발린 에클레어가 쑥 밀려들어 갔다. 입술이 오므라들며 그을린 빛깔의 페이스트리를 물자 우윳빛 크림이 터져 나왔다. 여자가 부푼 혀끝을 내밀어 입술에 묻은 크림을 핥아 먹었다.

거절도 할 줄 모르고 평범한 디저트마저 낯 뜨겁게 먹는 천박한 여자.

젖은 머리를 귀 뒤로 넘기던 여자와 눈이 마주치자 레온은 숨을 크게 들이켰다. 비누 향기가 진하게 풍겨 왔다.

함께 천박해지고픈 충동을 일으키는 여자.

레온은 제 하체로 시선을 내렸다. 종소리만 들어도 침을 흘리는 개와 다를 바가 없었다.

"한번 해 보고 치우자는 거야. 막상 더럽게 뒹굴어 보면 생각보다 시시할 테니까."

그런 말을 했던 과거의 자신은 얼마나 순진했던가. 저 여자의 중독성 강한 맛을 몰랐기에 할 수 있었던 말이었다.

아, 당장 당겨서 키스하고 침대에 쓰러트려 지칠 때까지 맛보고 또 맛보고 싶다.

'빌어먹을….'

성가신 성욕. 이것만 아니었어도 저 여자에게서 벌써 본거지의 위치를 알아냈을 거다.

'본거지의 위치는 알겠지?'

레온은 가까스로 천박한 생각을 떨치고 조금 전의 의문에 집중했다.

저 여자, 생각보다 아는 게 없어 보였다. 대어인 줄 알고 낚은 게 잔챙이일 수도 있다니. 그렇다면 신문은 시간 낭비일지도.

'그렇지만 이건 말이 안 돼. 리들이면서 왜 핵심 전술을 몰라?'

레온은 복잡한 감정이 담긴 눈으로 여자를 응시했다.

'저 여자의 오빠란 자는 그 이유를 알까.'

하지만 조나단 리들 주니어까지 들쑤셔 가며 풀고 싶은 의문은 아니었다.

저 여자가 그의 손안에 있으면 그만이었으니.

사적인 욕망과 공적인 임무의 교차점을 찾는 건 사실 그다지 어렵지 않았다.

"더, 더…."

끊길 듯한 여자의 목소리가 꺽꺽 숨넘어가는 소리에 묻혔다. 입가에 귀를 바짝 대어야 겨우 들릴 정도로 가냘팠다.

여자는 레온의 셔츠 자락을 움켜쥐고 등을 할퀴기까지 했다. 하녀들이 주름 하나 없이 빳빳하게 다린 셔츠가 여자의 손에서 볼썽사납게 구겨졌다. 지금 이 순간 그녀의 얼굴과 다를 바 없었다.

"더…."

여자는 흥건히 젖어 미끄럽기까지 한 속살로 그의 성기를 조이고 빨아 대며 재촉했다.

"발정 난 암캐가 따로 없군."

피식, 비웃음이 여자의 귓가를 날카롭게 스쳐 지나갔다. 힘줄이 도드라진 마른 손이 말랑한 엉덩이를 한 번 힘주어 움켜쥐자 여자가 앓는 소리를 냈다.

땀에 끈적하게 젖은 살갗이 손에 쩍 달라붙었다. 그의 몸에 달라붙으려 안간힘을 쓰는 제 주인과 다를 바 없었다.

레온은 선심 쓰듯 허리를 한 번 크게 짓쳐 올렸다. 자궁구를 찍어 올리는 묵직한 통증에도 여자는 비명 한 번 지르지 않았다.

아니, '못 했다.'가 맞는 말일까.

그레이스는 밧줄이 느슨해지며 막혔던 목구멍이 열리는 그 찰나를 놓치지 않고 숨을 크게 들이쉬었다. 날카로운 칼날을 들이마시는 아픔이 폐 속 깊은 곳까지 찔러 왔지만 몸은 숨을 갈구하기를 멈추지 못했다.

눈물 젖은 입술 사이로 흘러나오는 쇳소리가 잦아들 때까지 적당히 허리를 쳐올리던 레온은 둔부를 움켜쥔 손에서 서서히 힘을 뺐다.

"끅…."

천장에 매달린 밧줄이 다시 목을 옥죄어 오자 겁에 질린 여자가 뭉툭한 손끝으로 그의 등을 긁었다. 미끄러지는 두 다리를 버둥거리며 허리를 옭아매기까지 했다.

그는 깜찍한 짓을 하는 여자의 귀를 앞니로 한 번 깨물어 주고 다갈색 머리채를 잡아 뒤로 당겼다.

죽음의 공포로 더욱 새파랗게 질린 청록색 눈동자가 마음에 들었다. 그 옛날 애빙턴 비치에서 그를 더러운 돼지 새끼라고 부르던 순간 이런 눈을 했던가. 그 앳된 얼굴이 지금 눈앞의 얼굴과 겹쳐지자 레온은 여자의 뒤통수를 쥐고 앞으로 당겼다.

"사내 앞에서 경박하게 입술을 벌리다니. 역시 블랜차드의 창녀다워."

그는 밭은 숨을 헐떡이는 입술에 정중하게 입을 맞췄.

고귀한 혈통인 그와는 달리 진창을 구르며 살아온 여자는 예의를 모른다.

레온은 입술을 떼고 비릿한 피 맛이 번지는 상처를 혀끝으로 핥았다. 그가 손을 완전히 놓으면 죽을 운명이면서도 어리석은 여자는 궁지에 몰린 쥐새끼처럼 그를 물었다.

"네가 피를 낼수록 난 더 흥분해. 알고 이러는 거겠지?"

어떤 독한 자극에도 감흥이 없던 그답지 않게 심장이 뛰었다. 이 여자는 좀처럼 질릴 틈을 주지 않았다.

그를 자극하는 법을 그 자신보다도 잘 아는 걸 보면 정탐할 대상을 속속들이 탐구한 게 틀림없었다.

얼마나 유능한 첩자인지.

적이라는 것이 아까울 정도였다.

'네 공작에 기꺼이 놀아나 주지.'

레온은 여자의 헝클어진 머리채를 세게 움켜쥐고 명령했다.

"빌어 봐."

"더, 위로."

여자가 그의 타액이 말라붙어 번들거리는 입술 사이로 쇳소리를 냈다.

"그게 아닐 텐데?"

"…더 세게."

"세게? 세게 뭘 하라는 거지?"

여자가 마른 입술을 달싹이기만 하자 그는 엉덩이를 쥐고 있던 손에서 힘을 뺐다. 천장에 매달린 밧줄이 다시 목을 옥죄어 왔다.

축 늘어져 힘없이 흔들리던 가냘픈 두 다리가 갑자기 하느작대기 시작했다. 제 무게에 못 이긴 몸이 그의 허벅지를 타고 미끄러졌다. 장교복에 쓰인 매끄러운 모직이 그레이스의 죽음을 재촉하고 있었다.

"끅…."

셔츠 깃을 잡으려 했지만 윈스턴이 그녀의 두 손목을 한데 움켜쥐었다. 그는 구겨진 셔츠 깃을 내려다보더니 짧게 혀를 찼다.

"제대로 빌어."

결국 붙잡을 건 그의 성기뿐이었던 그레이스가 아랫배에 세게 힘을 주자 윈스턴의 조각 같은 얼굴에 비열한 미소가 새겨졌다.

"끅, 더, 세게, 박아, 줘."

넘어가는 숨 사이로 다급히 애원했다. 피에 미친 악마에게 목숨을 구걸하는 비참한 짓을 할 만큼 그레이스는 살고 싶었다.

왕국 최고의 고문 기술자라는 악명에 걸맞게 이자는 매일 새롭고도 더욱 잔인한 수법으로 그녀를 고문했다. 오늘은 고문실에 들어오자마자 천장에 매달린 쇠고리에 올가미를 걸더니 그 아래 나무 의자를 세워 두고 올라가라고 명령했다.

공포에 질린 티를 내면 저 악마의 농간에 놀아나는 것이다. 그레이스는 저항 한번 하지 않고 턱 끝을 높이 쳐든 채 교수대 위로 올라갔다.

윈스턴은 올가미를 그녀의 목에 걸고 소름 끼치도록 부드러운 손길로 머리칼을 빼내 가지런히 모아 주었다.

"네 약혼자의 집이 어딘진 생각났어?"

그러며 신문 때마다 늘 묻는 뻔한 질문을 던졌다. 대답할 리 없다는 건 이미 알면서도 묻는 것이었다.

이 남자에겐 그저 그녀를 고문할 빌미가 필요할 뿐.

대답을 거부했지만 그는 의자를 곧바로 차 버리지 않았다. 레온 윈스턴은 그럴 정도로 상식적인 사람이 아니니까.

그는 의자 위에 알몸으로 선 그레이스의 다리 사이에 손을 집어넣었다. 음부를 난잡하게 더듬다 찢어진 곳이 잘 아물었다며 산뜻한 미소를 지었을 때에는 뺨을 후려치고 싶었다.

하지만 치를 떨면서도 저항할 수 없었다. 혁명군의 긍지 때문만은 아니었다. 몸을 비틀 때마다 낡은 의자가 부러질 듯 삐걱댔던 탓이었다.

윈스턴은 음부에서 손을 거두더니 곧바로 장교복 재킷을 벗었다. 그녀가 여태 수없이 짐승처럼 묶여 신음하던 테이블 위에 재킷을 단정하게 반으로 접어 올린 그는 벨트 버클을 풀었다.

이내 레온 윈스턴이 가장 즐겨 쓰는 고문 도구가 모습을 드러냈다.

"내 상관 중 하나가 그랬지. 목을 조를 때 조임이 환상적이라고. 그자는 그래서 창녀마다 목을 졸라 댔더니 이제는 마담들이 질색하고 여자를 안 보내 주기 시작했다는군."

그는 파르르 떨기 시작하는 그레이스의 앞에서 군더더기 없이 담백한 미소를 지었다. 벌어진 바지 앞섶 사이로 핏줄이 흉흉하게 불거진 구릿빛 성기를 꺼내 들고 어루만지는 손길마저도 우아한 남자였다.

그 이중성에 토기가 치밀었다.

일견 깨끗해 보이는 저 매끄러운 손에는 수많은 이의 피가 묻어 있다. 겉만 번드르르한 왕정의 돼지 새끼답게.

"더러운 변태 새끼, 끅⋯."

그레이스가 침을 뱉으려는 순간 윈스턴이 의자의 다리 하나를 걷어찼다.

옆으로 넘어진 의자가 우지끈 소리와 함께 부서지고, 놈이 추락하는 그녀의 둔부를 움켜쥐었다.

"무서워할 것 없어. 더러운 변태 새끼가 잘 잡고 있으니까."

그는 그레이스의 허벅지를 벌리고 딱딱하게 곤추선 살 기둥을 질 속에 단숨에 욱여넣었다. 젖지도 않은 좁은 질구를 굵다란 물건이 짓이기며 쑤석이는 탓에 찢어질 것만 같았지만 아파할 여유 따위 없었다.

이 잔인한 괴물은 음부를 치받아 올려 주지 않으면 밧줄에 목이 졸리는, 그 미묘한 높이에 맞춰 그레이스를 들어 안았다.

죽고 싶지 않으면 그에게 애걸할 수밖에 없도록. 내 음부에 네 성기를 더 세게, 더 거칠게, 더 빠르게 박아 달라고.

"제발, 끄윽, 세게, 박아⋯."

"적에게 더 세게 박아 달라고 하다니. 네 약혼자가 이 말을 들어야 하는데."

재차 애걸하고 나서야 윈스턴은 둔부를 붙들고 위로 끌어당겼다. 반 정도 빠져나와 있던 성기가 배 속으로 단숨에 밀려들어 갔다. 퍽, 퍽, 살을 거칠게 찢어 올리는 아픔에 도리어 안도하자 질 나쁜 비웃음이 귓속으로 파고들었다.

"그거 알아? 요즘은 소리를 녹음해서 영화에 덧씌울 수 있다는군. 다음에는 녹음기와 카메라를 가져올게. 제 손으로 외로운 밤을 달래고 있을 네 약혼자가 내 선물을 무척 기뻐할 거야. 그렇지?"

그가 또 지미를 입에 올리자 그레이스는 거친 숨 때문에 부르튼 입술을 짓씹었다.

"아, 다들 돌려 보며 훈련에 쓰는 것도 좋겠어. 블랜차드의 창녀를 위한 교본으로."

"아, 아흣…."

"그러니까 본거지의 위치는 언제쯤 말해 줄 거야? 응? 자기야? 내 말 듣고 있어?"

레온은 치받는 대로 흔들리며 신음하는 여자를 지그시 바라보았다. 이젠 음탕하게 출렁이는 젖가슴을 가릴 생각도 하지 않았다.

적에게 범해지면서 흥분하는 더러운 창녀.

그는 도톰하게 선 젖꼭지를 쥐고 세게 비틀었다. 그 순간 여자가 비명을 내지르며 속살을 사정없이 조였다.

"아앗!"

"하아, 미안. 내가 무리한 부탁을 했군. 네가 그렇게 역겨워하는 돼지새끼의 성기를 좋다고 꽉 물어 대고 있는 걸 보면 제정신이 아닐 텐데 말이지."

미끼를 내걸듯 아슬아슬하게 치받아 올리던 허리 짓이 재빨라졌다. 숨통이 완전히 트인 그레이스가 서서히 의식을 또렷이 찾는 사이 레온은 저도 모르게 자제력을 놓았다.

여자를 더 위로 들어 올려 젖꼭지를 짐승처럼 빨고 씹어 대기까지 했다. 그것도 모자라 그녀의 뒷덜미를 틀어쥐고 키스를 하려 했지만 그의 입술에 부딪친 건 여자의 부드러운 입술이 아닌 날카로운 비웃음이었다.

"넌 네 아버지를 죽인 여자의 딸에게 몸이 달아서 매일같이 박아 대잖아. 그런 너보다는 제정신이야."

그레이스는 잘 알고 있었다. 자신은 어린 소년 앞의 개미일 뿐이라는 것을. 다리를 뜯기고 돋보기에 지져지고 돌에 짓이겨지는 그런 개미.

하지만 그녀는 무는 개미이다.

윈스턴의 왼쪽 눈썹이 움찔하자 그레이스는 그를 한 번 더 물었다.

"지옥에 있는 윈스턴 소령이 훌륭한 아들을 아주 자랑스러워하겠어."

그는 여유로운 척 웃음을 흘리더니 위를 올려다보았다.

"감사합니다, 아버지."

검은 천장을 올려다보는 저의는 뻔했다. 제 아버지는 지옥이 아니라 천국에 있다는 뜻이었다.

"덕분에 질 좋은 노예를 구했군요."

땀으로 미끈하게 젖은 엉덩이를 큼지막한 손바닥이 찰싹 후려쳤다. 살갗이 타오르는 듯한 고통에 여자가 움찔 튀어 오르더니 앓는 소리를 내며 몸을 비틀었다.

"이봐, 노예. 더 조여."

"홋, 네 물건이 너무 작아서 조일 게 없어."

그는 피식 웃으며 맞물린 아래를 내려다보았다. 겨우 붙었던 점막이 또 찢어진 탓에 음경의 뿌리에 붉은 피가 조금 엉겨 있었다. 아랫입을 윗입처럼 활짝 벌리고 곧 죽을 듯 뻐끔대면서 오기를 부리는 꼴이 깜찍하다.

"헉!"

손아귀 힘을 예고도 없이 풀었다. 몸이 덜컥 아래로 떨어지자 여자가 그의 목덜미에 꼴사납게 매달렸다. 살 기둥을 꽉 붙드는 속살도 꼴사납기는 마찬가지였다.

"하아…."

윈스턴이 만족스러운 신음을 흘리며 허리 짓에 박차를 가했다. 그 와중에 말끔히 뒤로 빗어 넘긴 백금발은 한 올 흐트러짐도 없었다. 부드럽게 감긴 눈과 옅은 미소를 띤 입매만 보자면 고급스러운 취미라도 즐기는 낯이었다.

허리 아래는 매음굴만큼이나 저속하기 짝이 없으면서.

언제나 첩자를 적당히 고문하다 금세 싫증을 내는 사람이었다. 죽이든 수용소로 보내든 이중 첩자나 작전의 미끼로 쓰든, 이 고문실에서 며칠 만에 치워 버리던 자가 그녀를 여태 놓아주지 않고 있었다.

"이제 내 구멍이 없으면 못 살겠나 보지?"

한심하기 짝이 없다며 혀를 차는 여자의 늪 같은 배 속에 레온은 성기를 쉴 새 없이 찔러 넣으며 피식 웃었다.

"걱정 마. 곧 싫증 나면 버려 줄게. 어디가 좋아? 수용소? 매음굴? 어딜 가나 빵 한 조각 얻으려면 노인네들의 축 처진 물건을 세우려고 애를 써야 하는 건 똑같을 거야."

"네 거랑 뭐가 다른데?"

그는 또 조소를 흘리더니 그레이스의 귓바퀴를 세게 깨물었다. 고통에 찬 신음을 들려주지 않으려 악문 턱을 놈이 한 손으로 우악스럽게 짓눌러 벌렸다. 조금 전처럼 키스를 하러 다가오는 뱀의 입 속에 그레이스가 속삭였다.

"너 설마 나를 좋아해?"

그 순간 모든 것이 거짓말처럼 멈췄다. 쉴 새 없던 허리 짓도, 오른쪽으로 살짝 기울인 채 다가오던 입술도.

움직이는 건 미세하게 떨리는 눈동자뿐.

"빌어먹을 년."

그는 거친 숨을 가장해 욕지거리를 조용히 내뱉고는 손을 놓았다. 몸이 툭 떨어지며 저를 범하던 성기가 순식간에 빠져나갔지만 그레이스는 안도하지 못했다. 더욱더 큰 고통이 찾아왔으니.

"끅…."

목을 옥죄는 올가미를 쥐어뜯으며 윈스턴을 향해 손을 뻗었지만 그는 뒤도 돌아보지 않고 테이블을 향해 걸었다. 그는 바지 앞섶을 다시 단정하게 여미더니 제복 재킷의 안주머니를 천천히 뒤졌다.

이내 밖으로 나온 손에는 고급 가죽으로 만든 시가 케이스가 들려 있었다. 시가의 끝을 커터로 잘라 입에 물고 금으로 만든 라이터의 작은 톱니를 돌려 불을 붙이는 동작이 독수리의 날갯짓처럼 여유로웠다.

태연하게 시가를 몇 모금 빨아들이던 그가 몸을 돌려 테이블 끝에 걸터앉았다. 시리게 푸른 눈은 알몸으로 버둥대는 여자를 바라보고 있는 사람이라는 게 믿기지 않을 정도로 잠잠해져 있었다. 그는 흰 연기를 길게 뱉다 싸늘한 투로 천천히 한 자 한 자 짓씹었다.

"넌 노예일 뿐이야. 죽으면 새로 사면 그만이야."

"끅, 윈, 스턴… 제, 발…."

"내가 그랬지. 빌 때는 무얼 어떻게 해 주길 비는지 확실히 하라고."

하지만 여자는 그의 명령에 복종하지 않았다.

아니, 할 수 없었다가 맞을까.

그를 향해 뻗던 손이 툭 떨어졌다. 버둥대던 발도 축 늘어져 허공에서 힘없이 흔들리기 시작했다.

시가를 부러트릴 듯 깨문 잇새로 또 한 번 욕지거리가 조용히 새어 나왔다. 그는 조금 전보다는 태연하지 못한 동작으로 여자를 붙들어 올렸다.

짝.

"헉!"

뺨을 찰싹 치는 순간 여자가 눈을 번쩍 뜨더니 숨을 되찾았다. 날카롭게 숨을 들이켜는 소리를 버클이 풀리는 소리가 뒤따랐다.

"하아, 진작에 이렇게 조였으면 좋잖아."

다시 살 찢는 소리가 고문실 벽을 울렸다.

레온은 검지와 중지 사이에 시가를 끼운 손으로 여자의 턱을 틀어쥐었다. 뒤로 힘없이 꺾여 있던 고개가 쉽게 딸려 왔다.

가쁜 숨이 연신 쏟아져 나오는 입을 단숨에 제 입으로 틀어막았다. 이번에는 어떠한 저항도 없었다.

호응마저 없었지만 혀로 입 속을 집요하게 헤집어도 한 번 물리지 않은 건 여자에게 전용 도구를 시험했던 날 후로 처음이었다. 이것도 나름대로 만족스러웠다.

여자가 숨을 다시 꺽꺽대기 시작했다. 입술을 떼어 준 그는 핏줄이 터져 새빨갛게 얼룩진 눈을 바라보았다. 흥분 어린 숨이 저도 모르게 쏟아져 나왔다.

피로 물든 청록빛 바다라.

이토록 아름다운 색은 처음 보았다. 쉽게 싫증을 내는 그의 까다로운 취향을 이처럼 잘 맞춰 주는 사람 또한 처음이었다.

적에게 붙잡혀 기쁨을 주는 첩자라니.

이 얼마나 무능하고도 유능한 첩자인가.

적이라는 것이 아깝다는 말은 철회다. 적의가 한순간도 식지 않는 저 눈빛이 더 구미를 당기게 하는 여자이니까.

"그레이스, 솔직히 말하자면…."

그는 의식을 잃은 여자의 귓가에 입술을 바짝 대고 누구도 알아서는 안 되는 비밀을 나직이 속삭였다.

"*나는 네가 무서워.*"

그레이스는 눈을 번쩍 떴다.

'눈부셔.'

다시 눈꺼풀을 닫았다. 그 짧은 찰나 깨달은 건 시야가 기울어져 있다는 사실이었다.

더는 천장에 매달려 있지 않았다. 밧줄의 팽팽함 대신 매트리스와 담요의 부드러운 감촉이 피부로 전해졌다. 그레이스는 침대에 모로 누워 있었다.

눈꺼풀을 슬며시 벌렸다. 그녀를 여기 눕힌 장본인이 분명한 남자는 침대가 정면으로 보이는 자리에 앉아 있었다.

하지만 그레이스를 보고 있진 않았다. 만년필을 쥔 손으로 턱을 괴고 테이블에 펼쳐 놓은 서류를 내려다보는 윈스턴을 그녀는 조용히 훔쳐보았다.

"*그레이스, 솔직히 말하자면 나는 네가 무서워.*"

아득한 머릿속에서 메아리치던 목소리를 다시금 떠올리며 실소했다.

그런 말을 저자가 했을 리가.

돈이 전능해져 가는 세상에서 서부의 한 주를 통째로 소유한 대부호는 신이었다. 사회의 규칙과는 별개로 계급이 곧 법이며 상관이 곧 신인 군에서조차 윈스턴은 예외였다.

세상에 무서운 것이 없는 인간. 그런 자가 고작 제 감옥에 포로로 붙잡혀 있는 여자를 무서워할 리가.

게다가 단 한 번 빈정대며 부른 후로 저자는 그녀를 그레이스라고 부른 적이 없었다.

의식을 잃은 후에 꿈을 꾼 게 분명했다.

'정말 말도 안 되는 꿈이네.'

언젠가 저자가 제게 빌게 만들겠다고 매일같이 이를 갈았더니 그게 꿈으로까지 나타났나.

꿈을 이루지 못하고 죽을 뻔했다. 볼일이 다 끝나고도 윈스턴이 여기 머무는 이유는 모르겠으나 그를 더는 상대하고 싶지 않았다.

가늘게 뜨고 있던 눈을 감으려던 찰나였다.

드륵.

윈스턴이 자리에서 일어서더니 그의 앞에 놓인 쟁반을 한 손으로 들어 올렸다. 고급스러운 은 쟁반에는 은빛 덮개가 씌워져 있었다.

그는 그걸 든 채 문밖으로 나가더니 곧장 돌아왔다. 빈손으로.

자는 척 눈을 감았다. 정말 잠들고 싶었지만 만년필이 종이를 서걱서걱 긁는 소리에 자꾸만 신경이 쏠렸다.

머릿속으로 양을 세며 주의를 돌리려 애쓰던 때에 누군가 문을 두드렸다. 만년필 소리가 멎고 다른 소음이 이어지자 호기심을 참지 못한 그레이스는 실눈을 떴다.

윈스턴은 손만 보이는 누군가에게서 조금 전 치운 것과 똑같이 생긴 은 쟁반을 받고 문을 닫았다. 그걸 테이블에 놓는 그를 지켜보다 흥미가 떨어져 다시 눈을 감으려던 찰나였다.

"깬 거 알아."

"…."

"이것마저 식으면 알아서 해."

저도 모르게 눈을 번쩍 뜬 그레이스는 다시 제자리에 앉아 만년필을 드는 남자를 의아한 눈으로 응시했다.

'저녁을 먹이려고 내가 깰 때까지 기다린 건가?'

죽일 뻔한 게 미안하기라도 한 건지.

또 헛소리.

천천히 고통스럽게 죽여야 하는데 계획보다 너무 빨랐나 보지.

배가 고프긴 했던 그레이스는 몸을 일으켰다. 밧줄 한 가닥 걸치지 않은 나체를 그녀는 잠시 멍하니 내려다보았다. 분명 땀과 애액으로 끈적해야 할 몸이 보송보송했다. 닦아 준 걸까.

'알 게 뭐야.'

그레이스는 조금 전부터 이어지는 헛생각을 멈추고 침대 밖으로 나왔다. 옷을 다 갖춰 입을 기력이 없어 블루머 위에 얇은 나이트가운 한 장만 걸친 꼴로 자리에 앉았다. 윈스턴은 그녀에게 눈길도 주지 않았다.

"너 설마 나를 좋아해?"

곱씹어 볼수록 당혹스러웠다. 당연히 답은 '아니요.'가 아니었나. 그러니 진지한 도발이 되지 못할 헛소리일 뿐이었다.

시합 전의 권투 선수들처럼 주고받았던 도발 중에서도 가장 가벼운 조롱이 윈스턴에겐 결정타였을 줄이야.

동요를 감추지 못하던 눈동자가 자꾸만 어른거렸다. 지금은 전혀 다른 사람처럼 차분한 남자를 멍하니 바라보는데 그가 한숨을 짧게 내쉬었다.

"공주가 따로 없군."

그레이스의 눈빛을 오해했는지 윈스턴은 쟁반을 덮은 뚜껑을 열어 주었다.

모락모락 김이 피어오르는 콩소메 수프와 으깬 감자, 부드러운 버터롤, 그리고 디저트로는 캐러멜이 녹아 흘러내리는 커스터드푸딩.

하나같이 넘기기 수월한 음식들이었다.

후려친 뺨에 키스하기.

흔히 쓰는 그 속담을 인간으로 만든 것이 레온 윈스턴이었다.

그렇다고 그레이스가 그의 '키스'를 거부할 처지는 아니었다. 얌전히 스푼을 들었다.

달그락, 스푼이 그릇에 부딪히는 소리만 이어졌다. 만년필 소리는 멎은 지 오래였다.

식사를 하는 그녀를 말없이 지켜보며 시가를 피우던 윈스턴이 돌연 말문을 열었다.

"난 데이지를 좋아했었어."

기대치 못한 고백에 그레이스는 고개를 들어 그를 응시했다.

"샐리 브리스톨을, 그래, 아직도 좋아하고."

핏빛 후광을 입은 청록빛 눈동자가 흔들리자 그는 이를 세게 악물었다.

"하지만 그레이스 리들은 증오해."

진심일까, 거짓일까. 순식간에 피어오른 뿌연 연기 탓에 윈스턴의 눈동자가 보이지 않았다.

"그나마 네가 울면서 얌전히 받아 줄 땐 좀 예뻐 보이니까 목숨 부지하고 싶으면 알아서 잘 처신해."

그 말에 청록빛 눈동자가 떨림을 멈추더니 그를 죽일 듯이 노려보았다.

"그 반항적인 눈까진 봐주지."

할 말은 다 했으니 가겠다는 건가.

펼쳐 둔 서류를 정리하는 남자를 노려보던 그레이스는 조용히 어금니 사이로 혀를 밀어 넣었다. 꽉. 깨무는 순간 눈앞이 아찔해지는 통증과 함께 비릿한 맛이 번졌다.

아픔 때문에 미세하게 떨리는 손으로 스푼을 집어 들었다. 수프가 그득히 담긴 쇠붙이를 입술에 붙이자마자 그레이스는 작게 기침을 했다.

수프 그릇의 가장자리에 핏방울이 후드득 떨어지는 순간, 만년필의 뚜껑을 닫던 손이 멈췄다.

쨍그랑.

손을 크게 떨자 헐겁게 쥐어 있던 스푼이 수프 그릇 속으로 곤두박질쳤다.

"헉, 콜록…."

그레이스는 손으로 입을 틀어막은 채 발작적으로 기침을 했다. 순식간에 손바닥이 핏빛으로 물들었다.

"왜 그래?"

윈스턴이 테이블을 돌아 이쪽으로 다가오려 했다. 그가 겨우 한 걸음밖에 떼지 못했을 때 그레이스는 피로 젖은 손을 흐느적 떨어트리며 몸에서 힘을 뺐다.

털썩. 차가운 바닥이 아닌 뜨거운 품속으로 추락했다.

무슨 일이 있어도 느긋하게 걷기만 하던 자가 달려오다니. 꼴좋았다.

"눈 떠."

뺨을 두드리는 손은 품과 달리 차가웠다. 입에 고인 피를 간헐적으로 토해 내며 힘겨운 척 눈을 슬며시 떴다. 윈스턴과 눈이 마주치는 순간 그레이스는 미소를 참는 데 온 힘을 써야 했다.

또 그 눈동자.

저를 좋아하냐고 물었을 때처럼 윈스턴은 동요했다.

왜? 죽으면 새로 사면 그만이라며? 피를 흘리면 흥분한다고 그랬잖아?

그런데 왜 그런 얼굴을 해?

레온 윈스턴, 넌 나를 길들이지 못해.

그레이스는 다시 눈을 감았다.

"빌어먹을…."

레온은 피를 토하며 기절한 여자의 맥박을 확인하다 손을 멈췄다. 그의 머릿속만큼이나 하얗게 질린 손바닥이 선홍빛 피로 젖어 있었다.

심장이 거칠게 날뛰었다. 여자가 그의 입술을 깨물어 피를 냈을 때와는 달랐다.

죽음의 내음이 달갑지 않다니.

외딴 절벽에서 아버지를 발견했던 오래전 그날 이후, 처음이었다.

피가 두려웠다.

아니, 이 여자의 피만은 두려웠다.

레온은 검은 장갑을 낀 손을 작은 캡슐로 뻗었다. 햇빛 속으로 들어 올리자 유백색의 막 속에 든 흰 결정이 어렴풋이 비쳤다.

"청산가리겠군."

그는 독약 캡슐을 다시 작은 나무 상자에 넣고 장갑을 벗으며 캠벨에게 물었다.

"어디에 들어 있었다고?"

"고문실용으로 주문한 매트리스 속에 들어 있었습니다."
"그게 고문실에만 공급되는 건 그 여자를 통해 알았겠지."
"네, 그런 것으로 보입니다."
"하녀 짓을 할 때부터 생각했지만 정말 쓸데없이 착실한 여자야."
캠벨은 어떻게 반응해야 좋을지 몰라 침묵했다.
"그나저나 수뇌부가 꽤 멍청하군. 매트리스 따위에 넣으면 그 여자가 제때 받을 확률이 얼마나 될 줄 알고."
하지만 결국 창고에 쌓인 것을 한 달 만에 다 써 버려 더 주문해야 했으니 아주 틀린 전략은 아니었다.
"놈들, 그 여자가 꽤 중요한 정보를 알고 있다는 힌트만 내게 전해 줬어. 털어놓으면 수뇌부가 위험해질 만한 그런 정보 말이지."
반군이 이런 식으로 자살을 강요하는 지령을 보낸 일은 없었다. 여태껏 잡힌 녀석들은 잔챙이였거나 드물게 거물이 잡혀도 광신도답게 끝까지 입을 다물었으니까.
수뇌부 내의 동지에 대한 믿음이 굳세던 그들이 그 여자만은 제거하고 싶어 한다. 누구보다 광적인 신도인 그 여자에게 변절할 만한 이유가 있다는 뜻이었다.
부모님이 모두 죽고 오빠라는 남자가 반군을 등진 이유와 연관이 있을까.
그런데 그 여자는 아직 변절하지 않았단 말이지.
어떻게 해야 반군을 등지게 만들 수 있을까.
그 여자가 제 손안에 있으면 그만이라 생각했다. 하지만 인간은 탐욕스러운 동물이다. 그렇게 정의 내리자면 그는 이 세상 누구보다도 인간적인 사람이었다.

조나단 리들 주니어를 만나 이유를 캐 봐야 하나.

그랬다가 괜히 언젠가 황금 알을 낳을지도 모를 거위의 배를 가르는 꼴이 될지도. 제가 감시당하는지 모르던 그가 도망치거나 주변을 경계하며 옛 동지들의 접촉을 거부할지도 모르니.

일단 그건 최후의 수단으로 삼기로 한 레온은 독약 상자에 함께 들어 있던 리틀 지미의 편지에 다시 눈길을 주었다.

[미안해, 그레이스. 사랑해.]

죽으라는 말을 하며 사랑한다니. 그 여자가 진심으로 가엽게 느껴질 지경이었다.

곧바로 들킬 꾀병이나 부려 대는 그 멍청한 여자는 이게 제 손에 무사히 들어갔더라면 비겁한 약혼자가 시키는 대로 순순히 독을 삼켰을까.

입이 썼다. 레온은 책상에 놓인 흑단 상자에서 시가를 꺼내 물었다.

"그리고 이번 주의 윈스포드 거점 동향 보고서입니다."

안가 감시 보고서를 책상에 놓는 캠벨에게 고개를 끄덕여 주곤 레온은 하던 생각을 마저 이어 갔다.

신뢰할 수 없는 여자와 약혼을 한다….

그놈과 나누고 싶은 이야기가 하나 더 늘었다.

"하…."

그레이스는 손목으로 이마에 송골송골 맺힌 땀을 닦았다. 손은 회색 먼지가 뿌옇게 덮여 원래의 빛깔이 보이지 않을 정도였다.

"여기까지만 하고 저녁에 할까?"

손에 들고 있던 공구를 놓고 빗자루와 쓰레받기를 집었다. 바닥에 쌓인 회색 부스러기와 먼지를 말끔히 쓸어 변기에 넣고 내리던 찰나였다.

철컥.

욕실 밖에서 철문의 잠금장치를 푸는 소리가 들렸다.

'왜 벌써! 아직 2시는 멀었을 텐데!'

그레이스는 다급히 공구를 틈에 넣고 벽에 세워 두었던 패널을 제자리에 붙였다. 쓰레받기를 욕실 구석의 청소 도구용 양동이에 넣을 땐 고문실에서 이쪽으로 빠르게 걸어오는 발소리가 들렸다.

'손!'

다급히 세면대로 다가가 물을 틀었다. 쏟아지는 찬물 아래에 먼지투성이인 손을 집어넣는 찰나 윈스턴이 욕실 입구로 모습을 드러냈다.

"나와."

그의 시선은 씻겨 내려가는 회색 먼지가 아니라 그레이스의 얼굴에 있었다.

'하… 들킬 뻔했어.'

그레이스는 수상한 냄새를 놈이 맡지 못하도록 비누로 손과 얼굴을 씻고 몸에 묻은 먼지도 말끔히 턴 후에야 밖으로 나갔다.

"벌써 2시라니."

2시가 아닌 걸 알면서도 부루퉁한 투로 웅얼대며 회색 블라우스의 단추를 풀려는데 윈스턴이 그녀의 손을 잡으며 고개를 저었다.

평소보다 일찍 온 것, 그리고 옷을 벗지 말라고 한 것만 이상한 게 아니었다.

고문실 밖으로 내보내 주다니.

대체 얼마 만일까. 날짜는 몰라도 체포된 후 처음인 건 분명했다.

'설마 호송되는 건가?'

지하의 쇠창살까지 지나 계단을 오르기 시작하자 가슴이 크게 두근거렸다.

저번에 일부러 혀를 씹어 피를 토한 일은 당연하게도 들켰고 호되게 응징을 당했다. 그렇지만 윈스턴이 그 일로 꽤나 충격을 받았는지 응징은 전보다 약했다.

정작 길들여진 건 이 남자인 셈이었다.

그러다 결국 흥미가 떨어져서 사령부에 넘기기로 한 건가?

하지만 1층 정문은 기대와는 달리 굳게 닫혀 있었다. 윈스턴은 계속해서 그레이스를 계단으로 이끌었다.

드디어 놓아준다는 기대는 이렇게 쉽게 무너지는 걸까.

'아니야. 아직은 아니야.'

집무실에 사령부의 장교들이 와 있을지도 모른다.

별채는 유령 저택처럼 고요했다. 윈스턴에게 붙들려 2층까지 올라가는 길엔 아무도 없었다.

텅 빈 복도에서는 먼지만 햇빛 속을 부유하고 있었다. 이게 얼마 만에 느껴 보는 햇볕일까.

따스한 햇살 속에서 저도 모르게 멈춰 서자 장신의 몸이 창문과 그레이스의 사이를 막아섰다. 다시 윈스턴의 암담한 그늘 속에 갇힌 신세가 되었다.

그레이스의 허리를 그의 팔이 굵다란 밧줄처럼 휘감더니 걸음을 재촉했다.

"왜 이렇게 땀을 흘렸어?"

블라우스가 땀으로 축축이 젖은 걸 느낀 모양이었다. 그레이스는 적당한 핑계로 얼버무렸다.

"청소 중이었어."

그녀를 내려다보는 눈이 한심하다고 말했다.

"그걸 하라 했다고 진지하게 하다니."

한심해할 사람은 그레이스였다. 청소할 하녀를 보내 달라고 빌기를 기다린 건가. 이미 그에게 많은 걸 구걸하는 비참한 처지인데 그런 자잘한 것까지 구걸할 생각은 없었다.

윈스턴이 걸음을 멈추는 순간 또 한 번 기대가 어그러졌다. 그가 그레이스를 끌고 간 곳은 집무실이 아니라 손님용 침실이었다.

'설마 오늘은 여기서 하려고? 어쩌면 이젠 여기로 감옥을 옮기려는 걸까.'

그럼 창문으로 탈출할 수 있을지도 모른다. 또다시 기대를 품었지만 곧바로 어그러졌다.

'누구지?'

문이 열리자 창문 앞의 의자에서 중년의 낯선 여자가 일어섰다. 여자는 긴장했는지 굳은 입꼬리를 억지로 올려 두 사람에게 인사를 했다. 뜻밖의 상황에 마찬가지로 굳어 있는 그레이스를 윈스턴이 침실 안으로 밀어 넣었다.

통성명은 없었다.

"시작하도록."

윈스턴의 명령에 여자가 테이블에서 왕진 가방을 집어 드는 걸 보고 의사라고 추측하는 게 다였다.

'난 아픈 데가 없는데.'

몸 곳곳에 밧줄 자국과 윈스턴의 입술이 남긴 멍이 있지만 그걸로 의사를 불렀을 리는 없었다. 불길한 예감에 하얗게 질려 가던 그레이스는 의사의 요청에 완전히 새파랗게 질렸다.

"블루머를 벗고 침대에 누우시면 됩니다."

놀란 눈으로 윈스턴을 돌아보았다. 그는 이미 이런 지시가 내려질지 알고 있었는지 무표정했다. 그레이스는 말이 통하지 않을 남자 대신 의사에게 물었다.

"뭐 하는 거죠?"

하지만 의사는 대답하지 않고 그녀의 뒤를 난처한 눈으로 바라보았다. 윈스턴의 눈치를 보는 것이었다.

"의사 말대로 해."

"아니, 난 무슨 일인지 알아야겠어."

그레이스가 버티자 윈스턴은 의사를 잠시 밖으로 내보냈다.

"대체 내게 뭘 하려는 거야?"

그레이스의 목소리가 미세하게 떨렸다.

"별것 아니고 아픈 것도 아니야. 그러니까 시키는 대로 해."

그 대답에 더욱 겁에 질린 그레이스가 뒷걸음질 치자 윈스턴이 그녀를 단숨에 어깨에 들쳐 메고 침대에 쓰러트렸다.

"앗! 놔!"

"네 주먹질은 이제 책 읽듯이 읽혀."

그는 몸부림치는 그레이스를 쉽게 제압하고 치마 속으로 손을 넣어 스타킹을 고정한 가터벨트의 끈을 능숙하게 하나씩 풀었다. 곧이어 블루머가 벗겨지자 그레이스는 온 힘을 다해 저항했다.

"싫어. 그만!"

"의사 앞에서도 묶여 있고 싶어? 아니면 입에 총구라도 물려 줘야 하나? 빨리 끝내고 싶으면 얌전히 있어."

결국 '얌전히'를 선택할 수밖에 없었다. 무릎을 세우고 다리를 활짝 벌린 굴욕스러운 꼴로 침대에 누운 그레이스는 초조하게 숨을 몰아쉬었다.

침대 끝에 걸터앉은 의사가 치마를 걷어 올리더니 놀라운 걸 본 양 눈썹을 쫑긋거렸다. 허벅지에 난폭한 정사의 흔적이 남아 있다는 걸 잘 아는 그레이스는 입술을 깨물며 시선을 돌렸다.

"조금 차가울 수도 있습니다."

그 말에 고개를 든 그레이스는 질겁했다. 의사가 다리 사이에 금속 깔때기처럼 생긴 물건을 집어넣으려 했다.

"지금 뭐 하는 거예요? 그만둬요!"

"질경이라는 겁니다. 아프지 않으니까 걱정 마세요."

의사가 인자하게 웃으며 환자들 모두 처음에는 무서워한다며 안심시키려 했지만 조금도 안심이 되지 않았다. 엉덩이를 위로 밀어 올려 피하려 하자 윈스턴의 큼지막한 손이 그녀의 아랫배를 눌렀다.

"읏…."

옴짝달싹하지 못하게 된 그레이스의 다리 사이로 낯선 물건이 천천히 들어왔다.

차가워.

찬 기운은 곧 가셨지만 이물감은 여전히 꺼림직했다. 기구가 안에서 벌어지며 길을 넓히는 느낌은 소름 끼치기까지 했다.

의사는 괴상한 기구를 그레이스의 음부에 끼워 넣은 후 가방에서 기다란 철제 상자를 꺼냈다. 의사가 뭔가를 준비하는 사이 옆에서 뒷짐을 지고 서 있던 윈스턴이 갑자기 허리를 숙였다. 시선은 그레이스의 다리 사이에 있었다.

저자는 지금 얼마나 즐거울까. 제가 매일 쑤셔 대던 구멍이 한눈에 똑똑히 보일 테니.

흥미롭다는 눈으로 질 속을 들여다보던 윈스턴은 그레이스와 눈이 마주치자 눈꼬리를 휘어 웃으며 말했다.

"우리 자기는 예쁘지 않은 데가 없네."

철제 상자에서 뭔가를 꺼내던 의사가 눈썹을 쫑긋 올렸다. 낯 뜨거운 소리로 그치지 않고 남의 앞에서 키스까지 하며 연인인 척하는 게 가증스럽기 짝이 없었다.

상자에서 나온 건 가위 모양을 한 기다란 집게였다. 의사는 집게로 상자에 든 반구 하나를 집더니 오목한 쪽이 그레이스에게 닿도록 몸속으로 넣었다 빼길 몇 번 거듭했다. 그럴 때마다 반구를 다른 크기로 바꾸는 걸 보니 질 속에 있는 무언가의 크기를 재는 듯도 했다.

산부인과 따위는 한 번도 가 본 적 없는 그레이스는 이 기괴한 짓이 대체 뭘 위한 건지 알 턱이 없었다.

아프지 않다는 건 사실이었다. 긴장이 제법 풀리고 이성이 돌아오자 이건 저자에게서 벗어날 기회일지도 모른다는 생각이 번뜩 들었다.

저자가 한눈파는 순간 의사에게 입 모양만으로 도와 달라는 말을 하려 했다. 그러나 그는 한시도 그레이스에게서 눈을 떼지 않았다.

의사에게 이름이라도 실수인 척 말해 주고 싶었다. 입이 가벼운 사람이라면 윈스턴 대위에게 정부가 있다는 소문을 낼 테고 '리들'이라는 이름도 함께 퍼지면 사령부에서 의심하지 않을까?

하지만 직접 말할 순 없었다. 그랬다간 당장 고문실로 끌려가 응징을 당할 게 분명하니까.

"이건 왜 하는 거야?"

그래서 윈스턴에게 계속 말을 걸었다. 실수로 '리들 양'이라는 말을 꺼내도록.

"곧 끝나."

"무슨 일인지 설명 정도는 미리 해 줄 수 있었잖아."

"가만히."

하지만 윈스턴은 그레이스의 속셈을 꿰뚫어 보기라도 한 듯 유도 신문에 넘어오지 않았다.

"그럼 선생님께서 말씀해 주세요."

"…곧 끝납니다, 아가씨."

의사는 그레이스와 대화하지 말란 지시라도 받았는지 그녀의 질문에 답하지 않고 대화는 오로지 윈스턴과만 했다.

"리…."

"조용히."

리들이라고 불러 달라고 하려는 걸 어떻게 알았는지 윈스턴이 경고했다. 절박해진 그레이스는 포기하지 못했다. 제가 여기 억지로 감금되어 있다는 사실이라도 알리고 싶었다.

"끝나면 다시 지, 읍…."

지하실로 보낼 거냐고 물으려 하자마자 차가운 손이 입을 틀어막았다. 의사 앞에서 계속 연인처럼 굴 거란 판단은 착각이었다.

"바쁜 사람에게 쓸데없는 말은 하지 마, 자기야."

얼굴을 짓누르는 힘 탓일까. 외부 사람에게 쓸데없는 말은 하지 마, 로 들렸다.

손은 곧바로 떨어져 나갔다. 한층 싸늘해진 눈빛을 마주한 그레이스는 입을 다물었다.

의사가 몸에 난 밧줄 자국이나 다리 사이의 적나라한 흔적을 보고 제발 경찰을 불러 주길 기대했다. 하지만 과연 이걸 범법 행위로 볼지 혈기 왕성한 사내의 은밀한 성벽으로 볼지 미지수였다.

"다 끝났습니다."

음부를 벌리고 있던 기구가 빠져나가기 무섭게 윈스턴이 치마를 내려 그레이스의 하반신을 가려 주었다.

짐승이 신사처럼 구는 꼴이 기가 막혔다. 의사가 나가자마자 제 본성을 드러내며 치마를 걷을 거면서.

'이런 일이 있을 줄 알았으면 쪽지라도 미리 써서 지니고 있을걸.'

몸을 일으켜 앉은 그레이스는 제 앞에서 대화를 나누는 두 사람을 지켜보며 후회했다.

"그럼 일주일 안에 저택으로 보내 드리겠습니다."

"발송인 명 없이, 수령인은 내 이름으로, 정확히 별채로 보내도록."

"네, 그렇게 하겠습니다."

영문을 알 수 없는 대화를 나누던 의사가 왕진 가방을 들어 올렸다. 떠나는 의사에게 간절한 눈빛을 보냈지만 곧바로 윈스턴의 몸에 가로막혔다.

문이 닫히자마자 그의 얼굴에서 부드러운 미소가 사라졌다.

"그레이스 리들 양, 샐리 브리스톨, 데이지. 뭐든 간에…."

그는 참았다는 듯 이름을 연이어 읊으며 그레이스의 속셈을 알고 있었다는 걸 똑똑히 보여 주었다.

"저 여자가 너를 구해 줄 거란 기대는 하지 않는 게 좋을 거야."

그레이스는 머리칼을 넘겨주는 역겨운 손길을 피해 고개를 돌렸다.

"네 이야기를 조금이라도 입 밖에 내는 순간 저 여잔 혹독한 세무 조사를 당할 테니까. 지금까지 탈루한 세금을 가산세까지 내려면 얼마 전에 산 교외의 저택을 팔아야 할 처지이지."

그럼 그렇지. 저자가 입막음 없이 사람을 데려왔을 리가.

"여기서 교훈은, 사람은 나쁜 짓을 하지 말고 살아야 한다는 거야."

네 주제에 그런 말을 하냐는 무언의 비난을 받은 남자가 눈꼬리를 휘어 웃었다.

"그래, 일리 있는 지적이야. 정정하지. 나쁘게 살려면 나처럼 돈과 권력을 갖춰야 해."

그는 또 가증스럽게 웃은 후 손목시계를 확인했다.

"2시군."

신문을 시작할 시간이란 뜻이었다.

"오늘은 여기서 할까."

윈스턴이 침대 머리맡으로 향했다. 협탁의 라디오를 켠 그는 가파른 바이올린 선율이 들리자 다이얼을 멈췄다.

그레이스는 재킷을 벗는 남자에게 물었다.

"뭘 일주일 안에 준다는 거야?"

윈스턴은 넥타이를 풀고 목을 옥죈 셔츠 단추를 몇 개 풀어 내리고서야 그레이스의 물음에 물음으로 답했다.

"내 아이는 갖기 싫다며?"

피임 기구를 주문했다는 말이었다.

"고문실에 갇힌 여자가 아이를 가지면 나도 골치 아파."

그레이스는 머리를 한 대 세게 맞은 것처럼 멍해졌다.

'이 남자, 나를 놓아주지 않을 셈이야.'

고문실 밖으로 데려 나올 때만 해도 저를 포기한 건가, 희망을 품었었다. 하지만 피임 기구까지 주문할 정도로 오래도록 가둬 두고 범할 생각이란 말에 희망은 형체를 알 수 없을 정도로 산산이 조각났다.

"대체 언제까지 나를 가둬 둘 생각이야?"

"네가 천천히 시달리다 죽거나 내가 질릴 때까지."

윈스턴은 긴 다리를 여유롭게 뻗어 단 두 걸음 만에 그레이스의 코앞으로 다가오더니 그녀의 턱 끝을 검지로 들어 올렸다.

"네 눈을 보면 알아."

그가 그레이스의 눈을 들여다보며 씨익 웃었다.

"살고 싶잖아. 그러니까 시시해지도록 노력해 봐."

사악한 속삭임을 들으며 그레이스는 눈을 질끈 감았다.

갈수록 신문은 뒷전이 되어 가고 몸만 탐하기에 한시름 놓았더니. 그게 더 위험한 조짐이었을 줄이야.

"사령부에 보고 안 했네."

"그걸 이제야 깨닫다니. 느려."

아니, 의심은 하고 있었다. 오늘에야 확신했을 뿐.

"네 상관이 알게 되면 과연 조용히 넘어가 줄까? 반군 소탕의 상징인 군 장교가 반군을 몰래 숨겨 두고 정부로 삼다니. 왕가의 신뢰까지 잃을지도 모르지. 작위는 그러면 물 건너갈 테고. 네 부친이 땅속에서 통곡하겠어."

"적이 내 앞날을 걱정해 주다니 영광인데? 리들 양이 나를 그렇게나 아낀다면 본거지의 위치를 순순히 털어놓지 그러십니까?"

"내가 아는 걸 물어. 그럼 기꺼이 답해 줄 테니까."

윈스턴은 그럴 줄 알았다는 듯 비소를 지으며 빳빳한 소매 끝에서 금빛 커프스를 뺐다.

"오늘은 특별히 네게 선택권을 주지. 정보원 혹은 창녀, 네 뜻대로."

몸집만으로 위압감을 풍기며 우뚝 선 남자를 노려보던 그레이스는 침대에 천천히 몸을 뉘었다. 제 손으로 치마를 걷어 올려 발간 살을 드러내자 그의 눈에 비틀린 만족감이 차올랐다. 그레이스는 눈을 감았다.

버클을 푸는 소리가 들렸다. 곧 다리 사이의 매트리스가 푹 꺼지는 느낌이 나며 뜨거운 몸이 겹쳐졌다.

"훗…."

기구의 이물감은 아무것도 아니었다. 여전히 버겁기만 한 물건을 받아내며 버둥대는 사이 살이 마찰하는 소리가 서서히 가팔라졌다.

어지러이 흔들리는 몸속에 갇힌 정신이 소리 없는 아우성을 거듭했다.

그래, 난 죽고 싶지 않아. 어떤 비참한 짓을 해서라도 살 거야. 하지만 언제까지나 네 노리개로 살진 않겠어.

그레이스는 제 몸에 한눈을 파는 남자 몰래 손톱 아래에 낀 회색 먼지를 긁어내며 다짐했다.

보내 주지 않으면 내 힘으로 나갈 거야.

밤 10시가 넘은 시각에도 활기찬 번화가를 벗어나자 근위병들이 동상처럼 우뚝 선 왕궁의 담벼락이 이어졌다. 미끄러지듯 달리는 세단에 앉은 로잘린은 운전대를 천천히 꺾는 남자를 곁눈질했다.

로체스터 왕립 공과 대학의 채드윅 교수와 식사를 갖고 돌아오는 길이었다. 차를 보내 달라고 집사에게 전갈을 넣으려 했으나 윈스턴 박사가 대공가의 타운 하우스까지 데려다주겠다고 했다.

정중히 거절해야 맞는 상황이었다. 하지만 로잘린은 윈스턴가의 타운 하우스와 그다지 멀지 않다는 생각에 수락했다.

그가 수행원들을 돌려보내고 직접 운전대를 잡은 건 뜻밖이었다. 실은 윈스턴 저에서 그를 처음 만난 후로 뜻밖의 일이 계속 이어졌다.

윈스턴가의 형제는 수려한 외모만큼이나 하늘을 찌르는 오만함으로도 유명했다. 제롬 윈스턴 박사는 분명 첫 만남에서는 소문대로였으나 알아 갈수록 그 오만함은 소문과 거리가 멀어졌다.

"윈스턴 박사."

"네?"

"솔직히 말씀드리자면 이렇게까지 하실 줄은 몰랐어요. 감동했네요."

채드윅 교수를 비난한 기사를 정정하고 1면에 사과문을 실은 것만으로도 윈스턴 박사가 져야 할 책임은 충분히 진 셈이라고 생각했다.

하지만 그는 왕도에 있는 교수를 직접 방문해 연구에 진지하게 관심을 보이며 연구비까지 후하게 지원하겠다 약속한 것이다.

"채드윅 교수도 크게 감명받은 듯하더군요. 분야만 같았더라도 공동 연구를 제안했을 거란 말은 절대 빈말로 들리지 않았어요."

귀족들의 왕도 내 거처가 모인 타운 하우스 지구로 차가 들어섰다. 거리가 한층 한산해지자 로잘린은 불현듯 깨달았다. 저 홀로 신이 나 채드윅 교수의 이야기만 떠들었다. 말이 없는 남자에게로 시선을 돌린 로잘린은 급하게 화제를 바꿨다.

"그나저나 지질학과 고고학에 애정과 지식이 풍부한 박사가 학자의 길을 가지 않는 건 아쉬운 일이군요."

박사는 그녀에게 미소를 띤 눈길을 잠시 보내더니 도로를 보며 대답했다.

"아쉽지만 윈스턴이니 어쩔 수 없는 일이죠. 윈스턴가는 대대로 손익이 0 이하인 직업은 직업으로 보지 않거든요."

그는 겸연쩍은 미소를 짓더니 덧붙였다.

"압니다. 속물이죠."

쓸데없는 화제를 꺼내는 바람에 박사의 체면을 상하게 한 건 아닐까. 로잘린은 급히 대꾸했다.

"학문을 관두고 결혼을 하는 저도 별다르지 않은 속물이네요."

그 말에 박사가 눈매를 좁히며 물었다.

"저희 형에게 결혼 후에도 공부를 계속하겠다는 이야기는 해 보지 않으셨나요?"

"아직 대위와 그럴 정도로 편한 사이는 아니어서…."

"저희 형의 눈치를 보실 필요는 없어요."

제롬은 대공녀에게 웃어 주며 자신했다.

아마 그 자식은 제 아내가 무얼 하든 관심도 없을 거다. 설령 외도를 하더라도.

"저하께서 공부를 계속하시고 싶다면 하시는 거죠."

"…로잘린이라고 불러 주세요."

술은 입에 대지도 않았는데 발그레한 뺨을 본 제롬은 당장에 제 마음을 고백하고픈 충동을 참지 못했다.

"로잘린, 정말 아름다운 이름이에요."

"감사해요."

"로잘린, 혹시 만유인력이 사람 사이에도 있을 거라고 생각해 본 적이 있나요?"

비록 인문학 박사이지만 과학에도 조예가 깊은 남자가 너무나 기초적인 물리 법칙을 묻자 로잘린은 고개를 갸웃했다.

"그야 당연히 있겠죠. 만유인력은 질량을 가진 모든 물체 사이에 존재하는 물리적인 끌림이니까요."

"로잘린이 가진 만유인력은 달보다도 큰 것 같아요."

"네?"

엉뚱한 소리에 로잘린은 말문을 잃었다.

'지금 내가 뚱뚱하단 소리를 에둘러 한 건가?'

만유인력은 질량에 비례하니까.

하지만 로잘린은 뚱뚱하긴커녕 마른 축에 들었다. 당혹스럽다는 눈빛을 박사에게 보냈더니 그가 부드럽게 입꼬리를 올리며 말을 이었다.

"제가 로잘린에게 자꾸만 끌려서요."

모욕이 아니라 추파인 걸 깨닫자마자 로잘린의 얼굴이 홧홧하게 달아올랐다.

세상에. 과학 이론에 빗대어 추파를 던진 남자는 그가 처음이었다.

두근두근 뛰는 가슴을 억누른 로잘린은 한층 딱딱한 투로 말문을 열었다.

"윈스턴 박사, 조금 전의 말은 못 들은 척할 테니…."

"그럼 볼 때마다 고백할 겁니다. 매번 다른 이론과 법칙으로."

"박사, 난 당신의 형과 결혼할 사람이에요. 오늘 일로 박사를 좋게 보았는데 이렇게나 부도덕한…."

남자가 느닷없이 어두운 담벼락 옆에 차를 세우더니 로잘린에게로 몸을 돌렸다.

"지금 뭐 하는 거죠?"

"로잘린, 부인하지 마세요. 당신도 제게 끌리는 거 알아요."

그는 로잘린이 무릎에 얹어 둔 지질학 책을 눈으로 가리켰다. 저번 윈스턴 저 방문 때 그에게서 빌렸던 책이었다. 이따금 궁금한 게 있다며 그에게 전화를 했었다. 하나같이 유치한 핑계였지만.

"박사, 이런 감정은 감기처럼 스쳐 지나가게 마련이에요."

"로잘린이란 이름의 감기라면 평생 앓고 싶군요."

제롬은 로잘린이 제 감정을 감기에 비유하며 인정하자 더욱 적극적으로 밀어붙이기로 했다.

"현실을 말씀하시니까 저도 현실을 말씀드리죠. 레온 윈스턴은 평생 당신을 여자로 보지 않을 거예요."

"그걸 어떻게 자신하죠?"

"이건 아무도 모르는 비밀인데 로잘린에게만 말해 줄게요. 저희 형은 십수 년 전에 잠깐 스쳐 간 첫사랑에 아직도 빠져 사는 한심한 인간이에요."

"낭만적이네요."

흔들림 없는 대답에도 제롬은 포기하지 않았다.

"레온 윈스턴과 이름 모를 여자가 주인공인 삼류 멜로 영화의 조연으로 남고 싶으신가요? 당신도 당신만의 영화 같은 사랑을 할 수 있는데 왜 그런 식으로 생을 허비해야 하죠?"

"…들키지 않을 리가 없어요."

로잘린의 마음이 흔들리기 시작했다. 제롬은 몸을 가까이 기울이며 속삭였다.

"난 형을 잘 알아요. 우리 관계를 알면 배신감을 느끼긴커녕 귀찮은 의무를 떠넘겨 잘되었다고 생각할 사람이죠. 당신을 귀찮은 의무라고 생각하는 남자만 평생 바라보며 살고 싶으신가요?"

그는 로잘린의 뺨으로 천천히 손을 뻗었다.

"당신을 한낱 돌멩이로 보는 남자와 다이아몬드로 아끼는 남자. 답은 뻔하죠. 정답은 당신의 머릿속이 아니라 마음속에 있어요."

손끝이 빨갛게 상기된 뺨에 닿으려는 찰나 로잘린이 고개를 돌렸다.

"형의 아내가 될 사람에게 이러는 거, 양심의 가책도 느껴지지 않나요?"

제롬은 양심의 가책이란 소리에 눈꼬리를 크게 휘어 웃었다. 형도 이 말을 들었더라면 똑같이 실소했을 것이다.

"윈스턴은 양심이 있어야 할 자리에 욕심을 갖고 태어나죠."

제롬은 아무짝에도 쓸모없는 양심을 가진 탓에 가엽게도 울상이 된 얼굴을 쥐며 고개를 숙였다.

"그리고 난 당신을 원해요."

로잘린은 그를 뿌리칠 수 있다는 걸 알면서 아무것도 하지 않았다. 입술이 포개어지는 순간 눈을 감는 게 다였다.

난생처음 저질러 본 나쁜 짓에 죄책감을 느낄 틈을 그는 주지 않았다. 제롬의 안경이 로잘린의 얼굴에 부딪히자 둘은 겸연쩍은 웃음을 터트렸다.

"처음인가요?"

그토록 당당하던 남자가 어울리지 않게 얼굴을 붉히며 고개를 끄덕이자 로잘린은 그의 안경을 벗기며 속삭였다.

"저도 처음이에요."

다시 입술이 포개어졌다. 두 사람은 미지의 분야를 탐구하듯 오래도록 키스를 나누다 떨어졌다.

키스 후에는 어떤 말을 하고 어떤 표정을 지어야 예절에 맞는 걸까. 로잘린은 알 턱이 없었다. 어색하게 시선을 돌리는데 제롬이 먼저 말문을 열었다.

"3.14보다 달콤하네요."

뜻 모를 소리에 눈만 깜빡이던 로잘린은 문득 뜻을 깨닫고 손뼉을 쳤다.

"파이!"

순식간에 어색함을 잊고 크게 웃어 버렸다. 그의 농담을 이해하고 웃어 준 유일한 여자를 벅찬 눈으로 바라보던 제롬이 물었다.

"내일도 볼 수 있을까요, 로잘린."

로잘린은 기꺼이 고개를 끄덕였다.

"로지라고 불러 줘요."

새벽 3시. 모두가 잠들었을 시각. 하지만 그레이스를 감시해야 하는 당번병은 잠들 수 없는 시각이었다.

새벽이면 복도에서 떠드는 소리가 들려왔다. 문 앞을 지키는 병사와 모퉁이 너머에서 보초를 서는 병사는 무료함을 견디다 못해 수다를 떨며 밤을 지새우곤 했다.

오늘도 어김없이 문밖에서 불분명한 말소리가 들리기 시작하자 그레이스는 침대에서 일어섰다. 철문의 열쇠 구멍에 눈을 대 보았더니 당번병이 앉아 있어야 할 의자는 비어 있었다. 여기선 보이지 않는 모퉁이 뒤에 있는 게 분명했다.

'지금이야.'

그레이스는 발소리를 죽이며 욕실로 향했다. 안쪽 벽에 세로로 붙은 싸구려 패널 중 세 개를 떼어 내자 회색빛 콘크리트 벽이 드러났다.

발치에는 커다란 구멍이 뚫려 있었다.

사람은 절박해지면 초인적인 힘을 발휘한다더니. 한 달은 더 걸릴 줄 알았던 걸 나흘 만에 해냈다.

그레이스는 패널을 옆으로 치워 두고 웅크려 앉았다. 망처럼 얽혀 있던 철근마저 깔끔하게 잘려 나간 구멍은 어깨만 잘 욱여넣으면 가뿐히 지나갈 수 있을 만한 크기였다.

이 벽의 너머는 창고였다. 건너편을 가려 둔 바구니를 손으로 천천히 밀어 치운 그레이스는 구멍 속으로 손과 머리를 넣었다.

"읏…."

그간 당한 굴욕에 비하면 바닥을 짐승처럼 엉금엉금 기는 건 굴욕 축에도 들지 못했다.

어깨를 구겨 가며 겨우 창고로 빼내자마자 몸이 구멍에 꽉 꼈다. 그레이스는 상체를 비틀며 머릿속으로 투덜거렸다.

'쓸모도 없는 살덩어리 주제에 발목까지 잡네.'

탈출하기 쉽게 일부러 살을 뺐건만 다른 곳은 다 빠져도 가슴만은 그대로였다.

'잘라 버릴 수도 없고.'

문득 든 괴상한 생각에 그레이스는 입꼬리를 비틀었다.

'가슴 한 조각 남겨 주고 가면 그놈이 좋아하겠네.'

체중을 실어 가슴을 힘껏 뭉그러트리고 몸을 수십 번은 비튼 후에야 걸린 곳을 뺄 수 있었다. 그레이스는 한숨 돌릴 틈도 없이 엉덩이까지 비틀어 빼고 벽을 짚으며 일어섰다.

'좋아.'

열쇠 구멍 너머, 희미한 불빛이 비치는 복도는 여전히 텅 비어 있었다.

어딘가에서 웅얼웅얼 말소리만 들릴 뿐이었다.

문고리를 잡고 살짝 돌렸다. 천천히 벌어지는 문틈 사이로 눈만, 그다음은 고개만 내밀어 주변을 살핀 그레이스는 아무도 없는 것을 재차 확인하고 잽싸게 복도로 나갔다.

문을 조용히 닫자마자 발끝만으로 조심스레 걸어 그레이스가 향한 곳은 막다른 길이었다.

세탁물 투입구. 그레이스의 유일한 탈출구였다.

방문처럼 생긴 투입구 문을 열고 바구니 옆의 비좁은 공간에 몸을 욱여넣고 문을 닫았다. 그레이스는 바닥의 틈에서 새어 들어오는 희미한 불빛에 의지해 다음 관문을 통과할 준비를 시작했다.

맨발에 신었던 구두를 벗어 양쪽을 끈으로 묶어 목에 걸었다. 부딪혀서 소리가 나면 안 되니 카디건 안에 쑤셔 넣는 것도 잊지 않았다.

끈으로 머리를 바짝 묶고 소매를 어깨까지 걷어 올리는 것도 모자라 치마를 말아 블루머 안에 쑤셔 넣고서야 준비를 마친 그레이스는 세탁물이 가득한 바구니를 엎어 밟고 올라갔다.

바구니 위에 웅크린 채 제 손조차 보이지 않는 어둠 속으로 손을 뻗자 차가운 철판이 손에 닿았다.

세탁물 투하관은 제법 넓었다. 성인 남자는 지나가지 못해도 마른 여자는 수월하게 지나갈 수 있었다.

관을 더듬어 크기를 가늠한 그레이스는 천천히 일어섰다.

"하아…."

보이지 않는 차가운 벽을 손발로 짚고 의자에 앉은 듯한 자세로 몸을 밀착시킨 채 투하관을 타고 올라가기 시작한 지 얼마나 되었을까?

'1층은 대체 언제 나오는 거야?'

점점 힘이 빠졌다. 꼭대기 층까지 이어진 철판이 울려 온 건물에 탈출 중이라는 걸 광고하지 않도록 조심조심 오르다 보니 시간이 오래 걸리고 있었다. 오늘도 밤늦게까지 그놈이 괴롭혀 댄 탓에 다리가 후들거리는 것도 한몫했다.

'조금만 더, 조금만 더.'

게다가 떨어지는 빨랫감이 걸리지 않게 못 하나, 요철 하나 없이 매끄럽게 용접을 해 놓은 관은 미끄럽기 짝이 없었다.

'이게 마지막 기회야, 그레이스. 지금 실패하면 영원히 갇혀 사는 거야.'

이를 악물고 매끄러운 철판을 더듬어 올라가던 때였다.

"헉…."

식은땀에 젖은 발이 미끄러졌다.

삽시간에 몸이 아래로 추락하기 시작했다. 이대로 떨어지면 죽은 목숨이다. 윈스턴의 손에.

우당탕.

그레이스는 다급히 사지를 벌려 사방의 벽을 짚었다. 몸이 미끄러지다 철판과 맨 살갗이 거칠게 마찰하는 순간 턱, 멈췄다.

"하… 빌어먹을…."

몸을 지탱하며 가쁘게 숨을 들이켰다. 한숨을 돌리자 조금 전 큰 소리를 낸 게 걱정되기 시작했다.

'누가 들은 건 아니겠지.'

들키기 전에 여기서 빨리 빠져나가야 했다. 쓸린 무릎과 팔이 아렸지만 아픔이 가시길 기다릴 시간도 없이 다시 투하관을 오르기 시작했다.

'살았다.'

드디어 1층 투입구가 손에 만져졌다. 투입구의 턱에 팔을 걸치고 덮개를 살짝 올려 보았다. 비품실은 새카만 어둠에 잠겨 있었다.

아무도 없는 것을 확인하고 투입구 밖으로 빠져나왔다. 후들거리는 팔다리를 쉴 틈은 없었다. 기진맥진한 채 구두를 신고, 옷매무새를 고쳐 복도로 나왔다.

1층의 입구는 정문과 후문, 두 곳이었다. 먼저 정문 쪽에 난 창문으로 밖을 살펴본 그레이스는 나직이 한숨을 쉬었다.

'지독한 놈.'

담벼락에서 빠져나가는 유일한 통로인 철문을 이 야심한 시각에도 병사들이 지키고 있었다.

하는 수 없이 후문으로 향했다. 아무도 없는 것을 확인하곤 문 앞에 깔려 있던 두꺼운 깔개를 챙겨 조심조심 별채 후원으로 나섰다.

벽에 붙어 서서 고개를 들어 보았다. 모든 창문, 심지어 윈스턴의 침실 창도 두꺼운 커튼이 쳐진 채 불이 꺼져 있었다.

'잘 자, 이 개자식아.'

내가 빠져나가는 건 꿈에도 모르길.

그레이스는 재빠르게 후원의 작은 정자로 달려갔다. 벽에 담쟁이덩굴이 우거진 데다 지붕이 높은 정자는 좋은 엄폐물이었다.

정자에서 두 걸음 떨어진 담벼락으로 정원용 의자를 가져갔다. 의자로 올라가 담벼락 너머에 돌아다니는 보초가 없는 걸 확인한 그레이스는 손에 들고 있던 깔개를 촘촘한 철조망에 걸쳤다.

휙.

지금까지 거친 관문에 비해 담을 넘는 건 애들 장난이나 마찬가지였다. 아무도 없는 어두운 정원을 지나 저택의 고용인 전용 후문으로 빠져나가는 것도 거짓말처럼 쉬웠다.

"해냈어. 내가 해냈어."

저택의 담벼락을 따라 이어지는 포장도로에서 벗어나 사과 과수원을 가로질러 뛰어가던 그레이스는 돌연 멈춰 섰다.

눈앞을 가리는 것이 제 눈물만이 아닌 것을 이제야 깨달았다. 고개를 들자 굵은 빗방울이 얼굴로 후드득 떨어져 내렸다.

비 냄새, 흙냄새, 풀 냄새.

피의 비릿한 냄새가 죽음을, 속박을 뜻했다면 지금의 비릿한 내음은 삶을, 자유를 뜻했다. 그레이스는 너무나도 그리웠던 내음을 깊숙이 들이켰다.

사방이 검은 벽인 그곳, 뜨거운 물줄기 속에서 그랬듯 검은 하늘에서 떨어지는 빗방울 속에서 눈물을 흘렸다. 하지만 이건 분노도, 슬픔도 아니었다.

"자유야. 나는 자유야."

딱.

하나, 둘, 셋.

딱.

하나, 둘, 셋.

딱.

무언가가 창문을 때리는 소리에 합주라도 하듯 박자를 맞추던 피터는 침대에서 몸을 일으켰다. 이 규칙적인 소리는 사람의 짓인 게 분명했다.

창문을 활짝 열고 아래를 내려다본 그는 제 눈을 믿을 수 없었다.

"그레이스?"

뜻밖의 인물이 창문 아래에 서 있었다.

그는 급히 옷을 갈아입고 하숙집 뒷문으로 나갔다. 물에 빠진 생쥐의 꼴을 한 그레이스가 피터를 보자마자 활짝 웃었다.

"피터."

서먹한 사이였던 피터가 지금 이 순간에는 그렇게 반가울 수가 없었다.

"당장 나를 여기서 철수시켜 줘."

"어… 잠깐만…."

헤일우드에서 빼낼 방법을 고민하는지 잠시 생각에 잠겨 있던 피터가 고개를 끄덕이며 그레이스를 담장 밖으로 이끌었다.

"일단 우체국으로 가자."

어두운 시골길을 걸으며 피터가 목소리를 한껏 낮춰 물었다.

"어떻게 나온 거야? 설마 윈스턴이 풀어 줬어?"

"그랬을 리가 없잖아. 당연히 내 힘으로 나왔지."

마음의 여유가 생긴 그레이스는 뿌듯한 미소를 지으며 으스댔다.

"그런데 새벽엔 윈스턴 저를 감시하는 사람이 없는 거야? 여기까지 오는 길에 아무도 안 나타나던데?"

당연히 동지 중 누군가가 그녀를 구출하려고 윈스턴 저를 감시하고 있을 거라 가정하는 물음에 피터는 말을 잃었다.

'그야 위에선 네가 스스로 목숨을 끊길 바랐으니까.'

모르는구나.

살아 나와 기쁜 기색을 감추지 못하는 그레이스의 앞에서 난처해진 피터는 대충 얼버무렸다.

"윈스턴 쪽에서 항상 수상한 움직임을 주시하고 있어서 쉽지 않았어. 그래도 네가 무사히 빠져나와서 얼마나 다행인지 모르겠네."

우체국의 뒤편에 도착하자 피터는 마구간에서 말을 끌고 나와 우편 마차에 매었다.

"들어가 있어."

그가 작은 짐마차의 뒷문을 열어 바구니와 상자를 꺼냈다. 그레이스는 텅 빈 마차 안으로 들어가며 물었다.

"바로 출발하는 게 아니야?"

"낸시와 통화부터 해야겠어. 어디서 접선할지 정해야지. 무턱대고 출발할 순 없잖아."

"낸시? 안가는 그럼 발각되지 않았단 거야?"

"응. 안가는 무사해."

비좁은 공간에 몸을 욱여넣고 무릎을 세워 앉자 피터가 문을 닫아 주고 우체국 안으로 사라졌다.

사위가 고요해졌다. 들리는 건 쉴 새 없는 빗소리와 말이 이따금 투레질하는 소리뿐이었다.

저를 잡으러 오는 군인들의 발소리나 세단의 엔진음이 들리지는 않을까 귀를 기울이며 그레이스는 젖은 몸을 오들오들 떨었다.

낸시와 약속을 잡는 게 뜻대로 되지 않는지 피터는 꽤 오래 감감무소식이었다.

그나저나 안가가 아직 무사하다니.

'그게 말이 돼?'

프레드가 제 누나는 걱정해서 안가를 밝히지 않고, 풀려난 후에 안가로 향하지도 않은 건가.

'나는 겨우 협박 한마디에 팔아넘기더니.'

기가 막혔다.

피터가 상황을 아는 걸 보니 프레드가 지미에게 소식을 무사히 전하긴 한 모양이었다. 그럼 프레드는 바로 본거지로 향했을까? 그랬다면 분명 미행을 심었을 윈스턴이 본거지 위치를 그레이스에게 물을 이유가 없었다.

'아귀가 맞지 않아.'

한번 수상하게 보기 시작하니 의심을 멈출 수 없었다. 사실과 추측을 이리저리 맞춰 보던 그레이스는 가장 아귀가 맞는 결론을 내렸다.

'안가는 은밀히 감시당하고 있는지도 몰라.'

우체국 안으로 들어가 낸시와의 접선을 취소하라 하려고 마차 문을 여는데 피터가 밖으로 나왔다.

"윈스포드 경계에서 낸시와 만나기로 했어."

"취소하는 게 좋을 것 같아."

"왜?"

"안가가 들키지 않았다는 게 아무리 생각해도 말이 안 돼."

"그건 걱정하지 않아도 돼. 미행이 있어도 이 새벽에 낸시가 따돌리지 못할 리가…."

"그냥 윈스포드와 가까운 전차역에 내려 주고 브레이턴까지 갈 차비만 줘."

"이 새벽에? 여자 혼자 비에 젖은 꼴로 전차역에 서 있을 생각이야? 그리고 아침까지 전차를 기다리다 다시 붙잡히면 어쩌려고?"

"그건 내가 알아서 할게."

그레이스가 고집을 부리는 게 답답하다는 듯 한숨을 내쉰 피터가 제 옷 주머니를 뒤지더니 욕지거리를 낮게 읊조렸다.

"급하게 나오느라 지갑을 두고 왔어. 낸시에게서 받고 기차역까지 데려다 달라고 해."

"피터, 네 눈엔 내가 쓸데없이 예민하게 구는 것 같겠지."

"…."

"난 다시 잡히고 싶지 않아."

지친 눈으로 그레이스를 응시하던 피터가 얼굴을 쓸어내리더니 아이를 타이르는 투로 말했다.

"그레이스, 잡히고 싶지 않은 건 나도 마찬가지야. 지금 당장 출발해야 우체국이 문을 여는 시간 전에 헤일우드로 돌아올 수 있어. 내가 새벽부터 마차를 끌고 돌아다닌 걸 들키면 윈스턴의 의심을 살 거야."

냉정하지만 맞는 말이었다.

"…출발해."

저 때문에 다른 사람까지 위험에 빠트릴 순 없었던 그레이스는 고집을 꺾고 마차 문을 닫았다.

마차가 덜커덩거리며 움직이기 시작했다. 그레이스는 나무 벽에 몸을 기대곤 한숨을 길게 내쉬었다.

'내가 지금 너무 불안해서 비이성적으로 구는 건지도 몰라.'

안 잡힐 거야. 난 안 잡힐 거야. 같은 말만 되뇌며 크게 숨을 들이쉬고 내쉬었다.

'가장 어려운 별채 탈출도 단번에 해냈는데 뭘 불안해하는 거야?'

되돌아볼수록 이건 신이 그녀의 편이라 할 수밖에 없었다.

욕실 벽의 위치부터 완벽했다. 며칠간 벽에 귀를 대고 물 흐르는 소리를 들으며 파이프가 없는 자리를 엄선한 덕도 있지만 전선조차 없었다니.

"머저리."

제 애완 쥐가 우리에서 탈출한 것도 모르고 잠들어 있을 윈스턴에게 보내는 조롱이었다.

고문실에 그득한 고문 기구의 대부분은 공구였던 덕분에 수월하게 벽을 팔 수 있었다. 게다가 방을 정기적으로 점검하지도 않았던 걸 보니 고문실이 난공불락의 요새라도 되는 줄 착각한 게 분명했다.

'거기서 일한 내가 누구보다도 허점을 잘 아는데.'

그레이스는 나직이 웃었다. 고문실에서 일하면서 틈틈이 내가 저곳에 갇히면 어떻게 빠져나갈 수 있을까 자주 상상해 보곤 했다.

그리고 그 상상 중 하나를 훌륭하게 실현해 냈다. 스스로가 자랑스러웠다.

'결국은 나의 승리로 끝났어, 레온 윈스턴.'

아침 식사 시간에야 사라진 걸 알고 허탈해할 그놈을 떠올려 보는데 자꾸만 눈이 감겼다. 탈진에 추위까지. 너무나도 지친 그레이스는 수마와 사투를 벌이기 시작했다.

'졸지 마. 아직은 잘 때가 아니야.'

빗길을 달리던 마차가 멈춰 섰다. 곧 다시 움직일 줄 알았지만 아니었다. 피터가 마차 앞쪽의 마부석에서 내려오는 소리가 들리더니 발소리가 이쪽으로 이어졌다.

'벌써 다 온 건가?'

중간에 곯아떨어졌나 보다. 졸린 눈을 비비며 비좁은 마차에 구겨 넣었던 몸을 일으키려던 찰나 문이 벌컥 열렸다.

어쩐 일인지 피터가 신사처럼 손을 내밀었다. 손을 잡으려던 그레이스는 눈을 비빈 탓에 흐릿해졌던 시야가 또렷해지는 순간 얼어붙었다.

검은 가죽 장갑을 낀 손, 그리고 그 너머 비에 젖은 정모와 검은 트렌치코트.

그레이스에게 손을 내민 남자는 피터가 아니었다.

"…헉!"

질겁해 피하는 그레이스의 손목을 남자가 움켜쥐었다. 뼈를 부러트릴 것만 같은 손아귀 힘에 신음하는 찰나, 귓가에 비에 젖은 차가운 입술이 닿으며 서늘한 속삭임이 파고들었다.

"자기야, 죽기 전 마지막 외출은 잘하고 왔어?"

머리끝까지 소름이 오싹 돋아 올랐다.

그레이스는 날카롭게 벼려진 서릿발 같은 눈동자를 피해 고개를 돌렸다. 윈스턴의 어깨 너머, 굳게 닫힌 별채의 철문이 보였다.

일렬로 늘어선 병사들의 끝에 고분고분히 손을 모으고 선 피터가 눈에 들어오는 순간 빗방울보다도 굵은 눈물이 눈앞을 가렸다.

"어, 어떻게, 어떻게…."

아군이라고 믿어 의심치 않았던 자가 그녀를 적의 손에 바쳤다.

이성이 마비된 이 순간에도 똑똑히 알 수 있었다.

프레드가 피터의 정체마저 누설했구나.

피터는 살기 위해 윈스턴의 이중 첩자가 된 걸, 그레이스는 까맣게 몰랐다.

전화는 낸시가 아니라 윈스턴에게 했던 거였다. 그러면서 가증스럽게 필요 없는 실랑이까지 해 가며 낸시에게 데려다주는 거라고 깜빡 속게 만들었다.

그레이스가 배신감에 치를 떨며 오열하는 사이 윈스턴이 피터를 향해 다가갔다. 그는 공을 치하하듯 피터의 어깨를 가볍게 두드리더니 입술을 비틀어 조소했다.

"우체국에서 여자까지 배달해 주는 줄은 몰랐는걸?"

검은 가죽 장갑을 낀 손이 피터의 어깨를 세게 움켜쥐었다.

"웃어. 농담이야."

피터부터 사병들까지, 사색이 되어 있던 사내들 모두 억지로 웃었다. 윈스턴은 유일하게 웃지 않는 그레이스를 마차 밖으로 끌어내 피터의 앞으로 끌고 갔다.

"리들 양, 저 성실한 배달부와 아는 사이라는 걸 왜 미리 말하지 않았어? 아, 나도 아는 사이인 걸 미리 말하지 않았으니 우린 비긴 건가?"

시선을 피하는 피터를 마주하자 화가 머리끝까지 났다. 그레이스는 윈스턴을 뿌리치고 피터에게 덤벼들었다.

"더러운 변절자! 어떻게 아군한테 이런 짓을 할 수 있어! 죽여 버릴 거야! 지옥에나 떨어져!"

"그레이스! 그만해!"

기력이 없어 헛손질만 하는 그레이스에게 피터는 뻔뻔스럽게 굴었다. 파리라도 쫓듯이 손과 고개를 저으며 귀찮다는 얼굴을 하던 놈이 중얼거렸다.

"그러게, 얌전히 갇혀 있을 것이지…."

그 순간 그레이스는 주먹을 아프도록 꽉 쥐고 피터의 얼굴로 휘둘렀다.

퍽.

주먹은 피터의 광대뼈 아래를 정통으로 맞혔다. 고개가 옆으로 꺾이자마자 놈의 눈빛이 돌변했다.

"이게 어디서."

그레이스의 뺨을 향해 피터의 손바닥이 날아왔다. 맞기 직전, 검은 장갑을 낀 손이 피터의 손목을 움켜쥐었다.

피하려고 뒷걸음질 치던 그레이스는 다리의 힘이 풀리며 비에 젖은 자갈에 털썩 주저앉았다.

"흐흑…."
넘어진 아픔을 느낄 새도 없이 서러운 울음과 함께….
탕.
총성이 터졌다.
눈을 번쩍 뜬 그레이스는 소스라치게 놀라 짧은 비명을 질렀다.
피투성이가 된 피터가 고작 한 발짝 떨어진 자갈길에 누워 마지막 숨을 헐떡이고 있었다. 윈스턴이 손에 쥔 권총의 총구에서 흰 연기가 피어올랐다.
"더러운 쥐새끼 주제에 감히…."
죽어 가는 피터를 노려보던 윈스턴이 돌연 그레이스에게로 몸을 돌렸다.
저벅.
검은 구두가 피로 물든 자갈을 밟으며 그레이스에게로 다가왔다. 윈스턴의 손에는 여전히 권총이 쥐여 있었다.
나도 죽이려는 거야.
"아, 흑…."
비명을 지르고 싶었지만 목소리가 나오지 않았다. 떨리는 손으로 뾰족한 자갈을 짚으며 도망치려 하자마자 붙들렸다. 목덜미를 감싼 차디찬 가죽 장갑의 질감이 소름 끼쳤다.
"저 녀석, 네 말대로 지옥에 보내 줬어."
그가 그레이스를 향해 허리를 숙였다. 이 세상 무엇보다도 차가운 분노를 번뜩이는 눈동자 앞에서 모든 것이 얼어붙은 그녀는 눈물조차 흘리지 못했다.
"너도 같이 가고 싶어?"

말을 듣지 않는 몸을 억지로 움직여 고개를 젓는 순간 그가 그레이스를 놓아주더니 명령했다.

"그럼 빌어."

죽음을 피할 기회를 주겠다는 말에 그레이스는 도리어 절망했다. 혼란스러운 눈으로 올려다보기만 하자 윈스턴이 이를 으득 악물었다.

"그래, 넌 내가 세상에서 제일 쉽지."

윈스턴이 바닥을 향하고 있던 권총을 들어 올렸다. 차가운 총구가 이마를 짓누르자 그레이스는 처절한 절규를 다급히 쏟아 냈다.

"빈다고 다 들어주는 건 아니라고 네 입으로 그랬잖아! 넌 내가 빌어 봐야 한 번도 들어 준 적 없어! 차라리 죽여!"

울분을 토하던 그레이스의 눈에서 광기가 번뜩이기 시작했다.

"그래, 죽여 줘! 항상 네 손으로 나를 죽이고 싶어 했잖아! 해! 어서 방아쇠를 당기란 말이야! 부탁하는 내 태도가 문제야? 친절하신 대위님, 제발 저를 죽여 주세요!"

새하얗게 질린 손이 권총을 덥석 쥐어 아래로 끌어 내렸다. 입술에 딱딱한 쇳덩이가 닿는 순간 그레이스는 기꺼이 입을 벌렸다. 총구를 입에 물고 악에 받친 눈으로 노려보자 윈스턴의 얼굴에서 비틀린 미소가 서서히 지워졌다.

그레이스는 마지막 힘을 다해 총열과 윈스턴의 손을 두 손으로 악착같이 붙들었다.

악마와의 도박판에 제 목숨을 판돈으로 걸었다. 그녀의 차례는 끝났다. 이제는 상대의 플레이를 기다리는 수밖에 없었다.

눈을 감았다. 오로지 빗소리만이 들리는 가운데 총구를 타고 흐른 빗물이 혀 위로 뚝뚝 떨어졌다.

빗물에서는 화약과 쇠의 맛이 났다. 피의 맛과 다를 게 없었다.

죽음의 맛이다. 그리고 자유의 맛이다.

어쩌면 죽음은 속박이 아니라 자유일지도 모른다. 자유를 되찾는 길이라곤 죽음뿐인 자에게는 더더욱.

이 도박에서 지는 것도 나쁘지 않다고 스스로를 속이던 그레이스의 이에 딱딱한 쇳덩이가 거듭 부딪쳤다.

지금 떠는 건 나일까, 총구일까.

부질없이 묻는 순간이었다. 총구가 잇새에서 뽑혀 나갔다.

"또 건방진 꾀를 쓰는군."

권총이 권총집에 꽂혔다.

"대가는 치러야 할 거야."

기진맥진한 눈으로 올려다보는 여자에게서 레온은 등을 돌렸다.

저 여자에게만은 세상에서 가장 쉬운 남자로 전락하는 한심한 개새끼.

제 머리에 총알을 박고 싶어졌다.

그레이스 리들이라는 이름의 늪 I

VENGEANCE NAMED LOVE

캠벨은 상관의 뒤를 곁눈질했다. 얇은 커튼이 쳐진 창밖에선 서서히 동이 트고 있었다.

"그걸로 되겠어?"

뜬금없는 비웃음에 그는 책상 앞의 상관에게 다시 시선을 돌렸다. 무엇이 우스운 걸까? 영문을 몰라 물으려 하는 찰나 대위가 시가를 든 손을 내저었다.

"보고 계속해."

"네, 오늘 새벽의 소동은 별채에 침입해 군 기밀을 훔치려던 자를 사살한 것으로 사령부에 오늘 중 보고할 예정입니다."

자던 중 비상사태가 터졌다는 연락을 당번병에게 받고 급히 출근하자마자 그를 반긴 건 별채 앞뜰에 널브러진 시체였다.

그게 얼마 전 대위가 손수 이중 첩자로 포섭해 둔 반군인 걸 알고 잠시 말을 잃었다.

하지만 명령에 복종한 자는 죽었는데 정작 탈출해 소동을 일으킨 여자는 멀쩡히 산 건, 사실 놀랍지 않았다.

"탈주 경로는?"

"신문용 도구를 이용해 욕실과 창고 사이의 벽을 파서…."

"캠벨, 그건 나도 알아."

그 후의 탈출 경로를 밝혔냐는 뜻이었다. 캠벨은 막막해졌다. 창고 밖으로 나와 봤자 철창과 막다른 복도에 가로막힌 그곳은 밀실이나 다름없었다. 그런데 대체 그 여자는 어떻게 철창을 통과하지 않고 빠져나간 걸까.

"그 후 후원의 담까지 이어지는 경로는 아직 불분명하지만 조사 중이며 파악하는 즉시 보고 올리겠습니다."

"그렇게 하도록."

"대위님."

시가를 입에 물던 대위가 한쪽 눈썹을 들어 올렸다.

"아무래도 탈출한 본인에게 묻는 것이 가장 확실하지 않겠습니까."

"그렇겠지."

말을 할 수 있다면. 레온은 박자를 맞춰 시가 연기를 깊숙이 빨아들이며 입꼬리를 비틀었다.

"책임자는?"

"그 시각 복도를 지키고 있던 당번병들은 두 명으로 수상한 움직임을 보거나 듣지 못했다고 합니다."

"그 여자가 창고에서 후원까지…."

대위가 손가락을 딱 튕겼다.

"순간 이동을 했단 건가?"

"고문실 문 앞을 담당한 일병이 3시에서 4시 사이 철창 앞에 서 있느라 고문실 문 앞 복도를 비웠다고 합니다."

"캠벨, 그 말을 듣고 무슨 생각이 가장 먼저 떠올랐지?"

대위가 눈꼬리를 한껏 휘어 웃으며 물었다. 다년간 윈스턴 대위를 근거리에서 보좌한 캠벨은 잘 알았다. 지금은 머리를 수그려야 하는 순간이라는 걸.

"죄송합니다, 대위님. 해당 일병은 근무지 이탈로 문책하고 배치된 인원들 모두 앞으론 이런 일 없도록 철저히 교육하겠습니다."

"그건 당연한 거고."

시가의 재를 턴 대위가 보고를 재촉했다.

"그래서, 내가 지시한 고문실 개보수 건은?"

"말씀하셨던 교체 작업은 관련 업체가 문을 여는 대로 일정을 확인해 보고 올리겠습니다. 그리고 벽 보수와 창고 문 제거, 빗장 및 자물쇠 추가 설치는 오전 내로 완료될 것으로 예상됩니다."

"제발 철저히 방지해."

"네, 알겠습니다."

"나가 봐."

캠벨이 나가자 레온은 아무도 없는 집무실에서 명령을 내렸다.

"계속해."

명령에 복종하는 기미가 없자 그는 시가를 재떨이에 놓고 의자를 뒤로 밀었다. 축축한 살 구멍에 박혀 있던 구릿빛 살 기둥이 주룩 뽑혀 나왔다.

책상 아래로 시선을 내리자 입가만큼이나 눈가도 질척하게 젖은 여자가 그를 노려보았다.

"소원대로 죽은 줄 알았더니 아직 살아 있군."

보고를 받는 내내 성기를 물고 있느라 숨을 제대로 쉬지 못한 여자가 새빨개진 입술을 벌리고 할딱거렸다. 레온은 여자의 머리를 다리 사이로 끌어당기고 다른 손으론 다시 저 속에 처박히고 싶어 안달 난 빌어먹을 물건의 밑동을 쥐었다.

그는 여자의 타액과 제 음액에 축축하게 젖은 살덩이로 그새 굳게 다물린 입술을 툭툭 때리며 물었다.

"그렇게 살짝 깨물어서 이게 잘리겠어?"

캠벨에게 보고를 받던 도중, 여자가 살 기둥 한가운데에 이를 박아 넣었다. 그가 반응을 보일 때까지 놓지 않았던 걸로 보아 남 앞에서 망신을 주려는 의도였다.

"들키면 수치스러운 건 내가 아니라 너야."

뒷머리를 쥐었던 손이 목덜미와 귀를 더듬으며 앞으로 향하더니 볼 양쪽을 눌렀다. 입이 힘없이 벌어지는 순간 굵다란 살덩이가 다시 안으로 밀고 들어왔다.

"여길 드나드는 병사들에게 구경거리가 되기 싫거든 제대로 해."

책상 위에서 종이 넘어가는 소리가 들리기 시작했다. 그레이스가 팽팽하게 부푼 살덩이를 마지못해 혀로 굴리는데 윈스턴이 중얼거렸다.

"권총은 잘만 물고 빨더니."

죽음을 피하려던 도박이 이런 결과로 이어질 줄은 상상도 하지 못했다.

"블랜차드의 창녀, 천박하기 짝이 없군."

앞뜰에서의 소란 후, 그는 그레이스를 집무실로 끌고 와 책상 아래에 무릎 꿇게 했다.

"내 앞에서 무릎 꿇고 하던 짓을 남들 앞에서 하다니. *부끄러운 줄을 몰라.*"

여태 그의 앞에서 총구를 입에 문 적은 없었다. 더더군다나 그게 어떻게 천박한 짓이란 걸까.

혼란스러운 눈으로 올려다보는 그레이스의 입술을 윈스턴이 더듬었다. 장갑을 벗은 손은 얼음장처럼 차가웠다.

"넌 언제나 그런 식이야. 신문 중에 천박하게 몸으로 나를 유혹해 신문을 피하더니, 내 물건을 물듯이 권총을 물어서 죽음마저 피하지."

말문이 막혔다. 근거 없는 모함 때문이 아닌, 다른 이유로.

발정을 핑계로 대다니. 아무리 저자가 그레이스만 보면 발기한 물건을 꺼내 드는 짐승이라지만 고작 그녀에게 성욕이 일어서 죽이지 않았을 리가 없었다.

죽이지 않은 건지, 못한 건지.

"대가를 치를 시간이야."

결국 사정하고 또 사정할 때까지 윈스턴의 다리 사이에 얼굴을 묻고 있어야 했다. 뱉는 건 당연히 허락되지 않았다.

그래도 죽는 것보다는 낫다는 생각이 문득 들자 그레이스는 웃음과 울음을 한꺼번에 터트렸다. 삶에 대한 애착이 조금 전의 소동 후론 집착이 되어 있었다.

그러곤 오전 내내 윈스턴의 책상 밑에 개처럼 웅크리고 갇혀 있었다. 그레이스가 오랫동안 움직이지 않으면 딱딱한 구두 끝이 몸 어딘가를 툭툭 쳤다.

"죽었어?"

아침이나 점심 식사를 할 때엔 윈스턴이 빵 조각이나 베이컨 한 줄을 책상 아래로 들이밀고 흔들었다.

"먹어."

화장실에 가고 싶다고 했을 땐 집무실 안에 딸린 제 개인 화장실로 데려가더니 그가 지켜보는 앞에서 소변을 보게 했다.

완벽히 개 취급이었다.

고문실로 자리를 옮겨서도 개 취급은 계속됐다.

윈스턴은 그레이스를 어제보다 휑해진 고문실 한가운데에 세우더니 치마부터 블루머까지 모든 옷을 갈기갈기 찢어 바닥에 버렸다.

"너는 이제 개야. 개는 옷이 아니라 목줄을 입지."

그는 테이블에서 검은 가죽으로 된 개 목걸이를 집어 그레이스의 목에 채웠다.

"아주 잘 어울리는군."

"읏…."

잘그락. 목걸이에 달린 쇠사슬이 팽팽히 당겨지며 윈스턴의 턱밑까지 단숨에 끌려갔다.

"네 이름은 이제부터 벨라야."

그는 뒤틀린 희열이 번뜩이는 눈으로 웃으며 그레이스를 내려다보았다.

"어릴 적에 개를 키웠거든. 말을 지독하게 안 듣는 암캐였어."

"윽…."

"너처럼."

뒷머리를 개처럼 쓰다듬던 손이 불시에 머리칼을 움켜쥐었다.

"난 그 개를 벨라라고 부르고 싶었는데 동전 던지기에 져서 제롬이 고른 이름을 붙이게 된 거야. 그 녀석이 뭘 골랐는지 알아?"

"…."

"트릭시 백작 부인."

윈스턴이 가볍게 코웃음을 쳤다.

"개한테 그런 과분한 이름이라니. 제롬 윈스턴은 그때부터 머리가 돈 녀석이었지."

"…."

"생각해 봐. 개가 제 주인보다 지위가 높은 거야. 본인은 작위가 없는

데 개는 백작 부인인 게 엘리자베스 윈스턴 부인의 눈에 얼마나 거슬렸겠어? 결국 어머니가 돌리로 이름을 바꿔 버렸지."

"그래서 결론이 뭐야?"

배신과 실패, 수모를 채 하루도 되기 전에 처절하게 겪은 그레이스는 그의 어릴 적 추억이나 함께 되돌아보며 웃어 줄 기분이 아니었다.

윈스턴은 성미가 급한 것도 그 암캐와 똑같다며 중얼거리더니 긴 이야기를 마무리했다.

"결론은, 이제 나만의 개가 생겼으니 벨라라는 이름을 드디어 붙일 수 있게 되었단 거지."

머리채를 틀어쥐었던 손이 다시 머리를 개처럼 쓰다듬기 시작했다. 그레이스는 윈스턴을 따라 비소를 지으며 쏘아붙였다.

"윈스턴 대위님, 개랑 그 짓을 하시나요? 역겹군요."

당한 것을 기억해 두었다가 그대로 갚을 줄도 알다니. 깜찍하지.

레온은 왈왈 짖는 강아지를 내려다보는 심정으로 입꼬리를 올렸다.

우리를 부수고 도망쳤던 것도, 저를 죽이라며 악을 쓰던 것도. 이까짓 게 겁도 없이 그의 머리 꼭대기에 서려 하는 게 괘씸하기 짝이 없는데 한편으론 깜찍하기도 했다.

'그래, 이래야 길들이는 재미가 있지.'

그는 목줄을 쥔 채 테이블 가장자리에 걸터앉았다. 여자가 개처럼 끌려가지 않으려 버티는 바람에 사슬이 팽팽해졌다. 그는 흙투성이에 상처투성이인 알몸으로도 이젠 전혀 기죽지 않는 여자에게 명령했다.

"벨라, 앉아."

여자는 명령에 따르지 않았다. 개에게 명령을 가르칠 때에는 그 명령이 뜻하는 바를 보여 줘야 하는 법이다.

레온은 목줄을 불시에 잡아챘다. 몸뚱이가 휘청하며 딸려 오다 중심을 잡지 못하고 그의 다리 사이에 주저앉았다.

"잘했어. 개답게 앉는 건 이렇게 하는 거야."

머리를 쓰다듬어 주자 여자가 손길을 피했다.

"내 말썽꾸러기 암캐가 이곳 구조를 잘 아는 걸 간과했군."

그는 여자의 턱 끝을 잡아 돌려 눈을 마주하게 했다.

"병사들은 지난밤 내가 이 방을 떠난 후 이 구역을 드나든 사람이 없다고 했어. 어쩌면 그자들이 거짓말을 한 건지도 모르지. 그런 일은 없었길 바라지만."

"…."

"녀석들이 호된 문책을 당하게 됐어. 감봉은 당연히 당할 테고 그럼 그 가족들까지 고통받을 거야."

"…."

"모두 너 때문에. 기분이 어때?"

죄책감을 자극하는 걸 보며 그레이스는 깨달았다.

'세탁물 투입구로 나간 건 꿈에도 모르는구나.'

확인해 보지 않았을 리는 없다. 손자국이나 발자국 같은 증거를 못 찾았겠지. 게다가 몸집이 남다른 군인들 눈에는 투입구가 턱없이 작아 보였을 것이다.

바보들.

속으로 그를 조롱하는 줄, 윈스턴은 아마 알지 못할 것이다. 그는 엄지로 그레이스의 굳게 다물린 턱선을 부드럽게 덧그리며 본론을 꺼냈다.

"네가 여기서 어떻게 빠져나갔는지 지금이라도 털어놓으면 그 둘도, 너도 처벌을 면해 주지."

"그거 알아? 개는 말을 못 해."

그레이스는 저 마저 처벌을 받을 거란 말에도 눈 하나 깜짝하지 않고 입을 다물었다.

"그렇네. 우리 벨라 아주 똑똑해."

윈스턴이 이를 악문 채 입술을 비틀었다. 또 쓰다듬기에 피하려는 순간 그가 목줄을 거칠게 잡아당겼다.

"그럼 개처럼 짖어."

"개처럼 물어 줄 순 있어."

그의 코앞까지 끌려간 그레이스는 미친개가 으르렁대듯 이를 드러냈다. 하지만 가장 미친개다운 건 그 꼴에 구미가 당기는지 하얀 이를 보이며 웃는 남자였다.

"흡…."

그가 이미 짧디짧아진 목줄을 더욱 바짝 감아쥐더니 저항하는 그레이스의 뒷머리를 붙들어 당겼다. 입술이 거칠게 삼켜지자마자 젖은 살덩이가 안으로 밀려 들어왔다.

"하, 읍…."

입술을 깨물고 혀를 짓씹어 대도 그는 물러나지 않았다. 오히려 더 해 보라는 듯 집요하게 입술을 뭉개고 혀를 잇새로 밀어 넣었다.

이 키스가 괴로운 쪽은 도리어 그레이스였다. 총구를 물었을 때를 떠올리게 하는 비릿한 맛이 입 안으로 순식간에 번졌으니.

흡혈귀는 내가 아니라 너야!

떼어 내려 몸부림칠수록 그녀를 가둔 팔뚝이 더욱 조여들었다. 윈스턴의 피 맛에 질린 그레이스가 깨무는 걸 멈추고서야 키스가 부드러워지더니 높이 치솟던 불꽃이 사그라들듯 천천히 입술이 떨어져 나갔다.

그레이스는 타액과 피로 질척해진 입술을 손등으로 닦았다. 찢어진 곳 없이 멀쩡했다. 제 피를 먹인 만큼 그녀의 피도 마시려 할 줄 알았으나 그는 그레이스의 입술을 물어뜯지 않았다.

"잘했어."

윈스턴이 칭찬하듯 엉덩이를 두드렸다. 개의 나쁜 버릇을 고치기라도 한 주인처럼 만족스러운 미소까지 짓고 있었다.

분하게도 그는 정말 그레이스의 '나쁜 버릇'을 고쳤다. 이제 그가 키스하려 할 때 더는 깨물지 않을 테니.

미치광이.

핏기와 광기가 동시에 어린 입술을 노려보다 뒤늦게 그와의 눈높이가 같은 걸 깨달았다.

그레이스의 무릎이 닿아 있는 곳은 바닥이 아니라 테이블이었다. 윈스턴이 언제 그녀를 들어 올려 제 허벅지 위에 앉혔는지 기억이 나지 않았다.

그는 또 한 번 그레이스를 가볍게 들어 테이블에 눕혔다. 차디찬 금속이 맨살에 닿자 반사적으로 몸을 웅크렸으나 다리만은 활짝 벌어졌다.

그레이스의 무릎을 양쪽으로 젖혀 쥔 윈스턴이 그 사이를 천천히 눈으로 훑었다. 당번병들에게 몸이라도 팔아서 나갔을 거라고 의심하는 걸까.

허벅지 사이가 겉으로 보기엔 깨끗한 것을 확인한 데 그치지 않고 질 구를 손가락으로 벌리고 쑤시기까지 했다. 손가락을 구부린 탓에 툭 불거져 나온 손마디 두 개가 속살을 짓누르고 휘저었다. 속살이 조여들고, 입술은 벌어지며 야릇한 신음을 토해 냈다.

"아홋…"

곧바로 음란한 반응을 보이는 그녀를 한심하다는 눈으로 내려다보던 윈스턴이 예고도 없이 손가락을 뽑았다.

"훗!"

쩍 소리가 나자마자 허리가 크게 휘어 올랐다가 가라앉으며 테이블을 쿵, 때렸다. 손가락이 빠져나간 후에도 내벽은 사라진 것을 갈구하듯 계속해서 오물거렸다.

갈구라니. 저자의 몸을 갈구하다니. 굴욕스러워서 입술을 지그시 깨물었다.

손이 떨어져 나가자마자 다리를 바짝 오므리고 팔로 가슴까지 가렸다. 그의 앞에서 아무렇지 않게 알몸으로 서 있었던 조금 전은 거짓말이었던 것처럼, 못 견디게 수치스러워졌다.

손수건으로 젖은 손가락을 닦던 윈스턴이 미간을 좁혔다. 그의 시선은 가슴을 짓누른 팔뚝에 닿아 있었다.

"네 몸은 내 거야. 내가 만든 자국 외엔 남기지 마."

팔뚝의 긁힌 자국을 두고 하는 말이었다.

그는 또 다른 상처를 찾는지 그레이스의 몸을 머리부터 발끝까지 눈으로 훑기 시작했다. 가지런히 모은 무릎에 눈길이 닿는 순간 또 한 번 미간이 구겨졌다.

무릎에는 세탁물 투하관에서 미끄러지며 생긴 자국이 있었다. 동그랗게 짓눌리고 붉게 쓸린 상처를 응시하던 윈스턴이 조소하며 물었다.

"당번병들 앞에 무릎을 꿇고 내가 가르쳐 준 기술을 써먹기라도 했나?"

레온은 누구보다 잘 알았다. 그를 두려워하는 졸병들이 그런 일을 저지를 리가 없다는 걸.

그러나 이 여자는 다르다. 겁이 없으며 탈출에 혈안까지 되어 있었을 테니.

하지만 그건 독점욕에서 비롯된 비이성적인 공상일 뿐이었다.

금세 이성을 되찾고 다 쓴 손수건을 넝마가 된 브래지어 위로 떨어트리는데 여자가 뒤늦게 대꾸했다.

"이런, 그런 좋은 방법이 있었네? 다음번에 참고할게."

역시. 여자가 그의 저질스러운 억측에 가장 처음 보인 반응은 역겹다는 표정, 그다음은 그의 불안을 자극하는 도발이었다. 이 여자의 진심은 항상 첫 반응에서 드러났다.

"다음번?"

레온은 도발에 도발로 응수했다.

"네가 알몸으로 탈출할 수 있을지 진지하게 궁금해지는군. 그것도 이걸 단 채로."

철컥, 불길한 소리가 나며 발목에서 묵직한 무게감이 느껴졌다. 신문 때 묶이는 건 익숙했던 그레이스도 제 발목에 채워진 족쇄의 끝을 보고 당황할 수밖에 없었다.

족쇄에 달린 쇠사슬의 다른 끝은 벽에 박힌 쇠고리에 고정되어 있었다. 그레이스가 당황한 건 사슬의 끝이 아니라 가운데 때문이었다. 사슬이 바닥에 똬리를 튼 뱀처럼 겹겹이 감겨 있었다. 이 고문실 안은 자유롭게 다닐 수 있을 만큼의 길이가 뜻하는 건 하나였다.

'이젠 항상 족쇄를 채워 두겠다는 거야.'

탈출이 어려워졌다. 아니, 어쩌면 불가능할지도 모른다.

"잘해 봐."

그는 낙심한 기색을 숨기지 못하는 여자에게 심심한 격려를 던져 주고 등을 돌렸다.

"기대에 부응하도록 노력해 볼게."

"참고로, 봐주는 건 이번이 마지막이야."

그의 협박에 그레이스는 겁먹은 표정을 지었지만 연기일 뿐이었다.

이제 더는 레온 윈스턴이 두렵지 않다.

또 탈출하다 잡히더라도 네가 어쩔 거야?

넌 나를 죽이지 못해. 나를 이미 가두었어. 이미 내 몸을 짓밟고 있어.

이제 도대체 뭐로 내게 겁을 줄 수 있겠어?

그 증거인지, 탈출의 대가가 각오한 것보다 약했다.

안타깝게도 윈스턴이란 이름의 개새끼는 그레이스에게서 안도의 냄새를 맡은 것이 분명했다. 떠나며 이런 말을 남겼으니.

"물론 처벌은 이제 시작이야."

그레이스는 한 가지를 간과했다. 레온 윈스턴이 그녀에게 겁은 줄 수 없지만 고통은 줄 수 있다는 사실을.

고대 신전을 연상케 하는 대리석 기둥 사이로 검은 제복을 입은 장교가 걸어 나왔다.

사람을 압도하는 위압감이 풍긴다. 장신의 체구에서 풍기는 분위기가 서부 사령부의 웅장한 정문과 다를 바 없는 남자였다.

기둥 앞에서 경비를 서던 병사들이 차렷 자세를 취하며 거수경례를 했다. 대위는 눈길 한번 주지 않고 의례적인 묵례로 경례를 받아 주며 회색 계단을 여유롭게 걸어 내려왔다.

피어스는 세단의 조수석에서 재빠르게 나와 뒷좌석의 문을 열었다. 정문 앞엔 영관급 장교 이상만 차나 마차를 대는 게 암묵적인 규칙이었으나 계단에서 마주친 어느 소령은 아무런 질책 없이 대위의 경례를 받고 지나쳤다.

대위가 차에 오르고, 피어스도 조수석에 타자 운전수가 세단을 몰기 시작했다. 차가 사령부의 경계 밖으로 빠져나가 도로로 접어들 때 피어스는 뒤를 돌아보았다.

대위는 정모를 벗으며 뻣뻣한 근육을 이완시키는 듯 목을 옆으로 천천히 꺾었다. 얼굴에서 피로한 기색이 엿보였다.

"요즘 사령부 출근이 잦으시네요."

"곧 새 사령관이 오거든. 다들 묵은 먼지를 카펫 아래로 쓸어 넣느라 바쁘지."

서부 사령부는 새 사령관의 취임을 맞아 요즘 때늦은 봄맞이 대청소 중이었다.

말 그대로 건물과 사무실을 단장하는 꼴사나운 짓은 그저 허울일 뿐이고, 실은 다들 그간 무사안일한 전 사령관 밑에서 먼지처럼 쌓아 둔 비위의 흔적을 치우는 데 혈안이 되어 있었다.

그럴 수밖에. 며칠 후 사령관으로 취임하는 자는 왕가의 방계 출신으로, 국왕이 가장 신임하는 장성이었으니.

게다가 계급은 대장이었다. 지역별 사령관을 중장이 아닌 대장이 맡는 건 이례적인 일이었다. 그만큼 국왕의 전임 서부 사령관에 대한 실망이 크다는 뜻이자 기강을 바로잡겠단 의지의 표현이기도 했다.

"대위님, 주문하신 물건 오늘 찾아왔습니다."

상념에 잠긴 레온에게 피어스가 그의 얼굴만 한 상자를 건네주었다. 금빛 실크 리본으로 묶은 검은 상자에는 유명 보석 부티크의 이름이 금박으로 새겨져 있었다.

"대공녀 저하께 드리는 선물입니까?"

피어스가 의미심장한 미소를 지으며 묻자 레온은 눈매를 가늘게 좁혔다. 군과는 관련 없는 가문의 일을 담당하는 개인 수행원인 피어스는 캠벨에 비해 눈치가 없는 편이었다.

물론 그에게 정부가 있다는 사실을 알았더라면 저런 헛소리 하지 않았을 거다. 그러나 그걸 모르더라도 캠벨이라면 누구에게 줄 거냐는 질문 따위는 하지 않는 게 사실이었다.

대답하지 않았더니 그제야 실수를 깨달았는지 피어스가 입을 다물고 앞으로 고개를 돌렸다.

레온은 다시 손에 든 상자를 응시했다. 이 안에 든 물건을 그 여자에게 끼운 모습을 상상해 보니 오늘 하루의 피로를 잊을 정도로 즐거워졌다.

하지만 곧 뒷덜미가 뻐근해졌다.

저택으로 돌아가려면 적어도 서너 시간은 걸릴 것이다. 그렇지 않아도 내키지 않았던 저녁 약속이 더더욱 성가셔졌다.

그는 시트 깊숙이 몸을 파묻고 창밖의 화려한 번화가를 바라보았다. 심드렁한 눈의 뒤편에서 그는 또다시 그 여자의 모습을 상상했다.

이번에는 상자 속에 든 물건과는 달리 평범하기 짝이 없는 목걸이나 귀걸이를 선물해 주자 기뻐하는 여자의 얼굴을 떠올렸다.

그걸 걸고 수줍게 웃던 여자가 점점 얼굴을 찡그리기 시작하고, 가지런하던 목걸이와 귀걸이가 엉망이 되도록 흔들렸다. 짤랑짤랑, 청아한 소리에 탁한 숨소리가 반주처럼 어우러지고, 끝내 그의 밑에서 아득한 열락에 취한 여자가 보석보다도 찬란하게 미소 짓더니 그의 이름을 부르며 물었다.

"너 설마 나를 좋아해?"

닥쳐, 그레이스.

엉뚱한 곳으로 흘러가 버린 상상을 머릿속에서 지우며 그는 스스로를 질타했다.

몸만 원했어야지.

그러다 몸은 그에게 있으나 마음은 다른 곳에 있는 여자가 며칠 전 제 약혼자에게 남긴 비밀 메시지를 다시금 떠올리게 됐다.

[지미, 내 마음만은 항상 네게 있어.]

그걸 발견한 날 이성을 잃은 것은 지금 돌아보면 유쾌하지 못한 행동이었다. 하지만 이성을 되찾은 지금도 그 메시지만 떠올리면 비참해지는 것이었다.

이유를 모를 리 없었다.

그 여자의 마음마저 갖고 싶으니까.

하지만 그토록 괴롭히고 저를 좋아해 주길 바랄 만큼 머리가 나쁘지는 않았다. 머리는 나쁘지 않지만 심장은 머저리인 게 분명했다.

문득 죽음을 각오하고 총구를 물고 있던 얼굴이 눈앞에 어른거렸다.

술수를 쓰는 걸 알았다. 목숨을 걸고 그를 시험하는 걸 알았으면서도 방아쇠에 검지를 거는 찰나 엄습한 감정 탓에 끝내 방아쇠를 당기지 못했다.

저 여자가 무서워.

아버지를 죽인 여자의 딸이다. 언젠간 죽여 복수하고 싶었던 대상이었다. 그런데….

저 여자가 죽는 게 무서워.

정신 나간 머저리. 레온은 스스로를 서슴없이 비난했다.

피를 보는 일이 아닌 모든 것에 항상 무감할 뿐인 그였다. 하지만 그 여자에겐 세상에 알려진 모든 감정이 한꺼번에 치미는 기분이었다.

그 여자는 데이지가 아니야. 그 여자는 샐리 브리스톨이 아니야.

레온은 스스로를 세뇌하듯 같은 단어만 되뇌었다.

증오.

그레이스 리들에게 느끼는 감정은 오로지 증오뿐이어야 했다.

저녁 약속 장소인 레스토랑은 윈스포드 시내가 한눈에 내려다보이는 마천루의 고층에 자리했다. 먼저 도착한 레온은 창가에서 시가를 피우며 휘황찬란하게 불을 밝히기 시작한 극장가를 내려다보았다.

조금 전의 상념을 떨치지 못한 머릿속은 시가 연기처럼 희뿌옜다.

등 뒤에서 문을 정중히 두드리는 소리가 들리자 레온은 짤막하게 대답하며 테이블로 다가갔다. 재떨이에 시가를 놓는 순간 문이 열리며 그의 시간을 요구한 사람이 웨이터를 따라 별실로 들어왔다.

"저하."

앨드리치 대공과 마주 앉아 식사를 나눈 지 한 시간여 후에야 대공은 그와의 독대를 요구한 용건을 꺼내기 시작했다.

"입찰이 곧 시작된다는 걸 알고 있나?"

브리아 다이아몬드 광산 투자 이야기일 거란 예상은 적중했다. 하지만 절반만 맞았을 뿐이었다. 투자를 또 종용하려는 목적이란 예상은 틀렸으니.

"입찰 전부터 경쟁이 꽤 치열하지. 싱클레어가 끼어든 덕분에."

싱클레어가는 저명한 자본가 가문이었다.

부와 권력, 그리고 명성을 가진 만큼 사회에 대한 책임과 의무를 다한다는 철학을 실천하는 가문인지라 국민의 존경을 사고 있었다.

거기다 수십 년 전만 해도 극빈층이었던 평민 가문인 탓에 평민들에게는 나도 대부호가 될 수 있다는 희망 혹은 환상을 심어 주는 이상향이기도 했다.

"싱클레어가 사람들을 면밀히 알아보고 싶은데…. 대위만큼 또 이런 일에 적격인 사람이 없지."

경쟁 가문의 뒷조사를 레온에게 의뢰하는 것이었다.

'사립 탐정에 맡길 일을 군인에게 맡기다니.'

그를 허드렛일꾼 정도로 여기는 태도가 불쾌했다.

"싱클레어가 끼어들었으면 경쟁이 치열한 게 아니라 이미 기운 것이라고 하는 게 맞겠군요."

완곡한 거절의 표현을 정확히 읽은 대공이 크리스털 잔에 든 호박색 액체를 단숨에 비우더니 테이블 위로 몸을 낮췄다. 두 사람뿐인 별실에서까지 조심스럽게 전해야 하는 비밀이란 실은 압박이었다.

"귀빈께서 다시 위통을 앓기 시작하셨어."

그 한마디에 더는 거절할 수 없게 됐다. 이 뒷조사의 실 의뢰인은 국왕이었으니.

"사실 싱클레어 쪽에서 우리 사업에 걸림돌이 된 게 이번이 처음이 아니라네."

국왕이 평민 가문에게 밀려 약점이나 더러운 비밀을 찾으려 혈안이 되어 있었다. 그걸 찾아 뭘 하려는 건지야 뻔했다.

'왕이라는 자가 깡패나 다름없군.'

부패와 폭정이 원인이 되어 국민의 손에 축출되었다가 겨우 복고된 왕조에게 절대적인 권력이 있을 리 만무했다. 그러니 수면 밑에서 음험한 수작이나 쓰려는 것이었다.

'민간 사업가의 뒷조사를 조세국이나 측근들에게 시키지 않고 반군 소탕이 주 업무인 군인에게 맡기는 저의란 뭐지?'

개운치 않은 마음으로 대공을 계속 상대했다. 용건을 모두 전달하고도 대공은 자리를 일찍 파하지 않고 연거푸 술을 들이켰다. 다른 귀족 가문들의 험담을 들으며 손목에 찬 시계를 스치듯 보았더니 벌써 9시를 훌쩍 넘긴 시각이었다.

"10시에 선약이 있는지라 이쯤에서 일어서야 할 것 같습니다."

무슨 선약인지 핑계를 대는 노력도 하지 않고 냅킨을 테이블에 접어 올리는데 대공이 시가를 쥔 손을 크게 내저었다.

"아니, 아니. 아직은 안 돼. 이곳의 디저트가 아주 훌륭하니 그건 맛보고 가도록 해."

디저트 따위 먹을 생각은 없었지만 이 자리를 뜰 수 있는 조건이라면 재빠르게 해치우고 일어서는 것도 나쁘지 않았다.

초콜릿 호수 위에 백조 모양의 프로피트롤이 놓인 접시를 웨이터가 가져오자마자 레온은 디저트 포크를 들었다. 백조의 날개를 잘라 입에 넣는 찰나 누가 별실의 문을 두드렸다.

"대공 저하, 대위님. 식사는 만족스러우셨는지요."

레스토랑의 지배인이었다. 더 필요한 것은 없냐는 지배인의 말을 늘 의례적인 인사로 넘기던 레온은 충동을 참지 못하고 평소에 하지 않던 짓을 했다.

그가 프로피트롤을 포장해 달라고 주문하는 걸 흥미 어린 눈으로 지켜보던 대공이 지배인이 나가자마자 웃음을 터뜨렸다.

"그걸 끝내기도 전에 또 하나 주문하다니. 그렇게나 마음에 들었나?"

레온은 저급한 전투 식량을 먹듯 열의 없이 디저트를 뜨며 웃기만 했다.

"굉장히 뜻밖이군. 대위는 단것을 즐길 것 같지는 않았는데 말이지."

레온은 대공만큼이나 성가신 디저트를 해치우고 입가를 냅킨으로 닦은 후 대답했다.

"누구나 은밀히 즐기는 취향은 있는 법이죠."

그가 말하는 취향이 디저트가 아닌 여자를 뜻하는 걸 대공은 꿈에도 모를 것이다.

"그럼 자네 연락 기다리겠네."

대공은 차에 타는 순간까지도 오늘 저녁 식사의 목적을 잊지 않고 상기시켜 주었다.

대공의 차가 떠나기 무섭게 레온은 그의 차에 올랐다. 옆 좌석에 개먹이 주제에 쓸데없이 고급스럽게 포장된 디저트 상자를 놓은 그는 시계를 확인하며 운전수를 재촉했다.

"가장 빠른 길로 가도록."

빌딩의 진입로를 나와 대로로 들어선 차는 얼마 가지 못하고 멈춰 섰다. 늦은 밤 극장가는 차와 마차, 행인들로 북적였다.

"마부끼리 시비라도 붙은 건가…."

운전수가 차창 밖을 보며 중얼거렸다. 레온은 극장 앞을 지나는 인파를 건조한 눈으로 바라보며 달갑지 않은 왕명을 곱씹었다.

'하필 내게 지시하다니 꺼림직한데….'

국왕에게 무능한 인간으로 각인되느냐, 뒷맛이 개운치 않을 일에 연루되느냐 고민하던 때였다. 나란히 차 옆을 지나가는 남녀가 눈에 익었다.

'제롬?'

그리고 그의 동생을 보며 웃는 여자는….

'대공녀?'

다정하게 팔짱을 낀 채 극장으로 들어가는 두 사람은 누가 봐도 연인이었다.

'기가 막히는군.'

동생과 약혼 예정자가 사라진 극장 입구를 응시하던 레온은 차 문을 벌컥 열었다.

"잠시 대기해."

극장 로비에서는 두 사람의 모습이 보이지 않았다. 레온은 티켓을 사서 상영 시간이 가장 임박한 영화의 상영관으로 들어갔다.

찍은 답이 정답이었다. 아래로 향하는 계단에 선 두 사람이 어디에 앉으면 좋을지를 정하는지 좌석 이곳저곳을 손으로 가리키며 대화를 나누고 있었다.

입구의 기둥에 몸을 숨기고 있던 레온은 두 사람이 계단을 내려가기 시작하자 다른 사람들의 틈에 섞여 따라갔다.

"로지가 먼저 들어가요."

로지?

레온은 실소했다.

벌써 애칭으로 부를 정도의 사이가 된 건가.

보름 전 즈음이었던 걸로 기억한다. 왕도에 다녀온 제롬과 오랜만에 식사를 하는데 녀석이 집사가 따라 주는 와인을 거부하며 뜬금없는 선언을 했다.

"저는 이제부터 술은 입에 대지 않기로 했어요."

"그러니? 잘 생각했구나."

어머니는 기뻐하는 가운데, 레온은 조용히 코웃음을 쳤다.

하는 짓도 하는 말도 수도승 같은 게 이젠 정말 수도승이 되려는 건가.

하지만 제롬이 묻지도 않은 이유를 줄줄이 늘어놓고서야 동생이 속세를 등지려는 게 아니라는 걸 깨달았다. 오히려 세속적이기 짝이 없는 욕망의 발로였지.

"술은 사람의 판단력을 흩트리죠. 삶의 고통을 잊게 해 준다고들 하지만 더 큰 골칫거리만 만드는 것 같더군요. 특히, 사람과 어울리는 자리에서는 쉽게 자제력을 잃고 인사불성이 되게 마련이죠."

데이트 때 대공녀가 한 연설과 토씨 하나 다르지 않았다.

'이것 봐라….'

그때부터 눈치챘다. 제롬이 제 형의 아내가 될 사람을 마음에 두고 있다는 걸.

'저 고리타분한 책벌레가 꽤 재미있는 짓을 하네. 양심이 없는 게 저 녀석도 윈스턴이긴 하군.'

하지만 짝사랑인 줄로만 알았던 게 쌍방이었던 건 오늘 처음 안 사실이었다.

얌전하고 보수적이기 짝이 없는 대공녀가 부도덕한 짓을 저지르다니. 샐리 브리스톨이 데이지이자 그레이스 리들이었던 사건 다음으로 올해의 가장 놀라운 일이었다.

구석진 자리에 앉아 두 사람의 뒷모습을 응시하던 레온은 고민했다.

'가서 놀라게 해 줄까. 아니지. 그랬다가 대공녀가 지레 겁을 먹고 관계를 정리하면 아깝게 되지.'

이거 잘된 일일지도. 레온은 귓속말을 사이좋게 주고받는 두 사람을 제게 유리한 쪽으로 이용할 방법을 하나씩 재빠르게 떠올리고 손익을 계산해 보았다.

눈살이 찌푸려질 정도로 유치한 멜로 영화가 시작되고, 검은 실루엣 두 개가 포개어졌다. 짧은 시간에 계산을 모두 끝낸 레온은 키스를 하는 동생과 약혼 예정자를 향해 비소를 지으며 극장을 떠났다.

그레이스는 검은 천장을 바라보다 눈을 질끈 감았다. 그러나 풍경은 조금도 달라지지 않았다.

눈을 떠도 감아도 검은 방뿐, 눈을 떠도 감아도 후회뿐이었다.

그날 피터에게 가지 말걸.

한숨을 쉬며 몸을 틀자 담요 아래에서 잘그락 소리가 났다.

멍청이. 두 번째 탈출은 없는데.

탈출하려다 붙들린 대가는 혹독했다.

윈스턴은 족쇄를 채우고 나간 후 일주일 가까이 그녀를 찾아오지 않았다. 처음에는 잘됐다고 생각했으나 날이 갈수록 생각이 바뀌었다. 윈스턴과 함께 식사도 오지 않았으니까.

'그래, 누가 이기나 해 봐.'

그놈은 나를 죽이지 못해. 내가 죽으면 아쉬울 사람이 누군데?

그레이스는 끝까지 빌지 않고 버티기로 했다. 처음 며칠은 할 만했다. 욕실에서 물로 배를 채우고 종일 자기만 했으니까.

하지만 그것도 닷새 정도가 지나자 한계에 달했다.

굶주림도 굶주림이지만 외부의 자극이 전혀 없는 것이 뜻밖에 가장 버티기 힘들었다.

환풍기 소리밖에 들리지 않는 공간에 갇혀 사람 목소리라고 해 봐야 이따금 생존 확인을 하는 당번병의 목소리밖에 듣지 못했다. 책이나 라디오 같은 오락거리 또한 하나 없어 정신마저 육신처럼 갇혀 있는 꼴이었다.

미쳐 버릴 것만 같았다.

결국 며칠 더 버티다 참지 못하고 자존심을 꺾었다. 철문을 두드리며 당번병에게 윈스턴 대위를 불러 달라고 사정했을 때에야 그 악마가 식사를 들고 나타났다.

일주일 만에 처음으로 본 사람, 일주일 만에 처음으로 받은 식사.

또 한 번 악마가 천사로 보인, 비참한 순간이었다.

윈스턴은 그레이스에게 눈길 한번 주지 않고 철제 테이블 앞에 앉았다. 쟁반 위에 무엇이 있는지는 모르겠지만 달콤하고 고소한 냄새가 솔솔 풍겨 왔다.

배고파. 배가 너무 고파. 너무 고파서 죽을 것만 같아.

그레이스는 그와 더는 기 싸움을 할 여력이 없었다. 모든 자존심을 버리고 후들거리는 다리로 비척비척 걸어가 윈스턴의 무릎 위에 앉았다.

미쳤지. 그땐 정말 제정신이 아니었다.

그의 목에 매달리며 안긴 순간 윈스턴이 지은 승자의 미소는 아직도 잊을 수 없었다.

"우리 강아지, 배가 고팠어?"

그는 우는 강아지라도 달래는 양 그레이스의 등을 토닥거리며 제 승리를 만끽했다. 그렇게 한참이나 그녀가 애걸하는 모습을 즐기더니 그의 구두 사이에 앉아 개처럼 올려다보게 한 뒤에야 쟁반의 덮개를 열었다.

윈스턴은 스푼을 들어 커스터드푸딩을 크게 떴다. 그레이스의 시선은 줄곧 캐러멜 소스를 줄줄 흘리며 흔들리는 푸딩을 따라갔다.

그러나 입으로 다가올 줄 알았던 스푼은 허공에서 멈췄다. 입에 침이

고이고 윈스턴의 허벅지를 붙잡은 손이 바들바들 떨렸다.

"안 돼, 벨라. 기다려."

"제발…."

비는 순간 스푼 너머에서 그녀를 내려다보던 남자가 웃었다.

"그나저나 벨라가 아직 있었잖아? 난 또 도망쳤을 줄 알았지."

저의를 읽은 그레이스는 뒤늦게 치미는 분노와 수치를 억누르며 그가 듣고 싶은 말을 순순히 해 주었다.

"다신 도망가지 않을게요, 주인님."

"왜? 해 보라니까."

"이제 주인님 말 잘 들을게요."

멈춰 있던 스푼이 아래로 내려왔다. 그레이스는 배고픔 앞에서 인간으로서의 품위를 잊고 기꺼이 입을 벌렸다. 하지만 스푼은 한 뼘 거리를 남겨 두고 다시 멈췄다.

"반가워?"

"네."

"푸딩이 반갑겠지."

"…보고 싶었어요, 주인님. 너무너무, 흑…."

복잡하게 얽힌 감정이 눈물과 함께 터진 순간에야 울음을 쏟아 내는 입술 사이로 스푼이 들어왔다.

일주일째 아무것도 맛보지 못했던 혀 위에서 단맛이 폭죽처럼 터지는 순간 머리가 새하얘졌다. 생존 본능 앞에서 조금 전 느끼던 감정은 모두 잊어버렸다.

그 후로 며칠은 그런 식이었다. 윈스턴은 개를 길들이듯 그가 요구하는 걸 해야 식사를 한 입씩 먹여 주었다. 그리고 그레이스는 개처럼 기쁘게 받아먹었다. 꼬리가 있었으면 흔들었을지도 모른다.

단단한 음식을 먹을 수 있을 정도로 몸이 회복된 후에 그는 제 혀 밑에 음식을 감추었다.

기꺼이 그에게 키스를 할 수밖에 없도록.

그레이스는 죽이고 싶은 남자의 뺨을 움켜쥐고 목을 단단히 끌어안고 입 속으로 혀를 깊숙이 집어넣어 휘저어야만 배를 채울 수 있었다.

굶주림에서 벗어난 지금, 그때를 돌아보면 분하고 수치스러워서 비명을 지르며 머리를 쥐어뜯을 정도였다.

"아아악! 죽여 버릴 거야!"

담요를 발로 차자 방을 가로지르는 쇠사슬이 채찍처럼 바닥을 후려쳤다. 홀로 씩씩대던 그레이스는 또 멍하니 검은 천장만 올려다보다 발치에 시선을 던졌다.

난간 너머에는 작은 나무 테이블이 놓여 있었다. 그 가장자리에 세워진 탁상시계의 바늘이 밤 10시를 가리키고 있었다.

'잊고 있었네….'

이미 세 시간 전에 했었어야 하는 불쾌한 일이 생각나자 그레이스는 마지못해 몸을 일으켰다.

"으윽….'

욕조 가장자리에 한쪽 다리를 올리고 선 그레이스가 신음했다. 손가락 두 개가 다리 사이에 깊숙이 박혀 있었다.

"기분 나빠."

역겨운 물건이라도 만지는 것처럼 얼굴이 잔뜩 일그러졌다. 축축한 질 속을 한참 더듬은 후에야 손가락이 모습을 드러냈다.

밖으로 나온 검지의 끝에는 작은 모자처럼 생긴 고무마개가 걸려 있었다. 자궁구에 씌워 임신을 막는 페서리였다.

관계를 가진 후 적어도 여섯 시간은 배 속에 두었다가 빼야 했다. 오늘 점심때 윈스턴이 찾아와 손수 넣어 두고 갔으니 저녁때 빼도 됐지만 멍하니 있느라 잊은 것이다.

피임 기구를 어떻게 쓰고 관리해야 하는지는 언젠가 알아야 할 지식이긴 했다. 하지만 그걸 윈스턴에게서 배우고 싶지는 않았다.

그레이스는 세면대에서 페서리를 꼼꼼하게 씻으며 사나운 말을 거듭 중얼거렸다.

"기분 나빠. 짜증 나. 끔찍해."

페서리가 아니라 이걸 쓰게 만든 남자에게 하는 말이었다.

"머릿속에 그 짓밖에 안 든 개새끼…."

그 개자식의 아이를 갖고 싶지 않으니 그레이스에겐 다행이긴 했다. 하지만 이게 필요한 처지란 것부터 화가 치밀고 비참한 것이었다.

죄 없는 고무마개를 화풀이하듯이 벅벅 씻은 그레이스는 젖은 게 마르도록 선반에 얹어 두고 욕실에서 나왔다. 그새 차갑게 식은 알몸에 담요를 뒤집어썼다.

옷은 전부 빼앗겼다. 옷만 빼앗긴 것도 아니었다.

개인적인 물건은 모두 빼앗겼다. 고문에 쓰이던 도구는 공구부터 밧줄, 사슬까지 전부 수납장에 넣고 커다란 자물쇠로 잠가 버렸다.

철문은 더 무시무시한 걸로 교체됐다. 빗장과 잠금장치가 여러 개 달린 것으로.

거기다 바닥에 여닫을 수 있는 작은 문을 내어 놔서 그곳으로 식사를 받고 시트나 수건을 주고받아야 했다. 그 탓에 여기 다시 갇힌 후로 윈스턴 외의 다른 얼굴은 보지 못했다.

수용소의 죄수도 이렇게 완벽히 고립시키진 않을 거야.

그 자식이 그레이스에게 남겨 준 건 가구와 발목의 족쇄, 개 목걸이, 그리고 스타킹뿐이었다.

'변태 새끼.'

그레이스는 며칠 전 일을 떠올렸다.

"왜 규정을 어기지?"

스타킹을 신으라는 강요를 듣지 않았더니 윈스턴이 직접 신겼다. 그레이스를 테이블 끝에 앉혀 두고 그는 의자에 앉은 채였다.

그레이스가 하면 10초 만에 할 수 있는 일을 그는 10분이 넘도록 끝내지 못했다.

아니, 끝내지 않았다고 하는 게 맞을 것이다.

검사라도 하듯이 발가락을 하나씩 만지작거리는 데 1분은 족히 썼을 거다. 도톰하고 말랑한 살을 손끝으로 부드럽게 문지르고 눌러 보는 남자의 눈에 갈망이 서서히 차올랐다.

발에 키스라도 할 기세였다.

그레이스는 제 발을 예술품이라도 되는 양 감상하는 남자를 내려다보았다. 주인과 종이 뒤바뀐 구도에 욕망이 번뜩 일었다. 설령 저 남자에겐 색욕의 표출일 뿐이라 해도 저자가 제게 복종하는 모양새를 보고 싶었다.

그레이스는 발을 들어 그의 입가로 내밀었다.

키스해. 빨아. 뭐든, 노예처럼 굴어 봐.

하지만 윈스턴은 호락호락한 상대가 아니었다. 그는 인상을 구기며 그레이스를 올려다보더니….

"미안한데 내 별명은 흡혈귀이지 식인종이…. 아니지, 식인종이 되는 것도 괜찮겠는데?"

"아얏!"

발가락을 세게 깨물었다.

거기에서 그치지 않고 축축한 혀가 발끝을 핥아 올리자 그레이스는 몸서리쳤다. 잠시라도 느끼고 싶었던 우월감은 전혀 들지 않고 도리어 굴욕스러웠다.

"변태."

드디어 제 주제를 파악한 건지. 그는 이제 변태라는 소리를 들어도 반응하지 않았다.

변태가 그레이스의 발을 놓더니 스타킹을 집어 들었다. 발을 놓은 자리도 변태적이었다.

하체 한가운데였으니까.

그가 스타킹을 신기는 사이 발바닥에 닿는 감촉이 서서히 달라졌다. 말랑해서 기분 나쁘던 살이 점점 딱딱해졌다. 딱딱해도 기분 나쁜 건 마찬가지였다.

발을 치우려 했지만 윈스턴이 발목을 잡아챘다. 결국 스타킹 두 짝을 신는 내내 불룩하게 솟은 그의 앞섶을 두 발로 누르고 있어야 했다.

스타킹을 다 신은 후에도 그는 다리를 놓아주지 않았다. 매끄러운 실크로 감싸인 종아리를 쓸어 올렸다가 내리더니 밴드에 눌려 볼록 튀어나온 허벅지 살을 만지작거리며 종아리에 입술을 묻었다.

그 오만한 레온 윈스턴이 그녀의 아래에서 고개를 숙이고 종아리에 키스를 했다.

그 모습을 보자 비로소 그토록 원하던 우월감이 들었다.

'그래, 계속 노예처럼 굴어. 나를 숭배해.'

덧없는 감상에 취해 놈이 하는 대로 내버려 뒀더니 결국 30분 후….

"정신병원에 평생 가둬야 할 이상 성욕자 새끼…."

욕조에 걸터앉아 정액이 덕지덕지 엉겨 붙은 발가락과 종아리를 씻어야 했다. 구멍 난 스타킹은 버렸다.

"하…."

그레이스는 담요와 스타킹만을 두른 몸으로 침대에 다시 누웠다. 이번에는 천장을 보며 쓸모없는 후회만 하는 대신 머리맡에 놓여 있던 잡지와 연필을 잡았다.

이건 얼마 전 그놈에게 사정사정해서 얻은 거였다. 라디오나 신문을 달라고 했을 때 그의 첫 반응은 좋지 않았다.

"내가 그렇게 허술해 보여?"

광고나 기사로 위장한 지령을 받을지 모르니 주지 않겠다는 것이었다. 일리가 있긴 했다.

"진심으로, 지루해 미칠 것 같아. 네가 여기서 딱 이틀만 보내 봐. 그럼 이해할 거야."

"내가 죄수도 아닌데 왜 그런 짓을 하지?"

그렇게 대꾸하고 매몰차게 나가더니 잡지 몇 부와 연필 하나를 가져와 주었다. 잡지는 전부 그레이스가 붙잡히기 전에 발행된 것이었다. 지령을 받을 수 없도록.

"똑똑한 개새끼…."

반쯤 풀다 만 십자말풀이를 넘기자 왕비의 세 번째 임신을 다룬 기사가 나왔다. 찬양 일색인 기사를 그레이스는 재빠르게 읽어 내렸다. 읽는다기에는 지나치게 빠른 속도였다. 이따금 무언가를 찾은 듯 손가락을 멈추고 글자 하나를 연필로 연하게 덧그렸다.

"또 탈출하려 하면 저 문에 작은 문을 내서 네 엉덩이만 내밀게 묶어 둘 생각이야. 병사들 사기가 꽤 높아지겠군."

"잘됐네. 그렇지 않아도 네 물건이 지겹던 차였거든. 나도 다양한 맛을 봐야 하지 않겠어? 아, 저기 이미 문이 있잖아. 가서 엉덩이를 대고 누워 볼까?"

언젠가 벌을 받으면서 한 정신 나간 말대꾸 후로 고문실 담당병이 모두 여군으로 교체됐다.

윈스턴이 제 몸을 독차지하고 싶어 한다는 걸 또 한 번 확인한 후, 그레이스는 진심으로 궁금해졌다.

'저 남자가 내게서 독점하고 싶은 게 과연 몸뿐일까.'

그래서 잡지에서 글자를 하나씩 띄엄띄엄 덧그려 암호를 만들었다.

[지미, 내 마음만은 항상 네게 있어.]

그러곤 식사를 넣어 주는 여자에게 이 잡지는 이제 재미없으니 버려 달라고 했다. 당연히 윈스턴의 손에 들어갈 걸 예상하고 한 짓이었다.

그리고 그날 밤, 정체를 들켰던 날만큼이나 지독하게 시달렸다.

윈스턴은 화가 머리끝까지 난 얼굴로 그레이스를 집요하게 몰아붙였다. 평소에는 그의 소원대로 울며 얌전히 안기면 얼마 지나지 않아 놓아주곤 했지만 그날은 아니었다.

그러나 추궁은커녕 메시지를 발견했단 말조차 하지 않았다. 그 속내는 충분히 짐작할 수 있었다. 다른 남자에게 남긴 한 줄의 애정 표현 때문에 화가 났다고 제 입으로 인정하는 건 굴욕스러울 테니.

'넌 왜 나를 좋아해?'

그 남자의 몸에 짓눌려 헐떡이는 내내 묻고 싶었다.

'그것도 이번이 세 번째야. 두 번이나 널 속였고 아버지를 죽인 원수의 딸이기까지 한데 왜 나를 여전히 좋아해?'

미치광이.

머저리.

그날 후로 몸과 마음 모두 물먹은 솜처럼 가라앉았다.

살기 위해 하던 운동도 관두고 온종일 침대에 누워 있기만 했다. 담요 속에 있노라면 애빙턴 비치에서의 그날 밤, 이불 속에 숨어 울던 때의 기분이 쓰디쓴 바닷물처럼 뇌리로 질척하게 스며들었다. 데이지를 부르는 목소리마저 들렸다.

안타까워. 미워. 아니야, 미안해. 그렇지만 죽여 버릴 거야! 아, 아니야. 죽이고 싶지는 않아.

그 남자를 향한 감정이 시시각각 급변했다.

그레이스, 이 머저리.

아니, 미치광이.

오래도록 갇혀 그 남자만 보고 사니 점점 미쳐 가는 걸지도.

그레이스는 계속해서 기사에서 특정 글자만 연필로 덧그려 나갔다. 아마 이걸 발견한 윈스턴은 지미에게 보내는 또 다른 메시지인 줄 알고 혈안이 되어 철자를 맞춰 보겠지만….

[레온 윈스턴은 머저리다.]

실은 제게 보내는 메시지인 걸 알면 어떤 얼굴을 할까.

마지막 철자를 덧그리는 순간, 발소리가 들렸다. 남자의 발소리였다.

'페서리를 빼자마자 또 왔잖아, 저 자식.'

요즘 윈스턴은 불시에 그레이스를 찾았다.

한숨을 내쉬며 오늘 낮에 윈스턴이 해 주었던 이야기를 떠올렸다. 어떤 과학자가 종소리만 들어도 침을 흘리도록 개를 훈련하는 데 성공했다는 거다. 그는 그레이스를 그 개처럼 훈련하겠다고 했다.

"궁금해. 내 발소리를 듣자마자 네가 짖기 시작할지."

하지만 지금까지 나오는 건 한숨뿐이었다.

철컥철컥 잠금장치를 하나씩 푸는 소리가 들리기 시작했다. 그레이스는 잡지를 놓고 침대 난간에 걸쳐 둔 개 목걸이를 집었다.

목걸이를 풀고 있는 걸 또 들키면 그땐 족쇄와 똑같은 쇠고리로 바꾼다고 했다. 그건 사절이었다.

잽싸게 개 목걸이를 차자마자 문이 열렸다.

"안녕, 벨라."

퇴근한 주인이 집을 지키고 있던 개에게나 할 법한 인사였다. 윈스턴의 손에는 바퀴가 달린 등받이 없는 의자 하나와 종이 상자 두 개가 들려 있었다.

그레이스는 또 한 번 한숨을 쉬었다. 저 남자가 가져오는 게 많을수록 힘든 시간이 기다리고 있다는 뜻이었으니까.

그는 의자와 검은 상자를 방 한가운데에 놓더니 분홍 리본으로 묶인 작은 상자만 들고 침대로 다가왔다.

"강아지 혼자 잘 놀고 있었어?"

그 말에 그가 없는 시간 동안 혼자 뭘 했는지 되짚어 본 그레이스는 씁쓸하게 웃으며 대꾸했다.

"나 오늘 종일 네 생각만 했어."

그레이스에게 상자를 주려던 그가 멈칫했다. 하지만 그 말을 낭만적으로 해석할 만큼 멍청하지 않은 남자는 곧 입술을 비틀어 웃었다.

"왜? 고통스럽게 죽이는 상상이라도 했어?"

"그건 신물 나도록 하지."

"잘했어. 상상이라도 원 없이 해야지."

윈스턴은 그레이스의 무릎에 상자를 놓더니 장교복의 재킷을 벗기 시작했다. 그레이스는 달콤한 냄새를 풍기는 상자를 열지 않고 고개를 들었다.

'이런 건 왜 사 주는 거야?'

의문과 추궁이 담긴 눈빛을 받은 남자는 눈매를 좁히더니 뒤돌아 맞은편의 벽으로 걸어가며 대답했다.

"난 먹다 남은 걸 포장해 온 적이 없어서 몰랐는데 사람들은 그러면서 개한테 준다는 핑계를 댄다며? 난 정말 개에게 주려고 가져왔지."

발치의 나무 테이블 앞에 앉아 상자를 열어 본 그레이스는 벽의 고리에 재킷을 거는 윈스턴의 뒤통수로 눈을 흘겼다. 상자 안에 든 디저트는 먹다 남은 게 아니었다.

결국 저도 '남은 음식'을 '개'에게 준다는 소린 핑계일 뿐이면서….

차라리 정말 먹다 남은 걸 줬더라면 훨씬 가벼운 마음으로 기쁘게 먹었을지도 모른다.

하지만 그레이스는 거절할 처지가 아니었다. 굶어 본 후로는 먹을 것보다 감정을 앞세우지 않게 됐다.

한눈에 봐도 값비싼 디저트였다. 심지어 아래에 깔린 일회용 종이 접시마저 레이스 무늬가 고급스럽게 새겨져 있었다. 접시에 고인 초콜릿 소스에서는 윤기가 자르르 흘렀다. 그 가운데에 놓인 백조 모양의 슈는 등과 날개 사이에 커스터드 크림을 잔뜩 품었다.

건드리기 아까울 정도로 예뻤지만 아까운 마음이 쉽게 달아날 정도로 향이 좋았다. 먼저 가늘고 긴 목 부분을 집어 뾰족한 부리로 초콜릿 소스를 잔뜩 떴다. 초콜릿 범벅이 된 페이스트리를 연 노란빛의 커스터드 크림에 푹 담갔다가 입에 넣었다.

크림이 혀 위에서 사르르 녹으며 바닐라의 달콤한 향이 입 속으로 퍼졌다. 거기에 초콜릿의 씁싸름하고 진한 풍미와 슈의 바삭한 감촉까지 완벽하게 어우러졌다.

그레이스는 잠시나마 이곳에서 벗어나 고급 레스토랑에서 만찬을 즐기는 공상에 빠졌다.

"우리 강아지, 맛있어?"

하지만 등 뒤의 침대 끝에 걸터앉은 남자가 머리를 개처럼 쓰다듬는 순간 환상은 파스스 깨어졌다.

어깨에 두르고 있던 담요가 몸의 굴곡을 타고 미끄러지다 허리까지 툭, 떨어졌다.

오목한 등줄기를 손마디가 천천히 쓸어내렸다. 야릇한 손길을 무시하며 백조의 목이 윈스턴의 손가락이라도 되는 양 꼭꼭 씹어 먹던 그레이스는 손마디가 허리를 지나 꼬리뼈로 향하자 몸을 비틀어 쳐 냈다.

잠시 떨어졌던 손이 경고하듯 둔부를 세게 움켜쥐더니 앞으로 향했다. 스타킹 밴드 속으로 파고들어 간 손가락이 피아노 건반을 누르듯 살을 주물렀다.

손길이 허벅지의 안쪽을 가볍게 두드리며 올라오기 시작하다 눈에는 보이지 않는 곳을 힘주어 누르는 순간 그가 연주하는 악기의 첫 음이 드디어 터졌다.

"아!"

움찔, 허리를 뒤로 젖히자 또 다른 손이 나타나 가슴을 감싸 쥐었다. 말랑한 살덩이가 손아귀의 모양을 따라 뭉개지며 뽀얀 살이 볼록하게 삐져나왔다. 두꺼운 손가락 사이에 숨어 있던 분홍빛 살점이 손마디 위로 서서히 고개를 내밀었다.

두 손이 그레이스의 마른 몸에서 살진 곳만을 찾아 치대는 사이 축축한 살덩이가 개 목걸이 위로 드러난 목덜미를 귓불까지 길게 핥아 올렸다.

대체 누가 개인 건지.

"개는 먹을 때 건드리면 물어."

가볍게 저항하자마자 귓불을 살짝 깨물렸다.

이것 봐. 개새끼는 너라니까?

노골적인 손놀림을 무시하며 커스터드 크림을 잔뜩 얹은 백조의 날개를 입에 넣었지만 씹지 못했다.

"으응…."

손이 더욱 거칠어졌다. 힘을 이기지 못한 허벅지가 스르륵 벌어졌다. 물기 없는 점막에 뜨거운 손바닥이 밀착했다. 손바닥이 도톰한 살 속에 묻힌 음핵을 짓누른 채 둥글게 원을 그리고, 그레이스는 너울처럼 치솟는 성감과 싸우기 시작했다.

"훗, 그만해…."

밭은 숨을 토하며 사정했지만 늘 그렇듯이 소용없었다. 질끈 감은 눈꺼풀과 테이블 가장자리를 세게 쥔 손 모두 파들파들 떨렸다.

몸을 들썩거리며 손을 피하려 했지만 살이 달라붙기라도 한 듯 단 한 순간도 떨어져 나가지 않았다. 그를 피하느라 머리를 젖혔다. 머리칼이 한쪽으로 쏠리며 목덜미만 더욱 훤하게 드러내 준 꼴이 되었다. 살갗을 지분대며 화끈한 궤적을 남기던 입술이 귓가로 올라왔다.

"왜 먹다 말아? 내 손가락보다 맛이 없어?"

웃기지 마. 입속에서 끈적하게 녹아 버린 페이스트리를 가쁜 숨 사이로 힘겹게 삼키고 디저트로 손을 뻗자마자 질구를 부드럽게 덧그리던 손가락이 안으로 미끄러져 들어갔다.

"아흑!"

결국 디저트에는 손을 대지 못했다. 다리 사이에 박힌 손가락 하나는 둘로 늘어났다. 레온 윈스턴의 노련한 손이 그레이스 리들이라는 악기를 깊숙한 곳에서부터 연주하기 시작했다.

굵은 손끝이 건반을 두드리듯이 올록볼록 튀어나온 속살을 쿡쿡 짓누를 때마다 그레이스는 망치로 맞은 현처럼 새된 소리를 냈다.

"아, 하윽, 제발 잠깐이라도 내버려, 아훗, 하아…."

악기의 소리가 점점 탁해졌다. 단단한 손마디 사이에 젖꼭지를 끼우고 비틀 때에는 음이 날카롭게 치솟았다.

살이 부대끼는 소리 또한 한층 적나라해졌다.

메마르고 차가웠던 여자의 살갗이 순식간에 달아오르며 끈적해졌다. 몽글몽글한 살덩어리가 뜨거운 손안에서 녹은 마시멜로처럼 찰싹 달라붙었다. 손바닥을 거칠게 스치던 음순도 질구에서 흘러나온 물로 흠뻑 젖어 미끌미끌했다.

엄지로 음순 사이를 훑어 올리자 여자가 몸을 파르르 떨었다. 흥건히 젖은 엄지 끝을 갈라진 살 틈에 파묻고 진주알처럼 단단한 음핵에 애액을 두껍게 펴 발랐다. 한층 미끄러워진 돌기를 굴리자 여자의 목소리가 떨렸다.

레온은 두 손가락으로 내벽을 푹푹 쑤시며 물었다.

"들려? 무슨 소리 같아?"

철퍽철퍽, 똑똑히 들으란 듯이 젖은 소리가 더욱 거칠어졌다. 그레이스는 허벅지를 오므리며 입술을 깨물었다.

"대답해."

"하윽!"

젖꼭지와 음핵이 동시에 꼬집혔다. 덧없는 반항은 집어치우고 복종해야 할 때였다.

"…젖은 소리."

"누가."

"…내가."

"왜 젖었지?"

머뭇거리자 허벅지 사이에 파묻힌 엄지와 검지가 또 음핵을 쥐려 했다.

"기분, 좋아서."

울먹이는 목소리와 괴리감이 느껴지는 대답이었다.

하지만 거짓말은 아니었다. 뼛속까지 증오해야만 하는 적의 손이 제 몸을 유린하는데도 기분이 좋았다. 스스로가 역겹기 짝이 없었다.

"뭐가 기분 좋지?"

"손으로, 흑, 만져 주는 게…."

"누가."

"레온 윈스턴, 대위님. 내 주인님."

그는 가슴을 애무하던 손으로 그레이스의 턱을 쥐어 돌리더니 눈을 마주한 채 명령했다.

"한 문장으로 말해."

그레이스는 눈가에 눈물을 글썽글썽 매단 채, 악문 잇새로 역겨운 말을 욕설처럼 단번에 쏟아 냈다.

"주인님이 손으로 만져 주시는 게 기분 좋아서 젖었어요."

파르르 떨리는 입술을 뜨거운 입술이 훔치고 떨어져 나갔다.

"네 주인이 어떻게 해 주길 바라?"

"이제 그만…."

찰싹. 젖은 손바닥이 예민한 음부를 후려쳤다. 그레이스는 고통과 다름없는 쾌감에 몸을 크게 들썩이며 정해진 말을 외쳤다.
"아훗! 주인님, 더, 기분 좋게 해 주세요."
"다리 더 벌려."
이번에는 지체 없이 다리가 벌어졌다. 굵은 손가락들이 다시 살 틈을 들락날락하며 흥분해 부풀어 오른 살점들을 쑤시고 굴려 댔다. 손이 쑤석댈 때마다 질구 밖으로 넘쳐흐른 애액으로 허벅지 사이가 끈적끈적하게 젖었다.
"아, 웃…."
눈앞이 어질어질했다. 온몸을 난잡하게 주물러 대는 손길 탓에 숨이 턱 막히는 성감이 목 끝까지 순식간에 차올랐다. 머리까지 치솟아 그녀를 집어삼키려는 극한의 쾌락을 억누르며 그레이스는 거인 앞의 개미처럼 몸을 떨었다.
싫어.
이를 악물자 내벽도 조여들며 손가락을 잘라 먹을 듯이 물었다. 레온은 손가락 하나 밀어 넣기 힘들 정도로 빡빡해진 속살을 가위질하듯이 벌리며 혀를 찼다.
"그냥 가. 왜 매번 참는 거야? 이젠 익숙해질 때도 되지 않았나?"
쾌감은 익숙해도 죄책감은 전혀 익숙해지지 않으니까.
"웃…."
가슴을 치대던 손이 두 볼을 한꺼번에 움켜쥐었다. 억지로 벌려진 입속으로 길쭉한 손가락이 들어오더니 말캉한 살덩이를 괴롭혔다.
아래위의 속살을 한꺼번에 헤집어 대는 바람에 정신이 혼미해지며 쾌감을 억누르던 힘이 탁 풀렸다. 그 찰나를 윈스턴은 놓치지 않았다. 느슨해진 살 틈으로 손가락이 재빠르게 치고 들어왔다.

"아흑!"

결국 이번에도 덧없는 싸움에서 지고 말았다. 그레이스는 적의 품으로 처참하게 무너지며 전율했다. 벌어진 입에서는 달콤한 교성이, 질끈 감긴 눈가에서는 쓰디쓴 눈물이 흘러나왔다.

목을 가누지 못해 윈스턴의 어깨에 머리를 기대었다. 숨을 거칠게 할딱이다 힘겹게 눈꺼풀을 들어 올렸다. 시린 빛깔의 눈동자가 끝없는 갈증을 투명하게 내비치며 그녀를 내려다보고 있었다.

저 남자는 늘 저런 눈을 한다. 그레이스에게 제 욕구를 풀어도 풀어도 항상 목마른 자의 눈이었다.

그레이스가 샐리였던 시절에는 피비린내 나는 신문 후 고문실에서 나올 때마다 쌓인 욕구를 말끔하게 푼, 홀가분한 미소를 짓던 남자였다.

하지만 지금은 그녀를 지칠 때까지 범하고 고문실을 나가는 순간에도 들어올 때와 마찬가지로 욕구가 머리끝까지 쌓인 남자의 눈을 했다.

입 안을 헤집던 손가락이 빠져나가더니 목덜미부터 아랫배까지, 발작적으로 떠는 몸을 천천히 쓸어내렸다. 절정 후 깃털이 바늘처럼 느껴질 정도로 예민해진 몸이었다. 조금만 더 건드려도 부서질 것 같아 그의 손목을 붙잡았다. 그러나 윈스턴은 손을 계속해서 짓궂게 놀리며 물었다.

"착한 강아지는 뭘 잊지 않아야 하지?"

인사.

"…감사합니다, 주인님."

그리고 키스.

그레이스는 가쁜 숨을 고르며 고개를 비스듬히 기울여 윈스턴을 바라보았다. 지그시 내려다보기만 하는 남자의 뺨을 마지못해 감아쥐었다.

눈을 먼저 감은 후에야 입술을 포갤 용기를 낼 수 있었다.

정해진 규칙을 따르자 몸에서 손이 떨어져 나갔다. 눅눅한 밀지에 묻혀 있던 손가락도 애액의 실을 길게 늘어트리며 뽑혀 나왔다.

애무를 시작했을 때처럼 손마디가 등줄기를 부드럽게 훑기 시작했다. 뜨거운 전류가 도는 듯한 감각에 몸을 떠는데 귓가에 그가 속삭였다.

"선물이 하나 더 있어."

윈스턴이 자리에서 일어섰다. 그레이스는 고작 한 번의 절정에 진이 빠져 버린 몸을 침대 난간에 기댔다.

땀과 애액으로 흠뻑 젖은 제 몸이 눈에 들어오자 시선을 돌렸다. 이제 눈길은 방 한가운데에 서서 젖은 손을 닦는 남자에게 가 있었다. 그는 손가락을 닦은 손수건을 테이블에 떨어트리더니 바퀴가 달린 의자에 놓인 검은 상자를 집었다.

고급스러운 금빛 리본이 풀려 나가고 상자가 열렸다. 그 안에 든 검은 벨벳 상자를 윈스턴이 꺼내 여는 순간 그레이스의 눈이 커졌다.

'진주 목걸이?'

굵은 진주가 손가락 한 마디 간격으로 꿰어진 금빛 체인이 그레이스의 발목을 묶은 쇠사슬처럼 겹겹이 똬리를 틀고 있었다.

윈스턴이 그 물건을 두 손으로 들어 보이고서야 목걸이가 아니란 걸 깨달았다. 두 팔을 크게 벌려 들고 있음에도 체인의 가운데가 그의 무릎까지 늘어질 만큼 길었다. 게다가 양 끝에는 손가락 세 개를 걸어도 될 만큼 큰 고리가 달려 있었다.

"널 위해 특별히 주문한 거야. 마음에 들어?"

기가 막혔다. 저자는 인간을 애견으로 삼는 장난질 따위에 귀한 돈을 퍼붓다니. 하긴, 대지주에게 저 정도는 하루치 수입보다 적을지도 모른다.

"대부호의 개라서 기쁘네요, 주인님. 진주와 금으로 된 목줄도 매어 보다니."

"목줄?"

윈스턴이 눈꼬리를 한껏 휘며 의미심장한 미소를 짓는 순간 불길한 예감이 소름처럼 돋았다.

"벨라, 새 장난감은 마음에 들어?"

"하윽!"

이제야 비로소 개가 개답게 짖었다.

진주가 알알이 박힌 사슬을 다리 사이에 끼고 짐승처럼 교성을 지르는 여자를 지켜보던 레온은 문득 성서의 한 구절을 떠올렸다.

거룩한 것을 개에게 주지 말며 진주를 돼지 앞에 던지지 말라. 그들이 그것을 발로 밟고 돌아서 너희를 산산이 찢어 상하게 할까 염려하라.

갑자기 왜 이 구절을 떠올린 건지는 알 수 없었다.

글쎄? 암캐에게 진주를 주는 건?

바닥을 미끄러지듯 달려 코앞까지 다가온 의자를 구둣발로 가볍게 밀자마자 새된 교성이 터졌다.

"아흑!"

"우리 강아지 즐거워 보이네."

레온은 점점 멀어지는 여자에게 눈꼬리를 휘어 웃어 주었다. 물론, 여자의 얼굴은 즐거움과는 거리가 멀어 보였다.

도르륵 굴러가던 의자가 멈추자 여자가 입을 벌리고 학학거렸다. 그 모습은 신이 난 개와 다름없었다. 손이 허벅지에 묶여 있어 타액을 닦지 못한 탓에 입가가 젖어 번들거렸다.

바퀴가 달린 의자에 앉혀 발목을 의자 다리에 묶을 때만 해도, 그리고 레온이 진주 사슬의 고리를 침대 난간에 걸 때만 해도 여자는 이게 어디에 쓸 물건인지 전혀 짐작하지 못한 얼굴을 했다.

벌어진 다리 사이로 사슬을 통과시켰을 때야 눈을 커다랗게 뜨고 올려다보는 게, 그제야 이해한 눈치였다.

하지만 이 정도일 줄은 몰랐겠지.

그건 레온도 몰랐다.

침대와 멀리 떨어진 의자에 앉은 레온은 몸을 앞으로 숙였다. 사슬의 반대쪽 고리를 쥔 손으로 턱을 괴자 여자가 눈물을 글썽글썽 매단 눈을 찡그리며 신음했다.

"아훗…."

사슬이 위로 당겨 올라가며 연한 살점 사이에 박혀 있던 굵다란 진주 알 하나가 음핵을 툭 치고 밖으로 빠져나간 탓이었다.

"잘 어울리네."

분홍빛 살이 우윳빛 진주를 머금다 뱉어 내는 광경을 지켜보는 건 꽤 즐거웠다.

"넌 역시 흰색이 잘 어울려."

그가 사슬을 흔들며 가볍게 음부를 자극하는 사이 힘겹게 숨을 고른 그레이스가 대꾸했다.

"신도 정신병원도 구제 못 할 색정광. 아무것도 모르고 너와 결혼할 대공녀가 불쌍해."

"대공녀가 왜 불쌍해? 네가 불쌍하지."

목에 매인 줄을 쥔 손이 위로 들리자 그레이스는 사색이 됐다.

"그만, 헉!"

손이 목줄을 감기 시작하며 또다시 윈스턴을 향해 끌려갔다. 손가락 한 마디 간격으로 고정된 진주알이 음핵을 톡톡톡 치며 음순을 가르고 사라졌다. 그럴 때마다 예리하게 치미는 자극 탓에 온몸의 솜털이 뻣뻣하게 서고 숨이 꺽꺽 넘어갔다.

윈스턴이 그레이스의 전용 고문 기구라고 부르는 안마기와는 또 다른 느낌으로 그녀를 새파랗게 질리게 만드는 물건이었다.

금빛 사슬에 꿰인 진주는 모양도 크기도 다양했다. 동글동글하게 세공된 진주알은 그래도 버틸 만했지만….

"아흣!"

울퉁불퉁한 돌기가 돋은 진주가 음핵을 치고 지나갈 때는 기절할 것 같았다.

위로 치솟았던 엉덩이가 의자 위로 털썩 내려앉자 이번엔 작은 눈사람처럼 생긴 진주가 음핵부터 질구까지 길게 긁어내렸다. 튀어나온 부분이 질구에 콕 박혔다가 빠져나갈 때 그레이스는 또 한 번 엉덩이를 들썩이며 흐느꼈다.

"아, 흐읏, 흑…."

이러다 정말 갈 것 같았다. 안마기에 이어 조개에서 나온 돌 따위로 범해지며 가다니. 낯부끄러웠다.

"참지 마. 즐겨."

아니, 애초에 저 남자에게 범해지며 쾌락을 느끼는 것부터가 부끄러운 일이었다.

참지 말라는 말에 그레이스는 아래에 더욱 힘을 주고 버텼다. 의자 바퀴가 윈스턴의 구두코에 닿는 순간 의자가 멈췄다. 이번은 가지 않고 버텼다는 안도감을 잠시 만끽하며 숨을 크게 들이쉬려는 찰나….

쪽.

윈스턴이 입을 맞추더니….

"하윽!"

발로 의자를 밀어 버렸다.

"헉, 싫…."

사슬을 뒤로 타고 가는 건 훨씬 참기 힘들었다. 진주알이 뒤에서 살을 파고들어 와 피가 몰려 부풀 대로 부푼 돌기를 그대로 난타해 댔으니까.

"아흐흑!"

결국 의자가 멈추기도 전에 가 버렸다. 가려워 미칠 것 같던 곳을 시원스레 긁는 듯한 쾌감을 만끽하던 그레이스는 흐느꼈다.

좋았다. 정말 끔찍하게 좋았다. 이딴 원색적이고 저질스러운 장난을 짐승처럼 즐기는 제가 끔찍하게 느껴질 정도로 좋았다.

열에 달떠 몽롱한 시야 속에서 그녀가 아는 가장 저질스러운 남자가 똑같이 열에 달뜬 눈으로 그녀를 응시하고 있었다.

저도 저자와 다를 바 없이 색욕에 미친 짐승으로 전락한 기분이었다.

좀처럼 사그라들지 않는 절정감과 굴욕감 속에서 흐느끼며 고개를 숙이는데 다리 사이에 걸쳐져 있던 진주알이 다시 살을 스치기 시작했다.

"하지 마…. 하지 마…."

여자의 애원은 레온에겐 그저 강아지가 칭얼거리는 소리로밖에 들리지 않았다. 여느 주인이 그러듯 그는 훌쩍이며 안달하는 강아지에게서 눈을 떼지 못했다.

목줄을 천천히 감아 당길 때마다 매끈한 진주알이 우윳빛 살 속에 숨겨진 연분홍 속살로 빨려들어 가듯이 사라졌다.

장관이었다.

"헉, 그만, 하읏!"

의자에 묶인 여자가 몸을 심하게 떤다 싶더니 또 한 번 교성을 크게 내지르며 절정을 느꼈다. 이번에는 터질 것처럼 팽팽하게 부푼 점막이 움찔움찔 경련하더니 한가운데에서 투명한 물줄기가 픽 뿜어져 나왔다.

의자에서 물이 뚝뚝 떨어지는 동시에 여자의 눈에서도 눈물이 뚝뚝 떨어져 발갛게 물든 뺨을 적셨다.

천천히 굴러오던 바퀴를 구두의 바닥으로 누르는 순간 여자의 몸이 휘청했다. 레온은 힘없이 쓰러지는 여자를 품에 안고 내려다보았다.

얇은 셔츠 너머로 여자의 심장이 그의 가슴을 쿵쿵 세차게 두드렸다. 팔 안쪽에 닿은 몸이 파르르 떨리고 있었다. 레온은 바짝 선 솜털까지 음미하듯이 맨살을 천천히 쓸어 올리고 내렸다.

여자는 눈가와 입술을 모두 새빨갛게 물들이고 곧 죽을 것처럼 힘겹게 숨을 할딱였다. 그는 타액과 땀 때문에 얼굴에 달라붙은 머리칼을 부드럽게 넘겨주며 물었다.

"재밌었어?"

그 순간 흐리멍덩하던 여자의 눈동자에 초점이 돌아왔다. 여자는 사지가 묶인 몸을 비틀어 그를 밀어내려 했다.

"이런 데 앉혀 놓고 본거지의 위치를 물어봐야 말하지 않겠지. 이제 이런 건 네게 고문이 아니라 유희일 테니까."

틀린 말이 아니지. 그렇잖아.

그를 죽일 듯 노려보는 청록빛 눈동자가 미세하게 떨리기 시작했다.

"유희 같은 소리, 아훗…."

레온은 객기를 부리는 여자를 뒤로 한 뼘 밀었다. 진주 사슬을 높이 들자 여자가 또다시 몸을 흠칫 떨었다.

"이걸 똑똑히 보고도 그런 소리를 할 수 있을까?"

제각기 다른 모양의 진주알 모두 애액에 흠뻑 젖어서 반짝반짝 빛을 내고 있었다. 즐긴 증거를 윈스턴이 자꾸만 눈앞에 대고 흔들자 그레이스는 고개를 돌렸다.

"세상에 이렇게 물러 빠진 심문관이 다 있다니. 운 좋은 줄 알아."

그는 사슬을 내려놓고 그레이스를 다시 당겨 안았다.

"네 총사령관은 널 버렸는데 적인 내가 주워서 잘 돌봐 주고 있잖아."

버렸다. 주웠다. 잘 돌본다. 하나같이 위선적인 단어들뿐이었다.

"지미가 나를 빼앗아 갈까 봐 무서워서 지하에 꼭꼭 숨겨 두는 주제에…."

그의 가슴팍에 대고 중얼거렸더니 머리 위에서 비웃는 소리가 들렸다.

"무섭다니. 미안한데 난 일어나지도 않은 일을 무서워하는 머저리가 아니거든."

문득, 제가 요즘 들어 무서워하게 된 유일한 것이 떠올랐다. 아직 일어나지 않은 일이다. 그런데도 그는 무서워하고 있었다.

하지만 윈스턴은 양심을 갖고 태어나지 않는다. 레온은 거짓말을 한 셈이 되고도 가책을 느끼지 않았다.

"리틀 지미는 단 한 번도 널 구하려 한 적이 없어."

적어도 이건 거짓말이 아니었다.

당연하게도 여자는 믿지 않는 눈치였다. 흔들림 없는 눈으로 그를 힐난하듯 노려보았다. 정작 힐난을 받아야 할 사람은, 제 수하이자 약혼자를 구할 생각이 없으니 죽으라고 명령한 그 새끼인데.

'너더러 죽으란 새끼한테 가려던 생각이었어?'

제게서 도망치려던 여자를 다시 가둬 둔 후로 하루에도 수십 번 이 말을 외치고 싶은 걸 참았다. 그랬다가 이 미련한 여자는 제 약혼자의 명령대로 죽어 버릴지도 모른다.

이 여자의 사고를 단단한 알처럼 봉한 세뇌를 깨기 전에는 할 수 없는 말이었다.

"일주일 전, 램버튼 수용소가 습격당했어."

이 소식이 알껍데기에 실금이라도 내 주길 바랄 뿐이었다.

"놈들은 땅굴을 파고 사제 폭탄을 터트려서 담장을 무너뜨리기까지 했어. 습격 작전 도중에 반군 셋이 사살되기까지 했지."

제 동지가 죽었다는 말이 슬픈지 여자의 눈빛이 어두워졌다.

"그 엄청난 비용을 누굴 구하는 데 들인 줄 알아?"

"…."

"죽을 날이 얼마 남지 않은 노인 하나."

램버튼 수용소. 잠시 생각에 잠겼던 그레이스는 그곳에 갇혀 있던 사람을 기억해 냈다.

블랜차드 혁명군의 일원으로 50년 가까이 헌신했던 사람이었다. 정말 감쪽같은 공문서 위조 기술과 변장 기술로 동지들에게 없어서는 안 될 존재였다. 그레이스도 그에게서 여러 기술을 배운 적이 있었다.

'다행이다.'

원래 경비가 삼엄한 수용소에 과격한 작전은 잘 쓰지 않았다. 실패할 확률도, 피해도 크니까.

'그렇지만 아저씨는 이제 편안히 여생을 보내실 수 있겠지.'

기뻐하는 찰나였다.

"좋아하긴 일러. 사살당한 셋 중 하나는 그놈이니까."

여자의 얼굴이 순식간에 사색이 되었다. 그의 말을 믿지 못하겠다는 듯 혼란스러운 눈을 했다.

"지미 블랜차드 주니어가 얼마나 멍청하고 무능력한 지도자인지는 차치하고…."

제 약혼자를 비난하자 여자의 눈빛이 날카로워졌다.

"오늘내일하는 노인은 손해를 무릅쓰고 구하려 하는데 왜 너는 구할 생각을 않지?"

동요하는 기미를 찾는지 윈스턴이 저를 집요하게 관찰하기 시작하자 그레이스는 이를 악물었다.

또 내 믿음을 흔들려 하는구나.

이건 술수다. 이건 거짓말일 거야. 신문도 라디오도 접하지 못하는 사람에게 이야기를 꾸며 대는 건 쉬울 거다.

그레이스를 응시하던 윈스턴이 한숨처럼 중얼거렸다.

"그래, 네가 나를 믿을 리가 없지."

그는 뒷주머니에서 지갑을 꺼내더니 가위로 깔끔하게 오린 신문 조각을 그레이스의 눈앞에서 펼쳤다.

[램버튼 수용소, 블랜차드 반군의 급습으로….]

제법 긴 기사를 읽어 내려갈수록 활자를 훑는 눈동자가 점점 속도를 잃어 갔다.

그 아저씨 기술이 대단하잖아. 필요한 일이 있었겠지. 그리고 붙잡힌 동지는 구해야지.

그런데 난?

아니야. 지금 무슨 생각을 하는 거야?

저자의 술수에 놀아나지 마. 그레이스는 멍하니 바라보던 기사에서 눈을 떼고 윈스턴을 정면으로 응시하며 웃었다.

"이런, 철통 경비를 자랑하던 수용소가 뚫리다니. 이러다 곧 왕궁도 뚫리겠어."

"수용소도 뚫는 위대한 혁명군이 개인 저택은 못 뚫는군. 이쯤 되면 상식이 말해 주지 않나? '안' 뚫는 거라고."

그레이스의 얼굴에서 미소가 지워졌다.

"수작 부리지 마. 그런다고 내가 변절할 것 같아?"

"이젠 중요한 정보를 알고 있다는 걸 숨기지도 않고 심문관을 이따위로 무례하게 대하는 암캐를…."

"앗!"

"놀아 주는 내가 물러 빠졌지."

의자를 발로 밀어 버렸다. 또다시 진주알이 줄지어 음핵을 때리자 여자가 비명을 질렀다.

"아흑, 제발! 그, 그만!"

저질스러운 장난질을 다시 치기 시작했지만 레온의 눈빛은 조금 전처럼 느슨하지 않았다. 그가 날카롭게 응시하는 건 눈앞의 나신이 아닌, 집무실에 숨겨 둔 독약 캡슐이었으니까.

'그자들이 저 여자를 죽여야만 하는 이유…. 저 여자가 변절할 만한 이유…. 대체 뭘까. 그걸 알아야 해.'

여자의 사고를 둘러싼 알은 생각보다 훨씬 단단했다. 좀 더 강력하고 결정적인 충격이 필요했다.

"흑, 죽일 거야…."

"그래."

그를 죽이긴커녕 제 몸조차 가누지 못하는 여자를 침대에 눕혔다. 레온은 사지를 시트 위에 축 늘어뜨리며 눈을 감는 여자를 두고 욕실로 향했다.

곧바로 돌아온 그의 손에는 수건 한 장과 깨끗하게 씻은 진주 사슬, 그리고 페서리가 들려 있었다. 레온은 스타킹을 벗기고 발목까지 흥건하게 젖은 여자의 하체를 수건으로 닦아 냈다.

"샐리."

시체처럼 그의 손길을 따라 다리를 벌리고 무릎을 들던 여자가 갑자기 살아났다.

"싫어…."

그레이스는 다리를 오므리며 앓는 소리를 냈다. 그가 '샐리'라고 부르면 그레이스는 정해진 대사를 읊어야 했다. 그리고 그다음 일어날 일은 뻔했다.

"나 너무 힘들어."

"침대에 누워만 있으면서 뭐가 힘들다는 거야?"

"제발…. 오늘 밤만 봐줘."

그를 죽인다던 여자가 입술을 내밀며 투정을 부렸다. 제 말에 복종하지 않는데 뒷덜미가 아니라 다리 사이가 뻐근해졌다.

"샐리."

한 번 더 재촉하자 여자가 한숨을 길게 내쉬더니 웅얼거렸다.

"대위님 밑에서 오래오래 박히고 싶어요."

부루퉁한 목소리의 뒤에서 '얼른 박고 꺼져!'라는 외침이 들리는 듯도 했다.

"벌려."

명령이 떨어지자 여자가 허락도 없이 오므렸던 다리를 순순히 벌렸다.

레온은 곧 빨갛게 물들 뽀얀 허벅지 안쪽을 손바닥으로 쓸어 올렸다.

"으응…."

간지러운지 여자가 베개 귀퉁이를 두 손으로 움켜쥐고 허벅지를 잘게 떨었다. 얼굴까지 찡그리는 게, 절정을 느낄 때의 모습과 다를 게 없었다.

저 여잔 시시한 존재가 되어 그에게서 벗어나고 싶은 모양이지만 저항하는 방법부터 글러 먹었다.

저항이 하나같이 야해 빠졌으니.

음부의 가장자리에 도톰히 솟은 살을 좌우로 벌리자 커튼처럼 드리워져 있던 얄따란 살이 갈라지며 습한 점막이 드러났다.

온몸의 피가 모두 이곳으로 몰린 걸까. 복숭아 꽃잎의 빛깔에 가깝던 음부가 붉은 장밋빛을 띠고 있었다.

저 여자의 심장이 저런 빛깔일까.

통통하게 부풀어 오른 음핵이 빠르게 움찔거리는 모습도 박동하는 심장 같았다. 쉴 틈을 주지 않고 몰아붙였더니 절정의 여진이 꽤나 오래가는 모양이었다. 음부 전체가 수축하고 팽창하길 거듭했다.

그럴 때마다 질구에서는 맑은 물이 방울방울 흘러나와 살 틈을 타고 번졌다. 조금 전 말끔히 닦아 낸 것이 무색하도록 음부가 질척거렸다.

농익어 터진 과육 같은 밀지 깊숙이 몸을 묻고 싶었다. 그러면 지금 저 여자가 느끼는 쾌락이 내게도 고스란히 전해질까.

레온은 음부에서 손을 떼며 물었다.

"너 혼자 즐기고 끝내는 건 이기적이라고 생각하지 않아?"

여자는 검은 벽만 멍한 눈으로 응시했다. 아직도 숨이 찬지 가슴이 크게 부풀고 푹 꺼질 때마다 봉긋하게 솟은 살덩이가 적나라하게 흔들렸다.

레온은 침대 머리맡에 놓인 협탁의 서랍을 뒤적여 손바닥만 한 튜브를 꺼냈다. 페서리의 오목한 안쪽에 살정제를 바르기 시작하자 여자가 고개를 돌려 그를 바라보았다. 두 눈에 불만이 그득했다.

처음 피임 기구를 가져왔을 때 여자는 필사적으로 저항했다. 한 시간 가까이 말싸움에, 몸싸움까지 한 후 결국 신문 때처럼 여자의 사지를 묶고서야 페서리를 넣을 수 있었다.

이젠 체념한 건지 저항은 하지 않지만 매번 저런 눈으로 그를 노려보았다.

"네 소원대로 아이를 갖지 않게 해 주는데 왜 거부하는지 모르겠군."

"아이를 갖지 않는 가장 확실한 방법은 안 하는 거야."

"미안. 그건 선택지에 없어."

살정제를 넉넉히 채운 마개를 질구 가까이 가져가자 여자가 다리를 오므렸다.

"그럼 그냥⋯."

여자가 머뭇거렸다. 무슨 말을 하려는지 이미 알고 있었지만 말하기 부끄러워하는 모습이 재밌었던 레온은 모르는 척, 대답을 재촉했다.

"그냥?"

"하다가⋯."

여자가 더 말하기 곤란한 듯 눈을 피하더니 속삭였다.

"빼."

레온은 검지를 길게 뻗어 여자의 입에 물려 주었다. 녹진한 혓바닥이 손끝에 눌려 뭉그러졌다.

"네가 내 정액을 빨아먹는 걸 그렇게까지 즐기는지 몰랐는걸?"

여자의 눈이 한층 사나워졌다. 손가락을 빼 주자 여자는 입술을 깨물며 중얼거렸다.

"안에 하는 거 끔찍해."

"이런, 난 짜릿하거든."

"더러워."

여자가 침을 뱉듯 단어를 내뱉자 레온은 실소했다. 그는 한 손으로 여자의 두 뺨을 한꺼번에 쥐고 가볍게 흔들었다.

"창녀 주제에 까탈스러워. 네 몸이 성소라도 돼? 귀엽게 봐주니까 겁이 없어. 적당히 기어올라."

그를 노려보는 청록빛 눈동자에 물기가 맺히기 시작했다. 얼굴을 놓아주자 여자가 고개를 돌리며 다짐을 중얼거렸다.

"죽여 버릴 거야."

"응, 그건 한가할 때 하고 지금은 다리나 벌려."

"…."

"어서."

여자는 제가 정말 강아지가 된 줄 아는 건지 눈물이 글썽한 큰 눈을 한참 깜빡이다 다리를 벌렸다.

레온은 음부 한쪽을 손으로 당겼다. 도톰하게 뭉쳐 있던 음순이 엄지에 눌려 부드럽게 뭉개졌다. 감촉이 좋았다.

연한 살점을 검지와 엄지로 쥐고 당기자 두꺼웠던 살이 얇게 퍼졌다. 레온은 음순을 손가락 사이에 끼우고 비비며 여자의 반응을 만끽했다.

"으응…. 아흐, 그냥 얼른 해…."

"그렇게 말하면 얼른 끝내 주기 싫잖아."

사실 그렇게 말하지 않았더라도 일찍 끝내 줄 생각은 없었다.

보드랍고 촉촉한 살점이 손가락에 착 감겼다. 이슬에 젖은 꽃잎을 만지는 느낌이었다.

아니, 제가 흘린 꿀로 흠뻑 젖은 꽃잎인가?

살 틈은 여전히 빠끔대며 물을 흘리고 있었다.

여자의 음부를 꽃에 비유하는 건 다들 문학적이라고 평하지만 지극히 과학적이기도 하다는 생각이 문득 들었다.

피와 살로 이루어진 겹겹의 꽃잎을 헤치고 깊숙이 손가락을 넣었다. 이 속에는 꽃이 그러하듯 씨를 받아 새로운 생명을 수태하는 방이 숨겨져 있었다.

꽃이 아름다운 꽃잎을 피우고 달콤한 꿀을 흘려 누군가를 유혹하는 목적은 단 한 가지. 번식이었다.

레온은 궁금해졌다.

남자란 모두 이 원초적인 유혹 앞에서 번식욕을 느끼는 걸까. 이 여자에게 새끼를 심어 소유권을 주장하고픈 야만적인 충동을 저 홀로 느끼는 거라면, 꽤나 약이 오를 것이다.

레온은 다른 손에 든 페서리를 넣기 좋게 반으로 접었다. 이따위 물건을 주문한 건 그 충동이 갈수록 강해졌기 때문이었다.

역겹기 짝이 없는 짓.

그것도 그의 씨를 더럽다고 하는, 제가 성녀인 줄 착각하는 여자에게.

손가락을 하나 더 넣었다. 내벽을 벌리려는 생각이었지만 그는 계속 딴 짓만 했다.

마개로 벌써 막히고도 남았어야 하는 살덩어리에서 레온은 손을 떼지 못했다. 작은 자두만 한 자궁구가 미끌미끌하고 말랑말랑했다.

"흐읏…."

불편한지 여자가 몸을 뒤틀며 신음했다. 살이 쫀쫀하게 조여들며 침입자를 꽉 물었다. 감히 네 주제에 이 성스러운 곳을 건드리지 말라는 경고로 느껴졌다.

그래, 성소일지도 모르지.

이 여자에겐 블랜차드 '왕조'의 다음 후계자가 탄생할 성소였겠지.

그걸 왕정의 돼지가 더럽혀 또 다른 돼지 새끼를 배게 한다면?

웃음이 나왔다.

갈수록 그를 무서워할 줄 모르는 여자에게 겁을 줄 방법을 찾았으니.

"쓰지 말까?"

"…."

눈치가 빠른 여자는 불길한 예감을 느꼈는지 입을 다물었다.

"피임 따위 집어치우는 거야."

그는 두 손가락을 집게처럼 벌려 말랑한 살덩이를 슬며시 쥐었다.

"여기를 흠뻑 적시다 못해 밖으로 넘쳐흐를 때까지 싸고 또 싸는 거지. 그러곤 마개로 네 구멍을 틀어막는 거야. 단 한 방울도 새어 나가지 못하게. 전부 네 자궁으로 흘러 들어가게. 몇 번만 그렇게 해도 넌 배가 불러 오겠지."

예상대로 여자의 얼굴이 새파랗게 질려 갔다.

"그래, 역겹지?"

나도 역겨워. 그러니 하지 않아.

"그러니 얌전히 다리나 벌려."

여자는 그 어느 때보다 얌전하게 굴었다. 넣기 좋도록 무릎을 세우고 다리를 더욱 활짝 벌리기까지 했다.

여자의 의지에도 별수 없이 오므라드는 살 틈을 벌리고 반으로 접은 페서리를 안으로 깊숙이 넣었다. 질 끝까지 들어간 마개가 펴질 때 허리를 움찔하긴 했지만 여자는 아무런 불평도 하지 않았다.

가장자리를 눌러 가며 마개를 자궁구에 빈틈없이 덧씌우고서야 손을 뺐다. 그러곤 개에게 칭찬을 하듯 여자의 아랫배에 가볍게 입을 맞췄다.

"잘했어. 착해."

레온은 넥타이 매듭을 느릿하게 풀며 눈앞의 나신을 감상했다.

그가 가장 고대하는 시간이었다.

옷을 벗는 소리와 점점 거칠어지는 숨소리만이 들리는 시간. 마치 살벌한 전운이 감도는 전장에 서서 곧 포화를 주고받을 적을 마주한 것만 같았다.

레온은 일부러 더디게 셔츠 단추를 풀었다. 그를 기다리는 시간이 길어질수록 여자의 몸은 긴장으로 뻣뻣해져 갔다. 갈수록 경직되어 가는 건 그의 하체도 마찬가지였다.

두 나신이 곧 거칠게 맞부딪칠 것이다. 팽팽한 긴장감이 단숨에 터지며 불꽃같은 쾌감을 거세게 일으키고 교성이 포성처럼 귀청을 울리는, 전쟁 같은 정사가 그를 기다리고 있었다.

군인이라면 피가 끓을 수밖에 없는 순간이었다.

여자는 수세에 몰린 주제에 벌써 전의를 상실했다. 무방비하게 드러낸 몸을 그는 단숨에 덮쳤다.

"읏…."

두 팔로 몸을 으스러지게 끌어안자 여자가 미약한 신음을 냈다. 신음은 입 밖으로 나오자마자 입 속으로 빨려들어 갔다.

레온은 빈틈없이 맞붙여 하나가 된 입 속에서 혀를 게걸스럽게 놀리며 여자의 음부에 제 아래를 밀착시켰다. 발름거리는 질구가 선단을 물었다. 말랑한 살 따위가 오물거릴 뿐인데 날카로운 이에 깨물린 것처럼 예리한 전율이 척추를 타고 치솟았다.

"하아⋯."

입을 떼고 받은 숨을 내뱉자마자 타액으로 촉촉하게 젖은 입술을 다시 집어삼켰다.

등을 감고 있던 손을 땀에 젖은 등줄기를 따라 미끄러트려 내렸다. 손가락을 활짝 벌려 살진 엉덩이를 세게 움켜쥐고 들어 올렸다. 질구 밖에 걸쳐져 있던 구릿빛 기둥이 단숨에 습한 구멍 속으로 쑥 빨려들어 갔다.

"아⋯."

"아훗⋯."

검지만 넣어도 자궁구에 쉽게 닿을 수 있을 정도로 여자의 속은 짧았다. 그런데도 한 뼘보다 긴 성기를 끝까지 삼킨다는 사실이 겪을 때마다 놀라웠다.

레온은 아랫배에 촉촉한 점막이 달라붙을 때까지 성기를 여자의 배 속에 꽂아 넣고서야 잠시 멈췄다.

길쭉한 살덩어리를 빈틈없이 감싸 문 내벽이 잘게 떨렸다. 여자가 수없이 느낀 절정의 전율과 잔열이 고스란히 전해졌다. 이대로 담그고 있기만 해도 사정할 것 같았다.

레온은 여자의 입술에 키스를 퍼부으며 엉덩이를 쥐고 있던 손을 허벅지로 미끄러트렸다. 시트 위에 아무렇게나 널브러져 있던 두 다리를 그의 허리에 감았다.

"움직일게."

그렇게 귓가에 연인처럼 상냥하게 속삭이면 여자는 매번 몸을 웅크리며 겁에 질린 강아지처럼 흐느꼈다. 여자에겐 이 다정한 말이 약탈의 시작을 알리는 잔인한 신호탄이나 마찬가지일 테니.

레온은 오늘도 어김없는 반응으로 즐거움을 선사하는 여자를 세게 끌어안았다. 맨살이 찰싹 맞붙으며 토실한 살덩이가 탄탄한 가슴팍에 짓눌려 뭉개졌다. 그 부드러운 느낌과 탄력에 아래가 더욱 뻐근해졌다.

"아, 살살, 훗…."

그렇게 몸을 밀착한 채 허리를 흔들기 시작했다. 살살 하라는 여자의 요구는 이해할 수 없었다. 이미 그는 난폭한 짐승처럼 찌르고 뽑아 대고 싶은 걸 최대한의 자제력을 발휘해 참고 있었다.

"자기야, 이 정도면 꽤 신사적이지 않아?"

레온은 허리를 느릿하게 놀리며 여자의 귀에 속삭였다. 그래도 여자는 버거운지 그의 허리를 감은 다리를 바르작거리고 벌써 갈 것처럼 자지러졌다.

"아, 으응, 아훗…."

거듭된 절정 후 녹진하게 풀린 살에 머리부터 뿌리까지 성기를 길게 박아 넣고 부드럽게 치댔다. 곧 내벽이 기둥을 꽉 조여 왔다. 압박감이 대단했다. 돌처럼 단단한 성기를 부러트리고도 남을 것만 같았다.

"우리 자기 요즘 감옥에 갇힌 죄수처럼 운동을 하더니 조임이 더 좋아졌어."

"아흑…."

"아, 미안. 감옥에 갇힌 죄수 맞지?"

거듭 조롱을 퍼붓는데도 여자는 분한 기색이 없었다. 뺨이 새빨갛게 달아올라 있었지만 그건 화가 난 탓이 아니었다. 그는 입술이 델 것처럼 뜨거운 뺨에 키스를 하며 속삭였다.

"운동 계속 열심히 해. 기분 좋아."

하지만 여자의 말랑한 살덩이가 아니라 딱딱한 고무 따위가 부딪히는 느낌은 썩 좋지 않았다. 비스듬히 각도를 올려 찔렀더니 질 끝의 쫀쫀한 살이 팽창한 살덩이를 빈틈없이 감싸 물었다.

"하아…."

레온은 결국 자제력을 잃었다.

"아! 제발, 살살, 하웃!"

"그럼 네가 살살 물었어야지."

팽팽히 당겼다 놓은 활시위처럼 허리를 튕기고 또 튕겼다. 퍽퍽 살 찧는 소리가 시끄럽게 울리며 애액이 맞물린 살 틈으로 튀어 올랐다. 레온의 아랫배와 여자의 허벅지 사이가 삽시간에 미끌미끌하게 젖었다.

레온은 흥분을 참지 못하고 조용히 욕지거리를 중얼거렸다.

여자의 눅눅한 배 속 또한 자제력을 잃고 그를 난잡하게 주물러 댔다. 성기를 뽑아낼 때마다 살이 붙어 딸려 나올 정도였다. 들락날락할 땐 도톰하게 부푼 음순이 기둥에 찰싹 달라붙어 긁어 댔다.

그 무엇 하나 그에게 달라붙지 않는 게 없었다.

늪처럼.

이 여자의 음부는 늪이었다. 한번 몸을 담그면 헤어 나올 수 없는 그런 늪 말이다.

레온은 이따금 후회했다.

여자로 보였던 순간 해고했어야 했다.

아니, 체포한 순간 수용소로 보내 버렸어야 했다.

적어도 이 저질스러운 욕망에 굴복하지 말았어야 했다. 겁도 없이 머리부터 처박은 후에야 제가 늪에 뛰어든 걸 깨달았다.

레온은 그의 어깨를 힘없이 쥔 채 신음하는 여자를 지그시 내려다보았다.

"아, 아흐…."

그의 아래에 깔린 몸을 뒤틀고, 고개를 젖혀 부드럽게 굽이치는 다갈색 머리칼을 흐트러트리고, 군데군데 그의 입술 자국이 새겨진 새하얀 목덜미를 적나라하게 드러내던 여자가 눈꺼풀을 들어 올렸다.

그와, 다름 아닌 그와 몸을 섞는 쾌락에 취해 혼탁해진 청록빛 눈동자가 레온을 응시했다. 그 순간 그는 후회 따위 모조리 잊어버렸다.

넌 내 거야.

그는 또 탐욕스러운 키스를 퍼부었다.

아무것도 걸치지 않은 알몸이 서로 거칠게 부대끼다 점점 땀에 젖어 미끄러졌다. 하지만 꼿꼿이 선 젖꼭지가 그의 가슴팍을 긁어 대는 건 여전히 거칠게만 느껴졌다.

레온은 여자를 억세게 끌어안고 있던 팔을 풀고 상체를 일으켰다. 몽실몽실한 살덩어리가 그의 허리 짓을 따라 물결쳤다.

손을 뻗어 하나를 거머쥐었다. 손놀림을 따라 말랑한 가슴이 모양을 달리하며 자꾸만 그의 손에서 빠져나가려 했다. 자꾸만 그의 손아귀에서 벗어나려는 제 주인과 다를 게 없었다.

"아흑…."

그는 살갗이 손바닥에 찰싹 달라붙도록 가슴을 움켜쥐고 고개를 숙였다. 말아 쥔 검지와 엄지 사이로 살이 볼록 튀어나오며 연분홍빛 젖꼭지가 더욱 도드라졌다. 레온은 가슴 끝을 유륜까지 부드럽게 물고 빨아 올렸다.

쪽.

"훗, 하지, 마…."

여자는 가슴을 빠는 애무를 유난히 싫어했다. 그럴수록 더 하고 싶어지는 법 아닌가. 그는 유륜 너머의 우윳빛 살까지 타액으로 축축하게 젖을 때까지, 그리고 여자의 뺨도 그만큼 축축이 젖을 때까지 젖꼭지를 빨고 또 빨았다.

레온은 한참이 지나 딱딱하게 뭉친 살점을 뱉어 내며 고개를 들었다.

그의 손자국이 짙게 남은 가슴. 타액에 불어 터진 유두. 손등으로 눈을 가리고 훌쩍이는 여자.

가학심에 불을 지피기에 충분했다.

"하윽!"

여자를 옆으로 돌려 눕히고 등 뒤로 몸을 포개어 누웠다. 음부에 꽂혀 있던 성기가 배 속을 한 바퀴 휘젓자 여자가 격하게 몸을 들썩였다.

레온은 겹쳐진 스푼처럼 여자와 하체를 포갠 꼴로 나란히 누워 허리 짓에 박차를 가했다.

"아, 아흑! 천천히!"

성기의 뿌리까지 삽입할 수 없지만 여자에게는 더욱 버거운 자세였다. 역시나. 길게 뺐다 강하게 처박을 때마다 여자가 교성을 내지르며 자지러졌다.

레온은 사정없이 허리를 놀리며 가지런히 모인 허벅지 사이로 손을 넣었다.

"아훗!"

음핵에 손이 닿자마자 여자의 몸이 튕겨 올랐다. 촉촉이 젖은 돌기를 더듬던 손이 허벅지를 옆으로 활짝 벌렸다.

레온은 여자의 허벅지를 제 허벅지에 걸어 다리를 오므릴 수 없게 만들곤 시트에 힘없이 늘어져 있던 손을 잡았다.

"헉!"

쩍 벌어진 살 틈에 제 손이 닿자마자 여자는 또 몸을 파드득 떨었다.

"만져 봐. 내가 가르쳐 준 대로."

손을 겹친 채 천천히 돌렸다. 처음에는 손을 빼려고 애를 쓰던 여자가 곧 얌전해졌다. 물론 얌전하게 말을 듣기 시작한 건 손뿐, 음핵을 굴릴수록 땀에 미끈하게 젖은 몸이 발작적으로 들썩였다.

레온은 손을 천천히 뗐다. 머리를 한 손으로 괸 채 가볍게 허리를 흔들며 여자를 내려다보던 그가 피식 웃었다.

"싫어…. 나 너무 힘들어."

그랬던 여자가 지금은 강요하지 않는데도 제 손으로 음핵을 굴리고 있었다. 애액이 마르자 그의 성기를 물고 있는 접합부를 더듬기까지 했다. 일부러 푹 찔러 주었더니 여자는 맞물린 틈으로 넘친 애액을 말라붙은 돌기에 손수 발랐다.

이젠 진심으로 즐기는 것이다.

"아, 아흥…."

"그렇지. 잘하네."

레온은 초점 없는 눈으로 계속 손을 놀리는 여자의 뺨부터 목덜미까지 키스를 점점이 새겼다.

"이젠 잘해."

손끝이 바깥을 능숙하게 매만질 때마다 안이 조여들었다. 말랑하던 속살이 일순 팽팽해지며 성기를 압박하자 여자를 놀릴 여유는 사라졌다.

여자의 손끝을 향해 성기 끝을 콱콱 처박았다. 거친 허리 짓에 여체가 힘없이 밀려나기 시작하자 레온은 그녀를 두 팔로 단단히 옭아맸다.

"하아…."

"으응… 하웃!"

돌처럼 단단한 살 기둥이 속살에 푹푹 꽂힐 때마다 성기를 문 내벽도,

그의 다리에 걸쳐진 허벅지도 파들파들 경련했다. 절정의 전조였다.

압도적인 쾌감이 무서웠던 걸까. 여자가 음핵에서 손을 뗐다. 공중에 들린 손끝이 덜덜 떨렸다.

레온은 여자의 손을 치우고 제 손으로 그 자리를 덮었다. 굵다란 손끝이 음핵을 무자비하게 흔들기 시작하자 여자가 온몸을 뒤틀며 그의 손을 떼어 내려 안간힘을 썼다.

"아, 거긴, 훗, 안…."

하지만 안 된다는 말을 채 끝내기도 전에 절정에 치달아 버렸다.

"하읏!"

퍽, 치고 들어가는 살 기둥을 속살이 콱 물었다. 여자는 공중에 들린 다리를 감전된 사람처럼 떨었다.

"아흑…."

레온은 몸을 웅크리고 훌쩍이는 여자의 귓가에 속삭였다.

"기분 좋아? 정신이 완전히 나갔네."

"그만…. 제발, 훗, 그만…."

여자가 서너 번 더 애원하고 나서야 음부를 만지작거리던 손을 뗐다.

축축하게 젖은 손이 위로 향했다. 매끈하고 탄탄한 아랫배를 손바닥으로 쓸어 올리고 날렵한 허리의 윤곽을 손마디로 훑어 내렸다. 곤두선 솜털이 그의 살갗을 부드럽게 간질이는 감촉이 좋았다.

몸이 극도로 예민해져 숨결만 닿아도 죽을 것처럼 떨던 여자가 지친 목소리로 물었다.

"으응…. 아직 안 끝났어?"

붙잡힌 포로 주제에 건방진 소리를 했다. 거기다 콧소리와 교태까지 섞어 물으면 누가 끝내 주고 싶을까.

레온은 땀방울이 송골송골 맺힌 가슴을 두 손 가득 움켜쥐고 허리를 흔들기 시작했다.

"아, 아흐…. 그만…."

"하아… 너야말로 그만 빨아 대."

허리 짓을 멈췄을 때도 오돌토돌한 속살은 성기를 빈틈없이 감싸고 치대길 멈추지 않았었다.

짓누르고 조이고 주물러 댄다. 그것도 모자라 기둥에 끈적하게 달라붙어 포피를 당겨 댔다.

두 사람의 끓는 피에 마찰열까지 더해지며 맞물린 살 틈에서 이글거리는 열기가 삽시간에 차올랐다. 성기가 불붙은 것처럼 뜨거워지자 숨이 막혔다.

여자도 절정을 느끼는지 속살이 쫀쫀해지며 단단한 살덩이를 바짝 감싸 물었다. 그 순간 반듯하던 레온의 미간이 와락 구겨졌다.

일찍 끝내 줄 생각은 전혀 없었는데 더는 참을 수 없었다.

"웃…."

커다란 손을 활짝 벌려 여자의 아랫배를 움켜쥐었다. 납작한 배가 손에 눌려 움푹 팰 정도로 강하게 끌어당기고 성기를 질 끝까지 꽉 찔러 넣고서야 레온은 아래에 준 힘을 풀었다.

"하아…."

그의 아랫배에 갇혀 있던 체액이 열린 길을 타고 솟구쳐 여자의 배 속 가장 깊은 곳으로 쏟아져 들어갔다. 그 사실만으로도 한 번 더 사정할 수 있을 것 같았다.

레온은 열이 올라 탁해진 눈으로 그의 품에 널브러진 여체를 내려다보았다. 여자는 그의 어깨에 머리를 기댄 채 숨을 할딱이고 있었다. 벌어진 입을 지그시 바라보던 그는 고개를 숙였다.
여자와 위아래를 모두 맞물고 살을 섞으며 그는 생각했다.
이대로 개처럼 붙어서 떨어지지 않아도 나쁘지 않겠다고.
극한의 쾌락은 이토록 이성을 형체도 없이 녹였다.
이성은 꽤 오래 돌아오지 않았다. 그는 몸을 여자의 배 속에 깊이 묻은 채 허리를 은근히 놀렸다. 짐승이 제 영역을 표시하듯, 이 여자의 가장 깊은 곳에 제 체액을 치덕치덕 바르고 밀어 넣었다.
그러다 페서리의 가장자리에 선단의 턱이 걸리는 순간, 이성이 돌아왔다. 자궁구에 덧씌워진 마개를 레온은 성기 끝으로 꾹 짓눌러 준 후 허리를 뒤로 물렸다.
힘이 제법 빠지고도 길쭉하고 단단하기만 한 기둥이 밖으로 세차게 튕겨 나오며 여자의 허벅지에 희뿌연 액을 흩뿌렸다.
그는 곧바로 일어나 여자를 바르게 눕혔다. 또 허락 없이 오므라드는 다리를 활짝 벌리고 그 사이의 갈라진 틈을 감상하는 건, 그가 두 번째로 고대해 마지않는 시간이었다.
입술처럼 빨갛게 부은 속살이 점도도, 빛깔도 연유를 닮은 정액을 한가득 물고 있는 모습은 진풍경이었다.
절정에 취한 질구가 발름댈 때마다 물컹한 체액이 덩이져 흰 시트로 뚝뚝 떨어졌다.
레온은 시달린 흔적이 선명한 음부 너머로 시선을 던졌다. 가쁘게 숨을 몰아쉬느라 들썩이는 가슴과 전의를 모두 상실한 얼굴을 가만히 응시하던 그는 숨을 길게 내쉬었다.
잔뜩 먹은 건 저 여자인데 왜 내가 포만감이 드는지.
그는 정액이 밀려 나오지 않도록 조심스럽게 질구 주변을 손끝으로 더

들었다. 다른 손은 축축하게 젖은 아랫배를 부드럽게 문질렀다.

블랜차드 '왕조'의 다음 후계자가 탄생할 성소였던 곳이 왕정의 돼지인 그의 씨를 가득 머금고 있다.

정복의 희열이 느껴졌다.

군인이라면 피가 끓을 수밖에 없는 순간이었다.

"예뻐."

변태, 더러워. 이딴 말을 중얼거리는 깜찍한 입술에 입을 맞추며 속삭였다.

여자는 그를 밀어내며 몸을 일으켰다. 희뿌연 액이 분홍빛으로 물든 허벅지 안쪽을 타고 흐르기 시작하자 여자가 얼굴을 찡그리더니 예상치 못한 행동을 했다.

틀어막았다.

제 구멍을.

제 손으로.

그 천박한 꼴을 보자마자 다시 허기가 치밀었다.

"젠장할…."

레온은 욕실로 가려는 여자를 낚아채 다시 침대에 쓰러트렸다.

"앗! 하아…."

그레이스는 제게 올라타는 남자의 하체에 시선이 닿자마자 체념했다.

'또 세웠어….'

분명 욕실로 가려 할 때만 해도 크기는 여전히 엄청나도 아래로 고개를 숙이고 있었다. 하지만 지금 그 구릿빛 뱀은 되살아나 바짝 위로 쳐든 고개를 끄덕였다.

저건 정말 뱀이다.

한번 물면 절대 놓지 않는 그런 독사 말이다.

붉은 독사의 머리가 그레이스를 물고 싶어 안달이 나 말간 침을 주룩 흘렸다. 바짝 세운 무릎을 두 손이 우악스럽게 쥐어 벌리고, 뱀이 활짝 벌려진 다리 사이로 사라졌다.

"으읏…."

기분 나쁘도록 따뜻하고 묵직한 체액 덩어리가 그레이스의 몸 밖으로 울컥 흘러나오는 순간 굵다란 머리가 처박혔다.

"아!"

여태 수백 번은 받아 냈을 거다. 하지만 여전히 굵은 말뚝을 아래에 쑤셔 넣는 느낌이었다. 숨 막히는 크기의 살 기둥이 젖은 살을 스치며 쑥 밀려들어 오고, 남자가 그레이스를 끌어안더니 귓가를 핥아 올리며 속삭였다.

"손으로 틀어막고 있는 거, 꽤 야했어."

사정을 한 직후임에도 정욕이 식기는커녕 더욱 끓어올라 목구멍까지 버석하게 마른 목소리였다.

"아, 아읏…."

몰아붙이듯이 시작된 허리 짓엔 평소보다 더 배려가 없었다. 묵직한 살덩어리가 질 끝을 쉴 틈 없이 쿵쿵 박아 댈 때마다 쾌락의 파도가 연이어 몰아치고, 그레이스는 그 뜨거운 파도에 휩쓸려 허우적댔다.

찰박찰박. 살끼리 부딪쳐 내는 마찰음도 물결이 치는 소리를 닮아 있었다. 체액이 넘치도록 고인 질 속을 거칠게 쑤셔 대니 젖은 소리가 여느 때보다 노골적이었다.

질컥. 소리가 나도록 찔러 넣으면 포개어진 하체 사이로 찐득한 체액이 솟구쳐 줄줄 흘렀다. 쑥, 뽑아낼 때에는 선단이 배 속에 고여 있던 정액을 삽처럼 퍼 올렸다.

기둥에 딸려 나온 희뿌연 체액이 붉게 달아오른 음부로 후드득 쏟아져 내렸다. 새빨갛게 열이 오른 음핵에 맺힌 흰 덩어리를 본 레온은 허리 짓을 돌연 멈췄다.

여자의 애액과 제 정액이 한데 엉겨 멍울진 꼴이 진주알을 떠올리게 했다.

침대 난간에 걸쳐 두었던 진주 사슬을 집어 들었다. 손목을 묶을 때까진 얌전하던 여자가 남은 사슬을 아래에 감기 시작하자 다리를 바르작대며 도망치려 했다.

"얌전히."

기다란 말뚝에 꿰뚫린 몸을 버둥대 봐야 제 기력만 빠질 뿐이었다.

음핵 위를 덮은 살점에서 X자로 교차하도록 긴 사슬을 음부에 감았다. 남은 건 성기의 밑동에 헐겁게 둘렀다.

"아흣… 아….

허리 짓이 다시 시작되자 교성이 한층 야릇해졌다.

잘그락잘그락. 진주가 부딪치는 소리가 그레이스의 머리를 울렸다. 음부를 뒤덮은 진주알들이 이상야릇한 마찰을 만들어 내며 정신이 점점 아득해졌다.

윈스턴이 그레이스를 흔들 때마다 성기에 느슨히 묶인 손이 당겨지고, X자로 교차한 진주알 덩이가 음핵을 위아래로 사정없이 긁었다. 그 아래로 늘어진 진주도 여린 음순을 짓누르고 비벼 댔다.

사슬이 감긴 탓에 성기가 반만 들락날락하는 건 다행이었지만 속살을 밀고 들어오다 멈출 때마다 질구를 살 기둥에 감긴 구슬이 짓눌렀다. 굵다란 물건을 무느라 팽팽히 벌어진 점막에는 버티기 힘든 자극이었다.

"헉…. 빼!"

"하아…."

"아, 안에 들어갔, 하읏!"

"응, 알아."

심지어 한두 개는 성기를 찔러 넣을 때 안으로 빨려 들어갔다. 윈스턴이 하체를 흔들 때마다 진주알이 살 기둥과 질 벽의 사이에 껴 굴러다녔다.

그레이스는 숨을 헉 멈췄다. 울퉁불퉁한 덩어리가 내벽을 드륵드륵 긁자 눈앞에 불꽃이 번쩍 튈 만큼 강렬한 자극이 몰아쳤다.

굵은 돌기가 올록볼록 돋아난 곤봉으로 음부를 쑤시는 기분이었다. 딱딱한 덩어리가 배 속에서 치대어지다 요도구와 가까운 곳에 콱콱 박힐 때면 무언가를 분출하고 싶은 충동이 날카롭게 치밀었다.

저 망할 진주 때문에 오늘만 대체 몇 번째인지.

이건 여전히 수치스러워 견딜 수가 없었던 그레이스가 숨을 할딱이며 사정했다.

"아, 그만! 흑, 시, 싫은…."

"싫긴. 아주 좋아 죽는데."

그럼 그렇지. 난 왜 아직도 이 남자에게 비는 걸까.

잔인한 남자는 그레이스의 몸을 더욱 부추겨 댔다. 요도구 아래의 내벽을 성기 끝으로 퍽퍽 쳐올리는가 하면, 음핵을 활짝 까발려 엄지로 굴려 대기까지 했다.

몸으로 레온 윈스턴을 이길 수 있을 리가.

묵직한 살덩이가 요도구 바로 아래를 콱 찍어 올리는 순간 아랫배에 준 힘이 탁 풀렸다.

"아흑!"

좁다란 구멍이 맑은 물을 픽, 높이 쏘아 올렸다.

"오늘 밤만 몇 번째지? 신기록인데?"

남자는 짓궂게 웃으며 허리 짓을 멈췄다. 그의 허리 아래는 그레이스가 뿜어낸 물로 흠씬 젖어 있었다. 선명히 갈라진 근육의 틈새를 타고 흐르는 투명한 물방울을 그는 수건으로 느긋하게 닦아 냈다.

드디어 손목에서 사슬이 풀려나갔다. 어찌나 세게 당겼는지 손목 둘레에 동그랗게 눌린 빨간 자국이 생겼다.

"하아, 갔어?"

그레이스는 숨을 가쁘게 내쉬며 물었다. 윈스턴 역시 숨을 거칠게 몰아쉬며 그레이스에게 몸을 포개더니 대답 대신 키스를 했다. 부드럽고 다정하기 그지없는 키스를.

눈을 지그시 감은 그와는 달리 그레이스는 난처한 눈으로 천장을 올려다보았다. 정사 후 윈스턴의 연인 같은 행동은 늘 마음을 불편하게 했다.

약혼자가 있는 여자에게 연인처럼 군다는 것만 불편한 것이 아니었다. 그날의 일이 벌어지지 않았더라면 그 소년은 이런 다정한 남자로 컸을지도 모른다는 상상을 저도 모르게 하게 되는 것이다.

그레이스는 오늘도 윈스턴이 이 불편한 상상을 더욱 불편한 현실로 부수어 줄 순간만 기다렸다. 그리고 기다림은 길지 않았다.

가벼운 입맞춤 후 입술이 떨어지자 그가 투정이라도 부리듯 눈매를 살짝 찡그리며 중얼거렸다.

"우리 자기가 너무 조여 대서 벌써 싸 버렸잖아."

'벌써'라고 하기엔 이미 아래가 얼얼해지도록 꽤 오래 즐긴 후였다.

"아흑, 뭐 하는 거야?"

성기가 빠져나가기에 한숨을 돌리려던 찰나 윈스턴이 상상도 못 한 짓을 했다. 살 기둥에 감겨 있던 진주 사슬을 벗기더니 제가 조금 전 몸을 담그고 있던 곳에 진주를 하나둘 밀어 넣기 시작한 것이었다.

"그만해!"

말 들을 리가. 허리를 틀어쥔 손아귀의 힘만 더 세어졌다. 윈스턴을 발로 차려다 발목을 잡히자 그레이스는 작전을 바꿨다.

"아, 몰라. 마음대로 해. 네 장난감이 망가져서 울든 말든 내가 알 게 뭐야."

"애석하지만 그런 식으로 말해도 안 통해."

윈스턴은 늘 그렇듯 눈꼬리를 한껏 휘어 짓궂게 웃었다.

"대체 어떻게 하면 사람이…."

이렇게 되는 걸까. 혼잣말을 중얼거리는 순간 질 속으로 진주알을 끼워 넣던 손이 멈췄다.

"알고 싶어? 이미 알 텐데?"

눈꼬리의 휘어진 모양새는 조금 전과 다를 게 없었지만 미소의 의미는 전혀 달랐다. 그레이스는 둘 사이의 공기가 살벌해지려 하자 입을 다물고 다리를 벌렸다.

레온은 여자의 몸속에 보석을 채워 넣다 질구가 그의 성기를 물었을 때만큼 벌어지자 손을 뗐다. 그는 화랑에서 아름다운 예술품을 마주했을 때처럼 고상한 얼굴로 저속하기 짝이 없는 조각을 감상하기 시작했다.

살아 있는 조각.

촉촉이 젖은 분홍빛 살점이 진주알 뭉치를 욕심껏 물고 빠끔거렸다.

여러 줄의 사슬이 아래로 흘러내리는 모습은 붉은 절벽 한가운데의 동굴에서 쏟아져 나오는 우윳빛 폭포를 떠올리게 했다.

절벽 꼭대기의 언덕 너머, 완만한 평원이 움푹 꺼지더니 얼어붙어 있던 폭포수가 천천히 흘렀다. 레온은 애액으로 끈적하게 젖은 진주 덩어리를 한 알 한 알 뱉어 내는 음부를 응시하다 사슬 끝을 쥐었다.

"흐읏…."

진주알이 주르륵 뽑혀 나가기 시작하자 그레이스는 허리를 뒤틀었다.

굵고 단단한 구체가 내벽 주름 사이사이를 때로는 부드럽게, 때로는 거칠게 긁는 느낌에 눈앞이 아찔해졌다. 간질간질한 쾌감이 배 속에서부터 차오르며 등허리가 벌써 잘게 떨리기 시작했다.

"또 가는 거야? 적당히 좀 해."

윈스턴의 뻔뻔스러운 조롱에 당하지 않으려고 힘을 주어 버텼지만 망할 진주는 끝도 없이 나왔다.

사슬 끝을 든 손은 벌써 윈스턴의 눈높이에 있었다. 진주가 띄엄띄엄 꿰어진 사슬에 진주와 같은 빛깔의 체액 덩어리가 몽글몽글 엉겨 붙어 있는 꼴에 그레이스는 눈살을 찌푸렸다.

"산모님, 축하합니다. 세상에 이럴 수가. 알을 낳으셨군요. 대체 어떤 짐승과 교미를 하신 건지."

제 몸에서 나온 것이 역겨워 하얗게 질렸던 그레이스의 얼굴이 붉게 달아올랐다.

저질스러운 장난도 정도가 있지.

약이 오를 대로 오른 그레이스는 윈스턴을 따라 눈꼬리를 한껏 휘며 대답했다.

"레온 윈스턴이라는 이름의 닭대가리가 아빠예요."

윈스턴은 닭대가리라는 모욕에 약 올라 하긴커녕 웃음을 참지 못하더니 정액과 애액 범벅이 된 사슬을 그레이스의 가슴골에 감아올렸다.

"엄마가 따뜻하게 품어. 우리가 사랑으로 잉태한 새끼들이잖아."

"미친 새끼."

윈스턴은 오늘따라 유독 장난스럽게 굴었다. 진심으로 기분이 좋아 보이기까지 했다.

'대체 여기 오기 전에 무슨 일이 있었던 거야?'

그레이스는 문득 오늘 밤 처음 키스했을 때 저 남자에게서 브랜디 냄새가 났다는 걸 떠올렸다.

"술을 얼마나 마신, 헉!"

질문을 끝맺지 못했다. 진주 뭉치가 여전히 박힌 자리에 손가락이 꽂혔다. 윈스턴이 손을 움직일 때마다 속에서 단단한 구슬이 달그락달그락 부딪치는 느낌이 생생했다.

속살에 손가락이 한 개 더 박히더니 진주알을 하나 집어 내벽 어딘가에 문지르기 시작했다. 윈스턴이 사나운 개를 순한 양으로 만들어 주는 스위치라고 놀리는 감각점이었다.

그레이스는 두 다리를 곧게 뻗었다. 절정에 오를 때면 저도 모르게 하는 짓이었다. 오늘 밤만 몇 번째일까. 이러다 내일 근육통에 시달리며 종일 침대 신세가 될지도 몰랐다.

"하아, 그마안…."

"미친 새끼의 미친 짓에 좋아 죽는 너는 뭐지?"

"나 진짜, 읏, 부서질 거야."

"걱정 마. 난 네가 조각나도 버리지 않을 테니까."

"버려, 제발 좀, 버리란, 하읏!"

안을 집요하게 쑤석대는 손짓에 숨이 또다시 턱 끝까지 차오르고 발끝이 곱아들었다. 죄 없는 시트를 발로 차며 치미는 쾌감과 싸우는데 가슴에 감겨 있던 사슬이 차르륵, 청아한 소리를 내며 다리 사이로 흘러내렸다.

두꺼운 손바닥이 음부를 짓눌렀다. 손바닥이 크게 원을 그리기 시작하자 그사이에 낀 진주알들이 음핵을 사방에서 마구잡이로 치댔다.

결국 그레이스는 윈스턴처럼 집요하게 달라붙는 쾌감에 제 몸을 내어주고 말았다.

"아흐흑!"

레온은 절정에 취한 여자를 탁한 눈으로 내려다보았다.

오늘 밤도 어김없이 걸작이었다.

음부를 덮은 손바닥을 떼자 겹겹의 살 주름이 우윳빛 윤기가 흐르는 구슬을 알알이 머금은 채 움찔거리고 있었다.

바다 깊은 곳에서 조개가 진주를 머금고 있을 때 모습이 저랬으려나. 진주는 엄마의 배 속으로 돌아간 기분을 느끼고 있을지도 모른다.

문득 든 생각에 레온은 실소했다.

정말 난 미친 걸지도.

레온은 여전히 헐떡이며 신음하는 여자에게 입술을 포갰다. 여자가 토하는 신음과 숨결을 제 속으로 빨아 삼키며 아직도 여전한 허기를 달랬다.

"하아…."

한참 후에야 난폭하게 날뛰던 혀가 뽑혀 나가자 그레이스는 숨을 몰아쉬었다.

"데이지, 샐리, 리들, 벨라, 뭐든."

남자는 그레이스의 부르튼 입술을 부드럽게 훔치더니….

"자기야."

입술을 맞대고 속삭였다.

"보석이 아깝지 않았던 여자는 네가 유일해."

모르는 사람이 들으면 낭만적이라 할 만한 고백이었다.

기분 나빠. 기분 나빠.
그레이스는 쏟아지는 물줄기 아래에 서서 중얼거렸다.
"으읏…."
다리 사이를 휘젓던 손가락을 빼자마자 얼굴이 한층 일그러졌다. 아직도 희고 끈적한 액이 묻어 나왔다.
"내 허락 없이 느끼지 마."
욕실 맞은편, 샤워 중인 그레이스의 알몸이 아주 잘 보이는 자리에 기대어 선 윈스턴이 조소했다. 끈적한 시선을 잠시 거두고 손목시계를 차는 남자를 그레이스는 노려보았다.
몸속에 저 자식의 정액이 남아 있는 게 기분 나쁘다.
긁어내려고 다시 질 속에 손을 넣자마자 또 으읏, 신음을 냈다. 손끝에 딱딱한 고무 막이 닿는 느낌이 불쾌했다.
이걸 적어도 여섯 시간은 더 끼고 있어야 한다는 건 기분 나쁜 걸 넘어 끔찍했다. 지금이 새벽 2시이니 자고 일어나서야 이걸 뺄 수 있을 테고, 분명 윈스턴은 뺀 지 얼마 되지 않아 이걸 또 끼워 넣을 게 분명했다.
이런 삶을 며칠 살고 나니 정말 저자의 전용 창부가 된 기분이었다.
하긴, 이젠 아니라고 할 수 있나.
정액을 긁어내는 건 포기했다. 몸에 비누질을 하려고 스펀지를 집는데 등 뒤에서 발소리가 들렸다. 멀어지는 발소리였다. 뒤를 돌아보니 윈스턴은 시가 연기만 남기고 사라진 채였다.

몸에 수건을 두르고 나온 그레이스를 기다린 건 텅 빈 방이 아니라 침대 발치에 걸터앉아 잡지를 보는 윈스턴이었다.

"채워."

뭘 채우라는 건지 물을 필요는 없었다. 아주 잘 보이도록 족쇄를 새 시트 한가운데에 놓아두었으니까.

채우는 걸 잊고 갔길 바랐는데 아직도 여기 버티고 있다니.

"스타킹."

침대로 한 걸음 떼자마자 한 소리를 들었다. 그레이스는 방향을 틀어 문 옆의 서랍장으로 향했다.

이 문, 잠그지 않았을 텐데.

족쇄를 차지 않은 지금이 뛰쳐나가기 좋은 기회 아닐까?

하지만 철창까진 가지도 못하고 붙잡히겠지.

지금도 내게서 시선을 한시도 거두지 않는 남자인데.

의자에 발을 올리고 스타킹을 신는 내내 머릿속이 시끄러웠다.

입는 것보다 벗는 게 더 많은 레온 윈스턴 전용 창녀의 유니폼을 차려입은 그레이스는 그와 멀찍이 떨어진 침대 머리맡에 걸터앉았다. 그녀가 제 발목에 족쇄를 채우기 시작하자 윈스턴의 시선은 다시 잡지로 돌아갔다.

그가 들어오기 전 그레이스가 보고 있던 잡지였다.

[레온 윈스턴은 머저리다.]

숨겨 둔 메시지를 발견하면 저자는 어떤 얼굴을 할까? 아마 늘 그렇듯 삐뚤어진 미소를 지으며 그레이스에게 조롱을 되돌려 줄 거다.

그녀가 고대하는 건 그런 뻔한 결과보다는 과정이었다. 메시지의 첫 글자를 발견했을 때부터 마지막 글자를 찾기까지, 그 과정 말이다.

또 지미에게 암호를 전달하려는 줄 알고 긴장하겠지.

그녀를 짓밟고 선 남자의 머리 꼭대기에 단 한 번이라도 서 보고 싶었다.

작은 복수가 될 수 있을까.

너무 작다 못해 보잘것없다고 생각하는 찰나였다. 잡지를 무성의하게 넘기던 손이 멈췄다. 윈스턴의 시선은 잡지 한구석에 고정되어 있었다.

'찾았구나.'

그레이스는 남자의 표정을 조용히 관찰했다. 얼굴이 딱딱하게 굳더니 핏기가 서서히 사라졌다. 페이지가 한두 장 더 넘어간 후에는 얼굴이 갑자기 붉어졌다.

윈스턴에게서 좀처럼 보기 힘든 적나라한 반응이었다.

'너도 당해 봐.'

매일같이 저 남자에게 놀아나다 처음으로 소심하게나마 갚아 주었다. 보잘것없는 우월감에서는 어린 시절 허드렛일을 도와 모은 용돈으로 산 싸구려 사탕의 맛이 났다.

하지만 윈스턴이 고개를 드는 순간, 값싼 단맛이 쓴맛으로 변했다.

그레이스는 당황했다. 이 정도 유치한 도발에 진지하게 타격을 입을 남자가 아닌데 그의 눈은 분노를 이글이글 불태우고 있었다.

'그래, 난 머저리지.'

레온은 그제야 비로소 깨달았다.

[지미, 내 마음만은 항상 네게 있어.]

그건 저 여자가 약혼자가 아니라 그에게 보내는 메시지였다.

그를 시험했다.

그의 손아귀에 갇힌 주제에 겁도 없이.

나는 너를 절대로 사랑하지 않을 거라는 선언을 던진 셈이기도 했다.

겁도 없이.

그리고 저 여자의 말 그대로 머저리인 그는 시험에 단번에 속아 넘어가 있는 그대로 내비쳤다. 그레이스 리들에게 느끼는 감정은 증오뿐이 아니라는 걸.

벽장 깊숙이 숨겨 둔 수치스러운 비밀을 들킨 기분이었다.

윈스턴은 양심이 없다. 고로 수치심 또한 없다. 하지만 왜 저 여자의 앞에서는 번번이 이런 낯선 감정에 휘말리는 걸까.

생애 처음 느낀 무력감도 어린 시절 저 여자가 안겨 주었다. 저 여자 앞에만 서면 그 시절의 철없는 소년으로 돌아가는 자신이 혐오스러웠다.

거룩한 것을 개에게 주지 말며 진주를 돼지 앞에 던지지 말라. 그들이 그것을 발로 밟고 돌아서 너희를 산산이 찢어 상하게 할까 염려하라.

레온은 이제야 비로소 그 구절의 의미를 깨달았다.

과거의 그가 미래의 자신에게 보내는 엄중한 경고였다.

그는 아무것도 모르는 척 큰 눈을 깜빡이는 여자에게 소리 없이 눈빛으로만 속에 갇힌 말을 외쳤다.

그래, 빌어먹을. 난 아직도 너를 좋아해.

그리고 넌 여전히 내 심장을 산산이 부수려 하겠지. 지금도 저를 좋아하지도 않는 여자에게 세 번이나 빠져 허우적대는 나를 머저리라고 조롱하는 너니까.

넌 그 새끼 아직도 사랑해?

아니, 그게 나와 무슨 상관이야.

네가 언젠가 날 사랑한다 해도 우리 관계가 달라져?

이 관계의 밑바닥에는 시궁창 밑바닥의 찌꺼기보다도 지독한 악취를 풍기는 증오가 퇴적되어 있는데.

증오의 시궁창에서 사랑 따위가 싹터 봤자 그 독기를 견디지 못하고 말라 죽을 것이다.

그러니까 들추려 하지 마. 자극하지 마.

"넌 내가 우습지?"

가까스로 이성을 찾은 레온은 씁쓸한 미소를 지으며 싸늘한 목소리로 물었다.

"나도 너를 죽이는 상상을 신물 나도록 해."

네가 내 마음을 짓밟고 나를 갈기갈기 찢어발겨 만신창이로 만들까 두려워서.

"상상만 하지."

그녀를 씹어 죽이고 싶은 듯 악문 잇새로 말을 뱉던 남자가 돌연 무기력한 목소리를 내더니 웃었다. 자조적인 미소였다.

"그래, 나도 내가 우스워."

윈스턴이 잡지를 내려놓고 자리에서 일어섰다. 문으로 향하는 뒷모습을 보자 그레이스는 덜컥 겁이 났다.

'돌아오지 않을지도 몰라.'

그레이스는 다급히 뛰어가 그를 붙잡았다.

"주인님, 벨라가 잘못했어요."

그녀는 문을 열려는 남자를 막아서곤 품에 매달렸다.

"주인님, 가지 마세요."

이대로 가면 돌아오지 않을 테니까. 식사도, 말 상대도.

검은 감옥에 갇혀 굶주림과 외로움에 시달리는 하루하루가 눈앞에 어른거리자 온몸에서 피가 빠져나가는 기분이었다.

"주인님, 제발요."

레온은 실소했다. 이 여자, 복종하는 개처럼 굴어 그를 도리어 조종하려 했다.

주인은 과연 누구인가. 이 여자일지도. 그리고 무서울수록 크게 짖는 개는 정작 그일지도 모른다.

"이 짓도 이젠 비참해."

그레이스는 저를 뿌리치고 나가는 남자를 멍한 눈으로 바라보았다.

쾅. 문이 닫혔다.

또 이런 식.

그레이스는 닫힌 문을 막막한 눈으로 응시했다.

그가 바라던 대로 모욕당해 주었으나 또다시 제가 모욕당한 것처럼 군다. 저 남자를 이해할 수 없었다.

사령관 관저의 만찬실은 새 사령관의 취임을 축하하는 장교들로 북적였다. 조지 대븐포트 사령관이 주최한 파티의 초대장은 소령급 이상인 주요 장교에게만 전달되었다.

레온 혼자 대위였다. 계급만을 기준으로 보낸 초대가 아니란 뜻이었다.

군인도 경제적 동물이다. 그러니 이 지역의 실질적인 경제권을 쥐고 있는 사람과 계급을 막론하고 친분을 쌓고 싶은 것이다.

아직 그를 초대한 사령관과 직접 인사를 나누진 못했다. 제 차례를 기다리며 위스키 잔을 기울이던 레온은 곧 무료해졌다.

"신물이 나는군."

이 자리를 벌써 뜰 생각을 하는 사람이 하나 더 있었다. 그의 상관인 험프리 중령이 만찬실 밖의 시가룸 쪽으로 눈짓했다.

"낮 내내 시커먼 수컷들과 부대끼다 밤에도 저 시커먼 수컷들 면상을 보고 있으려니 말이야."

파트너를 데려오는 자리는 아니었던 탓에 만찬실에는 검은 제복을 입은 남자들뿐이었다. 그러나 연기가 벌써 뿌옇게 찬 시가룸도 시커먼 수컷 소굴인 건 마찬가지였다.

"자네 어머니를 생각해 고문실도 폐쇄했다면서 자택 근무가 더 잦아졌어. 얼굴 보기가 힘들어."

중령은 관저의 하인이 권하는 고급 시가에 불을 붙이며 중얼거렸다. 레온은 말없이 웃으며 하인이 내보인 시가를 거절했다.

"적당히 인사만 나눈 후에 우리 정보부 소속 장교들만 모아 따로 취임 축하 파티를 하려는데. 어떤가, 자네 생각은?"

카바레에 가자는 말이었다.

레온은 벽에 기대어 서서 손목시계를 확인한 후 거절의 말을 적당히 뱉었다.

"약혼이 코앞이라 저는 자중하는 게 좋을 듯싶군요."

"젊은 사람이 정말 꽉 막혔단 말이지. 레온, 자네가 아들 같아서 조언하자면…."

중령이 그의 어깨를 툭툭 때리는 찰나 신임 사령관이 시가룸으로 들어왔다.

"사령관님."

시가룸 곳곳에 앉아 있던 장교들이 일제히 일어섰다. 레온도 비스듬한 자세를 고치고 절도 있는 몸짓으로 경례를 올렸다.

장교들에게 눈인사를 하며 룸으로 들어서던 초로의 사내가 레온에게 시선이 닿는 순간 걸음을 멈췄다. 사령관이 곧장 다가와 악수를 청했다.

"국내정보과장을 맡은 대위 레온 윈스턴입니다."

"아, 내 추측이 맞았군. 자네가 그 유명한….''

대븐포트 사령관이 레온에 관해 들었던 소문을 하나씩 읊기 시작했다. 그를 높이 평가하는 말이 끝없이 이어졌으나 레온의 귀에는 전혀 닿지 못했다.

그의 신경은 오직 사령관의 눈동자에 쏠려 있었다.

조지 대븐포트.

왕실 근위대의 엘리트 장교 출신이며 국왕이 신임하는 대장. 게다가 국왕과는 먼 친척인 왕가의 방계.

한마디로 골수 왕당파.

그런 남자의 눈을 그레이스 리들이 갖고 있었다.

딱. 딱.

규칙적인 소음이 국내정보과 사무실에 울릴 때마다 2열로 늘어선 책상에 앉아 각자의 업무를 보는 말단 장교들이 숨을 죽이고 상관의 안색을 살폈다. 대위는 한 시간 내내 같은 서류를 만년필로 두드리고 있었다. 뚜껑은 열지도 않은 채였다.

투둑.

등 뒤의 유리창을 빗방울이 두드리고서야 비로소 숨 막히는 소음이 멎었다.

레온은 책상에서 시선을 떼고 뒤돌아보았다. 블라인드 사이로 날을 세우던 초여름의 신경질적인 햇빛은 사라졌다. 밖은 온통 회색빛이었다.

요즘의 서부 사령부만큼이나 뒤숭숭한 빛깔이었다.

대대적인 감사가 신임 사령관의 공식적인 취임 전부터 시작되었다. 장교들은 이런저런 일로 내사과에 불려 가는 것이 일상이 되었다. 출근하자마자 조용히 사라져 한 시간째 돌아오지 않는 캠벨도 그 통과 의례를 겪고 있는 게 분명했다.

딱. 딱.

사무실은 다시 숨 막히는 소음에 잠겼다.

일이 손에 잡히지 않았다.

캠벨이 불려 간 이유는 별것 아닐 것이다. 국내정보과의 먼지는 카펫 아래로 쓸어 넣은 게 아니라 버렸으니까. 털어 봤자 떨어지는 먼지도 없다는 뜻이다.

그러니 일이 손에 잡히지 않는 이유는 감사가 아니었다.

청록색.

어젯밤, 대븐포트 사령관을 만난 후 레온의 머릿속은 온통 청록색이었다.

조용히 나갔던 캠벨이 다시 조용히 돌아온 순간에도 레온은 같은 생각에 잠겨 있었다.

"대위님."

그를 부르려던 차에 캠벨이 먼저 다가와 은밀히 독대를 청했다. 그 전에 서류 캐비닛 위에 놓여 있던 라디오를 크게 튼 것부터가 심상치 않았기에 레온은 제 용건을 미루어 두고 그의 말을 경청했다.

"여자?"

창가로 자리를 옮긴 레온은 뜻밖의 보고에 미간을 구겼다. 내사과가 먼지를 찾으려고 터는 건 국내정보과가 아니라 레온, 개인이었다.

"성별이 여자인 반군 한 명을 고문실에 구금 중이나 군에 보고하지 않았다는 소문을 내사 중이랍니다. 신원은 전혀 모르는 눈치였습니다."

"그건 다행이군."

레온의 고문실에 갇힌 여자가 실은 그의 밑으로 잠입한 첩자라는 것도 내사과는 모를 것이다.

"저는 물론 근거 없는 비방이라고 부인했습니다."

"잘했군."

캠벨은 별일 아니었다는 듯이 입꼬리를 슬쩍 올렸다가 내렸다. 그간 대위의 기벽 덕에 부인하는 건 꽤 쉬웠다. 윈스턴 대위는 여자를 신문한 적이 없으며 알려진 여성 편력도 없으니.

부인은 쉬웠으나 꺼림직한 느낌을 떨치는 건 쉽지 않았다. 캠벨은 긴 테이블 끝에 앉아 고압적인 분위기를 풍기던 감찰관의 얼굴을 떠올렸다.

"문제는 이 건을 내사하는 감찰관이…."

이미 시끄러운 트럼펫 소리 덕에 둘의 대화를 아무도 듣지 못하건만 캠벨은 귓속말을 했다.

'왕실?'

레온의 건을 맡은 감찰관이 서부 사령부 내사과 소속이 아니라 왕실 직속 감찰부 소속이라는 것이다.

레온은 입매를 비틀어 웃었다.

그의 최측근인 캠벨을 부르는 건 상식적으로 내사에서 공식 수사로 넘어갈 증거가 충분히 모였을 때나 할 일이었다. 그런데 감찰관은 아는 것이 거의 없었다.

즉, 이 일이 레온의 귀에 들어가길 바라 캠벨을 부른 것이다.

"귀빈께서 마음이 꽤 급하시군."

국왕이 압력을 행사했다. 목적은 분명 싱클레어가 조사 건. 조사 보고서를 제 입맛에 맞춰 올리라는 뜻이었다.

그 꺼림직한 명령을 받은 지 일주일도 채 되지 않았는데 벌써 압박을 가하다니. 구린내가 한층 지독해졌다.

레온의 한마디에 내사의 목적을 이해한 캠벨의 얼굴이 창백해졌다.

"캠벨."

"네."

"어디서 새어 나갔을 것 같아?"

레온 윈스턴 대위의 저택 지하에는 반군인 여자가 감금되어 있다. 전혀 근거 없는 비방이 아니었다.

레온은 내사과나 감찰부에 투서를 썼을 만한 이들을 짚어 보았다.

"근래에 담당병을 교체했지."

그 여자의 도발에 넘어가 인력을 교체한 게 문제였을까.

"철저히, 그리고 은밀히 조사하겠습니다. 그나저나 외람된 말씀이지만…."

캠벨이 다시 목소리를 한껏 낮추자 레온은 그를 지그시 응시하며 말을 재촉했다.

"고문실의 유령을 계속 이대로 두기는 위험하지 않겠습니까."

캠벨은 지난 몇 달간 참았던 간언을 용기 내 입에 올렸다. 윈스턴 대위가 틀린 결정을 한 적이 없기에 간언할 일이 없었다. 하지만 그 여자의 일은 달랐다.

이 일이 틀린 일인가는 모르겠으나 위험한 건 분명했다. 유독 '고문실의 유령'이 엮인 일에는 비이성적인 판단을 하는 대위가 과연 후폭풍을 감당할 수 있을까, 걱정될 정도였다.

"지금이라도 다른 곳에서 체포한 것으로 꾸며 상부에 보고하는 게 어떻겠습니까. 그럼 위에서도 트집 잡을 여지가 없으니 이대로 묻고 지나갈 수도 있지 않겠습니까."

"그랬다가 그 여자가 윈스턴 저의 하녀로 일했다고 증언하면?"

"증언을 할 수 없는 상태로 넘겨주는 방법이…."

캠벨은 곧바로 후회하며 입을 다물었다. 윈스턴 대위가 포로의 목에 밧줄을 감을 때의 눈으로 그를 응시하고 있었다.

"실언했습니다. 죄송합니다, 대위님."

대위가 눈꼬리를 휘어 웃었다. 가늘어진 눈매 사이의 눈빛은 그대로였다.

"캠벨."

남다른 체격만큼이나 큰 손이 캠벨의 어깨를 쥐었다. 긴장한 캠벨이 더욱 고개를 숙이고, 대위가 그를 향해 삐딱하게 고개를 기울이며 음습한 목소리로 물었다.

"설마 내가 전임 사령관 꼴이 날까 봐 내 밑에 있던 첩자를 숨겨 두는 거라고 믿는 건 아니겠지?"

"…아닙니다."

"그래, 넌 똑똑하니까."

똑똑한데 왜 멍청한 소리를 했을까. 대위는 캠벨의 어깨를 격려하듯 툭툭 두드리며 덧붙였다.

"네 생각이 맞아. 내가 그 여자를 가둬 두는 건 사적인 목적 때문이야."

창턱을 짚은 손목 안쪽의, 생긴 지 얼마 되지 않은 작은 손톱자국이 그 말을 뒷받침해 주고 있었다.

"그러니 주제넘은 간섭은 관두고 네가 군부와 윈스턴가 중 누구에게 충성하는지 확실히 해."

"물론 윈스턴가입니다."

캠벨은 대위의 으름장이 떨어지기 무섭게 대답했다. 그는 애초에 캠벨가에서 윈스턴 대위를 보좌하기 위해 보낸 사람이었다.

"군에 충성하자는 뜻은 절대 아니었습니다. 단지 감찰부의 조사가 윈스턴가에 미칠 영향이 염려되었을 뿐입니다. 죄송합니다."

"고맙지만 염려는 관두도록."

대위는 눈앞을 가린 블라인드의 날을 아래로 젖혀 밖을 내다보며 중얼거렸다.

"조만간 감찰관을 쫓아낼 개를 구할 수 있을 테니."

대위의 시선이 사령부의 진입로로 느릿하게 들어서는 고급 세단을 따라갔다. 신임 사령관의 차였다.

"캠벨, 네가 할 일이 있어."

"네, 맡겨만 주십시오."

"싱클레어 건보다 서두르도록."

국왕이 명령한 건보다 급하다는 일은 굉장히 뜻밖이었다.

'대븐포트 사령관?'

지시를 받은 캠벨이 자리로 돌아갔다. 라디오에서 나오던 음악이 멎고 맡은 일을 하는 장교들이 내는 소음으로 사무실이 부산스러워졌다.

레온의 책상 앞으로 다가오는 발소리가 들렸다. 오전 중으로 그의 결재를 받아야 하는 중위가 기다리고 있었지만 레온은 우중충한 창밖에서 시선을 떼지 않았다.

차 문이 열리고 초로의 사내가 부관이 든 우산 속으로 걸어 나왔다. 정모 아래로 보이는 사령관의 머리는 서리가 듬성듬성 앉았으나 분명히 다갈색이었다.

레온은 눈매를 좁혔다. 햇살이 따가웠기에.

햇살이 눈부시던 여름날, 상큼한 오렌지 향을 풍기는 소녀가 윤기 나는 다갈색 머리칼을 찰랑이며 입술을 뾰로통하게 내밀었다.

나의 사랑스러운 데이지.

"나도 금발이고 싶은데. 우리 가족은 다 금발인데 나만 갈색 머리야."

아, 나의 가엾은 데이지.

가족의 정의는 똑바로 내려야지.

집무실 안으로 쏟아져 들어오던 아침 햇살이 서서히 기울더니 책상 서랍의 모퉁이까지 길게 늘어졌다.

그레이스는 그늘 밖으로 손을 내밀어 햇살의 귀퉁이를 매만졌다. 햇볕에 보송보송하게 익은 양모 카펫의 올이 손끝에서 부드럽게 뭉개졌다.

전구의 삭막한 노란 빛과는 다른 빛깔이 손등을 물들였다. 건조하고 따스한 온기가 피부로 스미자 그레이스는 눈을 감았다.

햇볕이란 게 이런 느낌이었지.

햇살의 온기를 오랜만에 만끽하던 그레이스는 눈을 번쩍 떴다. 오른쪽 귓가에서 불현듯 전혀 다른 온기가 느껴졌다.

고개를 숙이느라 흘러내린 머리칼을 기다란 손가락이 걷어 내 귀 뒤로 넘겼다. 귓바퀴의 뒤를 건조한 손끝이 느긋하게 덧그렸다. 햇살보다 뜨거운 체온에 델 것 같았다.

그레이스는 몸을 흠칫 떨며 천천히 시선을 올렸다. 남자는 혼자 카펫

위를 뒹굴며 노는 강아지를 바라보는 눈으로 그녀를 내려다보고 있었다.

그는 재킷을 벗고 흰 셔츠에 검은 넥타이를 맨 가벼운 차림이었다.

날이 따뜻했다. 유난히 따뜻한 날인지는 모르겠다. 다시 갇힌 후로 처음 나와 봤으니. 그게 며칠 만인지도 그레이스는 몰랐다.

또 무슨 변덕일까.

오늘 아침 식사를 마쳤을 때 윈스턴이 느닷없이 찾아왔다. 그가 고문실로 오는 때야 늘 느닷없지만 압수해 갔던 옷과 구두가 손에 들려 있는 것이 뜻밖이었다.

드디어 사람 취급을 해 주나 싶었으나 아니었다. 옷을 다 입자 목에는 다시 목줄을, 두 발목에는 두 뼘 정도의 쇠사슬로 연결된 족쇄를 채웠으니까.

그러곤 그레이스를 집무실로 데려와 책상 아래에 앉혔다. 개처럼. 소파에 있던 쿠션 두 개를 던져 준 것도 완전히 개 취급이었다.

윈스턴은 손바닥으로 그레이스의 머리 반대편을 개처럼 쓰다듬더니 머리칼을 귀 뒤로 넘겨주며 물었다.

"강아지, 심심해?"

그레이스는 대답하지 않았다. 손이 물러나자 머리를 흔들어 그가 정리해 준 머리칼을 다시 헝클어뜨렸다.

"하여튼, 말 안 듣지."

머리 위에서 혀를 짧게 차는 소리가 들렸다. 손은 그레이스의 옆에 있는 서랍을 뒤적이더니 작은 상자 하나를 꺼냈다. 곧 책상 위에서 무언가를 투둑 뜯는 소리가 들렸다.

소리의 정체는 곧 알게 됐다. 다시 책상 아래로 내민 손에는 우표 한 장이 들려 있었다.

"가끔은 주인의 일을 돕는 건 어때?"

그레이스는 시선을 들어 남자를 노려보았다.

"이 짓도 이젠 비참해."

그날 모욕받은 건 그녀인데 제가 모욕당한 것처럼 굴며 그런 소리를 하기에 다시는 이런 짓을 하지 않을 줄 알았다.

뒷면이 위를 향하도록 우표를 얹은 검지 끝이 가볍게 까딱였다. 언짢지만 어쩔 수 없다. 윈스턴의 재촉에 그레이스는 입을 벌렸다.

"혀 내밀어."

그래, 분부대로. 그녀는 혀끝을 아랫니에 걸고 혀를 내밀었다.

"그렇지."

검지가 뒤집히더니 부풀어 오른 혓바닥의 가운데로 우표를 길게 스치고 떨어져 나갔다. 손이 사라지고 책상 위에서 부스럭 소리가 나자마자 또 다른 우표를 얹은 손끝이 나타났다.

그레이스는 혀끝을 말아 올려 우표의 뒷면을 적시며 생각했다.

굶주린 인간보다는 배부른 개가 나아.

그를 머저리라고 조롱한 일 때문에 또 굶길까 봐 얼마나 걱정했었는지. 다행히 윈스턴은 아무 일 없었던 것처럼 굴었지만 말이다.

다만 태도가 미묘하게 달라지긴 했다.

이젠 신문이라는 핑계를 대는 수고조차 하지 않는 건 똑같지만 성욕 풀이용 인형 취급이 더욱 철저해졌다.

어느 날은 그레이스가 잠든 새벽에 불쑥 찾아왔다. 침대 가장자리에서 인기척이 느껴져 눈을 뜨자마자 어둠 속에서 남자의 실루엣이 어렴풋이 보여 소스라치게 놀랐었다.

담요 속으로 파고들어 오는 손길만으로 윈스턴이란 걸 확인한 순간,

그레이스는 안도했다. 그러곤 곧바로 자괴감을 느꼈다.

키스를 하고 온몸을 더듬고 자궁구에 마개를 씌우고 삽입해 허리를 흔들고. 그녀를 범하는 내내 그는 말 한마디 없었다. 그레이스 홀로 요부처럼 비음 섞인 교성을 천박하게 내질렀다. 그러다 사정하는 순간 윈스턴은 몸을 빼더니 뒤도 돌아보지 않고 가 버렸다.

몸이 순식간에 차갑게 식었다.

꿈이었나 싶을 정도였다. 하지만 그 남자가 남기고 간 열기가 몸 밖으로 뚝뚝 흘러내리는 느낌은 꿈이라기에는 너무도 생생했다.

문이 닫히는 소리가 남긴 싸늘한 잔향 속으로 억눌린 흐느낌이 파고들었다. 모멸감과 함께 지독한 외로움이 밀려왔다.

그 후로 윈스턴은 계속 그런 식이었다. 말없이 성욕만 해소하고 떠났다. 차라리 으르렁대며 싸우던 순간이 그리울 정도였다.

이젠 제게 마음을 닫은 것 같아 무서웠다. 한편으론 죽이고 싶도록 미워하는 남자의 마음을 무심결에 갈구하는 자신이 무서웠다.

외로워서 미쳐 가나 보다.

그레이스는 자조적인 한숨을 뱉고 윈스턴의 손끝에 매달린 우표를 핥았다.

그런데 이 남자, 며칠 전부터는 조금 이상해졌다. 말수가 줄어든 건 여전하다만 그레이스의 얼굴을 물끄러미 응시하다가 웃는 일이 잦아졌다.

꽤 꺼림직한 미소였다.

그러더니 오늘은 비록 집무실 책상 아래일 뿐이지만 밖으로 데리고 나와 줬다.

어쩌면, 계속 얌전하게 굴면 언젠간 별채의 정원으로 데리고 나가 주지 않을까.

푸른 박새가 감미롭게 우는 창밖만 멍하니 응시하는데 또다시 검지 끝이 우표를 내밀었다. 대체 편지를 몇 통이나 보내는 걸까.

그레이스는 불평 없이 입을 벌렸다. 시선은 여전히 싱그러운 녹음이 우거진 밖에 고정되어 있었다.

"흡…."

혓바닥 한가운데를 뭉툭한 손끝이 꾹 짓눌렀다. 불쾌한 심기가 진하게 묻어나는 손짓에 그레이스는 눈부신 창밖에서 시선을 떼고 그늘 속의 남자를 올려다보았다.

눈이 마주치는 순간 한기가 들었다.

우표는 이미 충분히 젖고도 남았지만 손가락은 여전히 혀를 누르고 있었다. 의도를 읽은 그레이스는 혀를 둥글게 말아 손가락을 감쌌다.

보들보들한 혓바닥으로 검지를 길게 핥아 올리자 딱딱하던 눈빛이 점차 부드러워졌다.

손끝에서 혀끝이 떨어지자마자 그레이스는 혀를 길게 내밀었다. 혓바닥에 붙어 있는 우표를 떼어 가란 뜻이었지만 그는 그럴 생각이 없어 보였다.

얇은 종이를 사이에 두고 단단한 손끝이 말캉한 살덩이를 부드럽게 문질렀다. 윈스턴의 입에서 열기 어린 한숨이 새어 나오는 순간, 손가락이 종이의 가장자리를 벗어나 젖은 속살 위로 미끄러졌다.

감촉을 음미하듯 손끝이 살덩이를 휘저었다. 입 속에서 종잇조각이 돌아다니기 시작하자 그레이스는 혀를 굴려 입 밖으로 그것을 밀어냈다. 입술에 달라붙은 걸 손으로 떼어 냈다. 푹 젖은 우표는 이제 쓸모가 없을 것이다.

우표가 빠져나가자 손가락이 하나 더 들어왔다. 그레이스는 검지와 중지 사이에 살덩이를 밀어 넣고 길게 핥아 올렸다. 또 한 번 달뜬 한숨 소리가 들려왔다.

마디마디 혀끝으로 치대다 입술을 오므려 손가락을 쪽 빨아올렸다. 남자의 몸에서 이 느낌을 가장 잘 아는 부위가 솟아오르는 게 똑똑히 보였다.

"가끔은 주인의 일을 돕는 건 어때?"

글쎄, 내가 업무에 전혀 도움이 되지 않는 것 같은데.

남자가 하체로 손을 가져갔다. 그레이스의 눈높이에 있는 물건을 바지에서 꺼내 물리려는 줄 알았더니 그는 뒷주머니에서 실크 손수건을 꺼냈다.

레온은 타액으로 흠뻑 젖은 여자의 입가를 손수건으로 지그시 눌렀다.

개처럼 침을 줄줄 흘리는 여자.

하긴 개는 제 입을 닦을 줄 모르지.

이 여자는 개다. 사적인 목적으로 키우는 개일 뿐이다.

흔들리는 주도권을 다시 잡아야 했다. 고로 그는 인간이 개에게 기대할 법한 것만을 이 여자에게 기대하기로 했다. 하지만 인간이 개에게 무엇을 기대하는가를 떠올려 보면 이 여자를 개 취급하는 건 자가당착이었다.

사냥, 복종, 충성, 그리고 애정.

미친 거지.

입가를 닦아 주는 사이 여자는 손을 분주하게 꼼지락거렸다. 무얼 하나 했더니 가는 손끝을 재주 좋게 놀려 축축이 젖은 우표를 펴고 있었다.

그게 뭐라고 몰두하는 게 우스워서 가만히 뒀더니 여자가 이상한 짓을 했다. 말끔하게 편 우표를 제 왼쪽 눈 위에 붙이는 것이었다. 편지라면 우표를 붙이는 자리였다.

그러곤 뭐가 그렇게 즐거운지 혼자 히죽 웃었다. 시선은 또다시 창밖에 있었다. 울컥, 명치에서 인정하고 싶지 않은 감정이 치밀었다.

휙. 우표를 여자에게서 떼어 냈다. 무참히 구겨진 종이 뭉치가 책상 위로 내던져졌다.

보낼 생각 없어.

이 여자, 뭘 기대하는 건지. 요즘 식욕이 줄고 우울해 보여서 잠깐 데리고 나온 것뿐이었다. 이 이상은 절대 없을 것이다.

똑똑히 가르쳐야겠다는 생각에 바닥에 늘어진 목줄을 쥐려는 찰나였다.

"대위님."

밖에서 캠벨이 문을 두드렸다. 소리가 나자마자 여자가 책상 구석으로 숨었다. 아직도 자존심이 남아 개 취급을 당하는 꼴을 남에게 보여 주기 싫은 듯했다. 남 눈에 띄지 말란 말을 굳이 할 필요 없으니 그에겐 편리했다.

"들어와."

레온이 손수건을 책상 구석에 놓고 의자를 당겨 앉자마자 문이 열렸다. 캠벨은 갈색 서류 봉투 두 개를 옆구리에 끼고 안으로 들어왔다. 둘 다 제법 두꺼웠다.

"싱클레어 건의 추가 자료입니다."

책상 앞에 선 캠벨이 둘 중 훨씬 두꺼운 봉투를 레온의 앞에 올려놓았다.

"이번에도 결과는 예상대로입니다. 혹시라도 미흡한 점이 있으면 말씀해 주십시오."

미흡한 점이라. 굉장히 미묘한 단어였다.

"귀빈께선 미흡하다 하시겠지."

결과는 예상대로라니. 즉, 트집 잡을 거리가 없다니 말이다.

"일단 이건 내가 읽어 보고 판단하지. 수고했어."

"그리고 최우선으로 처리하라고 말씀하셨던 대분…."

캠벨이 사령관의 이름을 꺼내려는 순간 레온의 발치에서 잘그락, 사슬 소리가 났다.

여자가 책상 아래에 있다는 걸 뒤늦게 알게 된 캠벨이 입을 다물고 봉투를 레온의 앞에 놓았다.

"보고 계속해도 돼."

어차피 여자는 들어도 무슨 소리인지 모를 테니.

"네 눈은 왜 그런 색이야?"

"돌연변이?"

"그 다갈색 머리도 돌연변이인가?"

"증조할머니가 갈색 머리셨으니까."

웃기지도 않지.

여자는 아무것도 몰랐다.

눈치 빠른 캠벨은 여자를 직접적으로 언급하지 않고 보고를 이어 나갔다.

"대위님께서 지시하신 대로 대략 26~28년 전, 사령관의 공적 및 사적 행보를 철저하게 조사했습니다. 그리고 당시 소속 부대였던 왕실 근위대의 기록도 첨부해 두었습니다."

레온은 싱클레어 건을 제쳐 두고 사령관의 조사 결과가 담긴 봉투를 먼저 열었다.

"보시면 아시겠지만 당시 측근으로부터 꽤 흥미로운 증언을 확보했습니다. 예상하신 게 맞는 것 같습니다."

"듣던 중 반가운 소리군."

보고를 끝낸 캠벨이 나가자 레온은 대븐포트 사령관의 조사 결과에서 캠벨이 언급한 측근의 인터뷰부터 찾아보았다.

한 장, 또 한 장. 넘길수록 레온의 입꼬리가 올라갔다.

독특한 눈동자와 머리칼의 색만으로 넘겨짚기에는 무모한 감이 있었으나 직감을 믿었다.

그리고 이번에도 그의 직감은 정확했다.

'그건 그렇고…. 안젤라 리들의 목적은 뭐였을까.'

지금 그의 책상 밑에서 슬그머니 기어 나오는 여자가 누구의 축복도 받을 수 없는 생명의 뿌리를 제 어미의 배 속에 내렸을 즈음 있었던 사건을 짚어 보다 레온은 웃었다.

'그해에 왕이 바뀌었지.'

심장이 질주하기 시작했다. 신선한 피가 포로의 몸을 타고 흐르는 모습을 지켜볼 때처럼 저릿한 희열이 혈관을 타고 전신으로 퍼졌다.

레온은 책상 밖으로 상체를 내밀고 햇빛 속에 누운 여자를 지그시 내려다보았다.

하나, 착실한 하녀.

둘, 교활한 첩자.

셋, 악몽만을 남긴 첫사랑.

넷, 죽이고 싶지만 그럴 수 없는 원수의 딸.

다섯, 주인의 머리 꼭대기에서 놀려 하는 애견.

레온 윈스턴의 사전에서 '그레이스 리들'만큼 정의가 긴 단어도 없었다. 그런데 그게 끝이 아니라니.

여섯, 왕당파와 반군의 사이에서 태어난 잡종.

일곱, 제 가문 수장의 목숨을 잡아먹고 태어난 자손.

그리고 다섯 번째 정의는 수정이 필요했다.

그레이스 리들은 레온 윈스턴의 개다. 하지만 애견이 아니라 사냥개였다. 혈통이 우수한 군견을 아비로 가진 잡종 사냥개.

그리고 여덟 번째 정의. 존재부터가 제 생부의 약점인 여자.

덕분에 왕당파의 개, 레온 윈스턴이 저보다 서열이 까마득히 높은 왕당파의 늙은 개 위에 군림할 수 있게 되었다.

기쁘지 아니할 리가.

"왜?"

진흙탕 속을 뒹구는 개처럼 햇빛 속에 늘어져 있던 여자가 미간을 좁히며 물었다. 레온은 허리를 숙여 여자의 얼굴을 어루만졌다.

"예뻐서."

여자의 미간이 더욱 구겨졌다.

"농담이 아니야. 정말 예뻐."

내 손에 이토록 귀한 카드를 쥐여 주다니. 내가 널 사랑했더라면 실수로 사랑 고백이라도 할 뻔했어.

그는 카펫을 움켜쥔 새하얀 손을 들어 올렸다. 진심 어린 감사를 담은 입술이 손등에 부드럽게 내려앉았다.

"고마워, 리들 양."

아니지. 대븐포트 양이라고 불러야 할까.

레온은 손을 놓고 목줄을 집어 올렸다. 사슬을 천천히 감자 여자가 부루퉁한 얼굴을 하고 몸을 일으켰다.

그레이스는 순순히 그의 다리 사이에 앉았다. 뒷머리를 손이 감싸 쥐며 당기자 시키는 대로 탄탄한 허벅지에 머리를 기댔다. 또다시 개처럼 머리를 쓰다듬는 손길 아래에서 그레이스는 생각에 잠겼다.

저 속을 정말 모르겠다.

갑자기 왜 리들이라고 부를까. 요즘은 벨라 아니면 강아지였는데. 꺼림직했다. 느닷없이 한 예쁘단 말도 마음을 불편하게 만들었다.

"너도 정말 예뻐. 눈에 바다가 담겨 있어."

난 왜 그 목소리를 떠올린 걸까. 그레이스는 머릿속을 울리는 목소리를 떨쳐 내려 머리를 작게 흔들었다.

손이 멈추더니 짧게 혀를 차는 소리가 들렸다. 뺨 위로 흘러내린 머리칼을 다시 넘겨준 손가락이 이젠 귓바퀴의 굴곡을 덧그렸다.

그레이스는 다른 남자의 손안에서 약혼자를 떠올렸다.

지미는 내 걱정을 하긴 할까?

아니야. 시도는 계속하지만 실패한 걸지도 몰라. 윈스턴 저의 경비가 좀 삼엄해야….

그렇지만 수용소 습격은 성공했잖아. 상식적으로 윈스턴 저의 경비가 수용소보다 더 철통같을 리가 없는데.

턱선을 타고 미끄러진 손끝이 입술을 어루만지더니 틈으로 파고들었다. 그레이스는 몸에 밴 대로 엄지 끝을 혀로 핥으며 다시 생각에 잠겼다.

직접 구출하기 어렵다면 윈스턴 대위가 지하 고문실에 하녀를 가둬 두고 있다는 소문만 내도 되겠다. 소문이 퍼지고 윈스턴 부인과 대공의 귀에만 들어가도 승산이 있을 텐데.

소문을 냈는데 안 통하는 건가? 아니지. 그랬으면 윈스턴 부인이 이미 고문실로 쳐들어오고도 남았지.

그레이스의 머리칼 한 줌을 쥐고 손가락에 감았다 풀며 손장난을 치던 남자가 물었다.

"무슨 생각 해?"

그 순간에야 그레이스는 깨달았다. 윈스턴의 말에 흔들려 지미를 원망하고 있었다는 걸.

"너를 죽이는 생각."

픽 웃는 소리가 나더니 긴 손가락에 감겨 있던 머리칼이 회오리치며 풀려났다.

"나도 정말 널 죽이고 싶어."

검지 끝이 그레이스의 목덜미를 일직선으로 덧그렸다. 맥박이 뛰는 자리를 따라.

저 남자는 그곳을 긋지도 조르지도 못한다. 그러니 죽이고 싶다는 살벌한 말도 난 너 따위가 좋아서 도저히 어쩌지 못하겠다는 절규로 들릴 뿐이었다.

그래서 더욱 가슴이 서늘해졌다.

'나더러 어쩌라는 거야?'

그레이스는 울컥 솟구치는 감정을 토해 내지 않으려 입술을 짓씹었다.

좋아한다는 것이 면죄부는 아니다.

감정은 오롯이 저자의 몫이기에 그레이스가 어떤 식으로든 책임져야 할 이유는 없었다.

그 질긴 감정의 씨앗을 저 남자의 가슴에 심은 건 제 손이라는 생각이 문득 들 때마다 이런 말을 되뇌어야 했다.

저자의 손아귀에서 살아 나가느냐 마느냐의 위기에 놓인 그녀에게 그가 겪는 혼란 따위는 배부른 유희일 뿐이었다.

가진 자들이란, 많은 걸 가지고도 가지지 못한 단 한 가지 때문에 불행 속을 허덕인다.

내가 저 남자의 불행이라니.

그건 나쁘지 않았다.

'그럼 평생 내 마음만은 가지지 못하게 해 줄게.'

아주 쉽고도 효과적인 복수였다. 무심결에 미소를 짓는 순간, 목덜미의 혈관을 더듬던 손이 돌연 개 목걸이를 움켜쥐었다.

"올라와."

윈스턴이 족쇄를 풀어 주자 그의 무릎 위에 고분고분히 다리를 벌리고 앉았다. 역광 속에서도 음영이 뚜렷한 얼굴을 응시하는 그레이스의 속이 얼어붙고 끓어올랐다.

잘그락. 남자가 목줄을 당겼다. 키스하라는 명령이었다.

몸은 가졌으나 마음만은 가지지 못한 가련한 주인이시여. 당신의 분부대로.

그레이스는 개 목줄을 당기듯 그의 넥타이를 움켜쥐고 당겼다. 보잘것없는 복수였다.

가소롭다는 웃음이 새어 나오는 입술 틈을 제 입술로 틀어막았다. 살점을 짓눌러 젖히고 잇새로 혀를 밀어 넣었다. 목덜미를 끌어안고 넥타이 매듭을 뜯어 발길 듯 움켜쥔 채 잡아먹을 듯이 혀를 휘젓고 입술을 훔쳤다.

공격적인 키스였다.

얼마 전만 해도 적극적으로 굴라는 강요를 받으면 자괴감에 치를 떨었다. 하지만 이젠 관계를 주도하는 데서 오히려 우월감을 느끼기 시작했다. 순식간에 역전될 처지라 해도 말이다.

"으응…."

"하아…."

약혼자와 해야 할 일을 다른 남자와 한다는 죄책감은 시간이 갈수록 무뎌졌다. 어차피 살기 위해 하는 짓일 뿐이다.

그리고 어차피 그 약혼자는….

그만.

또 지미를 원망하려 했다. 독사의 독처럼 마음의 실금으로 스미는 부정적인 감정을 떨치고자 그레이스는 그 독사와 살을 섞는 역겹고도 짜릿한 짓에 몰두했다.

그레이스의 삶은 이토록 모순투성이였다.

옷 위를 배회하던 손이 치마를 걷어 올렸다. 손은 곧장 블루머 속으로 파고들어 엉덩이를 거칠게 움켜쥐었다.

 팔이 몸에 단단히 휘감기고, 남자가 그녀를 끌어안은 채 의자에서 몸을 일으켰다. 갑작스레 몸이 떠오르는 느낌에 놀란 그레이스가 그의 허리에 다리를 감으며 두 몸뚱이가 밀착됐다. 아래가 뜨거웠다.

윈스턴은 한 손으로 그레이스를 안고 다른 손으로는 책상에 놓인 뭔가를 밀어냈다. 그가 숨을 크게 들이쉬며 가슴팍이 부풀 때마다 가슴이 짓눌리며 젖꼭지가 살 속으로 파고들었다.

야릇한 마찰 탓일까, 갑자기 눕혀진 탓일까. 머리가 어질어질했다.

시야 한가운데에서 빙글빙글 도는 검은 물체가 멈추기도 전에 무릎이 활짝 벌려졌다. 우두둑, 파열음이 나며 블루머 가운데의 촘촘한 솔기가 무지막지한 힘에 뜯어졌다.

주도권은 허무하리만치 순식간에 넘어갔다.

뜨거운 숨이 밀지의 여린 속살에 닿자 소름이 돋았다. 소스라치게 놀라는 순간 무뎠던 초점이 날카로워지며 눈앞에서 빙빙 돌던 것의 형체가 또렷해졌다.

검은 샹들리에.

문득 저 남자가 밤늦게 저를 불러 샹들리에를 청소하라고 시켰던 일이 떠올랐다. 그가 그레이스를 처음으로 덮치려 했던 곳이 바로 이 책상이었다.

그때도 속옷을 찢어 버리고 싶었겠지.

결국은 소원을 이뤘네.

피하려고 온갖 수를 썼지만 결국은 이렇게 되었다.

허탈한 웃음이 나왔다.

만약에 그날 여기서 당했더라면 분노했을 거다. 이젠 그저 우스웠다.

활짝 벌어진 다리 사이를 내려다보던 윈스턴이 고개를 들었다. 벨트 버클을 푸는 그의 얼굴에 비스듬한 미소가 새겨져 있었다.

왜 웃는지는 곧 알게 되었다.

"훗…."

성기가 몸 밖으로 나오자마자 질구에 맞붙었다. 뜨거운 살덩이가 연한 살을 가르며 위로 미끄러져 올라갔다.

깊이 숨은 음핵을 툭 치고 아랫배 위로 튕겨져 나온 선단은 투명한 체액으로 흠뻑 젖어 있었다. 그레이스가 흥분했다는 증거였다.

'그래서 나더러 어쩌라는 거야?'

그레이스는 그를 잠시 노려보다 옆으로 고개를 돌렸다. 전화기 앞의 재떨이에 시선이 닿는 순간 눈이 커졌다.

재떨이 안에 수북이 쌓인 건 재가 아니었다. 작게 뭉쳐진 종이 덩어리, 우표였다.

야릇한 장난질에 이용당하고 버려진 우표를 응시하던 그레이스의 입가에서 웃음이 픽, 터져 나왔다.

세상에. 이 와중에 웃음이 나온다.

"아훗…."

웃음은 순식간에 멎었다. 선단이 음핵을 문대며 잔뜩 퍼 올린 애액을 치덕치덕 발랐다. 뭉툭한 살이 돌기를 짓뭉갤 때마다 뜨거운 서릿발에 몸이 찔리는 듯한 날카로운 감각이 등줄기를 타고 온몸으로 퍼졌다.

허리 아래를 움찔거리던 그레이스는 돌연 온몸을 크게 들썩였다. 길쭉한 살덩이가 예고도 없이 살을 가르고 질 끝에 박혔다.

"아! 읍…."

"조용히."

배 속의 성기만큼이나 뜨거운 손이 입을 틀어막았다. 문밖에 군인들이 서 있을지 모른단 데 생각이 미치자 커다란 손 아래에서 뺨이 익어 갔다.

윈스턴은 밀지에 묻어 둔 성기를 느릿하게 뽑으며 명령했다.

"벗어."

그레이스는 끝까지 채워진 블라우스의 단추를 목부터 하나씩 풀어 나갔다. 단추는 작디작고 둥글었다. 몸이 흔들릴 때마다 단추가 손끝에서 미끄러졌다.

세 개를 어렵사리 풀고 브래지어 가운데의 단추와 실랑이를 벌이던 때였다. 인내심이 바닥난 남자가 블라우스 깃을 양손으로 잡아 활짝 벌렸다.

투두둑. 뜯어진 단추가 사방으로 튀어 올랐다. 브래지어가 단숨에 쇄골까지 걷어 올려지고, 출렁거리는 살덩이 한가운데에 솟은 정점을 두꺼운 혀가 덮었다.

"흡…."

그레이스는 손으로 입을 틀어막아야 했다.

하지만 제 손으론 역부족이었다. 애무와 허리 놀림이 사나워질수록 힘이 빠진 손 틈으로 노골적인 교성이 새어 나갔다.

결국 그레이스는 사정했다.

"라디오, 아흣, 틀어…."

"하아, 네가 소리를 안 내면 될 텐데?"

젖꼭지를 빨던 입술이 떨어져 나가자마자 피식, 날카로운 숨결이 젖은 살을 스치고 지나갔다.

"하윽, 하, 하지 마."

입을 가릴 손을 뺏겼다. 윈스턴은 그레이스의 두 손을 깍지 껴 책상에 누른 채 허리 짓의 속도를 높여 갔다.

"흐읏…."

이에 짓눌린 아랫입술이 파르르 떨렸다. 교성을 참으면 참을수록 남자는 그레이스의 몸을 거칠게 찌르고 들어왔다.

"으응, 그만…."

울상이 되어 가는 얼굴을 묘한 눈으로 바라보던 남자가 고개를 숙였다. 젖은 입술이 콧잔등에 살짝 닿았다가 떨어졌다. 그 후론 새가 부리를 맞대듯 가벼운 키스만이 계속됐다.

어울리지도 않지.

하지만 깊이 파고들어 감각점을 쳐올리는 자극을 참지 못하고 때마침 맞닿은 입 속으로 신음을 흘린 순간에야 그레이스는 그의 의도를 깨달았다.

입을 틀어막는 건 오로지 이 남자의 입으로만 허락된다.

잔인한 쪽으로만 머리가 유독 발달한 인간. 그레이스는 그를 쏘아보며 고개를 비스듬히 기울였다.

입술이 다리 사이처럼 빈틈없이 포개어졌다. 새끼 새가 어미가 토해 낸 먹이를 받아먹듯, 남자는 그레이스가 토해 낸 신음을 달게 받아 삼켰다.

숨은 점점 거칠어지는데 눈빛은 부드러워져 갔다. 몸은 뜨거우나 마음은 싸늘했던 며칠 전의 밤과는 달랐다.

밝은 곳에서 눈을 마주한 탓일까. 육체적인 쾌락 속에서 느슨히 열린 마음의 창으로 서로의 열기가 스몄다. 이 때문에 그날 밤 이 남자는 끝까지 불을 켜지 않은 건지도 모른다.

불현듯 그레이스는 깨달았다. 텅 빈 곳이 채워진 충만감에 취해 저도 모르게 미소 짓고 있었다는 걸.

정신을 번쩍 차리는 순간 남자의 미소 또한 깨어졌다.

허리 짓이 멈추고, 시간이 멈춘 것만 같은 정적이 시작됐다. 찬물을 맞은 것처럼 얼어붙은 채 혼란스러운 눈으로 서로를 응시하던 두 사람이 불현듯 이를 악물었다.

'이 여자의 마음 따위….'

'이 남자의 마음 따위….'

필요 없어.

남자는 꿈에서 깬 사람처럼 몸을 떼곤 잘그락거리는 목줄을 움켜쥐며 사납게 경고했다.

"넌 내 개야. 누가 주인인지 잊지 마."

"무서울수록 크게 짖는 쪽이 개 아냐?"

겁에 질린 두 마리 개가 서로를 찢어 죽일 듯 으르렁거렸다.

서로가 없으면 죽을 것처럼 흘레붙으며.

인간은 사회적 동물이다. 사회 속의 다른 인간과 교류하지 않으면 불안을 느낀다.

그레이스는 그녀의 작디작은 '사회'에 존재하는 유일한 인간과 접촉해 안도감이라는 일시적인 처방을 구했다.

그리고 그 짧은 약효의 끝에는 자괴감이라는 기나긴 부작용이 뒤따랐다.

그레이스는 집무실에 딸린 화장실의 거울 앞에 서서 한심한 자신을 소리 없이 질책했다.

안도감을 왜 나를 불안하게 하는 남자에게서 찾아?

친밀감을 왜 나를 외롭게 만든 남자에게서 찾는 거야?

거울에 비친 자신을 원망 가득한 눈으로 바라보다 눈을 질끈 감았다.

부질없는 짓.

다리 사이로 흐르는 것만큼이나 질척한 감정의 찌꺼기를 씻어 내리려 찬물을 얼굴에 끼얹었다. 얼굴의 물기를 닦아 낸 그레이스는 세면대 바닥에 던져두었던 실크 손수건을 집어 들었다.

체액으로 흥건히 젖은 손수건은 건드리기도 싫었지만 정사의 흔적을 하녀가 보는 건 끔찍했다. 대충 흔적만 지우고 물기를 짠 손수건을 다 쓴 수건을 넣는 바구니에 걸었다.

마른 수건으로 다리 사이를 한 번 더 닦은 그레이스는 가슴 아래로 자꾸만 벌어지는 블라우스 깃을 여미며 밖으로 나갔다.

윈스턴은 책상 앞에 턱을 괴고 앉아 있었다. 다시 아무 일도 없었던 것처럼 업무를 보는 건가 싶었지만 턱을 괴지 않은 손이 자그마한 뭔가를 굴리고 있었다.

가까이 다가가던 그레이스는 눈살을 찌푸렸다. 윈스턴이 만지작대던 건 블라우스에서 떨어져 나간 단추였다.

달라고 손을 내밀었으나 남자는 손마디로 괸 머리를 비스듬히 기울여 그레이스를 빤히 쳐다보기만 했다.

"읽어."

그가 바닥을 눈짓했다. 시선을 따라가 보니 그레이스가 누워 있었던 자리에 노란 서류철 하나가 놓여 있었다.

[사본: 블랜차드가의 혁명 후 부정 축재 및 은닉 재산 몰수 건에 관하여]

상단에 적힌 제목이 눈에 들어오자 그레이스는 뾰족한 시선을 윈스턴에게 던졌다. 저건 재무부가 작성한 보고서였다. 정부 기밀을 반정부군에게 읽으라는 이유야 제목만 봐도 뻔했다.

'은닉 재산은 무슨….'

그레이스의 신뢰를 흔들려는 수작이었다.

"저걸 읽는 게 오늘 네가 할 일이야."

난 네 멀디면 친척이 시킨 일을 할 테니.

여자가 내키지 않는 티를 내면서도 보고서를 집어 들자 레온은 싱클레어 건의 봉투를 열었다. 엄지 두께만 한 조사 기록을 훑어본 그는 빈 종이를 꺼내 '귀빈'에게 보낼 조사 보고서를 쓰기 시작했다.

조사는 이만하면 됐다. 성의와 능력을 적당히 증명하고 곤란한 일에 연루될 여지도 없는 선에서 멈추기로 했다.

물론 국왕은 레온이 없는 걸 만들어 내길 바랐을 테니 그를 성의도 능력도 없다 매도할지도 모른다.

하지만 그런 식으로 과잉 충성할 생각은 없었다. 그 때문에 문제가 생기면 왕실은 꼬리 자르기를 할 테고 그 꼬리는 분명 윈스턴가였으니.

의견과 해석은 철저히 배제하고 사실로만 보고서를 써 내려가던 레온은 문득 너무 조용하다는 생각이 들자 옆으로 시선을 돌렸다.

기가 막히는군.

여자는 몇 장 넘기지도 않은 보고서를 손에 쥔 채 모로 누워 잠들어 있었다. 블라우스 자락이 흘러내려 뽀얀 속살과 자그마한 배꼽이 다 보였다. 재킷이라도 덮어 줘야 하나 싶었지만 햇볕이 꽤나 따뜻한지 여자는 입가에 기분 좋은 미소를 머금고 있었다.

레온은 책상 아래에 떨어져 있던 쿠션을 집어 들었다.

"난 네 혈육들에게 밤낮없이 시달리는데 속 편하게 낮잠이나 자다니. 아주 부러워."

듣지도 못하는 여자에게 비아냥대며 쿠션을 배에 기대어 두었다. 잠든 얼굴을 물끄러미 바라보던 그는 이 여자의 일곱 번째 정의를 되새겼다.

제 가문 수장의 목숨을 잡아먹고 태어난 자손.

제 무리를 이끄는 수장의 목숨도 언젠가 잡아먹어 주면 더없이 완벽하겠지.

반군 수뇌부가 로열패밀리인 여자를 제거하려던 이유. 즉, 이 여자가 반군을 등질 만한 이유. 그걸 전혀 예상치 못한 곳에서 찾아냈다. 행운은 그의 편인 게 분명했다.

레온은 예쁘장한 얼굴을 가린 머리칼을 넘겨주며 미소 지었다.

그레이스. 가엾은 그레이스.

너를 배신한 약혼자의 목에 손수 올가미를 걸어. 네 손으로 네 세상을 무너뜨려 복수하는 거야.

반드시 그렇게 하도록 내가 만들어 주지.

맹세의 키스를 하려는 순간이었다.

"대위님."

밖에서 캠벨이 그를 다급한 목소리로 부르며 문을 두드렸다. 여자가 화들짝 놀라 잠에서 깨더니 무슨 일인지 알아보지도 않고 책상 밑으로 숨었다.

"무슨 일이지?"

몸을 일으키며 묻자 문이 벌컥 열리며 당황한 기색이 역력한 캠벨이 외쳤다.

"감찰관이 찾아왔습니다."

별채에서 저택의 정문까진 차를 타고 가야 할 거리였다. 느긋하게 걸은 지 20분은 족히 지나서야 정문의 쇠창살 너머 감찰관의 모습이 시야에 들어왔다.

감찰관은 뒷짐을 진 채 정차된 세단 앞을 신경질적으로 서성이고 있었다. 어깨에서 소장 계급장이 번쩍였다.

"당장 문을 열도록."

레온은 문지기에게 명령하곤 성의 없는 자세로 경례를 올렸다. 눈을 치뜨고 그를 못마땅하게 노려보던 감찰관이 마지못해 경례를 받아 주자마자 그는 손을 내렸다.

감찰관은 땡볕 아래에 오래 서 있었던 탓인지 심기가 별로 좋아 보이지 않았다. 물론 불청객의 심기 따위 레온이 알 바 아니었다.

"선약한 기억은 없습니다만, 어쨌든 환영합니다."

그는 악수를 청하며 눈꼬리를 휘어 웃었다.

"오늘 파티는 6시에 시작하는데 조금 일찍 오셨군요."

레온은 손목시계를 확인하는 척했다. 오전 11시를 아슬아슬하게 넘긴 시각이었다.

"그나저나 파티 초대장을 보낸 기억은 없는데…. 저희 어머니와 아시는 사이이십니까?"

"대위의 눈에는 내가 놀러 온 사람으로 보이나."

천연스럽게 구는 레온을 중년의 사내가 노려보았다. 살벌하게 치켜뜬 눈에서 흰자위가 보일 정도였다.

꽉 막힌 인간이군.

뇌물이나 회유는 약점이 있다는 자백이나 마찬가지이니 쓸 생각 없었다. 주의를 돌려 별채가 아닌 저택으로 몰아넣은 후 적당히 상대하다 보내려 했으나 그마저도 통하지 않을 듯했다.

"대위의 그 유명한 고문실을 보고 싶군."

감찰관은 단도직입적으로 방문의 목적을 꺼냈다. 이젠 뒤가 아니라 앞에서 당당히 압박하기로 한 모양이었다.

"너무 늦으셨군요. 고문실은 이미 폐쇄했습니다. 여긴 이제 윈스턴가의 사저일 뿐이죠."

"사저라….".

감찰관이 입꼬리를 비틀어 웃었다.

"군 병력이 근무 중인 곳이면 군 시설 아닌가."

감찰관의 매서운 시선이 레온과 그의 뒤에 도열한 병사들을 훑었다.

"이런, 제 생각은 좀 다릅니다. 의견의 일치를 보지 못하니 사령관님께 먼저 여쭤 보는 것도 좋겠군요."

"그거라면 내가 미리 답을 얻어 왔지."

감찰관이 눈가에 주름이 지도록 웃으며 재킷 속에서 무언가를 꺼냈.

[감사의 일환으로 군 시설을 빠짐없이 점검하니 적극 협조하길 바라

는 바이다.]

사령관이 휘갈겨 쓴 서신을 읽어 내려가는 레온에게 감찰관이 가소롭다는 미소를 지었다.

"대븐포트 사령관도 나와 뜻을 같이하더군."

레온은 감찰관에게 똑같은 미소를 되돌려 주었다.

과연 내일도 뜻을 같이할까.

끼익. 거슬리는 쇳소리를 내며 육중한 문이 열렸다. 고문실도 복도와 마찬가지로 정적에 잠겨 있었다. 캄캄한 방으로 모두의 시선이 향하며 긴장감이 활시위처럼 팽팽히 당겨졌다.

문을 활짝 연 레온은 옆으로 비켜서며 정중하게 손을 내저었다. 마음껏 둘러보라는 의사의 표시였다.

그러나 감찰관은 뒷짐을 지고 서서 미소 띤 레온의 얼굴을 노려보기만 했다. 불퉁한 표정에 늘어진 얼굴 가죽이 어우러져 불독을 연상시키는 사내였다.

"불을 켜도록."

불독이 짖자 레온은 복도에 선 병사에게 눈짓했다. 딸깍. 스위치가 올라가는 순간 방이 환하게 밝아졌다.

문간에 선 감찰관이 눈으로 방 곳곳을 훑었다. 불만스러운 눈빛인 건 사람이 보이지 않기 때문일 것이다.

이젠 사람의 흔적을 찾겠지.

예상대로 감찰관이 안으로 걸음을 옮겼다. 레온은 복도에 서서 촌극을 구경하기만 했다. 곧장 침대로 향한 남자가 반듯하게 정리된 침구를 헤집어 댔다.

머리카락이라도 찾으려는 모양인지.

하지만 그런 건 나오지 않을 것이다. 여자가 집무실에 있는 사이 하녀에게 청소를 지시해 두었으니까.

결국 침대에서 사람의 흔적을 발견하지 못한 감찰관이 데려온 수하를 시켜 방 구석구석을 마구잡이로 수색하기 시작했다.

여자를 방 안 어딘가에 숨겨 두었다고 생각하는 건지 사람이 들어갈 수 있는 크기의 수납장을 모두 열라고 지시했다. 욕실도 확인하더니 벽을 두드려 보기까지 했다.

촌극이 따로 없었다.

여자는 2층 집무실에 묶어 두고 왔다. 여기에 여자를 가두어 두었단 증거가 될 수 있는 피임 기구는 여자의 배 속에 있었다.

역시나, 행운은 그의 편이었다.

옷도, 고문 기구를 사용한 흔적도 없는 것을 확인한 감찰관은 또 다른 게 없는 걸 눈치챘다.

"먼지가 없군."

벽 등의 갓을 훔친 손가락을 사내가 레온의 눈앞으로 들이밀었다. 손가락은 깨끗했다.

"폐쇄되었다는 장소에 먼지가 쌓이지 않다니."

"폐쇄되었건 아니건, 윈스턴 저에서 먼지가 발견되는 날은 하녀장이 쫓겨나는 날이죠."

레온은 태연한 대꾸에 덧붙였다.

"그나저나 점검이라 하더니 뭔가를 찾으러 오신 분 같군요."

감찰관은 그의 지적을 못 들은 체하며 문 옆의 서랍장을 벌컥 열었다. 그 속에 든 화려한 상자 하나를 열어 본 사내가 회심의 미소를 지었다.

"이건 자네가 신는 건가?"

감찰관이 갈색 스타킹을 들어 올리며 뻐딱한 말투로 물었다. 레온은 굳이 웃음을 참지 않았다.

"저도 남자이니 성벽이 있긴 하나 그런 쪽은 아닙니다."

"그럼 누가 신는 건가."

레온은 스타킹을 먹어 보란 말을 들은 사람처럼 안면을 구겼다.

"신다니요. 신문에 쓰는 겁니다. 질겨서 밧줄로 좋죠. 사지를 묶을 때도, 목을 조를 때도. 고문실까지 먼 걸음 하셨으니 부관 중 한 분에게 시범이라도 보여 드릴까요."

눈꼬리를 휘어 웃으며 제안하자 감찰관이 또 흰자위가 보이도록 그를 노려보았다.

분한 기색이 가득한 눈.

그리고 언뜻 보면 친근해 보이나 깊이 들여다볼수록 조롱기가 두드러지는 눈.

두 남자의 눈싸움이 이어지자 주변 공기가 다시 긴장감으로 팽팽해졌다.

불독이 그르렁 거친 숨을 몰아쉬는 소리가 들리는 것만 같았다. 당장이라도 목을 물어뜯을 것처럼 쏘아보던 감찰관이 돌연 그를 지나쳐 복도로 나갔다.

개뼈다귀라도 찾은 줄 알았네.

레온은 복도를 뒤지기 시작하는 감찰관에게서 그가 서랍에 내던진 스타킹으로 시선을 돌렸다.

불결하군.

다른 남자가 만진 물건이 그 여자의 허벅지를 감싼다는 건 생각만 해도 역겨웠다.

"버리도록."

그는 문고리를 잡고 선 이등병에게 명령하고 복도로 나섰다. 불독과 그 무리는 세탁물 투입구를 뒤지고 있었다.

"뭘 찾는지 말씀해 주시면 제가 도와 드릴 수 있을 텐데요."

멀리서 지켜보던 레온이 태연히 조롱하던 찰나였다. 감찰관이 그를 향해 불현듯 돌아서더니 눈을 번뜩였다.

"대위의 집무실을 보고 싶군."

'감찰관?'

그레이스는 집무실에 홀로 서서 윈스턴이 나가기 전에 들었던 말을 떠올렸다.

'설마 나 때문에 온 건가?'

하지만 기대를 곧바로 떨치며 한숨을 내쉬었다. 그럴 확률이 얼마나 될까.

잘그락. 창문을 돌아보던 그레이스는 사슬 소리가 나는 제 발목으로 시선을 내렸다. 그 남자는 그레이스의 발목 한쪽에 매인 족쇄를 책상 의자의 다리에 묶어 두고 갔다.

자유자재로 움직일 수 있는 의자에 묶다니.

허술하기 짝이 없다고 생각했지만 좀 더 곰곰이 생각해 보고 나니 지독한 놈이란 욕이 절로 튀어나왔다.

다리에 바퀴가 달린 사무용 의자라 부수지 않는 한 족쇄를 뺄 수 없었다. 그리고 그랬다가는 밖을 지키고 선 병사들이 소음을 듣고 뛰어 들어올 것이다.

창을 열고 탈출하는 건?

그레이스는 다시 한번 제 발목을 내려다보았다. 무거운 의자와 함께 2층에서 추락해 목이 부러져 죽고 싶은 마음은 없었다.

그 개자식이 그럼 그렇지.

탈출은 포기하고 책상이나 뒤지던 그레이스는 또 한 번 한숨을 내쉬었다. 여기서 뭘 훔쳐 봐야 고문실로 돌아가는 즉시 옷과 함께 빼앗길 거다.

그레이스는 윈스턴의 것을 훔치는 걸 포기하고 제 걸 되찾기로 했다. 책상을 다시 뒤지던 그녀의 얼굴이 일그러졌다. 블라우스에서 뜯겨 나간 단추는 흑단으로 만든 고급스러운 시가 상자 안에 가지런히 전시되어 있었다.

"미친놈. 이게 전리품인 줄 알아?"

너덜너덜해진 실에 묶어서라도 옷을 여밀 생각에 자그마한 단추를 주섬주섬 줍던 그레이스는 문득 손을 멈췄다.

시가 상자 귀퉁이에 놓인 작은 나무 상자가 눈길을 사로잡았다.

항상 최고급 비품만 두는 윈스턴의 책상에는 어울리지 않게 투박하고 심심한 물건이었다. 어째서일까. 상자가 낯익었다.

하녀로 일하던 때 여기서 절대 본 적 없는 물건인데···.

직감이 열어 보라고 속삭였다. 그레이스는 상자로 손을 뻗었다.

"캠벨, 하녀를 불러 차를 준비시키도록."

집으려는 찰나 문밖에서 윈스턴의 목소리가 들렸다. 평소보다 목소리가 컸다. 마치 하지 말라는 짓을 하고 있을 게 뻔한 그레이스에게 경고라도 하듯이.

툭, 또르르.

다급히 시가 상자를 닫는 손에서 단추 하나가 떨어져 책상 위를 굴렀다. 주울 시간은 없었다. 문고리가 돌아가는 소리가 들리자 그레이스는 몸을 숙였다.

"차는 필요 없네."

책상 아래에 숨자마자 문이 열리며 말소리가 선명해졌다. 낯선 남자의 목소리였다. 그레이스는 남자가 책상 밑에 숨은 저를 볼 수 없다는 걸 알면서도 벌어진 블라우스 자락을 여미며 몸을 웅크렸다.

"난 대위에게서 차를 얻어 마시며 한담을 나눌 만큼 한가하지…."

잘그락. 목에 걸린 사슬이 소리를 내자마자 낯선 사내의 말소리가 멎었다.

"아, 방에 사냥개가 있단 말씀을 안 드렸군요."

레온이 둘러댄 핑계에 감찰관의 낯빛이 나빠졌다. 설마 생긴 건 불독인 주제에 개를 무서워하나. 불청객을 쫓아낼 빌미를 얼떨결에 찾은 셈이었다.

"집무실에 누가 사냥개를 두나?"

꽤나 언짢은 투였다. 저를 쫓으려고 개를 풀어 놓았다고 생각하는 모양이었다.

"걱정 마시죠. 제가 꽉 붙들고 있을 테니."

겁쟁이 취급에 긍지가 상한 감찰관이 문 앞에 뒷짐을 지고 서서 그를 노려보았다. 레온은 웃으며 그를 지나쳐 책상으로 다가갔다.

"벨라, 조용히."

윈스턴이 의자에 앉자마자 책상 아래로 두 손을 불쑥 집어넣었다. 입을 틀어막으려는 줄 알았으나 그가 움켜쥔 건 그레이스의 얼굴이 아니라 블라우스 깃이었다.

투두둑. 옷자락이 벌어지며 몇 안 남은 단추마저 뜯어졌다. 헐벗은 꼴로 다른 남자 앞에 나설 수 있으면 나서 보라는 경고였다.

보이지 않는 얼굴을 노려보는 사이, 블라우스는 거칠게 벗겨져 그레이스의 입에 쑤셔 넣어졌다.

여자의 입을 막은 레온은 목줄을 위로 당겼다. 맹견에게나 쓸 법한 튼튼한 쇠사슬이 책상 위로 모습을 드러내자 집무실 안을 눈으로 훑던 감찰관의 낯빛이 더욱 어두워졌다.

"앉으시죠."

책상 맞은편의 의자를 권했으나 감찰관은 응하지 않았다. 그는 집무실 안을 천천히 배회하더니 출입문 옆의 문을 벌컥 열었다. 화장실 안을 확인하는 놈의 뒤통수가 미련해 보였다.

퇴역시켜 마땅한 탐지견. 제가 찾는 여자가 고작 한 겹의 나무 벽 뒤에 있는 줄도 모르고.

감찰관은 꽤 고집스러웠다. 숨을 곳도 별로 없는 집무실 안을 낱낱이 뒤질 생각인 모양이었다. 비밀 공간이라도 찾는 양 책장을 살피던 놈이 집무실 안쪽으로 걸음을 옮겼다.

두 걸음만 더. 그러면 책상 아래의 여자가 보일 것이다.

레온은 여자의 발목에서 늘어진 사슬을 발로 차 잘그락 소리를 크게 냈다. 책상 아래를 향해 몸을 숙이곤 저를 노려보는 반라의 여자를 쓰다듬으며 몸부림치는 개를 달래는 척했다.

"벨라, 아니야. 사람은 물면 안 돼."

이쪽으로 다가오던 감찰관이 멈칫했다.

"얼마 전에는 별채에 들어온 침입자를 죽이려 했었죠. 물론 제가 먼저 죽였지만."

레온은 고개를 들며 웃었다. 아직도 자존심이 남았는지 감찰관은 개를 내보내라는 소리는 하지 않고 주변을 살피는 척하다 슬그머니 후퇴했다.

결국 여자를 찾지 못하고 책상 건너편에 앉는 감찰관의 얼굴에서 패색이 짙었다. 레온은 손에 목줄의 가죽 끈을 보란 듯이 쥐었다. 하지만 감찰관은 그가 아니라 다른 것을 응시하고 있었다.

시가 상자 앞에 떨어져 있는 여성용 단추를.

저게 무슨 증거가 될까. 대수롭지 않게 웃으려던 레온의 얼굴에서 미소가 지워졌다. 단추가 들어 있던 시가 상자에 무엇이 있는지에 생각이 미친 탓이었다.

그 상자.

여자에게 죽으라고 명령하는 편지.

그리고 청산가리가 든 캡슐.

빌어먹을.

"한 대 피우시겠습니까."

레온은 감찰관에게 권하려는 척 시가 상자를 열었다. 겉으론 태연했지만 속은 그렇지 못했다.

리틀 지미가 보낸 상자는 제자리에 있었다. 하지만 안도하긴 일렀다.

레온은 먼저 시가 하나를 꺼내 감찰관에게 권했다. 그가 거절하자 시가를 제자리에 놓으며 작은 상자를 꺼냈다.

맞은편에서는 보이지 않도록 상자를 손바닥에 숨기고 엄지로 열었다. 편지는 그가 독특하게 접어 둔 모양 그대로였다. 독약 캡슐도 제자리에 있었다.

레온은 다시 옅은 미소를 띤 가면을 쓰며 상자를 재킷 안주머니에 넣었다.

"저는 한담을 나누자는 것이 아닙니다. 단순한 시찰 이상의 목적이 있는 걸 굳이 숨기지 않으시니 무슨 용무로 오셨는지 궁금해질 수밖에 없죠."

그 용무를 이미 알면서도 레온은 진지하게 위협을 느끼는 척, 능청을 떨었다. 감찰관은 끝을 맞댄 두 손에 턱을 괴고 그를 집요하게 응시하더니 고저 없이 입을 열었다.

"제보가 들어왔네."

"제보라…. 말씀하시죠."

무슨 사정인지 전혀 모르는 그레이스도 책상 아래까지 스미는 긴장감에 숨이 막힐 지경이었다.

손은 묶이지 않았다. 입을 막은 천을 충분히 뺄 수 있었으나 그레이스에겐 윈스턴을 자극해 가며 그런 짓을 할 이유가 없었다.

낯선 남자의 말을 듣기 전까진.

"대위가 고문실에 반군을 숨겨 두고 있다. 여자이다."

픽, 비웃는 소리가 책상 위에서 들렸다.

"군에는 보고하지 않고 사적으로 유용한다. 그런 제보 말이지."

그레이스의 심장이 쿵쿵 질주했다.

'감찰관은 나를 찾아왔어.'

그레이스는 재빨리 결단을 내렸다. 헐벗었든 말든 나가야겠다. 윈스턴의 손아귀에서 벗어날 확실한, 그리고 어쩌면 유일한 기회였다.

"그래서, 그 제보가 맞는 것 같습니까?"

"지금이라도 반군을 순순히 넘기면 징계가 가벼워질 걸세."

"구미가 당기는 제안이나 아쉽게도 넘겨줄 반군이 없군요."

두 남자는 반군을 사이에 둔 채 신경전을 벌였다.

"유능한 사람에겐 뱃속에 새카만 질투심만 그득히 들어찬 파리 떼가 꼬이게 마련이죠. 질투의 썩은 악취는 시체 썩는 냄새만큼이나 지독합니다. 유능하신 감찰관께서 근거 하나 없는 제보에서 그 냄새를 맡지 못하셨다니 뜻밖이군요."

근거가 없다니. 웃기지도 않지.

그레이스는 대화에 귀를 기울이며 입에 물고 있던 블라우스를 천천히, 조용히 뱉었다.

소리를 지르든 밖으로 뛰쳐나가든, 하다못해 책상을 손으로 치든. 개가 저질렀다고 할 수 없는 소동을 일으키면 될 것이다.

속내를 벌써 읽은 걸까. 톱니처럼 울퉁불퉁한 군화의 바닥이 그레이스의 발목을 가볍게 밟았다.

'부러트리든가. 들키지 않고 그럴 자신 있으면 해.'

하지만 여러 번 기회를 망쳤기에 그레이스는 신중해지기로 했다.

때를 기다리자. 저자가 허술해지는 순간을.

"글쎄, 악취라…. 난 오늘 나를 대하는 대위의 태도에서 악취를 맡았는데."

레온은 인정한다는 듯 고개를 끄덕였다.

"제 태도가 무례했다면 사과드리죠. 들쑤시고 다니신단 소문은 저도 들었습니다. 그 때문에 신경이 다소 날카로워져 있었죠."

"켕길 게 없으면 신경이 날카로워질 이유가 없겠지."

"켕길 게 없으면 만들어 주는 세상이니까요."

저자의 고용주가 그러듯.

"귀빈께 보고서는 곧 올릴 테니 며칠만 더 기다려 주시길 바란다고 전해 주시죠."

감찰관이 눈매를 일그러뜨렸다.

"무슨 소리인지 모르겠군."

진심으로 모르는 눈치였다. 보고서를 넘기는 척하며 싱클레어라는 이름이 크게 적힌 첫 장을 들어 올렸으나 감찰관의 눈빛은 변하지 않았다.

우스웠다.

저자는 국왕의 진짜 저의는 모르고 레온을 압박하고 있었다. 왕실이 이면에서 벌이는 민간인 탄압에서 썩은 내가 풀풀 풍기는 줄은 전혀 모르는 주제에 다 아는 듯 굴다니.

가소롭지.

레온은 웃으며 책상 아래에 숨겨 둔 손을 움직였다.

'헉…'

그레이스는 숨을 멈췄다. 네모난 쇳덩이 한가운데의 까만 구멍이 그녀를 응시했다.

총알을 뱉을 구멍이었다.

그레이스는 제 얼굴을 겨눈 총구 앞에서 얼어붙었다.

대화에 신경이 쏠렸는지 발목을 짓누른 군화가 느슨해지기에 소리를 지르며 뛰쳐나가려 했다. 손을 움직이긴 했으나 아무것도 스치지 않았고 숨소리조차 내지 않았다.

하지만 움직이기 시작하자마자 윈스턴이 목줄을 쥐고 있던 손을 놀렸다. 의자 아래에 숨겨져 있는지도 몰랐던 권총을 뽑아 겨누는 그 모든 동작이 전조 없이 순식간에 이뤄졌다.

권총의 뒤편에 얹혀 있던 엄지가 밖으로 튀어나온 해머를 뒤로 천천히 당겼다. 발포를 준비하는 동작이었다.

단순한 협박이 아닌 걸 깨달은 그레이스의 얼굴에서 핏기가 사라졌다.

"벨라. 가만히. 앉아."

그는 살벌한 목소리로 권총의 해머가 철컥 걸리는 소리를 덮었다. 방아쇠만 당기면 총알을 그녀의 머리에 박을 권총에서 그레이스는 겁에 질린 시선을 떼지 못했다.

빼앗길 바엔 죽이겠단 건가.

저 남자는 저를 절대 죽이지 못할 거란 믿음이 산산이 부서졌다.

책상 아래로 다른 손이 불쑥 들어왔다. 식은땀으로 젖어 가는 뒷머리를 손이 억세게 움켜쥐더니 남자의 다리 사이로 당겼다.

레온은 그의 허벅지에 순순히 머리를 기댄 여자의 입을 손바닥으로 틀어막았다. 총구로 경동맥이 있는 목덜미를 덧그리자 여자가 몸을 사시나무처럼 떨었다. 희열이 느껴졌다.

이 건방진 여자가 이토록 겁에 질린 게 대체 얼마 만인지.

돌연 여자가 그의 다리 사이를 더듬기 시작했다.

천박하기 짝이 없었다.

제발 죽이지 말아 달라는 무언의 애걸을 레온은 느긋하게 즐기며 입꼬리를 올렸다.

'그레이스, 자기야. 이건 빈총이야.'

레온은 장난감이나 다를 바 없는 권총으로 여자를 간단히 제압한 채 감찰관에게 웃어 주었다.

빈총 하나로 개 두 마리를 잡는 격이었다.

책상 아래에서 나는 잘그락 소리와 레온의 손동작을 감찰관은 몸부림치는 개를 달래는 것으로 오해한 듯했다. 맹견이 움직이자 불편한 심기를 숨기지 못하고 여차하면 도망이라도 치려는 양 바짝 꼬았던 다리를 풀기까지 했다.

눈앞의 형편없는 탐지견이나 손안의 여우 같은 잡종견이나 하나같이 가소로웠다.

"개를 좋아하십니까?"

"…."

"저는 좋아합니다. 특히 사냥개, 사나울수록 좋죠. 길들이는 재미가 있으니까요."

레온은 웃었다. 지금 당장이라도 바지의 단추를 풀어 주면 스스로 성기를 꺼내 입에 기꺼이 물 여자가 길이 들기 전 했던 짓들이 하나하나 떠올랐다.

"이번 녀석은 특히나 사나워서 마음에 듭니다."

사납다는 말에 감찰관의 얼굴이 딱딱하게 굳었다.

"물어뜯고 할퀴고 발로 차고…. 게다가 급소만 골라서 무는 지독한 녀석이죠."

아랫입으로, 잘라먹을 듯이.

"길들이기까지 피를 아주 많이 봤습니다."

"대위, 지금 나를 위협하는 건가."

"위협이라니. 대위 따위가 감히 소장을 위협하는 게 가능한지 모르겠군요."

물론, 가능하단 걸 감찰관이 온몸으로 증명해 주고 있었다.

"윈스턴 대위, 군은 삶이 따분한 부잣집 탕아가 재미 삼아 다니는 클럽이 아니야. 자네 상관들은 가문의 이름과 자네 아버지의 후광 때문에 대위의 불성실한 행동을 못 본 척하는 모양이지. 하지만 그따위 술수는 내게 안 통해."

"소장님."

줄곧 가볍던 레온의 목소리가 무겁게 가라앉았다.

"그 말은 저만이 아니라 제 가문과 돌아가신 제 아버지를 향한 모욕이란 것, 알고 계시길 바랍니다."

아버지의 후광과 귀족이라는 신분을 등에 업고 군에 들어온 무능력한 장교라는 모함에 그는 진심으로 격분했다.

사관학교를 수석으로 졸업한 것도, 나이에 비해 이르게 대위 계급장을 단 것도, 수많은 훈장을 얻은 것도 모두 순전히 그의 능력 덕이었다.

군에 재미 삼아 다닌다는 말 또한 이루 말할 수 없는 모욕이었다.

레온은 단 한 번도 군인으로서 그의 임무인 반군 소탕을 가벼이 여긴 적이 없었다. 사적인 갈망이 공적인 목표와 교차하는 지점인 신문을 즐기기는 했다만, 그게 어때서? 업무를 즐기는 건 바람직한 일 아닌가.

그에게 군이 느슨하게 구는 건 비단 부와 권력 때문만이 아니었다. 느슨하게 두어도 기대 이상의 성과를 내기에 간섭하지 않는 것이다.

레온은 무도한 불청객을 노려보았다.

"발언을 취소하고 사과할 기회를 드리죠."

중년의 남자는 스스로 수렁에 발을 처박는 실수를 저질렀다는 걸 직감했다. 귀족을 음해하고 죽은 영웅을 모욕한 셈이 되었다. 대위가 군과 귀족 사교계에 말을 퍼트리면 일이 커질 것이다.

하나 소장이자 국왕이 임명한 감찰관이 대위 따위에게 숙일 수는 없는 노릇이었다.

"사과할 기회가 필요한 건 대위이군. 오늘의 비협조적이고 불온한 태도를 비롯한 자네의 하극상은 사령부로 돌아가는 즉시 대븐포트 사령관에게 보고하겠네."

하지만 대위는 사령관을 들먹여도 가소롭다는 듯이 굴 뿐이었다.

"함께 가시죠. 저도 나눌 이야기가 있어서."

너도 곧 이 꼴로 만들어 줄 테니.

레온은 겁에 질려 떠는 사령관의 딸을 쓰다듬으며 눈꼬리를 휘었다.

사령관 비서실에서는 타자기 소리가 드문드문 이어졌다. 창가에 서서 밖을 바라보던 레온은 셔츠 소매 끝을 젖혀 손목시계를 확인했다.

감찰관이 사령관 집무실로 들어간 지도 30분이 넘었다. 사령관 집무실의 고풍스러운 문으로 시선을 돌린 레온은 돌연 실소했다.

유치하기 짝이 없지.

학급에서 주먹다짐을 하고 교장실에서 일러바칠 순서를 기다리는 아이가 된 기분이었다. 고자질이 다 그렇듯 감찰관이 그의 부적절한 행실을 과장되게 꾸며 대고 있을 거야 뻔했다.

그러거나 말거나. 설령 감찰관을 죽였다 하더라도 면책권을 얻어 낼 카드를 손에 쥔 레온은 그저 이 일이 재미있을 뿐이었다.

"오래 걸릴 듯한데…."

타자기 소리가 완전히 멎더니 30분 내내 그를 흘끔대던 젊은 여비서가 말을 걸었다.

"차를 준비해 드릴까요, 대위님."

레온은 비서의 눈을 물끄러미 응시했다. 눈동자 아래의 뺨이 붉게 물들어 갔지만 그는 알지 못했다.

그가 바라보는 여자는 비서가 아니었으니.

저를 향해 반짝이는 눈을 보자마자 레온은 눈물이 글썽글썽하던 청록빛 눈동자를 떠올렸다.

사령부로 오기 전, 고문실에 다시 넣어 두고 나오던 순간이었다. 여자는 믿었던 연인에게 배신이라도 당한 눈으로 그를 바라보았다.

네가 왜 그런 눈을 해?

네가 왜 내게 그런 눈을 해.

우리 사이에 배신이라 할 게 어딨어. 신뢰가 없는데.

어처구니가 없었다. 그런데 그 어처구니없는 눈빛이 자꾸만 눈앞을 어른거렸다.

"대위님, 혹시 다른 게 필요하시다면…."

비서가 천박하게 혀를 꺼내 아랫입술을 적시는 순간 레온의 상념이 깨어졌다. 미간을 구기며 시선을 창밖으로 돌리려던 찰나였다.

집무실의 문이 벌컥 열리더니 두 남자가 꽤나 친근해 보이는 태도로 걸어 나왔다. 감찰관이 그를 스쳐 지나가며 노려보았다.

의기양양한 눈빛이 넌 이제 죽은 목숨이라고 말하고 있었다. 레온은 웃음을 참았다.

사령관이 비서실 문밖으로 감찰관을 배웅했다. 달래는 데 꽤 시간을 들이는 모양이었다. 엄중한 징계 따위의 말이 이따금 들려왔다.

"그럼 사령관님만 믿겠습니다."

끈덕지게 굴던 감찰관이 떠나고 사령관이 비서실로 들어왔다. 레온이 경례를 올리자 초로의 사내가 눈매를 좁히며 그를 노려보더니 집무실로 들어가며 명령했다.

"들어오게."

레온은 커피 테이블에 놓아두었던 서류철을 집어 안으로 들어갔다.

"윈스턴 대위, 자네 눈에는 세상이 다 우습게 보이지. 전임 사령관은 자네에게 물렀는지 모르겠지만 나는 아닐세."

과도한 환대뿐이었던 취임 기념 파티 때와는 달리 홀대하기로 작정했는지 사령관은 그를 책상 앞에 세워 둔 채 질책을 시작했다.

"서신으로 적극 협력하라 지시했을 텐데 감찰관을 박대하다니. 자네는 감히 나를 박대한 거야."

"…."

"계급과 규정을 무시할 거면 군은 자네의 적성에 맞지 않아! 불명예스럽게 군복을 벗고 싶지 않으면 지금이라도…."

대위의 태도를 주시하던 사령관은 이를 악물었다.

"자넨 대체 여기 뭐 하러 찾아온 건가?"

대위는 변명도 대꾸도 하지 않고 그의 질타를 듣기만 했다. 그렇다고 순순히 질책을 수용하며 반성하는 얼굴도 아니었다.

"내게 감사 건으로 청탁하러 온 거라면 자넨 두 사람분의 시간을 낭비하러 온 걸세. 비위를 저질러도 넘지 말아야 할 선이 있어!"

쾅. 주먹이 책상을 내려치자 액자가 넘어지며 귀청 떨어지는 소음을 냈다. 하지만 책상 앞에 선 청년은 눈 하나 깜짝하지 않았다.

"반군을 군에 보고도 하지 않고 사적으로 감금해 두다니!"

"반군의 눈을 가지셨군요."

이 방에 들어온 후 대위가 던진 첫마디에 사령관은 경악했다.

"자네 지금 나를 모욕하는 건가?"

"저는 사실을 말하는 것뿐입니다."

아무리 대부호에 귀족이라도 일개 대위 주제에 까마득히 높은 사령관 앞에서 기죽지 않는 것도 모자라 건방지게 모욕까지 하다니. 부아가 더욱 치밀었다.

그는 재떨이를 집어 대위에게 던졌다.

쾅. 대리석 재떨이가 벽에 처박히며 박살 났다. 레온은 옆으로 비스듬히 기울였던 고개를 바로 하며 한쪽 입꼬리를 올렸다.

그 여자, 괄괄한 성미도 유전인가 보군.

레온은 여유로운 걸음으로 다가가 책상에 서류철을 놓았다. 제 이름이 적힌 겉장에 시선이 닿자 사령관이 고개를 들었다. 당혹감과 불쾌감이 고스란히 비치는 눈동자가 그를 바라보았다.

"그 청록색 눈동자. 대븐포트 가문이 아닌, 사령관님만의 특징이더군요."

사적인 일을 뒤에서 조사했다는 말을 뜬금없이 꺼내자 사령관의 눈빛에서 불쾌감이 더욱 강렬해졌다.

"하지만 아드님 중 한 분도 같은 홍채 색을 타고났으니 자식에게 유전되는 특징이란 건 증명이 되었죠."

"자네 지금 무슨 말을 하고 싶은 건가?"

"그 눈동자를 가진 또 한 사람을 제가 알고 있습니다."

사생아가 있다는 뜻을 단번에 이해한 사령관의 눈빛이 변했다. 레온은 서류철을 펼쳐 흑백의 몽타주 한 장을 가리켰다.

"노라 왓슨."

전혀 다른 이름으로 부른 건 사실 안젤라 리들의 젊은 시절 모습이었다. 얼굴이 낯익은지 사령관의 눈동자가 흔들리기 시작했다.

"지금으로부터 약 28년 전, 왕실 근위대 소속이셨던 사령관님의 개인 비서로 금발에 헤이즐색 눈을 가진 노라 왓슨이라는 여자가 고용되었죠."

레온은 사령관에게 목줄을 은밀히 걸기 시작했다.

"개인 비서의 업무 폭이 꽤 넓었더군요. 그 점은 당시 운전수였던 자가 증명해 주었으니 부인하셔 봤자 두 사람분의 시간 낭비일 겁니다."

그는 사령관의 표현을 빌려 빈정댔다. 몇 장을 넘겨 인터뷰 기록을 펼치자 사령관이 코웃음을 쳤다.

"이딴 걸로 나를 협박할 수 있다고 생각하나?"

"네. 충분히."

초로의 남자가 눈매를 매섭게 좁히고 그를 노려보았다.

"똑똑한 줄 알았는데 아니었어. 딱하군. 정부 하나 없는 사내가 어디 있나. 이렇게 흔한 일은 큰 흠도 안 돼. 자네 아버지도 마찬가지였던 걸 누구보다 잘 알 텐데."

휘어 올라간 레온의 입꼬리가 미세하게 움찔했다. 아버지가 정부인 줄 알았던 반군의 손에 죽은 것을 사령관이 지적했다. 아버지의 정부와 제 과거의 정부가 같은 여자인 줄은 꿈에도 모른 채.

알면 어떤 얼굴을 할까.

"이야기는 끝까지 들으시죠."

기분 좋은 희열이 혈관을 스멀스멀 타고 오르는 가운데 레온은 사령관의 목에 계속해서 목줄을 걸었다.

"이듬해 여름, 선대 국왕은 직계 왕족만을 대동해 여름 휴양에 나섰죠. 별궁으로 가는 길, 왕가는 어느 수도원을 방문하게 됩니다. 그다음 일어난 일은 말씀드리지 않아도 잘 아시겠죠."

예배당에서 폭탄이 터졌다. 선왕과 왕위 계승자 몇몇이 그 자리에서 즉사했다. 30년 가까이 지난 지금도 회자되는 충격적인 사건이었다.

선왕의 시신이 무너진 십자가 아래에서 발견된 탓에 왕가를 향한 신의 진노라는 헛소리가 돌았다고 들었다. 결국은 반군의 소행으로 밝혀졌지만 말이다.

"국왕의 동선, 그 일급 기밀을 반군은 대체 어떻게 안 걸까요?"

수십 년 동안 지금의 왕이 밝혀내려 했으나 여전히 수수께끼였다.

"제가 궁금해서 조사해 보았더니 그 당시 경호를 책임졌던 인물 중에 사령관님도 계셨더군요."

"그게 어쨌다는 건가? 난 이미 공식 조사를 거쳤고 아무런 혐의도 받지 않았네. 모함은 중죄야."

레온은 사령관의 호령을 무시하고 정부와 암살, 동떨어져 보이는 두 사건을 이었다.

"그 사건 직후, 노라 왓슨은 병든 어머니를 보살피러 고향으로 돌아간다며 사라졌죠. 실은 기혼이었던 그 여자는 사령관님의 딸을 낳아 남편의 아이로 키웠습니다."

사령관의 눈동자가 다시 흔들리기 시작했다.

"남편도 제 자식이 아닌 건 알았을 겁니다. 그 여자에게 사령관님의 정부가 되라고 지시한 건 그자일 테니까요."

레온은 검지로 여자의 몽타주를 가리키며 물었다.

"이 여자의 본명을 아십니까."

본명을 입에 올리는 순간 제 운명이 바뀔 것을 예감한 사내의 얼굴에서 핏기가 삽시간에 사라졌다. 레온은 늘 이를 악물고 씹어뱉었던 이름을 한 자 한 자 명료하게 발음했다.

"안젤라 리들."

청록빛 눈동자가 공포로 새파랗게 물들었다. 이곳으로 오기 전 별채에서 본 눈동자와 다르지 않았다.

"제 아버지를 죽인 그 리들이죠."

사령관이 불현듯 몽타주를 엎으려 했다. 하지만 눈에 선명히 띨 정도로 부들부들 떨리는 손이 종이를 집지 못하고 자꾸만 미끄러졌다. 그 손끝마저 얼굴처럼 핏기가 없었다.

"비위를 저질러도 넘지 말아야 할 선이 있다. 정말 좋은 말씀입니다."

레온은 제 것보다 훨씬 치명적인 비위의 증거를 유유히 거둬 가며 보이지 않는 개 목걸이를 사령관의 목에 걸어 잠갔다.

"네, 맞습니다. 저는 반군을 고문실에 가둬 두고 사적으로 유용하고 있죠."

"…."

"희귀한 청록빛 눈동자를 가진 반군. 사령관님께서 국왕 시해에 부지불식간에 가담하셨다는 증거를 말이죠."

레온이 가두어 둔 반군이 제 사생아라는 폭로에 사령관은 핀이 뽑힌 수류탄이 앞에 던져진 사람의 얼굴을 했다.

"젠장할…."

곧 얼굴이 처참히 일그러지더니 초로의 사내가 포마드로 반듯하게 넘긴 다갈색 머리를 움켜쥐며 신음했다.

"대위…."

조금 전에는 포효하는 맹수 같던 목소리가 지금은 쥐새끼처럼 가늘었다.

"마침 국왕 전하께 보내 드려야 할 보고서가 있는데 이걸 함께 보내야겠군요. 전하께서도 부친이 어떻게 돌아가셨는지, 그 진실을 무척이나 궁금해하실 테니."

협박을 받은 사령관이 책상 아래로 천천히 손을 가져가자 레온은 입술을 비틀어 웃으며 경고했다.

"저를 죽이면 해결될 거라고 믿으시는 건 아니길 바랍니다. 저희 가문에는 금고가 하나 있습니다. '내가 살해당하면 이 안에 든 걸 폭로하시오.' 이런 이름의 금고 말이죠."

레온은 손에 든 서류철을 흔들었다.

"이건 사본이고, 원본은 여기 오기 전 그 금고에 넣어 두고 왔습니다."

"이봐, 윈스턴 대위. 그러지 말고 앉게."

사령관이 중풍이라도 온 노인네처럼 손을 덜덜 떨며 책상 앞의 의자를 권했지만 레온은 신처럼 우뚝 선 채 가련한 미물을 내려다보았다.

신이란 전지전능하며 생사여탈권을 쥐고 있지 않던가. 지금 이 순간, 그는 신이었다.

데이지, 샐리, 그레이스 리들. 뭐든.

그를 머저리로 전락시켰던 그 빌어먹을 여자가 그를 신으로 만들었다.

"사실 감찰관은 전하께서 보고서를 두고 저를 압박하려고 보내신 것 아십니까? 그 때문에 꽤나 곤란했는데 제가 이걸 바치면…."

레온이 서류철을 가볍게 흔들 때마다 사령관은 사형 집행인의 손에서 춤추는 칼날을 마주한 것처럼 숨을 멈췄다.

"감사 따위 당장 중지될 테고, 저는 영웅이 되겠죠."

"자, 잠깐…."

"사령관님께서 감사를 멈춰 주신다면 물론 그런 일은 일어나지 않을 겁니다."

"물론, 물론일세."

딸보다는 길들이기 쉬운 아비이군.

"이런…. 영웅이 되고 싶었는데, 조금 아쉽군요."

조금 전 사납게 짖을 때와는 달리 얌전히 꼬리를 내린 그의 개 앞에서 레온은 만족스러운 미소를 지었다.

❖ · ❖

사령관과 보좌진이 올라오자 계단을 내려오던 한 무리의 장교들이 옆으로 비켜서며 일제히 경례를 올렸다. 인자한 얼굴로 경례를 받아 주던 사령관은 무리와 멀찍이 떨어져 선 젊은 장교와 눈이 마주치는 순간 황급히 시선을 돌렸다.

'유령이라도 본 사람처럼 구는군.'

사령관이 지나가자 레온은 손을 내리며 입매를 비틀었다.

다시 걸음을 옮겼다. 위관급 장교들의 무리를 지나치는 순간 질시 어린 시선들이 따라붙었다.

요즘 장교들 사이에서 도는 말을 레온이 모를 리 없었다. 신임 사령관에게 몰래 더러운 공세를 벌인 끝에 대위 주제에 사령관의 편애를 한 몸에 사고 있다는 그런 소문 말이다.

윈스턴은 대븐포트의 개라는 말까지 들었다.

레온은 그저 웃었다.

정작 개는 누굴까.

대븐포트 사령관은 꽤나 쓸 만한 경비견이었다. 그날 후로 그를 성가시게 하는 것들을 모조리 쫓아냈으니.

저택에서든 사령부에서든, 감찰관의 낯짝을 다시 보는 일은 없었다.

물론 레온의 보복은 거기서 끝이 아니었다.

그날 감찰관이 왔었다는 말을 문지기와 집사를 통해 전해 들은 어머니가 가만히 있을 리 없었다. 레온은 그걸 알고도 두었다.

소문이 나는 건 순식간이었다. 군과 의회의 알력 싸움 때문에 군을 항상 견제하는 왕도의 사교계에까지 소문이 퍼졌고 이들의 심기를 살필 수밖에 없는 국왕은 감찰관을 해임했다.

과도하게 충성하면 그렇게 꼬리가 잘리는 거다.

윈스턴가는 결국 전 감찰관, 현 한직으로 물러난 소장에게서 꽤나 정중한 사과 서한을 받았다.

아마 사령관이 갑자기 태도를 바꾼 것에 그자는 적잖이 당황했을 것이다. 하지만 연줄이란 그런 거다. 더 굵은 줄을 가진 사람이 이기게 마련이었다.

덕분에 여자는 여전히 그의 손안에 있었다. 적당한 감정의 거리는 꽤 순조롭게 유지했다. 납작 엎드리는가 싶으면서도 한 번씩 그의 머리 꼭대기에 서려 해 골치가 아프지만 말이다.

'그레이스, 네 아버지를 좀 닮아 봐.'

싱클레어가 조사 보고서는 대공을 통해 전달한 지 오래였다. 그 후로 대공에게서 별다른 말은 없었다.

모든 것이 해결되고 평화로운 나날이었다.

하지만 상관의 호출을 받아 지하 조사실로 들어선 순간 그 짧디짧았던 평화는 깨어졌다.

"윈스턴 대위, 드디어 왔군."

"…."

먼저 와 있던 험프리 중령에게 경례를 올리려던 레온은 굳었다.

'저자가 여기 왜?'

양손에 수갑을 찬 채 신문 테이블에 앉아 있는 남자는 싱클레어가의 장남, 제프리 싱클레어였다.

레온은 테이블을 지나쳐 벽에 기대어 선 중령에게 다가갔다.

"무슨 일입니까."

"아, 자네가 오전에 자리를 비운 사이에 긴급 체포 명령이 위에서 갑자기 내려와서 말이지."

긴급 체포? 갑자기? 전부 말도 안 되는 소리였다.

"우리 관할이 맞습니까?"

싱클레어가의 거점은 서부가 아닌 동부에 있었다.

"마침 이자가 오늘 윈스포드를 방문했더군."

중령의 느긋한 대답에서 레온은 수많은 진실을 읽었다.

체포 명령을 내렸다는 '위'란 분명 국왕이다.

제프리 싱클레어가 서부로 오는 날 체포하라고 중령에게 미리 지시를 내려놓았을 것이다. 일부러 그에게 외근을 지시해 따돌린 후 그의 밑에 있는 장교를 시켜서.

싱클레어와 마주 앉은 부하에게로 시선을 돌린 레온에게 중령이 다가왔다.

"윈스턴 대위, 자네에게 신문을 맡기라고 특별히 위에서 명령이 내려왔어."

특별히. 위에서.

시킨 일을 제대로 마무리하란 뜻일 게 분명했다.

"더욱 출세할 좋은 기회군."

레온에게 출세는 필요 없었다.

"자백이 필요해."

중령이 목소리를 낮춰 넌지시 지시를 내리더니 조사실 밖으로 사라졌다.

"전화 한 통만 쓰게 해 주시죠. 변호사를 불러야 하니."

제프리 싱클레어가 요구하자 마주 앉은 중위가 코웃음을 쳤다.

"법을 잘 모르시나 본데, 반군 활동 혐의로 군에 체포된 자는 신문 때 변호사를 대동할 수 없습니다."

반군 활동이라.

레온은 중위의 앞에 펼쳐진 서류철을 집어 들었다. 서류철에 빽빽하게 꿰어져 있는 건 증거 더미였다. 수사와 입증이 완료되었다는 걸 증명하는 서부 사령부 정보국의 인장이 찍혀 있기까지 했다.

'수사? 대체 누가?'

서부 사령부 정보국에서 반군 수사는 레온이 맡은 국내정보과의 소관이었다. 그가 모르는 사이에 이 모든 일이 진행된다는 건 불가능했다.

'이것도 위에서 내려왔군.'

자백이 필요하다는 말, 증거는 있으니 자백만 받으면 된다는 뜻이었다.

서류를 넘기며 제프리 싱클레어와 반군의 연결 고리를 찾던 레온은 눈매를 좁혔다.

싱클레어를 반군 활동 혐의로 체포한 근거는 한 달여 전의 램버튼 수용소 습격 사건이었다.

수용소 폭파에 쓰이고 남은 폭약에 싱클레어 화약의 마크가 찍혀 있었다는 것이다. 누구나 구할 수 있는 물건이었다면 건수가 되지 않았겠지만 문제는 아직 시장에서 구할 수 없는 신형 폭약이란 데 있었다.

레온은 거칠고 삭막한 조사실과는 어울리지 않는 고급 정장을 차려입은 30대 중반의 남자를 응시했다. 제프리 싱클레어는 싱클레어 화약의 사장이었다.

서류를 몇 장 더 넘기자 익숙한 이름이 나왔다. 제프리 싱클레어의 동향을 감시했을 때 저자와 몇 번 만나 식사를 나누었던 한 노동 운동가였다.

'빌어먹을….'

그자도 이미 며칠 전 동부 사령부에서 반군 활동 혐의로 체포되었다는 기록을 읽은 레온은 조용히 욕설을 중얼거렸다. 지금 그의 손안에 든 증거는 당장에 저자를 수용소에 처넣을 수 있을 만큼 결정적이었다.

하지만 꽤 오래 반군을 추적해 온 레온의 직감이 일관되게 외쳤다. 이 가문은 반군과 전혀 관련이 없다고.

꽤나 뚜렷한 증거. 다른 말을 하는 직감.

국왕의 누명인 걸까, 아니면 처음부터 편견에 빠져 있었던 그의 조사가 미흡했던 걸까. 레온은 혼돈에 빠졌다.

뜻밖이다.

그레이스는 어둠 속에서 눈을 깜빡이며 양을 세듯이 같은 말만 되뇌었다.

하루에 적어도 두 번은 찾아오던 남자가 오늘은 아침에만 찾아왔다. 그러곤 새벽 2시가 넘도록 나타나지 않았다. 여태 밤에 오지 않은 적은 없었는데….

'설마 아직도 근무 중인가? 요즘 일이 바빠 보이긴 했….'

그레이스는 돌연 얼굴을 찡그렸다.

'내가 왜 그런 걸 신경 써?'

텅 빈 방에 한숨이 공허하게 울렸다. 그 남자가 저를 내버려 두길 바랐으나 막상 내버려 두니 지루하다 못해 외롭기까지 했다.

아무리 그래도 은연중에 그 남자를 기다리고 있었다니.

"제대로 미쳤네."

또 한참을 잠들지 못하고 뒤척이던 때였다. 문밖에서 익숙한 발소리가 들렸다.

"하… 네가 그럼 그렇지."

철컥 소리와 함께 문이 열리며 딸깍, 스위치가 올라갔다. 벽 등이 켜지는 순간 그레이스는 눈을 질끈 감으며 알몸에 덮고 있던 담요를 획 걷어 냈다.

얼른 박고 나가란 뜻으로 다리까지 벌렸더니 다가오던 발소리가 뚝 멎었다.

"제대로 미쳤군."

뜻밖의 핀잔에 눈을 슬며시 떴다. 빛에 적응이 덜 되어 새하얗게 빛나는 시야 속에서 장신의 인영이 침대가 아닌 철제 테이블로 향하고 있었다.

"앉아."

윈스턴은 테이블 앞에 앉더니 서류철을 맞은편에 던지듯 놓았다.

'오랜만에 신문을 하려는 건가.'

내키지 않았지만 몸을 일으켰다. 담요를 몸에 두르면 벗길 테니 스타킹만 신은 알몸으로 의자에 앉았다. 그런데 윈스턴이 미간을 구기는 게 아닌가.

"입어."

그러더니 장교복의 재킷을 벗어 그레이스에게 주었다.

'오늘 왜 이러지?'

오늘따라 뜻밖인 일투성이였다.

그레이스는 흰 셔츠의 소매를 걷어 올리는 남자를 물끄러미 바라보며 제게는 너무 큰 재킷 소매에 팔을 넣었다.

여자가 재킷에 팔만 꿰어 넣고 멀뚱히 앉아 있자 레온은 한숨을 내쉬었다. 벗은 걸 보니 도저히 일에 집중이 안 될 것 같아 입혔는데, 저러면 입으나 마나였다.

레온은 자리에서 일어났다. 손수 단추를 채우는데 여자가 눈을 동그랗게 뜨고 그를 올려다보았다.

빌어먹을. 벌써 딴생각이 들었다.

단추를 모두 채워도 소용이 없었다. 여자에겐 옷이 너무 큰 탓에 옷깃 사이로 가슴골이 다 보였다.

그렇지 않아도 종일 피로가 쌓여 이 여자의 살결과 살 내음이 절실하던 차였다. 그의 인내심은 오늘 하루 중 가장 큰 관문을 맞닥뜨렸다.

'왜 저러지?'

그레이스는 눈매를 좁혔다. 윈스턴이 답지 않게 한숨을 푹 내쉬며 자리에 앉았다. 오늘 아침에 보았을 때보다 훨씬 지친 얼굴이었다.

'누군진 몰라도 저 인간을 괴롭혔다니 고맙네.'

속으로 웃는데 윈스턴이 두 손을 모아 깍지를 끼더니 진지한 눈으로 그녀를 응시했다.

"그레이스 리들."

느닷없이 이름이 불리자 그레이스는 흠칫했다. 남자의 입에서 제 본명이 튀어나온 건 꽤 오랜만이었다. 심상치 않은 기색에 그녀의 얼굴에서 미약한 웃음기가 순식간에 사라졌다.

"난 다 알고 있어."

"…뭘?"

"네가 본거지의 위치를 알고 있는 것, 그리고 반군을 단번에 무너뜨릴 만한 정보 또한 알고 있다는 것도."

여자는 경계심을 적나라하게 내비치며 그를 노려보았다.

"그러니까 아무것도 모르는 잔챙이인 척할 생각 마."

"뭘 원하는지나 말해."

"거래."

레온은 여자의 앞에 아무렇게나 던져진 서류철을 똑바르게 돌려놓았다.

"지금부터 내가 할 질문에 오로지 진실만을 말한다면 네가 원하는 것 하나를 들어주지."

여자는 서류철의 겉장에 적힌 사건명을 물끄러미 응시하다 고개를 들었다.

"이제 본거지의 위치는 묻지 마."

풀어 줘. 이런 허튼소리를 할 줄 알았더니 뜻밖이었다.

"아직도 충성하는군. 어련하시겠어."

여자가 어깨를 으쓱하더니 입을 손바닥으로 가리며 하품을 했다.

"졸려. 싫으면 난 자러 갈게."

레온은 실소했다. 머리 꼭대기에 설 기회는 절대 놓치지 않는 여자다웠다.

"좋아. 본거지의 위치는 묻지 않는다고 약속하지."

"어떤 식으로든."

집요하긴. 레온은 짤막한 한숨을 내쉬곤 여자의 말을 반복했다.

"그래, 어떤 식으로든. 네가 진실만을 말한다면."

그는 서류철을 펼쳐 '그린필드 고아원'이라는 글자가 적힌 페이지를 가리켰다. 레온의 보고서에서 싱클레어가의 기부 내역에 있던 이름이었다. 그의 보고서에서는 단순한 기부처였으나 수사 보고서에는 반군의 돈세탁 거점으로 올라 있었다.

반군이 몇몇 고아원에 손을 뻗치고 있는 건 사실이었다. 하지만 그가 조사했을 땐 그린필드 고아원이 반군과 관련이 있다는 증거는 없었다.

이곳과 반군의 관계에 관해 묻자 여자는 고개를 저었다.

"이런 곳은 처음 들어 봐."

"반군이 군자금을 고아원 기부금으로 위장해 모으는 건 사실인가?"

여자는 입을 다물고 그를 응시하기만 했다.

"대답하는 게 좋을 거야."

"벌써 거래의 조건을 잊었어? 진실을 말하라고 했지 대답하라고 한 건 아니야."

"이런, 똑똑하신 분인 걸 내가 잊었군."

어차피 저건 무언의 긍정이었다. 제 나름의 죄책감이 드는 답은 이런 식으로 주기로 한 모양이었다. 레온은 입매를 비틀어 웃으며 다음 질문으로 넘어갔다.

"이곳이 돈세탁처가 맞지만 네가 모를 가능성은."

"…없어."

레온은 여자를 물끄러미 바라보다 다음 질문으로 넘어갔다.

"이 사람, 반군 소속인가?"

그가 손으로 가리킨 사진은 동부 사령부에서 반군 활동 혐의로 체포된 노동 운동가였다.

"처음 봐."

"반군이 아니란 뜻이야, 뭐야? 확실히 해."

"상식적으로 생각해 봐. 내가 어떻게 왕국 곳곳에 흩어진 동지의 얼굴을 전부 알겠어?"

레온은 여자의 얼굴을 집요하게 응시했다. 거짓의 징후는 전혀 보이지 않았다.

"좋아. 그럼 규모가 큰 후원자는 다 알고 있겠지?"

"응. 하지만 후원자를 대라는 질문엔 답하지 않을 거야."

거기까진 바라지도 않고 필요도 없었다. 레온은 마지막으로 아껴 두었던 질문을 던졌다.

"싱클레어가, 반군과 연관이 있나."

싱클레어? 설마 그 싱클레어? 여자가 혼잣말을 중얼거리며 눈매를 일그러뜨렸다.

"지금 무슨 수작을 부리는 거야? 진실을 못 캐내니 이젠 거짓을 캐내려고?"

여자가 화를 내기 시작했다. 눈빛과 낯빛을 보건대 진심이었다.

"악취가 진동해. 더러운 음해 공작에 지금 나와 혁명군을 이용하려는 거 모를 줄 알아?"

"그 악취, 내가 잘못 맡은 게 아니란 거군."

"뭐?"

"더러운 음해 공작 맞아. 그걸 꾸미는 배후가 나라는 건 틀렸지."

채굴권 입찰 경쟁에서 뒷조사까지. 레온은 여자에게 그간 있었던 일을 설명해 주었다.

"그렇게 큰 기업의 후원을 받는 일은 없었어. 상식적으로 정부에게 잘 보여야 할 기업이 왜 혁명군을 지원하겠어."

레온은 여자의 말에 동의했다.

"그 폭약도 분명 심은 거겠지."

누가 램버튼 수용소 사건의 증거물에 싱클레어 화약의 개발 중인 신

제품을 심어 넣었다는 추측은 레온도 이미 하고 있던 바였다.

"다만 그 가문의 철학이나 행보가 왕당파와 맞지 않는 건 사실이야. 즉, 반군의 사상에 동조할 가능성이 없지는 않지만 내 직감은 다른 소리를 하는 거지. 난 그걸 네게서 확인받고 싶었던 거고."

이건 왕이 뒤집어씌우는 누명이다.

저 여자와 겨우 몇 마디 나누고 의심을 확신으로 굳혔다. 쓸쓸한 웃음이 절로 나오는 일이었다. 왕당파가 왕이 아닌 반군을 믿다니.

"그런데…."

제법 머리가 돌아가는 첩자답게 군 내부의 절차와 사정을 아는 여자가 예리한 질문을 던졌다.

"네가 수사한 게 아니야?"

여자의 시선은 서류의 국내정보과장 서명란에 그의 서명 대신 찍힌 서부 사령부 정보국의 도장에 있었다.

"수사인지 조작인지는 이미 위에서 다 끝내고 내겐 신문만 하라더군."

"허위 자백을 얻어 내려고."

"그렇…."

"왕국, 아니지. 세상에서 가장 악랄한 고문 기술자를 이용해서."

"…내가 모르는 걸 말해."

저것도 제 나름은 복수라고 생각하는 건지 뭔지. 여자가 픽, 웃었다.

"더러워. 아니, 더럽단 말로는 부족해."

안타깝게도 레온은 반군의 말에 동의할 수밖에 없었다.

"그나저나 내게 이런 이야기 해도 돼?"

"안 될 건 뭐지?"

"언젠가 혁명에 성공하면 네가 오늘 내게 말한 걸 온 세상이 알게 될 테니까."

"땅 밑에 갇혀서 혁명이라. 개미 혁명이라도 일으키려나 보지?"

그레이스는 비웃음을 아끼지 않는 남자를 노려보다 물었다.

"그래서, 뭐가 문제야?"

그녀가 아는 레온 윈스턴이라면 이런 더러운 일도 혁명군을 잡듯이 거침없이 처리할 줄 알았다. 하지만 꺼림직해하다니….

괴물이 인간의 탈을 쓴다.

웃기지도 않지.

"그러게, 뭐가 문젤까…."

남자가 한숨을 쉬더니 테이블 너머로 손을 내밀었다. 손짓만으로도 뭘 원하는지 알아들은 그레이스는 안주머니에 든 시가 케이스를 꺼내 넘겨주곤 재킷에 매달린 훈장을 보란 듯이 흔들었다.

"피에 미친 악마 주제에."

"피에 미친 악마도 나름의 철학이 있어."

남자는 끝을 커터로 자른 시가를 입가에 물더니 금빛 라이터의 톱니를 돌려 불을 붙였다. 그는 불꽃이 길게 타들어 가도록 시가를 빨아 당기곤 희뿌연 연기를 뱉으며 말했다.

"난 반군을 잡기 위해 군인이 된 거지 민간인을 잡기 위해 군인이 된 게 아니야."

그는 죄 없는 사람을 고문하는 취미는 없었다. 또한 죄 있는 사람을 고문하는 그의 취미를 타인이 사적인 이익에 이용하는 건 질색이었다.

"그리고 과연 이게 장기적으로 내 이익에 도움이 될까?"

레온은 왕이 굉장히 위험한 수를 둔다는 생각을 떨칠 수 없었다.

"모함으로 단기적인 이익은 보겠지만…."

"영원한 비밀은 없지."

그는 시가를 검지로 톡톡 두드려 재를 털며 고개를 끄덕였다.

"왕당파이기 이전에 나는 레온 윈스턴이라는 사적인 인간이고, 내 사적인 이익에 해가 되는 일은 달갑지 않아."

"사적인 이익이 우선인 걸 보니 왕당파가 맞긴 하네."

여자의 날카로운 지적에 그의 입가로 픽, 실소가 새어 나왔다.

"휴… 다행이다. 저는 또 대위님께서 갑자기 양심을 찾으신 줄 알고 심장이 덜컥했어요."

여자가 샐리의 말투로 비아냥대며 눈꼬리를 휘어 웃었다. 레온은 따라 웃으며 시가를 입에 물었다.

"양심을 찾다니…."

윈스턴은 양심이 있어야 할 자리에 욕심을 가지고 태어난다. 찾을 양심조차 없다는 소리다.

하지만 어째서인지 오늘 제프리 싱클레어를 마주하는 내내 명치에서 불편한 감정을 느꼈다. 무고한 이를 함정으로 밀어 넣으려는 자신이 증오해 마지않던 저 여자의 모친과 다를 바 없게 느껴졌다.

그러니 이건 양심이 아닌 사적인 욕심일까.

경쾌한 재즈 선율이 이토록 살벌하게 들린 건 난생처음이었다. 제프리는 테이블 너머에 다리를 꼬고 비스듬히 앉은 남자를 막막한 눈으로 응시했다.

레온 윈스턴.

어제 이곳에서 저 남자가 제 이름을 밝힌 순간 제프리는 제 운명을 예감했다.

나는 이제 죽은 목숨이구나.

윈스턴 대위의 명성, 그리고 악명은 군이나 사회 최상류층과는 거리가 먼 그도 익히 들어왔으니.

천재적인, 그러므로 누구보다도 잔혹한 고문 기술자라는 악명과는 달리 저자는 어제 밤늦도록 질문만 집요하게 던졌다. 신문의 첫 단계라고 생각했던 제프리는 제 모든 혐의를 적극적으로 부인하며 대위를 설득하려 애썼다.

어제는 그렇게 무사히 넘겼으나 오늘은 그 악명을 떨치리라 생각했다. 늦은 아침에야 조사실에 들어온 윈스턴 대위는 축음기를 가져와 음악을 시끄럽게 틀어 놓았다. 비명이 새어 나가지 않게 하려는 수법이라고 생각한 제프리는 절망했다.

하지만 대위는 아침 내내 시가를 피우며 회색빛 벽만 응시할 뿐이었다.

이것 또한 일종의 고문 기법일까.

조용히 마른침을 삼키던 찰나였다. 대위가 손목시계를 확인하더니 자리에서 일어섰다. 철제 의자가 바닥을 드르륵 긁는 소리에 제프리는 흠칫 몸을 떨었다.

"점심시간이군."

문고리를 잡는 순간 등 뒤에서 참았던 숨을 몰아쉬는 소리가 들리자 레온은 눈매를 좁혔다. 아무 짓도 하지 않았는데 왜 긴장하는지 이해하기 어려웠다.

"식사를 주도록."

레온은 밖에서 대기 중인 병사에게 명령하고 조사실에서 벗어났다.

국내정보과 사무실을 향해 계단을 오르던 그는 오전 내내 하던 생각을 무심결에 또 떠올렸다.

여자에겐 그의 재킷이 너무 컸다. 거친 몸부림 탓에 흘러내린 재킷 위로 드러난 어깨에는 그의 잇자국이 가득했다. 여자는 테이블보처럼 펼쳐진 검은 재킷 위에서 다리를 활짝 벌려 먹음직스러운 과실을 드러낸 채 숨을 할딱였다.

어젯밤 정사가 끝난 후 키스를 주고받던 여자가 혼잣말처럼 중얼거렸다.

"오늘 좀 이상해."

그러게. 나도 어젯밤의 내가 이상해.

마셔도 마셔도 지독한 갈증이 도는 저주의 샘 같던 여자였다. 심신에 긴장이 쌓였던 어젯밤은 갈증이 유독 더할 줄로만 알았다. 해가 뜰 때까지 그 여자를 놓지 못할 거라 생각했으나 착각이었다.

단 한 번 만에 심신의 모든 짐을 던 것만 같은 해방감을 느꼈으니.

어제는 대체 뭐가 달랐던 걸까.

레온은 이미 답을 알고 있었다. 인정하기 싫을 뿐.

솔직한 대화. 그리고 뜻밖의 교감.

'교감이라니….'

자신에게 실소를 보내며 사무실로 들어선 순간이었다.

"대위님."

캠벨이 자리에서 일어서서 다가오더니 메모지 한 장을 내밀었다.

[12시 반, 저번의 그 레스토랑에서.]

메시지를 본 레온은 미간을 구겼다. 덕분에 바빠 점심 따위 먹을 시간이 없다고 거절할까 했으나 곧바로 마음을 접었다. 거절하면 어떤 식으로

든 만나게 될 게 뻔했다.

웨이터는 저번과 같은 별실로 레온을 안내했다. 문이 열리자 테이블 앞에 앉은 대공이 손을 들어 올리며 알은체를 했다. 그 손에 들린 크리스털 잔에서 호박색 액체가 넘칠 듯 찰랑였다.

레온은 맞은편에 앉으며 바쁜 척 손목시계를 확인했다. 시각은 12시 50분. 일부러 늑장을 부렸다.

"식사할 시간은 없습니다. 곧바로 돌아가 봐야 하니 용건을 말씀하시죠."

"나도 식사나 하려고 부른 게 아니야."

대공이 제 앞에 놓여 있던 디저트 상자를 레온에게로 밀었다.

"선물을 주려고 불렀지."

"…."

"이름 모를 자네의 정부에게."

비열한 미소를 짓는 대공의 앞에서 레온은 상자를 열어 보았다. 그가 저번에 포장해 갔던 백조 모양의 프로피트롤이 모습을 드러내자 대공이 잔을 들며 거들먹거렸다.

"반군을 쫓다 사랑에 빠지다. 한 편의 영화 같군."

"사랑이라…."

대위가 비뚜름하게 입매를 비틀며 그의 말을 비웃었다.

"저하께선 소설가로 전향해 보시죠."

"…."

새파랗게 젊은 녀석이 겁도 없이 건방지게 굴었다. 매섭게 노려보았으나 대위는 계속해서 가소롭다는 듯이 코웃음을 치며 시가를 꺼내 들었다.

뜻밖의 행동은 거기서 그치지 않았다.

백조가 재투성이가 됐다. 대위는 값비싼 디저트를 재떨이로 쓰며 그가 '선물'이라는 이름으로 건넨 도발을 노골적으로 조롱했다.

대위가 당황할 거라는 예상은 처참히 깨어졌다. 도리어 그가 당황하기 시작했다.

레온은 낯빛에서 당혹감을 감추지 못하는 대공에게 웃어 주었다. 레온 윈스턴 대위가 고문실에 반군을 가둬 두고 정부로 삼았다는 제보의 출처가 대공인 건 알고 있었다. 그가 매수한 여 장교는 이미 추적해 제거했다.

'협박에는 협박으로.'

어떤 카드를 꺼내는 게 좋을까. 아무래도 염문에는 염문이 좋겠지.

"이쯤에서 알려 드리자면 저는 저하의 따님 중 한 사람이 부정을 저지르고 있다는 증거를 갖고 있습니다."

대공의 낯빛에서 당혹감이 한층 적나라해졌다.

"사진 몇 장, 전화 도청 녹취록, 편지, 정부의 차에 벗어 두고 간 속옷. 뭐 그런 것들이죠."

로잘린 앨드리치와 제 동생의 부정을 말하는 것이었으나 레온은 이름을 밝히지 않았다. 대공이 아는 즉시 두 사람은 헤어지든 사랑의 도피를 하든, 레온에겐 도움이 되지 않는 쪽으로 사고를 칠 테니.

"그 증거, 아마 보고 싶지 않으실 겁니다. 콘스탄츠의 왕가는 더더욱 보고 싶어 하지 않을 테고요."

로잘린 앨드리치의 언니, 즉 대공의 셋째 딸은 콘스탄츠 왕국의 왕자와 혼담이 오가는 중이었다. 그러니 추문이 더욱 치명적인 쪽은 대공가였다.

대공은 거짓 협박이 아니냐는 추궁조차 하지 못했다. 설령 꾸며 낸 추문이라 하더라도 대공가에 큰 타격을 입힐 테니.

"단도직입적으로 묻겠습니다. 윈스턴가와 혼맥을 맺으려는 이유는 군에 꼭두각시가 필요하기 때문 아닙니까."

"당연한 걸 묻는군."

"그럼 제 정부가 반군이라는 소문이 퍼져 제가 군에서 쫓겨나고 사회적 명성에 타격을 입으면 저하 스스로 비싼 값을 주고 산 사냥개를 죽이는 셈이겠죠. 이토록 당연한 건 왜 모르시는지 의문이군요."

"그럼 꼭두각시 역할을 제대로 해 보란 말이야!"

대공이 잔을 쥔 손을 테이블에 내리쳤다. 술이 넘쳐흐르자 독주의 지독한 악취가 진동했다.

"글쎄요. 이 약혼이 백지화되면 저희 어머니는 아쉬워하시겠지만 저는 아쉬울 게 없습니다. 약혼이 성사되기 전부터 대공께서 제게 요구하신 것만 고려해도 제겐 없던 일로 하는 게 이득이죠."

위아래가 단숨에 뒤집혔다.

대공은 윈스턴가와의 관계에서 늘 대공가가 위에 서 있다고 믿었다. 저자의 모친은 겉으로는 고고한 척해도 속으론 안달했으니. 그러나 아들도 그럴 것이란 예상은 무참히 깨어졌다.

"대위, 자네 개인만을 생각하는 건 가문의 수장으로서 무책임한 짓이지. 작위를 되돌려 받을 수 있도록 내가 전하께 잘 말씀드리겠다고 했더니 자네 모친이 매우 기뻐하더군. 물론 천국에 있는 자네 부친도 같은 마음일 거야."

대공은 협박을 하려다 되레 당하게 생겼으니 회유로 전략을 바꾼 모양이었다.

"내가 자네를 이용하려고만 한다는 건 오해야. 난 우리 두 가문이 함께 번창하기를 바라네."

우리라니. 레온은 실소했다.

"그래서 내가 나서서 자네의 앞길, 내 가족이 될 사람의 앞길을 환하게 밝혀 주려는 것 아닌가. 이번 일을 자네가 잘 마무리 지으면 귀빈께서 자네에게 크게 감명받으실 거야."

대공녀도 그러더니 대공까지. 설교가 이 가문 내력인가. 지리멸렬한 말이 이어지자 레온은 손목시계를 확인했다.

"내가 애써 작위를 되찾을 기회를 마련해 주는데 걷어차지 말게."

작위를 되찾을 기회라. 레온은 심드렁한 표정으로 대공의 주제넘은 선물에 재 덩어리를 털었다.

"자네는 명석한 사람이니 귀빈의 의중을 알아듣지 못했을 거라고 생각지 않아. 게다가 융통성이 없는 사람도 아니잖나. 그래서 귀빈께선 자네를 더욱 괘씸하게 생각하시네."

이런, 똑똑한 것도 죄군.

"대위의 조사가 불성실했던 건 사실 아닌가."

조사가 아니라 조작을 불성실하게 했다는 거겠지.

"그 부분은 동의할 수 없군요."

"…"

"제가 드린 보고서에서 필요한 것만 엄선해서 잘 엮으셨더군요. 과연 제가 쓸모없었던 게 맞습니까?"

윗선에서는 미리 '싱클레어가는 반군의 배후이다.'라는 명제를 정해 두고 레온의 보고서에서 그에 맞는 정보만을 골라 왜곡했다.

'나도 가담자로 보이도록 만들어 두곤 가담하지 않는다고 비난하다니.'

흑과 백 사이의 회색 지대에 놓인 그가 지레 겁을 먹고 흑에 완전히 발을 담그도록 가하는 은밀한 협박이었다.

하지만 그것도 담이 작은 자에게나 통하지, 레온에겐 어림도 없었다.

"자네는 더 잘할 수 있지 않나. 이번엔 귀빈을 실망시키지 말게."

"잘 들었습니다. 점심시간이 끝났으니 저는 사령부로 복귀해야겠군요."

일어서는 레온을 대공이 손을 뻗어 막았다.

"우리가 필요한 건 자백서 한 장. 그리고 그자의 서명, 자네의 서명. 그뿐일세. 쉽지."

"가장 쉬운 건 입찰에서 손을 떼라는 경고겠죠."

"협박은 품위가 없지."

레온은 웃었다. 그럼 민간인에게 왕이 누명을 씌우는 건 품위가 있다는 건가.

"입찰이 곧 시작될 테니 서둘러 마무리하는 게 좋을 거야. 그리고 내일 조간으로 첫 기사가 나갈 걸세."

제프리 싱클레어의 체포는 아직까진 군 기밀이므로 보도는커녕, 외부 유출도 금지였다.

왕실이 고작 입찰을 몇 번 빼앗긴 원한 때문에 온갖 더러운 술수를 동원한다.

'깡패를 모시는군.'

그 아래의 자신도 뒷골목에서 하찮은 주먹이나 쓰는 건달이 된 기분이었다.

이럴 때면 태생부터 왕당파인 윈스턴가의 장남마저 구시대적인 왕정은 무너지고 돈이 왕인 세상이 도래하길 바랐다. 그때 그는 이자들의 위에 설 테니.

세계적인 흐름을 볼 때, 신분이 아닌 자본이 곧 권력이 되는 새로운 세상이 올 것이란 조부의 생각은 사실 틀리지 않았다.

시대를 너무 앞서 나갔으며, 하필이면 무질서하고 무능력한 초대 혁명 정부를 동업자로 삼은 것이 패인이었을 뿐.

"국민이 우러러보는 민간인에게 누명을 씌우는 것."

레온은 직설적으로 묻기로 했다.

"발각되는 날에는 2차 혁명으로 이어져 어렵게 복고한 왕정이 다시 무너질 수 있다는 거 알고 계십니까?"

"자네, 생각보다 겁이 많군."

대공이 비소를 지으며 도발했다. 레온도 그저 가소롭다는 비소로 응수했다.

"단두대에서 목이 잘릴 사람은 내가 아닌데 겁이라니…."

그는 잿빛 커스터드 크림에 꽂힌 백조의 목을 집어 들었다. 뚝. 목이 두 동강 나며 테이블 한가운데에 내던져졌다.

"이런 꼴이 될 사람은 따로 있죠."

"그럴 일 없도록 만드는 게 자네의 임무이지."

레온은 대답 대신 연기가 피어오르는 시가를 백조의 등에 칼을 박듯이 꽂았다. 뒤돌아 떠나는 그에게 대공이 외쳤다.

"자네의 능력을 믿겠네."

다들 제정신이 아니군.

오직 여자 하나에 미친 저는 미친 것도 아니었다.

[싱클레어, 박애주의자의 두 얼굴]

아침 식탁에 오른 조간신문의 1면에 시선이 닿자마자 레온은 집사에게 눈짓을 했다. 신문을 치우라는 지시에 집사가 당황하며 물었다.

"다른 신문으로 가져올까요?"

레온은 고개를 저었다. 다른 신문도 다 싱클레어를 반군으로 몰아가는 기사로 도배되어 있을 게 뻔했다.

그는 식탁 반대편의 제롬에게 시선을 던졌다. 집사가 거둬 간 신문은 제롬이 소유한 윈스포드 헤럴드지였다.

"대공이 네게 연락했나?"

"무슨 헛소리야? 대공 저하가 내게 왜?"

제롬이 식사를 하다 말고 그에게 눈살을 구겼다. 저 녀석은 거짓말을 할 때 눈을 빠르게 깜빡이는 습관이 있다. 하지만 이번에는 크게 부릅뜨고 있어 레온은 안도했다.

'저 녀석을 거쳐서 낸 기사는 아니군.'

그러나 제롬이 여자에 빠져서 어떤 멍청한 짓을 할지 모르니 미리 경고해 두기로 했다.

"혹시 대공이 무슨 요구를 하더라도 듣지 마."

"레온, 대공가와 내가 모르는 일이라도 있는 거니?"

식탁의 상석에 앉은 어머니가 의아한 얼굴로 끼어들었다. 저 여자는 작위를 위해서라면 가문의 운명과 자식의 미래쯤은 쉽게 파는 근시안적인 인간이었다.

"군 기밀입니다."

말을 돌리고 탄산수 잔을 드는 순간 제롬이 다시 같은 화제를 입에 올렸다.

"제프리 싱클레어의 신문을 윈스턴 대위가 맡았다는 소문이 있던데…."

"군 기밀."

레온은 계속해서 취재를 시도하는 제롬을 따돌리고 별채 지하에서 시간을 보냈다. 그가 사령부로 출근했을 땐 점심 휴식 시간이 끝난 직후였다.

사령부 지하의 조사실로 내키지 않는 걸음을 옮기던 그는 어느 조사실의 문이 벌컥 열리는 순간 걸음을 멈췄다.

"네가 우리를 도와주지 않으면 네 아버지가 감옥에 갈지도 몰라."

"어, 어떻게 도와 드리면 되는데요?"

앳된 목소리였다.

문을 열고 나오던 병사가 레온을 본 순간 경례를 올렸다. 그는 손을 내저어 병사를 멀리 보내고 열린 문 안을 들여다보았다.

조사실에는 그의 수하 하나가 겁에 새파랗게 질린 소년과 마주 앉아 있었다. 싱클레어 일가의 사진에서 본 제프리 싱클레어의 장남이었다.

'고작 10살짜리를….'

아버지에게 누명을 씌우는 일에 어린 아들을 동원하다니. 악마도 지탄할 일이었다.

레온이 조사실 안으로 들어가자 신문 중이던 소위가 자리에서 벌떡 일어서며 경례를 올렸다.

"이봐, 애들 신문은 그딴 식으로 하는 게 아니야."

"죄송합니다, 대위님."

부하의 신문 방식을 질타하는 척했으나 레온은 아이를 신문해 본 적 없었다. 악마도 철학이란 게 있으므로.

"나가서 아이스크림이나 사 와."

레온은 지폐 한 장을 꺼내 소위에게 던졌다. 지폐를 주섬주섬 주워 밖으로 사라지는 남자를 눈으로 좇던 소년이 문이 닫히는 순간 시선을 그에게로 돌렸다.

레온은 겁에 질려 떠는 소년에게 눈을 맞춘 채 나직이 속삭였다.

"내 말 잘 들어. 하지만 내 말이 새어 나간다면 난 널 도와줄 수 없어."

도와준단 말에 소년의 눈에서 희망이 번뜩였다. 소년이 고개를 결연히 끄덕이자 레온은 한숨을 내쉬었다.

이건 자살 행위다. 어린아이가 비밀을 지켜 주길 기대하는 건 바보짓이었다.

머저리.

그는 무모한 짓을 하는 자신을 비난하며 소년에게 당부했다.

"네가 도와주지 않으면 네 아버지가 감옥에 간다는 건 거짓말이야. 아무 말 하지 마. 저들이 뭐라 하든 네가 말을 할수록 네 아버지가 불리해질 거야."

제프리 싱클레어는 누명을 피할 수 없을 것이다. 적어도 소년이 제 아버지에게 들이닥친 비극이 제 탓이라고 죄책감을 느끼며 성장하는 일만은 막고 싶었다. 그게 어떤 지옥인지 그는 누구보다 잘 알고 있으므로.

"알겠어? 무조건 입 다물어."

소년이 입을 꾹 다물며 고개를 끄덕이는 순간 누가 문을 두드렸다.

"뭐지?"

"아, 대위님."

문이 열리더니 그의 밑에 있는 중위가 경례를 올렸다.
"무슨 용건이야?"
"중령님께서 아이를 데려오라고 하셨습니다."

중령이 있는 조사실의 문이 열리자 테이블 앞에 앉은 남자의 꼴이 한눈에 들어왔다. 그가 없는 사이에 고문을 가한 건지 제프리 싱클레어는 어제보다 훨씬 수척해 보였다.
테이블에는 종이 두 장이 놓여 있었다. 글씨가 빼곡한 한 장은 누군가가 대신 쓴 허위 자백서일 게 뻔했다. 제프리 싱클레어가 펜을 쥔 손을 떨고 있는 걸 보니 그의 필체로 빈 종이에 옮겨 적으라고 강요했으나 말을 듣지 않았던 것이다.
"아, 대위. 드디어 왔군."
싱클레어에게 거친 말을 쏟아붓던 중령이 알은척을 했다. 레온은 경례를 하곤 안으로 들어섰다.
"자네가 없는 사이에 콜린스 중위가 애를 많이 썼어. 잘 가르쳤군."
그의 뒤를 따라 들어오던 중위가 중령의 칭찬에 가슴을 활짝 펴며 감사 인사를 했다. 제가 지금 무슨 수렁에 발을 들이는지도 모르고 뛰어들다니. 멍청하기 짝이 없었다.
"아버지!"
중위가 안으로 밀어 넣자마자 아이는 제 부친을 부르며 달려갔다. 군이 아들에게까지 손을 뻗친 것은 몰랐는지 제프리 싱클레어의 눈이 휘둥그레졌다.
"샘, 네가, 네가 왜 여기에…."
그가 떨리는 손으로 아들을 안으며 묻는 순간 아이가 울음을 터트렸다.

"아버지, 집에 가요. 여기 무서워서 싫어요. 흑흑, 집에 가고 싶어요."

군인들 앞에서는 떨면서도 의연하게 버티던 아이가 제 아버지를 보는 순간 무너졌다. 레온은 지친 한숨을 짤막하게 내쉬었다.

10살짜리 아이에게 너무 많은 것을 요구하는 건지도 모른다. 그렇지만 아이처럼 울며 집에 가고 싶다고 떼를 쓰는 건 군인들에게 했어야 한다. 여기서 울어 봐야 이미 벼랑 끝에 놓인 제 부친을 흔들기만 할 뿐이었다.

아니나 다를까. 생각보다 의지가 굳세지 못했던 제프리 싱클레어도 아들과 함께 무너졌다.

"시키는 대로 할 테니 아이는 보내 주십시오."

어린 아들로 협박하는 중령의 작전은 효과적이었다.

'역겹기 짝이 없군. 여긴 내가 없어도 아주 잘 돌아가겠어.'

남자가 가짜 자백서를 받아쓰는 걸 흡족한 얼굴로 지켜보던 중령이 아이의 어깨에 손을 얹었다.

"샘이랬나? 네 아버지는 지금 바쁘니 이 아저씨랑 놀자꾸나. 사령부 뒤뜰에 강아지를 보러 갈까?"

제프리 싱클레어의 손이 더욱 떨리기 시작했다. 사령부에 강아지가 있을 리가. 군견을 말하는 걸 저 남자도 눈치챈 것이다.

"자, 잠깐⋯."

남자가 아이의 손을 쥐며 눈물이 차오른 눈으로 중령이 아닌 레온을 간절히 올려다보았다. 다른 인간들이 악랄함의 도를 넘으니 악마 레온 윈스턴이 천사로 보이는 모양이었다.

"중령님은 여기 계시죠. 제가 데리고 있겠습니다."

"자넨 서명해야지."

중령이 레온의 제안을 단칼에 뿌리치더니 남자에게 경고했다.

"싱클레어 씨, 하던 일이나 얌전히 마저 하시죠. 끝났다는 보고가 올라오는 대로 아이는 집에 무사히 보내 드릴 테니."

중령이 아이를 데리고 나갔다. 모두가 숨죽인 가운데 펜이 종이를 다급히 긁는 소리만이 이어졌다.

레온은 벽에 기대어 서서 남자를 응시했다. 아들을 위해 제 자유, 그리고 어쩌면 목숨까지 희생하겠다니. 자식이 걸린 일이라면 다 이런 건가. 그는 이해하지 못하는 감정이었다.

'자유, 그리고 어쩌면 목숨까지….'

레온은 돌연 밖으로 나와 사령관실로 향했다.

"이번엔 또 무슨 일인가."

당연하게도 사령관은 그를 반가워하지 않았다.

"싱클레어 건에 관해 궁금한 게 있습니다."

사령관이 쥐고 있던 펜을 놓으며 한숨을 쉬었다.

"대위, 내가 할 수 있는 일에도 한계가 있어."

"그건 잘 압니다."

사령관은 그 여자를 지키는 카드였다. 남의 일에 허비할 생각은 없었다. 아무리 국왕과 친분이 있는 권력자라도 이번 일로 국왕과 대적시켜 눈 밖에 나게 만들면 정작 필요할 때 쓸모가 없어질 것이다.

그의 한계를 잘 안다는 말에 긍지가 상한 듯, 눈빛이 매서워진 사령관에게 레온은 직설적으로 물었다.

"제프리 싱클레어가 받을 처벌은 정해졌겠죠?"

위에서 처벌 수위 또한 정해 두었을 것이란 추측을 사령관은 굳이 부인하지 않았다.

"그분도 이게 위험한 수인 건 알고 계시네."

그럼 두지 말 것이지.

"그러니 사형까지 가진 않을 거야. 수용소에 수감해 두었다가 적당한 때가 되면 자비롭게 사면해 줄 걸세."

사령관도 이 일에 딱히 동조하지는 않는지 '자비롭게'라는 말을 강조하며 코웃음을 쳤다.

"아, 물론 재산은 압류되겠지. 범법 행위로 모은 재산이 될 테니."

경쟁자에게서 강탈한 돈으로 입찰 로비를 하려는 건가.

추함의 끝을 보여 주는군.

원하는 대답을 듣자마자 레온은 조사실로 돌아왔다. 제프리 싱클레어는 재빠르게 필사를 마쳤다. 제법 결연해 보이던 남자는 서명을 하는 순간, 북받치는 울분을 참지 못했는지 울먹였다.

"대위님께서 서명하실 차례입니다."

콜린스 중위가 자백서를 빼앗아 레온의 방향으로 돌렸다. 제프리 싱클레어의 서명 아래, 국내정보과장의 서명란이 그를 기다리고 있었다.

"우리가 필요한 건 자백서 한 장. 그리고 그자의 서명, 자네의 서명. 그뿐일세. 쉽지."

그래, 쉽지.

나를 희생시키는 건 쉽겠지.

직감이 말했다. 언젠가 모든 것이 발각될 것이다.

레온은 죄 없는 희생양의 서명을 응시했다. 둥글게 휘갈겨 쓴 글자 하나가 올가미를 닮아 있었다.

세상이 진실을 알게 되었을 때 저것에 목이 걸릴 자는 과연 누구일까.

❧ · ❧

 술에 취한 여자가 비틀거렸다.
 "공주님, 넘어지지 않게 조심하시죠."
 신사답게 손을 잡아 주었더니 '공주'가 픽 웃었다.
 "다쳐도 병원에 보내 주진 않으니까."
 덧붙인 말에 여자가 입술을 삐죽 내밀자 레온은 화답하듯 술병을 내밀었다. 술기운이 올라 체리처럼 빨개진 입술이 열리며 캐러멜 빛의 액체를 머금었다.
 "천천히 드세요, 공주님."
 지금 그에게서 술을 받아 마시는 여자는 저를 반군 로열패밀리의 공주라고 놀리는 줄로만 알 것이다. 제게 왕족의 피가 흐르는 줄은 꿈에도 모르겠지.
 '네 혈통이 나보다 귀할 줄이야.'
 실은 그래 봤자 방계 왕족의 사생아일 뿐이었다. 그것도 평민과 피가 섞인 잡종.
 "앉아 봐."
 그는 또 비틀거리며 방 안을 배회하려는 여자를 붙잡아 철제 테이블에 앉혔다. 족쇄와 사슬의 무게 때문에 균형을 잡지 못해 자꾸만 넘어지는 것 같아 족쇄를 풀어 주었다. 어차피 이렇게 취해선 도망치지도 못할 테니.
 여자는 그 잠깐의 시간을 참지 못하고 럼주가 벌써 반이나 사라진 병을 집어 들었다. 성급히 기울인 탓에 진한 빛깔의 액체가 자그마한 입가 너머로 넘쳐흘렀다. 턱을 타고 흐르는 술이 곧 목덜미를 지나 흰 셔츠를 엉망으로 물들일 것이다.

레온은 여자의 목덜미에 입술을 묻었다. 살결을 타고 흘러내린 물방울이 그의 입술 사이에 맺혔다.

오크 통에서 오래도록 숙성한 럼주의 풍미가 한층 깊어졌다. 캐러멜과 시나몬의 달콤하면서도 알싸한 향이 여자의 부드러운 체취에 자연스레 녹아들었다. 그의 생애 최고의 럼을 완성하는 마지막 비법은 이 여자였다.

레온은 셔츠를 향해 굴러떨어지는 물방울을 입술로 모조리 훔쳐 냈다. 그는 옷을 더럽히는 걸 끔찍이 싫어했다. 아니, 적어도 지금은 핑계일 것이다.

"으응… 간지러워."

여자가 술병을 놓은 후에도 그는 목덜미를 핥았다.

"저리 가."

여자가 짜증을 내며 그를 밀어냈다. 저리 가라니. 완전히 벌레 취급이었다.

"아훗!"

셔츠째로 가슴을 움켜쥐었다. 빳빳하게 풀을 먹인 천이 구겨지며 부스럭 소리를 냈다.

그는 옷이 구겨지는 것도 끔찍이 싫어했다. 하지만 여자의 굴곡이 그의 옷에 새겨지는 건 나쁘지 않았다.

셔츠가 계속해서 구겨졌다. 천이 바스락거리는 소리가 여자의 애걸 섞인 신음과 어우러져 야릇한 화음을 자아냈다.

"하읏!"

"셔츠 도둑."

한번은 샤워를 하고 나왔더니 여자가 그의 셔츠를 뻔뻔스레 훔쳐 입고 있었다. 그가 정한 규칙을 늘 새로운 방법으로 어기는 여자가 이젠 존경스러울 정도였다.

한편으론 그의 옷을 걸친 여자는 꽤 봐줄 만했다.

"입으라고 줬으면서 누명을 씌우네? 역시 모사꾼을 왕으로 모신 왕정의 돼지 새끼다워."

여자가 한쪽 어깨를 드러낸 꼴로 비아냥댔다. 적어도 오늘은 할 말이 없었다. 고문실로 오자마자 셔츠를 벗어 준 건 그였으니.

"으응… 하지 마."

조금 괴롭히다 놓아주었다. 여자는 테이블 아래로 뛰어내리더니 곧장 검은 철문으로 향했다. 제겐 너무 큰 셔츠를 걸치고 비틀비틀 걷는 모습이 불안했다.

"천천히."

여자는 그의 말을 지독히도 듣지 않는다. 그래도 재주 좋게 넘어지지 않고 문으로 다가가더니 문고리를 잡았다.

철컥철컥. 문고리를 다급하게 돌리는 소리에 레온은 웃음을 터트렸다. 언제까지 잠긴 문과 싸우려는 건지.

꽤 재밌어서 아무 말 않고 잠자코 지켜보았다. 여자는 죄 없는 문에게 투덜대며 술주정까지 하고서야 시무룩한 얼굴로 돌아왔다.

"자기야, 문이 안 내보내 줬어? 나쁘네. 내가 혼내 줄까?"

손을 내밀었더니 여자가 볼을 부루퉁하게 부풀리며 그의 허벅지에 털썩 주저앉았다.

"아—."

여자가 술병을 눈짓으로 가리키며 입을 벌렸다.

아기 새도 아니고….

아기 새는 어미가 입으로 먹이를 준다. 레온은 입에 럼주를 가득 머금고 여자의 입술에 제 입술을 포갰다. 여자는 그가 입으로 조금씩 흘려주는 독주를 꼴깍꼴깍 달게 받아 마셨다.

원수도 못 알아볼 만큼 취했네.

"주정뱅이 아가씨."

"으응?"

어지러운지 여자가 레온의 이마에 제 이마를 기댔다. 체온이 뜨거웠다.

"여기 갇혀 있는 게 더 낫지 않아?"

여자가 반쯤 감긴 눈꺼풀 사이로 그를 쏘아보았다.

"돈 벌지 않아도 되고 일하지 않아도 되고. 인형처럼."

말 그대로 인형처럼 귀여운 여자였다. 도자기처럼 매끄러운 볼 한가운데가 발그레했다. 뜨거운 숨을 학학거리며 뱉는 입술도 잘 익은 체리처럼 빨갛게 부푼 게 앙증맞았다.

그렇다. 술병에서 순식간에 사라진 럼주의 절반은 레온의 뇌를 절이는 중이었다.

"거기다…."

귀찮은 인간만 주변에 득시글거리는 그와는 달리.

"귀찮게 하는 사람도 없지."

여자가 흐흥, 하고 웃더니 검지로 그의 뺨을 꾹 찔렀다.

"귀찮게… 하는 사람…."

이어진 말은 발음이 다 뭉개져 알아들을 수 없었지만 귀찮게 하는 사람이 그라는 뜻인 게 뻔했다.

고개를 돌려 같잖은 손가락을 깨물었다. 여자가 눈을 찡그리며 으응, 투정을 부렸다.

잇새를 벌리자 여자가 손가락을 빼려 했다. 도망치는 손가락을 길게 빨아올렸다. 혀로 휘감아 치대자 여자가 다리를 오므리더니 끝내는 바짝 꼬았다.

"으응… 변태…."

"고작 이런 걸로 느끼는 사람만큼 변태는 아니야."

여자가 얼굴을 커튼처럼 가린 머리칼 사이로 그를 흘겨보았다. 그래 봤자 무섭긴커녕 귀여울 뿐이었다.

머리칼을 넘겨주려 손을 뻗었다. 여자는 고개를 돌려 피하더니 의자 팔걸이에 걸쳐 둔 그의 넥타이를 집었다.

가느다란 손가락이 긴 다갈색 머리를 가지런히 모아 넘겼다. 여자는 그 아래로 넥타이를 넣어 머리에 둘렀다.

뭘 하려는 건가 했더니 넥타이를 머리띠로 쓸 모양이었다. 여자가 머리 위로 매듭을 묶으려 했지만 술에 전 손가락이 자꾸만 매끄러운 실크를 놓쳤다.

잘되지 않자 여자가 혀끝을 살짝 빼 물며 눈을 위로 치켜떴다. 그런다고 보이지도 않을 텐데. 우스웠다.

술에 취한 여자가 하는 바보짓을 가만히 지켜보던 레온은 빨갛게 부푼 입술 사이로 짜증이 새어 나오자 손을 뻗었다.

"내가 해 줄게. 됐어. 마음에 들어?"

머리에 커다란 검은 리본을 맨 여자가 배시시 웃었다. 그를 머저리로 만드는 미소였다.

이 여자가 저 때문에 우는 걸 보고 싶은 만큼 웃는 것 또한 보고 싶었다. 하지만 그가 좋아 웃을 일은 영영 없을 거란 걸 잘 안다.

그래서 제가 누군지 잊을 때까지 범하고 제 앞의 남자가 누군지 잊을 때까지 취하게 했다. 그래야만 지금처럼 순수한 즐거움만이 깃든 미소를 볼 수 있었다.

레온은 술병을 들었다. 기울이기도 전에 여자가 고개를 숙여 병 주둥이에 입술을 붙였다. 동그란 눈을 치켜뜨며 어서 기울이라고 재촉하기까지 했다.

귀여워서 갖고 싶었던 건 이 여자가 처음이다.

그는 여자의 입 속으로 독주를 천천히 흘려보내며 물었다.

"그 녀석 앞에서 이렇게 취해 본 적 있어?"

"있지."

얼떨결에 대답한 여자는 그의 눈빛을 살피더니 다급히 덧붙였다.

"지미만 있었던 게 아니라…."

혀가 꼬여 불분명한 발음으로 여자는 변명을 이어 갔다.

"오빠랑 마을 친구들이랑…."

"마을?"

여자가 말을 뚝 멈추더니 그를 빤히 바라보았다. 레온은 입꼬리를 올리며 고개를 비스듬히 기울였다.

'본거지가 마을인가?'

무언의 물음에 여자는 힛, 바보 같은 소리를 내며 또 배시시 웃었다. 이번에는 딱히 순수하지 않은 미소였다.

여자가 그의 품으로 쓰러졌다. 럼주로 젖은 입술이 포개어지고 말캉한 살덩이가 좁은 틈을 비집고 입 속으로 들어왔다.

술에 취해 한 말실수를 몸으로 감추려 하다니. 하여튼 멍청하고 교활하지.

레온은 혼자 열렬한 키스를 퍼부으며 끙끙 애를 쓰는 여자를 끌어안고 조금씩 혀를 섞어 주었다. 실수를 파고들지 않기로 했다. 어쨌거나 본거지의 위치를 묻지 않는 게 거래의 조건이었으니.

"이봐, 대공의 꼭두각시."

그럴 필요 없는데, 입술이 떨어지자마자 여자는 화제를 돌리려 했다.

"그 일은 어떻게 되어 가고 있어?"

"묻지 마."

레온은 여자의 쇄골 아래까지 채워진 단추를 두어 개 풀었다. 셔츠 한쪽을 젖히자 그의 잇자국으로 울긋불긋 물든 어깨 아래로 뽀얀 가슴이 드러났다.

오랜만에 입은 옷에 쓸린 탓인지 젖꼭지가 뾰족 튀어나와 있었다. 레온은 술병의 주둥이에 맺힌 럼주 한 방울을 손끝으로 훔쳐 도톰한 살점에 발랐다.

분홍빛 살이 독주에 젖어 반짝였다. 갈증이 일었다. 그는 가냘픈 몸에는 지나치게 무거워 보이는 살덩이를 쥐어 올리고 말랑한 살점을 깊숙이 물었다.

"아훗…."

또다시 럼주의 풍미에 여자의 살 내음이 녹아들었다. 빨아도 빨아도 이곳에서 무언가가 나올 리 없는데 그럴수록 독주를 삼키고 또 삼킨 것처럼 정신이 혼미해졌다.

"내가 애써 작위를 되찾을 기회를 마련해 주는데 걷어차지 말게."

문득 불쾌한 목소리가 머릿속을 울렸다.

'제가 작위를 원하는지부터 물으시죠.'

명예, 부, 권력. 이 모든 것에 작위는 도움이 되는 것이 사실이었다. 고로 윈스턴가의 후계자는 원해야만 하는 것이었다.

하지만 요즘 들어 그는 윈스턴가의 후계자가 아닌, 자기 자신을 생각하는 일이 잦아졌다. 아무리 생각해도 레온 윈스턴이라는 한 인간이 원하는 건 지금 그의 머리를 끌어안고 신음하는 여자뿐이었다.

그 욕망이 애정에서 비롯되었건, 증오에서 비롯되었건, 혹은 둘 다이건 간에.

평생의 목적이었던 명예도, 부도, 권력도 이젠 오로지 수단으로만 보였다.

이 여자를 제 손아귀에 붙잡아 두는 수단.

'여자에게 혈안이 되어 눈이 먼 머저리.'

윈스턴가의 후계자로 평생을 살아온 자신의 일부, 한때는 전부였던 일부가 그를 힐난했다.

'내가 모르는 걸 말해.'

레온은 이성을 차단하고자 여자의 몸에 더욱 매달렸다. 하지만 여자는 성가시다는 듯 그를 밀어내며 싱클레어 건을 계속 입에 올렸다.

왕실을 비난하는 말에 그도 공감했으나 달갑지는 않았다. 지상에서의 그 모든 일을 잠시 잊고 싶어서 지하로 내려왔건만 여자가 자꾸만 그의 신경을 긁었다.

"싱클레어가를 도와주는 사람은 없어?"

"없어."

누가 왕실을 적으로 돌리고 싶어 할까.

"넌 그래서 방관만 할 거야?"

레온은 물고 있던 젖꼭지를 뱉고 긴 한숨을 내쉬었다.

"넌 내가 뭐라고 생각해? 신? 순교자? 박애주의자?"

레온 윈스턴은 그 모든 것과 거리가 멀었다.

"하긴…. 멍청한 질문이었네."

"네가 여태 한 말 중 독보적으로 멍청했어."

레온은 뾰로통하게 입술을 내미는 여자의 두 볼을 한 손으로 쥐고 경고했다.

"같잖게 간섭할 생각 마."

내겐 있지도 않은 양심을 자극하며 날 조종할 생각도 마.

"넌 창녀답게 내 기분이나 좋게 해 주면 돼."

여자가 이를 악물더니 술병을 집었다. 레온은 그의 머리에 술을 부으려는 여자를 단숨에 제압해 테이블에 눕혔다.

"으응…."

술병을 빼앗느라 움켜쥐었던 자리가 아픈지 여자가 손목을 문지르며 신음했다.

"아파…."

"아프라고 하는 거야."

몸을 짓누르고 있던 손이 불현듯 떨어져 나갔다. 그레이스는 몸을 일으키며 의자에 걸어 둔 재킷을 뒤지는 남자를 쏘아보았다. 남자의 손이 주머니 밖으로 나오는 순간 가늘었던 눈매가 동그래졌다.

윈스턴이 눈앞으로 내민 건 사탕 상자였다. 예전에 욕조에서 대치했을 때 놈이 그녀의 입에 집어넣었던 체리 사탕을 그레이스가 잊었을 리 없었다.

"오늘은 또 무슨 정신 나간 짓을 하려는 거야?"

"이젠 눈치가 빠르네."

평범하게 먹으려고 산 게 아니라는 걸 알아채다니. 레온은 한쪽 입꼬리를 올리며 상자를 열었다.

"오늘 넌 카바레에서 사탕을 파는 여자야."

길쭉한 엄지와 검지 사이에 들린 빨간 사탕, 그리고 그 너머에서 부드럽게 휘어지는 눈꼬리.

그레이스는 한숨을 길게 내쉬었다.

2권에서 계속

내게 빌어봐 1

초판 1쇄 발행 2024년 8월 23일

지은이 리베냐
펴낸이 안병현 김상훈
본부장 이승은 **총괄** 박동옥
책임편집 박윤희 **디자인** 김지연
마케팅 신대섭 배태욱 김수연 김하은 **제작** 조화연

펴낸곳 주식회사 교보문고
등록 제406-2008-000090호(2008년 12월 5일)
주소 경기도 파주시 문발로 249
전화 대표전화 1544-1900 **주문** 02)3156-3665 **팩스** 0502)987-5725

ISBN 979-11-7061-164-6(04810)
　　　979-11-7061-163-9(세트)
• 책값은 표지에 있습니다.

• 이 책의 내용에 대한 재사용은 저작권자와 교보문고의 서면 동의를 받아야만 가능합니다.
• 잘못된 책은 구입하신 곳에서 바꾸어 드립니다